HIJA DE LA MEMORIA

Kim Edwards

HIJA DE LA MEMORIA

Título original: *The Memory Keeper's Daughter*
Autor: Kim Edwards
Diseño de cubierta: Opalworks
Composición: L'Avenç

© Kim Edwards, 2005
© traducción, Sandra Campos, 2007
© de esta edición, RBA Libros, S.A., 2007
Pérez Galdós, 36 - 08012 Barcelona
www.rbalibros.com / rba-libros@rba.es

Primera edición: mayo 2007

ISBN-13: 978-8-47901-116-1
Ref. OAFI
Depósito legal: B.
Printed in the United States by HCI Press
Impreso en los Estados Unidos por HCI Press

Para Abigail y Naomi

MARZO DE 1964

I

La nieve empezó a caer horas antes de que el parto empezara. Primero unos cuantos copos en el cielo apagado y gris de última hora de la tarde, y después, volutas que se arremolinaban por el viento alrededor del amplio porche de la entrada. Él estaba a su lado de pie junto a la ventana, observando las repentinas ráfagas de nieve que volaban y se amontonaban luego en el suelo. Se encendieron las luces en todo el vecindario y las ramas desnudas de los árboles se volvieron blancas.

Después de cenar, encendió el fuego, aventurándose a salir a por la leña que había apilado contra el garaje durante el otoño. El frío y el viento le daban en la cara, y la nieve de la entrada le llegaba ya a la mitad de las rodillas. Sacudió la capa blanca que cubría la leña y se la llevó para adentro. Las astillas prendieron fuego enseguida en la chimenea de hierro, y se sentó en el suelo un rato, con las piernas cruzadas, echando más leños y observando las llamas bailar, azuladas e hipnóticas. Fuera, la nieve seguía cayendo con suavidad a través de la oscuridad, densa y brillante como electricidad estática a la luz de las farolas. Cuando se levantó y miró por la ventana, el coche se había convertido en una mullida colina blanca al final de la calle. Y sus huellas, ya habían desaparecido del camino de la entrada.

Se sacudió la ceniza de las manos y se sentó en el sofá junto a su mujer, que tenía los pies apoyados en los cojines, los tobillos hinchados cruzados, y un ejemplar del doctor Spock* balanceándose

* Doctor Benjamín McLane Spock (1903-1998), pediatra estadounidense que con el libro *Baby and Child Care* (1946) rompió los esquemas establecidos sobre educación infantil. (N. de la T.)

en el vientre. Absorta en la lectura, se humedecía el dedo índice con saliva, distraídamente, cada vez que pasaba una página. Tenía las manos finas y los dedos cortos, y se mordía ligeramente el labio inferior, mientras leía con atención. Al mirarla, sintió que lo invadía un sentimiento de amor y de asombro. Era su mujer, y en sólo tres semanas, tendrían un bebé. Sería su primer hijo. Llevaban sólo un año de casados.

Cuando él le cubrió las piernas con la manta, ella levantó la vista y sonrió.

—¿Sabes? Me he estado preguntando cómo debe de ser —dijo—. Antes de nacer, me refiero. ¡Qué lástima que no nos acordemos!

Se abrió la bata y se subió el jersey que llevaba debajo, dejando al descubierto un vientre tan redondo y duro como un melón. Pasó la mano por la superficie lisa; la luz del fuego le recorría la piel y le proyectaba oro rojizo en el pelo.

—¿Crees que es como estar dentro de una farola? En el libro pone que la luz traspasa la piel y que el niño ya ve.

—No lo sé —dijo él.

Ella rió.

—¡Como que no! ¡Tú eres el médico!

—Soy traumatólogo —le recordó—. Podría decirte cómo es la estructura ósea del feto, pero eso es todo.

Le levantó el pie, hinchado dentro del calcetín azul cielo, y empezó a masajearlo con delicadeza: el fuerte tarso, los metatarsianos y las falanges, escondidos bajo piel y los músculos, a punto de abrirse como un abanico. Su respiración llenó la silenciosa habitación, su pie le reconfortó las manos, e imaginó la perfecta simetría de los huesos. Durante el embarazo, la había encontrado hermosa, con sus finas venitas azules apenas visibles a través de la piel pálida y blanca.

Había sido un embarazo excelente, sin restricciones médicas. Aun así, hacía unos meses que era incapaz de hacerle el amor. En cambio, quería protegerla, ayudarla a subir las escaleras, envolverla en mantas, llevarle tazas de natillas.

—No estoy inválida. Ni soy ningún polluelo que hayas encontrado en el prado —protestaba cada vez riendo, aunque agradecida por sus atenciones.

A veces él se despertaba y la observaba mientras dormía: las palpitaciones de los párpados, el lento movimiento acompasado de su pecho, la mano extendida, tan pequeña que cabía completamente en la suya.

Tenía once años menos que él. La había visto por primera vez, hacía apenas un año, mientras subía por las escaleras mecánicas de unos grandes almacenes del centro, un sábado gris de noviembre, mientras él compraba corbatas. Tenía treinta y tres años y llevaba poco tiempo en Lexington, Kentucky, y ella salió de entre la multitud, irreal, el pelo rubio recogido en un elegante moño, perlas brillantes en el cuello y en las orejas. Llevaba un abrigo verde oscuro de lana y tenía la piel limpia y blanca. Él se dirigió a las escaleras, abriéndose paso a empujones hacia arriba a través del gentío, luchando para no perderla de vista. Ella iba al cuarto piso, lencería y medias. Mientras la seguía por pasillos estrechos y por estantes de combinaciones, sujetadores y bragas, una dependienta vestida de azul marino y cuello blanco lo detuvo, sonriendo, preguntándole si lo podía ayudar.

—Una bata —dijo él, recorriendo con la vista los pasillos hasta que le vio el pelo, el verde oscuro del abrigo, la cabeza inclinada mostrando el elegante contorno del cuello.

—Una bata para mi hermana que vive en Nueva Orleans.

No tenía hermana, por supuesto, ni ningún pariente vivo que él supiera.

La dependienta desapareció y volvió al cabo de un momento con tres batas de resistente felpa. Escogió a ciegas, casi sin mirar, la de arriba del todo.

—Hay tres tallas —decía la dependienta—, y el mes que viene llegan más colores.

Pero él ya estaba en el pasillo, con una bata color coral en el brazo, los zapatos chirriando en las baldosas, mientras andaba impacientemente entre los demás compradores hacia donde estaba ella.

Ella removía una pila de medias caras, de finos colores que brillaban a través del celofán: marrón, azul marino, un granate tan oscuro como la sangre de cerdo… La manga del abrigo verde lo rozó y olió su perfume, algo delicado y sin embargo penetrante, algo como los pétalos cargados de las lilas de afuera de las ventanas de las habitaciones de estudiantes que él había ocupado una vez en Pittsburg. La ventana baja de su apartamento del sótano siempre estaba sucia, opaca por el hollín y las cenizas de la fábrica siderúrgica, pero en primavera florecían las lilas, ramilletes blancos y de azul lavanda que se apretaban contra el cristal y dispersaban el perfume de manera parecida.

Carraspeó; casi no podía respirar. Levantó el brazo con la bata de felpa en la mano, pero la dependienta de detrás del mostrador estaba riendo, contando un chiste y no lo vio. Al carraspear de nuevo, ella le echó una mirada, molesta, luego asintió con la cabeza a su clienta, que ahora sujetaba tres paquetes de medias en la mano como si fueran enormes naipes.

—Lo siento, pero la señorita Asher estaba aquí primero —dijo la dependienta, altiva y fría.

Entonces se miraron y se sorprendió de ver que tenía los ojos del mismo verde que su abrigo. Ella lo estudió: el abrigo de puro *tweed*, bien afeitado y rojo por el frío, las uñas bien arregladas. Sonrió, divertida y sin darle importancia, señalando la bata que llevaba al brazo.

—¿Para su mujer? —preguntó.

Hablaba con un acento refinado de Kentucky, de alguna ciudad de dinero donde tales distinciones tenían importancia. Después de tan sólo seis meses en la ciudad, ya había aprendido eso.

—No pasa nada, Jean —continuó, volviéndose hacia la dependienta—. Atiéndelo a él primero. El pobre debe de estar perdido e incómodo entre tanto encaje.

—Es para mi hermana —dijo desesperado por invertir la mala impresión que estaba dando. Le había pasado otras veces, era tan directo que ofendía. Se le cayó la bata al suelo y se agachó a recogerla, enrojeciendo al levantarse. Ella tenía las manos junto a los guantes, que reposaban sobre el mostrador de cristal. Vio en sus ojos que su incomodidad parecía ablandarla. Era una mirada amable.

Lo intentó de nuevo.

—Lo siento. Parece que no sepa lo que estoy haciendo y tengo prisa. Soy médico y llego tarde al hospital.

Entonces se puso seria.

—Entiendo —dijo volviéndose hacia la dependienta—. De verdad, Jean, atiéndelo a él primero.

Ella aceptó verlo de nuevo y escribió su nombre y número de teléfono con una letra perfecta que había aprendido en tercer grado, de su profesora, una ex monja que había hecho de la caligrafía una de sus responsabilidades.

—Cada letra tiene una forma —les decía—, una forma y no otra. Y es vuestra obligación hacerla perfecta.

Tenía ocho años, era blanca y flacucha, la mujer del abrigo verde que sería su esposa había apretado sus pequeños dedos alrededor de una pluma y practicó la cursiva, sola en su habitación, una hora tras otra, hasta que escribió con la exquisita naturalidad con que fluye el agua.

Más tarde, cuando escuchara esa historia, se la imaginaría con la cabeza inclinada bajo la luz de la mesa, los dedos apretados fuertemente alrededor de la pluma, y se maravillaría de su tenacidad, de su confianza en la belleza y en la voz autoritaria de la ex monja. Pero ese día él no sabía nada de todo eso. Ese día llevó el trozo de papel en el bolsillo de la bata blanca de una habitación a otra, recordando el flujo sucesivo de las letras hasta moldear la perfecta forma de su nombre. Aquella misma noche la llamó; al día siguiente la llevó a cenar y al cabo de tres meses ya estaban casados.

Ahora, al final del embarazo, la bata de color coral le sentaba de maravilla. Ella la había encontrado y se la enseñó.

—Pero tu hermana murió hace tanto tiempo —exclamó desconcertada.

Y por un instante, él se quedó paralizado, sonriendo, la mentira de hacía un año entraba como una flecha en la habitación. Luego, se encogió de hombros avergonzado.

—Tenía que decir algo. Quería saber tu nombre.

Ella sonrió, cruzó la habitación y lo abrazó.

Caía la nieve. Durante las horas siguientes, estuvieron leyendo y hablando. A veces ella le cogía la mano y la ponía en su barriga para que notara cómo se movía el bebé. De vez en cuando, él se levantaba a avivar el fuego, echando un vistazo por la ventana para ver primero siete centímetros de nieve en el suelo, y así hasta doce o quince. Había pocos coches en las calles tranquilas, difuminadas por la nieve.

A las once ella se levantó y se fue a la cama. Él se quedó abajo leyendo el último número del *Journal of Bone and Joint Surgery*. Era conocido por ser un buen médico, con talento para hacer diagnósticos y hábil en su trabajo. Se había licenciado el primero de la clase. Aun siendo bastante joven, lo hizo con mucho cuidado, tan inseguro acerca de sus habilidades que estudiaba en cada momento libre, acumulando éxitos como una evidencia más a su favor. Se sentía como si no fuera normal, nació con deseos de aprender, en medio de una familia dedicada plenamente a tirar adelante a duras penas, un día tras otro. Veían la educación como un lujo innecesario, un medio para lograr un fin no siempre seguro. Eran pobres, y cuando finalmente fueron al médico, tuvieron que acudir a la clínica de Morgantown, a ochenta kilómetros de distancia. Los recuerdos de aquellos extraños viajes eran vívidos, botando en la parte trasera de la camioneta prestada, volando el polvo a su paso. «La carretera danzante», la había llamado su hermana desde su asiento en la cabina del conductor, donde iban también sus padres. Las habitaciones de Morgantown estaban poco iluminadas, el estanque era de un color verde turquesa debido a la suciedad, y los médicos iban de un lado a otro, trastornados.

En los años siguientes, todavía había momentos en que recordaba la mirada de aquellos médicos, y se sentía como un impostor a punto de ser desenmascarado por un solo error. La especialidad que había escogido lo reflejaba. No lo atraían ni la medicina general ni los problemas cardiovasculares. Él se las arreglaba mejor con extremidades rotas, esculpiendo escayolas y mirando rayos X, observando cómo lentamente pero de manera asombrosa las fracturas vuelven a soldarse por sí solas. Le gustaba la solidez de los huesos, que sobrevivían incluso a la incandescencia de la incineración. Los huesos duraban; le fue fácil decantarse por algo tan sólido y previsible.

Leyó hasta pasada la medianoche, hasta que las palabras fueron tan sólo manchas sin sentido en el blanco resplandeciente de las páginas, y luego lanzó la revista sobre la mesa de centro y se levantó para ocuparse del fuego. Apretó los leños carbonizados en las brasas, abrió del todo el regulador de tiro de la chimenea y cerró la pantalla de latón. Cuando apagó las luces, pequeñas chispas de fuego brillaron suavemente a través de las capas de ceniza tan delicada y blanca como la nieve, que ya cubría la verja del porche y los rododendros.

Las escaleras crujían con su peso. Al llegar a la habitación del niño se detuvo, mirando las sombras en la cuna y en el cambiador, y los animales de peluche colocados en los estantes. Las paredes estaban pintadas de un verde mar pálido. Su mujer había hecho el edredón de mamá Oca* que colgaba en la pared, con diminutas puntadas, deshaciendo

* Ilustración famosa por la cubierta del libro *Historias o cuentos del pasado* (1697), conocido también como *Cuentos de mamá Oca*, de Charles Perrault. (*N. de la T.*)

trozos enteros si notaba la más mínima imperfección. También había pintado con plantilla una cenefa de osos justo debajo del techo.

Entró en la habitación y se quedó frente a la ventana. Corrió la fina cortina para mirar la nieve, que ya casi llegaba a los veinte centímetros de alto, en farolas, vallas y tejados. Era la clase de tormenta que casi nunca se veía en Lexington, y los constantes copos de nieve y el silencio lo llenaron de entusiasmo y de paz. En ese momento, los distintos fragmentos de su vida parecían agruparse solos, cada momento de tristeza y desilusión del pasado, cada secreto que ahora permanecía escondido bajo las mullidas capas blancas. El mundo tenue y frágil estaría en calma al día siguiente, hasta los niños del vecindario saldrían a romper la tranquilidad con sus canciones y gritos de alegría. Recordó los días que había pasado en las montañas durante su infancia. Extraños momentos de evasión, en que la respiración se hacía más profunda y la voz quedaba amortiguada de alguna manera por la pesada nieve que doblaba las ramas hasta poca altura. El mundo, transformado por unas horas.

Se quedó así bastante tiempo hasta que oyó que ella se movía. La encontró sentada al borde de la cama, con la cabeza inclinada y las manos agarradas al colchón.

—Creo que estoy de parto —dijo levantando la vista.

Llevaba el pelo suelto, tenía un mechón en la boca. Él se lo apartó detrás de la oreja, se sentó a su lado y ella movió la cabeza.

—No sé. Me siento extraña. Los dolores van y vienen.

La ayudó a tumbarse de lado, luego se tumbó él también y le masajeó la espalda.

—Es probable que sólo sea una falsa alarma —la tranquilizó—. Todavía te faltan tres semanas, y además, los primeros partos suelen retrasarse.

Eso era cierto; él lo sabía. Se convenció más al decirlo y estaba tan seguro de esto, que en poco tiempo se quedó dormido. Se despertó y la vio incorporada, moviendo los hombros. La bata, el pelo, parecían casi blancos a la luz color de nieve que llenaba la habitación.

—Los he estado contando. Los tengo cada cinco minutos. Son fuertes. Estoy asustada.

Entonces él sintió algo en su interior; entusiasmo y miedo a la vez, como la espuma que arrastran las olas. Pero estaba preparado para casos de emergencia, así que era capaz de controlar sus emociones, actuar sin premura, coger el reloj y andar con ella hasta el final del pasillo, despacio y con calma. Cuando llegaron las contracciones, ella le apretó las manos tan fuerte que sintió como si los huesos se le fueran a fundir. Se sucedían, tal como le decía, cada cinco minutos, luego cuatro. Cogió la maleta del armario, paralizado de golpe por la trascendencia de los acontecimientos, que no por esperados desde hacía tiempo dejaban de ser una sorpresa. Se movía al ritmo de ella. El mundo parecía haber aminorado la marcha a su alrededor. Era sumamente consciente de cada movimiento: la fuerza con que inspiraba y exhalaba ella el aire, cómo se ponía con dificultad los únicos zapatos que le cabían, los pies hinchados prietos contra el cuero gris. Cuando la cogió del brazo, se sintió extraño, como si él mismo estuviera suspendido en la habitación, en el techo, viéndolos a ambos desde arriba, percibiendo cada matiz y detalle: cómo temblaba ella con cada contracción, cómo él le cogía el codo con firmeza y de manera protectora. Fuera, la nieve seguía amontonándose.

La ayudó a ponerse el abrigo verde de lana, desabrochado, abierto alrededor del vientre. Encontró también los guantes de piel que llevaba el día que la conoció. Parecía importante que todos esos detalles estuvieran bien. Se quedaron un momento juntos en el porche, asombrados por la blancura que los rodeaba.

—Espera aquí —le dijo.

Y bajó los escalones, haciendo un camino en la nieve. Las puertas del viejo coche estaban congeladas y tardó unos minutos en abrir una de ellas. La puerta al final se movió y él, con esfuerzo, llegó al asiento trasero para coger la rasqueta y el cepillo de quitar el hielo. Cuando salió, su mujer estaba contra una de las columnas del porche, con la frente apoyada en los brazos. En ese momento comprendió cuánto estaba sufriendo ella y que el bebé estaba realmente en camino esa misma noche. Contuvo las ganas de correr a su lado, y en lugar de eso, centró toda su energía en el coche, calentándose las manos desnudas en las axilas, primero una y luego otra, cuando el dolor era demasiado fuerte, pero siempre sin parar de quitar la nieve del parabrisas, las ventanas y el capó, viendo como se esparcía y desaparecía en el blanco mar que la rodeaba.

—No me dijiste que dolería tanto —dijo ella cuando él llegó al porche.

Le puso el brazo alrededor de los hombros y la ayudó a bajar los escalones.

—No puedo andar —insistió—. Justo ahora me vienen los dolores.

—Lo sé —le dijo, pero no la dejó ir.

Cuando llegaron al coche ella le cogió el brazo y señaló la casa, cubierta de nieve, brillando suavemente como un farol en la oscuridad de la calle.

—Cuando volvamos ya tendremos a nuestro hijo con nosotros. Nuestro mundo ya no será el mismo.

Los limpiaparabrisas estaban congelados. La nieve se deslizó por el cristal trasero cuando sacó el coche a la calle. Condujo despacio, pensando qué bonito era Lexington, los árboles y arbustos tan pesados por la nieve. Cuando giró hacia la calle principal, pisaron una placa de hielo y el coche patinó unos segundos, cruzando la intersección, hasta que se paró en un montículo de nieve.

—No ha pasado nada —anunció mirando de un lado a otro.

Afortunadamente no había ningún coche a la vista. El volante, bajo las manos desnudas, estaba tan duro y frío como una piedra. De vez en cuando, limpiaba el parabrisas con el reverso de la mano, inclinándose para mirar con dificultad por el agujero que había hecho.

—Llamé a Bentley antes de salir —dijo nombrando a su colega, un tocólogo—. Le dije que nos encontraríamos en la consulta. Iremos allí. Está más cerca.

Ella se quedó en silencio durante un momento, con la mano en el salpicadero mientras respiraba durante una contracción.

—Mientras no tenga a mi hijo en este viejo coche… —pudo decir al final, intentando bromear—. Sabes cuánto lo he odiado siempre.

Él sonrió, pero sabía que su temor era verdadero y él lo compartía.

Decidido y metódico, incluso en una emergencia no cambiaba su manera de ser. Se paraba en cada semáforo aunque la calle estaba vacía. Cada pocos minutos, ella volvía a apoyar una mano en el salpicadero y se concentraba en la respiración, que a él lo hacía tragar y echarle un vistazo de reojo, más nervioso esa noche de lo que jamás había estado. Más nervioso que en la primera clase de anatomía, donde el cuerpo de un chico joven yacía abierto con el fin de desvelar sus secretos. Más nervioso que en el día de su boda, en que la familia de ella llenó un lado de la iglesia, y en el otro, tan sólo había unos cuantos de sus colegas. Sus padres habían muerto, su hermana también.

Sólo había un coche en el aparcamiento del ambulatorio, el Fairlane azul pastel de la enfermera, conservador, práctico y más nuevo que el de él. También la había llamado. Paró delante de la entrada y ayudó a su mujer a salir del coche. Ahora que habían llegado a la consulta sin peligro, ambos estaban llenos de júbilo, riendo mientras se apresuraban a entrar a la iluminada sala de espera.

La enfermera se encontró con ellos. En el momento en que la vio, supo que algo andaba mal. Tenía la piel blanca y unos grandes ojos azules que tanto podían reflejar una mujer de cuarenta como de veinticinco años, y siempre que algo no le gustaba, una fina arruga vertical le cruzaba la frente, justo entre los ojos, que emergía mientras les daba la noticia: el coche de Bentley había resbalado en la carretera rural donde vivía, porque todavía no la habían limpiado de nieve. Había girado dos veces sobre el hielo, acabando en la cuneta.

—¿Está diciendo que el doctor Bentley no vendrá? —preguntó su mujer.

La enfermera asintió. Era alta, y tan delgada y angulosa que parecía que los huesos fueran a rebasarle la piel en cualquier momento. Los ojos grandes y azules eran solemnes e inteligentes. Durante meses, corrió el rumor de que ella estaba algo colada por él, y se hicieron bromas, pero no lo afectaron, ya que lo había considerado cotilleos de gente que no tiene nada mejor que hacer. Era un poco molesto, pero normal cuando un hombre y una mujer solteros trabajan tan cerca el uno del otro, un día tras otro. Una noche se quedó dormido en su mesa. Soñando, había vuelto a la casa de su infancia, su madre ponía tarros de fruta que relucían como piedras preciosas sobre la mesa cubierta de hule que había debajo de la ventana. Su hermana, de cinco años, estaba sentada sujetando una muñeca en una mano lánguida. Una imagen pasajera, quizás un recuerdo, pero que lo llenó a la vez de tristeza y anhelo. La casa era ahora suya, vacía y desierta desde que su hermana murió y sus padres se mudaron. Las habitaciones que su madre había mantenido limpias estaban abandonadas, llenas sólo por el chirrido de ardillas y ratones.

Levantó la cabeza del escritorio. Tenía lágrimas en los ojos cuando los abrió. La enfermera estaba de pie en la entrada con una expresión dulce por la emoción. En ese momento la encontró preciosa, medio sonriendo, la eficiente mujer que trabajaba a su lado todos los días, competente y discreta. Se miraron a los ojos y al doctor le pareció que ya la conocía, que ya se conocían, de alguna manera cierta y profunda. Durante un instante, absolutamente nada se interpuso entre ellos; fue una intimidad de tal magnitud que se quedó paralizado, inmóvil. Entonces ella enrojeció y desvió la vista a un lado. Carraspeó y se enderezó, diciendo que se había quedado dos horas más trabajando y que ya se iba. Durante unos días ni se miraron.

Después de aquello, cuando la gente se burlaba de él a causa de ella, les hacía callar.

—Es muy buena enfermera —solía decir intentando parar las bromas, sintiéndose obligado después de aquel momento de comunicación que habían compartido.

—Es la mejor con la que he trabajado. —Esto era verdad, y ahora se alegraba mucho de que estuviera allí.

—¿Qué tal en la sala de emergencias? —preguntó ella—. ¿Podría hacerlo?

El doctor movió la cabeza. Las contracciones eran cada un minuto más o menos.

—Este niño no espera —dijo mirando a su esposa. Tenía nieve derretida en el pelo que brillaba como una diadema de diamantes—. Ya está en camino.

—No pasa nada —dijo ella estoicamente. La voz era más fuerte ahora, con decisión—. Será una buena historia para contarle al niño cuando crezca, bueno, al niño o a la niña.

La enfermera sonrió, todavía con la arruga en la frente, aunque era menos visible.

—Vamos a llevarla dentro, pues —le dijo—. Le daremos algo para el dolor.

Él fue a su consulta a buscar una bata, y cuando entró en la sala de reconocimiento del doctor Bentley, su mujer ya estaba tendida en la cama con los pies en los estribos. La habitación era de color azul cielo, con esmalte cromo y blanco y llena de finos instrumentos de acero reluciente. El doctor fue a lavarse las manos en el lavabo. Se sentía sumamente alerta, consciente del más mínimo detalle, y mientras realizaba el ritual normal, sintió que la angustia por la ausencia de Bentley se iba disipando. Cerró los ojos y se obligó a concentrarse en lo que estaba haciendo.

—Todo va bien —dijo la enfermera—. Evoluciona correctamente. Yo esperaría a que haya dilatado diez centímetros, ¿qué le parece?

Se sentó en el taburete y se centró en la cálida cueva del cuerpo de su mujer. El saco amniótico todavía estaba intacto y a través de él notaba la cabeza del bebé, suave y dura como una pelota de béisbol. Su hijo. Debería estar en la sala de espera de un lado a otro. Las persianas de la única ventana de la habitación estaban cerradas, y mientras sacaba la mano del cuerpo cálido de su mujer, se encontró pensando en la nieve, si todavía estaría cayendo, silenciando la ciudad y los alrededores.

—Sí —dijo—, diez centímetros.

—Phoebe —dijo su esposa. Él no le veía la cara, pero su voz era clara. Habían estado debatiendo nombres desde hacía meses y no habían tomado ninguna decisión—. Si es niña, Phoebe. Y si es niño, Paul, como mi tío abuelo. ¿Te había dicho que ya lo había decidido?

—Son unos nombres muy bonitos —dijo la enfermera tranquilizándolos.

—Phoebe y Paul —repitió el doctor, pero estaba concentrado en las contracciones, que iban en aumento. Le hizo gestos a la enfermera, y ella preparó el gas anestésico. En sus prácticas de internado, anestesiaban a la mujer durante todo el parto, pero los tiempos habían cambiado; ahora estaban en 1964, y Bentley usaba la anestesia con criterio selectivo. Era mejor que ella estuviera despierta para empujar; la dormiría sólo durante las peores contracciones, cuando asomara la cabeza y en el nacimiento. Su mujer se puso tensa y gritó, y el bebé se movió en el canal del parto, reventando la bolsa amniótica.

—Ahora —dijo el doctor.

La enfermera le puso la mascarilla. Las manos de su mujer se relajaron, los puños se fueron aflojando a medida que la anestesia hacía efecto, y se quedó quieta, tranquila, sin saber lo que pasaba, mientras una contracción y otra la movían.

—Llega rápido para ser el primero —observó la enfermera.

—Sí —dijo el doctor—. De momento.

Pasaron media hora así. Su mujer se despertaba, gemía y empujaba, y cuando creía que ya tenía suficiente, o cuando gritaba porque el dolor era insoportable, él hacía un gesto a la enfermera y ésta le daba más gas. Sólo hablaban para intercambiarse algunas instrucciones. Fuera, la nieve seguía cayendo, amontonándose a los lados de las casas, cubriendo las calles. El doctor se sentó en una silla de acero, limitando su concentración a los hechos fundamentales. En la facultad de medicina, había asistido al parto de cinco niños; todos nacieron bien, sin problemas, y se concentraba en ellos buscando en la memoria los detalles de la asistencia médica. Mientras lo hacía, su mujer, tumbada con los pies en los estribos y el vientre sobresaliéndole tanto que no podía verle la cara, se fue convirtiendo poco a poco en una de esas mujeres. Las rodillas redondas, las pantorrillas estrechas y suaves, los tobillos... Él lo había amado todo. No pensó en acariciarle la piel ni en ponerle una mano tranquilizadora en la rodilla. Fue la enfermera quien le cogió la mano mientras empujaba. Para el doctor, concentrado en lo anterior, se había convertido en algo más: en un cuerpo como los otros, en una paciente cuyas necesidades él debía atender con su destreza. Era esencial, más de lo habitual, controlar las emociones. A medida que el tiempo pasaba, volvió a experimentar lo mismo que en el dormitorio. Empezó a sentirse como si de alguna manera lo sacaran de la escena del parto, como si estuviera allí y en otro sitio a la vez, observando desde una distancia segura. Se vio a sí mismo haciendo la cuidadosa y precisa incisión para la episiotomía. «Una buena incisión», pensó mientras la sangre brotaba limpiamente, intentando no recordar las veces que había tocado aquella misma piel con pasión.

La cabeza ya asomaba. Con tres empujones más apareció y luego, el cuerpo se deslizó hasta sus manos, que lo esperaban, y el bebé lloró, con la piel manchada.

Era un niño, con la cara roja y el pelo oscuro, de ojos despiertos, desconfiados de las luces y del golpe frío del ambiente. El doctor anudó el cordón umbilical y lo cortó. «Mi hijo —pensó—. Mi hijo».

—Es precioso —dijo la enfermera.

Esperó mientras él examinaba al niño. El ritmo del corazón, rápido y seguro, las manos de dedos largos, y el pelo oscuro. Luego, ella se lo llevó a la otra habitación para bañarlo y ponerle nitrato de plata en los ojos para evitar la oftalmía gonocócica. Los pequeños llantos que llegaban despertaron a su mujer. El doctor se quedó donde estaba, con la mano en la rodilla de ella, respirando profundamente, esperando la placenta. «Mi hijo», volvió a pensar.

—¿Dónde está el bebé? —preguntó su mujer, abriendo los ojos y apartándose el pelo de la cara colorada—. ¿Todo ha ido bien?

—Es un niño —dijo el doctor con una sonrisa—. Tenemos un hijo. Lo verás en cuanto esté limpio. Es perfecto.

La cara de su mujer se suavizó por el alivio y el agotamiento. De repente, se tensó con otra contracción, y el doctor, esperando la placenta, volvió al taburete y le apretó suavemente el abdomen. Ella gritó, y en el mismo momento, él, asustado, entendió lo que pasaba.

—No pasa nada —dijo—. Todo va bien. Enfermera —la llamó mientras llegaba la siguiente contracción.

Ella vino inmediatamente, con el niño envuelto en una manta blanca.

—Ha dado nueve en la escala Apgar* —anunció—. Está muy bien.

Su mujer levantó los brazos para coger al niño y empezó a hablar, pero el dolor la hizo volver a tumbarse.

—Enfermera, la necesito aquí. Ahora mismo.

Después de un momento de confusión, la enfermera puso en el suelo dos almohadas donde colocar al bebé y se unió al doctor.

—Más anestesia —dijo él.

Se dio cuenta de su sorpresa, pero ella asintió comprensiva y obedeció rápidamente. Él tenía la mano en la rodilla de su mujer, y notó como disminuía la tensión de sus músculos a medida que el gas hacía efecto.

—¿Gemelos? —preguntó la enfermera.

El doctor, que se había relajado después del nacimiento del niño, se sentía débil y no pudo hacer más que asentir con la cabeza. «Cálmate», se dijo mientras asomaba otra cabeza. «Piensa que estás en otro sitio», intentó tranquilizarse mientras se veía trabajando metódicamente y con precisión. «Es un nacimiento cualquiera».

El segundo bebé era más pequeño y llegaba con más facilidad, deslizándose tan rápidamente hasta sus manos que tuvo que inclinarse con el pecho hacia adelante para asegurarse de que no cayera.

---

* Examen que se realiza al bebé nada más nacer, para determinar su condición física. La escala va del 1 al 10, donde 10 corresponde al niño más saludable. (N. de la T.)

—Es una niña —dijo, y la sostuvo contra el pecho como a una pelota de fútbol, boca abajo, dándole golpecitos hasta que lloró. Luego le dio la vuelta para verle la cara.

Tenía una sustancia blanca grisácea de aspecto untuoso en la piel delicada y resbalaba por el líquido amniótico y los restos de sangre. Los ojos eran azules y empañados, y el pelo de color azabache, pero apenas se apercibió. Lo que miraba era aquellos rasgos inconfundibles, el pliegue epicántico del ángulo interno de los ojos, alzados como si se estuviera riendo, la nariz chata... «Un caso clásico —recordó haber oído decir a su profesor al examinar a un niño similar hacía años—. Un niño mongólico. ¿Saben lo que significa?», y él, diligentemente, había recitado los síntomas que había memorizado del texto: tono muscular fláccido, crecimiento y desarrollo mental retrasado, posibles complicaciones del corazón, muerte prematura. El profesor asintió con la cabeza y puso el estetoscopio en el pecho desnudo y suave del niño. «Pobre chico. No hay nada que puedan hacer por él salvo mantenerlo limpio. Deberían mandarlo a una institución que se hiciera cargo de él y se ahorrarían todo esto.»

El doctor se sintió transportado al pasado. Su hermana había nacido con un problema de corazón y había crecido muy despacio. Siempre que intentaba correr, se quedaba sin respiración y le volvía entrecortada, con pequeños jadeos. Durante años, no supieron cuál era el problema hasta que fueron por primera vez a la clínica de Morgantown. No había nada que pudieran hacer. Recibió toda la atención de su madre, y aun así, murió cuando tenía doce años. Él tenía dieciséis e iba al instituto, luego iría a Pittsburg a la facultad de medicina y al cabo emprendería su vida actual. Todavía recordaba lo duro y doloroso que fue para su madre, cómo subía cada mañana la colina para visitar la tumba, hiciera el tiempo que fuera.

La enfermera, a su lado, observó al bebé.

—Lo siento, doctor.

Él sujetó a la niña olvidándose de lo que debía hacer. Tenía las manos muy pequeñas, pero eran perfectas; en cambio, la separación entre el dedo gordo del pie y los otros... Era ahí, como cuando falta un diente en la boca, y cuando le miró detenidamente los ojos, vio las manchas de Brushfield en el iris, características del síndrome de Down, tan diminutas y definidas como motitas de nieve. Imaginó el corazón, del tamaño de una ciruela y posiblemente deficiente, y pensó en la habitación, tan cuidadosamente pintada con aquellos suaves animalitos y una sola cuna. Pensó en su mujer parada en la acera ante la casa cubierta de nieve, diciendo que su mundo ya no sería el mismo.

La mano de la niña rozó la suya, y él empezó, sin voluntad, a moverse por pautas familiares. Cortó el cordón, le examinó el corazón y los pulmones. Había estado pensando en la nieve, en el coche en la cuneta, la completa calma del ambulatorio vacío. Con el tiempo, cuando pensara en esta noche —lo que haría a menudo en los años venideros—, el momento decisivo de su vida en que se fundió todo lo demás, recordaría el silencio de la habitación y la nieve fuera cayendo de manera constante. El silencio que lo rodeaba era tan profundo que volvió a situarse a otra altura, en el cenit de aquella habitación y luego, más allá, en la nieve, donde la escena se desarrollaba en una vida diferente, en la que él era mero espectador, como vislumbrada a través de la cálida luz de una ventana al andar por una calle oscurecida. Eso era lo que recordaría, una sensación de espacio infinito. El doctor en la cuneta y las luces de su casa encendidas a lo lejos.

—Bueno. Límpiela, por favor —dijo pasándole a la enfermera el ligero peso de la niña—. Pero déjela en la otra habitación. No quiero que mi mujer lo sepa todavía.

La enfermera asintió y desapareció para volver con el niño, que colocó en la canastilla que habían traído. El doctor estaba intentando sacar las placentas, que salieron muy bien, oscuras y gruesas, cada una del tamaño de un plato. Gemelos no idénticos, varón y hembra, uno visiblemente perfecto y el otro marcado por un cromosoma de más en cada célula de su cuerpo. ¿Cuántas probabilidades había? Su hijo, en la canastilla, movía las manos de vez en cuando, con fluidez, como si todavía estuviera dentro del útero. Inyectó un sedante a su mujer y se inclinó para reparar la episiotomía. Estaba a punto de amanecer; la luz aumentaba débilmente en las ventanas. Observó el movimiento de sus manos y pensó en lo bien que estaban yendo los puntos, diminutos y pulcros como su mujer. Ella había desplazado parte del edredón sin que él se hubiera dado cuenta.

Cuando el doctor terminó, encontró a la enfermera sentada en una mecedora en la sala de espera, con la niña en sus brazos. Se miraron sin decir nada y se acordó de la noche en que ella le había velado el sueño.

—Hay un sitio —dijo él, escribiendo el nombre y dirección en la parte de atrás de un sobre—. Me gustaría que la llevara allí. Cuando sea de día, quiero decir. Prepararé la partida de nacimiento y llamaré para decir que va a ir.

—Pero su mujer... —dijo la enfermera.

Él captó la sorpresa y la desaprobación en su voz.

Pensó en su hermana, pálida y delgada, quedándose sin respiración, y en su madre girándose de cara a la ventana para esconder las lágrimas.

—¿Es que no lo ve? —dijo en voz baja—. Lo más probable es que esta pobre niña tenga una cardiopatía grave. Quizás mortal. Estoy tratando de ahorrarnos a todos un dolor espantoso.

Habló con convicción. Se creía sus propias palabras. La enfermera se lo quedó mirando con una expresión de sorpresa y a la vez ilegible, mientras él esperaba a que dijera que sí. En el estado en que se encontraba en aquel momento, no se le había ocurrido pensar que ella pudiera haber dicho cualquier otra cosa. No imaginó, como haría más tarde aquella noche y en tantas otras noches venideras, que lo estaba poniendo todo en peligro. En lugar de eso, se impacientó por la lentitud de ella y de repente se sintió muy cansado, y la clínica, tan familiar, ahora le parecía extraña, como si estuviera en un sueño. La enfermera lo observó con ilegibles ojos azules. Él le devolvió la mirada, inmutable, y al final ella asintió con un movimiento de cabeza tan leve que fue casi imperceptible.

—La nieve —susurró bajando la vista.

Pero a media mañana la tormenta había empezado a amainar, y llegaban sonidos distantes de la máquina quitanieves. Desde la ventana del piso de arriba, miró cómo la enfermera quitaba la nieve del coche azul pastel y se adentraba en el blanco mundo. La niña estaba escondida, dormida en una caja forrada con mantas, en el asiento de atrás. La vio girar hacia la calle de la derecha, y desapareció. Luego, entró y se sentó con su familia.

Su mujer dormía con el pelo dorado esparcido sobre la almohada. De vez en cuando él había echado una cabezada. Despierto, miraba hacia el aparcamiento vacío, viendo salir el humo de las chimeneas del otro lado de la calle, pensando en lo que iba a decir: que no era culpa de nadie, que la niña estaría en buenas manos junto a otros niños como ella y constantemente atendida. Sería lo mejor para todos.

Bien entrada la mañana, cuando la nieve paró de una vez por todas, su hijo lloró de hambre, y su mujer se despertó.

—¿Dónde está el niño? —dijo, incorporándose con la ayuda de los codos y apartándose el pelo de la cara.

Él sujetaba a su hijo, cálido y ligero, y se sentó a su lado poniéndoselo en los brazos.

—Hola, mi vida —le dijo él—. Mira nuestro hermoso hijo. Fuiste muy valiente.

Ella le dio al niño un beso en la frente, luego se desabrochó la bata y se lo puso al pecho. Su hijo se agarró enseguida, y su mujer levantó la vista y sonrió. Él le cogió la mano que tenía libre, recordando lo fuerte que lo había agarrado a él, marcándole los huesos de los dedos en la piel. Recordó cuánto la había querido proteger.

—¿Va todo bien? —preguntó—. Cariño, ¿qué pasa?

—Tuvimos gemelos —le dijo despacio pensando en el pelo oscuro, los cuerpos resbaladizos que se movieron en sus manos. Los ojos se le llenaron de lágrimas—. Uno de cada.

—¿De veras? ¿También una niña? Phoebe y Paul. ¿Dónde está?

Tenía los dedos tan delgados, pensó, como los huesos de un pajarillo.

—Cariño —empezó. Se le rompió la voz, y las palabras que había ensayado con tanto cuidado se esfumaron. Cerró los ojos, y cuando pudo volver a hablar, las palabras le vinieron de improviso—: Cariño. Lo siento tanto… Nuestra hija murió al nacer.

II

Caroline Gill andaba con cuidado y dificultad por el aparcamiento. La nieve le llegaba a las pantorrillas y en según qué sitio, a las rodillas. Llevaba a la niña envuelta en mantas, en una caja de cartón que una vez sirvió para repartir muestras de leche infantil en la consulta. Estaba grabada con letras rojas y caras de niños angelicales, y la tapa se movía arriba y abajo a cada paso que daba. Un silencio poco habitual llenaba el aparcamiento vacío, un silencio que parecía originarse desde el mismo frío y expandirse por el aire y fluir hacia fuera, como las ondas que hace una piedra al lanzarla al agua. La nieve le daba en la cara cuando abrió la puerta del coche. Instintivamente se curvó para proteger la caja y la metió en el asiento trasero, donde las mantas rosas cayeron suavemente sobre la tapicería blanca de vinilo. La niña dormía, un sueño intenso y concentrado de recién nacido, con la cara apretada, los ojos eran sólo dos líneas y la nariz y la barbilla no eran más que simples bultos. «Nadie lo habría dicho —pensó Caroline—. Si no lo sabían, nadie lo habría dicho.» Caroline le había dado un ocho en la escala Apgar.

Era difícil abrirse camino por las calles de la ciudad. El coche patinó dos veces y también dos veces ella estuvo a punto de dar media vuelta y volver. La interestatal, sin embargo, estaba despejada. Siguió adelante a una velocidad constante, viajando por las afueras industriales de Lexington, y entró en el campo ondulado de granjas de caballos. Kilómetros de vallas blancas hacían rápidas sombras sobre la nieve y los caballos se veían oscuros en los campos. El cielo estaba vivo con gordas nubes grises. Caroline puso la radio, buscó una emisora entre las interferencias y la apagó. El mundo pasaba corriendo, totalmente normal, pero a la vez, completamente distinto.

Desde el momento en que había hecho el débil movimiento de cabeza en señal de acuerdo a la asombrosa petición del doctor Henry, había sentido como si cayera lentamente desde el aire, esperando tocar tierra y descubrir dónde estaba. Su petición, que se llevara a la niña sin decirle nada a su mujer, era incalificable. Pero Caroline se había conmovido por el dolor y la confusión de su rostro mientras examinaba a su hija, por el camino lento y entumecido que había desarrollado desde entonces. Pronto entraría en razón, se dijo. Estaba en estado de shock, y ¿quién podía culparlo? Después de todo, había asistido el parto de sus propios hijos durante una tormenta de nieve y además, esto.

Conducía más deprisa, imágenes de la mañana temprano la recorrían como una corriente. El doctor Henry, trabajando con aquella destreza tan calma, con movimientos centrados y precisos. El pelo oscuro brillando entre los muslos blancos de Norah Henry y el vientre inmenso; los músculos tensos por las contracciones, como el agua de un lago que se ondula por el viento. El silbido suave del gas, y el momento en que el doctor Henry la llamó con voz suave pero forzada, con una expresión tan afectada en la cara, que estaba segura de que el segundo bebé había nacido muerto. Esperaba que hiciera algo para reanimarlo. Cuando vio que no lo hacía, pensó que debía ir hacia él, ser testigo y poder decir más adelante: «Sí, el bebé estaba cianótico; el doctor Henry lo intentó, los dos lo intentamos, pero no se podía hacer nada».

Pero entonces la niña lloró, y el llanto la trajo a este lado de nuevo.

Siguió adelante, apartando los recuerdos. La carretera se abría camino por la caliza, y el cielo, canalizado, quedaba en medio. Llegó a la cima de la colina y empezó el largo descenso hacia el río que pasaba por abajo. Detrás, la niña seguía durmiendo en la caja de cartón. De vez en cuando, Caroline, preocupada, le echaba un vistazo por encima del hombro, pero se tranquilizaba al ver que no se había movido. Esa clase de sueño era normal después del enorme esfuerzo de llegar al mundo. Se preguntaba cómo habría sido su propio nacimiento, si durmió tan intensamente durante las horas siguientes…, pero sus padres habían muerto y no había nadie que pudiera recordar aquel momento. Su madre pasaba de los cuarenta cuando ella nació, y su padre ya tenía cincuenta y dos. Hacía mucho que ya no esperaban ningún hijo, habían abandonado cualquier esperanza o expectativa, ya ni siquiera se lamentaban por ello. Llevaban una vida tranquila y ordenada, y se contentaban con eso.

Hasta que asombrosamente llegó Caroline, una flor que creció entre la nieve.

Desde luego la habían querido, pero había sido un amor sobreprotector, serio y atento, con capas de cataplasma, calcetines calientes y aceite de ricino. Durante los veranos, tranquilos y calurosos, en que la polio atemorizaba, Caroline tenía que quedarse dentro, empapada en sudor mientras leía estirada en el diván del salón del piso de arriba, junto a la ventana. Las moscas zumbaban contra el cristal y quedaban tendidas en el alféizar. Fuera, el paisaje brillaba por la luz y el calor, y otros niños del vecindario, cuyos padres eran más jóvenes y por lo tanto estaban menos preocupados por la posibilidad de una catástrofe, se gritaban unos a otros en la distancia. Caroline se pegaba contra la mosquitera de la ventana, escuchando. Anhelando. No corría nada de aire y el sudor le humedecía los hombros de la blusa de algodón y la cinturilla planchada de su falda. Abajo en el jardín, su madre, con guantes, delantal largo y sombrero, arrancaba las malas hierbas. Por las noches, su padre llegaba de la oficina de seguros y se quitaba el sombrero al entrar en la casa en calma y con los postigos cerrados. Bajo la chaqueta, llevaba la camisa manchada y humedecida.

Los neumáticos chirriaron al cruzar el puente, el río Kentucky serpenteaba más abajo y la energía de la noche anterior se había desvanecido totalmente. Volvió a darle un vistazo a la niña. Sin duda Norah Henry querría cogerla en brazos, incluso aunque no pudiera quedársela.

Eso no era asunto suyo.

Sin embargo, no dio vuelta atrás. Volvió a encender la radio, esta vez encontró una emisora de música clásica y siguió adelante.

A unos treinta kilómetros de Louisville, Caroline miró la dirección que el doctor Henry había escrito con letra elegante y dejó la carretera. Aquí, tan cerca del río Ohio, las ramas más elevadas de los espinos y de los almeces emitían destellos por el hielo, aunque las carreteras estaban limpias y secas. Blancas vallas encerraban los campos espolvoreados de nieve y caballos negros se movían oscuros en ellos, haciendo nubes de vaho en el aire al respirar. Caroline giró por una carretera todavía más pequeña, donde la tierra se extendía sin límites. Pronto, después de un kilómetro y medio de colinas blancas, vislumbró el edificio, hecho de ladrillos rojos de finales de siglo, con dos inapropiadas alas modernas que quedaban fuera de lugar. De vez en cuando desaparecía, mientras seguía las curvas y hondonadas de la carretera rural y de pronto, apareció frente a ella.

Paró en la entrada circular. De cerca, la vieja casa se veía en ligero mal estado. La pintura se despegaba de las molduras de madera, y en el tercer piso, habían cerrado con tablas una ventana de cristales rotos. Caroline bajó del coche. Llevaba puestos unos viejos zapatos planos, de suela fina y gastados, que se había puesto a toda prisa la noche anterior al no encontrar las botas. Sintió frío en los pies al contacto con la nieve. Cogió la bolsa que había preparado con pañales y un termo de leche caliente infantil, la caja con la niña, y entró en el edificio.

Lámparas de cristal plomado que no habían abrillantado desde hacía mucho tiempo flanqueaban la puerta por ambos lados. Había una puerta interior de vidrio mate y traslúcido y luego, el vestíbulo de roble oscuro. El aire, caliente, olía a comida, a zanahoria, cebolla y patata. Caroline caminó con vacilación; las tablas del suelo crujían a cada paso pero no apareció nadie. Una franja de alfombra raída conducía a través de un suelo de tablas anchas hasta la parte trasera de la casa, donde había una sala de espera con ventanas altas y cortinas pesadas. Se sentó en el borde de un sofá de terciopelo, con la caja a su lado, y esperó.

La habitación estaba recalentada. Se desabrochó el abrigo. Todavía llevaba el uniforme blanco y, cuando se tocó el pelo, se dio cuenta de que también llevaba la cofia. Se había levantado de golpe a la llamada del doctor Henry, y se había vestido y desplazado rápidamente por la nevosa noche. Desde entonces, no había parado ni un segundo. Se oían voces y ruido de cubiertos a lo lejos. Encima de ella, pasos que iban y venían. Medio soñó con su madre preparando una comida de vacaciones mientras su padre trabajaba en la carpintería. Había tenido una infancia solitaria. A veces se había sentido muy sola, pero todavía tenía esos recuerdos: el edredón especial, la alfombrilla con rosas bajo los pies, el tejido de voces que le pertenecían a ella sola.

A lo lejos, sonó un timbre dos veces. «La necesito aquí ahora mismo», había dicho el doctor Henry con urgencia y tensión en la voz. Y Caroline se había dado prisa haciendo aquella incómoda cama con los cojines, sujetando la máscara sobre la señora Henry mientras el segundo gemelo, esta pequeña niña, se deslizaba hacia el mundo y ponía aquel asunto en marcha.

En marcha, sí. No podía detenerse. Incluso estando sentada aquí en este sofá, en la quietud de este lugar, incluso esperando, Caroline estaba preocupada porque las cosas no iban a detenerse. «¿Esto? —era la cancioncilla que oía en la cabeza—. ¿Esto ahora, después de todos estos años?»

Caroline Gill tenía treinta y un años y había esperado durante mucho tiempo a que empezara realmente su vida. No es que ella lo hubiera planeado así. Pero desde pequeña había sentido que su vida iba a ser poco corriente. Llegaría un momento, lo sabría cuando llegara, en que todo cambiaría. Había soñado ser una gran pianista, pero las luces del escenario del instituto eran tan diferentes de las de casa que se había quedado congelada por su resplandor. Luego, a los veinte años, sus amigas de la facultad de enfermería empezaron a casarse y a formar una familia. Caroline también había conocido jóvenes en quien fijarse, sobre todo uno, de piel blanca y pelo oscuro y muy divertido. Durante una época maravillosa se imaginó que él —y cuando él dejó de llamar, que otro—, le cambiaría la vida para siempre. Al pasar los años, fue centrando su atención paulatinamente en el trabajo, pero sin perder la esperanza. Confiaba en sí misma y en sus capacidades. No era de las que se paraban a mitad del camino para pensar si se había dejado la plancha enchufada y estaría ardiendo su casa. Ella seguía trabajando. Esperaba.

También leía, primero novelas de Pearl Buck y luego todo lo que encontraba sobre China, Birmania y Laos. A veces paraba de leer y miraba con ojos soñadores por la ventana de su apartamento pequeño y sencillo en las afueras de la ciudad. Se imaginaba cambiando de vida, una vida exótica, difícil y satisfactoria. Su ambulatorio sería sencillo, situado en una selva exuberante, quizá cerca del mar. Tendría las paredes blancas y brillaría como una perla. La gente haría cola fuera, bajo los cocoteros. Ella, Caroline, se ocuparía de todos ellos; los curaría. Cambiaría sus vidas y la suya.

Consumida por esta imagen, en un momento repentino de fervor y entusiasmo, había mandado una solicitud para ser enfermera misionera. Un fin de semana radiante de finales de verano había ido a Saint

Louis para hacer una entrevista. Estaba en la lista de espera para Corea. Pero pasó el tiempo, la misión se aplazó y luego se canceló del todo. La pusieron en otra lista, esta vez para Birmania.

Y entonces, mientras todavía comprobaba el correo y soñaba con el trópico, llegó el doctor Henry.

Era un día normal —nada indicaba lo contrario— de finales de otoño, temporada de resfriados, y la sala estaba abarrotada, llena de estornudos y tos sorda. Incluso ella sentía picor en la garganta. Llamó al siguiente paciente, un señor mayor cuyo resfriado empeoraría en las semanas siguientes, convirtiéndose en la neumonía que finalmente lo mataría. Rupert Dean. Estaba sentado en el sillón de piel, con una hemorragia nasal. Se levantó despacio y se metió el pañuelo de tela con intensas manchas de sangre en el bolsillo. Al llegar al mostrador le pasó a Caroline una fotografía en un marco de cartón azul oscuro. Era un retrato en blanco y negro, ligeramente coloreado. La mujer que aparecía llevaba un jersey de color melocotón pálido. Tenía el pelo cuidadosamente ondulado y los ojos de un azul intenso. Era Emelda, la esposa de Rupert Dean, fallecida hacía veinte años.

—Fue el amor de mi vida —le dijo a Caroline tan alto que la gente levantó la vista.

La puerta exterior de la consulta estaba abierta y hacía vibrar los paneles de cristal de la puerta de adentro.

—Es preciosa —dijo Caroline.

Le temblaban las manos porque se había conmovido por el amor y la pena de ese anciano y porque nadie la había amado con semejante pasión. Porque tenía casi treinta años y si muriera al día siguiente, nadie la lloraría como Rupert Dean todavía lloraba a su mujer al cabo de veinte. Seguramente ella, Caroline Lorraine Gill, era tan especial y merecedora de amor como la mujer de la fotografía, pero aun no había encontrado la manera de manifestarlo, ni a través del arte, ni del amor, ni tan sólo a través de la certera y fuerte vocación por su trabajo.

Todavía intentaba serenarse cuando la puerta entre el vestíbulo y la sala de espera se abrió. Un hombre con un abrigo marrón de *tweed* dudó un momento en la entrada, con el sombrero en la mano, observando el papel amarillo con relieve de la pared, el helecho del rincón y el revistero de metal con revistas antiguas. Tenía el pelo castaño con un matiz rojizo y la cara delgada, con una expresión atenta, evaluando.

No era distinguido, sin embargo había algo en su actitud, en su conducta, en su tranquilo estado de alerta, como de dotes de escucha, que lo hacía diferente. El corazón de Caroline se aceleró y sintió un cosquilleo en la piel, agradable y molesto a la vez, como el inesperado roce del ala de una mariposa. Sus ojos coincidieron y entonces lo supo. Antes de que él cruzara la sala para darle la mano, de que abriera la boca para decir su nombre, «David Henry», en un acento neutro foráneo, antes de todo esto, Caroline estaba segura de una sola cosa: había llegado la persona que había estado esperando.

Por aquel entonces, él no estaba casado. Ni casado, ni prometido, y sin compromisos que ella supiera. Caroline lo caló tanto el día en que visitó el ambulatorio como más adelante en la fiesta de bienvenida y en las reuniones. Percibía lo que otros, absortos por el fluir de las conversaciones educadas, distraídos por el nuevo acento y las inesperadas y repentinas carcajadas, no podían: aparte de mencionar de vez en cuando su época en Pittsburg, un hecho ya conocido por su currículum, nunca hacía referencia a su pasado. Esta reticencia le daba un aire de misterio, y el misterio aumentó su sensación de que ella lo conocía de forma distinta a como lo hacían los demás. Para ella, cada uno de sus encuentros estaban cargados, como si ella le dijera desde el otro lado de la mesa de reconocimiento, con el cuerpo de un paciente u otro de por medio: «Te conozco; te entiendo; veo lo que los demás no ven». Cuando oyó que la gente bromeaba de su enamoramiento por el nuevo doctor, se ruborizó. Pero a escondidas, también se alegraba, porque así, los rumores podrían llegar a él, ya que ella, con su timidez, nunca se atrevería a decirle nada.

Tras dos meses de tranquilidad en el trabajo, una noche se lo encontró durmiendo en su escritorio. Tenía la cara apoyada en las manos y respiraba hondo en un sueño profundo a pesar de la luz. Caroline se apoyó en la entrada, con la cabeza inclinada y en aquel momento, los sueños que había nutrido durante años se fusionaron. El doctor Henry y ella irían juntos a algún lugar remoto del mundo, allí trabajarían todo el día con sudor que iría aumentando en la frente, con instrumentos en las manos cada vez más resbaladizos, y una de esas noches ella tocaría para él el piano que llegaría por mar, y luego por algún río de difícil acceso y por la tierra exuberante hasta donde ellos vivieran. Caroline estaba tan sumergida en ese sueño que cuando el doctor Henry abrió los ojos, ella le sonrió tan abiertamente y con tanta franqueza como nunca antes había sonreído a nadie.

Su clara sorpresa la hizo volver en sí. Se quedó de pie y se tocó el pelo, murmurando alguna disculpa, toda colorada. Desapareció muerta de vergüenza, pero también contenta. Ahora él ya lo debía saber, ahora la vería finalmente del mismo modo en que ella lo veía a él. Durante unos días, sus expectativas de lo que podía pasar eran tan grandes que ni siquiera podía estar en la misma habitación con él. Incluso aunque pasaron los días sin que ocurriera nada, no se decepcionó. Se relajó, excusó el retraso y siguió esperando, impasible.

Tres semanas más tarde, Caroline abrió el periódico y encontró la foto de boda en la página de sociedad: Norah Asher, señora de David Henry, con la cabeza inclinada, de cuello elegante, los párpados curvos en forma de concha…

Caroline empezó a sudar debajo del abrigo. La habitación recalentada; casi se quedó dormida. A su lado, la niña todavía dormía. Se levantó y fue hacia las ventanas, las tablas del suelo se movieron y crujieron bajo la desgastada alfombra. Cortinas de terciopelo rozaban el suelo, vestigios de una época remota cuando este lugar había sido una finca elegante. Tocó el borde de abajo de las cortinas finas, amarilleadas, quebradizas, llenas de polvo. Fuera, media docena de vacas metían el hocico en el campo nevado en busca de hierba. Un hombre con chaqueta de cuadros escoceses y guantes oscuros se abría camino hacia el granero, balanceando un cubo en cada mano.

Este polvo, esta nieve. No era justo, no era nada justo que Norah Henry tuviera tanto, una vida perfecta y feliz. Horrorizada por este pensamiento, en el fondo de su amargura, Caroline dejó caer las cortinas y salió de la habitación, en dirección a las voces.

Entró en una sala con fluorescentes que emitían un zumbido en el alto techo. El ambiente estaba cargado de algún producto de limpieza, de vegetales al vapor y de un ligero olor a orina. Carritos traqueteando; se oían voces y murmullos. Dobló una esquina, luego otra, descendió un solo peldaño y entró en un ala más moderna con paredes de turquesa claro. Aquí, el suelo de linóleo cedía contra el contrachapado de abajo. Atravesó varias puertas vislumbrando momentos en las vidas de la gente, imágenes suspendidas como fotografías: un hombre de edad indeterminada con la cara en la penumbra miraba por la ventana.

Dos enfermeras hacían una cama con los brazos levantados y la sábana pálida flotando en el aire por un momento, cerca del techo. Dos habitaciones vacías, lonas extendidas, botes de pintura amontonados en el rincón. Una puerta cerrada y luego la última, abierta, donde había una joven con combinación blanca de algodón sentada al borde de una cama, con la manos en la falda y la cabeza inclinada, y una enfermera de pie detrás de ella con unas tijeras plateadas. El pelo oscuro caía en cascada sobre las sábanas blancas, mostrando el cuello desnudo de la mujer: estrecho, grácil, blanco. Caroline se detuvo en la entrada.

—Tiene frío —dijo, haciendo que las dos mujeres levantaran la vista.

La mujer de la cama tenía los ojos grandes, oscuros y luminosos. El pelo, que una vez había sido bastante largo, sobresalía desgreñado a la altura de la barbilla.

—Sí —dijo la enfermera poniéndose a cepillar algunos cabellos que habían quedado en los hombros de la mujer, que se dispersaron por la pálida luz y acabaron sobre las sábanas y el suelo de linóleo gris moteado—. Pero se tiene que hacer.

Frunció el ceño mientras estudiaba el uniforme arrugado de Caroline y la cabeza sin cofia.

—¿Eres nueva aquí? —preguntó.

Caroline asintió.

—Sí, nueva. Eso es.

Más tarde, cuando recordara este momento, una mujer con unas tijeras y otra sentada con la combinación de algodón en medio de los restos de su cabello, lo recordaría en blanco y negro, y la imagen la llenaría de desolación y angustia. Por lo que no estaba segura. El pelo esparcido, irrecuperable, y la fría luz que entraba por la ventana. Notó que se le llenaban los ojos de lágrimas. Resonaron voces en otra sala, y Caroline se acordó de la niña, que había dejado durmiendo dentro de una caja sobre el sofá de terciopelo de la sala de espera. Dio media vuelta y se apresuró a volver.

Todo estaba tal como lo había dejado. La caja con los dibujos de niños en rojo estaba sobre el sofá; la niña tenía las manos en puño junto a la barbilla y seguía durmiendo. «Phoebe, había dicho Norah Henry antes de quedarse dormida por la anestesia—. Si es niña, Phoebe.»

Phoebe. Caroline destapó las mantas con cuidado y la levantó. Era tan pequeñita... Pesaba dos kilos y medio. Era más pequeña que su hermano, pero con el mismo pelo oscuro y abundante. Caroline comprobó el pañal, húmedo y manchado de meconio, la cambió y la envolvió de nuevo. No se despertó y Caroline la sujetó un momento, sintiendo lo ligera, lo pequeña, lo cálida que era. La cara tan pequeña, tan voluble. Incluso durmiendo, sus expresiones eran como nubes que le cruzaban las facciones. Caroline vislumbró el ceño fruncido de Norah Henry y la escucha concentrada de David Henry.

Puso a Phoebe otra vez dentro de la caja y la arropó suavemente con las mantas, pensando en David Henry, con aspecto cansado, comiéndose un sandwich de queso en su mesa, acabándose una taza de café casi frío y levantándose luego para abrir otra vez las puertas de la consulta las noches de los martes, gratuita para los pacientes que no podían pagarle. La sala de espera se llenaba siempre y él solía quedarse todavía allí cuando finalmente a medianoche ella se iba a casa, tan cansada que apenas podía pensar. Ella lo amaba por eso, por su bondad. Sin embargo la había mandado con su hija pequeña a este lugar donde había una mujer sentada al borde de una cama con guedejas de pelo amontonándose sobre la fuerte y fría luz del suelo.

«Esto la destrozaría —había dicho de Norah—. Y no quiero verla así.»

Se oyeron pasos que se acercaban, luego apareció una mujer de pelo gris con un uniforme blanco muy parecido al de Caroline y se quedó de pie en la entrada. Era de complexión robusta, ágil por su tamaño, sin tonterías. En otra ocasión, a Caroline le habría causado muy buena impresión.

—¿Puedo ayudarla? —preguntó—. ¿Ha estado esperando mucho?

—Sí —dijo Caroline despacio—. Sí, he estado esperando muzcho tiempo.

La mujer, exasperada, movió la cabeza.

—Sí, ya lo veo, lo siento. Es la nieve. Estamos sólo la mitad de la plantilla por culpa de la nieve. Sólo llega a dos centímetros y medio, pero aquí en Kentucky, el estado entero se paraliza. Crecí en Iowa, y no veo a qué viene tanto alboroto, pero sólo es mi opinión. Vamos a ver, ¿en qué puedo ayudarla?

—¿Es usted Silvia? —preguntó Caroline esforzándose por recordar el nombre que había en el papel debajo de la dirección. Se lo había dejado en el coche—. ¿Silvia Patterson?

La mujer puso cara de enfadada.

—No. Soy Janet Masters. Silvia ya no trabaja aquí.

—Vaya —dijo Caroline, y luego se calló.

Esta mujer no sabía quién era ella; estaba claro que no había hablado con el doctor Henry. Caroline, que todavía sujetaba el pañal sucio, bajó las manos a los costados para mantenerlo fuera de la vista.

Janet Masters se puso firme con las manos en la cadera y frunció el ceño.

—¿Eres de esa empresa de leche infantil? —preguntó indicándole con la cabeza la caja del sofá al otro lado de la habitación, con los niños rojos angelicales sonriendo con benevolencia—. Silvia se lió con el representante, todos lo sabíamos, y si eres de la empresa ya puedes recoger tus cosas y largarte de aquí —e hizo un gesto brusco con la cabeza.

—No sé a qué se refiere —dijo Caroline—, pero me voy. De verdad, me voy. No volveré a molestarla.

Pero Janet Masters no había acabado.

—Mentirosos, eso es lo que sois. Dejáis muestras gratuitas y una semana más tarde mandáis una factura. Esta es una casa para retrasados mentales, pero ellos no son los que mandan, ¿sabes?

—Lo sé —murmuró Caroline—. De verdad que lo siento.

Sonó un timbre a lo lejos y la mujer bajó las manos de las caderas.

—Tienes cinco minutos para salir de aquí. Lárgate y no vuelvas más.

Luego se fue.

Caroline se quedó mirando hacia la entrada vacía. Una corriente de aire le pasó por las piernas. Al cabo de un momento, dejó el pañal sucio en medio de la mesa destartalada que había al lado del sofá. Sacó las llaves del bolsillo y cogió la caja con Phoebe. Rápidamente, antes de que pudiera pensar lo que estaba haciendo, se fue hacia el espartano vestíbulo y cruzó la puerta de dos hojas, mientras una ráfaga de aire frío que venía de fuera la cogió tan de sorpresa como al nacer.

Colocó otra vez a Phoebe en el coche y arrancó. Nadie intentó detenerla; nadie le prestó la más mínima atención. Aun así, Caroline condujo deprisa hasta que llegó a la interestatal, donde la fatiga le recorrió el cuerpo como el agua al bajar por una roca. Durante los primeros cuarenta y ocho kilómetros, discutió con ella misma, a veces en voz alta. «¿Qué es lo que has hecho?», se preguntaba con severidad. Discutió con el doctor Henry también, imaginándose las arrugas que le aparecerían en la frente y aquel músculo de la mejilla que le saltaba cada vez que estaba disgustado. «¿En qué estás pensando?», quería saber, y la verdad, es que no tenía ni idea sea lo que fuera.

Pero pronto se le agotó la energía con estas conversaciones y desde que había llegado a la interestatal conducía mecánicamente, sacudiendo la cabeza de vez en cuando para mantenerse despierta. Era el final de la tarde. Phoebe llevaba casi doce horas durmiendo. Pronto le tendría que dar de comer. Caroline esperaba contra todo pronóstico haber llegado a Lexington cuando esto pasara.

Acababan de pasar la última salida, la de Frankfurt, cuando las luces de freno del coche de delante se encendieron. Ella redujo la velocidad, luego redujo un poco más, al final tuvo que frenar. Ya empezaba a anochecer, el sol resplandecía con una luz pálida en el cielo nublado. Estaba llegando a la cima de la colina cuando el tráfico se detuvo por completo; una franja larga de luces traseras que terminaban en un grupo intermitente de rojo y blanco. Un accidente: un choque en cadena. Caroline pensó que iba a llorar. El indicador de gasolina marcaba más o menos un cuarto del depósito, suficiente para llegar a Lexington pero nada más, y esta caravana de coches… Bien podían estar allí durante horas. No podía arriesgarse a apagar el motor y quedarse sin calefacción, con un recién nacido en el coche.

Se quedó quieta durante unos minutos, paralizada. La última vía de salida quedaba cuatrocientos metros atrás, separada de ella por una brillante cadena de coches. Subía calor del capó del Fairlane azul pastel, que destellaba ligeramente en la penumbra, derritiendo los copos de nieve que habían empezado a caer. Phoebe suspiró y la cara se le tensó un poco, luego se relajó. Caroline siguió un impulso que luego la asombraría; giró bruscamente el volante y deslizó el Fairlane al arcén de grava. Puso la reversa y dio marcha atrás, pasando despacio al lado de los coches paralizados. Fue extraño. Como si estuviera pasando un tren. Una mujer con un abrigo de piel, tres niños haciendo caras, un hombre con una chaqueta de paño fumando. Iba despacio, hacia atrás, en la difuminada oscuridad. El tráfico quieto como un río congelado.

Llegó a la salida sin ningún contratiempo. Daba a la carretera 60, donde los árboles estaban de nuevo cargados de nieve. Los campos irregulares, recortados por casas, primero unas pocas y luego muchas, con las ventanas iluminando ya en la penumbra. Pronto estuvo conduciendo por la calle principal de Versailles, cautivada por las fachadas de ladrillos de las tiendas, buscando alguna señalización que le indicara el camino a casa.

Un letrero azul oscuro de la cadena de supermercados Kroger se elevaba en la siguiente manzana. Esa vista familiar de carteles publicitarios decorando los brillantes escaparates reconfortó a Caroline y le hizo darse cuenta de golpe de lo hambrienta que estaba. Era sábado, casi de noche, las tiendas estarían cerradas al día siguiente, y tenía poca comida en el apartamento. A pesar del cansancio, paró en el aparcamiento y apagó el motor.

Phoebe, cálida y ligera, con sólo doce horas de vida, estaba inmersa en un profundo sueño. Caroline se colgó al hombro la bolsa de los pañales y metió a la niña bajo el abrigo, tan pequeña, acurrucada y cálida. El viento corría a ras del suelo, levantando los restos de nieve y algunos copos nuevos, arremolinándolos en las esquinas. Caminó por la nieve, con miedo a caer y herir a la niña, pensando por un momento lo fácil que sería dejarla simplemente en un contenedor de basura o en las escaleras de una iglesia o de cualquier otro lugar. Su poder sobre esta vida diminuta era absoluto. La invadió un profundo sentimiento de responsabilidad que la confundió.

La puerta de cristal se abrió desprendiendo una ráfaga de luz y de calor. La tienda estaba abarrotada. Los compradores salían y amontonaban los carros en una hilera enorme. Uno de los chicos que empaquetaban estaba de pie en la puerta.

—Todavía está abierto por el tiempo —le avisó al entrar—. Pero cerraremos en media hora.

—Pero si la tormenta ya ha parado —dijo Caroline.

Y el chico se rió, entusiasmado e incrédulo. Estaba colorado por la calefacción que salía de arriba de las puertas automáticas y se extendía hacia fuera en la noche.

—¿No se ha enterado? Dicen que esta noche va a caer una fuerte.

Caroline colocó a Phoebe en un carro de metal y recorrió los pasillos desconocidos. Reparó en leches infantiles, biberones que conservaran más el calor, tetinas y baberos. Ya iba hacia la caja cuando se dio cuenta de que debía comprar leche para ella, algunos pañales más y algo de comida. La gente pasaba por su lado y cuando veían a Phoebe todos sonreían, incluso algunos se paraban y apartaban un poco la manta para verle la cara. Decían:

—¡Qué mona! ¿Cuánto tiempo tiene?

Caroline mentía sin reparo:

—Dos semanas.

—Vaya, no debería sacarla con este tiempo —la reprendió una mujer de pelo gris—. ¡Debería dejarla en casa!

En el pasillo número seis, mientras Caroline cogía latas de sopa de tomate, Phoebe se despertó, sacudió las pequeñas manos furiosa y empezó a llorar. Caroline vaciló un momento, luego cogió a la niña y la voluminosa bolsa y se fue a los servicios al fondo de la tienda. Se sentó en el rincón, en una silla de plástico naranja, escuchando gotear el agua del grifo, mientras sostenía a la niña en equilibrio en la falda y llenaba un biberón con leche del termo. La niña tardó algunos minutos en calmarse, estaba muy nerviosa y todavía no tenía el reflejo de chupar muy desarrollado. Al final, lo entendió, y se puso a comer como había dormido: intensa, atentamente, con los puños apretados junto a la barbilla. Cuando se relajó, saciada, anunciaron que iban a cerrar. Caroline se apresuró a ir a las cajas, donde había sólo una cajera esperando, aburrida e impaciente. Pagó rápidamente, sosteniendo la bolsa de la compra en un brazo y a Phoebe en el otro. Cuando salió, cerraron las puertas.

El aparcamiento estaba casi vacío, los últimos coches salían muy lentamente a la calle, casi al ralentí. Caroline apoyó la bolsa de las provisiones en el capó y colocó a Phoebe en la caja en el asiento trasero. Las voces de los empleados hacían eco en el aparcamiento. Copos dispersos se arremolinaban a la luz de las farolas como antes. Los meteorólogos a menudo se equivocaban. La nieve que había empezado antes de que Phoebe naciera, justo la noche anterior, aunque parecía que había pasado ya un siglo, ni siquiera la habían pronosticado. Rompió la bolsa para coger un trozo de pan, ya que no había comido nada en todo el día y estaba hambrienta. Masticó mientras cerraba la puerta, pensando en lo cansada que estaba y las ganas que tenía de llegar a su apartamento tan sobrio y ordenado. Pensaba en sus camas gemelas con su felpilla blanca, todo en orden y en su sitio. Entonces se dio cuenta de que las luces traseras estaban débilmente encendidas.

Se paró allí donde estaba, mirándolas fijamente. Todo ese tiempo, mientras había vacilado en los pasillos de comestibles, mientras se había sentado en los servicios dando de comer a Phoebe tranquilamente, la luz se había dispersado en la nieve.

Cuando probó a arrancar, la batería estaba tan muerta que el motor ni siquiera lo intentó; simplemente hizo un *clic*, un ruido seco.

Salió del coche y se quedó de pie al lado de la puerta abierta. El aparcamiento estaba ahora vacío; el último coche se había ido. Empezó a reír. No era una risa normal; ella misma se daba cuenta: su voz demasiado fuerte, casi un sollozo.

—Tengo un bebé —dijo en voz alta, asombrada—. Tengo un bebé en el coche.

Pero el aparcamiento se extendía silencioso ante ella. Las luces de los ventanales del supermercado proyectaban grandes rectángulos en la nieve.

—Tengo un bebé aquí —repitió con la voz diluyéndose en el aire—. ¡Un bebé! —gritó en la quietud.

III

Norah abrió los ojos. Fuera, amanecía, pero la luna todavía estaba atrapada entre los árboles y emitía una pálida luz dentro de la habitación. Había soñado que buscaba algo que había perdido en el suelo helado. Briznas de hierba, puntiagudas y frágiles, que se rompían al tocarlas, dejándole trozos diminutos en la piel. Al despertarse, levantó las manos un poco confundida, pero no tenía ninguna marca, llevaba las uñas bien arregladas y pintadas.

A su lado, su hijo lloraba en la cuna. Con un movimiento suave, más instintivo que intencionado, Norah lo subió a la cama. Al otro lado de la cama las sábanas, de un blanco polar, estaban frías. Eso quería decir que David se había ido al ambulatorio mientras ella dormía. Puso a su hijo en la cálida curvatura de su cuerpo y se abrió el camisón. Él agitó las pequeñas manos como alas de mariposa contra los pechos hinchados y se agarró. Sintió un dolor agudo que disminuyó en cuanto llegó la leche. Le acarició la cabeza frágil y el pelo fino. Sí, era increíble lo que podía hacer el cuerpo humano. Las manos se apaciguaron, descansando como estrellas pequeñas en las aureolas.

Cerró los ojos, a punto de dormirse. Algo profundo de su interior era aprovechado, liberado. La leche subía y, misteriosamente, Norah se sintió como si se convirtiera en río o en viento, abarcándolo todo: los narcisos del tocador, la hierba que crecía fuera dulce y silenciosamente y las hojas nuevas que salían con urgencia de los brotes de los árboles. Larvas diminutas, blancas como perlas y escondidas en la tierra, se transformaban en orugas, polillas, abejas. Pájaros que pasaban al vuelo. Todo eso era suyo. Paul cerró los diminutos puños debajo de la barbilla. Se le movían las mejillas rítmicamente mientras mamaba. A su alrededor, el universo tarareaba, refinado y exigente.

El corazón de Norah se hinchó de amor, de enorme felicidad y también de un pesar difícil de controlar.

No había llorado inmediatamente por su hija aunque David lo había hecho. «El síndrome del bebé cianótico, un problema cardiaco», le dijo con lágrimas atrapadas en la barba de un día. Una niña pequeña que nunca respiró. Norah tenía a Paul en la falda y lo observó: la cara pequeñita, tan serena y arrugada, el gorrito rayado de punto, los dedos de bebé, tan rosados y delicados. Uñitas pequeñísimas, todavía blandas, traslúcidas como la luna al amanecer. Lo que decía David… Norah no lo asimilaba del todo. Los recuerdos que ella tenía de la noche anterior eran al principio definidos, luego borrosos: había nieve, el largo trayecto al ambulatorio por calles desiertas y David, parando en todos los semáforos mientras ella luchaba contra el fuerte impulso, sísmico e intenso, de empujar. Después sólo recordaba algunas cosas sueltas, extrañas: la desconocida tranquilidad del ambulatorio, la suavidad de la tela azul que vestía por las rodillas. Lo fría que estaba la mesa de reconocimiento contra su espalda desnuda. El reloj de oro de Caroline Gill que resplandecía cada vez que le administraba anestesia. Luego se despertó y tenía a Paul en los brazos y a David junto a ella, llorando. Levantó la vista y lo miró con preocupación e interés. Fueron las drogas, las consecuencias del parto, el nivel de hormonas. Otro bebé, con un problema cardiaco, ¿cómo era posible?. Recordó un segundo impulso de empujar y la tensión de la voz de David como las rocas en aguas rápidas. Pero el bebé que tenía en los brazos era perfecto, hermoso, más que suficiente. «No pasa nada —le dijo a David acariciándole el brazo—, no pasa nada.»

Cuando salieron de la consulta al frío y húmedo aire de la tarde siguiente, finalmente, la pérdida la penetró. Ya casi anochecía, todo estaba blanco por la nieve virgen. El cielo cubierto, blanco y granulado detrás de las ramas completamente desnudas de los plátanos. Paul pesaba tan poco como un gato, y pensaba lo raro que era llevar a una criatura completamente nueva a su casa. Había decorado la habitación con mucho cuidado, con la bonita cuna y la cómoda de madera de arce, adosó a la pared el papel con osos esparcidos, cosió las cortinas, bordó el edredón. Todo estaba en orden y preparado; tenía a su hijo en brazos. Aun en la entrada del edificio, se paró entre las dos columnas gráciles, incapaz de dar un paso más.

—David —dijo.

—¿Qué? ¿Qué pasa?

—Quiero verla —dijo en voz baja, aunque de alguna manera sonó más contundente por la calma del aparcamiento—. Sólo una vez, antes de que nos vayamos. Tengo que verla.

David se puso las manos en los bolsillos y observó el pavimento. Durante todo el día había oído los trozos de hielo caer estrepitosamente desde el tejado desigual y ahí estaban, hechos pedazos cerca de los escalones.

—Norah, por favor, vayamos a casa. Tenemos un hijo precioso.

—Lo sé —dijo. Estaban en 1964, él era su marido y ella siempre lo había respetado en todo. Aun así, no se movía. Sentía que no podía dejar atrás una parte esencial de sí misma—. Vamos, sólo un momento, David, ¿por qué no?

Se quedaron mirando fijamente, y la angustia que vio en él le llenó los ojos de lágrimas.

—No está —dijo fríamente—, no puedes verla. En la granja de la familia de Bentley, en el condado de Woodford, hay un cementerio y mandé llevarla allí. Iremos a visitarla más adelante, en primavera. Norah, por favor, me estás rompiendo el corazón.

Norah cerró los ojos, sintió que algo la vaciaba al pensar en un bebé, en su hija, bajo la tierra fría de marzo. Sujetaba a Paul con brazos rígidos y firmes, pero sentía que el resto del cuerpo era líquido, como si se le escurrieran todas las fuerzas y desaparecieran en la nieve. David tenía razón, no tenía que verlo. Él subió los escalones y la abrazó, ella asintió con la cabeza y anduvieron juntos por el aparcamiento vacío a la débil luz. Él aseguró el asiento del coche y condujo a casa con cuidado y metódicamente. Entraron en casa y pusieron a dormir a Paul en su habitación. La reconfortó pensar cómo David se había ocupado de todo y de ella… No iba a discutir con él por el deseo de ver a su hija.

Pero ahora, todas las noches soñaba con cosas perdidas.

Paul se había quedado dormido. Al otro lado de la ventana, las ramas del cerezo silvestre, abarrotadas con brotes nuevos, se movían a contraluz del cielo color índigo pálido. Norah se giró, cambió a Paul de pecho y volvió a cerrar los ojos, dejándose llevar. Se despertó de pronto empapada en sudor, llorando. La habitación iluminada por la luz del día. Volvía a tener los pechos llenos, habían pasado tres horas. Se sentó, sintiéndose pesada, con la piel de la barriga tan fofa que se juntaba siempre al tumbarse y los pechos duros e hinchados por la leche. Todavía le dolían las articulaciones debido al parto. Las tablas del suelo del pasillo crujieron bajo ella.

En el cambiador, Paul lloraba más fuerte, poniéndose rojo del enfado. Le quitó la ropa húmeda y el empapado pañal de algodón. Tenía la piel tan delicada, las piernas tan esqueléticas y enrojecidas como las alas desplumadas de un pollo. En su cabeza, rondaba el recuerdo de su hija perdida, atento, silencioso. Le limpió el cordón umbilical con alcohol, tiró el pañal al cesto de la ropa y lo vistió.

—Mi dulce bebé. Cariñito. —Lo levantó y se lo llevó al piso de abajo.

En la sala de estar, las persianas todavía estaban cerradas y las cortinas corridas. Norah se dirigió al confortable sillón de piel del rincón y se abrió la bata. Le volvía a subir la leche con ritmos arrolladores y enérgicos; una fuerza tan poderosa que parecía arrasar con todo lo que había sido anteriormente. «Despierto para dormir»,* pensó, recostándose preocupada por no recordar quién había escrito eso.

La casa estaba en calma. La caldera dejó de hacer ruido. Las hojas susurraban en los árboles fuera. Oyó a lo lejos la puerta del cuarto de baño abrirse y cerrarse, y luego, el agua empezar a correr ligeramente. Su hermana Bree bajó las escaleras con una blusa antigua de mangas que le llegaban a la punta de los dedos. Tenía las piernas blancas y los pies estrechos, descalza sobre el suelo de madera.

—No enciendas la luz —dijo Norah.

—De acuerdo. —Se acercó para acariciar suavemente la cabeza de Paul—. ¿Cómo está mi sobrinito, esta cosita tan dulce?

Norah miró la carita de su hijo, sorprendida como siempre por su nombre. Todavía no se había convertido en Paul, todavía era sólo un nombre en un brazalete, algo que podía caer y desaparecer con facilidad. Había leído acerca de quienes —¿dónde? Tampoco lo recordaba—, no querían llamar a sus hijos hasta al cabo de unos días, como

* Verso perteneciente al poema *The Waking* del poeta estadounidense Theodore Roethke (1908-1963). (N. de la T.)

si todavía no estuvieran aquí, suspendidos tranquilamente entre dos mundos.

—Paul —dijo en voz alta, firme y definida, cálida como una piedra al sol, un ancla.

Y en silencio, para ella misma, añadió: «Phoebe».

—Está hambriento. Siempre tiene tanta hambre...

—Vaya, entonces ha salido a su tía. Voy a prepararme un café y unas tostadas. ¿Quieres algo?

—Mmm... Un poco de agua —dijo mirando a Bree, de piernas largas y grácil, salir de la habitación.

Qué raro era que fuera su hermana; siempre había sido lo opuesto a ella, su Némesis, pero era la única persona que quería ahora a su lado.

Bree sólo tenía veinte años, pero era tan obstinada y segura de sí misma que a veces parecía la mayor. Hacía tres años, cuando estaba en tercer curso en el instituto, Bree se había largado con el farmacéutico que vivía al otro lado de la calle y que doblaba su edad. La gente le echaba la culpa a él porque ya era mayor para darse cuenta de las cosas. Justificaban el desenfreno de Bree porque había perdido a su padre de repente a principios de la adolescencia, una edad vulnerable, todo el mundo estaba de acuerdo, pero se pronosticó que el matrimonio terminaría pronto y mal, y así fue.

Pero si la gente pensaba que el matrimonio fracasado de Bree la sometería, estaban equivocados. Algo había empezado a cambiar en el mundo desde que siendo Norah una muchacha, su hermana menor no había llegado a casa como se esperaba, escarmentada y avergonzada. En lugar de eso, se matriculó en la universidad y cambió de nombre, de Brigitte a Bree, porque le sonaba más alegre y libre.*

Su madre, humillada por el escándalo del matrimonio y por el del divorcio, que todavía fue peor, se casó con un piloto de la TWA y se fue a vivir a Saint Louis, dejando a las hijas solas. «Bueno, al menos una de mis hijas sabe comportarse», dijo mientras empaquetaba la caja de porcelana. Era otoño, el aire fresco, y había una lluvia de hojas doradas. El pelo rubio, blanquecino, volaba al viento, y los rasgos delicados se suavizaron por una repentina emoción. «Ay, Norah, estoy tan agradecida de tener una hija como es debido, no te lo puedes ni imagi-

* En inglés *breezy* y *free*. (*N. de la T.*)

nar. Aunque nunca te cases, siempre serás una dama, cariño.» Norah, que deslizaba en una caja de cartón una foto enmarcada de su padre, se puso roja de enfado y frustración. Ella también se había escandalizado por la frescura y osadía de Bree. Y estaba enfadada porque parecía que se hubieran intercambiado los papeles, porque Bree se había quedado con todo: el matrimonio, el divorcio, el escándalo.

Odiaba lo que Bree les había hecho.

Deseaba desesperadamente haberlo hecho ella primero.

Pero nunca le habría pasado a ella. Siempre había sido la buena, era su designio. Había tenido una relación estrecha con su padre, un hombre afable y desorganizado, que pasaba los días leyendo periódicos en la habitación cerrada de arriba, o fuera, en el centro de investigación, en medio de las ovejas de ojos amarillos extraños y rasgados. Ella lo quería y de alguna manera, toda su vida se había sentido obligada a hacerlo; por su falta de atención a la familia, por la decepción de su madre por haberse casado con un hombre tan distante y, finalmente, por ella. Cuando murió, la obligación de hacer las cosas de manera correcta, de arreglar el mundo, se intensificó. Así que continuó siendo discreta, estudiando y haciendo lo que se esperaba de ella. Después de graduarse trabajó seis meses en la compañía de teléfonos, un trabajo que nunca disfrutó y que dejó feliz en cuanto se casó con David. El encuentro en el departamento de lencería de los almacenes Wolf Wile y la íntima boda relámpago había sido lo más desenfrenado que había hecho en toda su vida.

La vida de Norah, según Bree, era como las series de televisión. «Para ti está bien —solía decir mientras se tocaba el pelo largo, con anchos brazaletes de plata a medio brazo—. Yo no lo aguantaría. Me volvería loca en una semana. ¡En un día!»

Norah ardía de desdén y de envidia, pero se mordía la lengua. Bree se apuntó a un curso de Virginia Woolf, se mudó a Louisville con el gerente de un restaurante de comida sana y dejó de ir por allí. Sin embargo, las cosas cambiaron cuando Norah se quedó embarazada. Bree volvió a aparecer con botines de encaje y ajorcas de plata en los tobillos importadas de la India, que había encontrado en una tienda de San Francisco. También llevó folletos informativos sobre la lactancia materna cuando oyó que Norah pensaba renunciar a los biberones. Norah, por entonces, estaba contenta de verla. Contenta por su dulzura, los regalos poco prácticos y por el apoyo: en el año 1964 dar el pecho era algo nuevo, y a ella le habría costado encontrar información. Su madre no quiso ni hablarlo; sus compañeras de costura le habían dicho que ellas habrían puesto sillas en los cuartos de baño para asegurar la intimidad. Al oír esto, para su alivio, Bree se burló en voz alta: «¡Vaya grupo de mojigatas! No les hagas caso».

Agradecía el apoyo de Bree, pero a veces, sin decirlo, se preocupaba. En el mundo de Bree, que principalmente parecía existir en otra parte, en California, París o Nueva York, las jóvenes iban en topless en sus casas, haciéndose fotos con los bebés sobre sus pechos enormes, y escribían artículos defendiendo las ventajas de la leche materna. «Es totalmente natural. Es nuestra manera de ser como mamíferos», explicaba Bree. Pero el mero hecho de pensar en sí misma como un mamífero, movido por instintos, reducía algo bonito a algo basto y la hacía enrojecer hasta el punto de tener ganas de salir de la habitación.

En ese momento Bree llegaba con una bandeja con café, pan tierno y mantequilla. El pelo largo le caía por el hombro mientras se inclinaba a llenar un vaso largo de agua fría en la mesita de al lado de Norah. Dejó la bandeja en la mesa de centro y se acomodó en el sofá, con las largas piernas debajo del cuerpo.

—¿No está David?

Norah asintió con la cabeza:

—Ni siquiera lo he oído levantarse.

—¿Crees que le va bien trabajar tanto?

—Sí, lo creo —dijo Nora con firmeza. El doctor Bentley había hablado con los otros médicos de la consulta y le habían ofrecido a David días libres, pero él lo había rechazado—. Es bueno que ande ocupado en estos momentos.

—¿En serio? ¿Y tú? —preguntó Bree mientras mordía un trozo de pan.

—¿Yo? De verdad, estoy bien.

—Pero no crees que... —y antes de que volviera a criticar a David, Norah la interrumpió:

—Me va tan bien que estés aquí. Si no, nadie hablaría conmigo.

—Eso es una tontería. La casa estaba llena de gente que quería hablar contigo.

—Tuve gemelos, Bree —dijo Norah tranquilamente, consciente de su sueño, del paisaje vacío y helado, de la búsqueda desesperada—.

Nadie dirá una palabra de esto, como si tuviera que estar satisfecha por tener a Paul. Como si las vidas fueran intercambiables. Pero tuve gemelos. Tuve una hija también…

Paró, interrumpida por un repentino nudo en la garganta.

—Todo el mundo está triste —dijo Bree dulcemente—. Felices y tristes, todo a la vez. No saben qué decir, eso es todo.

Norah acercó a Paul, ahora dormido, a su hombro. Notaba la respiración cálida en el cuello. Le acarició la espalda, no mucho más grande que la palma de su mano.

—Lo sé —dijo—. Lo sé, pero aun así…

—David no tendría que haber vuelto al trabajo tan pronto. Sólo han pasado tres días.

—Encuentra consuelo en el trabajo —dijo Norah—. Si yo tuviera un trabajo también iría.

—No —dijo Bree—. No lo harías, Norah, y tú lo sabes. Odio tener que decírtelo, pero David se está encerrando, guardando bajo llave su sentimiento. Y tú todavía estás intentando llenar el vacío, poner las cosas en su sitio. Y no puedes.

Norah observó a su hermana, preguntándose qué sentimientos habría mantenido a raya el farmacéutico para que fuera tan franca. Bree nunca hablaba de su breve matrimonio. Y aunque Norah estaba de acuerdo con ella, se sentía obligada a defender a David, que, a pesar del dolor, se había ocupado de todo: del entierro al que nadie había asistido, de las explicaciones a los amigos, de arreglar rápidamente los restos destrozados del dolor.

—Hace todo lo que puede —dijo levantándose a abrir las persianas.

El cielo se había vuelto de un azul vivo y parecía que los brotes se hubieran hinchado en las ramas en unas pocas horas.

—Sólo lamento no haberla visto, Bree. La gente cree que es macabro, pero me habría gustado tocarla sólo una vez.

—No es macabro —dijo Bree dulcemente—. A mí me parece totalmente razonable.

Hubo un silencio, que rompió Bree torpemente, con vacilación, al ofrecer a Norah el último pedazo de pan con mantequilla.

—No tengo hambre —mintió ella.

—Tienes que comer. Perderás peso igualmente. Es una de las grandes ventajas perdidas de dar el pecho.

—Perdida no. Siempre estás cantando sus excelencias.

Bree se rió.

—Supongo que sí.

—De verdad —dijo Norah alcanzando el vaso de agua—, estoy contenta de que estés aquí.

—¡Oye! —dijo Bree un poco avergonzada—. ¿Dónde más podría estar?

La cabeza de Paul era un peso agradable. El pelo abundante y fino, suave contra la piel de su cuello. ¿Echaba de menos a su hermana?, se preguntaba Norah, ¿a aquella presencia desaparecida, a la compañera íntima de su corta vida? ¿Tendría siempre una sensación de pérdida? Le acarició la cabeza y miró por la ventana. Más allá de los árboles, apenas visible en el cielo, vislumbró la lejana y desvanecida esfera de la luna.

Más tarde, mientras Paul dormía, Norah se duchó. Se probó y descartó tres conjuntos diferentes, faldas que le apretaban en la cintura, pantalones que le tiraban en las caderas. Siempre había sido menuda, delgada y bien proporcionada, y ahora, el desgarbo de su cuerpo la asombraba y deprimía. Al final desesperada, acabó con el pichi vaquero de premamá, gratamente holgado, que había jurado no volver a ponerse. Vestida pero descalza, deambuló por la casa de una habitación a otra. Como su cuerpo, las habitaciones se desbordaban caóticas y sin control. El polvo se había acumulado por todos lados, había ropa esparcida por todas partes y las mantas caían de las camas sin hacer. Había un trozo limpio en medio del polvo del tocador, donde David había colocado un jarrón con narcisos, ya marrones en los bordes. Las ventanas también estaban empañadas. Algún día se iría Bree y llegaría su madre. Al pensar en esto, Norah se sentó en el borde de la cama sin poder hacer nada, con una corbata de David colgando lánguidamente de las manos. El desorden de la casa cayó sobre ella como un peso, como si la luz del sol hubiera realmente adquirido sustancia, gravedad. No tenía fuerzas para hacerse cargo de aquello. Y lo que era más angustiante, no parecía importarle.

Sonó el timbre. Los fuertes pasos de Bree resonaron en las habitaciones.

Norah reconoció enseguida las voces. Durante un largo momento se quedó donde estaba, sintiéndose vacía de energía, preguntándose qué podía hacer Bree para echarlas. Pero las voces se acercaron por el hueco de las escaleras y se debilitaron al entrar en la sala de estar. Eran sus compañeras del grupo nocturno de la iglesia que traían regalos y estaban impacientes por ver al bebé. Ya habían venido las amigas de costura y las de la asociación de pintura de porcelana, que llenaron la nevera de comida y se pasaron a Paul de mano en mano como si fuera un trofeo. Norah había hecho lo mismo por otras madres mil veces y ahora la sorprendía ver que sentía resentimiento y no gratitud: las interrupciones, el montón de notas de agradecimiento, y no se preocupaba de la comida; ni siquiera quería comer.

Bree la estaba llamando. Norah bajó las escaleras sin preocuparse siquiera de pintarse un poco los labios o incluso de peinarse. Todavía iba descalza.

—Estoy horrible —avisó nada más entrar en la habitación.

—Ay, no —dijo Ruth Starling dando palmaditas sobre el sofá para que se sentara a su lado, aunque Norah notó con extraña satisfacción el intercambio de miradas. Se sentó obedientemente cruzando las piernas y los tobillos, con las manos en la falda, tal como hacía en la escuela cuando era pequeña.

—Acabo de poner a Paul a dormir —dijo—, no voy a despertarle.
—Había ira en la voz, auténtica agresividad.

—No pasa nada, querida —dijo Ruth. Rondaba los setenta años. Llevaba el fino pelo blanco cuidadosamente peinado. Su marido, de cincuenta, había fallecido el año anterior. ¿Qué le pasaba a ella?, se preguntaba Norah, ¿por qué le costaba tanto mantener su aspecto, su comportamiento jovial?— Has pasado muchas cosas.

Norah volvió a sentir a su hija como una presencia más allá de la vista y tuvo que sofocar un repentino impulso de correr escaleras arriba para comprobar cómo estaba Paul. «Voy a volverme loca», pensó bajando la vista al suelo.

—¿Alguien quiere té? —preguntó Bree un poco nerviosa.

Y antes de que contestaran, desapareció en la cocina.

Norah hizo todo lo posible por concentrarse en la conversación:

algodón o batista para las almohadas del hospital, qué pensaba la gente sobre el nuevo pastor, si debían o no donar mantas al Ejército de Salvación... Entonces, Sally anunció que Kay Marshall había dado a luz la noche anterior. Era una niña.

—Exactamente tres kilos y diecisiete gramos —dijo Sally—. Kay está guapísima, y la niña es preciosa. Le han puesto Elizabeth, como su abuela. Dicen que fue un parto fácil.

Entonces se hizo una pausa, al darse cuenta todo el mundo de lo que pasaba. Norah sintió como si el silencio saliera de su interior y se expandiera por la habitación. Sally bajó la vista, roja y arrepentida.

—Ay, Norah, lo siento mucho —dijo.

Norah quería decir algo y seguir conversando. Tenía las palabras apropiadas en la cabeza, pero no le salía la voz. Se quedó sentada en silencio, un silencio que se volvió lago y luego océano, donde todas podían hundirse.

—Bueno —dijo Ruth enérgicamente—, Norah, pobrecita, debes de estar agotada —alargó un paquete voluminoso, envuelto en papel brillante, con unos lazos en tirabuzón—. Hicimos una colecta, pensando que ya tendrías tantos alfileres para sujetar pañales como una madre puede desear.

La mujer rió aliviada. Norah sonrió, rompió el papel y abrió la caja. Era un tacataca ribeteado de metal y con el asiento tapizado, parecido a otro que había visto en casa de una amiga.

—Por supuesto no podrá usarlo hasta dentro de unos meses —dijo Sally—, pero aun así, no pudimos pensar en nada mejor, y en cuanto lo pruebe, ¡no lo dejará!

—Y esto —dijo Flora Marshall levantándose con dos blandos paquetes en las manos.

Flora era la mayor del grupo, incluso mayor que Ruth, pero era fuerte y activa. Tejía mantas para cada recién nacido de la iglesia. Por el tamaño de Norah, imaginó que habría gemelos e hizo dos mantitas durante los oficios nocturnos en la iglesia y a la hora del café, con los ovillos de lana saliéndole por el bolso. Amarillos y verdes pastel, tenues azules y rosas, todos mezclados, ya que no sabía si serían chicos o chicas, bromeaba. Pero sí estaba segura de que serían gemelos. Entonces nadie la tomaba en serio.

Norah cogió los paquetes a punto de saltarle las lágrimas. Cuando abrió el primero, la suave y familiar lana le cayó en cascada sobre la falda, y la hija perdida pareció estar allí cerca. Norah sintió una enorme gratitud por Flora, que, con la sabiduría de las abuelas, había sabido exactamente qué hacer. Abrió el otro paquete, con ganas de ver la otra mantita, tan suave y colorida como la primera.

—Es un poco grande —se disculpó Flora, cuando el conjuntito le cayó sobre la falda—, pero a esta edad crecen tan rápido...

—¿Dónde está la otra mantita? —preguntó Norah. Oyó su voz, fuerte como el grito de un pájaro, y se asombró. Toda la vida la habían admirado por su calma, incluso en los momentos difíciles era de decisiones prudentes—. ¿Dónde está la mantita que hiciste para mi niña?

Flora enrojeció y buscó ayuda en sus compañeras con la mirada. Ruth le cogió la mano a Norah y la apretó con fuerza. Norah notó la piel lisa y la sorprendente presión en los dedos. Una vez David le había dicho los nombres de esos huesos, pero no los recordaba. Peor, estaba llorando.

—Bueno, bueno. Tienes un niño precioso —dijo Ruth.

—Sí, y tenía una hermana —dijo Norah decidida mirando las caras a su alrededor. Habían perdido la gentileza. Estaban tristes, sí, y en un segundo las había deprimido más. ¿Qué era lo que le pasaba? Toda su vida se había esforzado en hacer lo correcto—. Se llamaba Phoebe, y quiero que alguien diga su nombre. ¿Me oís? —Se levantó—. Quiero que alguien recuerde su nombre.

Se despertó echada en el sofá, con un trapo frío en la frente. Le dijeron que cerrara los ojos, y lo hizo. Todavía le caían las lágrimas, que, como lluvia de primavera, no podían parar. La gente volvía a hablar de nuevo, voces que se arremolinaban como la nieve en el viento, que preguntaban qué hacer. No era inusual, dijo alguien. Incluso en las mejores circunstancias, no era raro tener repentinas depresiones los días posteriores al parto. Otra voz sugirió que llamaran a David, pero por suerte Bree estaba allí, calmada, conduciendo a todo el mundo a la puerta. Cuando se hubieron ido, Norah abrió los ojos y vio a Bree con uno de sus delantales, con la cinta de la cintura atada con gracia y sin apretar alrededor de su figura estrecha.

Recogió la suave manta de Flora, que estaba en el suelo entre el papel brillante. Norah se secó los ojos y comentó:

—David dijo que tenía el pelo oscuro. Como el suyo.

Bree la miró atentamente.

—Dijiste que celebraríais un funeral en su memoria. ¿A qué esperáis?, ¿por qué no lo hacéis ya? Quizás eso te diera algo de paz.

Norah negó con la cabeza.

—Lo que dice David, lo que todo el mundo dice tiene sentido. Tengo que centrarme en el hijo que tengo.

Bree se encogió de hombros.

—A no ser que no lo hagas. Cuanto más intentes no pensar en ella, más lo harás. David es sólo un médico. No lo sabe todo, no es Dios.

—Ya sé que no lo es.

—A veces dudo que lo sepas.

Norah no contestó. Las sombras hacían dibujos en el suelo brillante de madera, y las siluetas de las hojas parecían agujeros de la luz. El reloj que había encima de la repisa de la chimenea hacía tictac con suavidad. Pensaba que se enfadaría, pero no. La idea del funeral paró el drenaje de energía y voluntad que había empezado en las escaleras de la clínica y que no había disminuido hasta entonces.

—Puede que tengas razón. No sé… Quizá sí. Algo íntimo. Algo tranquilo.

Bree le pasó el teléfono.

—Toma. Empieza a informarte.

Norah respiró profundamente y empezó. Primero llamó al nuevo pastor y le explicó que quería celebrar una ceremonia, sí, y fuera, en el patio de la iglesia. Sí, llueva o nieve. «Para Phoebe, mi hija, que murió al nacer.» Durante las dos horas siguientes, repitió las palabras una y otra vez: a la florista, a la mujer de los clasificados del *The Leader*, a las compañeras de costura, que acordaron hacer las flores. Cada vez, Norah sentía que la tranquilidad la invadía y crecía en su interior, algo parecido a cuando tenía a Paul pegado a ella comiendo, conectándola de nuevo con el mundo.

Bree se fue a clase, y Norah recorrió la casa en calma, incluyendo en el recorrido el caos. En el dormitorio, la luz de la tarde se inclinaba a través del cristal mostrando cada detalle que le pudiera pasar por alto. Había visto el desorden hasta entonces sin preocuparse, pero ahora, por primera vez desde el parto, se sentía enérgica y no apática. Estiró las sábanas de las camas, abrió las ventanas, limpió el polvo. Se quitó el pichi vaquero de premamá. Revolvió en su armario hasta que encontró una falda que le entraba y una camisa que no le llegaba al pecho. Puso mala cara al ver su imagen en el espejo, todavía tan rellenita y voluminosa, pero se sintió mejor. También se dedicó a peinarse, y tuvo que cepillarse bastante. Cuando acabó, el cepillo estaba lleno de cabellos, un montón de cabellos dorados, toda la exuberancia del embarazo fuera al reajuste del nivel hormonal. Sabía que pasaría, pero al verlo quiso llorar.

«Ya es suficiente —se dijo severamente mientras se pintaba los labios y parpadeaba por contener las lágrimas—. Ya es suficiente, Norah Asher Henry.»

Se puso un jersey antes de bajar las escaleras y encontró los zapatos planos de color beige. Al menos, volvía a tener los pies delgados.

Comprobó cómo estaba Paul, todavía dormido, con la respiración débil pero real al tacto. Metió uno de los guisos congelados al horno, puso la mesa y abrió una botella de vino. Se estaba deshaciendo de las flores marchitas, con los tallos fríos y carnosos en las manos, cuando se abrió la puerta. Se le aceleró el corazón al oír los pasos de David, que se quedó en la entrada, con el traje oscuro suelto en su cuerpo delgado y la cara roja de andar. Estaba cansado, y ella percibió su alivio cuando vio que la casa estaba limpia, que ella volvía a vestir su ropa habitual y el aroma a comida. Traía otro ramo de narcisos que había recogido del jardín. Cuando ella lo besó, notó que tenía los labios fríos.

—Hola. Por lo visto has tenido un buen día.

—Sí, ha estado bien.

Casi le dijo lo que había hecho, pero en lugar de eso, le preparó una copa: whisky solo, como a él le gustaba. Él se apoyó en la encimera mientras ella lavaba la lechuga.

—Y ¿qué tal tú? —le preguntó. Y cerró el agua.

—No del todo mal. Atareado. Siento lo de anoche. Fue un paciente con un ataque al corazón. Por suerte no era mortal.

—¿Hubo huesos implicados?

—Pues sí, cayó por las escaleras y se rompió la tibia. ¿El niño está durmiendo?

Norah echó un vistazo al reloj y suspiró.

—Supongo que debería despertarlo si quiero que se adapte a un horario.

—Yo lo haré —dijo David llevándose las flores para arriba. Ella lo oyó desde abajo e imaginó que se inclinaba para tocar ligeramente la frente de Paul y le cogía la mano diminuta. Pero en pocos minutos, bajó solo, vestido con vaqueros y un jersey—. Se ve tan tranquilo... Dejémoslo dormir.

Fueron al salón y se sentaron juntos en el sofá. Por un momento fue como antes, sólo ellos dos y el mundo que los rodeaba, un lugar comprensible y prometedor. Norah quería hablarle a David sobre sus planes durante la cena, pero de pronto, se encontró explicándole el sencillo funeral que había organizado y el anuncio que había puesto. Mientras hablaba, vio la mirada fija de David, de algún modo profundamente vulnerable. Su expresión la hizo dudar. Era como si a él se le hubiera caído una máscara y ella estuviera hablando con un desconocido de reacciones imprevisibles. Nunca le había visto los ojos tan oscuros y no tenía ni idea de lo que podía estar pensando.

—No te gusta la idea.

—No es eso.

De nuevo vio el dolor en sus ojos, lo oyó en su voz. Del deseo de aliviarlo, casi lo retira todo, pero notó la apatía y la apartó a un lado con esfuerzo, desvaneciéndola en la habitación.

—Me ha ayudado a estar mejor. Eso no es malo.

—No, no es malo.

Parecía que iba a decir algo más, pero en lugar de eso, se paró y se levantó. Se acercó a la ventana y miró en la oscuridad, al pequeño parque del otro lado de la calle.

—Pero maldita sea, Norah —dijo en voz baja y duramente, en un tono que ella nunca antes le había oído. La ira que subyacía en sus palabras la asustó—. ¿Por qué tienes que ser tan tozuda? ¿Por qué al menos no me lo dijiste antes de llamar a los periódicos?

—Ella murió —dijo enfadada ahora ella—. No tenemos de qué avergonzarnos, ni mantenerlo en secreto.

David, con los hombros tensos, no se volvió. Un desconocido con una bata de color coral colgada al brazo en los almacenes Wolf Wile, que le pareció tan familiar como si ya se conocieran e hiciera años que no se vieran. Y ahora, después de un año de casados, prácticamente no le conocía.

—David, ¿qué nos está pasando?

No se giró. El olor a carne y patatas llenó la habitación. Entonces se acordó de que tenía la cena en el horno y se le hizo un nudo en el estómago del hambre que había estado negando todo el día. Arriba, Paul empezó a llorar, pero se quedó donde estaba, esperando una respuesta.

—No nos pasa nada —dijo al fin. Y cuando se volvió, todavía tenía un dolor intenso en los ojos y algo más, una especie de determinación, algo que no entendió ella—. Estás haciendo una montaña de un grano de arena, Norah. Lo que supongo que es comprensible.

Frío. Displicente. Condescendiente. Paul lloraba más fuerte. El enfado de Norah le hizo darse la vuelta y subir furiosa arriba. Cogió al niño y lo cambió, con cuidado, con cuidado, pero temblando de rabia. Luego, la mecedora, los botones, la placentera liberación. Cerró los ojos. Abajo, David se movía por las habitaciones. Al menos él había tocado a su hija, le había visto la cara.

Y tendría el funeral. Pasara lo que pasara. Lo haría por ella misma.

Poco a poco, mientras Paul mamaba, mientras oscurecía, se fue calmando, se convirtió otra vez en ese río tranquilo, aceptando el mundo y llevándolo con facilidad por las corrientes. Fuera, la hierba crecía despacio y en silencio; los capullos de huevos de araña se abrían de golpe, y las alas de los pájaros latían al vuelo. «Esto es sagrado», pensó, conectada a través del bebé que tenía en brazos y el bebé bajo tierra absolutamente a todas las cosas, vivas o no. Pasó bastante tiempo hasta que abrió los ojos, y luego se sobresaltó tanto por la oscuridad como por la belleza de su alrededor: un pequeño rayo de luz, reflejado por el pomo de cristal de la puerta, titilaba en la pared. La nueva manta de Paul, tejida con cariño, caía de la cuna en cascada como olas. Y sobre la cómoda, los narcisos de David, delicados como la piel, casi luminosos, recogían la luz del pasillo.

IV

Una vez se quedó sin voz en el aparcamiento vacío, Caroline cerró la puerta de un portazo y emprendió el camino por la nieve fangosa. Después de dar unos pasos, volvió a por la niña. Los gemidos débiles de Phoebe subieron de tono en la oscuridad e impulsaron a Caroline a ir directa a las puertas automáticas del supermercado. Cerrado. Caroline gritó y llamó a la puerta. Su voz se mezclaba con el llanto de Phoebe. Dentro, los pasillos intensamente iluminados estaban vacíos. Un cubo de fregona tirado cerca de ella, latas que relucían en el silencio. Durante unos minutos, Caroline se quedó callada, escuchando el lloro de Phoebe y la distante ráfaga de viento entre los árboles. Luego se calmó y fue a la parte posterior de la tienda. La puerta de metal de la plataforma de carga estaba cerrada, pero subió de todas maneras, sintiendo el olor a alimentos podridos que había sobre el pavimento frío y grasiento, donde la nieve se había derretido. Dio patadas a la puerta con fuerza, tan satisfecha por el eco retumbante que siguió aporreando la puerta unas cuantas veces más, hasta que se quedó sin respiración.

—Si todavía están ahí, cielo, lo que dudo, no creo que vayan a abrir pronto.

Era la voz de un hombre. Caroline se giró y lo vio de pie, debajo de ella, en la rampa que permitía a los camiones con remolque dar marcha atrás en la zona de carga. Incluso a aquella distancia, se veía que era una persona corpulenta. Llevaba un abrigo voluminoso y un gorro de lana. Tenía las manos en los bolsillos.

—Mi niña está llorando —dijo innecesariamente—. El coche se ha quedado sin batería. Hay un teléfono en el interior, en la puerta principal, pero no puedo acceder a él.

—¿Cuánto tiempo tiene la niña?

—Es recién nacida —le dijo Caroline pensando a duras penas, al borde de las lágrimas y el pánico. Era absurdo, una idea que siempre había detestado, y aun así, aquí estaba: una señorita en apuros.

—Es sábado por la noche —observó el hombre. Más allá del aparcamiento, la calle estaba tranquila—. Es probable que estén cerrados todos los talleres de la ciudad.

Caroline no contestó.

—Mira, señorita —empezó despacio, la seriedad de su voz era como un ancla. Ella se dio cuenta de que él estaba calmado deliberadamente, estaba siendo tranquilizador a propósito; incluso debía de pensar que estaba loca—, la semana pasada dejé mis cables de arranque a un colega por error, así que no puedo ayudarte con eso. Pero aquí fuera hace frío, tal como dices. Estoy pensando, ¿por qué no vienes conmigo al camión y te sientas? Se está caliente. Hace un par de horas entregué un montón de leche aquí y estoy esperando a ver qué hace el tiempo. Lo que quiero decir es que eres bienvenida, señorita, a sentarte conmigo en el camión. Pero piénsalo con calma. —Y como Caroline no contestó de inmediato, añadió—: Sólo pienso en el bebé.

Entonces ella miró al otro lado del aparcamiento, al final, donde un camión con remolque, con la cabina oscura y reluciente, reposaba con el motor encendido. Ya lo había visto, pero no se había fijado bien; la larga cabina de color plata mate, su presencia como un edificio al borde del fin del mundo. Phoebe, en sus brazos, jadeó, se quedó sin respiración y reanudó el llanto.

—Está bien —decidió Caroline—, al menos por el momento.

Pisó con cuidado alrededor de unos trozos de cebollas. Cuando llegó al final de la rampa, él estaba allí, ofreciéndole una mano para ayudarla a bajar. La cogió, preocupada pero también agradecida, notando la capa de hielo bajo los vegetales podridos y la nieve. Levantó la vista para verle la cara. Tenía una barba densa, un gorro bajado hasta las cejas y debajo, unos ojos oscuros, amables. Era ridículo, se dijo mientras andaban juntos a través del aparcamiento. Era una locura. Era estúpido, también. Podía tratarse de un antiguo asesino. Pero la verdad es que estaba demasiado cansada para preocuparse.

La ayudó a recoger algunas cosas del coche y sujetó a Phoebe mientras ella subía a la cabina y se acomodaba en el asiento elevado.

Luego, le devolvió a la niña. Caroline echó leche infantil del termo al biberón. Phoebe estaba tan alterada que tardó unos segundos en darse cuenta de que la comida había llegado y aun así, forcejeó por chupar. Caroline le acarició la mejilla con suavidad y por fin, tomó medidas drásticas contra la tetina y empezó a comer.

—Es extraño, ¿no? —dijo el hombre una vez que ella se tranquilizó. Había subido al asiento del conductor. El motor zumbaba en la oscuridad, reconfortante, como un gato grande, y el mundo se extendía a lo lejos, en el horizonte oscuro—. Me refiero a esta nieve en Kentucky.

—Cada pocos años pasa. ¿No eres de aquí?

—Soy de Akron, Ohio. Pero llevo cinco años en la carretera, y me gusta pensar que soy ciudadano del mundo.

—¿No te sientes solo? —preguntó Caroline pensando que ella se sentaba sola en su apartamento una noche normal.

No podía creer que estuviera hablando tan íntimamente con un desconocido. Era extraño pero también emocionante, como confiarse a alguien que se conoce en el tren o el autobús.

—Bueno, a veces. Es un trabajo solitario, eso seguro. Pero suelo conocer a gente inesperada. Como esta noche.

Hacía calor en la cabina y Caroline cedió a ella, recostándose en el confortable asiento. La nieve todavía chisporroteaba en las farolas. Su coche estaba cubierto de nieve en medio del aparcamiento, una forma oscura y solitaria.

—¿Adónde ibas?

—A Lexington. Hubo un accidente en la interestatal unos cuantos kilómetros antes de llegar. Pensé que ahorraría algo de tiempo y problemas si salía.

Él tenía la cara suavemente iluminada por la luz de la farola y sonrió. Para su sorpresa, ella también sonrió y luego, los dos se echaron a reír.

—Los planes más minuciosos —dijo él.

Caroline asintió.

—Mira —dijo él después de un silencio—, si es sólo hasta Lexington, puedo llevarte. Me da lo mismo aparcar el camión aquí que allí. Mañana, bueno, mañana es domingo, ¿no?, el lunes, llama a la grúa. Estará bien aquí, seguro.

La luz de la farola iluminaba la cara pequeñita de Phoebe. Él alargó la mano grande por encima, y con mucha, mucha dulzura, le acarició la frente. A Caroline le gustó su torpeza y su calma.

—De acuerdo, si no te molesta.

—Eh, que no. ¡Demonios, no! Disculpa mi lenguaje. Lexington me pilla de camino.

Él recogió las últimas cosas que quedaban en el coche, las bolsas del supermercado y las mantas. Se llamaba Al, Albert Simpson. Metió la mano debajo del asiento y encontró una taza de sobra. La limpió con cuidado con un pañuelo, echó café del termo y se la ofreció. Ella bebió, contenta porque estaba oscuro, porque se estaba caliente y por la compañía de alguien que no sabía absolutamente nada de ella. Se sentía bien, y de forma extraña, feliz, a pesar de que el aire viciado olía a calcetines sucios, y de que la niña que dormía en su falda no era suya. Mientras conducía, Al iba hablando, contándole historias de la vida en la carretera, paradas por chaparrones y los kilómetros que se deslizaban bajo las ruedas, mientras se abría paso una noche tras otra.

Mecida por el zumbido de los neumáticos, por el calor y por la nieve que se precipitaba a los faros, Caroline se quedó medio dormida. Cuando paró en el aparcamiento de su casa, el camión ocupaba cinco plazas. Al salió, la ayudó a bajar y subió las cosas a la escalera exterior. Caroline lo siguió con Phoebe en brazos. La cortina de una de las ventanas inferiores se corrió rápidamente. Era Lucy Martin, espiando como siempre, y Caroline se detuvo invadida, durante un momento, por algo parecido al vértigo. Ella era la misma de siempre pero, en realidad, no era la misma mujer que había salido de casa en medio de la noche caminando por la nieve hacia el coche. Había cambiado tanto que, seguramente entraría en habitaciones diferentes, la luz sería diferente. Aun así, la llave se deslizó en la cerradura y giró en el mismo punto de siempre. Cuando la puerta se abrió, llevó a Phoebe a una habitación que conocía de memoria: la alfombra de trote marrón oscuro, el sofá y el sillón de cuadros escoceses que había comprado rebajados, la mesita de cristal, la novela que estaba leyendo antes de irse a la cama —*Crimen y castigo*—, cuidadosamente señalada. Había dejado a Raskolnikov confesándose a Sonia. Estaba soñando con ellos en la fría buhardilla, cuando se despertó con la llamada telefónica y la nieve llenando las calles.

Al vacilaba incómodo ocupando la entrada. Podía ser un asesino en serie, un violador o un estafador. Podía ser cualquier cosa.

—Tengo un sofá cama. Puedes quedarte a dormir si quieres.

Después de dudar un momento, entró.

—¿Y tu marido? —dijo mirando alrededor.

—No tengo marido. —Se dio cuenta de su error y añadió—: Ya no.

Él la observó con el gorro de lana en la mano, sorprendentes rizos oscuros le salían de la cabeza. Se sentía medio dormida, aunque atenta por el café, y fatigada, y de pronto se preguntó cómo debía de verla él, todavía con el uniforme de enfermera, el pelo despeinado desde hacía horas, el abrigo abierto, la niña en brazos, con los brazos cansados.

—No quiero causarte ningún problema.

—¿Problema? Todavía estaría tirada en el aparcamiento si no fuera por ti.

Entonces él sonrió, se fue al camión y volvió al cabo de unos minutos con un macuto de lona verde oscuro.

—Alguien miraba por una ventana abajo. ¿Estás segura de que no voy a causarte ningún problema?

—Es Lucy Martin —dijo Caroline. Phoebe se estaba despertando, cogió la botella del calienta-biberones, probó la leche en el brazo y se sentó—. Es una chismosa. Créeme, le has alegrado el día.

Pero Phoebe no comía y empezó a gemir. Caroline se levantó y dio vueltas por la habitación susurrando. Mientras tanto, Al se puso a trabajar. En un santiamén abrió el sofá e hizo la cama, con fuertes pliegues, al estilo militar, en cada esquina. Cuando finalmente Phoebe se tranquilizó, Caroline le dijo adiós con la cabeza y le susurró buenas noches. Cerró la puerta del dormitorio con firmeza. Se le había pasado por la cabeza que Al podía ser del tipo de los que se dan cuenta de la ausencia de una cuna.

Durante el camino, Caroline había estado haciendo planes. Sacó un cajón del tocador y volcó el ordenado contenido en el suelo, en una pila. Luego puso dos toallas al fondo y una sábana doblada por encima, acurrucando a Phoebe entre las mantas. Cuando se metió en la cama, el cansancio la envolvió y se quedó dormida de inmediato, en un profundo y tranquilo sueño. No oyó el fuerte ronquido de Al en la sala de estar, ni el ruido del quitanieves en el aparcamiento, ni el traqueteo del camión de la basura en la calle. Sin embargo, cuando Phoebe se despertó en plena noche, se levantó en el acto. Se movió en la oscuridad, agotada, aunque con un propósito, cambiarle el pañal, calentarle el biberón, concentrarse en el bebé que tenía en los brazos y en las tareas que tenía por delante —tan urgentes, absorbentes y fundamentales— que no podían esperar.

Caroline se despertó por un torrente de luz y al olor de huevos con beicon. Se levantó, se puso la bata y se agachó a tocar la mejilla de la niña, que dormía tranquila. Luego fue a la cocina, donde Al estaba untando tostadas con mantequilla.

—Eh, hola —dijo levantando la vista. Se había peinado pero aún le quedaba el pelo un poco alocado. En la parte de atrás de la cabeza, tenía una parte calva y llevaba un medallón de oro colgado al cuello—. Espero que no te importe que me sienta como en casa. Ayer no cené.

—Huele bien. Yo también tengo hambre.

—Bueno, pues —dijo dándole una taza de café—, eso es bueno, he hecho en abundancia. Tienes un pisito muy arreglado. Bonito y ordenado.

—¿Te gusta? —El café era más fuerte que el que hacía ella—. Estoy pensando en mudarme.

Sus propias palabras la sorprendieron, pero una vez hubieron salido al aire, parecieron reales. La luz del día atravesaba la alfombra marrón y el brazo del sofá. Fuera, el agua goteaba de la cornisa. Había estado ahorrando durante años, imaginándose en una casa, o en una aventura, y ahora, ahí estaba: una niña en su dormitorio, un desconocido en su mesa y el coche tirado en Versailles.

—Estoy pensando en ir a Pittsburg —dijo sorprendiéndose otra vez.

Al removió los huevos con una espátula y luego los puso en los platos.

—¿Pittsburg? Una gran ciudad. ¿Qué es lo que te lleva allí?

—Bueno, mi madre tenía familia allí —dijo Caroline mientras Al ponía los platos en la mesa y se sentaba frente a ella. Parecía que no hubiera límite en la cantidad de mentiras que alguien podía decir una vez había empezado.

—Sabes, quería decirte que siento mucho lo que haya pasado con el padre de la niña.

Caroline había olvidado el invento del marido, y se sorprendió al notar que él no creía que lo hubiera tenido alguna vez. Seguramente pensaba que era una madre soltera. Comieron sin hablar demasiado, haciendo algún que otro comentario de vez en cuando sobre el tiempo y el tráfico, y sobre Nashville, en Tennessee, el siguiente destino de Al.

—Nunca he estado en Nashville —dijo Caroline.

—¿No? Bueno, subiros a bordo, tú y tu hija —dijo Al. Bromeaba, pero dentro de la broma, había un ofrecimiento. Un ofrecimiento no para ella en realidad, sino más bien para una madre soltera en mala racha. Aun así, por un momento, Caroline se imaginó saliendo por la puerta con cajas y mantas, sin mirar atrás nunca más.

—Quizás la próxima vez —dijo acercándose el café—. Tengo algunas cosas que arreglar aquí.

Al asintió.

—Lo cojo —dijo—, sé como va eso.

—Pero gracias. Aprecio el gesto.

—Es un auténtico placer —dijo con seriedad. Y luego se levantó para irse.

Caroline miró desde la ventana cómo iba hacia el camión, subía a la cabina y se giraba una vez para decirle adiós con la mano, desde la entrada abierta. Ella le devolvió el adiós, feliz de verlo sonreír, tan dispuesto y tan fácil, sorprendida por el vuelco que le dio el corazón. Sintió el impulso de correr tras él, al recordar la cama estrecha detrás de la cabina donde él a veces dormía, y la forma en que había tocado la frente de Phoebe, con tanto cuidado. Seguramente, un hombre que llevaba una vida tan solitaria podría guardarle sus secretos, sus sueños y sus temores. Pero el motor se encendió y surgió el humo del tubo plateado de la cabina, y salió del aparcamiento con cuidado hacia la tranquila calle y se alejó.

Durante las siguientes veinticuatro horas, Caroline durmió y se despertó según el horario de Phoebe, quedándose levantada sólo el tiempo suficiente para comer. Era extraño; siempre había sido especial con la comida, temiendo los indisciplinados tentempiés como signo de excentricidad y ensimismada soledad, pero ahora, comía a horas extrañas: cereales fríos directamente de la caja, cucharadas de helado directamente del envase de pie en la encimera de la cocina. Era como si hubiera entrado en una dimensión desconocida, algún estado a medio camino entre el sueño y la vigilia, donde no tendría que considerar muy seriamente las consecuencias de sus decisiones, el destino de la niña que estaba durmiendo en el cajón del tocador o el suyo propio.

El lunes por la mañana se levantó a tiempo para llamar al trabajo y decir que estaba enferma. Ruby Centers, la recepcionista, cogió el teléfono.

—¿Estás bien, cariño? Suenas horrible.

—Es la gripe, creo. Probablemente no podré venir en unos días. ¿Todo va bien por ahí? —Intentó parecer despreocupada—. ¿La mujer del doctor Henry tuvo al niño?

—Bueno, francamente no lo sé —dijo Ruby. Caroline se la imaginó pensativa con el ceño fruncido, la mesa despejada y limpia preparada para el nuevo día y un pequeño jarrón con flores de plástico en la esquina—. Todavía no ha llegado nadie, excepto un centenar de pacientes. Parece ser que todo el mundo ha cogido tu gripe, señorita Caroline.

Al minuto de colgar, llamaron a la puerta. Lucy Martin, no había duda. A Caroline le sorprendió que hubiera tardado tanto en venir.

Lucy llevaba un vestido de grandes y brillantes flores rosas, un delantal con volantes rosas en los bordes y zapatillas peludas. Cuando abrió la puerta se metió dentro con media barra de pan de plátano envuelta en plástico.

Lucy tenía un corazón de oro, todo el mundo lo decía, pero a Caroline su presencia le daba dentera. Los pasteles, las empanadas y los platos calientes eran el pasaporte de Lucy al centro de cada acto: fallecimientos y accidentes, nacimientos, bodas y velatorios. Había algo en su entusiasmo, un tipo de voyeurismo estremecedor en su necesidad de malas noticias, y Caroline intentaba mantener las distancias.

—Vi a tu invitado —decía dándole palmaditas en el brazo—. ¡Dios mío! Que tipo más atractivo, ¿no? No podía esperar a conseguir la primicia.

Se sentó en el sofá cama plegado. Caroline se sentó en el sillón. La puerta del dormitorio, donde Phoebe dormía, estaba abierta.

—¿Te encuentras bien, querida?, porque, ahora que lo pienso, normalmente a estas horas ya hace rato que te has ido.

Caroline observó la ansiosa expresión de Lucy, consciente de que dijera lo que dijera correría rápidamente por la ciudad; que en dos o tres días, alguien se le presentaría en el supermercado o en la iglesia y le preguntaría por el desconocido que había pasado la noche en su apartamento.

—Era mi primo —dijo sorprendida otra vez por la repentina habilidad que había desarrollado, la fluidez y la facilidad de sus mentiras. Le venían rodadas, ni siquiera parpadeaba.

—Ya me extrañaba... —dijo Lucy un poco decepcionada.

—Lo sé —contestó Caroline. Y entonces, en un golpe preventivo que más tarde la sorprendería, continuó—: Pobre Al, su mujer está en el hospital. —Se acercó más a ella y bajó la voz—. Es tan triste, Lucy, sólo tiene veinticinco años pero creo que tiene un tumor cerebral. Ha caído enferma tantas veces que Al la ha traído desde Somerset a ver al especialista. Y han tenido esta niña pequeña. Le dije: «Mira, vete y estate con ella. Quédate en el hospital día y noche si hace falta. Déjame la niña a mí». Y creo que, como soy enfermera, se quedó tranquilo. Espero que no te hayan molestado sus lloros.

Durante unos segundos, Lucy se quedó en silencio aturdida, y Caroline entendió el placer, el poder de lanzar un acontecimiento inesperado.

—¡Ay, pobres tu primo y su mujer! ¿Cuánto tiempo tiene la niña?

—Tres semanas —dijo, y luego, inspiró y se levantó—. Espera un momento.

Fue al dormitorio, cogió a Phoebe del cajón, envuelta en las mantas, y volvió con Lucy.

—¿No es preciosa? —le preguntó, sentándose a su lado.

—Claro que sí. ¡Es adorable! —dijo Lucy cogiendo una de las manitas de Phoebe.

Caroline sonrió, con un inesperado sentimiento de orgullo y placer. Los rasgos que había notado en la sala de parto —los ojos sesgados, la cara ligeramente aplanada— se habían vuelto tan familiares que casi ni los percibía. Lucy, que no era experta, ni los vio. Phoebe era como cualquier otro bebé, delicada, adorable, feroz en sus exigencias.

—Me encanta mirarla —confesó Caroline.

—Ay, pobre madre. ¿Creen que sobrevivirá?

—No se sabe. El tiempo lo dirá.

—Deben de estar deshechos —dijo Lucy.

—Sí, sí que lo están. Han perdido el apetito totalmente.

Caroline se confió a ella y recibió uno de los famosos platos calientes de Lucy.

En los dos días siguientes, Caroline no salió. El mundo le llegaba en forma de periódicos, entregas del supermercado, el lechero, los ruidos del tráfico. El tiempo cambió y la nieve desapareció tan rápido como había venido, desasiéndose de los tejados de los edificios y desapareciendo por los desagües. Para Caroline, estos cambios se desdibujaban en una espiral de imágenes aleatorias e impresiones: la visión de su Ford Fairlane, la batería recargada, el viaje al aparcamiento; la luz del sol a través de las ventanas empañadas; el olor a tierra mojada, un petirrojo en el comedero. Tenía sus momentos bajos, pero a menudo, sentada con Phoebe, se sorprendía de sentirse totalmente en paz. Lo que le había dicho a Lucy Martin era cierto, le encantaba mirar a la niña, sentarse al sol con ella. Intentaba no enamorarse de Phoebe; sólo era una parada provisional. Caroline había observado al doctor Henry en el ambulatorio, bastante a menudo, para creer en su compasión. La noche que levantó la cabeza de su mesa y se quedaron mirando, vio una infinita amabilidad en él. No dudaba ni un momento de que haría lo correcto una vez se hubiera recuperado del shock.

Cada vez que sonaba el teléfono, se sobresaltaba. Pero pasaron tres días y no supo nada de él.

El jueves por la mañana llamaron a la puerta. Caroline corrió a abrir, ajustándose el cinturón del vestido y arreglándose un poco el pelo. Pero sólo era un repartidor que sujetaba un ramo de flores rojo oscuro y rosa pálido. Era de Al. «Gracias por tu hospitalidad. Quizá te vea en mi próximo trayecto.»

Caroline las recogió y las puso en la mesita. Nerviosa, cogió el *The Leader*, que no había leído en días, quitó la goma elástica y echó un vistazo a los artículos sin parar atención en ninguno de ellos. Escalada de violencia en Vietnam, anuncios de sociedad sobre quién había entretenido a quién la semana pasada, una página de una mujer local posando con los sombreros de la nueva temporada... Caroline estaba a punto de tirar el periódico cuando un recuadro con bordes negros le llamó la atención:

Funeral en memoria de
nuestra querida hija
Phoebe Grace Henry
Nacida y fallecida el 7 de marzo de 1964
Iglesia presbiteriana de Lexington
Viernes 13 de marzo, a las 9 horas.

Caroline se sentó despacio. Leyó el anuncio una y otra vez. Incluso lo tocó, como si esto lo hiciera más comprensible. Todavía con el periódico en las manos, se levantó y fue al dormitorio. Phoebe dormía en el cajón, con un brazo blanco por fuera de las mantas. Nacida y fallecida. Caroline volvió a la sala de estar y llamó a la consulta. Ruby descolgó al primer tono.

—*Supongo que no vas a venir. Esto es una casa de locos. Parece que toda la ciudad tiene la gripe.* —Luego bajó la voz—. *¿Has oído lo del doctor Henry? Se ve que tuvieron gemelos. El niño está bien, es precioso, pero la niña murió al nacer. Es tan triste...*

—Lo he visto en el periódico —dijo Caroline con la mandíbula tensa—. ¿Podrías decirle al doctor Henry que me llame? Dile que es importante, que vi el periódico —repitió—. Díselo, ¿de acuerdo, Ruby?

Colgó y se quedó mirando afuera al platanero de la calle y al aparcamiento más allá.

Una hora después, él llamó a la puerta.

—Bueno —dijo, haciéndolo pasar.

David Henry entró y se sentó en el sofá, con la espalda encorvada y cambiándose de mano el sombrero. Ella se sentó en la silla enfrente de él, mirándolo como nunca antes lo había hecho.

—Norah puso el anuncio —dijo. Cuando levantó la vista, ella sintió una enorme compasión a pesar de todo, porque tenía la frente arrugada y los ojos rojos como si no hubiera dormido en días—. Lo hizo sin decírmelo.

—Pero ella cree que su hija murió. ¿Fue lo que le dijiste?

Él asintió despacio.

—Quería decirle la verdad, pero en cuanto abrí la boca, no pude. En aquel momento pensé que le estaba ahorrando el dolor.

Caroline pensó en sus propias arrugas, apareciendo una detrás de otra.

—No la dejé en Louisville —dijo despacio, y señaló con la cabeza la puerta del dormitorio—. Está ahí, durmiendo.

David levantó la vista. Caroline se estaba poniendo nerviosa, porque estaba blanco; nunca antes lo había visto tan afectado.

—¿Por qué no? ¿Por qué demonios? —dijo al borde del enfado.

—¿Has estado alguna vez allí? —preguntó recordando el pelo oscuro de la pálida mujer cayendo sobre el linóleo—. ¿Has visto la institución?

—No, pero me la habían recomendado mucho, eso es todo. He mandado a otras personas allí, y no he oído nada malo.

—Era horrible —dijo aliviada; así que él no sabía lo que estaba haciendo.

Todavía quería odiarlo, pero recordó cuántas noches se había quedado en la consulta tratando pacientes que no podían pagar el cuidado que necesitaban. Pacientes del campo, de las montañas, que hacían el arduo camino hasta Lexington, con poco dinero pero con mucha esperanza. A los otros compañeros del ambulatorio no les gustaba, pero el doctor Henry no paró. No era un hombre malvado, lo sabía. No era un monstruo. Pero eso, el funeral a una niña viva…, era escandaloso.

—Tienes que decírselo.

Estaba blanco, y aun así, decidido.

—No. Ya es demasiado tarde. Haz lo que tengas que hacer, Caroline, pero no se lo puedo decir. No lo haré.

Era extraño. Lo despreciaba tanto por lo que estaba diciendo, pero sentía con él, en aquel momento, la mayor intimidad que había sentido nunca con nadie. Ahora estaban unidos los dos en algo inmenso, y pasara lo que pasara, siempre lo estarían. Él le cogió la mano, y a ella le pareció lo natural y correcto. Se la acercó a los labios y la besó. Ella sintió la presión de sus labios en los nudillos y su respiración, cálida sobre su piel.

Si hubiera habido algún cálculo en su expresión cuando levantó los ojos, cualquier cosa que no fuera esa confusión afligida, ella habría hecho lo correcto. Habría cogido el teléfono y habría llamado al doctor Bentley o a la policía. Lo habría confesado todo. Pero él tenía lágrimas en los ojos.

—Está en tus manos. Creo que la institución de Louisville es el lugar apropiado para esta criatura. No tomo la decisión a la ligera. Necesitará atención médica que no conseguirá en ningún otro sitio. Pero hagas lo que hagas, lo respetaré. Y si decides llamar a las autoridades, asumiré mi culpa. Sin consecuencias para ti, te lo prometo.

Tenía una expresión pesada. Por primera vez, Caroline pensó más allá del presente, más allá de la niña que estaba en la habitación de al lado. No se le había pasado por la cabeza que sus vidas peligraran.

—No sé —dijo Caroline despacio—. Tengo que pensarlo. No sé qué hacer.

Él sacó su cartera y la vació. Trescientos dólares. Ella se horrorizó de ver que llevara tanto dinero encima.

—No quiero tu dinero.

—No es para ti, es para la niña.

—Phoebe. Se llama Phoebe —dijo Caroline apartando el dinero.

Pensó en la partida de nacimiento, en blanco excepto por la apresurada firma de David Henry de aquella mañana nevosa. Que fácil sería escribir a máquina el nombre de Phoebe y el suyo propio.

—Phoebe —dijo. Se levantó para irse, dejando el dinero en la mesa—. Por favor, Caroline, no hagas nada sin decírmelo antes. Es la única cosa que te pido. Que me avises, hagas lo que fuere.

Luego se fue, y quedó todo como estaba: el reloj en la repisa, el rectángulo de luz en el suelo, las sombras alargadas de las ramas desnudas. En pocas semanas saldrían las nuevas hojas, recubriendo los árboles y cambiando las formas sobre el suelo. Había visto todo eso tantas veces, y sin embargo, la habitación le parecía extrañamente impersonal, como si nunca hubiera vivido allí. A lo largo de los años, había comprado muy pocas cosas, y sencillas, ya que no olvidaba que su vida real iba a desarrollarse en cualquier otro lugar. El sofá de cuadros escoceses y el sillón a juego los había escogido ella misma, porque le gustaron mucho, pero ahora veía que podría dejarlos fácilmente. Lo dejaría todo. Miró los grabados de paisajes, el revistero de mimbre al lado del sofá, la mesita. De pronto, su propio apartamento no le pareció más personal que cualquier sala de espera. Y después de todo, ¿qué es lo que había estado haciendo allí todos esos años sino esperar?

Intentó silenciar sus pensamientos. Seguramente habría otro camino menos dramático. Eso es lo que habría dicho su madre negando con la cabeza, que no jugara a ser Sarah Bernhardt. Durante años Caroline no supo quién era Sarah Bernhardt, pero sí lo que su madre quería decir, que cualquier exceso de emociones era malo, perjudicial para la tranquilidad y el orden de sus días. Así que Caroline examinó sus emociones como quien examina un abrigo. Las puso a un lado e imaginó que luego las recuperaría, pero por supuesto nunca lo hizo, hasta que había cogido en brazos a la hija del doctor Henry. Así empezaba algo que no podía parar. Sintió dos amenazas parejas: el miedo y el entusiasmo. Podía dejar la casa y empezar una nueva vida en cualquier otro lugar. Tendría que hacerlo igualmente, no importaba lo que decidiera hacer con la niña. Era una ciudad pequeña; no podía ir al supermercado sin encontrarse con algún conocido. Imaginaba que a Lucy Martin se le pondrían los ojos como platos en cuanto se enterara de las mentiras de Caroline y el cariño por una niña desechada. «Pobre vieja solterona —diría la gente de ella—, tenía tantas ganas de tener un hijo propio...»

«Lo dejo en tus manos, Caroline», con el rostro envejecido, contraído como una nuez.

A la mañana siguiente, Caroline se despertó temprano. Hacía un día precioso y abrió las ventanas para que entrara el aire fresco y el aroma a primavera. Phoebe se había despertado dos veces durante la noche, y mientras la niña dormía, Caroline empaquetó sus cosas y las llevó al coche en la oscuridad. Tenía muy pocas cosas, sólo unas pocas maletas que cabrían fácilmente en el maletero y en el asiento trasero del Fairlane. De hecho, se podía haber ido a la China, Birmania o Corea así, de un momento a otro. Esto la complacía. También estaba contenta de su eficiencia. Hasta el mediodía del día anterior, había hecho todos los preparativos: la asociación benéfica Goodwill se llevaría los muebles y un servicio de limpieza se encargaría del apartamento. Había cancelado la luz, el gas y el periódico, y había escrito cerrando sus cuentas bancarias.

Caroline esperó, tomando un café, hasta que oyó el portazo de la puerta de abajo y el sonido del coche de Lucy. Entonces, rápidamente cogió a Phoebe y se quedó un momento de pie en la entrada del apartamento donde había pasado tantos años esperanzados, años que ahora parecían tan efímeros como si no hubieran pasado. Luego cerró la puerta de golpe y bajó las escaleras.

Puso a Phoebe en la caja en el asiento trasero y condujo por la ciudad, pasando por delante del ambulatorio con las paredes turquesa y el tejado naranja, por el banco, la tintorería y su gasolinera favorita. Cuando llegó a la iglesia, aparcó y dejó a Phoebe dormida en el coche. El grupo reunido en el patio era más numeroso de lo que esperaba. Se quedó en la parte de atrás, suficientemente cerca para ver a David Henry de espaldas, sonrosado por el frío, y a Norah Henry con el pelo rubio recogido en un moño. Nadie notó su presencia. Se le hundieron los tacones en el barro al borde de la acera. Descansó su peso en la punta de los pies, recordando el olor rancio de la institución adonde el doctor Henry la había enviado la semana anterior. Recordando a la mujer de la combinación y el pelo oscuro cayéndole al suelo.

Las palabras llegaron movidas por el viento de la mañana.

«La noche resplandece como el día; lo mismo te son las tinieblas que la luz.»

Caroline se había despertado a todas horas. Había comido galletas saladas de pie al lado de la ventana de la cocina en mitad de la noche. Para ella, los días y las noches se habían vuelto indiferentes, las reconfortantes pautas de su vida destruidas de una vez por todas.

Norah se secó los ojos con un pañuelo. Caroline recordó su fuerza mientras empujaba primero a un niño y luego al otro; entonces también tenía lágrimas en los ojos. «Esto la destrozaría», había dicho David Henry. Y ¿qué pasaría si ahora Caroline se adelantara con la niña en brazos? ¿Qué pasaría si interrumpiera el dolor para crear otros nuevos?

«Pusiste nuestras maldades delante de ti, nuestros yerros a la luz de tu rostro.»

David Henry cambió de posición mientras el pastor hablaba. Por primera vez Caroline sintió en el cuerpo lo que estaba a punto de hacer. Se le cerró la garganta y la respiración se le hizo más breve. Notó la presión de la grava bajo los zapatos. La gente del patio tembló ante sus ojos y creyó que iba a desmayarse. «Tumba», pensó Caroline observando cómo las largas piernas de Norah se doblaban con elegancia, para, de pronto, arrodillarse en el barro. El viento le arrancó el velo corto que llevaba en el sombrero.

«Pues las cosas que se ven son temporales, pero las que no se ven son eternas.»

Caroline miraba la mano del pastor. Cuando éste habló de nuevo, las palabras, aunque apenas perceptibles, parecieron ir dirigidas no a Phoebe, sino a ella misma, como si se tratara de una decisión irrevocable sin posible vuelta atrás.

«Hemos entregado su cuerpo a los elementos; de la tierra a la tierra, pues polvo eres y al polvo volverás. El Señor la bendice y la protege, el Señor ilumina su rostro y le concede la paz.»

La voz calló. El viento se movía en los árboles. Caroline recobró la compostura, se secó los ojos con el pañuelo y sacudió la cabeza. Dio media vuelta y se fue al coche, donde Phoebe todavía dormía, con un rayo de luz que le cruzaba la cara.

A cada final, un principio. Pronto se encontró doblando la esquina, al lado de la fábrica de lápidas con sus hileras de losas encaradas a la interestatal. Qué extraño. ¿No era un mal augurio que hubiera una fábrica de lápidas a la entrada de una ciudad? Pero ya la había dejado atrás, y cuando llegó a la bifurcación, escogió ir hacia el norte, dirección a Cincinnati, y seguir el río Ohio hasta Pittsburg, donde el doctor Henry había vivido parte de su pasado ignoto. La otra carretera, la que iba a Louisville y al «Hogar de los retrasados mentales», desapareció por el retrovisor.

Caroline condujo rápido, sintiéndose temeraria, con el corazón lleno de una exaltación tan intensa como la luz del día. Porque, de hecho, ¿qué importancia tenían ya los malos augurios? Después de todo, a vista de todo el mundo, la niña que iba a su lado estaba muerta. Y ella, Caroline Gill, desaparecía de la faz de la tierra, un proceso que la hacía sentir cada vez más ligera, como si el coche fuera a ponerse a flotar en el aire, alto, sobre los tranquilos campos del sur de Ohio. Durante aquella tarde soleada, viajando al norte y luego al este, Caroline confió totalmente en el futuro. ¿Por qué no? Porque si a vista de todo el mundo lo peor ya había pasado, entonces, sin duda, lo peor era lo que dejaban atrás.

Norah estaba de pie, descalza, balanceándose peligrosamente sobre un taburete en el salón, colocando serpentinas rosas en las lámparas de araña de latón. Había tiras de papel con corazones rosa y magenta por encima de la mesa, entre la porcelana de boda de rosas rojas y bordes dorados, el mantel de puntilla y las servilletas de lino. Mientras trabajaba, la caldera zumbaba. Las tiras de papel crep se elevaban, rozándole la falda y luego caían suavemente otra vez al suelo, susurrando.

Paul tenía once meses y estaba sentado en el rincón al lado de un cesto con troncos. Acababa de aprender a andar y se había pasado toda la tarde divirtiéndose marchando arriba y abajo, en su nueva casa, con su primer par de zapatos. Cada habitación era una aventura para él. Tiraba clavos a la caja, contentísimo por el eco que hacían. Había arrastrado un saco de yeso por la cocina, dejando un rastro estrecho y blanco. Miraba boquiabierto las serpentinas, hermosas y escurridizas como mariposas; luego, subió solo a una silla, tambaleándose, intentando cazarlas. Llegó a una serpentina rosa y tiró de ella, haciendo balancear la lámpara de araña. Después perdió el equilibrio y cayó de culo al suelo. Puso cara de susto y empezó a llorar.

—Ay, cariño —dijo Norah agachándose y cogiéndolo—. Ya está, ya está —susurró, acariciándole el suave pelo oscuro.

Fuera, unos faros destellaron y desaparecieron, y la puerta de un coche se cerró de golpe. Al mismo tiempo, el teléfono empezó a sonar. Norah llevó a Paul a la cocina y descolgó el auricular, cuando llamaron a la puerta.

—¿Diga? —Besó a Paul en la frente y forzó la vista para ver de quién era el coche de la entrada. Bree no tenía que llegar hasta dentro de una hora—. Mi vida —susurró. Y luego volvió a decir al teléfono—: ¿Diga?

—*¿Señora Henry?*

Era la enfermera de la nueva consulta de David —se había incorporado al personal del hospital hacía un mes—, una mujer que nunca había visto. Tenía la voz cálida y profunda: Norah se imaginaba a una mujer de mediana edad, robusta, con el pelo ahuecado. Caroline Gill, que le había sujetado la mano durante las tensas contracciones, cuyos ojos azules y mirada fija recordaba a Norah en conexión con aquella noche de fortísima nieve, había desaparecido; un misterio y un escándalo.

—*Señora Henry, soy Sharon Smith. Acaban de llamar al doctor Henry a urgencias cuando se disponía a salir por la puerta para ir a su casa, se lo aseguro. Ha habido un terrible accidente a la salida de Leestown Road. Adolescentes, ¿sabe?, están bastante mal heridos. El doctor Henry me pidió que la llamara. Irá a casa en cuanto pueda.*

—¿Dijo cunáto tardaría? —preguntó Norah.

Olía a cerdo asado, chucrut y patatas al horno: la comida preferida de David.

—*No lo dijo. Pero dicen que ha sido un accidente horroroso. Entre usted y yo, creo que es cuestión de horas.*

Norah asintió. La puerta principal se abrió y se cerró. Se oyeron pasos, ligeros y familiares, en el vestíbulo, el salón y el comedor. Bree llegaba temprano para llevarse a Paul, para que Norah y David dispusieran de esa noche, la anterior al día de San Valentín y también su aniversario.

Era el plan de Norah, su sorpresa, su regalo para él.

—Gracias —dijo a la enfermera antes de colgar—, gracias por llamar.

Bree entró en la cocina, trayendo con ella el olor a lluvia. Debajo de su impermeable llevaba unas botas negras hasta la rodilla, y los muslos, largos y blancos, desaparecían en la falda más corta que Norah había visto jamás. Los pendientes plateados, con incrustaciones de turquesa, bailaban con luz. Venía directamente del trabajo —dirigía la oficina de una emisora de radio local— y llevaba el bolso lleno de libros y papeles de las clases.

—¡Vaya! —dijo Bree dejando sus cosas sobre la encimera y yendo a por Paul—. Está todo estupendo, Norah. No puedo creer lo que has hecho con la casa en tan poco tiempo.

—Me ha mantenido ocupada —dijo pensando en las semanas que había pasado sacando el papel de las paredes y reemplazándolo.

Se habían trasladado a otro sitio pensando que, igual que el nuevo trabajo, los ayudaría a dejar atrás el pasado. Norah aceptó y se volcó en el proyecto, pero todavía no se había adaptado; a menudo aun, el sentimiento de pérdida los removía a los dos como llamas sin brasas. Dos veces en aquel mes, llamando a una canguro que se quedara con Paul, había dejado la casa con las molduras a medio pintar y los rollos de papel por allá. Había conducido demasiado rápido por las estrechas carreteras rurales hasta el cementerio privado, con la puerta de hierro forjado, donde su hija estaba enterrada. Las lápidas eran bajas, algunas muy antiguas y desgastadas, casi lisas. La de Phoebe era sencilla, hecha de granito rosa, con la fecha de su corta vida grabada en profundidad bajo el nombre. En el paisaje invernal inhóspito, el viento le rasgaba el pelo, y se había arrodillado en la quebradiza hierba congelada de su sueño, paralizada por el dolor, llena de tanto pesar que no podía ni llorar. Permaneció allí durante unas horas. Al fin se levantó, se sacudió la ropa y volvió a casa.

Paul jugaba a estirarle el pelo a Bree.

—Tu mamá es increíble —le decía—, está hecha una verdadera Suzy Homemaker* estos días, ¿eh? No, los pendientes no, cariño —añadía cogiendo la manita de Paul.

—¿Suzy Homemaker? —repitió Norah, subiéndole una oleada de enfado—. ¿Qué quieres decir?

—No quiero decir nada —dijo Bree. Le estaba haciendo muecas a Paul y levantó la vista sorprendida—. Eh, en serio, Norah, alegra esa cara.

—¿Suzy Homemaker? Sólo quería que todo estuviera bien para nuestro aniversario. ¿Qué hay de malo en eso?

—Nada —suspiró Bree—. Todo está estupendo, ¿no lo he dicho ya? Y estoy aquí de canguro, ¿recuerdas? ¿Por qué estás tan enfadada?

* Modelo de la perfecta ama de casa de los años sesenta, en Estados Unidos. (N. de la T.)

Norah agitó la mano:

—No importa. Ay, caray, no importa. David está en la consulta.

Bree hizo una pausa y al fin dijo:

—Era de esperar.

Norah empezó a defenderlo, luego paró. Se puso las manos en la cara.

—Oh, Bree, ¿por qué esta noche?

—Es horrible —asintió Bree. La cara de Norah se tensó, frunció los labios, y Bree rió—. Eh, venga. Sé sincera. Quizá no sea culpa de David pero es eso lo que piensas, ¿no?

—No es culpa suya. Hubo un accidente. Pero sí, tienes razón. Es… Es un asco. Un verdadero asco, ¿de acuerdo?

—Lo sé —dijo sorprendentemente en un tono suave—. En serio, es horrible. Lo siento, hermanita. —Luego sonrió—. Mira, os he traído un regalo a David y a ti. Quizá te anime.

Bree se cambió de brazo a Paul y hurgó en el bolso acolchado extra-grande, sacando libros, una golosina en barra, un montón de panfletos para una manifestación, gafas de sol en una gastada funda de piel, y por fin, una botella de vino, que emitió destellos granates al servirlo en las copas.

—Por el amor —dijo dándole una a Norah y levantando la suya—. Por la eterna dicha y felicidad.

Rieron juntas y bebieron. Era un vino con cuerpo, con aroma a ba-yas y un fondo de roble. La lluvia caía por las canaletas del tejado. De aquí a unos años, Norah recordaría esta noche; la desilusión y Bree con sus pruebas relucientes de la existencia de otro mundo; las botas brillantes, los pendientes, la energía como si fuera luz. Qué hermoso era todo eso para Norah, y qué remoto y fuera de su alcance. Depre-sión —años después entendería la turbia luz en que vivía—, pero na-die hablaba de eso en 1965. Nadie lo pensaba siquiera. Y menos con Norah, que tenía una casa, un hijo y un marido médico. Tenía que estar satisfecha.

—Oye, ¿ya habéis vendido la casa? —preguntó Bree, dejando la copa en la encimera—. ¿Habéis aceptado la oferta?

—No lo sé, es menos de lo que esperábamos. David la aceptaría por arreglar el asunto, pero yo no estoy segura. Fue nuestra casa. Todavía odio haberme ido de allí.

Pensó en su primera casa, oscura y vacía con el cartel de SE VENDE en el patio, y sintió como si el mundo se hubiera vuelto muy frágil. Se sujetó a la encimera para recobrar el equilibrio y bebió otro sorbo de vino.

—Bueno, ¿cómo va tu vida sentimental estos días? —preguntó Norah cambiando de tema—. ¿Cómo te van las cosas con aquel tipo que estabas viendo? Cómo se llamaba…, ¿Jeff?

—Ah, él —sacudió la cabeza para aclararse—. ¿No te lo había dicho? Hace dos semanas volví a casa y me lo encontré en la cama, en mi cama, con esa niñita dulce que nos ayuda en la campaña del alcalde.

—Vaya, lo siento.

—Pues no lo sientas. No es como si le hubiera querido o algo. Sólo estábamos bien juntos, ya sabes. Al menos eso creía.

—¿No lo amabas? —repitió Norah oyendo la odiosa desaprobación de su madre en su propia voz. No quería ser esa clase de persona, bebiendo tazas de té en la ordenada y silenciosa casa de su niñez. Pero tampoco quería ser la persona en que se estaba convirtiendo, apartada por el dolor a un mundo sin sentido.

—No —dijo Bree—. No lo quería, aunque por un momento pensé que podría. Pero eso ya no importa. Lo que importa es que él convirtió lo nuestro en un cliché. Eso es lo que más odio…, formar parte de un cliché.

Bree dejó la copa vacía sobre la encimera y se cambió otra vez de brazo a Paul. Iba sin maquillar y tenía la piel delicada y fina, casi en los huesos; las mejillas y los labios, colorados de un rosa pálido.

—Yo no podría llevar la vida que llevas —dijo Norah. Desde que Paul había nacido, desde que Phoebe había muerto, había sentido la necesidad de estar constantemente en vela, como si un segundo de despiste abriera la puerta del desastre—. No podría… romper todas las normas, haciendo saltar todo por los aires.

—El mundo no se acaba —dijo Bree tranquila—. Es increíble, pero cierto.

—Podría acabarse. En un momento dado, podría pasar cualquier cosa.

—Lo sé, cariño, lo sé.

Una repentina gratitud se llevó la irritación que Norah había sentido antes. Bree escuchaba y respondía, no pedía sino la verdad de sus experiencias.

—Tienes razón, Norah, cualquier cosa puede pasar en cualquier momento. Pero si no va bien no es culpa tuya. No puedes pasarte el resto de tu vida de puntillas intentando evitar el desastre. No funcionará. Acabarás echando de menos la vida que tienes.

Norah no supo qué contestar, así que cogió a Paul, que trataba de liberarse de los brazos de Bree, hambriento, con el pelo largo —demasiado largo, pero Norah no podía soportar cortárselo—, un poco descontrolado, como si anduviera debajo del agua.

Bree puso más vino en las copas y cogió una manzana del frutero. Norah cortó trozos de queso, pan y manzana, y los esparció por la bandeja de la trona de Paul. Iba bebiendo mientras trabajaba. Poco a poco, el mundo a su alrededor se fue haciendo más claro. Miró las manos de Paul, como pequeñas estrellas de mar, tirándose zanahorias por el pelo. La luz de la cocina proyectaba sombras en el porche trasero, sobre la hierba, dibujos de luz y oscuridad.

—Le he comprado a David una cámara de fotos por nuestro aniversario —dijo Norah, deseando que pudiera capturar estos instantes fugaces y sujetarlos para siempre—. Está trabajando mucho desde que empezó con el nuevo empleo. Necesita distraerse. No puedo creer que tenga que trabajar esta noche.

—¿Sabes qué? ¿Qué tal si me llevo a Paul igualmente? Quién sabe, quizá David vuelva a tiempo para cenar. ¿Qué más da si es medianoche?, ¿por qué no? También podríais pasar de la cena, apartar los platos y hacer el amor sobre la mesa del comedor.

—¡Bree!

Bree rió.

—Por favor, Norah. Me encantaría llevármelo.

—Tiene que bañarse.

—Está bien. Prometo no dejar que se ahogue en la bañera.

—No tiene gracia —dijo Norah—. No tiene ninguna gracia.

Pero finalmente accedió y preparó las cosas de Paul. Los grandes ojos oscuros de Paul la miraron con seriedad desde la puerta, mientras Bree se lo llevaba con ella, y luego, desapareció. Miró desde la ventana mientras las luces traseras de Bree desaparecían calle abajo, llevándose a su hijo. Era todo lo que podía hacer para evitar correr tras ellos. ¿Cómo se podía criar a un niño y luego dejarlo ir con lo peligroso e imprevisible que era el mundo? Se quedó de pie unos minutos, mirando fijamente en la oscuridad. Luego volvió a la cocina, puso papel de aluminio sobre el asado y apagó el horno. Eran las siete en punto. La botella de vino que había traído Bree estaba casi vacía. En la cocina, tan silenciosa que podía oír el tictac del reloj, Norah abrió el vino francés que había comprado para la cena.

La casa estaba tan tranquila. ¿Había estado sola, aunque fuera sólo una vez desde que Paul había nacido? Creía que no. Había evitado aquellos momentos de soledad, momentos de quietud, cuando los pensamientos sobre la pérdida de su hija hubieran podido crecer espontáneamente. El funeral, celebrado en el patio de la iglesia bajo la fuerte luz del nuevo sol de marzo, la había ayudado, pero inexplicablemente, Norah todavía sentía la presencia de la hija, como si pudiera darse la vuelta y verla en las escaleras, o fuera, en la hierba.

Apoyó la palma de la mano en la pared y sacudió la cabeza para aclararse. Luego, con la copa en la mano, caminó por la casa. Sus pasos sonaron huecos en el suelo recién pulido, inspeccionando el trabajo que había hecho. Fuera, la lluvia caía constante, desdibujando las luces al otro lado de la calle. Norah recordó aquella noche de nieve arremolinada. David la había cogido por el codo, ayudándola a ponerse el viejo abrigo verde, ya andrajoso, que no era capaz de tirar. Le caía abierto alrededor de la plenitud de su vientre. Se habían mirado a los ojos. Él estaba tan preocupado, tan serio, tan nervioso; en aquel momento, Norah sentía que lo conocía como se conocía a sí misma.

Sin embargo, todo había cambiado. David también. Por las noches, cuando él se sentaba a su lado en el sofá, hojeando sus revistas, no estaba allí realmente. Cuando había trabajado como operadora telefónica, Norah manipulaba los fríos interruptores metálicos atenta a ver si oía el timbre distante, el *clic* de la conexión. «Espere, por favor», decía, y las palabras resonaban, retrasadas; la gente hablaba a la vez y luego paraban, desvelando la noche tranquila y fuera de control que se extendía entre ellos. Solía escuchar a gente que nunca conocería volcar noticias formales: nacimientos, bodas, enfermedades o muertes. Había sentido la noche oscura de aquellos distanciamientos y el poder de su capacidad para hacerlos desaparecer.

Pero era un poder que había perdido; al menos ahora, y cuando importaba más. A veces, incluso después de hacer el amor, en mitad de la noche y todavía estirados juntos, corazón con corazón, miraba a David y sentía las orejas llenas con el rugir, oscuro y distante, del universo.

Ya eran pasadas las ocho. El mundo había suavizado los contornos. Volvió a la cocina y se quedó de pie al lado del horno, jugando con el cerdo seco. Se comió una de las patatas directamente de la fuente, despedazándola en la salsa con el tenedor. El plato de brócoli y queso se había cuajado y se empezaba a secar; Norah lo probó también. Se quemó la lengua y alcanzó la copa. Vacía. Bebió un vaso de agua en el fregadero, y luego otro, sujetándose al borde de la encimera por que el mundo fuera tan inestable. «Estoy borracha», pensó, sorprendida y ligeramente contenta. Nunca se había emborrachado; aunque una vez, Bree había vuelto a casa de un baile y había vomitado sobre el suelo de linóleo. Le dijo a su madre que le habían echado algo en el ponche, pero a Norah se lo había confesado todo: la botella en la bolsa de papel marrón y sus amigos reunidos en los arbustos, con el vaho formando pequeñas nubes en la noche.

El camino hacia el teléfono le pareció muy largo. Al andar, se sintió extraña, como si de alguna manera estuviera flotando, como fuera de ella. Se sujetó con una mano al marco de la puerta y con la otra marcó; el auricular entre el hombro y la oreja. Bree contestó al primer tono.

—*Sé que eres tú* —dijo—. *Paul está bien. Hemos leído un libro, luego nos hemos bañado y ahora está profundamente dormido.*

—Bien. Sí, estupendo —dijo Norah. Intentó contarle a Bree lo del mundo reluciente, pero ahora le parecía demasiado personal, de alguna manera, un secreto.

—*¿Qué tal tú? ¿Estás bien?*

—Muy bien. David todavía no ha llegado, pero estoy muy bien.

Y colgó rápido. Se llenó otra copa de vino y salió al porche. Levantó la vista al cielo. Había una luz cubierta de neblina en el cielo. Ahora el vino parecía moverse a través de ella como calor o luz, expandiéndose por sus extremidades hasta la punta de los dedos. Cuando se dio la vuelta, le pareció flotar otra vez por un instante, como si estuviera deslizándose fuera de sí misma. Se acordó del coche por las calles heladas, como transportado por el aire, virando bruscamente bajo el control de David. La gente tenía razón; no recordaba los dolores del parto, pero no podía olvidar la sensación que tuvo yendo en coche de que el mundo resbalaba dando vueltas, sujetándose rápidamente al frío salpicadero, y que David, metódico, paraba en cada semáforo.

¿Dónde estaría?, se preguntó con lágrimas en los ojos, y ¿por qué se había casado ella con él? ¿Por qué él la había querido tanto? Durante las siguientes semanas de conocerse, él había ido cada día al apartamento de ella, ofreciéndole rosas, cenas y salidas al campo. En Nochebuena, llamaron a la puerta y ella fue a abrir con su vieja bata, esperando encontrar a Bree. En su lugar, era David, con la cara roja por el frío, llevando unas cajas resplandecientes. Era tarde, dijo, lo sabía, pero le preguntó si quería salir a dar una vuelta en coche con él.

No, dijo ella, estás loco, pero, riéndose de la insensatez, lo dejó entrar con sus flores y regalos. Ella estaba asombrada, agradecida y un poco perpleja. En muchos momentos, como cuando veía a los otros ir a las fiestas universitarias, o cuando desde sus taburetes en aquella habitación sin ventanas de la compañía de teléfonos, sus compañeras de trabajo planeaban el ramillete, el vestido y hasta los bombones que llevarían el día de su boda, ella, tan reservada y tranquila, pensaba que sería soltera toda la vida. Sin embargo, David, un hombre apuesto, un médico, llegó a la puerta de su apartamento diciendo: «Ven, por favor, hay algo que quiero que veas».

Era una noche clara, con estrellas vivaces en el cielo. Norah se sentó en el ancho asiento delantero de vinilo del viejo coche de David. Llevaba un vestido rojo de lana y se sentía guapa. El aire era frío. David, con las manos al volante, viajaba a través de la oscuridad, a través del frío, por carreteras cada vez más pequeñas, hacia un paisaje que ella no conocía. Paró al lado de un antiguo molino de harina. Salieron del coche y fueron en dirección al sonido de la corriente del agua. El agua negra captaba la luz de la luna y la vertía en las rocas, transformando la gran rueda del molino. La construcción, oscura, perfilada contra el más oscuro cielo, ocultando las estrellas, y el aire, lleno del sonido del agua.

«¿Tienes frío?», preguntó David, gritando por encima del ruido del arroyo.

Norah rió, temblando, y dijo que no; no, no tenía frío, estaba muy bien.

«¿Y en las manos? No has traído los guantes.»

«Estoy muy bien», dijo, pero él ya le estaba cogiendo las manos, presionándolas en su pecho, calentándolas entre sus guantes y la oscura lana moteada de su abrigo.

«Esto es precioso», le dijo ella, y rió.

Luego él se inclinó y la besó, soltándole las manos, deslizando las suyas dentro del abrigo de ella y recorriéndole la espalda. El agua bajaba con fuerza y resonaba entre las rocas.

«Norah —gritó, su voz parte de la noche, rodando como el arroyo, las palabras claras y aun así, pequeñas entre los otros sonidos—. ¡Norah! ¿Quieres casarte conmigo?»

Ella rió, echó la cabeza hacia atrás, con el aire de la noche vertiéndosele encima.

«¡Sí! —gritó volviendo a poner las manos en el abrigo de él—. ¡Sí quiero!»

Él le deslizó un anillo en el dedo. Una fina alianza de oro blanco, exactamente de su talla, con un diamante flanqueado por dos pequeñas esmeraldas. Para que hiciera conjunto con sus ojos, le había dicho después, y con el abrigo que llevaba el día que se conocieron.

Y Norah estaba allí ahora, en la puerta del comedor, dándole vueltas al anillo en el dedo. Las serpentinas se movían por la corriente. Una le rozó la cara; otra se metió en la copa de vino. Norah observó fascinada cómo se expandía la mancha poco a poco hacia arriba. Se dio cuenta de que era casi del mismo color que las servilletas. Suzy Homemaker no podía haber encontrado un ejemplo más exacto a propósito. Se le derramó vino en el mantel y manchó también el envoltorio dorado de rayas del regalo que le había comprado a David. Lo cogió, y en un impulso, rompió el papel. «De verdad que estoy muy borracha», pensó.

Era una cámara compacta, de un peso agradable. Durante semanas, Norah le había dado vueltas al regalo apropiado, hasta que vio esa cámara en la vitrina de Sears. Cromo negro y reluciente, con complicados aros, palancas y números alrededor de los aros; se parecía a los instrumentos médicos de David. El dependiente, joven y entusiasta, la acosó con un montón de información técnica sobre aberturas, cierres y lentes de gran angular. Las palabras técnicas le resbalaban como agua, pero le gustó el peso de la cámara, la textura fría y la manera en que el mundo quedaba encuadrado con tanta precisión cuando miró por el visor. Ahora, con vacilación, pulsó la palanca plateada. Un *clic*, y luego un chasquido fuerte en la habitación al disparar. Giró el mando, corriendo la película; recordó que el dependiente había dicho esa frase, «corra la película», subiendo la voz un momento en que había más ruido en la tienda. Miró a través del visor, encuadró la mesa desvencijada, luego giró dos ruedas diferentes para encontrar el enfoque. Esta vez, cuando apretó el obturador, la luz estalló por la pared. Entrecerró los ojos y giró la cámara para estudiar la bombilla del flash, ahora negra y con burbujas por el calor. La cambió, quemándose los dedos pero, de alguna manera, lejos de notarlo.

Miró el reloj: las diez menos cuarto.

La lluvia era suave, constante. David había ido a trabajar andando, y ella se lo imaginaba recorriendo cansado las calles oscuras, de camino a casa. En un impulso, cogió el abrigo y las llaves del coche: iría al hospital a darle una sorpresa.

El coche estaba frío. Salió de la entrada marcha atrás, buscando a tientas el botón de la calefacción, y por una vieja costumbre, tomó la dirección incorrecta. Incluso antes de que se diera cuenta del error, siguió conduciendo por las mismas calles estrechas y lluviosas, volviendo a su antigua casa, donde había decorado la habitación del niño con esperanza inocente, donde se sentaba a atender a Paul en la oscuridad. Ella y David habían acordado mudarse como una decisión prudente y acertada, pero la verdad es que ella no podía soportar la idea de venderla. Todavía iba allí casi cada día. Cualquier vida que su hija hubiera conocido, cualquier experiencia que hubiera tenido Norah con su hija, habría pasado allí.

Excepto porque estaba oscura, la casa parecía la misma: el amplio porche con las cuatro columnas blancas y una sola luz encendida de piedra caliza. La señora Michaels estaba unos patios más allá, en la cocina, lavando platos y mirando afuera en la noche; el señor Bennett, en su poltrona, con las cortinas abiertas y la televisión encendida. A Norah le parecía como si todavía viviera allí. Pero la puerta se abrió y sólo encontró habitaciones sin muebles, vacías, horribles por su pequeñez.

Al andar por la fría casa, Norah intentó aclarar sus ideas. Los efectos del vino se hacían más fuertes, y tenía problemas para relacionar un momento con otro. Llevaba la cámara de David en una mano. De hecho, ni lo había pensado. Había quince fotografías menos y llevaba unas cuantas bombillas en el bolsillo. Hizo una foto de la lámpara de araña, satisfecha cuando la bombilla destelló, porque ahora siempre podría tener la imagen con ella; nunca más se despertaría en mitad de la noche sin recordar ese detalle, los elegantes brazos dorados.

Fue de una habitación a otra, todavía bebida, pero con un propósito, enfocar ventanas, lámparas, los dibujos de las líneas de la madera del suelo... Era de vital importancia recordar cada detalle. En un momento, en el salón, una bombilla usada le resbaló de la mano y se hizo añicos; cuando se echó para atrás, el cristal le rasgó los pies. Se observó con las medias puestas, divertida e impresionada por el grado de ebriedad; seguramente había dejado los zapatos mojados en la puerta de la entrada por una vieja costumbre. Paseó un poco más por las habitaciones, inventariando interruptores, ventanas, la tubería por donde una vez el gas había subido al segundo piso. Cuando estaba bajando las escaleras se dio cuenta de que le sangraba el pie y que iba dejando un rastro de sangre en forma de pequeños corazones. Norah se asustó, extrañamente encantada por el daño.

Yendo hacia fuera encontró los zapatos. Sintió un dolor punzante en los pies al entrar en el coche. Todavía llevaba la cámara en la muñeca.

Más tarde, no recordaría mucho el trayecto, solamente las calles estrechas, el viento en las hojas, luces reflejas en los charcos y el agua salpicando los neumáticos. No recordaría el estrépito de un metal contra el otro, sólo el sobresalto y la inesperada visión de un cubo de la basura reluciendo al volar por encima del coche. Mojado por la lluvia, pareció quedarse suspendido en el aire durante un largo momento hasta volver a caer. Recordaba que había dado un golpe en el capó y que rodó hasta el parabrisas, haciéndolo añicos; el coche rebotando sobre el bordillo y haciendo una suave parada en la mediana, bajo un roble acordonado con una valla de metal. No recordaba el golpe del parabrisas, pero el cristal parecía una telaraña, con las complicadas líneas abriéndose en abanico, delicadas, hermosas y precisas. Al ponerse la mano en la frente, se la embadurnó ligeramente de sangre.

No salió del coche. El cubo de basura rodaba por la calle. Sombras oscuras, gatos, merodeaban alrededor del cubo abollado en forma de arco.

—¿Se encuentra bien? —le preguntaron por la ventana que ella iba abriendo poco a poco. El aire frío de la noche le besó la cara—. ¿Qué ha pasado? ¿Se encuentra bien? Tiene sangre en la frente —añadió la voz, y se sacó un pañuelo del bolsillo.

—No es nada —dijo Norah rechazando el pañuelo, sospechosamente arrugado, con la mano. Se volvió a tocar la frente, secándose otra mancha de sangre. Todavía llevaba la cámara colgando de la muñeca y golpeó el volante. Se la sacó y la puso con cuidado en el asiento de al lado—. Es mi aniversario —informó al desconocido—. También tengo sangre en los pies.

—¿Necesita un médico?

—Mi marido es médico —dijo Norah, viendo la expresión de duda en el hombre, consciente de que quizá no se había explicado muy bien—. Es médico —repitió con firmeza—. Ahora voy a buscarle.

—No creo que deba conducir. ¿Por qué no deja el coche aquí y llamo a una ambulancia?

Con su amabilidad, a Norah se le llenaron los ojos de lágrimas, pero luego se lo imaginó, sirenas, luces y manos delicadas, cómo David hubiera ido corriendo a buscarla a la sala de urgencias, despeinada, sangrando y un tanto borracha; sería un escándalo y una desgracia.

—No —dijo, escogiendo bien las palabras—. Estoy bien, de verdad. Un gato cruzó la calle y me sobresalté. Pero de verdad que estoy bien. Iré a casa y mi marido me curará este corte. No es nada, realmente.

El hombre dudó un momento, la farola le reflejó una luz plateada en el pelo, se encogió de hombros asintiendo y volvió a la acera. Norah condujo con cuidado, despacio, usando los intermitentes cuando tocaba, aunque la calle estaba vacía. Por el retrovisor vio al hombre de brazos cruzados, mirándola hasta que dobló la esquina y desapareció.

El mundo estaba en calma al volver por las calles familiares. Los efectos del alcohol empezaban a disminuir. Su nueva casa resplandecía con luces en todas las ventanas, en el piso de arriba y en el de abajo, la luz se vertía como si fuera líquida, como si se hubiera derramado sin poderse contener más. Aparcó en la entrada y salió, quedándose un momento en la hierba húmeda, la lluvia cayendo suavemente y cubriéndole el pelo y el abrigo. Vislumbró a David dentro, sentado en el sofá. Tenía a Paul en brazos, que dormía descansando ligeramente la cabeza en su hombro. Pensó en cómo había dejado las cosas: el vino derramado, las serpentinas por el suelo y el asado estropeado. Se tiró el abrigo por encima y subió los escalones corriendo.

—¡Norah! —David la encontró en la puerta, todavía con Paul en brazos—. Norah, ¿qué te ha pasado? Estás sangrando.

—Estoy bien, estoy bien —dijo rechazando la mano de David que intentaba ayudarla.

Le dolía el pie, pero estaba contenta por el dolor agudo; un contrapunto al dolor punzante de su cabeza parecía correrle por dentro y sujetarla firmemente. Paul estaba profundamente dormido; su respiración era lenta y serena. Le puso la palma de la mano suavemente sobre la espalda.

—¿Dónde está Bree?

—Te está buscando —dijo David. Él miró hacia el comedor y ella le siguió la vista, viendo el asado arruinado, todas las serpentinas amontonadas por el suelo—. Como no estabas en casa, me entró el pánico y la llamé. Trajo a Paul y luego salió a buscarte.

—Estaba en la antigua casa. Le di un golpe a un cubo de basura —se puso la mano en la frente y cerró los ojos.

—Has estado bebiendo —lo dijo con calma.

—Vino, con la cena. Llegabas tarde.

—Hay dos botellas vacías, Norah.

—Bree estaba aquí. Fue una larga espera.

Él asintió con la cabeza.

—Los chicos de esta noche, los del accidente... Había cerveza por todas partes. Me quedé aterrorizado, Norah.

—No estaba borracha.

El teléfono sonó y ella lo cogió con fuerza. Era Bree. Las palabras le salían rápidas como una corriente de agua, queriendo saber qué había pasado.

—Estoy bien —dijo Norah tratando de hablar con calma y claridad—. Estoy bien.

David la miraba, observando las oscuras líneas de sangre en la palma de la mano, que ya se habían secado. Ella apretó los dedos ocultándolas y se volvió.

—Aquí —dijo él con dulzura tocándole el brazo, una vez ella colgó—. Ven aquí.

Subieron las escaleras. Mientras David ponía a Paul en la cuna, Norah se aflojó las medias destrozadas y se sentó al borde de la bañera. El mundo se estaba volviendo más claro y estable. Entrecerró los ojos por las luces brillantes, tratando de poner en orden los acontecimientos de la noche. Cuando David volvió, le apartó el pelo de la frente, con gestos delicados y precisos, y le empezó a limpiar la herida.

—Espero que dejaras al otro tipo en peores condiciones —dijo, y ella supuso que era lo que decía a todos los pacientes que llegaban a su consulta; temas triviales, bromas, palabras vacías que las distrajeran de lo que él estaba haciendo.

—No había nadie más —dijo pensando en el hombre del pelo plateado inclinado en la ventanilla—. Un gato me asustó y di un volantazo. Pero el parabrisas... ¡Ay! —dijo cuando él le puso antiséptico en el corte—. Ay, David, eso duele.

—No durará mucho —le dijo, y le apoyó un momento la mano en el hombro. Luego se arrodilló al lado de la bañera y le cogió el pie.

Miró cómo le quitaba el cristal. Estaba tranquilo e iba con mucho cuidado, absorto en sus pensamientos. Ella sabía que trataba a todos los pacientes con los mismos movimientos estudiados.

—Eres tan bueno conmigo —susurró ella, deseando salvar la distancia que había entre ellos, que ella había creado.

Él sacudió la cabeza, dejó lo que estaba haciendo y la miró.

—¿Bueno contigo? —repitió despacio—. ¿Por qué fuiste allí, Norah, a nuestra antigua casa? ¿Por qué no lo dejas?

—Porque es lo único —dijo ella de golpe, sorprendida por la seguridad y el dolor de su voz— que nos queda para no dejarla atrás definitivamente.

En ese breve instante, antes de que él apartara la vista, le vio una expresión tensa, de ira, rápidamente reprimida.

—¿Qué más puedo hacer? Creía que esta nueva casa nos haría felices. Haría feliz a la mayoría de la gente, Norah.

Su tono le dio miedo; podía perderlo también a él. Le dolían el pie y la cabeza, y cerró los ojos brevemente pensando en la situación que había creado. No quería quedarse anclada para siempre a esta oscura noche, con David tan lejos de ella.

—Está bien —dijo—. Llamaré a la inmobiliaria mañana. Deberíamos aceptar esa oferta.

Una película iba cerrando el pasado a medida que hablaba; un muro tan quebradizo y frágil como el hielo al formarse. Crecería y se haría más fuerte. Se volvería impenetrable, opaco. Norah sintió lo que iba a pasar y lo temió, pero temía más lo que pasaría si se rompiera en pedazos. Sí, seguirían adelante. Ése sería su regalo para David y Paul.

Phoebe seguiría viva en su corazón.

David le envolvió el pie en una toalla y se recostó en los talones.

—Mira, no creo que nos fuera bien volver —dijo más dulcemente de lo que ella admitiría—. Pero podríamos hacerlo. Si es lo que quieres realmente, podríamos vender esta casa y volver allí.

—No. Ahora vivimos aquí.

—Pero estás tan triste... Por favor, no estés triste. No he olvidado, Norah, ni nuestro aniversario, ni a nuestra hija, ni nada.

—Oh, David —dijo—. Me he dejado tu regalo en el coche. —Pensó en la cámara, con sus adminículos. «La guardiana de la memoria», ponía en la caja, en letras blancas y en cursiva; por eso, se dio cuenta, era por lo que la había comprado, así él capturaría cada momento y nunca olvidaría.

—Está bien —dijo él levantándose—. Espera. Espera aquí.

Corrió escaleras abajo. Ella se quedó un rato más sentada al borde de la bañera. Luego se levantó y cojeó por el pasillo a la habitación de Paul. Sintió la alfombra de color azul oscuro, gruesa bajo los pies. Había pintado nubes en las paredes azul pálido y había colgado un móvil de estrellas sobre la cuna. Paul dormía bajo las estrellas móviles, con la manta apartada y las manitas al aire. Lo besó con dulzura y lo arropó, acariciándole el pelo suave y tocándole la palma de la mano con el dedo índice. Ahora era tan grande; ya andaba y empezaba a hablar. ¿Dónde quedaban aquellas noches de hacía casi un año, cuando Paul mamaba tan concentrado y David llenaba la casa de narcisos? Recordó la cámara, y como había ido de arriba abajo por su antigua casa decidida a dejar constancia de cada detalle, una salvaguarda contra el tiempo.

—¿Norah? —David entró en la habitación y se quedó detrás de ella—. Cierra los ojos.

Una fría cadena brilló sobre su piel. Bajó la vista y vio esmeraldas, una larga secuencia de piedras, cogidas en una cadena de oro. A juego con el anillo, dijo. A juego con sus ojos.

—Es tan bonito —susurró tocando el cálido oro—. Oh, David.

Entonces él le puso las manos en los hombros, y por un momento, se encontró otra vez de pie en medio del sonido del agua del molino, con tanta felicidad rodeándola como lo hacía la noche. «No respires —pensó—. No te muevas.» Pero nada se detenía. Fuera, la lluvia caía suavemente y las semillas se despertaban en la oscura tierra mojada. Paul suspiró y se movió todavía dormido. Despertaría mañana, grande y cambiado. Vivirían la vida día a día, alejándose a cada paso de su hija perdida.

El agua de la ducha corría y los remolinos de vapor empañaban el espejo y la ventana, nublando la pálida luna. Caroline daba vueltas por el minúsculo cuarto de baño color púrpura, sosteniendo a Phoebe bien cerca. Su respiración era rápida y ligera y el corazón le palpitaba muy rápido. «Ponte buena, cariño —susurraba Caroline, acariciándole el suave pelo oscuro—. Recupérate pronto, mi amor». Se detuvo, cansada, a mirar la luna, una mancha de luz atrapada entre las ramas del plátano. La tos de Phoebe empezó de nuevo, en lo profundo del pecho. Su cuerpo crecía rígido bajo las manos de Caroline al sacar el aire fuera de la garganta con sonidos agudos y respirando con dificultad. Era difteria, un caso clásico. Caroline le acariciaba la espalda, apenas más grande que su mano. Cuando la tos terminó, echó a andar para no quedarse dormida por su propio balanceo. Más de una vez se había despertado en pie, con la niña milagrosamente en brazos.

Las escaleras crujieron y luego las tablas del suelo. La puerta púrpura se abrió y entró una corriente de aire frío. Era Doro, con una bata de seda negra encima del camisón y el pelo gris suelto sobre los hombros. Entró.

—¿Es grave? —preguntó—. Suena horrible. ¿Quieres que traiga el coche?

—No creo. Pero ¿puedes cerrar la puerta? El vapor ayuda.

Doro la cerró y se sentó al borde de la bañera.

—Te hemos despertado —dijo Caroline, con la suave respiración de Phoebe en el cuello—. Perdona.

Doro se encogió de hombros.

—Me conoces; ya sabes cómo duermo. De todas formas estaba levantada, leyendo.

—¿Algo interesante? —preguntó Caroline.

Limpió la ventana con el puño de la bata. La luz de la luna caía en el jardín tres pisos más abajo y brillaba como agua en la hierba.

—Revistas de ciencia. Aburridísimas, incluso para mí. Sólo las leo para dormirme.

Caroline sonrió. Doro se había doctorado en física; trabajaba en la universidad, en el departamento que una vez había ocupado su padre. Leo March, brillante y conocido, tenía ahora ochenta y tantos años; estaba físicamente fuerte, pero sujeto a lapsus de memoria y de sentido común. Hacía once meses que Doro había contratado a Caroline para cuidarlo.

Este trabajo había sido una bendición. Había salido del túnel Fort Pitt al elevado puente sobre el río Monongahela, con las colinas de esmeralda elevándose desde las orillas del río y la ciudad de Pittsburg reluciendo de pronto llena de vitalidad delante de ella, tan asombrada por su inmensidad y belleza que pegó un grito y redujo la velocidad por miedo a perder el control del coche.

Durante un largo mes, vivió en un motel barato en las afueras de la ciudad, e iba señalando con un círculo los anuncios de los periódicos, mientras veía disminuir sus ahorros. Cuando llegó a la entrevista, su euforia ya se había convertido en pánico. Llamó al timbre y se quedó de pie en el porche, esperando. Narcisos de un amarillo brillante se balanceaban en la superficie de la hierba primaveral; en la puerta de al lado, una mujer con una bata de casa acolchada barría el hollín de los escalones. La gente de esta casa no tenía muchas preocupaciones, ya que la sillita del automóvil de Phoebe descansaba sobre una capa de polvo acumulado de varios días. Polvo como la nieve ennegrecida. Las huellas de Caroline quedaron pálidamente marcadas detrás de ella.

Cuando por fin Dorothy March, alta y esbelta con un elegante traje gris, le abrió la puerta, Caroline hizo caso omiso de su mirar cauteloso a Phoebe, cogió la sillita y pasó adentro. Tomó asiento al borde de un sillón inestable, con cojines de terciopelo de color vino desteñidos a rosa menos por algunos trozos más oscuros alrededor de las tachuelas del tapizado. Dorothy March se sentó enfrente, en un sofá de piel agrietada que se aguantaba en una esquina por un ladrillo. Se encendió un cigarrillo. Durante unos momentos estudió a Caroline, sus vivos ojos. No dijo nada enseguida. Luego, carraspeó y espiró el humo.

—Francamente, no contaba con una niña.

Caroline sacó el currículum.

—He trabajado de enfermera durante quince años. Puedo aportar mucha experiencia y ternura.

Dorothy March cogió los papeles con la mano libre y los estudió.

—Sí, parece que tengas experiencia. Pero no pone dónde has trabajado. No eres del todo clara.

Caroline dudó. Había usado una docena de respuestas diferentes a esta pregunta en una docena de entrevistas aquella última semana, y ninguna la había llevado a ninguna parte.

—Es porque huí —dijo casi mareada—. Huí del padre de Phoebe. Y por eso no puedo decirle de dónde soy ni darle referencias. Esa es la única razón por la que todavía no tengo trabajo. Soy una enfermera excelente y será afortunada de tenerme, de verdad, teniendo en cuenta el sueldo que ofrece.

A esto, Dorothy March soltó una risa repentina.

—¡Que declaración más atrevida! Querida, es un puesto residente. ¿Por qué demonios iba a arriesgarme con una perfecta desconocida?

—Empezaré a pensión completa —persistió Caroline, pensando en la habitación del motel con el papel de la pared despegado y el techo manchado, la habitación que no podía pagar ni una noche más— durante dos semanas. Después usted decidirá.

El cigarrillo se le había consumido a Dorothy March en la mano. Lo miró y luego lo apagó en el cenicero desbordado.

—Pero, ¿cómo te las arreglarás con una niña? Mi padre no es un hombre paciente. No será un buen paciente, te lo aseguro.

—Una semana. Si no le gusto al cabo de una semana, me iré.

Había pasado un año. Doro estaba de pie en el cuarto de baño empañado por el vapor. Las mangas de su bata de seda negra con brillantes pájaros tropicales estampados le caían hasta el codo.

—Déjame cogerla. Estás exhausta, Caroline.

Los soplidos de Phoebe se habían calmado y tenía más buen color; las mejillas un poco sonrosadas. Caroline se la pasó, sintiendo la repentina calma de su ausencia.

—¿Qué tal Leo hoy? ¿Te ha dado algún problema?

Por un momento Caroline no repondió. Estaba tan cansada y había ido tan lejos este último año, de una cosa a otra; su antigua vida solitaria se había transformado completamente. De algún modo había llegado aquí, a este pequeño cuarto de baño púrpura, a ser una madre para Phoebe, una compañía para un hombre brillante con problemas de memoria, y una increíble pero verdadera amiga de esta mujer, Doro March. Las dos, desconocidas un año antes, mujeres que se habrían cruzado por la calle sin volver a mirarse, sin ninguna conexión, entrelazadas ahora por las exigencias de sus vidas y por un prudente respeto.

—No quería comer. Me acusó de haberle echado detergente en el puré de patatas. Bueno..., un típico día, diría.

—No es nada personal, lo sabes —dijo Doro dulcemente—. No fue siempre así.

Caroline cerró el agua y se sentó en la bañera.

Doro señaló con la cabeza la ventana empañada. Las manos de Phoebe, blancas como estrellas en contraste con la bata.

—Ése solía ser nuestro patio de recreo, ahí, en la colina, antes de que hicieran la autopista. Las garzas solían hacer sus nidos en los árboles, ¿lo sabías? Mi madre plantó narcisos una primavera, cientos de bulbos. Cada día mi padre venía del trabajo en tren, a las seis, y le cogía un ramillete de flores. No lo reconocerías.

—Lo sé —dijo Caroline con cariño—. Ya lo tengo en cuenta.

Hubo un silencio. El grifo goteaba y todavía había vapor.

—Creo que se ha dormido —dijo Doro—. ¿Estará bien?

—Sí, creo que sí.

—¿Qué es lo que le pasa, Caroline? —preguntó Doro con voz decidida—. Cariño, no sé nada de niños, pero noto que algo no anda bien. Phoebe es tan bonita y tan dulce, pero algo va mal, ¿verdad? Tiene casi un año y no sabe incorporarse.

Caroline miró la luna a través de la ventana empañada y cerró los ojos. Siendo bebé, la quietud de Phoebe parecía, más que otra cosa, el don de la calma, de la cortesía, y Caroline se permitía pensar que nada iba mal. Pero al cabo de seis meses, Phoebe iba creciendo, pero seguía siendo pequeña para su edad, todavía iba en brazos. Cuando seguía un juego de llaves con los ojos movía las manos pero no conseguía cogerlas, y como no daba muestras de sentarse ella sola, Caroline se la llevaba a la biblioteca en su día libre. En las amplias mesas de roble de la biblioteca de la Universidad Carnegie Mellon, en las aireadas y espaciosas salas de techos altos, amontonaba libros y artículos, y empezaba a leer; viajes desalentadores a instituciones nefastas, vidas acortadas, ninguna esperanza. Era una extraña sensación, se le hacía un agujero en el estómago con cada palabra. Y aun así, allí estaba Phoebe moviéndose en la sillita del automóvil, sonriendo, moviendo las manos y haciendo ruiditos agradables. Era una niña, no un historial médico.

—Phoebe tiene síndrome de Down.

—Ay, Caroline, lo siento mucho. Por eso dejaste a tu marido, ¿no? Porque no la quería. Oh, cariño, lo siento muchísimo.

—No lo sientas —dijo Caroline, volviendo a coger a Phoebe—. Es preciosa.

—Sí. Sí que lo es. Pero Caroline, ¿qué será de ella?

Sentía a Phoebe cálida y pesada en sus brazos, el suave pelo oscuro le caía sobre la piel blanca. Caroline, protectora, le tocó dulcemente la mejilla.

—¿Qué será de cualquiera de nosotros? Sinceramente, Doro, dime, ¿alguna vez pensaste que tu vida sería así?

Doro miró más allá con una expresión de pena. Hacía años, su prometido se había matado saltando de un puente al río por una apuesta. Doro lo había llorado y nunca más se casó. No pudo tener los hijos que siempre había querido.

—No —dijo por fin—. Pero esto es diferente.

—¿Por qué? ¿Por qué es diferente?

—Caroline —dijo Doro tocándole el brazo—, dejémoslo. Estás cansada. Y yo también.

Caroline colocó a Phoebe en la cuna mientras los pasos de Doro sonaban débilmente en el piso de abajo. Dormida a la pálida luz de la farola, era como cualquier otra niña, con un futuro tan poco trazado como el fondo del océano, tan rico en posibilidades. Los coches circulaban por los campos de la infancia de Doro haciendo juegos de luz en las paredes con los faros, y Caroline se imaginó las garzas alzando el vuelo desde el campo pantanoso, subiendo las alas en la pálida luz dorada del amanecer. «¿Qué será de ella?» En realidad, muchas noches Caroline no dormía haciéndose esa pregunta.

En su habitación, las cortinas de ganchillo que la madre de Doro había tejido y colgado hacía décadas proyectaban sombras delicadas. Se podía leer a la luz de la luna de lo fuerte que era. Encima del escritorio, había un sobre con tres fotografías de Phoebe, y al lado un papel doblado en cuatro. Caroline lo abrió y leyó lo que había escrito.

Estimado doctor Henry:

Te escribo para decirte que Phoebe y yo estamos bien, sanas y felices. Tengo un buen trabajo. Por lo general, Phoebe es una niña sana, a pesar de que tiene algunos problemas respiratorios frecuentes. Te mando unas fotografías. Por el momento, toquemos madera, no tiene ninguna cardiopatía.

Debería mandarla, la había escrito hacía unas semanas, pero cada vez que iba a echarla, pensaba en Phoebe, en el suave tacto de sus manos o en los sonidos que hacía cuando estaba contenta, y no se decidía. Guardó la carta otra vez y se acostó. Se quedó rápidamente dormida. Empezó a soñar con la sala de espera del ambulatorio, con las plantas mustias por el calor, y se despertó, inquieta, preguntándose dónde estaba.

«Aquí —se dijo tocando las sábanas frías—. Estoy aquí mismo».

Cuando Caroline se despertó por la mañana, la habitación estaba llena de luz y de música de trompetas. Phoebe, en la cuna, movía los brazos como si las notas fueran pequeñas cosas aladas, mariposas o gusanos de luz que pudiera coger. Caroline la vistió y bajaron, parándose en el segundo piso, donde Leo March estaba instalado en su soleado despacho. Había libros tirados sobre el diván donde estaba, tendido con las manos detrás de la cabeza, mirando el techo. Caroline lo miró desde la entrada —no se le permitía entrar en esa habitación si no la invitaban—, pero él no la saludó. Un hombre viejo, calvo con un flequillo de pelo gris, todavía con la ropa del día anterior, escuchaba atentamente la música que salía a todo volumen de los altavoces y que hacía temblar la casa.

—¿Quieres desayunar? —gritó.

Movió la mano indicando que ya se lo prepararía él. Bien, de acuerdo.

Caroline bajó el segundo tramo de escaleras hasta la cocina e hizo café. Hasta aquí sonaban ligeramente las trompetas. Puso a Phoebe en su trona y le dio una compota de manzana, huevo y requesón. Tres veces le dio la cuchara; tres veces cayó sobre la bandeja de metal.

—No importa —dijo alto, pero se le entumeció el corazón. Las palabras de Doro resonaban en su cabeza: «¿Qué será de ella?» Y ¿qué sería de ella realmente? A los once meses, ya tendría que ser capaz de agarrar objetos pequeños.

Limpió la cocina y fue al comedor a doblar la ropa que había recogido; olía a viento. Phoebe estaba tumbada de espaldas en el parque, haciendo sonidos y golpeando los aros y los juguetes que Caroline había colgado allí. De vez en cuando, Caroline dejaba lo que estaba haciendo y ajustaba los objetos brillantes, esperando que Phoebe, atraída por su luz, tirara de ellos.

Al cabo más o menos de una media hora, la música paró repentinamente, y los pies de Leo aparecieron por las escaleras, con los zapatos de piel minuciosamente atados y lustrados. Bajo las perneras, varios centímetros demasiado cortas, asomaban los tobillos blancos desnudos. Poco a poco pudo verlo entero; un hombre alto, que una vez había sido robusto y musculoso, y ahora le colgaba la piel, flácida, del huesudo cuerpo.

—Vaya, bien —asintió con la cabeza al ver la ropa—. Necesitábamos una asistenta.

—¿Quieres desayunar? —preguntó ella.

—Me lo prepararé yo mismo.

—Entonces, adelante, ve.

—Estarás despedida a la hora del almuerzo —gritó él desde la cocina.

—Adelante, ve —dijo de nuevo.

Se oyó cacharros caer y al viejo diciendo palabrotas. Caroline se lo imaginó encorvado por empujar el desorden de cacharros de nuevo en el armario. Debería ir a ayudarlo, pero no, lo dejó arreglárselas por sí mismo. Durante las primeras semanas, había tenido miedo de contestar mal, o de no ir corriendo cada vez que Leonard March la llamaba, hasta que Doro se la llevó a un lado: «Mira, no eres una criada. Tú respondes ante mí; no tienes por qué estar a su entera disposición. Lo estás haciendo bien, y tú también vives aquí», dijo, y Caroline comprendió que su periodo de prueba había acabado.

Leo entró con un plato de huevos y un vaso de zumo de naranja.

—No te preocupes —dijo antes de que ella dijera nada—. He apagado la maldita cocina. Y ahora me voy arriba a tomar el desayuno en paz.

—No digas palabrotas.

Él gruñó una respuesta y subió las escaleras haciendo ruido. Ella dejó lo que estaba haciendo, a punto de llorar, mirando un cardenal aterrizar en la lila, al lado de la ventana, y luego irse volando. ¿Qué estaba haciendo ella allí? ¿Qué anhelo la había llevado a tomar esa decisión tan radical sin posibilidad de marcha atrás? Y finalmente, ¿qué sería de ella?

Al cabo de unos minutos, las trompetas empezaron otra vez en el piso de arriba y el timbre de la puerta sonó dos veces. Caroline sacó a Phoebe del parque.

—Aquí están —dijo secándose los ojos con la manga—. Hora de practicar.

Sandra estaba en el porche, y cuando Caroline abrió la puerta, entró de golpe, llevando a Tim de una mano y una bolsa grande de tela en la otra. Era alta, de constitución fuerte, y con carácter; se sentó sin ceremonias en medio de la alfombra, volcando un montón de juguetes en una pila.

—Perdona que llegue tan tarde. El tráfico está fatal. ¿No te vuelve loca vivir tan cerca de la autopista? A mí me enloquecería. Bueno, mira lo que he encontrado. Mira este enorme montón de juguetes de plástico y de distintos colores. A Tim le encantan.

Caroline se sentó también en el suelo. Igual que Doro, Sandra era una amiga increíble, a quien no habría tenido oportunidad de conocer en su antigua vida. Se habían visto en la biblioteca, un día gris de enero cuando Caroline, abrumada por expertos y estadísticas desalentadoras, había cerrado de golpe un libro por la desesperación. Sandra, dos mesas más allá, en medio de su propio montón de libros, con los lomos y las cubiertas tan familiares para Caroline, levantó la vista. «Sé exactamente cómo te sientes. Yo estoy tan enfadada que rompería una ventana.»

Entonces empezaron a hablar, con prudencia al principio, y después, apresuradamente. El hijo de Sandra, Tim, tenía casi cuatro años. También tenía síndrome de Down, pero Sandra no lo había sabido hasta hacía poco. Había notado que era más lento en desarrollarse que sus otros tres hijos, pero para Sandra ser lento significaba sólo ser lento y no había nada más que decir. Era una madre muy ocupada; simplemente esperaba que Tim hiciera lo mismo que los otros, y si tardaba más no importaba. Empezó a andar a los dos años, y hasta los tres no aprendió a avisar que debía ir al lavabo. El diagnóstico impactó a su familia, y la sugerencia del doctor de llevar a Tim a una institución la había enfadado tanto que se había espabilado por sí misma.

Caroline había escuchado atentamente, y el corazón le crecía con cada palabra.

Salieron de la biblioteca y se fueron a tomar un café. Caroline nunca olvidaría aquellas horas de exaltación que había sentido, como si estuviera despertando de un largo y lento sueño. Hacían conjeturas sobre qué pasaría si seguían pensando que sus hijos podían hacer cualquier cosa. Quizá no lo hicieran rápidamente o sin ceñirse estrictamente a las normas, pero ¿qué pasaría si prescindían de esos gráficos de crecimiento y desarrollo con sus exactos y limitados puntos y curvas, si conservaban las expectativas pero borraban la línea del tiempo? ¿Qué daño haría? ¿Por qué no intentarlo?

Sí, ¿por qué no? Empezaron a reunirse allí o en casa de Sandra con sus chulillos hijos mayores. Contaban con libros y juguetes, investigaciones, historias y sus propias experiencias: Caroline como enfermera y Sandra como profesora y madre de cuatro hijos. Actuaban con sentido común. Para que Phoebe aprendiera a hacer volteretas, colocaban una pelota resplandeciente fuera de su alcance; para que Tim adquiriera coordinación, le daban tijeras de punta roma y papel brillante y lo dejaban cortar. El progreso era lento, a veces imperceptible, pero para Caroline, estas horas eran una cuerda de salvamento.

—Hoy pareces cansada —dijo Sandra.

—Phoebe ha tenido difteria esta noche. Realmente no sé cuanto tiempo aguantará. ¿Alguna novedad sobre los oídos de Tim?

—Me gusta el nuevo doctor —dijo Sandra recostándose. Tenía los dedos largos y redondos; sonrió a Tim y le dio una tacita amarilla—. Parece compasivo. No es de los que te echan enseguida. Pero las noticias no son buenas. Tim ha perdido algo de audición, por eso seguramente tarda tanto en aprender a hablar. Aquí, cielo —añadió dando golpecitos en la taza que él había soltado—. Enséñale a la señorita Caroline y a Phoebe lo que sabes hacer.

Tim no estaba interesado. El pelo de la alfombra había captado toda su atención, y pasaba las manos por él una y otra vez, fascinado y contentísimo. Pero Sandra era firme, calmada y decidida. Finalmente, él cogió la tacita amarilla, presionó el borde contra su mejilla un momento, luego la puso en el suelo y empezó a amontonar otras haciendo una torre.

Durante las dos horas siguientes, jugaron con sus hijos y hablaron. Sandra era de opiniones fuertes y no tenía miedo a decir lo que pensaba. A Caroline le encantaba sentarse en la sala de estar y hablar con aquella mujer inteligente y atrevida, de madre a madre. A menudo, Caroline echaba de menos a su madre, muerta hacía diez años, deseando llamarla y pedirle consejo, o simplemente para que se pasara por casa a verlas. ¿Había sentido su madre todo eso, el amor y la frustración, a medida que Caroline crecía? Seguramente sí, y de repente, Caroline comprendió su infancia de manera diferente. La constante preocupación por la polio…, lo cual, a su extraña manera, era amor. Y el duro trabajo de su padre, su cuidadosa preocupación por las cuentas por la noche… Eso también era amor.

No tenía a su madre, pero tenía a Sandra, y las mañanas que pasaban juntas eran lo mejor de la semana. Contaban historias de su vida, compartían ideas y sugerencias sobre cómo criar a los hijos. Rieron juntas cuando Tim trató de ponerles las tazas en la cabeza, cuando Phoebe se estiró para coger una pelota centelleante y finalmente, sin querer, dio una voltereta. Varias veces aquella mañana, Caroline, todavía preocupada, hizo bailar las llaves del coche delante de la niña. Resplandecían con la luz de la mañana, y las manitas de Phoebe ondeaban abiertas, agitando los dedos, separados como una estrella de mar. Música, motas de luz, ella se estiraba igualmente para alcanzarlas. Pero no importaba cuántas veces lo intentara, no las cogía.

—La próxima vez —decía Sandra—. Ya lo verás.

Al mediodía, Caroline la ayudó a llevar las cosas al coche, luego se quedó de pie en el porche con Phoebe en brazos, ya cansada, pero contenta también, haciendo adiós con la mano mientras Sandra sacaba su coche familiar a la calle.

Cuando entró, el disco de Leo saltaba, sonando los mismos tres compases una y otra vez.

«Viejo cascarrabias —pensó subiendo las escaleras—. Viejo inhumano.»

—¿Es que no puedes bajar eso? —empezó, exasperada, abriendo la puerta.

Pero el disco saltaba en una habitación vacía. Leo se había ido.

Phoebe empezó a llorar, como si tuviera algún tipo de detector interno de conflictos y tensiones. Debía de haberse escapado por la parte de atrás cuando ella estaba con Sandra. Era inteligente, a pesar de que aquellos días solía dejar los zapatos en el frigorífico. Él disfrutaba engañándola. Ya se había escapado tres veces, una de ellas, completamente desnudo.

Caroline bajó corriendo las escaleras y se puso un par de mocasines de Doro, una talla demasiado pequeños, fríos. Un abrigo para Phoebe, acurrucada en el cochecito; y ella, iría sin él.

El día se había tapado con bajas nubes grises. Phoebe gimoteó y agitó las manitas al pasar del garaje a la calle. «Lo sé —murmuró Caroline tocándole la cabeza—. Lo sé, cariño, lo sé». Vio una huella de Leo en la nieve deshecha, la suela grande de sus botas, y sintió alivio. Había cogido aquel camino, pues, e iba vestido.

Bueno, al menos llevaba puestas las botas.

Al final del siguiente bloque, llegó a los ciento cinco escalones que bajaban a Koening Field. Era Leo quien le había dicho cuántos había, una noche mientras cenaban, estando sociable. Lo vio al final de la larga cascada de cemento, con los brazos colgados a los lados, el pelo blanco despeinado como un loco, y parecía tan desconcertado, tan perdido y consternado, que su enfado se desvaneció. A Caroline no le gustaba Leo March, no era muy agradable, pero cualquier animadversión que tuviera por él se complicaba por la compasión que sentía. En algunos momentos se daba cuenta de que el mundo lo miraba y veía a un hombre viejo, senil y olvidadizo, más que lo que había sido y lo que era todavía, Leo March.

Él se giró y la vio. Después de un momento, le desapareció la confusión.

—Mira esto —gritó—. Mira esto, mujer, y llora.

Rápidamente, ajeno al hielo, un chorro apaciguado bajaba por en medio de los escalones. Leo corrió hacia ella, las piernas arriba y abajo, alimentado por alguna antigua adrenalina y necesidad.

—Apuesto a que nunca has visto nada parecido —dijo llegando arriba, sin respiración.

—Tienes razón —dijo Caroline—. No lo había visto y espero no volver a verlo.

Leo rió. Tenía los labios de un rosa intenso en contraste con la piel blanca descolorida.

—Me he escapado.

—No has ido muy lejos.

—Pero podría haberlo hecho si tuviera memoria. La próxima vez.

—La próxima vez coge un abrigo —le aconsejó Caroline.

—La próxima vez —dijo él mientras empezaba a caminar— desapareceré en Tombuctú.

—Hazlo —dijo Caroline, notando que una corriente de cansancio se apoderaba de ella.

Azafranes de primavera de color púrpura y blanco resaltaban en contraste con la hierba brillante; Phoebe se echó a llorar. Se sentía aliviada por llevar a Leo de remolque, por haberlo encontrado a salvo, agradecida de que el desastre se hubiera evitado. Si se hubiera perdido o herido habría sido culpa suya, porque estaba demasiado concentrada en Phoebe, que ahora ya llevaba unos días estirándose, aunque todavía no había aprendido a agarrar.

Caminaron un poco más en silencio.

—Eres una mujer inteligente —dijo Leo.

Ella se detuvo estupefacta.

—¿Qué? ¿Qué has dicho?

Él la miró, lúcido, con los ojos azules inquietos, como los de Doro.

—He dicho que eres inteligente. Mi hija ya había contratado a ocho enfermeras antes que a ti. Ninguna de ellas duró más de una semana. Apuesto a que no lo sabías.

—No —dijo Caroline—. No lo sabía.

Más tarde, mientras Caroline limpiaba la cocina y sacaba la basura, pensó en las palabras de Leo. «Soy inteligente», se dijo de pie en la calle al lado del cubo. El aire era frío y húmedo. Su vaho salía formando pequeñas nubes. «Siendo inteligente no conseguirás marido», decía su madre como contestación perspicaz, pero incluso esto no le hacía perder el placer a Caroline por las primeras palabras bonitas que Leo le había dicho.

Caroline se quedó un rato más de pie al aire fresco, agradecida por el silencio. Miraba los garajes escalonados, uno detrás de otro, colina abajo. Poco a poco, se dio cuenta de que había una figura al final de la calle. Un hombre alto con vaqueros oscuros y una chaqueta marrón, los colores tan apagados que sólo parecía parte del paisaje de finales de invierno. Algo en él, algo en la forma de estar de pie y el mirar fijo en dirección a ella la hizo inquietarse. Dejó la tapa de metal en el cubo de la basura y cruzó los brazos. Él se dirigió hacia ella, un hombre grande, de espaldas anchas y andar rápido. La chaqueta no era del todo marrón, sino de cuadros apagados con rayas rojas. Sacó un gorro rojo intenso de la bolsa y se lo puso. Caroline se sintió extrañamente reconfortada con aquel gesto, aunque no sabía por qué.

—Eh, hola —gritó—. ¿El Fairlane tira bien estos días?

Su aprensión se intensificó y se giró para mirar a la casa, con los ladrillos oscuros levantados hacia el cielo blanco. Sí, allí estaba su cuarto de baño, donde la pasada noche había estado observando la luz de la luna reflejada en la hierba. Estaba su ventana, un poco abierta para que entrara el frío aire primaveral; el viento movía las cortinas de encaje. Cuando volvió a darse la vuelta, el hombre se había parado sólo a unos metros. Lo conocía, y lo supo en su interior, con alivio, antes de que pudiera procesarlo mentalmente. Era tan extraño que no lo podía creer.

—Qué demonios... —empezó.

—¡No fue fácil! —dijo Al riendo. Le había crecido una barba suave, y los dientes le relucían, blancos. Los ojos oscuros y cálidos, agradecidos y divertidos. Ella lo recordó deslizando beicon en el plato y saludando desde la cabina plateada de su camión mientras se iba—. Eres una dama difícil de localizar. Pero dijiste Pittsburg. Y da la casualidad de que hago aquí una parada cada dos semanas. Se convirtió en un hobby, esto de buscarte —sonrió—. Ahora ya no sé lo que haré en mi tiempo libre.

Caroline no respondió. Era un placer verlo, pero también se sentía muy confusa. Durante casi un año, no se había permitido pensar mucho en su vida pasada, pero ahora se alzaba con gran fuerza e intensidad: el olor a líquidos de limpieza y sol en la sala de espera; cómo se sentía al llegar a su apartamento tranquilo y ordenado después de un largo día de trabajo; se preparaba una comida modesta y se sentaba a pasar la noche con un libro. Había dejado esos placeres de buen grado; había abrazado el cambio desde algún anhelo no reconocido. Su corazón latió con fuerza y miró desesperadamente calle abajo, como si de repente pudiera aparecer también David Henry. Por eso, entendió de pronto, no enviaba la carta. ¿Qué pasaría si Norah o él quisieran recuperar a Phoebe? Esa posibilidad la llenó de un temor insoportable.

—¿Cómo lo has hecho? —preguntó Caroline—. ¿Cómo me has encontrado? ¿Por qué?

Al, sorprendido, se encogió de hombros.

—Paré en Lexington para decirte hola. Tu piso estaba vacío. Lo estaban pintando. Esa vecina tuya me dijo que hacía tres semanas que te habías ido. Supongo que no me gustan los misterios, porque seguía pensando en ti. —Hizo una pausa como si se debatiera en seguir por ahí o no—. Además… caray, me gustas Caroline, y me figuré que estabas metida en algún lío para cortar con todo tal y como lo hiciste. Créeme, aquel día en el aparcamiento llevabas la palabra «problema» escrita en la frente. Pensé que quizá podía echarte una mano. Pensé que quizá lo necesitabas.

—Estoy muy bien. Así que, ¿qué es lo que piensas ahora?

No quiso que las palabras le salieran como lo hicieron, de una forma tan dura y violenta. Hubo un largo silencio antes de que Al volviera a hablar.

—Supongo que estaba equivocado en algunas cosas —sacudió la cabeza—. Creí que congeniábamos, tú y yo.

—Lo hicimos —dijo Caroline—. Estoy impresionada, eso es todo. Pensé que había cortado con mis ataduras.

Entonces él la miró con sus ojos marrones.

—Me ha costado un año entero —dijo—. Si te preocupa otra persona la buscas, recuérdalo. Sabía por dónde empezar y tuve buena suerte. Empecé revisando los moteles que conozco, preguntando por una mujer con una niña. Cada vez iba a un sitio distinto, y la semana pasada di con el filón de oro. La empleada del sitio donde te quedaste se acordaba de ti. Por cierto, se jubila la semana que viene. —Hizo un gesto juntando dos dedos hacia arriba—. Estuve así de perderte para siempre.

Caroline asintió con la cabeza, recordando a la mujer de detrás del mostrador, de pelo blanco ahuecado cuidadosamente, con pendientes de perlas que brillaban con luz tenue. El motel había pertenecido a su familia durante cincuenta años. La calefacción hacía ruido toda la noche, las paredes estaban constantemente húmedas y el papel se despegaba. «Ya no sabes quién puede cruzar por la puerta», decía pasándole la llave por encima del mostrador.

Al hizo un gesto con la cabeza señalando el Fairlane azul pastel.

—Supe que te había encontrado en el momento en que lo vi —dijo. ¿Cómo está la niña?

Ella recordó el aparcamiento vacío, la luz que se malgastó en la nieve, la manera en que su mano había descansado con tanta dulzura sobre la frente pequeña de Phoebe.

—¿Quieres entrar? —se oyó decir—. Estaba a punto de despertarla. Te prepararé un té.

Caroline lo acompañó por la estrecha acera y subieron los escalones del porche trasero. Lo dejó en la sala de estar y subió las escaleras, mareada, inestable, como si de pronto se diera cuenta de que el planeta giraba en el espacio bajo sus pies, cambiando su mundo, sin importar lo mucho que ella tratara de que no se moviera. Cambió a Phoebe y se echó agua en la cara intentando calmarse.

Al estaba sentado en la mesa del comedor, mirando por la ventana. Cuando ella bajó las escaleras, se giró con una amplia sonrisa. Extendió los brazos para coger a Phoebe, exclamando cuánto había crecido y qué guapa estaba. Caroline sintió una invasión de placer, y Phoebe, encantada, rió, con los oscuros rizos cayéndole por las mejillas. Al sacó un medallón que llevaba colgando bajo la camisa, de plástico transparente con letras azules que ponía GRAND OLE OPRY. Lo había sacado del famoso teatro de música country de Nashville. «Ven conmigo», le había dicho, tantos meses atrás, bromeando y aun así, de verdad.

Y ahí estaba, habiendo hecho todo aquel camino por encontrarla.

Phoebe gritaba suavemente, estirándose. Sus manos rozaban a Al por el cuello, la clavícula, la oscura camisa lisa. Al principio, no se enteró de lo que pasaba; luego, de pronto, lo hizo. Sea lo que fuera lo que Al decía apartándose, fundido con los pasos de Leo en el piso de arriba y el ruido del tráfico fuera, Caroline relacionaría a partir de entonces todos aquellos sonidos con el hecho de ser afortunada.

Phoebe se estiraba hacia el medallón. Ya no golpeaba el aire como por la mañana y usaba el pecho de Al como punto de apoyo. Sus deditos rozaron el medallón con la palma de la mano, hasta que cerró el puño. Embelesada por el éxito, tiró con fuerza de la cadena, y Al tuvo que echarse la mano al cuello por el roce.

Caroline se llevó también la mano al cuello, sintiendo una repentina explosión de alegría.

«Sí —pensó—. Agárralo, cariño. Agarra el mundo.»

Norah iba delante de él, moviéndose intermitentemente como la luz, destellos de blanco y vaquero entre los árboles. Estaba allí, y luego ya no. David la seguía, agachándose de vez en cuando para coger piedras. Guijarros de superficie áspera, fósiles grabados en la pizarra. Una vez, con punta de flecha. Sujetó cada una durante un momento, satisfecho por su peso y su forma, por el frescor de las piedras en la palma de la mano, antes de metérselas en los bolsillos. Cuando era niño, los estantes de su habitación estaban siempre llenos de piedras, y hasta hoy, no podía desprenderse de ellas ni de sus misterios y posibilidades, a pesar de que era incómodo agacharse con Paul colgado del pecho en la mochila portabebés y la cámara rozándole la cadera.

A lo lejos, Norah se detuvo y le hizo señas con la mano. Entonces pareció desaparecer dentro de una pared lisa de piedra gris. Varias personas que llevaban gorras azules de béisbol a juego salieron una a una de la misma pared gris. Al acercarse se dio cuenta de que unas escaleras llevaban hasta el puente de piedra natural que se elevaba fuera del alcance de la vista.

—Vigile por donde pisa —le advirtió una mujer que bajaba—. No se imagina lo empinado que es. Y también resbaladizo.

Sin aliento, se detuvo y se puso la mano en el corazón.

David vio que estaba pálida y que su respiración era corta y pausada.

—Señora, soy médico, ¿se encuentra bien?

—Palpitaciones —dijo moviendo la mano que tenía libre—. Las he tenido toda la vida.

Él le cogió la muñeca regordeta y notó el pulso, rápido pero regular, que iba disminuyendo de velocidad mientras contaba. Palpitaciones. La gente usaba esta palabra a la ligera para hablar de cualquier aceleración del corazón, pero él podía decir ahora mismo que la mujer no corría ningún peligro real. No como su hermana, que había crecido con la respiración entrecortada y mareada y que se veía obligada a sentarse incluso cuando corría de un lado a otro de la habitación. «Un problema cardíaco», había dicho el doctor de Morgantown sacudiendo la cabeza. No había sido más específico, pero tampoco importaba; no había nada que se pudiera hacer. Unos años después, en la facultad de medicina, David recordó los síntomas y leyó por las noches, buscando su propio diagnóstico: un estrechamiento de la aorta, quizás una anomalía de las válvulas del corazón. De cualquier modo, June se movía despacio y luchaba por respirar, su condición empeoraba con el paso de los años. Unos meses antes de morir tenía la piel pálida y ligeramente azulada. Le encantaban las mariposas, estar cara al sol con los ojos cerrados y comer gelatina casera con las galletas delgadas que su madre compraba en la ciudad. Siempre estaba cantando, inventando melodías que tatareaba bajito para sí. Tenía el pelo claro, casi blanco, de color manteca. Durante los meses posteriores a su muerte, él se despertaba por las noches, creyendo oír su vocecita, cantando como el viento entre los pinos.

—¿Dice que las ha tenido toda la vida? —le preguntó seriamente soltándole la mano.

—Oh, siempre. Los médicos dicen que no es serio. Sólo molesto.

—Bueno, creo que estará bien. Pero no se exija demasiado.

Ella le dio las gracias y tocó a Paul en la cabeza:

—Cuide del pequeño.

David asintió y se puso en marcha, protegiendo la cabeza de Paul con la mano libre mientras subía entre las húmedas paredes de piedra. Estaba satisfecho; era bueno ayudar a la gente cuando lo necesitaba. Pero no parecía que lo hiciera por quienes más amaba. Paul le dio palmaditas suavemente en el pecho, cogiendo el sobre que llevaba en el bolsillo: una carta de Caroline Gill, que llegó aquella mañana a la consulta. La había leído sólo una vez, rápidamente, y se la había guardado cuando Norah entró, intentando disimular la agitación. «Phoebe y yo estamos bien —decía—. Por el momento, no tiene ninguna cardiopatía.»

Cogió los deditos de Paul con dulzura. Su hijo miraba hacia arriba, boquiabierto, curioso, y él sintió una repentina ráfaga de amor.

—Eh —dijo David sonriendo—, te quiero, chaval. Pero no te comas eso, ¿de acuerdo?

Paul lo observó con los ojos oscuros muy abiertos. Luego giró la cabeza y apoyó la mejilla contra el pecho de David, desprendiendo calor. Llevaba un gorro blanco con patitos amarillos que Norah había bordado durante los días siguientes al accidente. Con la aparición de cada pato, David respiraba. Había visto el dolor de ella, el hueco que le había dejado en el corazón, al revelar el carrete: una habitación tras otra, vacías, su antigua casa; primeros planos de marcos de las ventanas, las crudas sombras de la barandilla, las baldosas del suelo con dibujos de líneas torcidas y sinuosas... Y las huellas de Norah, aquel rastro irregular de sangre. Tiró las fotos, los negativos y todo, pero lo perseguían. Temía que lo hicieran siempre. Después de todo, él le había mentido; había dado a su hija. Esas terribles consecuencias parecían tan inevitables como justas. Pero los días habían pasado, ya hacía casi tres meses, y Norah parecía ser otra vez ella. Trabajaba en el jardín, reía al teléfono con sus amigas o sacaba a Paul del parque con sus brazos delgados y elegantes.

David, al verla, se decía que volvía a ser feliz.

Los patos botaban alegremente con cada paso que daba, atrapando la luz, mientras David salía de las escaleras estrechas al puente natural de piedra que abarcaba el desfiladero. Norah, con los vaqueros cortos y la blusa blanca sin mangas, estaba de pie en el centro, con los talones de las zapatillas de deporte blancas alineadas al borde rocoso. Lentamente, con la elegancia de una bailarina, abrió los brazos y arqueó la espalda, con los ojos cerrados, como ofreciéndose al cielo.

—¡Norah! —la llamó horrorizado—. ¡Eso es peligroso!

Paul apretaba las manitas contra el pecho de David. «Oso», repitió cuando oyó a David decir «peligroso», una palabra que se aplicaba a las tomas de corriente, escaleras, chimeneas, sillas, y ahora, a la caída vertical hasta el suelo que había debajo de su madre.

—¡Es espectacular! —le contestó ella, dejando caer los brazos. Se giró, provocando que se deslizaran piedritas de debajo sus pies y resbalaran por el borde—. ¡Ven, mira!

Con cautela, fue a su lado. Figuras diminutas se movían despacio, abajo en el sendero, donde antes pasaba un río. Las colinas se perdían en la exuberante primavera, un centenar de diferentes sombras verdes con el despejado cielo azul de fondo. Respiró hondo, luchando contra el vértigo que se apoderaba de él, con miedo incluso a mirar a Norah. Él la quería aliviar, protegerla de la pérdida y el dolor; no había entendido que la pérdida la perseguiría pasara lo que pasara, tan persistente y capaz de modelar sus vidas como una corriente de agua. Tampoco él había previsto su propio dolor, entretejido con los hilos de su pasado. Y cuando se imaginaba a la hija que había dado, veía la cara de su hermana, el pelo claro, la sonrisa seria.

—Déjame hacerte una foto —dijo él dando un lento paso atrás, luego otro—. Acércate al medio del puente. La luz es mejor.

—Un momento —dijo con las manos en las caderas—. Es tan hermoso...

—Norah, de verdad, me estás poniendo nervioso.

—Ay, David —dijo, sacudiendo la cabeza sin mirarlo—. ¿Por qué estás tan preocupado siempre? Estoy bien.

Él no contestó. Era consciente del movimiento de sus pulmones, de la profunda inestabilidad de su respiración. Había tenido la misma sensación al abrir la carta de Caroline, enviada a la antigua consulta, con su mano flaca, con medio sobre cubierto de sellos. El matasellos era de Toledo, Ohio. Había metido tres fotos de Phoebe, una niña con un vestido rosa. El remitente era un apartado de correos, no de Toledo, sino de Cleveland. Cleveland, un lugar donde nunca había estado, un lugar donde, al parecer, Caroline Gill estaba viviendo con su hija.

—Ven aquí. Déjame hacerte la foto.

Ella asintió, pero cuando él llegó al centro y se giró, Norah todavía estaba al borde, de cara a él, con los brazos cruzados, sonriendo.

—Hazla aquí mismo. Parece que esté andando en el aire.

David se puso en cuclillas y preparó la cámara. Subía calor de las doradas rocas desnudas. Paul se agitó contra él y empezó a inquietarse. David recordaría todo, lo que no se captó ni quedó registrado, cuando más tarde la imagen apareció en el líquido de revelado, tomando forma poco a poco. Encuadró a Norah en el visor, el viento le movía el pelo, la piel bronceada y saludable, maravillado por todo lo que ella le ocultaba.

El aire primaveral era cálido y suavemente aromático. Volvieron caminando, pasando por delante de entradas de cuevas, y de arbolillos de rododendro color púrpura y laurel de montaña. Norah los guió fuera del camino principal, a través de los árboles, siguiendo un riachuelo, hasta que salieron a un lugar donde daba el sol que ella recordaba por sus fresas silvestres. El viento movía ligeramente la hierba alta, y las hojas de verde oscuro de los fresales resplandecían a ras del suelo. El aire estaba lleno de dulzor, del zumbido de los insectos y de calor.

Extendieron el picnic: queso, galletas saladas y racimos de uvas. David se sentó en la manta, sosteniendo a Paul contra el pecho mientras desataba el portabebés. Sin darse cuenta pensó en su padre, bajo y fuerte, con hábiles dedos redondeados que cubrían las manos de David cuando le enseñaba a levantar un hacha, a ordeñar la vaca o a clavar un clavo en los tablones de cedro. Su padre, que olía a sudor y a resina y a la tierra oscura de las minas donde trabajaba en invierno. Incluso cuando era un adolescente que pasaba toda la semana en la ciudad para ir al instituto, a David le encantaba caminar a casa el fin de semana y encontrar a su padre fumando su pipa en el porche.

«Oso», había dicho Paul. Libre, inmediatamente se quitó un zapato. Lo observó, luego lo tiró y gateó hacia el mundo cubierto de hierba más allá de la manta. David miraba cómo tiraba de un puñado de hierba y se lo ponía en la boca, con cara de sorpresa por el sabor. De pronto deseó ferozmente que sus padres estuvieran vivos para conocer a su hijo.

—Es horrible, ¿no? —le dijo dulcemente, limpiando de babas cubiertas de hierba la barbilla de Paul. Norah se movía a su lado, con calma eficiente, sacando cubiertos y servilletas. Él se quedó girado; no quería que lo viera tan emocionado. Cogió un guijarro del bolsillo y Paul lo agarró con las dos manos, girándolo.

—¿Tiene que tener eso en la boca? —preguntó Norah colocándose a su lado, tan cerca que podía sentir su calor y el olor a sudor y jabón en el aire.

—Seguramente no —dijo recuperando el guijarro y dándole a Paul una galleta salada en su lugar.

La piedra estaba caliente y húmeda. Le dio un golpe seco en la roca, partiéndola y descubriendo el corazón cristalino de color púrpura.

—Qué hermoso —murmuró Norah dándole la vuelta.

—Antiguos mares —dijo David—. El agua se quedó atrapada dentro y cristalizó durante siglos.

Comieron perezosamente. Luego cogieron algunas fresas maduras y tiernas, calientes por el sol. Paul se las comió a puñados, con el jugo derramándosele por las muñecas. Dos halcones sobrevolaban en círculo el cielo azul oscuro. «Titi», dijo Paul levantando un brazo regordete para señalar. Luego, cuando se quedó dormido, Norah lo acomodó en la manta a la sombra.

—Es agradable —dijo acomodándose con la espalda contra una roca—. Sólo nosotros tres, sentados al sol.

Llevaba los pies descalzos y él se los cogió y los masajeó; los huesos delicados escondidos bajo la piel.

—Sí —dijo cerrando los ojos—, es muy agradable. Harás que me duerma.

—Quédate despierta y dime lo que piensas.

—No lo sé. Me estaba acordando del campo pequeño al lado de la granja de ovejas. Cuando Bree y yo éramos pequeñas, solíamos esperar a nuestro padre allí. Recogíamos enormes ramos de ojo de poeta y alcaraveas. El sol era como éste, como si te abrazara. Nuestra madre ponía las flores en jarrones por toda la casa.

—Eso es bonito también —dijo David, dejando un pie y cogiendo el otro. Pasó el pulgar ligeramente sobre la cicatriz blanca y delgada que la bombilla del flash le había dejado—. Me gusta imaginarte allí.

Norah tenía la piel suave. Él recordaba los días soleados de su propia infancia, antes de que June se pusiera tan enferma, cuando la familia iba a buscar ginseng, una planta frágil, escondida en la luz oscura entre los árboles. Sus padres se habían conocido así, buscando ginseng. Norah le había regalado la foto de boda de sus padres en un magnífico marco de roble, el día de su propia boda. Su madre, con la piel luminosa, el pelo ondulado, la cintura estrecha y una leve sonrisa que él reconocía. Su padre, con barba, de pie detrás de ella, con la gorra en las manos. Habían dejado el juzgado después de la boda y se habían ido a vivir a la cabaña que su padre había construido en la ladera de la montaña con vista a los campos.

—A mis padres les encantaba estar afuera —siguió él—. Mi madre plantaba flores por todas partes. Había un grupo de araceas al lado del arroyo, encima de nuestra casa.

—Siento no haberlos conocido. Debían de estar muy orgullosos de ti.

—No lo sé. Quizás. Supongo que estaban contentos de que mi vida fuera más fácil.

—Contentos —estuvo de acuerdo Norah, abriendo los ojos y echando un vistazo a Paul, que dormía plácidamente, con luz veteada sobre la cara—. Pero ¿puede que también un poco tristes? Yo lo estaría, si Paul creciese y se fuera de casa.

—Sí —asintió—. Es verdad. Estaban orgullosos y tristes. No les gustaba la ciudad. Sólo me visitaron una vez en Pittsburg. —Los recordó incómodamente sentados en su habitación individual de estudiante, su madre haciendo todo el rato el silbido de un tren. Por entonces, June ya había muerto, y mientras los veía sorber un café flojo en el destartalado escritorio, él recordaba estar pensando amargamente que no sabían qué hacer sin June. Ella había sido el centro de sus vidas durante mucho tiempo—. Sólo estuvieron conmigo una noche. Después de morir mi padre, mi madre se fue a vivir con su hermana a Michigan. No le gustaba volar ni sabía conducir. Después de eso, sólo la vi una vez más.

—Es demasiado triste —dijo Norah sacudiéndose arena de la pantorrilla.

—Sí, realmente triste.

Pensó en June, en cómo se le aclaraba el pelo cada verano. El olor de su piel —una mezcla de jabón, calor y algo metálico—, llenaba el aire cuando estaban en cuclillas uno al lado del otro, cavando tierra con palos. La había querido tanto… Su dulce risa también. Odiaba llegar a casa y encontrársela tumbada en un camastro en el porche los días soleados, y a su madre sentada junto a ella con expresión preocupada, cantando suavemente, trillando el trigo o pelando guisantes.

David miró a Paul, que dormía profundamente en la manta, con la cabeza de lado, y el pelo largo y rizado en el cuello húmedo. Su hijo, al menos, estaba protegido, Paul no crecería como David sufriendo la pérdida de su hermana. No estaría obligado a valerse por sí mismo porque su hermana no pudiera hacerlo.

Este pensamiento y la fuerza de su amargura lo impresionó. Creía haber hecho lo correcto al entregar a su hija. Al menos, tenía buenos motivos. Pero quizá no. Quizá no fuera a Paul a quien quería proteger aquella noche nevosa, sino a una versión perdida de sí mismo.

—Pareces tan lejos —observó Norah.

Él fue a su lado y se apoyó también en la roca.

—Mis padres tenían grandes proyectos conmigo —dijo—. Pero no coincidían con los míos propios.

—Como mi madre y yo —dijo Norah abrazándose las rodillas—. Dice que vendrá a vernos el mes que viene, ¿te lo he dicho? Ha conseguido un vuelo gratis.

—Está bien, Paul la tendrá ocupada.

Norah rió.

—Sí, ¿no? Viene por esa razón.

—Norah, ¿en qué sueñas? ¿Qué sueñas para Paul?

Norah no contestó enseguida.

—Supongo que quiero que sea feliz —dijo por fin—. Sea lo que fuere que le haga feliz, quiero que lo consiga. No me importa lo que sea, mientras crezca siendo bueno y fiel consigo mismo. Y generoso y fuerte como su padre.

—No —dijo David incómodo—. No quieras que se parezca a mí.

—¿Por qué no? —dijo sorprendida.

Él no contestó. Después de un rato, dudando un momento, Norah volvió a hablar:

—¿Qué es lo que pasa? —preguntó sin agresividad, sino con cuidado, como si intentara dar con la solución a medida que iba hablando. Entre nosotros, digo.

Él no contestó, luchaba contra un enfado repentino. ¿Por qué tenía que volver a remover las cosas? ¿Por qué no podía dejar atrás el pasado y seguir adelante? Pero ella habló de nuevo.

—No ha vuelto a ser lo mismo desde el día en que nació Paul y murió Phoebe. Y tú todavía no quieres hablar de ella. Es como si quisieras borrar el hecho de que existió.

—Norah, ¿qué quieres que te diga? Por supuesto que la vida no es igual.

—No te enfades, David. Es una estrategia, ¿no? Para que no hable más de ella. Pero no me echaré atrás. Lo digo de verdad.

Él suspiró.

—No estropees el día, Norah.

—No lo hago —dijo levantándose. Fue a tumbarse en la manta y cerró los ojos—. Estoy contenta con el día.

Él la miró un momento, con el sol atrapado en el pelo rubio, el pecho subiendo y bajando ligeramente con cada respiración. Quería alargar la mano y seguir los delicados huesos curvos de sus costillas. Quería besarla en el punto donde se encontraban, donde se extendían como alas.

—Norah, no sé qué hacer. No sé qué es lo que quieres.

—No, no lo sabes.

—Podrías decírmelo.

—Supongo que sí. Quizá lo haga. ¿Estaban muy enamorados —preguntó de golpe sin abrir los ojos, con la voz todavía dulce y calmada, pero él percibió una nueva tensión en el aire— tu padre y tu madre?

—No lo sé —dijo despacio, con cautela, intentando ver el motivo de la pregunta—. Se querían. Pero él estaba mucho fuera. Como sabes, su vida no fue fácil.

—Mi padre le quería más a mi madre que ella a él —dijo Norah, y David sintió una inquietud que le revolvió el corazón—. Él la quería, pero no sabía demostrarlo como ella quería. Pensaba que él estaba un poco loco, que era un poco tonto. Había mucho silencio en casa y fue creciendo… Nosotros somos bastante silenciosos, también —añadió, y él pensó en las noches tranquilas.

—Un buen silencio —dijo.

—Algunas veces.

—¿Y otras?

—Todavía pienso en ella, David —dijo girándose y buscando su mirada—, en nuestra hija. ¿Cómo sería?

Él no contestó. La vio llorar en silencio con la cara tapada entre las manos. Al cabo de un momento, se estiró hacia ella y le tocó el brazo; ella se secó las lágrimas de los ojos.

—¿Y tú? —preguntó violenta—. ¿También la echas de menos?

—Sí —dijo con sinceridad—. Pienso constantemente en ella.

Norah le puso la mano en el pecho, y luego, los labios manchados de fresas sobre los suyos. Sintió contra su lengua una dulzura tan penetrante como el deseo. Le pareció estar cayendo. El sol en su piel y sus pechos subiendo suavemente, como pájaros, en sus manos. Ella buscó los botones de su camisa y la mano rozó la carta que tenía escondida en el bolsillo.

Él se quitó la camisa sin cuidado, pero aun así, cuando la rodeó con los brazos estaba pensando «Te quiero. Te quiero tanto… y te mentí». Y la distancia entre ellos, el espacio de un suspiro, se abrió y se hizo más profundo, convirtiéndose en una caverna donde él estaba justo al borde. Se soltó, volvió a la luz y a la sombra, las nubes encima ahora sí y ahora no. La roca caldeada por la luz del sol, caliente a su espalda.

—¿Qué pasa? —preguntó ella acariciándole el pecho—. David, ¿qué es lo que no va bien?

—Nada.

—David. David, por favor.

Él dudó. Estuvo a punto de confesarlo todo, pero no pudo.

—Nada, un problema en el trabajo. Un paciente. No puedo sacarme el caso de la cabeza.

—Dejémoslo. Estoy absolutamente harta de tu trabajo.

Los halcones subían más alto con la corriente ascendente. El sol calentaba. Todo daba vueltas, volviendo siempre al mismo punto. Debía decírselo. Tenía las palabras en la boca. «Te quiero, te quiero tanto, y te mentí.»

—Quiero tener otro hijo, David —dijo Norah incorporándose—. Paul ya es mayor y yo estoy preparada.

David se quedó tan sorprendido que no pudo hablar.

—Paul tiene sólo un año —dijo al fin.

—¿Y? La gente dice que es más fácil si se hace de una vez, cuando todavía no se han guardado los pañales y las cosas.

—¿Qué gente?

Ella suspiró.

—Sabía que dirías que no.

—No estoy diciendo que no.

Ella no contestó.

—No me parece un buen momento. Eso es todo.

—Estás diciendo que no. Estás diciendo que no, pero no quieres admitirlo.

Él se quedó en silencio, recordando cuánto se había aproximado Norah al borde del puente. Recordando sus fotografías de nada y la carta en el bolsillo. Lo único que quería era que la estructura de sus vidas siguiera a salvo, que las cosas continuaran tal y como estaban. Que el mundo no cambiara, que el frágil equilibrio que había todavía entre ellos perdurara.

—Las cosas ya están bien como están. ¿Por qué complicarlas?

—¿Y Paul? Él la echa de menos.

—No puede recordarlo —dijo David bruscamente.

—Nueve meses. Creciendo corazón con corazón. ¿Cómo que no? De alguna manera lo debe recordar.

—No estamos preparados. Yo no lo estoy.

—No se trata sólo de ti. De todas formas casi nunca estás en casa. Quizá sea sólo yo quien la echa de menos, David. A veces, siento como si la tuviera tan cerca… Como si la hubiera olvidado en otra habitación. Sé que puede parecer de locos, pero es verdad.

Él no contestó, aunque sabía exactamente lo que ella quería decir. El aire estaba cargado por el olor a fresas. Su madre hacía mermelada en el hornillo al aire libre, removiendo la mezcla espumosa mientras se iba haciendo almíbar, hirviendo los tarros y llenándolos para colocarlos luego en un estante como joyas. Él y June se la comían en lo más crudo del invierno, robando cucharadas cuando su madre no miraba, y se escondían debajo del hule de la mesa para lamerlas hasta dejarlas limpias. La muerte de June había roto el espíritu de su madre, y David ya no podía creerse exento de desgracia. Estadísticamente había pocas posibilidades de tener otro hijo con síndrome de Down, pero era posible; y no quería arriesgarse.

—Pero tener otro hijo no arreglaría las cosas, Norah. No es la solución.

Después de un momento de silencio, ella se levantó, se sacudió las manos en los pantalones y se fue furiosa hacia el campo.

La camisa yacía arrugada a su lado; se veía una punta del sobre blanco. David no se estiró para llegar a él; no le hacía falta. La nota era breve, y aunque sólo había visto las fotos una vez, las recordaba tan claramente como si las hubiera hecho él. El pelo de Phoebe era oscuro y fino, como el de Paul. Los ojos eran marrones, y movía los puños regordetes por el aire como si intentara coger algo más allá de la vista. Caroline, quizás, empuñando la cámara. La había visto en el funeral, alta y sola, con su abrigo rojo, y después, él había ido directamente a su apartamento, no muy seguro de sus intenciones, sabiendo sólo que tenía que verla. Pero por entonces, Caroline ya se había ido. El apartamento parecía el mismo, con los muebles de la calle y las paredes lisas; un grifo goteaba en el cuarto de baño. Pero el aire estaba demasiado quieto. Los estantes, los cajones de la cómoda y los armarios estaban vacíos. En la cocina, una luz tenue cruzaba el linóleo blanco y negro.

David se había quedado de pie escuchando los latidos de su corazón inquieto.

Ahora, yacía de espaldas. Las nubes pasaban por encima de él, unas veces luz y otras sombra. No había intentado buscar a Caroline, y como la carta no tenía un remitente útil, no habría sabido por dónde empezar. «Está en tus manos ahora», le había dicho. Pero en algunos extraños momentos se sentía afligido: cuando estaba solo en la nueva consulta; o revelando fotografías, viendo surgir las imágenes misteriosamente en las hojas de papel blanco y negro; o tumbado en aquella roca caliente mientras Norah, herida y enfadada, se alejaba.

Estaba cansado, y se fue quedando dormido. Los insectos zumbaban a la luz del sol, y apenas se preocupaba de las abejas. Las piedras de los bolsillos le apretaban contra las piernas. Algunas noches, en su infancia, se encontraba con su padre en el balancín del porche; los álamos destellaban, plagados de luciérnagas. Una de esas noches, su padre le entregó una piedra lisa, una cabeza de hacha que había encontrado cavando una zanja. «Tiene unos dos mil años —dijo—. ¿Te lo imaginas, David? Una vez estuvo en otras manos, hace una eternidad, pero exactamente bajo la misma luna.»

Otras veces salían a coger serpientes de cascabel. Desde el atardecer hasta el amanecer, caminaban por el bosque, cargando bastones ahorquillados, bolsas de tela sobre los hombros y una caja de metal que se balanceaba de la mano de David.

A David siempre le pareció que aquellos días el tiempo se detenía. El sol constantemente en el cielo, y las hojas secas se movían bajo sus pies. El mundo se reducía a su padre, a él y a las serpientes, pero también se expandía: el cielo abierto infinitamente, más alto y azul a cada paso, y todo se ralentizaba hasta el momento en que veía moverse algo en medio de los colores de las hojas secas y sucias; el dibujo de la serpiente de cascabel visible al moverse. Su padre le había enseñado a avanzar muy poco a poco, observando los ojos amarillos y la lengua parpadeante. Cada vez que una serpiente mudaba la piel, el cascabel se hacía más grande, y por el volumen del silbido en el silencioso bosque podía saberse cuántos años tenía la serpiente, qué grande era y lo que darían por ella. Por las grandes, codiciadas por zoológicos, científicos y criadores, les pagaban cinco dólares.

La luz caía entre los árboles y hacía dibujos en el suelo del bosque.

Se oía el sonido del viento. Luego, el cascabel. Aparecía la parte posterior de la cabeza de la serpiente, y el brazo de su padre, fuerte y sólido, le clavaba la horquilla para inmovilizarla por el cuello. Los colmillos se extendían, atacando con fuerza sobre la tierra húmeda, el cascabel sonaba salvaje y furioso. Con dos dedos fuertes, su padre la sujetaba, agarrándola bien por detrás de la mandíbula abierta, y la levantaba, fría y seca, retorciéndose como un látigo. La metía en una de las bolsas y la cerraba bruscamente. Entonces, la bolsa se convertía en algo vivo que se agitaba en el suelo. Su padre la tiraba dentro de la caja de metal y cerraba la tapa. Caminaban sin hablar, calculando mentalmente el dinero que valía. Había semanas, durante el verano y a finales de otoño, en que ganaban veinticinco dólares. El dinero era para comida y para los gastos del médico de Morgantown.

—¡David!

La voz de Norah le llegaba débil, con urgencia, del pasado distante, del bosque al día. Se incorporó sobre los codos y la vio a lo lejos, en el límite del campo de las fresas maduras, paralizada por algo que había en el suelo. Sintió una subida de adrenalina y de temor. A las serpientes de cascabel les gustaban los troncos soleados como el que había a su lado; dejaban los huevos en la fértil madera podrida. Echó un vistazo a Paul, que dormía tranquilo en la sombra, y se levantó corriendo. Los cardos le arañaban los tobillos y las fresas se reventaban suavemente bajo sus pies. Metió la mano en el bolsillo y cerró el puño alrededor de la piedra más grande. Cuando estuvo lo bastante cerca para vislumbrar la silueta de la serpiente, le tiró aquella piedra lo más fuerte que pudo. El guijarro se arqueó girando en el aire. Cayó a quince centímetros de la serpiente y se abrió de golpe, con el corazón púrpura vivo emitiendo destellos.

—¿Qué demonios estás haciendo? —preguntó Norah.

Él ya había llegado a su lado. Jadeando, miró abajo. No era una serpiente, sino un palo oscuro sobre la corteza seca de un tronco.

—Pensé que me llamabas —dijo confundido.

—Sí —dijo ella señalando a un grupo de flores blancas más allá de la línea de la sombra—. Araceas. Como las que tenía tu madre. David, me estás asustando.

—Pensaba que era una serpiente —dijo señalando el palo, sacudiendo la cabeza una vez más para sacarse el pasado de encima—. Una serpiente de cascabel. Estaba soñando, supongo. Pensé que pedías ayuda.

Ella lo miró perpleja. De pronto él se sintió terriblemente idiota. El palo era un palo y nada más. El día parecía ridículamente normal. Los pájaros cantaban y las hojas se movían en los árboles.

—¿Por qué sueñas con serpientes?

—Solía cogerlas. Por dinero.

—¿Por dinero? ¿Para qué?

La distancia había vuelto entre ellos, un abismo del pasado que no podía cruzar. Dinero para comer y para ir a la ciudad. Ella venía de un mundo diferente; nunca lo entendería.

—Me ayudaron a pagarme los estudios, aquellas serpientes —dijo.

Ella asintió con la cabeza y pareció que iba a preguntar más, pero no lo hizo.

—Vamos —dijo fregándose el hombro—. Cojamos a Paul y volvamos a casa.

Caminaron de vuelta por el campo y recogieron las cosas. Norah llevó a Paul; él, la cesta del picnic.

Mientras caminaban, recordó a su padre en la consulta del médico, con los billetes verdes cayendo como hojas sobre la mesa. Con cada uno, David recordaba las serpientes, los golpes de horquilla, las bocas abiertas en una inútil uve, la frialdad de su piel bajo los dedos y su peso. Dinero de serpiente. Él era un chaval, tenía ocho o nueve años, y era una de las cosas que sabía hacer.

Eso y proteger a June. «Vigila a tu hermana», le advertía su madre controlando el hornillo. «Da de comer a los pollos, limpia el gallinero y desmaleza el huerto. Y vigila a June.»

David lo hacía, aunque no muy bien. La mantenía a la vista, pero no la detenía si la veía cavar y refregarse la tierra por el pelo. No la consolaba cuando tropezaba con una piedra y caía pelándose los codos. Su amor por ella estaba entretejido con rencor tan profundamente que no podía desenredarlos. Estaba enferma constantemente, debido a su corazón y a los resfriados que cogía con los cambios de estación, que la hacían respirar con dificultad y jadear. Aun así, era June quien lo esperaba en el porche cuando él subía el camino al volver del instituto con los libros colgados a la espalda. Era ella quien lo miraba a la cara y sabía cómo le había ido el día. Tenía los dedos pequeños y le gustaba darle palmaditas. La brisa le movía su largo pelo lacio.

Y entonces, un fin de semana, al volver a casa la encontró vacía, quieta; había una toalla pequeña colgada de la bañera y un escalofrío en el aire. Se sentó en el porche, frío y hambriento, a esperar. Mucho más tarde, casi al anochecer, alcanzó a ver a su madre, bajando la colina, con los brazos cruzados. No dijo nada hasta que llegó a los escalones. Luego lo miró y dijo: «David, tu hermana ha muerto. June ha muerto». El pelo de su madre echado atrás, tensado; una vena le latía en la sien y tenía los ojos rojos de llorar. Llevaba un jersey fino de color gris que se apretó más al cuerpo, y añadió: «David, se ha ido». Él se levantó y la abrazó, y entonces ella se vino abajo, llorando. Preguntó: «¿Cuándo?», y ella dijo: «Hace tres días, el martes, por la mañana temprano. Salí afuera a por agua y cuando volví la casa estaba tranquila, y lo supe enseguida. Se había ido. Dejó de respirar». Sujetó a su madre y no supo qué más decir. El dolor que sentía lo tenía en el fondo, adormecido, y no pudo llorar. Le echó una manta por los hombros a su madre. Le hizo una taza de té y fue a ver a las gallinas; se ocupó de los huevos que ella no había recogido. Dio de comer a los pollos y ordeñó la vaca. Hizo todo lo habitual, pero cuando entró en la casa, vio que todavía estaba a oscuras, el aire en silencio, y June en ningún lugar.

«Dave —dijo su madre bastante rato después desde las sombras donde estaba sentada—, Ve a la universidad. Estudia algo que pueda ayudar al mundo.» Él sintió resentimiento; quería que su vida fuera suya, libre del peso de esa sombra, de esa pérdida. Se sintió culpable porque June yacía bajo un montón de tierra y él todavía estaba allí, vivo, y el aire le entraba y le salía de los pulmones; lo notaba, y su corazón latía. «Seré médico», dijo, y su madre no contestó, pero al cabo de un rato, asintió con la cabeza y se levantó, volviéndose a apretar el jersey al cuerpo. «Dave, coge la biblia y acompáñame allí a decir unas palabras. Quiero que se digan de manera formal y correcta.» Y así, subieron juntos la ladera. Estaba oscuro cuando llegaron, y se quedó bajo los pinos, con el viento susurrando, al lado de la parpadeante luz de la lámpara de queroseno, y leyó: «El señor es mi pastor. Nada me falta». «Pero me falta —pensó mientras decía las palabras—. Me falta.» Su madre lloró, y volvieron colina abajo en silencio, a la casa, donde le escribió una carta a su padre contándole la noticia. La mandó el lunes cuando volvió a la ciudad, con el bullicio y las luces brillantes. Se quedó de pie detrás del mostrador de roble desgastado y liso por el paso del negocio de generación a generación, y tiró la carta al correo.

Cuando al fin llegaron al coche, Norah se detuvo a mirarse el hombro; lo tenía rosado por el sol. Llevaba gafas de sol y cuando levantó la vista, él no pudo leerle la expresión de la cara.

—No tienes que ser un héroe —dijo. Sus palabras eran llanas, estudiadas, y podría decirse que había pensado en ellas, ensayándolas quizás, durante el camino de vuelta.

—No quiero ser un héroe.

—¿No? Yo creo que sí. También es culpa mía. Durante mucho tiempo quise ser rescatada, soy consciente de ello. Pero nunca más. No tienes que protegerme constantemente. Lo odio.

Luego, cogió la sillita del automóvil y se volvió a apartar. En la veteada luz, Paul extendía la mano para tocarle el pelo. David sintió pánico, casi vértigo, por todo lo que no sabía, y por todo lo que sabía y no podía remediar. Y furia; también sintió eso, de pronto, en un impulso repentino. Contra él, pero también contra Caroline por no hacer lo que le había pedido, por haber hecho de una situación difícil otra todavía peor. Norah cerró la puerta de un portazo. Él rebuscó las llaves en el bolsillo y en su lugar, sacó el último guijarro, gris y liso, con un dibujo parecido a la Tierra. Lo sujetó, calentándolo en la palma de la mano, pensando en todos los misterios que el mundo contenía: capas ocultas bajo la superficie de tierra; aquellas rocas redondas con corazones brillantes escondidos.

I

—Es alérgico a las abejas —le dijo Norah a la profesora, mirando cómo Paul corría por la hierba nueva del patio.

Él subió arriba del tobogán, se sentó un momento con las mangas cortas agitándose por el viento, y luego se tiró y se levantó de un salto, con placer, al golpear el suelo. Las azaleas estaban floridas, y el aire, cálido como la piel, lleno de insectos y pájaros.

—Su padre también es alérgico. Es algo muy grave.

—No se preocupe —dijo la señorita Throckmorton—. Cuidaremos bien de él.

La señorita Throckmorton era joven, recién salida de la universidad, de pelo oscuro y entusiasta. Llevaba una falda amplia y unas sandalias planas resistentes, y sus ojos nunca perdían de vista los grupos de niños que jugaban en el campo. Parecía seria, competente, una persona centrada y agradable. Aun así, Norah no estaba del todo segura de que supiera lo que estaba haciendo.

—Cogió una abeja —continuó—, una abeja muerta que había en el alféizar. Segundos después, estaba hinchado como un globo.

—No se preocupe, señora Henry —repitió la señorita Throckmorton un poco menos paciente.

Se puso en marcha para ayudar a una niña a quien le había entrado arena en los ojos.

Norah se quedó un rato al sol primaveral, vigilando a Paul. Jugaba al pilla-pilla, con las mejillas coloradas, corriendo con los brazos pegados al cuerpo —también dormía así cuando era un bebé—. Tenía el pelo oscuro, pero aparte de eso se parecía a Norah, según decía la gente; la misma estructura ósea y el mismo tono blanco de piel. Ella se veía en él, era cierto, pero también veía a David en la forma de la mandíbula, en la curva de las orejas y en la manera en que ambos cruzaban los brazos. Pero principalmente, Paul era simplemente él mismo. Le encantaba la música y durante todo el día tarareaba canciones que se inventaba. Aunque sólo tenía seis años, ya había cantado solos en la escuela, con una inocencia y confianza que asombraban a Norah; su voz dulce subía en el auditorio, tan clara y melódica como el agua de un arroyo.

El niño se detuvo para agacharse al lado de otro pequeño que sacaba hojas del agua oscura de un charco con un palo. Tenía la rodilla derecha pelada y se le caía la tirita. El pelo le brillaba por la luz del sol. Norah lo miró, serio y completamente absorto en su cometido, emocionada por la existencia de su hijo. Paul, su hijo. Aquí en el mundo.

—¡Norah Henry! Justo la persona que quería ver.

Se giró y vio a Kay Marshall, con pantalones estrechos rosas y un jersey crema y rosa, zapatos dorados de piel y brillantes pendientes de oro. Empujaba a su hija de meses en un antiguo cochecito de mimbre, y Elizabeth, la mayor, caminaba a su lado. Elizabeth había nacido una semana después que Paul, en la repentina primavera que había seguido a aquella extraña e imprevista nieve. Aquella mañana iba vestida de rosa con topitos y zapatos blancos de charol. Con impaciencia, se soltó de Kay y corrió al otro lado del patio a los columpios.

—Qué día tan bonito. ¿Cómo estás, Norah?

—Muy bien —dijo, aguantándose las ganas de arreglarse el pelo, plenamente consciente de su blusa blanca lisa, la falda azul y la falta de joyería. No importaba cuándo o dónde se encontraran, Kay Marshall siempre iba así, serena y calmada, conjuntada hasta el último detalle, y sus hijas perfectamente vestidas y bien educadas. Kay era la clase de madre que Norah siempre se había imaginado que sería; manejaba cada situación con calma relajada e instintiva. Norah la admiraba, pero también la envidiaba. A veces incluso había llegado a pensar que si se pareciera a Kay, más serena y segura, su matrimonio sería mejor; que David y ella serían más felices.

—Estoy muy bien —repitió, mirando a la niña, que la miraba con ojos curiosos bien abiertos—. ¡Pero mira qué grande se está haciendo Angela!

Impulsivamente, Norah se agachó y cogió a la niña, la segunda hija de Kay, vestida de rosa pastel a conjunto con su hermana. Ligera y cálida en los brazos, le daba palmaditas en las mejillas con las manitas, riendo. Norah sintió una invasión de placer, recordando a Paul a esa edad, el olor a jabón y a leche, y la piel suave. Miró al otro lado del patio; corría otra vez, jugando a pillar. Ahora que ya iba a la escuela, tenía su propia vida. Ya no le gustaba estar sentado y abrazado a ella, a no ser que estuviera enfermo o quisiera que le leyera un cuento antes de irse a dormir. Parecía increíble que alguna vez hubiera sido tan pequeño, que hubiera crecido para convertirse en un niño con un triciclo rojo que metía palos en los charcos y cantaba maravillosamente.

—Hoy hace diez meses. ¿Puedes creerlo?

—No, el tiempo pasa tan rápido...

—¿Has estado abajo en el campus? —preguntó Kay—. ¿Has oído lo que ha pasado?

Norah asintió.

—Bree me llamó ayer por la noche.

Ella se había quedado de pie con el teléfono en una mano y la otra en el corazón, mirando las imágenes borrosas por la televisión: habían matado a tiros a cuatro estudiantes en la Universidad de Kent, en Ohio. Incluso en Lexington, la tensión había ido en aumento las últimas semanas. Los periódicos estaban llenos de noticias de la guerra, de protestas, enfrentamientos y malestar. El mundo se había convertido en algo volátil, cambiante.

—Da miedo —dijo Kay, pero era una voz calmada, más de desaprobación que de consternación, con el tono que hubiera usado para hablar sobre el divorcio de alguien. Cogió a Angela, le dio un beso en la frente y la volvió a poner con dulzura en el cochecito.

—Lo sé —dijo Norah.

Usó el mismo tono, pero para ella, el descontento era más profundo y personal, un reflejo de lo que había ocurrido en su corazón durante años. Por un momento, sintió otra punzada aguda y profunda de envidia. Kay vivía inocente, sin haber sufrido el dolor de una pérdida, creyendo que siempre estaría a salvo. El mundo de Norah, sin embargo, había cambiado al morir Phoebe. Todas sus alegrías fueron contrarrestadas por aquella pérdida y por la sensación de que nunca podría disfrutar de nada porque podría perderlo. David siempre le decía que se relajara, que contratara a alguien, que no se exigiera tanto. Le molestaban sus proyectos, sus comités, sus planes. Pero Norah no podía quedarse quieta; se inquietaba demasiado. Así que organizaba encuentros y llenaba sus días, siempre con la desesperada sensación de que, si bajaba la guardia, aunque sólo fuera un momento, la desgracia la perseguiría de nuevo. Ese sentimiento era peor al final de la mañana. Casi siempre se tomaba una copita rápida entonces —ginebra, a veces vodka— para relajarse por la tarde. Le encantaba la calma que se propagaba como luz a través de ella. Mantenía las botellas escondidas.

—Bueno —decía Kay—. Quería responderte sobre tu fiesta. Nos encantará ir, pero llegaremos un poco tarde. ¿Puedo llevar algo?

—Sólo vosotros. Está todo preparado. Sólo me falta ir a casa a quitar un avispero.

Los ojos de Kay se ensancharon un tanto. Era de una familia bien de Lexington y tenía a «gente», como decía ella, que le hacía las cosas. Gente que se ocupaba de la piscina, de la limpieza, del césped, de la cocina. David siempre decía que Lexington era como la piedra caliza sobre la cual fue construida: capas de estratificación, matices del ser y del pertenecer; el lugar de cada uno de acuerdo a la jerarquía grabado en piedra desde hacía mucho tiempo. Sin duda Kay también tenía quien se ocupara de los insectos.

—¿Un avispero? ¡Ay, pobre!

—Sí. Está colgado del garaje.

La complació ver que había impresionado a Kay, aunque sólo fuera un poco. Le gustó cómo sonaba la tarea. Avispas. Herramientas. El desmantelamiento de un nido de avispas. Norah deseó que le ocupara toda la mañana. Si no, volvería otra vez a conducir, tal como había hecho esas últimas semanas, muchos kilómetros y a mucha velocidad, con una petaca de plata en el bolso. Hacía el camino hasta el río Ohio en menos de dos horas. Louisville, Maysville, incluso una vez llegó hasta Cincinnati. Allí aparcó en el acantilado de un río, bajó del coche y miró el agua distante, en constante cambio, abajo, a lo lejos.

El timbre de la escuela sonó y los niños empezaron a entrar atropelladamente. Norah buscó la cabeza oscura de Paul y lo vio desaparecer.

—Me encantaría que los dos cantaran juntos —dijo Kay tirándole besos a Elizabeth—. Paul tiene una voz tan hermosa... Un don, la verdad.

—Adora la música. Siempre lo ha hecho.

Era cierto. Una vez, a los tres meses, mientras ella hablaba con unas amigas, de repente él empezó a farfullar un torrente de sonidos que fluían por la habitación como flores desbordadas por un rayo de luz, haciendo que la conversación parara completamente.

—En realidad, eso es lo que quería comentarte, Norah. Ese evento benéfico que voy a hacer el mes que viene. Se trata de un tema de Cenicienta. He mandado reunir el máximo de lacayos posible… y he pensado en Paul.

Sin poder evitarlo, Norah sintió un gran placer. Hacía años que había perdido la esperanza de que la invitaran a algo así, después del escandaloso matrimonio y el divorcio de Bree.

—¿Un lacayo?

—Bueno, eso es lo mejor, no sería sólo un lacayo. También cantaría a dúo con Elizabeth.

—Ya veo —dijo Norah.

La voz de Elizabeth era dulce, pero débil. Cantaba con una alegría forzada, como bulbos primaverales en enero, lanzando miradas ansiosas al público. Su voz no sería lo suficientemente fuerte sin la de Paul.

—Significaría tanto para todos que él pudiera…

Norah asintió despacio, decepcionada, enfadada consigo misma por importarle. Pero la voz de Paul era pura, sublime; le encantaría hacer de lacayo. Y por lo menos esa fiesta, como las avispas, también la mantendría ocupada.

—¡Maravilloso! —dijo Kay— Magnífico. Espero que no te importe —añadió—, me he tomado la libertad de reservarle un esmoquin pequeño. ¡Sabía que dirías que sí! —Miró el reloj, eficiente, preparada para irse—. Un gusto verte —añadió, despidiéndose con la mano mientras caminaba empujando el cochecito.

El patio se había quedado vacío. Un papel de caramelo resplandecía al dar vueltas por la hierba primaveral llena de maleza y quedó atrapado en las encendidas azaleas rosas. Norah caminó, pasando por los columpios y toboganes hasta el coche. Sentía la llamada del río y los remolinos en calma. Dos horas, y podría estar allí. La atracción de la velocidad, el viento, el agua, era casi irresistible, tan grande que el último día de fiesta del colegio se había encontrado en Louisville, y Paul asustado y quieto en el asiento trasero, con el pelo alborotado por el viento y la ginebra en las últimas. «Ahí está el río», había dicho, Paul cogido de la mano, el agua turbia y revuelta. «Ahora iremos al zoo», anunció, como si hubiera sido ésa su intención desde el primer momento.

Dejó la escuela y condujo por la ciudad, por las calles bordeadas de árboles. Pasó el banco, la joyería… Su nostalgia era tan inmensa como el cielo. Redujo la marcha al pasar por la agencia World Travel. El día anterior había tenido una entrevista allí. Había visto el anuncio en el periódico y se acercó al edificio bajo, de ladrillos, atraída por los glamorosos carteles del escaparate: relumbrantes playas y edificios, y cielos de colores vivos. En realidad no quiso el trabajo hasta que llegó allí, y entonces se decidió. Sentada, con el vestido estampado de lino y el bolso blanco en la falda, había deseado el trabajo más que otra cosa en el mundo. La agencia pertenecía a un hombre llamado Pete Warren, de cincuenta años y calvo por la parte de arriba, que daba golpecitos con un lápiz en el portafolios y bromeaba sobre los Wildcats. Ella le había gustado a pesar de que estaba licenciada en lengua inglesa y no tenía experiencia. Le diría algo hoy.

Detrás de ella alguien tocó el claxon. Norah aceleró. Esa calle atravesaba la ciudad y cruzaba la carretera. Pero cuando estaba cerca de la universidad, el tráfico se intensificó. Había tanta gente que tuvo que reducir la velocidad y avanzar muy lentamente, y luego, parar del todo. Salió del coche y lo dejó allí. A lo lejos, desde el campus, llegaba una oleada de voces, rítmicas y crecientes, una consigna llena de energía relacionada de alguna manera con los brotes que se abrían en los árboles. Ese momento parecía responder a su inquietud y nostalgia, y se metió entre la marea de gente.

Olor a sudor y a aceite de pachulí llenaban el aire. Sentía el sol cálido en los brazos. Pensó en la escuela primaria, a tan sólo un kilómetro y medio, en el orden y la normalidad que había allí. Pensó también en el tono de desaprobación de Kay Marshall, y aun así, siguió andando. La gente la apretaba. La marea empezó a aminorar la marcha y se detuvo. La multitud estaba congregada al lado del edificio ROTC, que albergaba la academia militar. Había dos jóvenes de pie en los escalones, uno con un megáfono. Norah también se paró y estiró el cuello para ver lo que pasaba. Uno de los jóvenes, que vestía traje y corbata, levantó la bandera americana en alto, con las barras ondeando. El otro joven, también bien vestido, encaraba el puño hacia la multitud. Al principio no se veían las llamas, pero luego, un intenso y resplandeciente fuego prendió la tela y se alzó con las hojas y el cielo azul de fondo.

Norah lo miraba como a cámara lenta. A través del aire tembloroso vio a Bree recorriendo el perímetro del gentío cerca del edificio, repartiendo panfletos. El pelo largo recogido en una cola se balanceaba contra la sencilla camiseta blanca que llevaba. Estaba tan guapa, pensó Norah vislumbrando la determinación y el entusiasmo de su hermana antes de que la perdiera de vista. La envidia la volvió a invadir, quemándola por dentro. Envidiaba a Bree por su seguridad y libertad. Norah se abrió paso a empujones entre la multitud.

Vislumbró a su hermana dos veces más —el reflejo de su pelo rubio y la cara de perfil—, hasta que llegó hasta ella. Bree estaba de pie en el bordillo hablando con un joven de pelo rojizo. Tenían una conversación tan concentrada que cuando Norah le tocó el brazo, ella la miró sin verla, desconcertada, totalmente en blanco durante un momento, hasta que reconoció a su hermana.

—Norah —dijo. Puso la mano en el pecho del hombre pelirrojo, un gesto tan seguro e íntimo que a Norah se le paró el corazón—. Es mi hermana —le dijo—. Norah, éste es Mark.

Él la saludó con la cabeza, sin sonreír, y le dio la mano mientras la estudiaba.

—Han prendido fuego a la bandera —dijo Norah, otra vez consciente de su ropa, tan fuera de lugar aquí como en el patio del colegio, aunque por razones totalmente distintas.

Mark entrecerró un poco los ojos marrones y se encogió de hombros.

—Lucharon en Vietnam —dijo—. Así que supongo que tienen sus razones.

—Mark perdió medio pie en Vietnam.

Norah se dio cuenta de que bajaba la vista a las botas de Mark, atadas más arriba de los tobillos.

—La parte de delante —dijo dando unos golpecitos al pie derecho. Los dedos y algo más.

—Ya veo —dijo Norah, profundamente avergonzada.

—Mark, ¿nos dejas un minuto?

Él echó un vistazo a la muchedumbre agitada.

—Bueno, en realidad soy el siguiente en hablar.

—Está bien. Enseguida vuelvo.

Cogió de la mano a Norah y se la llevó unos metros más allá, agachándose bajo las ramas de un grupo de catalpas.

—¿Qué estás haciendo aquí?

—No estoy segura. Tuve que parar, eso es todo, y entonces vi el gentío.

Bree asintió, con los pendientes de plata destellando.

—Es increíble, ¿no? Debe de haber unas cinco mil personas. Nosotros esperábamos sólo unos cientos. Es por lo sucedido en la Universidad de Kent. Es el fin.

«¿El fin de qué?», se preguntó Norah, las hojas se agitaban a su alrededor. En alguna parte, la señorita Throckmorton llamaba a los alumnos, y Pete Warren, sentado bajo los brillantes pósteres de viajes, emitía billetes. Había avispas flotando perezosamente en el aire soleado, al lado de su garaje. ¿Podía acabarse el mundo en un día así?

—¿Es tu novio? ¿Aquel del que me hablaste?

Bree asintió, con una sonrisa confidente.

—¡Vaya, mírate! Estás enamorada.

—Creo —dijo Bree con dulzura, echando un vistazo a Mark—. Supongo que sí.

—Bueno, espero que te trate bien —dijo Norah horrorizada al oír la voz de su madre hasta en el tono.

Pero Bree estaba demasiado feliz para hacer otra cosa que no fuera reír.

—Me trata muy bien. Oye, ¿puedo llevarlo el fin de semana a tu fiesta?

—Claro —dijo Norah sin estar del todo convencida.

—Genial. Ah, Norah, ¿conseguiste aquel trabajo que querías?

Las hojas de catalpa se movían por el viento como corazones verdes en vida, y más allá, la multitud murmuraba y se balanceaba.

—Todavía no lo sé —dijo Norah recordando el colorido de buen gusto de la oficina. De pronto, sus aspiraciones le parecieron tan banales...

—Pero ¿cómo te fue la entrevista?

—Bien, fue bien. Pero es que no estoy segura de querer el trabajo, eso es todo.

Bree se puso un mechón de pelo detrás de la oreja y frunció el ceño.

—¿Por qué no? Norah, ayer estabas desesperada por conseguir ese trabajo. Estabas muy emocionada. Es David ¿no? Dice que no puedes.

Norah, enfadada, negó con la cabeza.

—Ni siquiera lo sabe. Bree, era sólo una oficina pequeña, aburrida y burguesa. Tu no querrías estar allí ni muerta.

—Yo no soy tú —puntualizó Bree con impaciencia—. Y tú no eres yo. Querías ese trabajo, Norah. Por el glamour. Por favor, por la independencia.

Era cierto, quería ese trabajo, pero también era cierto que se estaba poniendo furiosa otra vez. Bien por Bree, que estaba aquí fuera empezando revoluciones, y a ella la consignaba a una vida de oficina, de nueve a cinco.

—Escribiría a máquina y no viajaría. Tendrían que pasar años y años hasta conseguir algún viaje. No es exactamente lo que había imaginado, Bree.

—¿Y pasar la aspiradora sí?

Norah pensó en el fuerte viento del río Ohio, a sólo ciento treinta kilómetros de distancia. Apretó los labios y no contestó.

—Me vas a volver loca, Norah. ¿Por qué tienes miedo a cambiar? ¿Por qué no eres simplemente tú y dejas que las cosas pasen?

—Lo hago. Lo estoy haciendo. ¡No tienes ni idea!

—Escondes la cabeza bajo el ala. Eso es lo que veo.

—Tú no ves nada excepto al próximo hombre disponible.

—Muy bien. Hasta aquí hemos llegado.

Bree dio un simple paso y fue inmediatamente envuelta por la multitud. Un destello de color, y desapareció.

«Norah se quedó un momento allí, bajo los catalpas, temblando con una rabia incomprensible. ¿Qué era lo que le pasaba? ¿Cómo podía envidiar a Kay Marshall y al cabo de un momento a Bree, por razones tan distintas?

Se abrió paso entre la muchedumbre hasta el coche. Más allá de la turbulencia y el dramatismo de la protesta, en las calles de la ciudad parecía que hubiera poca actividad, estaban descoloridas, extrañamente normales. Había pasado demasiado tiempo; sólo tenía dos horas antes de ir a buscar a Paul. No podría ir al río. Se fue a casa y en la cocina soleada se preparó un gin tonic. Sintió el vaso, sólido y frío en la mano, y el hielo tintineó con una claridad tranquilizadora. En el salón, se detuvo delante de su fotografía en el puente de piedra. Cuando se acordaba de aquel día —la caminata y el picnic—, nunca pensaba en aquel momento. En lugar de eso, recordaba el mundo expandiéndose debajo, el sol y el aire en la piel. «Déjame hacerte una foto», había dicho David, insistente. Se había dado la vuelta y allá estaba él, de rodillas, enfocando, intentando conservar un momento que en realidad nunca existió. La había acertado con esa cámara, muy a su pesar. David, fascinado hasta un punto obsesivo, había construido un cuarto oscuro sobre el garaje.

David. ¿Cómo era que se había hecho más misterioso con el paso de los años, y al mismo tiempo tan familiar? Se había dejado un par de gemelos de ámbar sobre la consola, bajo las fotos. Norah los cogió y los sostuvo en la mano, escuchando el débil tictac del reloj en el salón. Las piedras, cálidas en la mano, la reconfortaron por su suavidad. Encontraba piedras por todas partes: en los bolsillos de David, esparcidas sobre el tocador, metidas en sobres en el escritorio... A veces veía a David y Paul en el patio de atrás, con las cabezas juntas y agachadas, como si estuvieran mirando algo, probablemente una piedra. Siempre, al mirarlos, el corazón se le abría con una alegría cautelosa. Pero esos momentos no eran muy habituales, ya que David estaba muy ocupado esos días. «Basta —quería decirle Norah—. Relájate. Pasa algo de tiempo con tu hijo. Está creciendo tan rápido...»

Norah se metió los gemelos en el bolsillo y se llevó la bebida afuera. Se quedó debajo del avispero apergaminado, mirando cómo las avispas daban vueltas a su alrededor y luego desaparecían dentro. De vez en cuando, alguna volaba cerca de ella, atraída por el dulce olor de la ginebra. Bebió un sorbo y observó. Sus músculos, exactamente cada célula de su cuerpo, se relajaron en una fluida reacción en cadena, como si se hubiera tragado la calidez del día. Se acabó la copa, dejó el vaso en el suelo y se fue a buscar los guantes de jardinería y el sombrero, esquivando el triciclo de Paul. Ya se le había quedado pequeño; debería empaquetarlo y guardarlo con las otras cosas: la ropa de bebé y los juguetes de cuando era pequeño. David no quería más hijos, y ahora que Paul ya iba al colegio, había dejado de discutir por eso. Era duro imaginar volver a los pañales, a darle el pecho a las dos de la madrugada, aunque a menudo deseaba tener a otro niño en los brazos; como Angela esa mañana, y sentir la dulce calidez y su peso. Qué afortunada era Kay, y ni tan sólo lo sabía.

Norah se puso los guantes y dio un paso atrás. No tenía experiencia con avispas ni abejas, excepto por una picada en el dedo gordo del pie cuando tenía ocho años, que le dolió durante una hora y luego se le pasó. Cuando Paul cogió la abeja muerta y lloró por el dolor, no fue del todo pánico lo que ella sintió. Le puso hielo para la hinchazón y le dio un largo abrazo en el balancín del porche. Todo iría bien. Pero la hinchazón y la rojez, que había empezado en la mano, se le extendió rápidamente. Se le empezó a hinchar la cara, y llamó a David con miedo en la voz. Él enseguida supo lo que era y le puso una inyección. En unos momentos empezó a respirar con más facilidad. «No es nada», había dicho David. Era cierto, pero todavía se preocupaba. ¿Qué habría pasado si David no hubiera estado?

Miró las avispas durante unos minutos, pensando en los manifestantes en la colina, en el reluciente e inestable mundo. Siempre había hecho lo que se esperaba de ella. Había ido a la universidad, aceptado un pequeño trabajo, se había casado… Aun así, desde el nacimiento de sus hijos —Paul, bajando el tobogán a toda velocidad con los brazos en alto, y Phoebe, presente de alguna manera a través de su ausencia, llegando en sueños, estando en lo oculto de cada momento—, Norah ya no entendía el mundo de la misma manera. La pérdida le había dejado su sensibilidad totalmente indefensa, y ella luchaba contra esa indefensión llenando como podía los días.

Estudió las herramientas con determinación. Se encargaría de esos insectos ella misma.

La azada de mango largo le resultaba pesada. La alzó despacio y le dio un fuerte golpe al avispero. La pala cortó fácilmente la capa, que parecía como de papel. Se emocionó con el poder de aquel primer ataque. Pero al bajar la pala, las avispas, furiosas y decididas, salieron del nido directas hacia ella. Una le picó en la muñeca, otra en la mejilla. Tiró la azada y corrió adentro. Cerró la puerta de un portazo y se quedó con la espalda apoyada allí, sin respiración.

Fuera, el enjambre daba vueltas, zumbando con ira alrededor de su nido. Algunas aterrizaban sobre el alféizar, moviendo ligeramente las delicadas alas. Se aglomeraban, enfadadas. Le hicieron pensar en los estudiantes que había visto aquella mañana. Le hicieron pensar en ella. Se fue a la cocina y se preparó otra copa. Se puso un poco de ginebra sobre la mejilla y la muñeca, donde las picadas ya empezaban a hincharse. La ginebra estaba fresca, era muy agradable, y la llenó de una cálida y fluida sensación de bienestar y poder. Todavía tenía una hora antes de ir a recoger a Paul.

—Está bien, condenadas —dijo en voz alta—, ahora vais a ver.

Había insecticida en el armario, encima de los abrigos, los zapatos y la aspiradora; una Electrolux de azul acero, como nueva. Norah se acordó de Bree, con el pelo rubio rozándole la mejilla. «Pasar la aspiradora; ¿es eso lo que quieres hacer en la vida?»

Norah estaba a mitad de camino de la puerta cuando tuvo una idea.

Las avispas estaban tan ocupadas, volviendo a montar el nido, que no se dieron cuenta de que Norah se acercaba con la Electrolux. La máquina, en el suelo de la entrada, estaba tan fuera de lugar y era tan extraña como un cerdo azul. Norah se volvió a poner los guantes, el sombrero y una chaqueta. Se envolvió un pañuelo alrededor de la cara. Enchufó la aspiradora y la encendió, dejándola zumbar por un momento, haciendo escaso ruido al aire libre, y cogió el tubo flexible. Con atrevimiento, lo clavó en lo que quedaba de avispero. Ellas zumbaron y corrieron con agresividad —la mejilla y el brazo le dolían sólo de mirarlas—, pero fueron succionadas con un ruido vibrante, como bellotas rebotando en el tejado. Movió el tubo por el aire, como una varita mágica, recogiendo los insectos y destruyendo su nido. Pronto las tuvo a todas. Dejó la aspiradora en marcha mientras buscaba alguna manera de tapar la boquilla de aspiración; no quería que escaparan. El día soleado y cálido y la bebida la habían relajado. Clavó el tubo en la tierra, pero la máquina empezó a hacer más ruido a causa de la presión. Entonces se percató del tubo de escape del coche: sí, la manga de la aspiradora encajó perfectamente. Profundamente satisfecha por el logro, Norah apagó la máquina y entró.

En el cuarto de baño, con el sol entrando por las ventanas, se desató el pañuelo y se sacó el sombrero, contemplando su imagen en el espejo. Los ojos verde oscuro, el pelo rubio y un rostro más delgado debido a las preocupaciones. Tenía el pelo aplastado y la piel bañada en sudor. Se le hinchaba una picada roja en la mejilla. Se mordió ligeramente la parte interior del labio, preguntándose qué veía David cuando la miraba. Preguntándose quién era ella en realidad, tratando de encajar primero con Kay Marshall, y al cabo de un minuto, con los amigos de Bree, conduciendo como una loca hacia el río, nunca en un sitio que pudiera considerar su hogar. ¿Cuál de aquellas Norah era la que veía David? ¿O era otra mujer la que veía dormir a su lado por la noche? Ella misma, sí, pero no como siempre se había visto a sí misma, y no como él la había visto una vez. Tampoco ella veía ya al hombre con el que se había casado en aquel que llegaba a casa todas las noches, colgaba la americana con cuidado en una silla y abría rápidamente el periódico de la tarde.

Se secó las manos y fue a ponerse hielo en la hinchazón de la mejilla. El avispero colgaba destrozado y vacío del alero del garaje. La Electrolux estaba en la entrada, conectada al tubo de escape por su largo y plisado cordón flexible, un cordón umbilical plateado que brillaba al sol. Imaginaba a David volviendo a casa y viendo que las avispas ya no estaban, el patio de atrás decorado, la fiesta planificada hasta el más mínimo detalle. Estaría sorprendido, esperaba, y agradecido.

Miró el reloj. Era hora de recoger a Paul. Norah se detuvo en los escalones de atrás, y revolvió el bolso para buscar las llaves de casa. Un ruido extraño le hizo levantar la vista. Parecía un zumbido, y al principio pensó que las avispas se habían escapado. Pero el cielo azul estaba despejado, vacío. El zumbido se convirtió en un chisporroteo, y luego, el olor eléctrico a ozono, a cables quemados. Con lento asombro, Norah se dio cuenta de que venía de la Electrolux. Bajó los escalones corriendo. Sus pies llegaron al asfalto, alargó la mano y, de repente, la Electrolux explotó y salió disparada fuera de su alcance, yendo a toda velocidad por el césped y dando contra la cerca tan fuerte que rompió una tabla. Cayó en medio de los rododendros. El humo salía como nubes oleosas, gimiendo como un animal herido.

Norah se quedó quieta con la mano extendida, tan paralizada en el tiempo como cualquier fotografía de David, intentando asimilar lo que había pasado. Un trozo del tubo de escape había caído. Al verlo, lo entendió. El humo de la gasolina se había acumulado en la aspiradora todavía caliente, causando la explosión. Norah pensó en Paul, alérgico a las abejas, un niño con voz como un sonido de flauta, que podría haber estado en la trayectoria de haber estado en casa.

Mientras miraba, una avispa salió atontada del tubo de escape y se perdió.

De alguna manera, eso fue la gota que colmó el vaso. Su duro trabajo, su ingenuidad, y ahora, a pesar de todo, las avispas se iban a escapar. Atravesó el césped. Con un rápido y decidido movimiento abrió la Electrolux, metió la mano en el humo, sacó la bolsa de papel llena de polvo e insectos, la tiró al suelo y empezó a pisotearla haciendo un baile salvaje. La bolsa de papel reventó y una avispa trató de escabullirse; la pisó. Era por Paul por quien luchaba, pero también por alguna de sus de sus interpretaciones de ella misma. «Tienes miedo a cambiar —le había dicho Bree—. ¿Por qué no eres simplemente tú y dejas que las cosas pasen?» Pero, ¿ser qué?, se había preguntado Norah todo el día. ¿Ser qué? Una vez lo había sabido: había sido una hija, una estudiante y una operadora telefónica; papeles que desempeñaba con facilidad y seguridad. Luego fue una prometida, una joven esposa y una madre, y descubrió que estas palabras eran de lejos, demasiado pequeñas para poder contener la experiencia.

Incluso después de tener claro que todas las avispas de la bolsa debían estar muertas, Norah siguió bailando en el pastoso revoltijo, salvaje y decidida. Algo pasaba, algo había cambiado en el mundo y en su corazón. Esa noche, mientras el edificio ROTC del campus quedaba reducido a cenizas con brillantes llamas floreciendo en la cálida noche primaveral, Norah soñaría con avispas y abejas, grandes abejorros flotando por la alta hierba. Al día siguiente reemplazaría la aspiradora sin mencionar siquiera el incidente, cancelaría el esmoquin para el evento benéfico de Kay y aceptaría el trabajo. Glamour, sí, y aventura, y una vida de ella sola.

Todo eso pasaría, pero por el momento no consideraba nada excepto el movimiento de los pies y la bolsa que poco a poco se volvía una pasta sucia de alas y aguijones. En la distancia, la muchedumbre de manifestantes rugía, y el creciente sonido viajaba por el aire primaveral hasta donde estaba ella. La sangre le latía en las sienes. Lo que estaba pasando allí también pasaba aquí, en la calma de su propio patio trasero, en los rincones secretos de su corazón: una explosión, un camino por el cual la vida no volvería a ser igual.

Una avispa sola zumbaba cerca de las encendidas azaleas y se marchaba enfadada. Norah se retiró de la empapada bolsa de papel. Aturdida y completamente sobria, cruzó el patio toqueteando las llaves. Se metió en el coche y salió a buscar a su hijo, como si fuera cualquier otro día.

II

—Papá. Papi.

Al oír la voz de Paul y sus rápidos y ligeros pasos subiendo las escaleras del garage, David levantó la vista de la hoja de papel expuesta que acababa de meter en el revelador.

—¡Espera! Un segundo, Paul.

Pero mientras hablaba, la puerta se abrió de golpe, dejando entrar la luz en la habitación.

—¡Maldita sea! —David vio como el papel se oscurecía rápidamente y la imagen se perdía por la repentina luz—. Maldita sea, Paul, ¿no te he dicho un millón tropecientos billones de veces que no entres cuando la luz roja está encendida?

—Perdona. Lo siento, papá.

David respiró hondo, escarmentado. Paul sólo tenía seis años y, de pie en la puerta, parecía muy pequeño.

—Está bien, Paul. Pasa. Siento haberte gritado.

Se agachó y le tendió los brazos, y Paul descansó la cabeza un momento en el hombro de David, con su nuevo corte de pelo, suave y también tieso, rozándole el cuello. Paul era ligero y delgado, fuerte, un niño que iba por el mundo tranquilo y atento, ansioso por complacer. David le besó la frente, arrepintiéndose de aquel momento de enfado, y se maravilló de los fuertes hombros de su hijo, elegantes y perfectos, extendiéndose como alas bajo capas de piel y músculo.

—A ver, ¿qué es lo que era tan importante —preguntó sentándose sobre los talones— para estropear mis fotografías?

—¡Papá, mira! ¡Mira lo que he encontrado!

Abrió el puño. En la palma de la mano tenía varias piedras planas en forma de discos delgados con un agujero en el centro, del tamaño de un botón.

—Son geniales —dijo David cogiendo una—, ¿dónde las has encontrado?

—Ayer. Cuando fui con Jason a la granja de su abuelo. Había un riachuelo, y tienes que ir con cuidado, porque el verano pasado, Jason vio una víbora, pero ahora el agua está demasiado fría para las serpientes, así que metimos la mano y yo encontré éstas, justo en la orilla.

—¡Guau! —David tocó los fósiles; luminosos y delicados, al menos tenían más de mil años, más preservados del tiempo que ninguna fotografía podría estarlo nunca—. Estos fósiles formaban parte de un lirio de mar, Paul. ¿Sabes? Hace mucho tiempo, gran parte de Kentucky estaba debajo de un océano.

—¿Sí? Qué chulo. ¿Hay alguna foto en el libro de rocas?

—Quizás. Lo miraremos cuando haya recogido esto. ¿Tenemos bastante tiempo? —añadió, acercándose a la puerta y echando un vistazo afuera.

Hacía un día primaveral precioso, el aire era cálido y suave. Los cornejos floridos alrededor de todo el jardín. Norah había puesto mesas y las había cubierto con manteles que resplandecían al sol. Había colocado los platos y el ponche, las sillas, las servilletas y unos cuantos vasitos con flores. Había un palo alto y delgado de álamo adornado con cintas y flores en el centro del patio de atrás, con los lazos brillantes ondeando. Lo había hecho todo ella. David se había ofrecido a ayudar, pero ella no quiso. «No te metas —le dijo—. Es lo mejor que puedes hacer.» Así que no se metió.

Volvió al cuarto oscuro, frío y escondido, con la débil luz roja y el fuerte olor a sustancias químicas.

—Mamá se está vistiendo —dijo Paul—. Se supone que no debo ensuciarme.

—Una orden dura —observó, poniendo las botellas de fijador y de revelador sobre un estante elevado, fuera del alcance de Paul—. Ve adentro, ¿vale? Yo ahora voy. Miraremos esos lirios de mar.

Paul bajó las escaleras a toda prisa. David alcanzó a verlo corriendo por el césped; la puerta mosquitera de la casa se cerró de golpe detrás de él.

Lavó las bandejas y las puso a secar, luego quitó la película del revelador y la guardó. Se estaba tranquilo en esa habitación, fría y en calma, y se quedó allí de pie unos segundos más antes de ir detrás de Paul. Fuera, los manteles ondeaban en la brisa. Había cestitas primaverales trenzadas con papel y llenas de flores adornando cada plato. El día anterior, primero de mayo, Paul había llevado cestas como ésas a los vecinos. Las colgaba en la puerta de entrada, llamaba y salía corriendo a esconderse para ver cómo las descubrían. Era idea de Norah; su arte, energía e imaginación.

Estaba en la cocina, con un delantal encima de un vestido de seda color coral, poniendo perejil y tomates cherry en una fuente de carne.

—¿Está todo colocado? Se ve perfecto ahí afuera. ¿Puedo hacer algo?

—Vestirte —sugirió, mirando el reloj. Se secó las manos con un trapo—. Pero primero pon esta fuente en el frigorífico de abajo, ¿quieres? Aquí ya no cabe nada. Gracias.

David cogió la fuente; notó frío el cristal.

—Vaya trabajo. ¿Por qué no encargas un servicio de catering para las fiestas?

Él quería ser amable, pero Norah se paró, con el ceño fruncido, cuando ya iba hacia la puerta.

—Porque disfruto con esto. Organizando las cosas y cocinando; de todo esto. Porque me produce satisfacción hacer algo bonito de la nada. Tengo un montón de talentos —añadió fría—. Tanto si te das cuenta como si no.

—No era eso lo que quería decir —David suspiró. Esos días eran como dos planetas en órbita alrededor del mismo sol, sin colisionar, pero tampoco se acercaban—. Sólo que, ¿por qué no puedes tener algo de ayuda? Contrata camareros. Nos lo podemos permitir.

—No es por el dinero —dijo sacudiendo la cabeza y saliendo.

David guardó la fuente y subió a afeitarse. Paul lo siguió y se sentó en la bañera, hablando muy rápido y golpeando los talones contra la porcelana. Le encantaba la granja del abuelo de Jason, había ayudado a ordeñar una vaca, y el abuelo de Jason le había dejado beber un poco de leche, todavía caliente, con sabor a hierba.

David se enjabonó con una brocha suave. Disfrutaba mientras escuchaba. La cuchilla se deslizó en trazos limpios y lisos sobre la piel mandando vibrantes motas de luz contra el techo. Por un momento, el mundo entero pareció detenerse, quedarse suspendido; el suave aire primaveral, el olor a jabón y la voz exaltada de su hijo.

—Yo ordeñaba vacas —dijo David. Se secó la cara y cogió la camisa—. Era capaz de echar un chorro de leche directo a la boca del gato.

—¡Eso es lo que hizo el yayo de Jason! Me gusta Jason. Ojalá fuera mi hermano.

David se estaba poniendo la corbata, y miró el reflejo de Paul en el espejo. En el silencio, que no era realmente silencio —el grifo del lavabo goteaba, el reloj hacía un débil tictac, el susurro de tela contra tela, sus pensamientos viajaron hasta su hija. Cada pocos meses, se arrastraba hasta la oficina de correos y se encontraba con la redondeada letra de Caroline. Aunque las primeras cartas fueron de Cleveland, ahora cada sobre llevaba un matasellos diferente. A veces Caroline adjuntaba un nuevo apartado de correos —siempre de sitios distintos, ciudades grandes e impersonales—, y cuando lo hacía, David le enviaba dinero. Nunca se habían conocido bien, aunque las cartas que ella le mandaba eran más íntimas con el paso de los años. Las más recientes, perfectamente podían haber salido de su diario, empezando por «Querido David», o simplemente «David», desahogándose de sus pensamientos. A veces intentaba tirar las cartas sin abrirlas, pero siempre terminaba sacándolas de la basura y leyéndolas rápidamente. Las tenía en el archivador del cuarto oscuro para saber dónde estaban, cerrado con llave. Así Norah nunca las encontraría.

Una vez, hacía años, cuando empezaron a llegar las primeras cartas, David hizo las ocho horas a Cleveland. Caminó por la ciudad durante tres días estudiando los listines de teléfonos, preguntando en todos los hospitales. En la principal oficina de correos, tocó la pequeña puerta de latón del buzón número 621 con la punta de los dedos, pero el encargado no le dio ni el nombre ni la dirección de su dueño. «Pues me quedaré aquí y esperaré», dijo David, y el otro se encogió de hombros. «Adelante. Será mejor que traiga algo de comida. Pueden pasar semanas antes de que uno de estos buzones se abra.»

Al final lo dejó y volvió a casa, dejando pasar los días, uno a uno, mientras Phoebe crecía sin él. Cada vez que mandaba dinero, añadía una nota pidiéndole a Caroline que le dijera dónde vivía, pero no la presionaba, ni tampoco contrató a ningún investigador privado, aunque a veces se lo había planteado. El deseo de ser encontrada tenía que salir de ella. Habría querido hallarla. En una ocasión creyó haberlo hecho. Una vez arregladas las cosas, sería capaz de decirle a Norah la verdad.

Eso creía. Todas las mañanas se levantaba y caminaba al hospital. Llevaba a cabo sus consultas, examinaba radiografías y volvía a casa; cortaba el césped y jugaba con Paul; su vida era plena. Y aun así, cada pocos meses, sin ninguna razón previsible, se despertaba soñando que Caroline Gill le miraba fijamente desde la entrada del ambulatorio o desde el otro lado del patio de la iglesia. Se despertaba, temblando, se vestía y bajaba al despacho, o iba afuera al cuarto oscuro, donde trabajaba en sus artículos o deslizaba fotografías en los baños químicos mirando cómo surgían imágenes donde no había habido nada.

—Papá, te has olvidado de mirar los fósiles —dijo Paul—. Me lo has prometido.

—Es verdad —dijo David regresando al presente y ajustándose el nudo de la corbata—. Es verdad, hijo. Lo he prometido.

Bajaron juntos al estudio y esparcieron los libros tan familiares sobre la mesa. El fósil era un crinoideo, un pequeño animal marino con el cuerpo en forma de flor. Las piedras en forma de botón eran las placas que formaban la columna central. Le puso la mano a Paul en la espalda suavemente, notando su cuerpo, cálido y vivo, y las delicadas vértebras bajo la piel.

—Voy a enseñárselo a mamá —dijo Paul.

Agarró los fósiles y corrió por la casa hasta la puerta de atrás.

David cogió una copa y se quedó de pie al lado de la ventana. Habían llegado unos cuantos invitados que estaban por el jardín. Los hombres con abrigos azul oscuro, las mujeres, como brillantes flores de primavera, de rosa o de vibrante amarillo y azul pastel. Norah se movía entre ellos, abrazando a las mujeres, dando la mano, dirigiendo instrucciones. Había sido tan calmada cuando David la conoció, tranquila, reservada y atenta... Nunca se la habría imaginado como en este momento, tan sociable y a gusto, organizando una fiesta, había orquestado hasta el último detalle. Al mirarla, David se llenaba de nostalgia. ¿De qué? De la vida que podían haber tenido, quizás. Norah se veía muy feliz, riendo en el jardín. Aun así, David sabía que este éxito no sería suficiente ni tan sólo por un día. Hasta bien entrada la tarde, iría de una cosa a otra, y si por la noche él le pasara la mano por la espalda, para despertarla, ella murmuraría algo, le agarraría la mano y se daría la vuelta, todo sin despertarse.

Paul estaba en el columpio, volando alto hacia el cielo azul. Llevaba los crinoideos colgados de un cordel largo al cuello; subían y bajaban, rebotando en el pecho, y a veces hacían ruido contra las cadenas del columpio.

—Paul —lo llamó Norah—. Paul, quítate esa cosa del cuello. Es peligroso.

David cogió la bebida y salió afuera. Se encontró con Norah en el césped.

—No —le dijo suavemente, poniéndole la mano en el brazo—, lo ha hecho él solo.

—Lo sé. Yo le he dado el cordel. Pero se lo puede poner más tarde. Si resbala mientras está jugando y se le engancha, se podría ahogar.

Estaba tan tensa... Él bajó la mano.

—Eso no es probable —dijo, deseando poder borrar la pérdida y lo que les había hecho a los dos—. No le va a pasar nada malo, Norah.

—No lo sabes.

—Aun así, David tiene razón, Norah.

La voz venía de atrás. Se giró y vio a Bree, cuyo desenfreno, pasión y belleza se movía como viento por su casa. Llevaba un vestido primaveral vaporoso que parecía flotar a su alrededor cuando se movía e iba cogida de la mano de un joven, más bajo que ella: bien cuidado, con el pelo corto y rojo, con sandalias y cuello abierto.

—Bree, de verdad, se le podría enganchar y ahogarse —insistió Norah.

—Se está columpiando —le dijo Bree sin darle mucha importancia, mientras Paul subía alto, al cielo, con la cabeza inclinada hacia atrás y el sol dándole en la cara—. Míralo, está tan feliz. No lo hagas bajar y preocuparlo. David tiene razón. No va a pasar nada.

Norah forzó una sonrisa.

—¿No? El mundo puede acabarse. Tú misma lo decías ayer.

—Pero era ayer —dijo Bree.

Tocó el brazo de Norah e intercambiaron una larga mirada, conectadas de tal manera que durante un momento todos los demás quedaron excluidos. David las miró con nostalgia y con un repentino recuerdo de su propia hermana; los dos escondidos debajo de la mesa de la cocina, espiando a través de los pliegues del hule, aguantándose la risa. Recordaba sus ojos, la calidez de su brazo y la alegría de su compañía.

—¿Qué pasó ayer? —preguntó David, echando a un lado el recuerdo, pero Bree lo ignoró y siguió hablando con Norah.

—Lo siento, hermanita —dijo—. Las cosas estaban un poco tensas. Estuve fuera de lugar.

—Yo también lo siento. Estoy contenta de que hayas venido a la fiesta.

—¿Qué pasó ayer? ¿Estabas en la protesta del incendio, Bree? —volvió a preguntar David.

Norah y él se habían despertado por la noche, por las sirenas, el acre olor a humo y un extraño resplandor en el cielo. Habían salido afuera, con los vecinos, a los oscuros jardines, con los tobillos mojándose por el rocío, mientras el edificio ROTC ardía en el campus. Durante días las protestas habían ido en aumento, había tensión en el ambiente, invisible pero real, mientras caían las bombas en las ciudades a lo largo del río Mekong, y la gente corría meciendo a sus hijos moribundos en brazos. Al otro lado del río, en Ohio, cuatro estudiantes yacían muertos. Pero nadie se había imaginado aquello en Lexington, Kentucky; un cóctel molotov, un edificio en llamas y la policía echándose a las calles.

Bree se giró hacia él, con el pelo largo balanceándose sobre los hombros, y sacudió la cabeza.

—No, no estaba allí, pero Mark sí. —Sonrió al joven de su lado y deslizó su delgado brazo entre el suyo—. Éste es Mark Bell.

—Mark luchó en Vietnam —añadió Norah—. Está aquí protestando contra la guerra.

—Ah —dijo David—, un agitador.

—Un manifestante —lo corrigió Norah, saludando con la mano al otro lado del jardín—. Ahí está Kay Marshall. ¿Me perdonáis?

—Un manifestante, entonces —repitió David, mirando cómo se iba Norah, con las mangas del vestido de seda agitadas suavemente por la brisa.

—Eso es —dijo Mark. Habló burlándose de sí mismo intencionadamente y con un acento apenas perceptible pero familiar que a David le recordó la voz de su padre, grave y melódica—. La incesante persecución de equidad y justicia.

—Saliste en las noticias —dijo David, recordándolo de repente—. Ayer por la noche. Dabas un discurso. Así que debes de estar contento por el incendio.

Mark se encogió de hombros.

—No estoy contento, pero tampoco lo siento. Pasó, eso es todo. Nosotros seguimos.

—¿Por qué estás siendo tan hostil, David? —preguntó Bree, clavando los ojos verdes en él.

—No estoy siendo hostil —dijo David, dándose cuenta mientras hablaba de que sí lo era, viendo también que empezaba a aplanar y prolongar las vocales, llamado por la profunda fuerza del lenguaje, pautas de discurso familiares y convincentes—. Estoy informándome, eso es todo. ¿De dónde eres, Mark?

—De Virginia Occidental. Cerca de Elkins, ¿por qué?

—Por curiosidad. Una vez tuve familia allí.

—No lo sabía, David —dijo Bree—. Pensaba que eras de Pittsburg.

—Tenía familia cerca de Elkins —repitió David—. Hace mucho tiempo.

—¿Y eso? —Mark lo miraba ahora con menos recelo—. ¿Trabajaban en el carbón?

—A veces, en invierno. Tenían una granja. Una vida dura, pero no tan dura como la de las minas.

—¿Conservan la tierra?

—Sí.

David pensó en la casa que no había visto desde hacía casi quince años.

—Inteligente. Mi padre, bueno, vendió la casa. Cuando murió en las minas cinco años después, no teníamos dónde ir. Nada de nada. —Mark sonrió amargamente y pensó por un momento—. ¿Has vuelto por allí?

—No, desde hace mucho tiempo. ¿Y tú?

—No. Después de Vietnam fui a la universidad. A Morgantown, los costes del soldado estadounidense. Era extraño, volver. Pertenecía allí y no pertenecía, no sé si me explico. Cuando me fui no creía que estuviera haciendo una elección. Pero resultó que sí.

David asintió.

—Sí. Sé a qué te refieres.

—Bueno —dijo Bree después de un largo silencio—, vosotros dos aquí juntos. Me estoy muriendo de sed. Mark, David, ¿una copa?

—Te acompaño —dijo Mark, extendiéndole la mano a David—. Qué pequeño es el mundo, ¿no? Un placer conocerte.

—David es un misterio para todos —dijo Bree—. Si no, pregúntaselo a Norah.

Los vio unirse al gentío. Había sido un simple encuentro, aun así, se sentía extrañamente nervioso, expuesto y vulnerable, su pasado alzándose como el mar. Todas las mañanas se quedaba un momento en la entrada de la consulta, analizando su mundo simple y bien definido: la ordenada selección de instrumentos, el fresco y blanco trozo de tela que cubría la mesa de reconocimiento. De cara a los demás, era una persona con éxito, pero nunca estaba satisfecho, como esperaba estar, con un sentimiento de orgullo y tranquilidad. «Supongo que esto es todo —había dicho su padre cerrando la puerta de la camioneta de golpe y quedándose de pie en el bordillo al lado de la parada de autobús el día en que David se fue a Pittsburg—. Supongo que esto será lo último que oigamos de ti, yéndote al mundo y tal. Ya no tendrás tiempo para la gente como nosotros.» Y David, de pie en el bordillo con hojas cayendo temprano a su alrededor, sintió una profunda desesperación porque ya entonces se dio cuenta de la verdad de las palabras de su padre: fueran cuales fueran sus intenciones, por mucho que los quisiera, se dejaría llevar por su vida.

—¿Estás bien, David? —le preguntó Kay Marshall. Pasaba por allí con un florero de tulipanes rosa pálido, cada pétalo tan delicado como el contorno de un pulmón—. Parece que estés a años luz.

—Ah, Kay —dijo.

Le recordaba un poco a Norah, algo de soledad moviéndose siempre bajo la superficie cuidadosamente pulida. Una vez, después de beber demasiado en otra fiesta, Kay lo había seguido hasta un pasillo oscuro, le pasó los brazos por detrás del cuello y lo besó. Él sobresaltado, le devolvió el beso. El momento ya había pasado, y aunque a menudo pensaba en el frío y asombroso tacto de sus labios, cada vez que la veía también se preguntaba si realmente había sucedido.

—Estás magnífica como siempre, Kay. —Levantó la copa hacia ella. Ella sonrió, rió y siguió adelante.

Entró en el frescor del garaje y subió las escaleras, donde cogió la cámara del armario y la cargó con un nuevo rollo de película. La voz de Norah subía sobre el gentío, y recordó la sensación de su piel cuando se había estirado hacia ella esa mañana, la suave curva de su espalda. Recordó el momento que había compartido con Bree, lo conectadas que estaban, más allá de cualquier vínculo que él podía haber tenido con ella. «Quiero —pensó, colgándose la cámara del cuello—. Quiero.»

Se movió por los contornos de la fiesta, sonriendo y saludando, dando la mano, yendo de una conversación a otra para atrapar momentos de la celebración con su cámara. Se paró enfrente de los tulipanes de Kay, enfocándolos muy de cerca, pensando cuánto se parecían realmente al delicado tejido de los pulmones y lo interesante que sería enmarcar las fotos de ambos una al lado de la otra, explorando la idea que tenía de que el cuerpo era, de alguna manera misteriosa, un perfecto espejo del mundo. Cada vez estaba más absorto en ello, los sonidos de la fiesta se desvanecieron mientras él se concentraba en las flores, y se sobresaltó al notar la mano de Norah en el brazo.

—Deja la cámara, por favor. Es una fiesta, David.

—Estos tulipanes son tan hermosos… —empezó, pero era incapaz de explicarse, incapaz de decir con palabras por qué esas imágenes lo imponían tanto.

—Es una fiesta —repitió ella—. Puedes perdértela y hacer fotos, o ir a por una bebida y unirte a ella.

—Tengo bebida. —La señaló—. A nadie le importa que esté haciendo unas fotos, Norah.

—A mí me importa. Es de mala educación.

Estaban hablando bajito, y durante todo el intercambio, Norah no había dejado de sonreír. Tenía una expresión calmada; asentía con la cabeza y saludaba con las manos al otro lado del jardín. Y aun así, David sentía la tensión que irradiaba y el enfado que estaba reprimiendo.

—He trabajado mucho —dijo—. Lo he organizado todo. He preparado toda la comida. Incluso me deshice de las avispas. ¿Por qué no puedes simplemente disfrutarlo?

—¿Cuándo quitaste el avispero? —preguntó, buscando un tema sin riesgo, mirando hacia arriba, al liso y limpio alero del garaje.

—Ayer. —Le enseñó la muñeca, la marca ligeramente roja—. No quería correr ningún riesgo con tus alergias y las de Paul.

—Es una fiesta fantástica —dijo él.

En un impulso le cogió la mano y se la acercó a los labios, para besarla con dulzura donde la habían picado. Ella lo miró con ojos de sorpresa y un parpadeo de placer, luego le soltó la mano.

—David —dijo dulcemente—, por favor, aquí no. Ahora no.

—Eh, papá —gritó Paul, y David miró a su alrededor tratando de localizar a su hijo—. Mamá, papá, miradme. ¡Miradme!

—Está en el almezo —dijo Norah protegiéndose los ojos del sol con la mano y señalando al otro lado del jardín—. Mira, arriba, a la mitad del árbol. ¿Cómo lo ha hecho?

—Apuesto a que subió desde las barras del columpio. ¡Eh! —gritó David saludándolo con la mano.

—¡Baja ahora mismo! —gritó Norah. Y luego a David—. Me está poniendo nerviosa.

—Es un niño. Los niños suben a los árboles. Está bien.

—¡Eh, mamá! ¡Papá! ¡Socorro! —gritó Paul, pero cuando miraron estaba riendo.

—¿Te acuerdas cuando hacía eso en el supermercado? —preguntó Norah—. ¿Recuerdas que cuando estaba aprendiendo a hablar solía gritar «socorro» en medio de la tienda? La gente pensaba que era una secuestradora.

—Una vez lo hizo en el ambulatorio —dijo David—. ¿Te acuerdas?

Rieron juntos. David sintió una oleada de alegría.

—Deja la cámara —dijo tocándole el brazo.

—Sí. Ahora.

Bree había dado una vuelta al palo de los lazos y había cogido una cinta de un espléndido color púrpura. Unos cuantos, intrigados, se habían unido a ella. David volvía al garaje mirando cómo ondeaban las puntas de las cintas. Oyó un repentino ruido, la agitación de hojas y una rama partiéndose. Vio a Bree levantar las manos, la cinta se soltó de sus dedos. Se hizo un silencio largo, y luego Norah gritó. David se giró a tiempo de ver a Paul golpear el suelo con un ruido sordo y rebotar ligeramente, de espaldas; el collar de lirio de mar roto, los preciados crinoideos esparcidos por el suelo. David corrió, empujando a los invitados, y se arrodilló a su lado. Los ojos oscuros de Paul estaban llenos de miedo. Agarró la mano de David, intentando respirar.

—Está bien —dijo David, acariciándole la frente—. Has caído del árbol y has perdido el aliento, eso es todo. Relájate. Respira. Estarás bien.

—¿Está bien? —preguntó Norah, arrodillándose a su lado con el vestido coral—. Paul, cariño, ¿estás bien?

Paul respiraba entrecortadamente y tosía, con lágrimas en los ojos.

—Me duele el brazo —dijo cuando pudo hablar. Estaba pálido. Tenía una vena delgada azul visible en la frente, y David vio que estaba intentando no llorar—. Me duele mucho el brazo.

—¿Qué brazo? —preguntó David usando su voz más calmada—. ¿Me enseñas dónde?

Era el izquierdo, y cuando David lo subió con mucho cuidado, sosteniendo el codo y la muñeca, Paul gritó de dolor.

—¡David! —dijo Norah—. ¿Está roto?

—Bueno, no estoy seguro —dijo con calma, aunque estaba casi convencido de que sí. Apoyó con cuidado el brazo de Paul en su pecho, luego puso una mano en la espalda de Norah para confortarla—. Paul, te cogeré y te llevaré al coche, ¿de acuerdo? Vamos a ir a la consulta. Te lo voy a enseñar todo sobre los rayos X.

Poco a poco y con cuidado, levantó a Paul. Sintió a su hijo ligero en sus brazos. Los invitados se apartaron para dejarlo pasar. Puso a Paul en el asiento trasero, cogió una manta del maletero y lo arropó con ella.

—Yo también voy —dijo Norah, sentándose en el asiento delantero.

—Y ¿qué pasa con la fiesta?

—Hay un montón de comida y vino. Lo entenderán.

Condujeron en medio del aire primaveral hasta el hospital. De vez en cuando, Norah todavía se burlaba de él sobre el día del nacimiento por lo despacio y metódico que había conducido por las calles vacías, pero tampoco hoy podía correr. Pasaron el edificio ROTC, todavía ardiendo. Volutas de humo se elevaban como cintas oscuras. Los cornejos estaban casi floridos; los pétalos pálidos y frágiles contra el muro ennegrecido.

—El mundo se está cayendo a pedazos, eso es lo que parece —dijo Norah bajito.

—Ahora no, Norah.

David echó un vistazo a Paul por el retrovisor. Estaba quieto, resignado, pero tenía las mejillas blancas surcadas de lágrimas.

En la sala de urgencias David usó su influencia para agilizar el proceso para los rayos X. Luego ayudó a Paul a acomodarse en una cama, dejó a Norah leyéndole cuentos de un libro que había cogido de la sala de espera y se fue a buscar las radiografías. Cuando el técnico se las pasó, le temblaban las manos, y caminó por los pasillos, extrañamente silenciosos en esa preciosa tarde de sábado, hasta su consulta. La puerta se cerró de golpe tras él y por un momento David se quedó de pie en la oscuridad, intentando serenarse. Las paredes eran de verde mar pálido y había papeles esparcidos encima de la mesa, los instrumentos, de acero y cromo, estaban alineados en bandejas debajo de los armarios de puertas de cristal. Pero no veía nada. Levantó la mano a la altura de la nariz pero incluso tan cerca no podía ver su propia piel, sólo sentirla.

Buscó a tientas el interruptor de la pantalla para ver las radiografías; estaba a su alcance, montada en la pared. Pulsó el interruptor y una luz blanca constante llenó la habitación y aclaró el color de las cosas. A contraluz había algunos negativos que había revelado la semana anterior: una serie de fotografías de venas humanas, tomadas en secuencia, en gradaciones precisas y controladas de luz, con una sutil diferencia de nivel de contraste en cada una. David estaba entusiasmado por la precisión que había conseguido. Las imágenes no parecían parte del cuerpo humano sino otras cosas: un relámpago bifurcándose sobre la tierra, ríos moviéndose misteriosamente y una extensión titubeante de mar.

Le temblaban las manos. Se obligó a respirar hondo, sacó los negativos y puso las radiografías de Paul bajo los clips. Los pequeños huesos de su hijo, sólidos pero delicados, sobresalían con una claridad fantasmal. David resiguió la imagen llena de luz con la punta de los dedos. Tan bonitos, los huesos de su hijo, opacos, pero apareciendo como si estuvieran llenos de luz, imágenes traslúcidas flotando en la oscuridad de la consulta, tan fuertes y delicados como las ramas entrelazadas de un árbol.

El daño era simple y claro: una fractura limpia del cúbito y el radio. Estos huesos iban paralelos; el mayor peligro de la recuperación era que se fusionaran.

Le dio al interruptor y volvió por el pasillo, pensando en el maravilloso mundo que se escondía dentro del cuerpo. Años atrás, en una zapatería de Morgantown, mientras su padre se probaba unas botas de trabajo y fruncía el ceño por el precio de la etiqueta, David estaba de pie en una máquina de rayos X para los pies que convertía sus ordinarios dedos en algo fantasmagórico y misterioso. Embelesado, estudió el lector óptico y las bombillas de la enigmática luz que había a sus pies.

Fue, aunque no se diera cuenta hasta al cabo de unos años, un momento crucial. Que hubiera otros mundos invisibles, desconocidos, más allá incluso de la imaginación, fue una revelación para él. En las semanas que siguieron, observó los ciervos correr, los pájaros alzar el vuelo, las hojas agitándose y los conejos que irrumpían bruscamente de la maleza. David los miraba fijamente intentando vislumbrar sus estructuras escondidas. Y a June, sentada en los escalones del porche, pelando guisantes tranquilamente o quitando la cáscara al trigo, con la boca abierta por la concentración; también la observaba a ella. Porque era como él y distinta a él, y porque aquello que los separaba era un gran misterio.

Su hermana, a quien le encantaba el viento, que reía con el sol en la cara y a quien no le daban miedo las serpientes. Había muerto a los doce años, y hasta ahora, no era más que un recuerdo de amor, nada, excepto huesos.

Y su hija, de seis años, caminaba por el mundo, pero él no la conocía.

Cuando volvió, Norah tenía a Paul en la falda, aunque ya era demasiado grande para estar bien así, con la cabeza recostada incómodamente sobre el hombro de ella. El brazo le temblaba menos.

—¿Está roto?

—Me temo que sí. Ven y échale un vistazo.

Puso las radiografías sobre la pantalla de luz y señaló las líneas oscuras de la fractura.

«Vamos a mover el esqueleto», decía la gente, «Se ha quedado en los huesos», o «Es un hueso duro de roer». Pero los huesos tenían vida propia; crecían y se soldaban ellos mismos; podían unirse otra vez a donde se habían desgarrado.

—Me preocupé tanto de las abejas —dijo ayudando a Paul a subir otra vez a la mesa de reconocimiento—. Las avispas, quiero decir. Me deshice de ellas, y ahora esto.

—Ha sido un accidente.

—Lo sé —dijo Norah a punto de llorar—. Ése es el problema.

David no contestó. Había sacado todo el material para la escayola y se concentraba en poner el yeso. Hacía mucho tiempo que no lo hacía —normalmente recolocaba el hueso y dejaba lo demás a la enfermera— y lo encontró reconfortante. El brazo de Paul era pequeño y la escayola crecía gradualmente, blanca como una concha clara, tan brillante y atrayente como una hoja de papel. En unos días se volvería de un gris apagado, cubierto de graffiti de la infancia.

—Tres meses —dijo David—. Tres meses y ya no llevarás la escayola.

—Eso es casi todo el verano —dijo Norah.

—¿Y qué pasa con la liga infantil de béisbol? —preguntó Paul—. ¿Y con natación?

—Nada de béisbol y nada de natación. Lo siento.

—Pero se suponía que Jason y yo íbamos a jugar en la liga.

—Lo siento —dijo David mientras Paul se deshacía en lágrimas.

—Dijiste que no pasaría nada —dijo Norah—, y ahora tiene un brazo roto. Sólo eso. Podría haber sido el cuello o la espalda.

David se sintió cansado de golpe, roto por Paul y exasperado con Norah.

—Podía haber pasado, sí, pero no ha pasado. Así que basta. ¿De acuerdo? Ya basta, Norah.

Paul se había quedado quieto y escuchaba atentamente, alerta al cambio de tono y a la cadencia de sus voces. ¿Qué recordaría Paul de ese día?, se preguntaba David. Imaginándose a su hijo en el futuro incierto, en un mundo donde podía ir a una manifestación y acabar muerto de un disparo, David compartía el temor de Norah. Ella tenía razón. Podía pasar cualquier cosa. Le puso la mano en la cabeza a Paul, el pelo cortado al uno contra su mano.

—Lo siento, papá —dijo Paul—. No quería estropearte las fotos.

David, después de un segundo de confusión, recordó las movidas horas de aquella mañana, cuando las luces del cuarto oscuro se encendieron y Paul apareció de pie, afligido, con la mano en el interruptor, demasiado asustado para moverse.

—Eh, no. No, hijo. No estoy enfadado por eso, no te preocupes —le tocó la mejilla—. Las fotografías no tienen importancia. Sólo estaba un poco cansado esta mañana. ¿Vale?

Paul pasó el dedo por el borde de la escayola.

—No quise asustarte. No estoy disgustado.

—¿Puedo escuchar por el fonendo?

—Claro.

David se lo puso en las orejas y se agachó. El metal frío de los discos colocado en su propio corazón.

De reojo vio que Norah los miraba. Lejos del movimiento de la fiesta, llevaba su tristeza como una piedra clavada en la palma de la mano. Él deseaba consolarla, pero no sabía qué decir. Ojalá tuviera algún tipo de visión rayos X del corazón humano; para el de Norah y el suyo propio.

—Me gustaría que fueras más feliz. Ojalá hubiera algo que pudiera hacer.

—No tienes que preocuparte. Al menos por mí.

—¿No? —David inspiró profundamente para que Paul oyera la ráfaga de aire.

—No. Ayer conseguí un trabajo.

—¿Un trabajo?

—Sí. Un buen trabajo. —Entonces se lo contó todo—. En una agencia de viajes, por las mañanas. Estaría en casa a tiempo de recoger a Paul del colegio. Mientras hablaba, David sintió como si ella estuviera volando lejos de él—. Me he estado volviendo loca —añadió Norah con una intensidad que a él lo sorprendió—. Totalmente loca con tanto tiempo libre. Será algo positivo.

—De acuerdo —dijo él—. Está bien. Si tanto quieres trabajar, acéptalo. —Le hizo cosquillas a Paul y alargó la mano para recuperar el estetoscopio—. Aquí —dijo—. Mira en mis orejas. Mira a ver si me he olvidado algún pájaro adentro.

Paul rió y el frío metal se deslizó por el lóbulo de David.

—Sabía que no te gustaría.

—¿Qué quieres decir? Te digo que lo cojas.

—Me refiero a tu tono. Tendrías que oírte.

—Bueno, ¿qué esperabas? —dijo tratando de contener la voz, incluso por Paul—. Es duro no verlo como una crítica.

—Sólo sería una crítica si tuviera algo que ver contigo. Eso es lo que no entiendes. Pero no tiene nada que ver contigo. Tiene que ver con la libertad. Tiene que ver con tener una vida propia. Ojalá lo entendieras.

—¿Libertad? —dijo. Hubiera apostado todo lo que tenía a que había vuelto a hablar con su hermana—. ¿Crees que alguien es libre, Norah? ¿Te crees que yo lo soy?

Hubo un largo silencio, y agradeció que Paul lo rompiera.

—Pájaros, no, papá, sólo jirafas.

—¿De verdad? ¿Cuántas?

—Seis.

—¡Seis! ¡Por Dios! Mejor que examines la otra oreja.

—Quizás no me guste. Pero por lo menos lo habré probado.

—Ni pájaros, ni jirafas. ¡Elefantes!

—Elefantes en el conducto auditivo —dijo David quitándole el estetoscopio—. Deberíamos irnos a casa enseguida.

Se forzó a sonreír y se agachó para coger a Paul con la escayola y todo. Mientras sentía el peso de su hijo, la calidez del brazo bueno desnudo alrededor de su cuello, David se preguntó cómo habrían sido sus vidas si hubiera tomado una decisión diferente seis años atrás. La nieve caía y él, de pie en aquel silencio, completamente solo, en un momento crucial que lo alteraría todo. Había escrito Caroline Gill en su carta más reciente: «Ahora tengo novio. Es muy buena persona, y Phoebe está bien; le encanta coger mariposas y cantar».

—Me alegro por lo del trabajo —le dijo a Norah mientras esperaban el ascensor—. No quiero hacer las cosas más difíciles. Pero no creo que no tenga nada que ver conmigo.

Ella suspiró.

—No. No te lo puedes ni imaginar, ¿verdad?

—¿Qué significa eso?

—Te ves a ti mismo como el centro del universo —dijo Norah—. El punto alrededor del cual todo gira.

Cogieron las cosas y entraron en el ascensor. Todavía hacía buen día fuera, era un final de tarde claro y soleado. Cuando llegaron a casa, los invitados ya se habían ido. Sólo quedaban Bree y Mark, que recogían los platos. Las cintas del palo se agitaban con la brisa. La cámara de David estaba sobre la mesa y los fósiles de Paul cuidadosamente apilados al lado. David se paró contemplando el jardín con las sillas esparcidas. Una vez todo este mundo había estado escondido debajo del mar. Entró a Paul y lo llevó arriba. Le dio un vaso de agua y la aspirina masticable naranja que a él le gustaba, y se sentó con él en la cama, sujetándole la mano. Tan pequeña, esa mano, tan cálida y viva. Recordó las radiografías de sus huesos y se llenó de un sentimiento de maravilla. Eso era lo que ansiaba capturar en la película: esos momentos poco comunes en que el mundo parecía unificado, coherente, contenido en una única imagen fugaz. Una libertad donde había espacio para la belleza, la esperanza y el movimiento; una especie de poesía, como si el cuerpo fuera como un poema compuesto de sangre, carne y huesos.

—Léeme un cuento, papá.

Así que David se acomodó en la cama, sujetando a Paul en los brazos, pasando las páginas del cuento de *Jorge, el curioso*, que estaba en el hospital con una pata rota. Abajo, Norah se movía por las habitaciones, recogiendo. La puerta mosquitera se abrió y cerró, y se abrió y cerró otra vez. Se la imaginó pasando por ella, vestida con traje, directa a su nuevo trabajo y a una vida que lo excluía a él. Era el final de la tarde, y una luz dorada llenaba la habitación. Giró la página. Sintió la calidez de Paul y su respiración acompasada. Una leve brisa movió las cortinas. Fuera, el cornejo se veía como una brillante nube contra las oscuras tablas de la cerca. David paró de leer y miró cómo caían los pétalos blancos movidos por el viento. Se sintió reconfortado y a la vez inquieto por su belleza, intentando no pensar en lo mucho que se parecía, desde esa distancia, a la nieve.

—Bueno, realmente Phoebe tiene tu pelo —observó Doro.

Caroline se tocó la nuca considerándolo. Estaban en la parte este de Pittsburg, en una vieja fábrica que había sido reconvertida en una guardería activa. La luz pasaba a través de las altas ventanas y salpicaba motas y dibujos sobre los tablones del suelo; también cogía los reflejos caoba de las delgadas trenzas de Phoebe, que estaba de pie frente a un gran cubo de madera, sacando lentejas y dejándolas caer en cascada en un tarro. A los seis años, estaba rellenita, con hoyuelos en las rodillas y una sonrisa encantadora. Tenía los ojos con una delicada forma de almendra, inclinados hacia arriba y de color marrón oscuro. Las manos pequeñas. Esa mañana llevaba un vestido rayado blanco y rosa que había escogido y se había puesto ella misma… al revés. También llevaba un jersey rosa que había provocado una pataleta espectacular en casa. «Realmente tiene tu carácter.» A Leo, muerto desde hacía casi un año, le encantaba decírselo, y Caroline siempre se quedaba asombrada, no tanto porque hubiera visto una conexión genética donde no podía existir sino porque alguien pudiera definirla como a una mujer con carácter.

—¿Tú crees? —le preguntó a Doro—. ¿Crees que tiene el pelo como el mío?

—Oh, sí. Claro que sí.

Phoebe metía las manos al fondo de las lentejas aterciopeladas, riendo con el niño que estaba a su lado. Levantaba los puños llenos y las dejaba correr entre los dedos y el niño alargaba una taza amarilla de plástico para cogerlas.

Para los demás niños de esta guardería, Phoebe era simplemente ella misma, una amiga a quien le gustaba el color azul, los polos y dar vueltas; aquí, sus diferencias pasaban desapercibidas. Durante las primeras semanas, Caroline había vigilado con cautela, preparándose contra la clase de comentarios que había oído tantas veces, en patios, en el supermercado, en la consulta del doctor. «¡Qué lástima más grande! Ay, estás viviendo mi peor pesadilla.» Y una vez: «Por lo menos no vivirá mucho... Es una bendición». Desconsiderados, ignorantes o crueles, no importaba; durante años estos comentarios habían creado una herida abierta en su corazón. Pero aquí los profesores eran jóvenes y entusiastas, y los padres, calladamente, habían seguido su ejemplo: a Phoebe le podía costar más, ir más despacio, pero como cualquier otro niño, también aprendía.

El niño tiró la pala, las lentejas cayeron por el suelo y corrió hacia el pasillo. Phoebe lo siguió con las trenzas volando, directa hacia la habitación verde con los caballetes y botes de pintura.

—Este sitio le ha ido tan bien —dijo Doro.

—Ojalá el Departamento de Educación la pudiera ver aquí.

—Tienes argumentos fuertes y un buen abogado. Estarás bien.

Caroline miró el reloj. Su amistad con Sandra se había convertido en una fuerza política, y hoy la Upside Down, la asociación de padres y amigos de afectados por el síndrome de Down, con unos quinientos miembros, marchaba estupendamente, y hoy iban a pedir al consejo escolar incluir a sus niños en colegios públicos. Tenían buenas posibilidades, pero Caroline todavía estaba muy nerviosa. Había muchas cosas en juego.

Un niño que iba a toda velocidad pasó al lado de Doro y ésta lo cogió con cuidado por los hombros. El pelo de Doro ahora era blanco como la nieve y contrastaba asombrosamente con sus ojos oscuros y su tersa piel aceitunada. Nadaba todas las mañanas y estaba empezando a jugar al golf. Últimamente, además, Caroline la había visto sonreír para ella misma, como si tuviera un secreto.

—Qué bien que hayas venido hoy a sustituirme —dijo Caroline poniéndose el abrigo.

Doro hizo un gesto con la mano.

—No hay de qué. Prefiero estar aquí, de verdad, que peleándome con el departamento por los papeles de mi padre. —Su voz era cansada, pero tenía una sonrisa de oreja a oreja.

—Doro, si no te conociera, diría que estás enamorada.

Doro sólo rió.

—Qué conjetura más atrevida —dijo—. Y hablando de amor, ¿tenemos que esperar a Al esta tarde? Después de todo, es viernes.

Los dibujos de luz y sombra en los plátanos eran tan tranquilizadores como el agua en movimiento. Era viernes, sí, pero Caroline no había sabido nada de Al en toda la semana. Normalmente llamaba desde la carretera, desde Columbus, Atlanta, o incluso Chicago. Le había pedido que se casara con él dos veces aquel año; se le había ensanchado el corazón con la posibilidad, pero le había dicho que no. En su última visita habían discutido; «Guardas las distancias conmigo», se quejaba, y se había ido enfadado y sin decir adiós.

—Al y yo somos muy buenos amigos. No es tan fácil.

—No seas absurda —dijo Doro—. No hay nada más fácil.

Así que era amor, pensó Caroline. Besó la mejilla suave de Phoebe y se fue en el viejo Buick de Leo: negro, muy amplio, y de conducción tan fina que parecía un barco. En el último año de su vida, Leo había empeorado, pasando muchos días en un sillón cerca de la ventana, con un libro en la falda, mirando a la calle. Un día, Caroline se lo encontró desplomado, con el pelo gris despeinado, en un ángulo incómodo, con la piel, incluso los labios, muy blanca. Estaba muerto. Lo sabía antes de tocarlo. Le quitó las gafas y le cerró los párpados con la punta de los dedos. Una vez se llevaron el cuerpo, ella se sentó en su silla, tratando de imaginar cómo había sido su vida; las ramas de los árboles moviéndose silenciosamente fuera de la ventana, sus propios pasos y los de Phoebe, haciendo formas sobre el techo.

—Leo —dijo en voz alta, a la habitación vacía—. Siento que estuvieras tan solo.

Después del funeral, una ceremonia tranquila llena de profesores de física y gardenias, Caroline habló de irse, pero Doro no quiso ni oírlo. «Estoy acostumbrada a ti. Estoy acostumbrada a la compañía. No, quédate. Vamos a continuar, día a día.»

Caroline condujo cruzando la ciudad que había llegado a querer, aquella ciudad fuerte, enérgica, sorprendentemente preciosa con sus altos edificios, puentes ornamentados y amplios parques; los barrios situados en cada colina verde esmeralda. Encontró un lugar donde aparcar en la calle estrecha y entró en el edificio de piedra, oscurecido durante décadas por el humo del carbón. Caminó por el vestíbulo de techos altos y con un intrincado mosaico en el suelo. Subió dos tramos de escaleras. La puerta de madera estaba misteriosamente manchada; tenía un panel de cristal empañado y los bronces faltos de lustre: 304B. Respiró hondo. No estaba tan nerviosa desde sus exámenes orales. Empujó la puerta. La pobreza de la sala la sorprendió. La gran mesa de roble estaba rayada y las ventanas empañadas, haciendo que afuera el día pareciera apagado y gris. Sandra y una media docena más de padres de la junta de la Upside Down ya estaban sentados. Caroline sintió que la invadía una oleada de afecto. Habían ido a las reuniones de uno a uno al principio, gente que Sandra y ella conocían en las tiendas o en el autobús. Después, se corrió la voz y la gente empezó a llamar. Su abogado, Ron Stone, estaba sentado al lado de Sandra, que llevaba el pelo rubio rigurosamente hacia atrás, con la cara seria y pálida. Caroline se sentó en el asiento libre que quedaba a su lado.

—Pareces cansada —susurró.

—Tim tiene fiebre. Todos los días. Tuvo que venir mi madre desde McKeesport a cuidarlo.

Antes de que Caroline pudiera contestar, la puerta se abrió de nuevo y entraron los hombres del Departamento de Educación, relajados, bromeando entre ellos, dando la mano. Cuando todo el mundo estuvo sentado y se dio la orden de empezar, Ron Stone se levantó y se aclaró la garganta.

—Todos los niños merecen una educación —empezó, con unas palabras muy familiares.

La declaración que presentaba era clara y específica: crecimiento constante, tareas logradas. Aun así, Caroline miraba las caras delante de ellas, impasibles, enmascaradas. Pensó en Phoebe sentada a la mesa la noche anterior, con un lápiz en la mano, escribiendo las letras de su nombre; estaban al revés, por toda la página, temblorosas, pero escritas. Los hombres del consejo removieron papeles y carraspearon. Cuando Ron Stone se detuvo, un joven con el pelo oscuro y ondulado habló alto.

—Su pasión es admirable, señor Stone. Nosotros, desde el consejo, apreciamos todo lo que usted dice y el compromiso y la dedicación de estos padres. Pero estos niños son retrasados mentales; esto es lo esencial en pocas palabras. Sus logros, aunque puedan ser considerables, siempre se desarrollan en un entorno de protección con profesores capaces de dedicar una atención extra, quizás toda su atención, a estos niños. Éste parece un punto importante.

Caroline buscó la mirada de Sandra. Estas palabras también les eran familiares.

—Retrasado mental es un término peyorativo —respondió Ron Stone sin alterarse—. Estos niños van retrasados, sí, nadie lo discute. Pero no son tontos. Nadie en esta sala sabe lo que son capaces de lograr. La mayor esperanza para su crecimiento y desarrollo, como para todos los niños, es un entorno educacional sin límites predeterminados. Lo único que pedimos es la igualdad.

—Ah. Igualdad, sí. Pero no tenemos los recursos —dijo otro hombre, delgado, de pelo escaso y canoso—. Para ser equitativos, tendríamos que aceptarlos a todos, una avalancha de retrasados que inundaría el sistema. Échenle un vistazo.

Pasó copias de un informe y empezó a hacer un análisis de coste-beneficio. Caroline respiró profundamente. No aportaría nada positivo si perdía los nervios. Una mosca zumbaba, atrapada en los cristales de las viejas ventanas. Volvió a pensar en Phoebe, una niña tan cariñosa, descubridora de cosas perdidas, que sabía contar hasta cincuenta, vestirse ella sola y decir el alfabeto, a quien le podía costar hablar, pero que podía leer el humor de Caroline al momento.

«Limitados —decían las voces—. Inundando las escuelas. Fatal para los recursos y para los niños más inteligentes.»

La desesperación se apoderó de Caroline. Aquellos hombres nunca verían de verdad a Phoebe, no verían más que diferencias, lentitud en el hablar y en dominar nuevas cosas. ¿Cómo podía ella mostrarles a su hermosa hija? Phoebe, sentada en la alfombra de la sala de estar, haciendo torres con piezas, el suave pelo cayéndole alrededor de las orejas y una expresión de absoluta concentración en la cara; poniendo un disco de 45 revoluciones por minuto en el pequeño tocadiscos que ella le había comprado, cautivada por la música, bailando por el suelo liso de roble. O la pequeña y suave mano de Phoebe en su rodilla, en los momentos en que Caroline estaba pensativa o distraída, absorta por el mundo y sus preocupaciones. «¿Tas bien, mamá?», decía, o simplemente: «Te quiero». Phoebe a hombros de Al a la luz de la tarde, abrazando a cuantos conocía, con pataletas y obstinadamente rebelde, vistiéndose sola aquella mañana, tan orgullosa.

La conversación en la mesa se había vuelto sólo cifras y problemas logísticos, y la imposibilidad de un cambio. Caroline se levantó, temblando. Su madre muerta se echaría la mano a la boca del shock. Ella misma casi no se lo creía, ¡cómo le había cambiado la vida!, ¡en qué se había convertido! Pero no había vuelta atrás. ¡Una avalancha de retrasados mentales! Puso las manos en la mesa y esperó. Uno a uno, los hombres fueron callando y la sala quedó en silencio.

—No estamos hablando de cifras —dijo Caroline—, sino de niños. Tengo una hija de seis años. Tarda más tiempo, sí, en dominar nuevas cosas. Pero ha aprendido a hacer lo mismo que los demás niños: gatear y andar, hablar y usar el cuarto de baño, vestirse ella sola, lo que ha hecho esta mañana. Pero esto es una sala llena de hombres que al parecer han olvidado que en este país se promete educación a cada niño, sea cual sea su capacidad.

Durante un momento nadie dijo nada. La alta ventana vibraba ligeramente. La pintura estaba empezando a inflarse y a pelarse.

La voz del hombre del pelo oscuro era amable.

—Siento profundamente, y hablo por boca de todos, su situación. Pero ¿qué probabilidades hay de que su hija, o cualquiera de estos niños domine las habilidades académicas? Y ¿cómo afectaría eso a su imagen de sí misma? Si fuera yo, preferiría colocarla en un oficio productivo y útil.

—Tiene seis años, no está preparada para aprender un oficio.

Ron Stone había observado atentamente el intercambio de palabras y ahora se disponía a hablar.

—En realidad —dijo—, toda esta discusión no viene al caso. —Abrió el maletín y sacó un grueso montón de papeles—. Éste no es sólo un tema moral o lógico. Es la ley. Ésta es una petición, firmada por estos padres y por quinientos más. Se ha añadido a una demanda colectiva presentada a favor de estas familias para permitir la aceptación de sus hijos en las escuelas públicas de Pittsburg.

—Es la ley de derecho civil —dijo el hombre canoso mirando el documento—. No puede usarla. Ésa no es la letra o el espíritu de la ley.

—Revise esos documentos —dijo Ron Stone, cerrando el maletín—. Estaremos en contacto.

Fuera, en las escaleras de piedra antigua, se pusieron a hablar. Ron estaba satisfecho, prudentemente optimista, pero los demás estaban exaltados, abrazando a Caroline para agradecerle el discurso. Ella sonreía, sintiéndose agotada, y conmovida por un profundo cariño hacia aquella gente: Sandra, por supuesto, con quien todavía tomaba café todas las semanas; Colleen, que con su hija había reunido los nombres de la petición; Carl, un hombre alto y ágil cuyo único hijo había muerto joven por complicaciones en el corazón relacionadas con el síndrome de Down y quien les había dado espacio de oficinas en su almacén de alfombras para que trabajaran. Hacía cuatro años no conocía a ninguno de ellos, excepto a Sandra, y ahora estaban unidos a ella por tantas trasnochadas, tantas luchas y pequeños triunfos, y por tanta esperanza.

Nerviosa todavía por su discurso, condujo de vuelta a la guardería. Phoebe saltó del corro y fue corriendo hacia Caroline a abrazarse a sus piernas. Olía a leche y a chocolate, y se había manchado el vestido. Su pelo era una nube suave bajo la mano de Caroline. Caroline le explicó a Doro brevemente lo que había pasado, las horribles palabras —«avalancha», «una carga»— todavía daban vueltas en su cabeza. Doro, que llegaba tarde al trabajo, le tocó el brazo.

—Hablamos por la noche.

El camino a casa fue bonito. Las hojas de los árboles, y las lilas floreciendo como un montón de espuma y fuego en las colinas. La noche anterior había llovido; el cielo estaba despejado de un azul vivo. Caroline aparcó en la calle, desilusionada al ver que Al todavía no había llegado. Phoebe y ella caminaron bajo la sombra parpadeante de los plátanos, a través del penetrante zumbido de abejas. Caroline se sentó en los escalones del porche y puso la radio. Phoebe empezó a girar en la suave hierba, con los brazos tendidos y la cabeza hacia atrás, de cara al sol.

Caroline la miraba, todavía intentando desprenderse de la tensión y la mordacidad de aquella mañana. Había motivos para la esperanza, pero después de todos esos años de lucha para cambiar la percepción del mundo, se mantenía cautelosa.

Phoebe corrió y ahuecó las manos en sus oídos para contarle un secreto. Caroline no comprendió las palabras, sólo la ráfaga de aire entrecortada por la excitación, y luego Phoebe salió corriendo hacia el sol otra vez, girando con el vestido rosa pálido. La luz del sol le tocó con reflejos ámbar el pelo oscuro, y Caroline recordó a Norah Henry bajo las brillantes luces de la consulta. Por un momento, sintió una punzada de cansancio y de duda.

Phoebe paró de dar vueltas. Tendió los brazos para recuperar el equilibrio. Luego pegó un grito y corrió directa al otro lado del patio, donde estaba Al, con un paquete brillante para Phoebe en una mano, y en la otra, un ramo de lilas que Caroline supo que eran para ella.

El corazón le dio un vuelco. Él la había cortejado poco a poco, persistente y con paciencia, mostrándose firme y constante, semana tras semana, ofreciendo montones de flores o algún regalo alegre, con una expresión de placer tan real que ella no podía rechazarlo. Aun así, ella se había contenido, no confiaba en ese amor que había llegado tan inesperadamente. Ahora, sentía una ráfaga de placer. ¡Qué preocupada había estado por que no se presentara!

—Bonito día —dijo agachándose para abrazar a Phoebe, que le echó los brazos al cuello dándole la bienvenida. El paquete contenía un cazamariposas con un mango de madera tallada, que cogió inmediatamente, y corrió hacia un parterre de hortensias azules—. ¿Cómo ha ido la reunión?

Ella le explicó la historia y él escuchó moviendo la cabeza.

—Bueno, la escuela no es para todos —dijo—. Supongo que no gustó mucho. Pero Phoebe es una niña dulce y no deberían excluirla.

—Quiero que tenga un lugar en el mundo —dijo Caroline, dándose cuenta de pronto de que no era el amor de Al hacia ella lo que ponía en duda, sino su amor por Phoebe.

—Cielo, tiene un lugar. Es justo aquí. Pero sí, creo que tienes razón. Creo que estás haciendo lo correcto luchando tanto por ella.

—Espero que tú hayas tenido una semana mejor —dijo ella notándole sombras bajo los ojos.

—Bueno, siempre lo mismo, como siempre —dijo, y se sentó en los escalones a su lado. Cogió un palo y lo empezó a pelar. A lo lejos se oía una máquina de cortar el césped; en la pequeña radio de Phoebe sonaba «Love, Love Me, Do»—. He hecho 3.837 kilómetros esta semana. Un récord, incluso para mí.

«Me lo volverá a preguntar», pensó Caroline. Éste era el momento; estaba cansado de la carretera, dispuesto a sentar cabeza, y se lo pediría. Ella vio que él movía las manos hábilmente, con rapidez, quitando la corteza, y su corazón se hinchó. Esta vez diría que sí. Pero Al no dijo nada. El silencio se alargó tanto que al final ella se sintió presionada a romperlo.

—Es un regalo muy bonito —dijo señalando con la cabeza al otro lado del espacio cubierto de hierba donde Phoebe corría haciendo brillantes arcos en el aire con la red.

—Lo hizo un tipo de Georgia. Es el mejor. Tenía un montón de ellos que había tallado para sus nietos. Empezamos a hablar en la tienda de comestibles. Colecciona radios de onda corta y me invitó a pasar por su casa a verlas. Pasamos la noche entera hablando. Es la ventaja de la vida itinerante. Sí señor. —Luego se metió la mano en el bolsillo del pantalón y sacó un sobre blanco—. Toma, tu correo de Atlanta.

Caroline cogió el sobre sin hacer ningún comentario. Dentro habría varios billetes de veinte dólares doblados cuidadosamente dentro de un papel blanco y liso. Al se los traía de Cleveland, Memphis, Atlanta, Akron; ciudades que él frecuentaba en sus rutas. Ella le había dicho simplemente que el dinero era para Phoebe, de su padre. Al lo aceptó sin comentarios, pero los sentimientos de Caroline eran más complejos. A veces soñaba que estaba en casa de Norah Henry, llenando una bolsa con cosas que cogía de estantes y armarios, feliz hasta que se encontraba con ella al lado de una ventana, con una expresión distante e infinitamente triste. Se despertaba temblando, se levantaba, se hacía un té y se sentaba en la oscuridad. Cuando llegaba el dinero, lo ponía en el banco y no volvía a pensar en ello hasta que llegaba otro sobre. Había hecho lo mismo durante cinco años y tenía ahorrados unos siete mil dólares.

Phoebe seguía corriendo persiguiendo mariposas, pájaros, motas de luz o las ondeantes notas que salían de la radio. Al jugueteaba con el dial.

—Lo bueno de esta ciudad es que puedes encontrar buena música. En algunas de esas pequeñas ciudades insignificantes adonde voy, todo lo que puedes conseguir es el Top 40. Al cabo de un rato ya han pasado de moda.

Empezó a tararear acompañando «Begin the Beguine».

—Mis padres bailaban esta canción —dijo Caroline; y por un momento se vio sentada en las escaleras de la casa de su infancia, sin ser vista, mirando a su madre, con un vestido de vuelo, en la puerta, dando la bienvenida a los invitados—. Hacía años que no pensaba en esta canción. Algunos sábados por la noche enrollaban la alfombra de la sala de estar y bailaban con otras parejas.

—Deberíamos ir a bailar alguna vez —dijo Al—. ¿A ti te gusta bailar, Caroline?

Caroline sintió una agitación por dentro, y luego, entusiasmo. No sabía de dónde venía. Tenía algo que ver con el enfado de la mañana, el día radiante y la calidez del brazo de Al a su lado. La brisa agitaba los álamos, mostrando la parte inferior de las hojas.

—¿Por qué esperar? —dijo ella, levantándose y tendiéndole la mano.

Al se quedó perplejo y desconcertado, pero luego se levantó, puso la mano en su hombro y se movieron por el patio al son de la música, con el ruido de coches al fondo. La luz del sol se fundía en el pelo, la hierba, suave bajo sus pies con medias. Se movían con facilidad, bien compenetrados, bajando y girando. La tensión que traía con ella de la reunión fue desapareciendo con cada paso. Al sonreía, sujetándola cerca de él, con la luz del sol reflejada en el cuello.

«Sí —pensó cuando él la hizo girar de nuevo—. Diré sí».

Sintió el placer de la luz del sol, de la risa de Phoebe en el aire y de las manos de Al en la espalda, cálidas a través de la ropa. Se movían por el patio, girando con la música, que los conectaba. El ajetreo del tráfico era tan presente y tranquilizador como el océano. Otros sonidos débiles subieron por encima de la música en el radiante día. Caroline no los registró al principio. Entonces, Al le dio una vuelta y pararon de bailar. Phoebe estaba de rodillas en la hierba al lado de las hortensias, llorando tanto que no podía hablar, sujetándose la mano. Caroline corrió y se arrodilló en el suelo a mirar la marca inflamada que tenía en la palma de la mano.

—Es una picadura de abeja. Ay, cariño, duele, ¿verdad?

Le presionó el cálido pelo con la cara. La suave piel y su pecho, subiendo y bajando, y el corazón. Allí estaba lo que no podía evaluarse, cuantificarse ni explicarse: Phoebe era ella misma. Al fin y al cabo no se puede categorizar a un ser humano. No se puede pretender saber qué es la vida o qué podría deparar.

—Va, cariño, está bien —dijo acariciándole el pelo.

Pero los sollozos de Phoebe dieron paso a una respiración como la difteria que había tenido de pequeña. Se le estaba hinchando la palma de la mano; y el otro lado y los dedos, también. Caroline se levantó rápidamente y llamó a Al.

—¡De prisa, Al! ¡Es alérgica!

Cogió a Phoebe en brazos y luego se paró, desconcertada, porque tenía las llaves en el bolso, sobre la encimera de la cocina, y no se imaginaba cómo abrir la puerta con Phoebe en brazos respirando con dificultad. Entonces Al cogió a Phoebe y fue corriendo al coche, y Caroline consiguió las llaves de alguna manera, las llaves y el bolso. Condujo lo más rápido que pudo por las calles de la ciudad. Cuando llegaron al hospital, la respiración de Phoebe se entrecortaba con jadeos desesperados.

Dejaron el coche en la entrada y Caroline agarró a la primera enfermera que vio.

—Es una reacción alérgica. Tenemos que ver a un médico ahora mismo.

La enfermera era mayor, un poco robusta, con el pelo gris cortado a lo paje. Los condujo a través de unas puertas de acero, donde Al puso a Phoebe, con muchísimo cuidado, en una camilla de ruedas. La niña luchaba por respirar, con los labios ligeramente azules. A Caroline también le costaba respirar, el miedo la apretaba fuertemente en el pecho. La enfermera le echó a Phoebe el pelo hacia atrás, buscándole el pulso en el cuello con la punta de los dedos. Entonces Caroline se dio cuenta de que veía a Phoebe de la misma manera que el doctor Henry la había visto aquella noche nevosa de hacía tanto tiempo, captando los ojos sesgados, las pequeñas manos que habían sujetado la red tan fuerte corriendo tras las mariposas. Le vio los ojos ligeramente entrecerrados. Todavía no estaba preparada.

—¿Está segura? —preguntó la enfermera—. ¿Está totalmente segura de que quiere que llame a un médico?

Caroline se quedó clavada donde estaba. Recordó los olores a verdura hervida del día que se había ido en coche con Phoebe, y la expresión impasible de los hombres del Departamento de Educación. En un ímpetu de alquimia salvaje, el miedo se convirtió en ira, violenta e hiriente. Levantó la mano para darle una bofetada a la enfermera, pero Al le cogió la muñeca.

—Llame al doctor —le dijo él a la enfermera—. Ahora mismo.

Pasó el brazo alrededor de Caroline y no la soltó, ni cuando la enfermera se fue ni cuando llegó el doctor, no la soltó hasta que Phoebe no empezó a respirar con más facilidad y le volvió algo de color a las mejillas. Luego fueron juntos a la sala de espera y se sentaron en las sillas naranjas de plástico, cogidos de la mano, con el sonido de fondo del murmullo de enfermeras, voces que llegaban por el intercomunicador y lloros de niños.

—Podía haber muerto —dijo Caroline.

Empezó a temblar.

—Pero no ha pasado —dijo Al firme.

La mano de Al era cálida, grande y reconfortante. Había tenido tanta paciencia todos esos años, volvía una y otra vez, diciendo que sabía que una cosa era buena en cuanto la veía. Diciendo que esperaría. Pero esta vez había estado dos semanas fuera, no una. No había llamado desde la carretera, y aunque le había llevado flores como siempre, no se lo había vuelto a proponer desde hacía seis meses. Podía irse con su camión y no volver nunca más, sin darle otra oportunidad para decir que sí.

Ella levantó la mano y le besó la palma, fuerte, áspera por las durezas, marcada por las líneas. Él se giró, sobresaltado por sus pensamientos, desconcertado.

—Caroline —su tono era formal—, hay algo que quiero decirte.

—Lo sé. —Acercó su mano al corazón y la sostuvo allí—. Oh, Al, he sido tan tonta... Por supuesto que me casaré contigo.

—¿Así? —preguntó Norah.

Estaba tendida en la playa, y bajo la cadera, la arena se deslizaba y movía. Cada vez que cogía aire profundamente y lo soltaba, la arena le resbalaba por debajo. El sol era tan intenso que era como tener un plato de metal resplandeciendo contra la piel. Hacía más o menos una hora que estaba allí, posando y volviendo a posar; la palabra «re-posar» era como un insulto, ya que era lo que ella quería hacer y no podía. Estaba de vacaciones, después de todo. Había ganado dos semanas en Aruba por haber vendido el mayor número de cruceros en todo el estado de Kentucky durante el año anterior, y ahora, aquí estaba, la arena pegándose al sudor de los brazos y el cuello, mientras seguía tumbada, entre el sol y la playa.

Para distraerse, miraba a Paul, que corría a lo largo de la orilla; un puntito en el horizonte. Tenía trece años y había pegado un estirón ese último año. Alto y un poco torpe, corría todas las mañanas como si así escapara de su propia vida.

Las olas chocaban suavemente contra la playa. La marea estaba cambiando, subía, y la rigurosa luz del mediodía pronto cambiaría, haciendo imposible hasta mañana la foto que David quería. Tenía un mechón de pelo enganchado en el labio, haciéndole cosquillas, pero no iba a moverse.

—Bien —dijo David inclinándose sobre la cámara, disparando una rápida serie de fotografías—. Sí, genial, está realmente bien.

—Tengo calor.

—Sólo unos minutos. Casi estamos. —Se había arrodillado, sus muslos blancos contrastaban con la arena. Trabajaba mucho y también pasaba muchas horas en el cuarto oscuro poniendo las imágenes a secar, colgándolas de cuerdas de tender la ropa que había puesto de pared a pared—. Piensa en el mar. Las olas en el agua, las olas en la arena. Eres parte de eso, Norah. Lo verás en la foto. Te lo enseñaré.

Ella yacía quieta bajo el sol, observándolo trabajar, recordando los días al principio de su matrimonio en que salían a hacer largos paseos en primavera, al caer la tarde, cogidos de la mano; el aire infundido de olor a madreselva y jacintos. ¿Había imaginado aquella joven versión de sí misma, caminando en la débil y tranquila luz del atardecer? ¿Cuáles eran sus sueños? Esta vida no, eso seguro. Norah había aprendido perfectamente el negocio de turismo durante los últimos cinco años. Había organizado la oficina y poco a poco había empezado a supervisar viajes. Había logrado una lista de clientes importante y había aprendido a vender, pasando brillantes folletos sobre la mesa y describiendo con detalle lugares a los que sólo había soñado ir. Se había convertido en una experta a la hora de solucionar problemas de última hora: equipajes perdidos, pasaportes extraviados, repentinos brotes de giardiasis… El año anterior, cuando Pete Warren había decidido jubilarse, ella respiró hondo y compró el negocio. Ahora era todo suyo, desde el último ladrillo del edificio hasta las cajas de billetes en blanco de las aerolíneas del armario. Sus días eran satisfactoriamente ajetreados y agitados; y todas las noches, volvía a una casa llena de silencio.

—Todavía no lo entiendo —dijo ella cuando al fin David terminó. Se levantó y se sacudió la arena de las piernas, los brazos, y el pelo—. ¿Por qué tengo que salir en la foto si al final lo que quieres es que desaparezca en el paisaje?

—Es por la perspectiva —dijo David. Tenía el pelo alborotado, las mejillas y los antebrazos colorados por el sol del mediodía. A lo lejos, Paul había dado la vuelta y se acercaba—. Es por la expectativa. La gente mirará esta foto y verá una playa y las dunas onduladas. Luego, vislumbrarán algo un poco extraño, familiar, en tu particular conjunto de curvas, o leerán el título y volverán a mirar buscando a la mujer que no vieron la primera vez, y te encontrarán.

Había intensidad en su voz. El viento que venía del océano se movía por su oscuro pelo. La entristecía que él hablara de fotografía como hablaba de medicina, de su matrimonio, con un lenguaje y un tono que evocaba el pasado perdido y la llenaba de añoranza. «David y tú, ¿habláis de cosas serias o de temas triviales?», le había preguntado Bree una vez, y Norah se horrorizó al darse cuenta de que la mayoría de sus conversaciones eran sobre cosas tan superficiales y necesarias como las tareas domésticas y el horario de Paul.

El sol brillaba en su pelo. Tenía arena pegada en la delicada piel de entre las piernas. David estaba absorto guardando la cámara. Norah esperaba que estas vacaciones de ensueño sirvieran para volver a la proximidad que habían compartido una vez. Por eso se había obligado a permanecer estirada en el caluroso sol, quedándose quieta mientras David gastaba un carrete tras otro, pero ya llevaban tres días aquí, y nada excepto el lugar era diferente de casa. Todos los días tomaban el café en silencio. David encontró maneras de trabajar; hacía fotografías o pescaba. Por las noches leía, balanceándose en la hamaca. Norah daba paseos y hacía la siesta, encantada, y se iba a comprar a las resplandecientes y caras tiendas para turistas que había en la ciudad. Paul tocaba la guitarra y corría.

Norah se protegió los ojos del sol con la mano y miró la dorada curva de la playa. La silueta del corredor aparecía ahora más cerca y vio que después de todo no era Paul. El hombre que corría era alto, delgado, de unos treinta y cinco o cuarenta años. Llevaba pantalones cortos azules de nylon con un ribete blanco e iba sin camiseta. Tenía los hombros un poco quemados por el sol; parecía que doliera. A medida que se acercaba, fue reduciendo la marcha, y se detuvo con las manos en las caderas, respirando hondo.

—Bonita cámara —dijo. Luego, mirando directamente a Norah, añadió—: Una foto interesante.

Se estaba empezando a quedar calvo; tenía los ojos de un marrón oscuro intenso. Ella se giró, sintiendo el calor que irradiaban, y David empezó a hablar: olas y dunas, arena y piel, dos imágenes o puestas en una.

Ella miró a lo lejos. Sí. Allí, apenas visible, había otra figura corriendo, su hijo. El sol era tan fuerte... Durante unos segundos se sintió mareada, como si insectos de luz pasaran destellando delante de sus ojos desde el borde de las olas. Howard. Ella se preguntó de dónde era, de dónde habría sacado un nombre como ése. Él y David hablaban intensamente sobre aberturas y filtros.

—Así que tú eres la inspiración de este estudio —dijo, volviendo a incluir a Norah.

—Supongo —dijo sacudiéndose arena de la muñeca—. Es un poco duro para la piel —añadió, dándose cuenta de repente de que su nuevo traje de baño la dejaba prácticamente desnuda. El viento le movía el pelo.

—No, tienes una piel preciosa —dijo Howard.

Los ojos de David se ensancharon y la miró como si nunca la hubiera visto antes, y Norah sintió un intenso triunfo. «¿Ves? —quería decir—. Tengo la piel preciosa.» Pero el penetrante mirar de Howard la detuvo.

—Tendrías que ver los otros trabajos de David. —Hizo un gesto a la casita, bajo las palmeras y buganvillas cayendo en cascada por el porche enrejado—. Ha traído su carpeta de trabajos. —Un muro, sus palabras; también una invitación.

—Me gustaría —dijo Howard girándose hacia David—. Me interesa tu estudio.

—¿Por qué no? —dijo David—. Almuerza con nosotros.

Pero Howard había quedado en la ciudad a la una.

—Aquí viene Paul —dijo Norah.

Corría muy rápido por el borde del agua, apretando durante los últimos cien metros, con los brazos y las piernas brillando a la luz temblorosa del calor. «Mi hijo», pensó Norah. El mundo se abrió por un instante, como a veces hacía el simple hecho de su presencia.

—Nuestro hijo —le dijo a Howard—. También es corredor.

—Tiene buena forma —observó Howard.

Paul se iba acercando y disminuyó el ritmo. Cuando llegó, se dobló con las manos en las rodillas, metiendo aire profundamente en los pulmones.

—Y buen tiempo —dijo David, mirando su reloj.

«No lo hagas», pensó Norah; David parecía no darse cuenta de que Paul rehuía cada sugerencia que le hacía sobre su futuro. «No.» Pero David siguió adelante.

—Odio ver cómo pierde su vocación. Mira esa altura. Imagina lo que podría hacer en una cancha. Pero él no quiere saber nada de baloncesto.

Paul levantó la vista e hizo una mueca, y Norah sintió una llamarada de irritación ya familiar. ¿Por qué David no entendía que cuanto más presionara con lo del baloncesto, más reacio sería Paul? Si quisiera que jugara, se lo tendría que prohibir.

—Me gusta correr —dijo Paul incorporándose.

—Nadie puede negarlo viéndote hacerlo así —dijo Howard, y le alargó la mano.

Paul le dio la mano sonrojado de satisfacción. «Tienes una piel preciosa», le había dicho a ella unos momentos antes. Norah se preguntaba si su cara había sido tan transparente como la de Paul.

—Ven a cenar —sugirió impulsivamente, inspirada por la amabilidad de Howard hacia Paul. Estaba hambrienta, sedienta también, y el sol la había dejado aturdida—. Si no puedes venir a comer, ven a cenar. Trae a tu esposa, por supuesto. Trae a tu familia. Encenderemos una hoguera y cocinaremos en la playa.

Howard frunció el ceño, mirando el agua brillar. Se cogió las manos por detrás de la cabeza y se estiró.

—Desafortunadamente, estoy aquí solo. Para relajarme. Estoy a punto de divorciarme.

—Lo siento —dijo Norah, aunque no era cierto.

—Ven de todos modos —dijo David—. Norah prepara unas cenas maravillosas. Te enseñaré el resto de las series en las que estoy trabajando. Tratan todas sobre la percepción. La transformación.

—Ah, la transformación —dijo Howard—. Estoy totalmente a favor de eso. Me encantará venir a cenar.

David y Howard siguieron hablando durante unos minutos mientras Paul caminaba por la orilla refrescándose, y luego Howard se fue. Unos minutos más tarde, en la cocina, cortando pepinos para el almuerzo, Norah lo vio caminar a lo lejos por la playa, ahora sí y ahora no debido a la cortina que se movía por la brisa. Recordó los hombros quemados, los ojos penetrantes y su voz. Se oía el agua correr por las cañerías al ducharse Paul, y el suave ruido de papel mientras David arreglaba las fotografías en la sala de estar. Con el tiempo, se había obsesionado por ver el mundo, por verla a ella, a través del objetivo de una cámara. Su hija perdida todavía rondaba entre ellos; sus vidas habían tomado forma alrededor de su ausencia. Norah incluso se preguntaba por momentos si aquella pérdida era la única cosa que los mantenía unidos. Tiró los trozos de pepino a una ensaladera y empezó a pelar una zanahoria. Howard era un puntito en la distancia, luego desapareció. Tenía las manos grandes, recordaba, las palmas y las cutículas blancas en contraste con su bronceado. «Una piel preciosa», había dicho, sin apartar los ojos de ella.

Después del almuerzo, David se quedó dormido en la hamaca y Norah se tumbó en la cama debajo de la ventana. Entraba una brisa marina; se sintió plenamente viva, de alguna manera conectada por aquel viento a la arena y al mar. Howard era sólo una persona corriente, casi esquelético, que empezaba a quedarse calvo, aun así, también era misteriosamente persuasivo, invocado quizá por su propia soledad y deseo. Se imaginó a Bree, encantada con ella, riendo.

«Bueno, ¿por qué no? —diría—. De verdad Norah, ¿por qué no?»

«Soy una mujer casada», diría ella, moviéndose para mirar por la ventana la deslumbrante y movediza arena, ansiosa por que su hermana la rebatiera.

«Norah, por favor, sólo se vive una vez. ¿Por qué no divertirse un poco?»

Norah se levantó, caminó sin hacer ruido sobre las viejas y gastadas tablas del suelo, y se preparó un gin tonic con lima. Se sentó en el balancín del porche, perezosa en la brisa, mirando dormir a David, tan desconocido para ella esos días. Llegaban notas de la guitarra de Paul. Se lo imaginó sentado con las piernas cruzadas sobre la cama estrecha, la cabeza inclinada por la concentración sobre la nueva guitarra Almansa que le encantaba, un regalo de David en su último cumpleaños. Era un instrumento precioso, con el mástil de ébano, la caja de palisandro y las clavijas de latón. David se esforzaba con Paul. Lo presionaba mucho con los deportes, es cierto, pero también encontraba tiempo para llevarlo a pescar o de excursión a la montaña en su interminable búsqueda de piedras. Había pasado horas buscando esa guitarra. Al final la encargó a una tienda de Nueva York. Se le iluminó la cara de placer cuando Paul la sacó de la funda con reverencia. Miró a David dormir al otro lado del porche, con un músculo que le saltaba en la mejilla. «David», susurró, pero él no la oyó. «David», dijo un poco más alto, pero él no se movió.

A las cuatro se despertó con ojos soñadores. Escogió un vestido de tirantes salpicado de flores y fruncido en la cintura. Se puso un delantal y empezó a cocinar. Comida simple, pero lujosa: ostras al horno con crujientes galletas a un lado, mazorca de maíz, una ensalada verde, unas langostas pequeñas que había comprado por la mañana en el mercado dentro de un cubo con agua de mar. Mientras se movía por la diminuta cocina, improvisando una fuente para el horno con la base de pastel y poniendo orégano en lugar de mejorana en el aliño de la ensalada, la fresca falda de algodón se le movía ligeramente contra los muslos y las caderas. El aire era cálido como el aliento. Sumergió las manos en el fregadero lleno de agua fría y lavó delicadamente la lechuga, hoja por hoja. Fuera, Paul y David trabajaban para encender un fuego en la parrilla medio oxidada y con agujeros tapados con papel de aluminio. Sobre la mesa desgastada había platos de papel y vino en vasos rojos de plástico. Comerían las langostas con los dedos, con la salsa chorreando por las palmas de las manos.

Le oyó la voz antes de verlo; otro tono, más bajo que el de David y un poco más nasal, acento neutro del norte. Era como un aire vigorizante recortado con nieve que flotara dentro de la habitación con cada sílaba. Norah se secó las manos en el trapo de cocina y fue a la entrada.

Los tres hombres —se asustó de pensar en Paul de ese modo, pero ahora su hombro y el de David estaban ya a la misma altura, era casi un hombre hecho y derecho e independiente, como si su cuerpo nunca hubiera tenido nada que ver con el de ella— estaban agrupados en la arena, justo pasado el porche. La parrilla despedía olores de humo y resina, y el carbón mandaba fuego tembloroso al cielo. Paul, sin camiseta, de pie con las manos en los bolsillos de los shorts vaqueros, contestaba con brevedad, incómodo por las preguntas que le hacían. Su marido y su hijo no la vieron, tenían los ojos en el fuego y el océano, liso y en calma a esa hora, como un cristal opaco. Fue Howard, de cara a ellos, quien levantó la barbilla hacia ella y sonrió.

Por un momento, antes de que los demás se giraran, antes de que Howard levantara la botella de vino y se la diera a las manos, se quedaron mirando. Fue un momento real sólo para ellos dos, algo que no se podría comprobar más tarde, un instante de comunión sujeto a sea lo que fuera que el futuro impusiera. Pero era real: la oscuridad de sus ojos, la cara de ambos llena de placer y esperanza, el mundo chocando estrepitosamente a su alrededor como la espuma.

David se giró, sonriendo, y el momento se cerró de golpe como una puerta.

—Es blanco —dijo Howard, dándole la botella.

Norah se asombró de lo ordinario que parecía Howard, del absurdo modo en que llevaba las patillas, largas hasta las mejillas. El significado oculto del momento anterior... ¿se lo había imaginado? Había desaparecido.

—Espero que esté bien.

—Perfecto —dijo ella—. Tenemos langostas.

Sí, tan ordinaria, esta charla. El momento deslumbrante había quedado atrás, y ella era la anfitriona gentil que se movía tan fácilmente en su papel como se movía el finísimo vestido, casi como si no lo llevara. Howard era su invitado; le ofreció una silla de mimbre y una bebida. Cuando volvió, llevando las botellas de ginebra y tónica, y un cubo de hielo en una bandeja, el sol llegaba al borde del agua. Las nubes hinchadas del cielo, de color rosa y melocotón, tenían formas etéreas.

Comieron en el porche. La oscuridad cayó rápidamente y David encendió las velas, distribuidas a lo largo de toda la verja. Más allá, la marea empezaba a subir; las olas llegaban sin ser vistas a la arena. A la luz titilante, la voz de Howard subía, bajaba y subía de nuevo. Habló de una cámara oscura que había construido. La cámara oscura era una caja de caoba precintada de toda luz excepto por un solo agujerito que proyectaba una diminuta imagen del mundo sobre un espejo. El instrumento fue el precursor de la cámara fotográfica. Algunos pintores —Vermeer, por ejemplo— lo habían usado como herramienta para lograr un extraordinario nivel en los detalles de sus trabajos. Howard exploraba eso también.

Norah escuchaba, rebosante en la noche por esa imaginería: el mundo proyectado en una pared interior oscurecida; pequeñas figuras atrapadas por la luz pero en movimiento. Era tan diferente de las sesiones con David, cuando la cámara parecía inmovilizarla en el tiempo y en el espacio, manteniéndola quieta. Mientras bebía un sorbo de vino en la oscuridad, se dio cuenta de que el problema de todo era ése. En algún lugar por el camino, ella y David se habían cruzado. Ahora daban vueltas uno alrededor del otro, cada uno fijo en su órbita. La conversación cambió. Howard empezó a contar historias sobre el tiempo que había estado en Vietnam trabajando como fotógrafo para el ejército, documentando las batallas.

—En realidad, era bastante aburrido —dijo cuando Paul expresó su admiración—. Muchas veces sólo se trataba de subir y bajar el Mekong en barco. Es un río extraordinario, eso sí, y un lugar excepcional.

Después de cenar, Paul se fue a su habitación. Unos minutos más tarde, las notas de su guitarra llegaban entre los sonido de las olas. No quería ir a esas vacaciones; había renunciado a una semana en el campamento de música y tenía un concierto importante unos días después de volver a casa. David había insistido en que fuera; no se tomaba la ambición musical de Paul en serio. Como afición estaba bien, pero no para ganarse la vida. Pero Paul era un apasionado de la guitarra y estaba decidido a ir a Juilliard. David, que había trabajado tanto para darle todas las comodidades, se ponía tenso cada vez que salía el tema. En ese momento, las notas de Paul llegaban por el aire sublimes y elegantes, pero cada una era también un pequeño corte, la punta de un cuchillo atravesando la carne.

La conversación pasó de la óptica a la luz enrarecida del valle del río Hudson, donde vivía Howard, y al sur de Francia, adonde le gustaba ir. Describió la carretera estrecha con el fino polvo que se levantaba y los campos de oscilantes girasoles. Era todo voz, no más que una sombra a su lado, pero su voz la recorría como la música de Paul, de alguna manera, tanto por dentro como por fuera. David llenó las copas y cambió de tema. Después se levantaron y fueron a la sala de estar intensamente iluminada. David sacó sus series de fotografías en blanco y negro del portafolios, y él y Howard se pusieron a discutir con intensidad sobre las cualidades de la luz.

Norah se quedó. Todas las fotografías que discutían eran de ella: las caderas, la piel, las manos, el pelo. Y aun así, estaba excluida de la conversación: objeto, no sujeto. Algunas veces, cuando fuera a una oficina de Lexington, Norah encontraría una foto, todavía anónima, pero extrañamente familiar: alguna curva de su cuerpo o un lugar que hubiera visitado con David, despojado de su significado original y transformado; una imagen de su propia carne, que se había convertido en algo abstracto, en una idea. Ella intentaba, al posar para David, reducir algo la distancia que había crecido entre ellos. Culpa de él o de ella…, realmente no importaba. Pero mirando a David, entendió que en realidad él no la veía y que no lo había hecho durante años.

La ira fue creciendo de tal manera que la hizo temblar. Se giró y salió de la habitación. Desde el día de las avispas, había bebido muy poco, pero entonces fue a la cocina y se llenó de vino hasta arriba un vaso rojo de plástico. Todo a su alrededor estaba sucio, cacharros y grasa solidificada, las cáscaras de las langostas de un rojo encendido como el caparazón de las cigarras muertas. ¡Tanto trabajo para tan corto placer! Normalmente David se encargaba de los platos, pero esa noche, Norah se ató un delantal a la cintura y llenó el fregadero. Puso las ostras que habían sobrado en el frigorífico. En la sala de estar las voces seguían, subiendo y bajando como el mar. ¿En qué estaba pensando cuando se puso este vestido? Era Norah Henry, la mujer de David, la madre de Paul, un hijo casi adulto. Tenía algún mechón gris en el pelo, que ella pensaba que nadie veía excepto ella forzando la vista en la cruda luz del cuarto de baño. Aun así, era cierto. Howard había venido a hablar de fotografía con David y eso era todo.

Salió afuera a tirar la basura al contenedor. La arena estaba ligeramente fría bajo sus pies descalzos, el aire, tan cálido como su propia piel. Norah fue hasta la orilla del mar y se quedó mirando la vívida extensión blanca de estrellas. Detrás de ella, la puerta mosquitera se abrió y cerró. David y Howard salían, caminando por la arena y la oscuridad.

—Gracias por recoger —dijo David. Le puso un momento la mano en la espalda y ella se tensó, haciendo un esfuerzo para no apartarse—. Siento no haber ayudado. Supongo que nos pusimos a hablar. Howard tiene muy buenas ideas.

—En realidad, me quedé fascinado con tus brazos —dijo Howard refiriéndose a los cientos de fotografías que había hecho David.

Cogió un trozo de madera que había arrastrado el agua y lo lanzó fuerte. Lo oyeron salpicar y las olas lo empaparon, devolviéndolo al mar.

Detrás de ellos, la casa era como un farol que proyectaba un círculo de luz, pero los tres estaban en una oscuridad tan absoluta que Norah apenas veía la cara de David, o la de Howard, o sus propias manos. Solamente eran formas imprecisas y voces incorpóreas en la noche. La conversación deambulaba, dando vueltas otra vez a la técnica y el proceso. Norah tenía ganas de chillar. Puso un pie enfrente del otro con la intención de irse, cuando de repente, una mano le rozó el muslo. Se detuvo, asustada. Esperando. En un momento, los dedos de Howard corrieron suavemente por la costura del vestido, y luego le metió la mano en el bolsillo; un repentino y cálido secreto contra la piel.

Norah contuvo la respiración. David seguía hablando de sus fotos. Ella todavía llevaba el delantal, y estaba muy oscuro. Después de un momento hizo un ligero movimiento y la mano de Howard se abrió completamente en la tela fina, en el estómago llano.

—Bueno, eso es cierto —dijo Howard bajo y de manera natural—. Perderías algo de claridad si usaras ese filtro. Pero el efecto ciertamente valdría la pena.

Norah exhaló lentamente, despacio, preguntándose si Howard sentiría sus latidos fuertes y rápidos. Sus dedos irradiaban calor; ella estaba tan llena de deseo, que dolía. Las olas se elevaban, disminuían y se volvían a elevar de nuevo. Norah se quedó muy quieta, escuchando el ruido de su propia respiración.

—Con la cámara oscura estás un paso más cerca del proceso —dijo Howard—. Realmente es bastante remarcable la manera como encuadra el mundo. Me gustaría que te pasaras por casa a verla. ¿Qué me dices?

—Mañana voy a pescar con Paul a alta mar. Puede que pasado mañana.

—Creo que voy adentro —dijo Norah débilmente.

—Norah se aburre —dijo David.

—¿Y quién la culpa? —dijo Howard, y su mano le presionó el vientre con un movimiento fuerte y rápido como el batir de una ala. Luego la sacó del bolsillo—. Ven mañana por la mañana si quieres. Estoy haciendo algunos dibujos con la cámara oscura.

Norah asintió con la cabeza, sin hablar, imaginando el simple rayo de luz penetrando en la oscuridad, proyectando imágenes maravillosas en la pared.

Él se fue unos minutos después, desapareciendo casi de golpe en la oscuridad.

—Me gusta este tipo —dijo David más tarde cuando estaban dentro.

La cocina estaba inmaculada, cualquier evidencia de su tarde fantasiosa, escondida.

Norah estaba en la ventana mirando afuera, la oscura playa, escuchando las olas, con las manos metidas completamente en los bolsillos del vestido.

—Sí —añadió—, a mí también.

A la mañana siguiente, David y Paul se levantaron antes de que saliera el sol para ir a buscar la barca de pesca. Norah estaba tumbada en la oscuridad mientras se preparaban, con la limpia sábana de algodón suave en su piel, escuchando cómo andaban torpemente por la sala de estar tratando de no hacer ruido. Luego oyó pasos y el ruido del coche en marcha que desapareció en el silencio, en el sonido de las olas. Se quedó tumbada, lánguida como una línea de luz formada donde se encuentran el cielo y el mar. Luego se duchó, se vistió y se hizo una taza de café. Se comió medio pomelo, lavó los platos, los guardó cuidadosamente y salió. Llevaba unos pantalones cortos y una blusa turquesa estampada con flamencos. Las zapatillas blancas atadas juntas y colgadas de la mano. Se había lavado el pelo y el viento del océano se lo secaba y enredaba por la cara.

La casita de Howard, a un kilómetro y medio más abajo, era casi idéntica a la suya. Estaba sentado en el porche, inclinado sobre una caja de madera misteriosamente acabada. Llevaba pantalones cortos blancos y una camisa de cuadros naranja de madrás desabrochada. También iba descalzo. Se levantó en cuanto ella estuvo cerca.

—¿Quieres un café? —gritó—. Te he estado observando cómo venías por la playa.

—No, gracias.

—¿Segura? Es café irlandés. Un poco fuerte, si sabes a lo que me refiero.

—Quizá dentro de un rato. —Subió los escalones y pasó la mano por la pulida caja de caoba—. ¿Ésta es la cámara oscura?

—Sí. Mira. Echa un vistazo.

Ella se sentó en la silla, todavía caliente por él, y miró por la abertura. El mundo estaba allí, el largo tramo de la playa, el grupo de rocas y un velero moviéndose poco a poco en el horizonte. El viento se levantaba entre los pinos, todas las cosas diminutas y definidas en detalle, enmarcadas y contenidas, todavía vivas, no estáticas. Norah levantó la vista parpadeando y vio que el mundo también se había transformado: las flores en contraste contra la arena, la silla de rayas brillantes y la pareja caminando al borde del agua. Vívido, asombroso, mucho más de lo que había percibido hasta ahora.

—Vaya —dijo volviendo a mirar dentro de la caja—. Es increíble. El mundo es tan preciso, tan rico. Incluso puedo ver cómo se mueve el viento entre los árboles.

Howard rió.

—Es maravilloso, ¿eh? Sabía que te gustaría.

Ella pensó en Paul cuando era bebé, abría la boca como una perfecta «O», estirado en la cuna, cuando miraba fijamente algo normal que para él era totalmente asombroso. Ella dobló la cabeza otra vez para ver el mundo contenido, luego levantó la vista para verlo transformado. Liberado del marco oscuro de alrededor, incluso la luz relucía, viva.

—Es tan hermoso —susurró—. Casi no puedo soportar lo hermoso que es.

—Lo sé. Ve. Ponte ahí. Forma parte de ello. Déjame dibujarte.

Ella se levantó y fue a la arena caliente. La luz la deslumbraba. Se giró y se quedó de pie enfrente de Howard, que tenía la cabeza doblada sobre la abertura, mirando como movía la mano sobre el bloc de dibujo. El pelo le quemaba; el sol picaba mucho y recordó el día anterior posando, y el anterior. ¿Cuántas veces había estado así, sujeto y objeto, posando para evocar o preservar lo que realmente no existía, con los verdaderos pensamientos guardados bajo llave?

Y así estaba ahora, una mujer reducida a una miniatura perfecta de sí misma, su realidad proyectada a través de la luz en un espejo. El viento del océano, cálido y húmedo, se metía en su pelo, y las manos de Howard, de largos dedos y uñas arregladas, se movían rápidamente mientras hacía un esbozo fijando la imagen en el papel. Recordó la arena moviéndose bajo sus caderas mientras posaba para David, y cómo más tarde habían hablado de ella no como una mujer de carne y hueso que estuviera en la otra habitación, sino como una imagen, una forma. Recordándolo, se sintió frágil de repente, como si no fuera la mujer hábil e independiente que había llevado y traído a un grupo a China, sino como alguien que podría estar arrastrándose con la siguiente ráfaga de viento. Entonces recordó la mano de Howard calentándole el bolsillo y la piel. Aquella mano, la que movía ahora, la que la dibujaba.

Bajó las suyas a la cintura y cogió el dobladillo de la blusa. Poco a poco, pero sin dudar, se la sacó por la cabeza y la dejó caer en la arena. En el porche, Howard paró de dibujar, aunque no levantó la cabeza. Había dejado de mover los músculos de los brazos y los hombros. Norah se bajó la cremallera de los shorts. Le bajaron por las caderas y dio unos pasos para quitárselos. Hasta ese momento, no había nada fuera de lo normal, sólo el mismo traje de baño que había llevado posando en tantas ocasiones. Pero, deslizó los tirantes y lo fue bajando sobre las caderas, por las piernas, y le dio unas pataditas para apartarlo. Se quedó de pie sintiendo el sol y el viento por toda la piel.

Poco a poco, Howard alzó la cabeza de la cámara oscura y se sentó a mirar.

Por un momento, fue una pesadilla. Ese sentimiento de pánico y vergüenza que se tiene cuando, en mitad de un sueño en que vas de compras o caminando por un parque concurrido, te das cuenta de que has olvidado vestirte. Empezó a agacharse para recuperar la ropa.

—No lo hagas —susurró Howard, y ella se detuvo y se enderezó—. Eres tan hermosa.

Entonces se levantó cuidadosamente, poco a poco, como si ella fuera un pájaro que pudiera asustarse y volar. Pero Norah se quedó muy quieta, intensamente presente en su cuerpo, sintiéndose como si estuviera hecha de arena, arena encontrándose con fuego y a punto de ser transformada, allanada, emitiendo destellos. Howard cruzó la poca distancia que los separaba. Parecía que iba a tardar toda una vida, los pies se le hundían en la arena caliente. Cuando al fin llegó, se detuvo, sin tocarla, y la miró fijamente. El viento le revolvía el pelo y él le apartó un mechón del labio, con mucho cuidado, y se lo puso detrás de la oreja.

—Nunca podría capturar esto —dijo—, lo que eres en este momento. Nunca podría capturarlo.

Norah sonrió y abrió la mano plana en su pecho, sintiendo los filamentos del algodón y la cálida piel; capas de músculo y hueso. El esternón, recordó de los días que había estudiado los huesos para comprender mejor a David y su trabajo, con forma de espada. Las costillas verdaderas y las falsas, y la línea de unión.

Él le puso las manos suavemente alrededor de la cara. Ella dejó caer la suya. Juntos, sin hablar, caminaron hacia la casa. Ella dejó la ropa en la arena; tampoco pensó que nadie pudiera verla. Las tablas del porche cedieron un poco bajo los pies. La tela de la cámara estaba echada hacia atrás y ella vio con satisfacción que Howard había esbozado la playa y el horizonte, las rocas dispersas y los árboles; eran reproducciones perfectas. De ella había esbozado el pelo, una nube blanda, amorfa, eso era todo. Donde había estado ella, la página estaba en blanco. La ropa le había caído como en un volar de hojas, y él había levantado la vista para verla de pie, allí.

Por una vez, era ella quien había parado el tiempo.

La habitación parecía oscura después de la luz de la playa, y el mundo estaba encuadrado en la ventana como en el objetivo de una cámara, tan vívido y brillante que se le llenaron los ojos de lágrimas. Se sentó al borde de la cama.

—Túmbate —le dijo él sacándose la camisa—. Quiero mirarte un momento.

Ella lo hizo y él la miró atentamente, pasando los ojos a lo largo de su piel.

—Quédate conmigo —dijo.

Y la sorprendió cuando se arrodilló y le apoyó la cabeza en el vientre. Se estremeció cuando la mejilla sin afeitar le rozó el estómago plano. Ella sentía su peso cada vez que cogía aire, y la respiración de él viajaba sobre su piel. Ella le pasó las manos por el pelo fino y poco abundante, y lo levantó para que la besara.

Más tarde, se asombraría, no de que hubiera hecho estas cosas o cualquiera de las que siguieron, sino de que lo hiciera en la cama de Howard, con la ventana abierta, encuadrados como una imagen en una cámara. David se había ido mar adentro con Paul a pescar. Aun así, cualquiera podría haber pasado caminando y habría podido verlos.

Pero no paró. Ni entonces ni más tarde.

Él estaba con ella como una fiebre, una compulsión, una puerta abierta a sus propias posibilidades, a lo que ella creía que era libertad. De una extraña manera, sintió como si su secreto hiciera que la distancia entre ella y David pareciera más soportable. Ella volvió a Howard una y otra vez, incluso después de que David mencionara los muchos paseos que daba y lo lejos que iba. Incluso cuando, estando en la cama, mientras Howard preparaba unas copas, le cogió los shorts del suelo y encontró una fotografía de su esposa sonriente y de tres niños pequeños; dentro había una nota que decía: «Mi madre está mejor, todos te echamos de menos y te queremos. Nos vemos la semana que viene».

Aquello pasó por la tarde. La luz del sol emitía destellos sobre el agua. El calor resplandecía sobre la arena. El ventilador del techo hacía un ruido seco en la habitación poco iluminada. Ella sujetaba la foto, mirando afuera, al paisaje de la imaginación, a la brillante luz. En la vida real, esa fotografía habría cortado aquello de forma rápida y segura, pero allí no sentía nada. Norah volvió a guardar la foto y dejó caer los shorts al suelo. Allí, eso no importaba. Solamente importaba el sueño, y la intensa y calurosa luz. Durante los diez días siguientes, volvió a encontrarse con él.

I

David subió corriendo las escaleras y cruzó el vestíbulo tranquilo de la escuela. Se detuvo un momento a recobrar la respiración y a orientarse. Llegaba tarde al concierto de Paul, muy tarde. Quería salir pronto del hospital, pero llevaban a una pareja mayor en ambulancia justo cuando salía por la puerta. El marido había caído desde una escalera sobre su mujer. Se había roto la pierna y el brazo. La pierna necesitaba una prótesis. David llamó a Norah, oyendo la ira apenas contenida de su voz. Él ya estaba lo suficientemente enfadado para darle importancia, incluso le gustaba fastidiarla. Después de todo, ella se había casado con él sabiendo cómo era su trabajo. Se hizo un largo silencio antes de colgar.

El piso de terrazo tiraba ligeramente a rosa, y las taquillas alineadas en la pared del pasillo eran azul oscuro. Se quedó escuchando, oyendo sólo su propia respiración durante un momento, y luego, una salva de aplausos. Llegó a la puerta de dos hojas de madera del auditorio; empujó una y entró. Dejó que los ojos se le adaptaran. La sala estaba repleta de gente. Era como un mar de cabezas oscuras cuesta abajo hasta el escenario iluminado. Buscó con la vista a Norah. Una joven le entregó un programa, mientras un niño en vaqueros de cintura baja salía al escenario y se sentaba con su saxofón; ella le señaló con el dedo el quinto nombre. David respiró profundamente aliviado y se relajó. Paul era el número siete; había llegado justo a tiempo.

El saxofonista empezó, tocando con pasión e intensidad, equivocándose en una nota. El chirrido hizo que a David le subiera un escalofrío por la espalda. Escudriñó al público otra vez y vio a Norah en el centro, cerca de las primeras filas, con un asiento vacío a su lado. Así que había pensado en él, por lo menos, guardándole un sitio. No estaba seguro de que lo hiciera; ya no estaba seguro de nada. Bueno, estaba seguro del enfado y de la culpa que sentía y que guardaba en silencio por lo que había visto en Aruba. Aquellas cosas, ciertamente, quedaban entre los dos. Pero no alcanzaba a ver ni lo más mínimo en el corazón de Norah, sus deseos o motivaciones.

El saxofonista terminó con una floritura, se levantó e hizo una reverencia. Durante el aplauso, David bajó el pasillo débilmente iluminado y pasó como pudo entre los que estaban sentados hasta su sitio, al lado de Norah.

—David —dijo cambiando de sitio el abrigo—. Así que al final lo has hecho.

—Era una emergencia, Norah.

—Sí, lo sé, ya estoy acostumbrada. Pero me preocupa Paul.

—A mí también me preocupa Paul. Por eso estoy aquí.

—Sí, por supuesto —su voz era severa y cortada—. A ti también.

Podía sentir su despecho emitido por ondas. Tenía el pelo rubio y corto perfectamente peinado, y era todo sombras de crema y oro. Llevaba un vestido de seda natural que se había comprado durante el primer viaje a Singapur. Al crecer el negocio, había viajado más y más llevando grupos a lugares mundanos y exóticos. David había ido con ella unas cuantas veces al principio, cuando los viajes eran más próximos y menos ambiciosos: un descenso a las Mammoth Cave o un viaje en barco por el Mississippi. Cada vez se había maravillado con Norah, con la persona en que se había convertido. La gente de los grupos se acercaba a ella contándole sus problemas y preocupaciones: la ternera estaba poco hecha, la habitación era demasiado pequeña, el aire acondicionado estaba estropeado, las camas eran demasiado duras. Ella los escuchaba con atención y mantenía la calma en cada momento de crisis, asintiendo, tocando un hombro, yendo a hacer una llamada. Todavía era hermosa, aunque su belleza ya no era tan inocente. Era buena en su trabajo, y más de una mujer madura lo habría apartado a un lado para ver si sabía lo afortunado que era.

Pero, ¿qué habrían pensado esas mujeres si hubieran sido ellas las que hubieran encontrado su ropa amontonada en la arena?

—No tienes derecho a enfadarte conmigo, Norah —susurró.

Ella olía ligeramente a naranjas y tenía la mandíbula tensa. En escena, un joven con traje azul se sentó al piano, estirando los dedos para calentarse. Después de un momento, se zambulló en las notas susurrantes.

—Ningún derecho.

—No estoy enfadada, sólo nerviosa por Paul. Tú eres el único que está enfadado.

—No, eres tú. Estás así desde Aruba.

—Mírate en el espejo. Parece como si te hubieras tragado una de esas lagartijas que están enganchadas en el techo.

Entonces sintió una mano en el hombro, se giró y vio a una mujer robusta sentada al lado de su marido con una larga hilera de niños al lado.

—Disculpe. Usted es el padre de Paul Henry, ¿verdad? Bueno, ése es mi hijo Duke, tocando el piano, y si no le importa, nos gustaría oírle.

David y Norah se miraron en un breve momento de conexión; ella incluso más avergonzada de lo que estaba él.

Se acomodó y escuchó. Duke, un amigo de Paul, tocaba el piano concentrado y tímido, pero era muy bueno, técnicamente competente y también apasionado. David miró cómo movía las manos sobre las teclas, preguntándose de qué hablarían Paul y él cuando iban con las bicicletas por las calles tranquilas del vecindario. ¿Qué soñaban esos chicos? ¿Qué les diría Paul a sus amigos que no dijera a su padre?

La ropa de Norah, apilada en la arena blanca, el viento levantando la punta de la blusa de flamencos; era algo de lo cual nunca hablarían, aunque sospechaba que Paul también lo había visto. Se habían levantado muy pronto aquella mañana para ir a pescar y habían conducido en la oscuridad antes del amanecer, pasando pequeños pueblos a lo largo del camino. No eran habladores, ni Paul ni él, pero había siempre una sensación de comunión durante las primeras horas en el ritual de lanzar y enrollar el sedal, y David esperaba que llegaran esos momentos para estar con Paul, que crecía rápidamente, como un misterio para él. Pero la salida se había cancelado; el motor de la barca se había estropeado y el propietario estaba esperando a que le trajeran las piezas. Decepcionados, se quedaron un rato por el muelle, bebiendo un refresco de naranja y mirando cómo salía el sol sobre el vidrioso océano. Luego volvieron a la casa.

Aquella mañana había buena luz y David, aunque estaba decepcionado, deseaba volver a coger la cámara. Durante la noche había tenido otra idea sobre las fotos. Howard le había hablado de un lugar con cuya imagen ensamblaría la serie. Un buen tipo, Howard, e inteligente. David había tenido la conversación en la cabeza toda la noche, emocionado. Casi no había dormido, y quería llegar a casa y gastar un carrete con Norah en la arena. Pero encontraron la casa tranquila y fría, bañada de luz y con los sonidos de las olas. Norah había dejado un frutero con naranjas en el centro de la mesa. Su taza de café escurría cuidadosamente en el fregadero. «¡Norah!», gritó, y luego otra vez. Pero no contestó. «Creo que voy a correr un rato», dijo Paul, una sombra a contraluz en la entrada, y David asintió. «Mira a ver si ves a tu madre», dijo.

Solo, David llevó el frutero con las naranjas a la encimera de la cocina, y extendió las fotos sobre la mesa. Se agitaron por la brisa y las sujetó con vasos de chupito a modo de pisapapeles. Norah se quejaba de que se estaba obsesionando con la fotografía, ¿por qué sino había traído el portafolios en vacaciones? Quizás era cierto. Pero Norah estaba equivocada en todo lo demás. Él no usaba la cámara para escapar del mundo. A veces, observando cómo las fotos aparecían en el líquido revelador, vislumbraba un brazo, la curva de la cadera, se quedaba apaciguado por un profundo amor hacia ella. Todavía estaba organizando y ordenando las fotos cuando Paul volvió y la puerta se cerró de un portazo. «Eso sí que es correr», dijo David levantando la vista. «Cansado, estoy cansado.» Y se fue directo a su habitación. David fue a la habitación y giró el pomo. Estaba cerrada. «Paul», dijo. «Sólo estoy cansado. Todo va bien.» David esperó unos minutos más.

Paul estuvo malhumorado todo el día. Nada de lo que David hacía parecía lo correcto, y lo peor eran las charlas sobre su futuro. Podría ser tan brilante... Paul tenía talento para la música y para el deporte, y todas las posibilidades abiertas. David a veces pensaba que su propia vida, las decisiones difíciles que había tomado, estarían justificadas si Paul solamente desarrollara su potencial. Él vivía con el constante y persistente temor de que de alguna manera le fallaría, de que Paul tiraría sus talentos por la borda. Volvió a picar ligeramente a la puerta, pero Paul no contestó.

Al final, David suspiró y volvió a la cocina. Miró el frutero de las naranjas en la encimera, las curvas de la fruta y la madera oscura. Luego, siguiendo un impulso que no sabría explicar, salió afuera y empezó a andar playa abajo. Llevaba al menos un kilómetro y medio cuando vislumbró el brillo y el batir de la blusa de Norah en la distancia. Cuando estuvo más cerca se dio cuenta de que su ropa estaba tirada en la playa, enfrente de la que debía de ser la casa de Howard. David se paró bajo el brillante resplandor del sol, desconcertado. ¿Habrían ido a nadar? Recorrió con la vista el agua pero no los vio, y entonces siguió andando hasta que oyó la risa familiar de Norah, baja y musical, que salía de las ventanas de la casa. Aquello lo detuvo. También oyó la risa de Howard, un eco de la de Norah. Entonces lo supo, y la tristeza se apoderó de él, tan arenosa y abrasadora como la caliente arena bajo sus pies.

Howard, con su poco pelo y sus sandalias, en su sala de estar la noche anterior, dando buenos consejos sobre fotografía.

Con Howard. ¿Cómo pudo?

Y aun así, daba igual, había estado esperando el momento durante años.

La arena le calentaba los pies y la luz lo deslumbraba. Le invadió el viejo sentimiento certero de que la noche nevosa cuando había entregado su hija a Caroline Gill no pasaría sin traer consecuencias. La vida había continuado, era llena y rica; él era, en todos los aspectos visibles, un hombre de éxito. Pero en extraños momentos —en la consulta, conduciendo a casa, justo a punto de dormirse—, empezaba de golpe a sentirse afligido por la culpa. Había dado a su hija. Ese secreto permanecía en medio de su familia; determinaba la vida de todos ellos. Lo sabía, lo veía, era visible como el muro de piedra que crecía entre ellos. Y veía a Norah y a Paul extender la mano y darse contra el muro sin entender lo que pasaba, sólo que había algo en medio que no podía verse ni romperse.

Duke Madison terminó con un elegante final, se levantó y saludó. Norah aplaudía fuerte y se giró a la familia de atrás.

—Ha estado fantástico —dijo—. Duke tiene mucho talento.

El escenario quedó vacío y los aplausos fueron parando. Pasó un momento, y otro. La gente empezó a murmurar.

—¿Dónde está? —preguntó David, echando un vistazo al programa—. ¿Dónde está Paul?

—No te preocupes, está aquí —le dijo Norah.

Para sorpresa de David, ella le cogió la mano. La sintió, fría en la suya, y se sintió inexplicablemente aliviado, creyendo, por un momento, que nada había cambiado; que al fin y al cabo no había nada entre medio.

—Saldrá enseguida.

Incluso en el modo de hablar notó un cambio, y luego Paul entró en el escenario. David lo observó sin perderse detalle: alto y desgarbado, con una camisa blanca, las mangas arremangadas, una sonrisa fugaz, irónica y torcida hacia el público. Por un momento David se quedó asombrado. ¿Cómo podía ser que Paul, todavía un adolescente, se pusiera frente a la sala oscura repleta de gente tan seguro de sí mismo y con tanta facilidad? Era algo que David no habría soñado hacer y lo invadió una oleada de nerviosismo. ¿Qué pasaría si Paul se equivocaba delante de toda esa gente? Sintió la mano de Norah cuando Paul se inclinó sobre la guitarra, probando algunas notas, y luego empezó a tocar.

Era Segovia, el programa decía: dos piezas cortas, «Estudio» y «Estudio sin luz». Las notas de esas canciones, delicadas y precisas, le eran profundamente familiares. David había oído a Paul tocar esas piezas cientos, miles de veces. Durante todas las vacaciones en Aruba salía esa música de su habitación, más rápido o más lento, ritmos y compases repetidos una y otra vez. Las pautas eran tan familiares para él como los dedos largos y habilidosos de Paul moviéndose con seguridad sobre las cuerdas, entrelazando música en el aire. Y aun así, para David era como si lo oyera por primera vez, y quizá también lo veía por primera vez. ¿Dónde estaba el niño pequeño que se sacaba los zapatos para ver qué sabor tenían, que subía a los árboles y que iba en bici sin manos? De alguna manera, aquel dulce niño temerario se había convertido en este joven. El corazón de David se ensanchó, latiendo con tanta intensidad que por un momento se preguntó si estaría teniendo un ataque al corazón; era joven para eso, tenía sólo cuarenta y seis años, pero esas cosas podían pasar.

Poco a poco, se fue relajando en la oscuridad, cerró los ojos, dejando que la música, la música de Paul se moviera a través de él como las olas. Se le llenaron los ojos de lágrimas y le dolía la garganta. Pensó en su hermana, sentada en el porche, cantando con voz clara y dulce; parecía que ella hubiera nacido, igual que Paul, hablando ese lenguaje poético que es la música. Sintió un profundo sentimiento de pérdida, tan fuertemente tejido de tantos recuerdos: la voz de June, Paul cerrando la puerta de un portazo, la ropa de Norah esparcida por la playa. Su hija recién nacida en manos de Caroline Gill.

Demasiado. Demasiado. David estaba a punto de llorar. Abrió los ojos y empezó a recitar para sí la tabla periódica: hidrógeno, litio, sodio... Así el nudo de su estómago no acabaría en lágrimas. Se esforzó como lo hacía en el quirófano por concentrar su atención. Lo empujó todo abajo: June, la música, el fuerte amor que sentía por su hijo. Los dedos de Paul reposaron en la guitarra. David sacó la mano de la de Norah y aplaudió efusivamente.

—¿Estás bien? —preguntó Norah echándole un vistazo— David, ¿estás bien?

Él asintió con la cabeza, sin poder hablar todavía.

—Es bueno —dijo por fin sacando las palabras afuera—. Es bueno.

—Sí. Por eso quiere ir a Juilliard. —Norah aplaudía todavía, y cuando Paul miró hacia aquella dirección ella le tiró un beso—. ¿No sería maravilloso, si pasara? Todavía le quedan unos años para practicar y si da todo lo que tiene... ¿quién sabe?

Paul hizo una reverencia y dejó el escenario con la guitarra. La gente aplaudió más fuerte.

—¿Todo lo que tiene? —repitió David—. ¿Y qué pasa si no sale bien?

—¿Y si sale bien?

—No lo sé —dijo David despacio—. Sólo creo que es demasiado joven para cerrar puertas.

—Tiene tanto talento, David. Lo has oído. ¿Qué pasa si esta es una puerta que se está abriendo?

—Pero sólo tiene trece años.

—Sí, y ama la música. Dice que tocando la guitarra es cuando se siente más vivo.

—Pero... es una vida tan impredecible... ¿Se puede vivir de eso?

Norah tenía una expresión muy seria. Movió la cabeza.

—No lo sé. Pero ¿no dicen que el dinero no es lo más importante? No cierres la puerta de su sueño.

—No lo haré, pero estoy preocupado. Quiero que esté seguro en la vida. Y Juilliard es una posibilidad remota, no importa lo bueno que sea. No quiero que lo hieran.

Norah abrió la boca para hablar, pero el auditorio fue callando porque una joven con vestido rojo oscuro entraba con su violín, y prestaron atención al escenario.

David escuchó a la joven y a todos cuantos siguieron, pero era la música de Paul la que llevaba todavía dentro. Cuando terminaron las actuaciones, Norah y él se dirigieron al vestíbulo, parando cada dos por tres a saludar y dar la mano escuchando elogios de su hijo. Cuando finalmente llegaron a donde estaba Paul, Norah se abrió paso entre la multitud y lo abrazó, y Paul, avergonzado, le dio golpecitos en la espalda. David le buscó la mirada y le sonrió, y Paul, para su sorpresa, le devolvió la sonrisa. Un momento normal; de nuevo David sintió que las cosas irían bien. Pero segundos después, Paul pareció contenerse. Se soltó de Norah y se echó para atrás.

—Has estado increíble —dijo David. Abrazó a Paul notando la tensión en los hombros, el modo en que se aguantaba, tieso y distante—. Has estado fantástico, hijo.

—Gracias. Estaba un poco nervioso.

—No lo parecía.

—En absoluto —dijo Norah—. Tenías una presencia excelente en el escenario.

Paul agitaba las manos a los lados, sueltas, como liberando la energía sobrante.

—Mark Miller me ha invitado a tocar con él en el festival de las artes, ¿no es genial?

Mark Miller era su profesor de guitarra, de reputación cada vez mayor. David sintió otra oleada de placer.

—Sí, es genial —dijo Norah riendo—. Es absolutamente genial. —Pero vio la expresión de pena de Paul—. ¿Qué? ¿Qué pasa?

Paul cambió de posición, se metió las manos en los bolsillos y echó un vistazo al concurrido vestíbulo.

—Es que… no sé… Es un poco ridículo, mamá. No eres exactamente una adolescente, ¿sabes?

Norah enrojeció.

David vio cómo le aumentaba el dolor, y su propio corazón le hizo daño. Ella no sabía de dónde venía la agresividad de Paul. Ella no sabía que la ropa que había dejado en la playa se había agitado al viento, que él mismo había puesto todo aquello en funcionamiento tantos años antes.

—Ésa no es forma de hablarle a tu madre. Discúlpate ahora mismo.

Paul se encogió de hombros.

—De acuerdo. Claro. Vale. Perdona.

—Sé sincero.

—David —dijo ella poniéndole la mano en el brazo—, dejémoslo. Por favor. Todos estamos un poco nerviosos, eso es todo. Vamos a casa a celebrarlo. Pensé en invitar a algunas personas. Bree dijo que vendría, y los Marshalls, ¿verdad que estuvo bien Lizzie con la flauta? Y quizá los padres de Duke. ¿Tú qué opinas, Paul? No los conozco mucho, pero puede que quieran venir también, ¿no?

—No —dijo Paul.

Estaba distante ahora, mirando más allá de Norah, al vestíbulo abarrotado.

—¿De verdad? ¿No quieres invitar a la familia de Duke?

—No quiero invitar a nadie. Sólo quiero ir a casa.

Durante un momento, fueron como una isla silenciosa en medio del bullicio de la sala.

—Muy bien, pues —dijo David al fin—, vayamos a casa.

La casa estaba a oscuras cuando llegaron, y Paul se fue directo escaleras arriba. Lo oyeron ir al cuarto de baño y luego a la habitación; lo oyeron cerrar la puerta y girar el pestillo.

—No lo entiendo —dijo Norah. Se había sacado los zapatos y a ojos de él se veía muy pequeña, vulnerable, de pie con las medias en medio de la cocina—. Estuvo tan bien en el escenario… Parecía tan feliz… y luego, ¿qué ha pasado? No lo entiendo —suspiró—. Adolescentes. Mejor que vaya a hablar con él.

—No, déjame a mí.

Subió las escaleras sin encender la luz y cuando llegó a la puerta de Paul se detuvo un momento largo en la oscuridad, recordando cómo las manos de su hijo se habían movido con tan delicada precisión sobre las cuerdas, llenando el amplio auditorio con música. Él se equivocó años atrás; había cometido un error al darle su hija a Caroline Gill. Había tomado una decisión, y por eso estaba allí esa noche, en la oscuridad, fuera de la habitación de Paul. Llamó a la puerta, pero Paul no contestó. Volvió a llamar, y al ver que no obtenía respuesta, fue a la librería y cogió el clavo fino que había allí y lo deslizó en el agujero de la cerradura. Hizo un *clic* suave, y cuando giró el pomo, la puerta se abrió. No le sorprendió ver que la habitación estaba vacía. Cuando abrió la luz, la cortina blanca se movía por un viento suave y se elevaba hasta el techo.

Norah todavía estaba en la cocina, con los brazos cruzados, esperando a que hirviera el agua de la tetera.

—Se ha ido —le dijo.

—¿Qué se ha ido?

—Por la ventana. Lo más probable es que haya bajado por el árbol. Se puso las manos en la cara.

—¿Tienes alguna idea de dónde puede haber ido?

Negó con la cabeza. La tetera empezó a silbar; ella no respondió enseguida y el persistente gemido llenó la habitación.

—No lo sé. Quizá con Duke.

David cruzó la habitación y sacó la tetera del fuego.

—Estoy seguro de que está bien.

—No —dijo ella—, ése es el problema. Yo no creo que esté bien.

Cogió el teléfono. La madre de Duke le dio la dirección de una fiesta que se celebraba después del festival, y Norah fue a por las llaves.

—No —dijo David—, voy yo. No creo que quiera hablar contigo.

—O contigo —dijo bruscamente.

Pero Norah se dio cuenta enseguida. En aquel momento, algo se desmoronó. Todo quedó entre los dos, las largas horas fuera de casa, las mentiras, las excusas y la ropa de la playa. Las mentiras de David también. Poco a poco, ella asintió con la cabeza, y él tuvo miedo de lo que ella podría decir o hacer y de lo mucho que podía cambiar su mundo para siempre. Quería, más que nada, detener ese momento, evitar que el mundo siguiera adelante.

—Es culpa mía —dijo él—. Todo es culpa mía.

Cogió las llaves y se fue. Había luna llena, de color crema, tan hermosa y redonda, baja en el horizonte. David siguió dándole vistazos mientras conducía por el silencioso vecindario, por las calles continuas y prósperas, la clase de lugar que nunca habría imaginado de pequeño. Eso es lo que él sabía y Paul no, que el mundo era precario y a veces cruel. Él había luchado mucho para conseguir todo lo que Paul daba por sentado y no valoraba.

Vio a Paul una manzana antes de llegar a la fiesta, caminando por la acera con las manos en los bolsillos y encorvado. No había sitio para aparcar en toda la calle, así que redujo la velocidad y pitó. Paul miró, y por un momento, David tuvo miedo de que saliera corriendo.

—Entra —dijo David.

Y Paul lo hizo.

David siguió conduciendo. No hablaron. La luna proyectaba al mundo una luz hermosa, y David fue consciente de que Paul estaba sentado a su lado, de su suave respiración y de sus manos juntas, consciente de que estaba mirando por la ventana los silenciosos jardines que pasaban.

—Has estado realmente bien esta noche. Me has dejado impresionado.

—Gracias.

Pasaron dos manzanas sin decirse nada.

—Así que tu madre dice que quieres ir a Juilliard.

—Quizás.

—Eres bueno —dijo David—. Eres bueno en tantas cosas, Paul. Tienes un montón de posibilidades en la vida. Tendrás donde elegir. Muchos caminos que tomar. Podrás ser cualquier cosa.

—Me gusta la música. Me hace sentir vivo. Supongo que no puedo esperar que lo entiendas.

—Lo entiendo —dijo David—. Pero hay que seguir vivo y ganarse la vida.

—Sí, ya. Exacto.

—Hablas así porque nunca te ha faltado de nada. Ese es un lujo que tú no entiendes.

Ya estaban cerca de casa, pero David giró en otra dirección. Quería estar con Paul en el coche, conduciendo bajo la luz de la luna donde esta conversación, aunque tensa e incómoda, era posible.

—Mamá y tú —dijo Paul, las palabras le salieron como si se las hubiera aguantado durante mucho tiempo—. ¿Qué es lo que te pasa a ti, de todos modos? Vives como si no te importara nada. No tienes ninguna alegría. Simplemente te dejas llevar por los días, pase lo que pase. Ni siquiera te importa lo de aquel tipo, Howard.

Así que también lo sabía.

—Sí que me importa. Pero las cosas son complicadas, Paul. No voy a hablar de esto contigo, ni ahora ni nunca. Hay muchas cosas que tú no entiendes.

Paul no dijo nada. David se paró en un semáforo. No había más coches alrededor. Estaban en silencio, esperando a que cambiara la luz.

—Vamos a centrarnos en esto —dijo David al fin—. Tú no tienes que preocuparte de tu madre ni de mí. Ése no es tu trabajo. Tu trabajo es encontrar tu sitio en el mundo. Usar todos los talentos que te han sido dados. No puedes quedártelos sólo para ti, tienes que devolver algo. Por eso me dedico yo a la medicina.

—Adoro la música —dijo Paul suavemente—. Cuando toco, siento que estoy haciendo eso… que estoy devolviendo algo.

—Y lo haces. Lo haces. Pero Paul, ¿y si tuvieras dentro de ti, no sé, la capacidad de descubrir otro elemento del universo? ¿O que pudieras encontrar el remedio para curar alguna enfermedad horrible?

—Ésos son tus sueños. Los tuyos, no los míos.

David se quedó en silencio, dándose cuenta de pronto de que, en efecto, aquellos habían sido exactamente sus sueños. Quería arreglar el mundo, cambiarlo y darle forma, y en lugar de eso, estaba conduciendo bajo la luz de la luna, con su hijo casi adulto, y cada aspecto de su vida parecía fuera de su alcance.

—Sí. Ésos fueron mis sueños.

—¿Y qué pasa si resulta que soy el nuevo Segovia? Piensa en eso, papá. ¿Qué pasa si lo tengo dentro y no lo intento?

David no contestó. Habían llegado otra vez a su calle, y esta vez, fue a casa. Pararon en la entrada, botando un poco en el borde irregular que daba a la calle, y dejaron el coche enfrente del garaje. David apagó el coche, y durante unos segundos se quedaron en silencio.

—No es verdad que no me importe —dijo David—. Ven. Quiero enseñarte algo.

Salieron del coche y subieron las escaleras que conducían al cuarto oscuro encima del garaje. Paul estaba al lado de la puerta con los brazos cruzados, impaciente, mientras David preparaba el proceso de revelado, echaba las sustancias químicas y deslizaba el negativo en la ampliadora. Luego llamó a Paul.

—Mira esto. ¿Qué crees que es?

Después de un momento de duda, Paul cruzó la habitación y miró.

—¿Un árbol? Parece como el contorno de un árbol.

—Bien. Ahora, vuelve a mirar. La hice mientras trabajaba, Paul. Estaba en el balcón del quirófano con un teleobjetivo. ¿Ves lo que es?

—No sé... ¿Es un corazón?

—Un corazón, sí. ¿No es increíble? Estoy haciendo una serie entera de imágenes del cuerpo que parecen otra cosa. A veces pienso que el mundo entero está contenido dentro de cada persona viva. Ese misterio, y el misterio de la percepción, es lo que me importa. Así que, sí, entiendo lo que sientes tú con la música.

David dirigió luz concentrada a través de la ampliadora, luego deslizó el papel dentro del revelador. Era completamente consciente de que Paul estaba a su lado en la oscuridad y en el silencio.

—La fotografía es todo sobre secretos —dijo David después de unos minutos, levantando la foto con unas pinzas y poniéndola en el fijador—. Los secretos que todos tenemos y que nunca diremos.

—La música no es eso —dijo Paul, y David oyó el rechazo en la voz de su hijo. Levantó la vista, pero fue imposible leer la expresión de Paul a la débil luz roja—. La música es como si tocaras los latidos del mundo. La música sucede constantemente, y a veces consigues tocarla por un momento, y cuando lo haces, sabes que absolutamente todo está conectado con lo demás.

Entonces dio media vuelta y salió de la habitación.

—¡Paul! —gritó David, pero su hijo ya estaba yéndose estrepitosamente y enfadado al exterior.

David se acercó a la ventana y lo vio irse corriendo hacia los escalones de atrás de la casa y entrar adentro. Momentos después se encendió la luz en su habitación y las precisas notas de Segovia salieron clara y delicadamente al aire exterior.

David volvió a dar vueltas a la conversación en la cabeza y consideró la posibilidad de ir detrás de él. Quería conectar con Paul, tener un momento en que los dos se entendieran mutuamente, pero sus buenas intenciones habían acabado en una discusión y con distancia. Después de un momento, se giró y volvió al cuarto oscuro. La débil luz roja era muy tranquilizadora. Pensó en lo que le había dicho a Paul, que el mundo estaba hecho de cosas escondidas, de secretos; hecho de huesos que nunca verían la luz. Era cierto que una vez había buscado la unidad como si las correspondencias subyacentes entre tulipanes y pulmones, venas y árboles, carne y tierra, fueran a desvelar una pauta que pudiera entender. Pero no podía. En unos minutos, iría adentro, bebería un vaso de agua. Iría arriba y encontraría a Norah ya dormida. Se quedaría mirándola: ese misterio, una persona que él nunca conocería realmente, acurrucada en sus secretos.

David fue a la mini nevera donde guardaba las sustancias químicas y la película. El sobre estaba metido atrás, en el fondo, detrás de varias botellas. Estaba lleno de billetes de veinte dólares, nuevecitos y fríos. Los sacó y los contó uno por uno, primero diez, luego veinte, y volvió a guardar el sobre detrás de las botellas. Dejó los billetes cuidadosamente apilados sobre la repisa.

Normalmente mandaba el dinero por correo, envuelto en una hoja de papel blanco, pero esa noche, el enfado de Paul que todavía persistía en la habitación, su música flotando en el aire, David se sentó y se puso a escribir una carta. Escribía con rapidez, dejando salir las palabras, todos sus remordimientos por el pasado, todas sus esperanzas para Phoebe. ¿Quién era ella, esa niña de su carne, la niña que había dado? No esperaba que viviera tanto o que llevara la vida que Caroline le contaba. Pensó en su hijo, sentado solo en el escenario y en la soledad que llevaba con él a todas partes. ¿Le pasaba lo mismo a Phoebe? ¿Qué habría significado para ellos crecer juntos, como Norah y Bree, diferentes en todos los aspectos y aun así estrechamente conectadas? ¿Qué habría significado para David que June no hubiera muerto? «Me gustaría mucho conocer a Phoebe —escribió—. Me gustaría que conociera a su hermano y que él la conociera a ella». Luego dobló la nota alrededor del dinero sin releerla, lo puso todo en un sobre y escribió la dirección. Lo cerró. Le puso el sello. La mandaría al día siguiente.

La luz de la luna entraba por las ventanas de la galería. Paul había parado de tocar. David miró la luna, arriba en el cielo, muy clara, definida y nítida contra la oscuridad. Había tomado una decisión en la playa; había dejado la ropa de Norah tendida en la arena, su risa fluir en la luz. Había vuelto a la casa a trabajar en sus fotos, y cuando ella había vuelto, una hora o así más tarde, él no dijo ni una sola palabra sobre Howard. Había escogido el silencio, porque sus propios secretos eran más oscuros, más escondidos, y porque creía que sus propios secretos habían creado los de ella.

Volvió al cuarto oscuro y buscó el rollo de película más reciente. Había hecho algunas fotos espontáneas durante la cena: Norah llevando una bandeja con vasos, Paul al lado de la parrilla con la taza levantada, varias fotos de todos ellos relajados en el porche. Quería la última. Cuando la hubo encontrado, la proyectó con luz sobre el papel. En el baño revelador observó cómo la imagen surgía poco a poco, grano a grano, apareciendo algo donde no había habido nada. Esto era siempre para David, una experiencia de intenso misterio. Observó como la imagen iba cogiendo forma, Norah y Howard en el porche, brindando con los vasos de vino levantados, riendo. Un momento tan inocente como cargado; un momento en que se estaba tomando una decisión. David cogió la foto del revelador pero no la puso en el fijador. En lugar de eso, fue a la galería y se quedó a la luz de la luna con la fotografía mojada en las manos, mirando su casa, a oscuras. Paul y Norah adentro, soñando sus sueños particulares, moviéndose en sus propias órbitas, sus vidas tomando forma constantemente por la gravedad de la decisión que él había tomado hacía tantos años.

Otra vez en el cuarto oscuro, colgó la fotografía de aquel momento para que se secara. Inacabada, sin fijar, la imagen no duraría. Durante las horas siguientes, la luz trabajaría sobre el papel expuesto. La fotografía de Norah riendo con Howard se iría oscureciendo poco a poco hasta que, en un día o dos, fuera completamente negra.

Caminaban por las vías, Duke Madison con las manos en los bolsillos de la chaqueta de piel que había encontrado en las tiendas benéficas Goodwill y Paul chutando piedras que chocaban contra los raíles. El silbido de un tren sonó en la distancia. En un acuerdo silencioso, los dos chicos fueron hasta el borde de las vías, con los pies en los raíles en dirección opuesta, manteniendo el equilibrio. El tren venía de lejos, los raíles bajo sus pies vibraban, la locomotora, una manchita, se hacía cada vez más grande y más oscura, el conductor hacía retumbar el pitido. Paul miró a Duke, cuyos ojos estaban vivos por el riesgo y el peligro, y sintió la excitación en su propia piel, casi demasiado para soportarlo, con el tren más cerca y más cerca y el pitido salvaje sonando por las calles de todo el vecindario y más allá. Veían la luz y al maquinista en la ventana elevada, y otra vez el pitido, avisando. Más cerca, el viento que provocaba la locomotora aplanaba la hierba. Esperó, mirando a Duke, que mantenía el equilibrio a su lado, el tren corría muy deprisa, casi estaba encima de ellos, y aun así esperaron y esperaron, y Paul pensó que nunca iba a saltar. Y entonces lo hizo, cayó en la hierba y el tren pasó a toda velocidad a unos treinta centímetros de su cara. En un segundo, vio la cara del maquinista, blanca del susto, y luego el tren, oscuridad y luz, oscuridad y luz, mientras pasaban los vagones. Después se perdió en la distancia. Incluso el viento se había ido.

Duke, a unos centímetros más allá, estaba sentado con la cara hacia el cielo cubierto.

—¡Caray! —dijo—. ¡Qué prisas!

Los dos chicos se sacudieron y echaron a andar hacia casa de Duke, una pequeña cabaña al lado de las vías. Paul había nacido cerca de allí, unas calles más abajo, pero aunque su madre lo llevaba a veces con el coche a ver el pequeño parque con la glorieta y la casa al otro lado, donde vivían antes, a ella no le gustaba que él fuera por esa zona ni a casa de Duke. Pero qué importaba, ella nunca estaba por allí, y tan pronto como acababa los deberes, había cortado el césped y practicado una hora de piano, él era libre de hacer lo que quisiera.

Lo que ella no viera no le haría daño. Lo que no supiera, tampoco.

—Estaba totalmente cabreado, ese conductor, tío —dijo Duke.

—Sí, iba como un loco.

Le gustaba decir palabrotas; rememorar el viento caliente en la cara y cuánto lo sofocaba, por el momento, toda esa furia. Aquella mañana, en Aruba, había corrido por la playa sin ninguna preocupación, agradecido por que la arena mojada de la orilla del agua cediera ligeramente bajo sus pies, fortaleciéndole los músculos de las piernas. Agradecido, también, porque la salida con su padre a pescar se hubiera suspendido. A su padre le encantaba pescar. Pasaban largas horas sentados en silencio en un bote o en el muelle, lanzando y recogiendo el sedal, y alguna que otra vez, el drama de una captura. A Paul también le había encantado, pero cuando era niño, y no tanto el ritual de la pesca sino la oportunidad de pasar el tiempo con su padre. Pero al hacerse mayor, ir a pescar se había convertido cada vez más en algo obligatorio, como algo que su padre organizara porque no tuviera nada más que hacer. O porque tenían que relacionarse; Paul imaginaba que lo habría leído en algún manual de cómo ser buen padre. Había recibido la información sobre la realidad de la vida, sentado, atrapado en el bote en un lago de Minnesota, mientras su padre, poniéndose rojo bajo la piel quemada por el sol, le hablaba de lo que era la reproducción. Esos días, el futuro de Paul era el tema preferido de su padre, cuyas ideas eran para Paul tan interesantes como una extensión llana y vidriosa de agua.

Así que estaba contento de poder correr por la playa, aliviado, y al principio no pensó nada de la ropa apilada, tirada enfrente de una de las casitas ampliamente espaciadas bajo los pinos. Pasó corriendo por al lado, siguiendo el ritmo, a grandes zancadas; los músculos hacían un tipo de música que lo mantenía todo el camino estable, sin desfallecer. Luego se paró, caminó en círculos un momento y volvió a correr de vuelta, más despacio. La ropa se había movido. La manga de la blusa se agitaba por el viento del océano, y los flamencos de rosa brillante bailaban en contraste con el fondo turquesa oscuro. Fue más despacio. Podía ser la blusa de cualquier otra persona. Pero su madre tenía una igual. Se habían reído al verla en la tienda para turistas; ella la había cogido divertida y la compró.

Sí, de acuerdo, podía haber cientos, miles de blusas como ésa por allí. Aun así, se agachó y la cogió. El traje de baño de su madre, enrollado, de color carne, inconfundible, cayó de la manga. Paul se quedó quieto, incapaz de moverse, como si lo hubieran cogido robando, como si el flash de una cámara lo hubiera inmovilizado. Tiró la blusa pero todavía no podía moverse. Al final, empezó a caminar, y luego, se puso a correr hacia casa esperando encontrar refugio. Se quedó en la entrada, intentando calmarse. Su padre había retirado el frutero con las naranjas a la encimera. Estaba arreglando fotos sobre la mesa de madera.

—¿Qué pasa? —preguntó. Pero Paul no podía hablar. Se fue a su habitación y cerró la puerta de un portazo. No levantó la vista ni cuando su padre llamó a la puerta.

Su madre volvió dos horas después, tarareando, con la blusa de los flamencos metida cuidadosamente dentro de los pantalones cortos de color ocre.

—Pensaba tomar un baño antes de almorzar —dijo, como si todo fuera normal—. ¿Quieres venir?

Él negó con la cabeza y eso fue todo, el secreto, su secreto, de ella y de él, como un velo entre ellos.

Su padre también tenía secretos, una vida que pasaba en el trabajo o en el cuarto oscuro. Paul creía que todo era normal, como en todas las familias, hasta que empezó a andar con Duke, un pianista impresionante que había conocido una tarde en la habitación de la banda. Los Madison no tenían mucho dinero. Los trenes estaban tan cerca que la casa temblaba y las ventanas vibraban en el marco cada vez que pasaban. Y la madre de Duke no había viajado en avión en toda su vida. Era digna de lástima, pensarían sus padres; tenía cinco hijos y un marido que trabajaba en la planta de la compañía eléctrica y que nunca haría mucho dinero. Pero al padre de Duke le gustaba jugar a pelota con sus chicos y llegaba todos los días a casa a las seis de la tarde al terminar su turno, y aunque no hablaba mucho más que el padre de Paul, estaba por allí, y si no estaba, siempre sabían dónde encontrarlo.

—Bueno, ¿qué quieres que hagamos? —le preguntó Duke.

—No sé. ¿Y tú? —Los raíles de metal todavía zumbaban.

Paul se preguntó adónde iría el tren. Se preguntó si alguien lo habría visto al borde de la vía, tan cerca que podría haber estirado la mano y tocado un vagón en movimiento, el viento pegándole fuerte en el pelo, con los ojos escocidos. Y si lo hubieran visto, ¿qué habrían pensado? Imágenes pasando enfrente de las ventanas del tren como una serie de fotografías sin movimiento; una tras otra: un árbol, una piedra, una nube, y ninguna igual. Y luego, un chico, él, con la cabeza hacia atrás, riendo. Y luego, había desaparecido. Un arbusto, postes eléctricos, la visión fugaz de la carretera.

—Podríamos hacer unas canastas.

—No.

Caminaron a lo largo de las vías. Cuando cruzaron Rosemont Garden y estuvieron rodeados de hierba alta, Duke se detuvo, hurgando en los bolsillos de la chaqueta de piel. Tenía los ojos verdes, moteados de azul. Como el mundo, pensaba Paul. Así eran los ojos de Duke. Como la tierra vista desde la luna.

—Mira, conseguí esto de mi primo Danny la semana pasada.

Era una bolsita de plástico llena de hierba seca.

—¿Qué es? —preguntó Paul—, ¿hierba seca? —Al decirlo lo entendió y se puso rojo de vergüenza, por lo imbécil que era.

Duke se rió, la voz se oyó fuerte en el silencio, en el crujir de las hojas.

—Eso es, tío, «hierba». ¿Nunca te has colocado?

Paul negó con la cabeza, escandalizado a pesar de que no quería parecerlo.

—No te vas a enganchar si es eso lo que te asusta. Yo lo he hecho dos veces. Es totalmente alucinante. En serio.

El cielo todavía estaba gris. El viento movía las hojas. A lo lejos, se oía el silbido de otro tren.

—No estoy asustado —dijo Paul.

—Claro. No hay nada de qué asustarse —dijo Duke—. ¿Quieres probarlo?

—Claro —miró a su alrededor—. Pero aquí no.

Duke rió.

—¿Quién crees que va a pillarnos aquí?

—Escucha —dijo Paul.

Y al quedarse en silencio oyeron el tren, visible, que se aproximaba en dirección opuesta, un pequeño punto cada vez más grande, el silbido cortaba el aire. Salieron de las vías y se quedaron uno frente al otro, a cada lado de los raíles.

—Vamos a mi casa —gritó Paul cuando se les venía el tren encima. No hay nadie.

Se imaginó a los dos fumando marihuana en el sofá nuevo de chintz de su madre, y rió en voz alta. Entonces el tren pasó a toda velocidad entre ellos. Estruendo y silencio, estruendo y silencio de los vagones. Vislumbraba a Duke intermitentemente, como las fotografías que colgaban del cuarto oscuro de su padre, todos aquellos momentos de la vida de su padre como imágenes vistas desde un tren. Atrapadas, capturadas. Estrépito y silencio. Como aquello.

Así que volvieron andando a casa de Duke, cogieron las bicicletas, cruzaron Nicholasville Road y deambularon por los vecindarios hasta la casa de Paul.

La casa estaba cerrada, la llave escondida debajo de la losa suelta al lado del rododendro. Dentro, el aire era cálido, un poco viciado. Mientras Duke llamaba a su casa para decir que llegaría tarde, Paul abrió una ventana y la brisa movió las cortinas que había hecho su madre. Antes de trabajar, redecoraba la casa entera todos los años. Recordaba verla inclinada sobre la máquina de coser diciendo palabrotas cuando el forro se le enganchaba y se arrugaba. Las cortinas tenían un fondo crema con escenas del campo en azul oscuro que hacían juego con el papel de la pared de rayas oscuras. Paul recordaba estar sentado en la mesa mirándolas fijamente, como si de repente las figuras pudieran moverse, salir corriendo de sus casas, colgar sus ropas y decir adiós con la mano.

Duke colgó y miró a su alrededor. Luego silbó.

—Tío, eres rico —dijo.

Se sentó en la mesa del comedor y extendió un fino papel rectangular. Paul observaba, fascinado, cómo Duke preparaba una línea de hierba desigual y luego enrollaba un tubo fino blanco.

—Aquí no —dijo Paul preocupado en el último momento.

Fueron afuera y se sentaron en los escalones de atrás. La punta del porro se encendió naranja, y se lo fueron pasando. Paul no notó nada al principio. Empezó a dispersarse, luego paró, y al cabo de un rato —no estaba seguro de cuánto tiempo— se dio cuenta de que había estado mirando fijamente una gota de agua en el pavimento, observando cómo se extendía poco a poco, se unía a otra y caía por el borde hasta la hierba. Duke reía fuerte.

—Tío, tendrías que verte. ¡Estás totalmente colocado!

—Déjame en paz, imbécil —dijo Paul, y luego se puso también a reír.

En algún momento fueron adentro, después de que empezara la lluvia, dejándolos empapados y de golpe, helados. Su madre le había dejado un guiso sobre la cocina, pero Paul lo ignoró, y en lugar de eso abrió un tarro de pepinillos y otro de crema de cacahuete. Entonces Duke pidió una pizza y Paul fue a buscar la guitarra. Fueron al salón, donde había un piano, para improvisar un poco. Paul se sentó al borde de la chimenea y rasgó unos cuantos acordes. Después, sus dedos empezaron a moverse con los familiares compases de las piezas de Segovia que había tocado la noche anterior: «Estudio» y «Estudio sin luz». Los títulos lo hacían pensar en su padre, alto y silencioso, inclinado sobre la ampliadora en el cuarto oscuro. Las canciones eran como luz y sombra, una detrás de otra, y las notas se habían entrelazado en su propia vida, en el silencio de la casa y las vacaciones en la playa y las ventanas elevadas de las clases de la escuela. Paul tocaba, y se sintió él mismo transportado a lo alto por olas que lo llevaban corriendo. Estaba haciendo música y él era la música. Se transportaba arriba y arriba, subiendo la cresta de la ola.

Cuando acabó, hubo un minuto de silencio, hasta que Duke dijo:

—¡Caray, eso ha estado bien!

Hizo una escala rápida al piano y se lanzó a tocar su pieza del recital, «La marcha de los trols» de Grieg, con su energía y oscura alegría. Duke tocó y luego lo hizo Paul y no oyeron el timbre; de repente, el repartidor de pizzas estaba de pie en el marco de la puerta. Estaba anocheciendo; un viento ensombrecido se levantó dentro de casa. Rompieron las cajas y comieron con ganas, rápido y sin saborear, quemándose la lengua. Paul sintió la comida depositándosele, sujetándolo como una piedra. Miró hacia la cristalera, el cielo gris y sombrío, y luego, la cara de Duke, tan blanca, con las espinillas que le resaltaban, el pelo oscuro cayéndole sobre la frente, con una mancha de salsa roja en los labios.

—Caray —dijo Paul.

Puso las palmas de las manos en el suelo de roble, contento de encontrarlo allí y a sí mismo sobre él, y la habitación a su alrededor totalmente intacta.

—Es buena, ¿eh? —dijo Duke—. ¿Qué hora es?

Paul se levantó y fue a ver el reloj del abuelo al vestíbulo. Minutos u horas antes, habían estado desternillándose de risa porque el segundero lo fastidiaba; un enorme periodo de tiempo a cada paso. A Paul le dio por pensar en su padre, que se detenía todas las mañanas a poner su reloj en hora con aquél, mirando desde el otro lado de la mesa llena de fotos, lleno de tristeza. Recordó lo que había pasado por la tarde y vio cómo se iba yendo, condensada en un recuerdo no más grande que una gota de lluvia. El cielo ya estaba oscuro.

Sonó el teléfono. Duke todavía estaba tirado sobre la alfombra del salón, y pareció que pasaran horas hasta que Paul cogiera el auricular. Era su madre.

—*Cielo* —dijo con ruido de cubiertos de fondo. Él se la imaginó con un traje, quizás el azul oscuro, pasándose los dedos por el pelo corto, los anillos destellando—. *He tenido que llevar a cenar a unos clientes. Son del fondo de IBM, es importante. ¿Ya está tu padre en casa? ¿Estás bien?*

—Ya he hecho los deberes —dijo, observando el reloj de su abuelo, hacía tan poco rato divertidísimo—. He practicado el piano. Papá no está en casa.

Hubo una pausa.

—*Me prometió que estaría* —dijo.

—Estoy bien —dijo él, recordando la noche anterior, cómo se había sentado al borde del alféizar de la ventana y pensó en saltar, y luego estaba en el aire, cayendo; aterrizó con un débil ruido sordo en el suelo y nadie lo oyó—. No voy a ir a ninguna parte esta noche.

—*No sé, Paul. Estoy preocupada por ti.*

«Pues ven a casa», quería decirle, pero había risas de fondo que subían y bajaban, rompiendo como las olas.

—Estoy bien —volvió a decir.

—*¿Seguro?*

—Seguro.

—*Bueno, no lo sé* —suspiró, tapando el auricular y hablando con alguien más, luego volvió—: *Bueno, lo de los deberes está bien. Mira, Paul, llamaré a tu padre. De todas formas, no voy a estar más de dos horas. Te lo prometo. ¿De acuerdo? ¿Estás seguro de que estás bien? Porque lo dejo todo si me necesitas.*

—Estoy bien —dijo—. No hace falta que llames a papá.

Su tono, al contestar, fue frío y cortante.

—*Me dijo que estaría en casa. Me lo prometió.*

—A esa gente de IBM —preguntó—, ¿les gusta el flamenco?

Hubo una pausa, unas risas y ruido de copas entrechocando.

—*Paul* —dijo al fin—, *¿estás bien?*

—Estoy muy bien. Sólo era una broma. No importa.

Cuando ella colgó, Paul se quedo solo un momento, escuchando el tono de línea. La casa se elevaba a su alrededor en silencio. No era como el silencio del auditorio, expectante y cargado, sino más bien vacío. Cogió la guitarra preguntándose por su hermana. Si no hubiera muerto, ¿sería como él? ¿Le gustaría correr? ¿Cantaría?

En el salón, Duke todavía estaba tendido con un brazo sobre la cara. Paul cogió la caja de pizza vacía y las finas hojas de papel amarillento y lo sacó afuera, al cubo de la basura. El aire era fresco, el mundo, totalmente nuevo. Estaba sediento como en un desierto, como si hubiera corrido unos quince kilómetros. Llevó dos litros de leche al salón y bebió directamente de la jarra, luego se la pasó a Duke. Se sentó y volvió a tocar, más tranquilo. Las notas de la guitarra viajaban por el aire, suavemente, con gracia, como si tuvieran alas.

—¿Puedes conseguir más de eso? —preguntó.

—Sí. Pero habrá que pagar.

Paul asintió con la cabeza y siguió tocando, mientras Duke se levantaba a hacer una llamada.

Una vez había dibujado a su hermana, cuando era sólo un crío, quizás en la guardería. Su madre le había hablado de ella, así que él la incluyó en un dibujo que tituló «Mi familia»: su padre con trazos marrones, su madre con el pelo amarillo intenso, y él, y un reflejo cogido de su mano. Lo dibujó en la escuela, y atado con una cinta, se lo regaló a sus padres durante el desayuno. Sintió algo oscuro abriéndose en su interior cuando vio la cara de su padre, que Paul, a los cinco años, no podía explicar ni entender, pero que tenían que ver con el dolor. Su madre también sintió tristeza cuando le cogió el dibujo a su padre, pero se puso una máscara encima, la misma máscara brillante que llevaba con los clientes. Recordaba que se había quedado un rato con la mano en la mejilla. Todavía a veces lo hacía, mirándolo fijamente como si pudiera desaparecer. «Vaya, es precioso —dijo aquel día—. Es un dibujo precioso, Paul.»

Más adelante, cuando fue mayor, a los nueve o diez años, ella lo llevó al tranquilo cementerio del campo donde estaba enterrada su hermana. Era un fresco día de primavera y su madre plantó semillas de campanillas alrededor del arriate de hierro fundido. Paul leyó el nombre —PHOEBE GRACE HENRY— y el mismo día de su nacimiento; sintiendo un malestar, un peso que no podía explicar. «¿Por qué murió?», preguntó. Cuando finalmente su madre se unió a él, sacándose los guantes de jardinería, dijo: «Nadie lo sabe», y luego, viendo su expresión, le puso el brazo en el hombro. «No fue culpa tuya —le dijo intensamente—. No tuvo nada que ver contigo.»

Pero no la había creído del todo, como tampoco ahora. Si su padre se aislaba en el cuarto oscuro todas las noches y su madre trabajaba muchos días hasta después de cenar, y por vacaciones dejaba su ropa tirada en casas de hombres desconocidos, ¿de quién podía ser la culpa? No de su hermana, que había muerto al nacer y dejado este silencio. Todo eso le había creado un nudo en el estómago que empezaba todas las mañanas, del tamaño de un céntimo y crecía a lo largo del día y le hacía daño en el estómago. Él estaba vivo, después de todo. Él estaba allí. Así que su trabajo era protegerlos.

Duke apareció en la entrada y él dejó de tocar.

—Se va a pasar por casa, Joe —dijo—. Si tienes el dinero.

—Sí. Sígueme.

Se fueron a la puerta de atrás y bajaron los húmedos escalones de cemento. Subieron las escaleras de fuera hasta la amplia habitación sobre el garaje. La habitación tenía ventanas en cada pared y durante el día estaba llena de luz por todas direcciones. Había un cuarto oscuro sin ventanas encajado como un armario al lado de la entrada. Lo había construido su padre hacía unos cuantos años, cuando sus fotografías habían empezado a ser conocidas. Pasaba la mayor parte de su tiempo libre allí, revelando película, haciendo experimentos con la luz. Casi nadie más iba allí; su madre, nunca. A veces su padre invitaba a Paul a subir, y él esperaba el momento con un ansia que lo avergonzaba.

—Eh, son geniales —dijo Duke recorriendo la pared, estudiando las copias enmarcadas.

—Se supone que no podemos entrar aquí —dijo Paul—. No podemos rondar por aquí.

—Eh, ésta la he visto —dijo Duke parándose delante de una fotografía de las ruinas del edificio ROTC ardiendo con los pétalos blancos de cornejo contra las paredes calcinadas.

Había sido la fotografía decisiva. Los servicios de teletipo la habían escogido para colgarla por todo el país, años antes. «Lo empezó todo —le encantaba decir a su padre—. Me dio notoriedad.»

—Sí —dijo Paul—, la hizo mi padre. No toques nada ¿vale?

Duke rió.

—Tranquilízate, tío. Todo va bien.

Paul entró en el cuarto oscuro, donde el aire era más cálido y calmado. Había copias tendidas a secar. Abrió la pequeña nevera donde su padre guardaba las películas y cogió un sobre de papel Manila del fondo. Dentro había otro sobre lleno de billetes de veinte dólares. Sacó un billete, luego otro, y volvió a guardar el resto.

Algunas veces, sin que nadie lo supiera, iba allí solo. Así era como había encontrado el dinero, una tarde que había estado tocando la guitarra arriba, enfadado porque su padre le había prometido enseñarle a usar la ampliadora y a última hora lo había cancelado. Enfadado, decepcionado, y al final hambriento. Había hurgado por la nevera y encontró el sobre con billetes frescos y nuevos, inexplicable. La primera vez había cogido un billete de veinte, luego más. Parecía que su padre no se diera cuenta. Así que de vez en cuando subía y cogía más.

Se sentía incómodo por el dinero y los robos, y el hecho de que no lo pillaran. Era la misma sensación que tenía cuando estaba con su padre en la oscuridad, las imágenes cogiendo forma delante de sus ojos. No había sólo una imagen en un negativo, decía su padre; había innumerables. Un momento no era sólo un simple momento, sino una infinidad de momentos distintos, dependiendo de quién miraba las cosas y de qué manera. Paul escuchaba a su padre sintiendo cómo se abría un agujero dentro de él. Si todo eso era verdad, su padre era alguien a quien nunca podría conocer realmente, cosa que lo asustaba. Aun así, le gustaba estar allí en la débil luz y con el olor a sustancias químicas. Le gustaba la correlación de pasos exactos desde el principio hasta el final, la hoja de papel expuesto deslizándose en el líquido revelador y las imágenes saliendo de la nada. El reloj automático sonaba y luego deslizaba el papel en el fijador. Las imágenes se secaban retenidas, satinadas y misteriosas.

Paró para estudiarlas. Extrañas formas ondulantes, como flores petrificadas. Coral, del viaje a Aruba, coral-cerebro perdiendo la piel, dejando sólo el intrincado esqueleto. Las otras fotos eran parecidas, puntos blancos abiertos en el papel como un paisaje de complejos cráteres transmitidos desde la luna. «Coral-cerebro/huesos», decían las notas de su padre colocadas cuidadosamente sobre la mesa al lado de la ampliadora.

Aquel día en la casita, en el instante anterior a que notara la presencia de Paul y levantara la vista, la expresión de su padre era totalmente abierta, lavada con emociones como lluvia de algún viejo amor y de pérdida. Paul lo vio y deseó decir algo, hacer algo, cualquier cosa que pudiera arreglar el mundo. Al mismo tiempo quería apartarse, olvidar los problemas de todos, ser libre. Miró a lo lejos y cuando volvió a mirar a su padre, su expresión volvía a ser distante, impasible. Debía de haber estado pensando en algún problema técnico con la película, en dolencias de huesos o en el almuerzo.

Un momento podía ser mil cosas diferentes.

—Eh —dijo Duke, abriendo la puerta—, ¿vas a salir o qué?

Paul se metió los billetes frescos en el bolsillo y volvió a la habitación grande. Habían llegado dos chicos mayores que durante la hora del almuerzo pasaban el tiempo en el aparcamiento vacío enfrente de la escuela, fumando. Uno de ellos llevaba un pack de seis cervezas y le ofreció una, y Paul estuvo a punto de decir: «Vamos abajo, vamos afuera», pero llovía fuerte, y los chicos eran mayores que él y también más grandes, así que simplemente se sentó con ellos. Le dio a Duke el dinero y luego se fueron pasando el porro. Paul estaba fascinado con las puntas de los dedos de Duke, que sujetaban delicadamente el canuto, y recordó cómo corrían sobre las teclas con extremada precisión. Su padre también era meticuloso. Arreglaba los huesos de la gente, sus cuerpos.

—¿Lo notas? —le preguntó Duke al cabo de un rato.

Paul lo oyó a lo lejos, como a través del agua, o como el silbido de un tren en la distancia. Esta vez no había carcajadas, ni mareo, sólo un pozo profundo en su interior en el cual estaba cayendo. El pozo interior formaba parte de la oscuridad exterior y no veía a Duke, y estaba asustado.

—¿Qué le pasa? —preguntó alguien. Y Duke dijo:

—Se está volviendo paranoico, supongo.

Y las palabras eran tan grandes que llenaron la habitación y lo apretaron contra la pared.

Largas carcajadas llenaron la habitación y las caras de los demás se fueron deformando por el regocijo. Paul no podía reír; estaba bloqueado. Tenía la garganta seca y notaba las manos demasiado grandes para su cuerpo. Estudió la puerta como si en cualquier momento pudiera entrar su padre, destrozándolos con su ira. Luego pararon las risas y los otros se levantaron. Fueron abriendo cajones buscando comida, pero sólo encontraban los archivadores cuidadosamente ordenados de su padre. «No», intentó decir cuando el mayor, el de la barba, empezó a sacar carpetas y a abrirlas. «No», fue un grito en su cabeza pero no le salió nada de la boca. Los otros también sacaban carpetas, una tras otra, extendiendo las copias y los negativos, tan cuidadosamente ordenados, por el suelo.

—Oye —dijo Duke, girándose y enseñándole una foto satinada de 20x25—, ¿eres tú, Paul?

Paul se quedó quieto, con los brazos doblados alrededor de las rodillas, su respiración una ráfaga en los pulmones. No se movió, no podía. Duke dejó caer la foto al suelo y se reunió con los otros, que ahora iban un poco más lejos, dispersando fotos y negativos por todo el suelo reluciente.

Se quedó muy, muy quieto. Durante un rato tuvo miedo de moverse, pero después lo hizo. Estaba dentro del cuarto oscuro encorvado en un cálido rincón contra el archivador que su padre tenía cerrado con llave, escuchando lo que estaba pasando fuera: ruido, risas, y una botella rompiéndose. Finalmente se fueron calmando. La puerta se abrió y Duke dijo:

—Ah, tío, estás aquí, ¿estás bien?

Y al no contestar, hubo un rápida conversación fuera, y luego se marcharon haciendo ruido al bajar las escaleras.

Paul se levantó, despacio, y caminó en la oscuridad hasta el espacio de la galería, que estaba lleno de montañas de fotos destrozadas. Se quedó en la ventana viendo cómo Duke se deslizaba por la rampa de la entrada con su bici, con la pierna derecha balanceándose sobre la barra, hasta que desapareció en la calle.

Paul estaba tan cansado. Agotado. Dio media vuelta e inspeccionó la habitación. Había fotos por todas partes que se movían por la brisa que entraba por la ventana, negativos desparramados como serpentinas por las repisas y las luces. Se había roto una botella. Cristales verdes esparcidos por el suelo y las repisas salpicadas de cerveza. Palabras en las paredes, dibujos groseros y graffiti. Se apoyó en la puerta, y luego se deslizó hasta que estuvo sentado en el suelo en medio del desorden. Tendría que volver a levantarse, limpiar, clasificar las fotografías, ponerlas en su lugar.

Alargó la mano y cogió la foto que había debajo de él. No era ningún sitio que él conociera. Era una casa destartalada pegada a una colina. Delante había cuatro personas. Una mujer con un vestido hasta las pantorrillas y con delantal, con las manos apretadas delante. El viento le movía un mechón de pelo perdido a través de la cara. Un hombre delgado, doblado como una coma, de pie a su lado, sujetando un sombrero en el pecho. La mujer estaba ligeramente girada hacia el hombre, y ambos tenían sonrisas reprimidas, como si uno de ellos acabara de hacer una broma y se hubieran echado a reír. La mano de la madre reposaba en la cabeza de una niña rubia, y entre ellos había un chico más o menos de su edad mirando seriamente a la cámara. La imagen le parecía extrañamente familiar. Cerró los ojos, exhausto por la hierba, casi con lágrimas de agotamiento.

Se despertó al amanecer por el sol que entraba por las ventanas del este y la silueta de su padre en el centro de la luz.

—Paul —dijo—, ¿qué demonios?

Paul se incorporó, preguntándose dónde estaba y qué había pasado. Había fotografías destrozadas y película esparcida por todo el suelo, todo cubierto de marcas de pisadas de barro. Negativos desplegados como serpentinas. Cristales rotos por la habitación y rayadas profundas en el suelo. El miedo se apoderó de Paul; sintió ganas de vomitar. Se protegió los ojos con las manos de la luz cegadora de la mañana.

—¡Dios mío, Paul! —decía su padre— ¿Qué ha pasado aquí?

Por fin se apartó de la luz y se puso de cuclillas. Cogió del caos del suelo la foto de la familia desconocida y la estudió un momento. Luego se sentó recostado contra la pared con la foto todavía en las manos y contempló la habitación.

—¿Qué ha pasado aquí? —volvió a preguntar, más calmado.

—Unos amigos pasaron por casa. Supongo que las cosas se descontrolaron un poco.

—Supongo —dijo su padre. Se puso una mano en la frente—. ¿Duke estuvo aquí?

Paul dudó, luego asintió con la cabeza. Se aguantaba las lágrimas, y cada vez que miraba los papeles estropeados, algo le apretaba como un puño en el pecho.

—¿Lo has hecho tú, Paul? —preguntó su padre, con la voz extrañamente dulce.

Paul negó con la cabeza.

—No. Pero no les detuve.

—Hará falta semanas para arreglarlo. Lo harás tú. Me ayudarás a reconstruir los archivos. Será mucho trabajo. Mucho tiempo. Tendrás que dejar los ensayos.

Paul asintió, pero la tensión en el pecho se iba haciendo más fuerte y no la pudo frenar.

—Sólo buscas una excusa para que deje de tocar.

—Eso no es verdad. Maldita sea, Paul, sabes que no es verdad.

Su padre movió la cabeza y Paul se asustó de que se levantara y se fuera, pero en lugar de eso, miró la foto que tenía en la mano. Era en blanco y negro, con el borde blanco ondulado.

—¿Sabes quién es éste?

—No —dijo Paul, pero enseguida se dio cuenta de que sí—. Ah, eres tú —dijo señalando al chico en los escalones.

—Sí. Tenía tu edad. El que está detrás de mí es mi padre. Y a mi lado, mi hermana. Tenía una hermana, ¿lo sabías? Se llamaba June. Se le daba bien la música, como a ti. Esta es la última foto que nos hicimos todos juntos. June tenía una afección cardíaca y murió al otoño siguiente. Casi mata a mi madre, perderla.

Paul miró la foto de manera diferente. No eran personas desconocidas después de todo, sino de su propia sangre. La abuela de Duke vivía en una habitación del piso de arriba, y hacía pasteles de manzana y veía telenovelas todas las tardes. Paul estudió a la mujer de la fotografía que apenas se contenía la risa; aquella mujer, que no había conocido, era su abuela.

—¿Murió?

—¿Mi madre? Sí. Años después. Tu abuelo también. No eran muy mayores ninguno de los dos. Mis padres tuvieron una vida difícil, Paul. No tenían dinero. No quiero decir que no fueran ricos, pero a veces no sabían si íbamos a tener para comer, aunque mi padre era un hombre muy trabajador. Aquello los apenaba sobre todo por June. Cuando yo tenía más o menos tu edad, conseguí un trabajo y pude ir al instituto de la ciudad. Y luego, June murió, y me hice una promesa, salir a arreglar el mundo. —Sacudió la cabeza—. Bueno, realmente no lo hice. Pero aquí estamos, Paul. Tenemos de todo y mucho. No tenemos que preocuparnos por si habrá algo que comer. Tú irás a la universidad que quieras. Y en todo lo que puedes pensar es en drogarte con tus amigos y echarlo todo a perder.

La tensión de su estómago se había desplazado a su garganta y no pudo contestar. El mundo todavía era demasiado brillante y no muy seguro. Quería sacar la tristeza de la voz de su padre, borrar el silencio que llenaba la casa. Más que nada en este mundo, deseaba que ese momento no acabara; que su padre siguiera sentado a su lado contándole historias de su familia. Tenía miedo de decir algo equivocado y de estropearlo todo tal y como la luz excesiva sobre el papel estropea la fotografía. Una vez pasaba, no había vuelta atrás.

—Lo siento —dijo.

Su padre asintió y bajó la vista. Le pasó ligeramente la mano por el pelo un momento.

—Lo sé —dijo.

—Lo limpiaré todo.

—Sí, lo sé.

—Pero amo la música —dijo Paul, sabiendo que ésa era la equivocación, la repentina emisión de luz que volvía negro el papel. Aun así, fue incapaz de detenerse—. Tocar es mi vida. Nunca lo voy a dejar.

Su padre se quedó en silencio un momento con la cabeza inclinada. Después suspiró y se levantó.

—No cierres ninguna puerta, es lo único que te pido.

Paul miró a su padre mientras iba al cuarto oscuro. Luego se puso de rodillas y empezó a recoger fragmentos de cristal. En la distancia, los trenes pasaban deprisa y el cielo, más allá de las ventanas, se abría para siempre despejado y azul. Paul se detuvo un momento en la fuerte luz de la mañana, escuchando a su padre trabajar dentro, imaginándose que esas mismas manos se movían en el interior del cuerpo de una persona tratando de recomponer lo que se había roto.

Caroline cogió la punta de la Polaroid con el índice y el pulgar mientras salía por la cámara, con la imagen emergiendo. La mesa con el mantel blanco aparecía flotando en un mar de hierba oscura. Campanillas blancas y ligeramente luminosas trepaban la ladera. Phoebe era un bulto borroso y pálido con su vestido de confirmación. Caroline agitó la foto en el fragante aire, para secarla. Se oían truenos a lo lejos, una tormenta de finales de verano se avecinaba; una brisa se elevaba agitando las servilletas de papel.

—Una más.

—Ay, mamá —protestó Phoebe, pero se quedó quieta.

En cuanto la cámara hizo *clic*, se fue corriendo al otro lado del jardín donde su vecina Avery, de ocho años, sujetaba un gatito pequeñísimo del mismo color naranja oscuro que su pelo. Phoebe, a sus trece años, era baja para su edad, regordeta, todavía impulsiva y apasionada, lenta al aprender, pero pasaba de estar contenta a tener un aire pensativo, triste, y luego volvía a la alegría con una velocidad asombrosa.

—¡Estoy confirmada! —gritaba.

Dio una vuelta al jardín con los brazos levantados en el aire, provocando a los invitados a mirarla, con las copas en la mano y una sonrisa. La falda le giraba mientras corría hacia el hijo de Sandra, Tim, también un adolescente. Lo abrazó efusivamente y lo besó con mucho entusiasmo en la mejilla.

Luego se contuvo y echó un vistazo preocupada a Caroline. Abrazar había sido un problema a principios de aquel año en la escuela. «Me gustas», anunciaba Phoebe envolviendo a un niño más pequeño, no entendía por qué no. Caroline se lo había explicado una y otra vez,

«Los abrazos son especiales. Los abrazos son para la familia»; poco a poco Phoebe lo había aprendido. Aunque ahora, viendo cómo se frenaba su amor, se preguntaba si había hecho lo correcto.

—Está bien, cariño —gritó Caroline—. Está bien abrazar a tus amigos en la fiesta.

Phoebe se relajó. Ella y Tim fueron a acariciar el gatito. Caroline miró la Polaroid que tenía en la mano: el jardín luminoso y la sonrisa de Phoebe, un momento fugaz atrapado, ya pasado. Se oían más truenos en la distancia, pero la tarde todavía era agradable, cálida y hermosa con flores. Por todo el patio, la gente se movía hablando y riendo y llenándose los vasos de plástico. Había un pastel de tres pisos bañado de azúcar glaseado en la mesa, decorada con rosas rojas del jardín. Tres pisos, por tres celebraciones: la confirmación de Phoebe, su aniversario de boda y la jubilación de Doro, un *bon voyage*.

—Es mi pastel. —La voz de Phoebe flotó sobre las subidas y bajadas de las conversaciones, los profesores de física de la universidad, vecinos, miembros del coro y compañeros de la escuela, familias de la Upside Down, toda clase de niños corriendo, los nuevos amigos de Caroline del hospital, donde había empezado a trabajar a media jornada cuando Phoebe ya iba a la escuela, estaban allí. Ella había juntado a toda esa gente; había organizado esa fiesta estupenda que se abría al atardecer como una flor—. Es mi pastel —le llegó otra vez la voz de Phoebe—. Estoy confirmada.

Caroline dio un sorbo de vino. Sintió el aire cálido como aliento sobre la piel. No vio llegar a Al, pero de pronto apareció, pasándole una mano por la cintura y dándole un beso en la mejilla. Su presencia, su aroma, la atravesaba. Hacía cinco años que se habían casado en una recepción al aire libre, parecida a ésta; fresas flotando en champán, el aire lleno de luciérnagas y el aroma de las rosas. Cinco años, y la novedad todavía no había desaparecido. La habitación de Caroline del tercer piso de la casa de Doro se había convertido en un lugar tan misterioso y sensual como el jardín. Le encantaba despertarse en la calidez del cuerpo largo y pesado de Al, durmiendo a su lado, con la mano reposando suavemente en su vientre plano, el aroma de él a jabón fresco y a Old Spice impregnándose en la habitación, en las sábanas y en las toallas. Él estaba allí, tan intensamente presente que ella lo sentía en cada poro de su piel. Estaba allí, y luego desaparecía rápidamente.

—Feliz aniversario —dijo, apretando ligeramente las manos en su cintura.

Caroline sonrió, llena de placer. Se hacía de noche, y la gente se movía y reía en la persistente calidez y fragancia. El rocío se acumulaba en la hierba oscura y una capa blanca de flores se extendía por todas partes. Cogió la mano de Al, sólida y segura, y casi se echó a reír porque acababa de llegar y todavía no sabía la noticia. Doro se iba un año de crucero alrededor del mundo con su pareja, un tal Trace. Al ya lo sabía; esos planes venían de meses atrás. Pero no sabía que Doro, en lo que ella llamaba una liberación feliz de su pasado, le había dado a Caroline la escritura de aquella casona.

Doro llegaba, bajando las escaleras de la calle, con un vestido de seda. Trace iba detrás de ella con una bolsa de hielo. Él era un año más joven que ella, sesenta y cinco. Tenía el pelo corto y gris, una cara larga y estrecha, y los labios gruesos. Era blanco por naturaleza, consciente de su peso y maniático con la comida, un amante de la ópera y los deportes de coches. Trace había sido nadador olímpico. Una vez, casi había ganado una medalla de bronce. Así que para él no era nada sumergirse en el Monongahela y nadar hasta la otra orilla. Una tarde salió del agua tambaleándose en el margen del río, pálido y chorreando, en medio del picnic anual del departamento de física. Así se conocieron. Trace era agradable y bueno con Doro, quien claramente lo adoraba, y si a Caroline le parecía distante, un poco frío y reservado, no era en absoluto asunto suyo.

Una ráfaga de aire barrió las servilletas de la mesa y Caroline se puso a recogerlas.

—Has traído el viento contigo —le dijo Al a Doro cuando ésta estuvo cerca.

—Es tan emocionante —dijo ella levantando las manos. Cada vez se parecía más a Leo, las facciones marcadas, el pelo, corto, totalmente blanco.

—Al es como esos viejos marineros —dijo Trace, poniendo el hielo en la mesa. Caroline usó una piedra pequeña para sujetar las servilletas—. Siempre está en sintonía a los cambios atmosféricos. Doro, quédate tal como estás —exclamó—. Dios, estás preciosa. De verdad. Pareces una diosa del viento.

—Si eres la diosa del viento —dijo Al cogiendo los platos de papel que se iban— harías mejor en enfriar tus motores y dejarnos seguir con la fiesta.

—¿No es maravilloso? —preguntó Doro—. Es una fiesta estupenda, una despedida fantástica.

Phoebe llegó corriendo con el gatito, una bola de color naranja pálido, en brazos. Caroline alargó la mano y le acarició el pelo, sonriendo.

—¿Nos lo podemos quedar? —preguntó.

—No —respondió como siempre hacía—. La tía Doro es alérgica.

—Mamá —se quejó Phoebe, pero de golpe se distrajo enseguida con el viento y la hermosa mesa. Tiró de la manga de seda de Doro—: Tía Doro. Es mi pastel.

—El mío también —dijo Doro pasándole el brazo a Phoebe por los hombros—. Me voy de viaje, no lo olvides, así que también es mi pastel. Y el de tu madre y Al, porque llevan cinco años casados.

—Yo también voy al viaje —dijo Phoebe.

—No, cielo —dijo Doro—. Esta vez no. Es un viaje de mayores, cariño. Para Trace y para mí.

La expresión de Phoebe era de desilusión, tan perceptible como la alegría anterior. Mercurio, azogue..., lo que ella sentía era todo un mundo.

—Eh, cielo —dijo Al poniéndose en cuclillas—, ¿tú que opinas? ¿Crees que al gatito le gustaría la nata?

Ella intentó evitar una sonrisa y luego se rindió, asintiendo con la cabeza, distraída del momento, de la pérdida.

—Genial —dijo Al cogiéndola de la mano, guiñándole un ojo a Caroline.

—No entréis el gato adentro —advirtió Caroline.

Llenó una bandeja de vasos y pasó entre los invitados, todavía maravillada. Ella era Caroline Simpson, madre de Phoebe, esposa de Al, organizadora de protestas; una persona totalmente diferente a la tímida mujer que trece años antes estaba en una consulta silenciosa azotada por la nieve, con un bebé en los brazos. Se giró a mirar la casa, los pálidos ladrillos extrañamente intensos contra el cielo grisáceo. «Es mi casa», pensó, con la canción de Phoebe de hacía un momento resonando. Sonrió al siguiente pensamiento, extrañamente acertado: «Estoy confirmada».

Sandra reía con Doro al lado de la madreselva, y la señora Soulard subía la calle con un vaso lleno de lirios. Trace, con el pelo gris en la cara por el viento, ahuecaba las manos para proteger una cerilla intentando encender las velas. Las llamas titilaban chisporroteando pero finalmente prendieron e iluminaron el mantel blanco de lino, los pequeños y transparentes vasos votivos, el jarrón de flores blancas y el pastel de nata batida. Los coches pasaban rápido, apagados por las voces y las risas. Las hojas revoloteaban. Caroline se quedó quieta un momento pensando en Al, cuyas manos se acercaron a ella en la oscuridad de la noche que caía. «Esto es la felicidad —se dijo a sí misma—. Esto es lo que significa la felicidad.»

La fiesta duró hasta las once. Doro y Trace se quedaron después de que los últimos invitados se hubieran ido y recogieron vasos, el pastel que sobró, jarrones con flores, y guardaron las mesas y las sillas en el garaje. Por entonces, Phoebe ya estaba dormida; Al la había llevado dentro deshecha en lágrimas, cansada y sobreestimulada, abrumada por la marcha de Doro, llorando con grandes sollozos que la dejaron sin aliento.

—No hagas nada más —dijo Caroline parando a Doro arriba de los escalones, rozando las suaves hojas de las lilas. Había plantado ese seto hacía tres años, y ahora, las matas, ramitas durante tanto tiempo, habían echado raíces y crecido muchísimo. Al año siguiente estarían llenas de flores—. Mañana recogeré, Doro. Tienes el vuelo muy temprano. Debes de estar impaciente por irte.

—Lo estoy —dijo Doro tan bajito que Caroline tuvo que esforzarse por oírla. Señaló la casa con la cabeza donde Al y Trace trabajaban en la cocina iluminada, trajinando platos—. Pero Caroline, es tan agridulce. Pronto caminaré por estas habitaciones por última vez. He pasado toda mi vida aquí. Es extraño dejarla. Pero, de todas maneras, estoy emocionada por irme.

—Siempre puedes volver —dijo Caroline, frenándose una repentina oleada de emoción.

—Espero no querer hacerlo —dijo Doro—. A no ser que sea de visita. —Cogió por el codo a Caroline—. Venga. Vamos a sentarnos en el porche.

Caminaron por el lado de la casa de la arqueada glicina y se sentaron en el balancín. Un río de coches se movían por la avenida ajardinada. Las elevadas hojas de los plátanos se agitaban con las farolas de fondo.

—No echarás de menos el tráfico —dijo Caroline.

—No, eso es verdad. Antes era tan tranquilo. Solían cerrar toda la calle en invierno. Bajábamos con los trineos por el medio de la calle, por aquí.

Caroline empujó el balancín, recordando la noche de hacía tiempo cuando la luz de la luna inundaba los jardines y entraba por la ventana del cuarto de baño, mientras Phoebe tosía en sus brazos y las garzas se elevaban desde los campos de la infancia de Doro.

La puerta mosquitera se abrió y salió Trace.

—Bien. ¿Estás lista, Doro?

—Casi.

—Iré a buscar el coche, pues, y lo traeré delante.

Volvió a entrar. Caroline contaba coches, hasta veinte. Hacía unos doce años había llegado a esa puerta con Phoebe, un bebé, en los brazos. Se había quedado allí esperando a ver qué pasaría.

—¿A qué hora sale tu vuelo? —preguntó.

—Pronto. A las ocho. Oh, Caroline —dijo Doro echándose para atrás y estirando los brazos ampliamente—. Después de todos estos años, me siento tan libre. ¿Quién sabe adónde podría volar?

—Te echaré de menos —dijo Caroline—. Y Phoebe también.

Doro asintió.

—Lo sé. Pero nos volveremos a ver. Mandaré postales de todas partes.

Los faros bajaron por la colina y el coche de alquiler se acercó despacio. Trace levantó el brazo.

—¡Es la llamada de la carretera! —gritó.

—Cuídate —dijo Caroline. Abrazó a Doro, sintiendo su suave mejilla—. Me salvaste la vida cuando nos conocimos, lo sabes.

—Cielo, tú también salvaste la mía —Doro se soltó. Tenía los ojos húmedos—. Ahora es tu casa. Disfrútala.

Y entonces Doro bajó los escalones, con el jersey blanco enganchado al cuerpo por el viento. Se despidió con la mano desde el coche, y desapareció.

Caroline miró cómo el coche se perdía en el cruce y desaparecía en medio del río de rápidas luces. La tormenta todavía rodeaba las colinas, los relámpagos blanqueaban el cielo y truenos sordos resonaban a lo lejos. Al salió con bebidas, abriendo la puerta con el pie. Se sentaron en el balancín.

—Bueno. Bonita fiesta.

—Sí. Ha sido divertido. Estoy agotada.

—¿Tienes suficiente energía para abrir esto?

Caroline cogió el paquete y abrió el torpe envoltorio. Un corazón de madera de cerezo tallado, liso como una piedra desgastada por el agua, le cayó en la palma de la mano. Ella cerró la mano a su alrededor, recordando cómo había brillado el medallón a la fría luz de la cabina de Al, y cómo meses después, la manita de Phoebe lo había cogido.

—Es precioso —dijo ella, apretándose el fino corazón en la mejilla—. Tan cálido. Cabe justo aquí, exactamente en la palma de la mano.

—Lo tallé yo mismo —dijo Al con satisfacción—. Por las noches, en la carretera. Pensé que no estaba muy bien, pero esa camarera que conozco en Cleveland dijo que te gustaría. Espero que sí.

—Sí que me gusta —dijo Caroline pasando el brazo por el de Al—. Yo también tengo algo para ti. —Y le alargó una caja de cartón—. No he tenido tiempo de envolverlo.

Él abrió la caja y sacó una llave nueva de latón.

—¿Qué es esto, la llave de tu corazón?

Ella rió.

—No. Es la llave de esta casa.

—¿Por qué? ¿Has cambiado las cerraduras?

—No. —Caroline empujó el balancín—. Doro me la ha dado, Al. ¿No es increíble? Tengo la escritura adentro. Dijo que quería un comienzo total.

Un latido. Dos, tres, y el chirrido del balancín, atrás y adelante.

—Eso es muy extremado —dijo Al—. ¿Y si quiere volver?

—Yo le dije lo mismo. Dice que Leo le dejó mucho dinero. Patentes, ahorros y no sé qué más. Y Doro ha estado ahorrando toda la vida, así que no necesita el dinero. Si vuelven, Trace y ella buscarán piso o algo.

—Muy generoso —dijo Al.

—Sí.

Al se quedó en silencio. Caroline escuchaba el crujir del balancín, el viento y los coches.

—Podríamos venderla —reflexionó—. Largarnos nosotros. Ir a cualquier sitio.

—No vale mucho —dijo Caroline despacio. La idea de vender la casa ni se le había pasado por la cabeza—. De todas formas, ¿adónde iríamos?

—No sé, Caroline. Ya me conoces. Me he pasado la vida vagando sin rumbo fijo. Sólo estoy especulando. Asimilando la noticia.

El confort de la oscuridad, el balanceo constante, dio paso a una profunda inquietud. ¿Quién era ese hombre que estaba a su lado?, se preguntó Caroline, ¿ese hombre que llegaba todos los fines de semana y se metía con demasiada confianza en su cama, que inclinaba la cabeza en un ángulo cada mañana para ponerse Old Spice en el cuello y la barbilla? ¿Qué sabía ella realmente de sus sueños, de su corazón secreto? Casi nada, le pareció de repente; o él de los suyos.

—¿Así que preferirías no tener la casa? —presionó ella.

—No es eso. Es un detalle muy bonito de Doro.

—Pero te sientes atado.

—Me gusta venir a casa a verte, Caroline. Me gusta bajar aquel tramo de carretera y saber que Phoebe y tú estáis aquí cocinando, plantando flores o lo que sea. Pero sí, es tentador lo que están haciendo. Hacer las maletas. Largarse. Dar vueltas por el mundo. Estaría bien, creo. Esa libertad.

—Yo ya no tengo más esos impulsos —dijo Caroline, mirando el jardín oscuro, las luces dispersas de la ciudad y las letras rojas del letrero luminoso del supermercado Foodland, piezas de mosaico entre el denso follaje de verano—. Yo soy feliz donde estoy. Te cansarás de mí.

—No. Eso es justo lo que nos hace compatibles, encanto —dijo Al.

Se quedaron un rato en silencio, escuchando el viento, el movimiento de los coches.

—A Phoebe no le gustan los cambios —dijo Caroline—. No lo lleva bien.

—Bueno, también está eso. —Esperó un momento y luego la miró. Sabes, Caroline. Phoebe está empezando a hacerse mayor. Deja de ser una niña.

—Apenas tiene trece años —dijo Caroline, pensando en Phoebe con el gatito, que volvía fácilmente a las alegrías despreocupadas de la infancia.

—Es verdad. Tiene trece años, Caroline. Está, bueno, ya sabes, empezando a desarrollarse. Me siento incómodo llevándola como lo he hecho esta noche.

—Pues no lo estés —dijo Caroline bruscamente, pero recordó a Phoebe en la piscina a principios de semana, alejándose nadando y luego volviendo, agarrando a Caroline bajo el agua, notando los crecientes brotes de sus pechos rozándole el brazo.

—No tienes que enfadarte, Caroline. Pero no hemos hablado de ello ni una sola vez, ¿cierto? De lo que va a ser de ella. Cómo será para nosotros jubilarnos, ¿como Doro y Trace? —Hizo una pausa, y ella tuvo la sensación de que estaba escogiendo las palabras cuidadosamente—. Me gustaría creer que podremos plantearnos viajar. Se me hace un poco claustrofóbico, eso es todo, imaginarme en esta casa toda la vida. ¿Y qué pasará con Phoebe? ¿Vivirá con nosotros para siempre?

—No lo sé —dijo Caroline sintiendo el cansancio tan denso como la noche. Había luchado tanto para construir una vida para Phoebe en este mundo indiferente. Por el momento tenía todos los problemas resueltos y más o menos desde el último año se había podido relajar. Pero dónde trabajaría Phoebe y cómo viviría cuando fuera mayor, todo eso era una incógnita—. Ay, Al, no puedo pensar en todo eso esta noche. Por favor.

El balancín se columpiaba de atrás adelante.

—Tendremos que pensar en ello alguna vez.

—Es sólo una niña, ¿qué insinúas?

—Caroline. No insinúo nada. Tú sabes que quiero a Phoebe. Pero tú o yo podríamos morir mañana. No vamos a estar siempre a su lado para cuidarla, eso es todo. Y podría ser que algún día ella no quisiera que lo hiciéramos. Sólo pregunto si has pensado en eso. Para qué estás ahorrando todo ese dinero. Sólo estoy sacando el tema para que lo hablemos. Quiero decir, piénsalo. ¿No te gustaría venir conmigo a la carretera de vez en cuando? ¿Sólo un fin de semana?

—Sí —dijo bajito—. Estaría bien.

Pero no estaba segura. Caroline trató de imaginarse la vida de Al, una habitación distinta cada noche, en una ciudad diferente, y la carretera desplegándose en el mismo lazo gris. El primer pensamiento de él había sido un pensamiento inquieto: vender la casa, echarse a la carretera y vagar por el mundo.

Al asintió, y empezó a levantarse con el vaso vacío.

—No te vayas todavía —dijo ella poniéndole la mano suavemente sobre el brazo—. Tengo que hablarte de una cosa.

—Parece serio —dijo él recostándose en el balancín. Hizo una risa nerviosa—. No me querrás dejar, ¿no? Ahora que has heredado y todo.

—Claro que no. No es nada de eso —suspiró—. He recibido una carta esta semana. Es una carta extraña y necesito hablar de ello.

—¿Una carta de quién?

—Del padre de Phoebe.

Al asintió y cruzó los brazos, pero no dijo nada. Sabía lo de las cartas, por supuesto. Llegaban desde hacía años con dinero, en distintas cantidades, y una nota con una única frase garabateada: «Por favor, dime dónde vives». Ella no se lo había dicho, pero en los años anteriores, le había contado a David Henry todo lo demás. Cartas sinceras con revelaciones íntimas, como si él fuera un amigo cercano a su corazón, un confidente. A medida que pasaba el tiempo, ella se había vuelto más eficiente, mandando fotos y una línea o dos, como mucho. Su vida se había vuelto tan llena, rica y complicada; no había manera de explicarlo por carta, así que simplemente ya no lo intentó más. Qué sorpresa fue entonces recibir una carta gruesa de David Henry, tres páginas enteras, escritas con su letra apretada, una carta apasionada que empezaba con Paul, su talento y sus sueños, su rabia y su ira.

Sé que fue un error. Lo que hice, entregarte a mi hija, fue una cosa terrible y no puedo deshacerlo. Pero me gustaría conocerla, Caroline, me gustaría repararlo, de alguna manera. Me gustaría saber algo más de Phoebe y de vuestras vidas.

Ella se estaba poniendo nerviosa por las imágenes que él le había dado: Paul, un adolescente, tocando la guitarra y soñando en ir a Juilliard, Norah y su negocio propio, y David, fijo en su mente durante todos esos años, tan claro como una fotografía en un libro, doblado sobre aquel trozo de papel, lleno de remordimientos y anhelo. Ella había metido la carta en un cajón, como si eso pudiera contenerla, pero no se había sacado las palabras de la cabeza en ningún momento durante esa semana, llena de tareas y tan emotiva.

—Quiere conocerla —dijo Caroline tocando el fleco del chal que Doro había tirado sobre el brazo del balancín—. Volver a formar parte de su vida de alguna manera.

—Muy amable de su parte —dijo Al—. Es un tipo muy considerado, después de todo este tiempo.

Caroline asintió.

—Aun así, es su padre.

—Lo que me deja a mí ¿como qué?

—Por favor —dijo Caroline—. Tú eres el padre que Phoebe conoce y quiere. Pero no te lo he contado todo, Al, y creo que debería.

Él le cogió la mano.

—Caroline. Estuve en Lexington después de que te fueras. Hablé con aquella vecina tuya, y oí un montón de historias. Mira, no fui mucho a la escuela, pero no soy tonto, y sé que ese doctor David Henry perdió a una hija aproximadamente cuando tú te fuiste. Lo que digo es que pasara lo que pasara entre vosotros dos no importa. Ni a mí ni a nosotros. Así que no necesito detalles.

Ella se quedó en silencio, viendo pasar los coches por la carretera.

—Él no la quería. La iba a dejar en una institución. Me pidió que la llevara allí y lo hice. Pero no pude dejarla. Era un sitio horrible.

Al no dijo nada durante un momento.

—He oído cosas de ésas —dijo al final—. He oído esa clase de historias, en la carretera. Fuiste valiente, Caroline. Hiciste lo correcto. Es duro pensar en Phoebe creciendo en un lugar como ése.

Caroline asintió, con lágrimas en los ojos.

—Lo siento tanto, Al. Tenía que habértelo contado hace años.

—Caroline, está bien. Es agua pasada.

—¿Qué crees que debería hacer? Quiero decir, sobre la carta. ¿Tendría que contestarle? ¿Dejar que la conozca? Yo no lo sé, he estado pensando en eso toda la semana. ¿Qué pasa si se la lleva?

—No sé qué decirte. No soy yo quien tiene que decidir.

Ella asintió. Eso era justo, la consecuencia de haber guardado todo para ella.

—Pero te apoyaré —añadió Al apretándole la mano—. Sea lo que sea lo que decidas, os apoyaré a ti y a Phoebe al cien por cien.

—Gracias. Estaba tan preocupada.

—Te preocupas demasiado por las cosas que no debes, Caroline.

—Entonces, ¿no nos afecta? El hecho de que no te lo hubiera dicho antes..., ¿no nos afecta, a ti y a mí?

—No, para nada.

—Bien, entonces.

—Bien. —Se levantó, estirándose—. Ha sido un largo día. ¿Subes?

—Sí, en un minuto.

La puerta mosquitera se abrió con un chirrido y se cerró. El viento pasó por donde él había estado sentado.

Empezó a llover, primero débilmente contra el tejado, y luego repiqueteando. Caroline miró la casa; su casa. Arriba, se detuvo a comprobar cómo estaba Phoebe. Tenía la piel cálida y húmeda; se despertó, y de su boca salieron unas palabras que no entendió, y luego volvió a sus sueños. «Mi vida», susurró Caroline, y la tapó. Se quedó un minuto en la habitación, escuchando el eco de la lluvia, conmovida por la pequeñez de Phoebe, por todas las veces que no sería capaz de proteger a su hija en el mundo. Luego se fue a su habitación y se metió entre las frescas sábanas al lado de Al. Recordó el tacto de sus manos sobre la piel, el roce de su barba en el cuello y sus propios lloros en la oscuridad. Un buen marido para ella, un buen padre para Phoebe, un hombre que se levantaría el lunes por la mañana, se ducharía, se vestiría y desaparecería en su camión durante una semana, confiando en que ella haría lo mejor. Caroline se quedó tumbada mucho tiempo, escuchando la lluvia, con la mano sobre el pecho de Al.

Se despertó al amanecer.z Al bajaba las escaleras ruidosamente para llegar pronto al camión y cambiar el aceite. El agua caía a chorros de las canaletas del tejado y de las tuberías, formando charcos. Caroline bajó las escaleras e hizo café, tan absorta en sus pensamientos, en el extraño silencio de la casa, que no oyó a Phoebe hasta que estuvo en la entrada detrás de ella.

—Llueve —dijo Phoebe con el albornoz flojo—. A cántaros.

—Sí —dijo Caroline. Una vez pasaron horas aprendiendo esta expresión, trabajando con un dibujo que hizo Caroline con nubes enfadadas y cántaros cayendo desde el cielo. Era uno de los favoritos de Phoebe—. Hoy diría que es más como barriles.

—Como cubos —dijo Phoebe—. Palanganas.

—¿Quieres tostadas?

—Un gato.

—¿Qué es lo que quieres? —preguntó Caroline—. Construye la frase.

—Quiero un gato, por favor.

—No podemos tener un gato.

—La tía Doro se ha ido —dijo Phoebe—. Puedo tener un gato.

A Caroline le dolía la cabeza. «¿Qué será de ella?»

—Mira, Phoebe, aquí tienes la tostada. Hablaremos del gato más tarde, ¿vale?

—Quiero un gato —insistió Phoebe.

—Hablaremos más tarde.

—Un gato.

—Maldita sea. —Caroline golpeó en la encimera con la palma de la mano, asombrándose las dos—. No me hables más del gato. ¿Me oyes?

—Sentarme en el porche —dijo Phoebe, triste—. Mirar la lluvia.

—¿Qué es lo que quieres? Construye la frase.

—Quiero sentarme en el porche y mirar la lluvia.

—Te resfriarás.

—Quiero...

—De acuerdo, bien —la interrumpió Caroline, haciendo un gesto con la mano—. Bien. Sal y siéntate en el porche. Mira la lluvia. Lo que sea.

La puerta se abrió y se cerró. Caroline miró afuera y la vio sentada en el balancín, con el paraguas abierto y la tostada sobre la falda. Estaba enfadada consigo misma por haber perdido la paciencia. No era por Phoebe. Era que no sabía qué contestarle a David Henry, y tenía miedo.

Cogió el álbum de fotos y las fotografías perdidas que había querido arreglar, y se sentó en el sofá desde donde podía echarle un ojo a Phoebe, oculta por el paraguas, meciéndose en el balancín. Esparció las fotos recientes sobre la mesita, luego sacó un trozo de papel y escribió.

Phoebe se confirmó ayer. Estaba tan encantadora con su vestido blanco de agujeritos con cintas rosas. Cantó un solo en la iglesia. Te mando una foto de la fiesta que celebramos en el jardín. Es difícil creer lo gran-

*de que se está haciendo, y estoy empezando a preocuparme sobre qué
nos deparará el futuro. Supongo que era eso lo que pensabas la noche
que me la entregaste. He luchado mucho estos años y a veces tengo pánico de lo que pasará, aun así...*

Aquí hizo una pausa, sorprendida por su impulso de contestar. No
era por el dinero. Cada céntimo iba directamente al banco; a lo largo
de los años, Caroline había ahorrado unos quince mil dólares, todo
para Phoebe. Quizás fuera una vieja costumbre o para mantener su
relación viva. Quizá sólo quería que él viera lo que se estaba perdiendo. «Aquí —quería decir, agarrando a David Henry del cuello—.
Aquí está tu hija Phoebe, de trece años, con una sonrisa en la cara
como un sol.»

Dejó la pluma, pensando en Phoebe con el vestido blanco, cantando
en el coro, sujetando el gatito. ¿Cómo le podía contar todo eso y luego
no satisfacer su petición de conocer a su hija? Y si viniera aquí, después
de tantos años, ¿qué pasaría entonces? No creía que lo siguiera queriendo, pero quizá sí. Quizá también estaba enfadada con él por las decisiones que había tomado, por no haber visto nunca cómo era ella realmente. La preocupó descubrir toda esa dureza de su corazón. ¿Y si él
había cambiado, después de todo? Pero ¿y si no? Podría volver a hacerle daño a Phoebe como ya lo había hecho una vez, sin saber siquiera
qué había pasado.

Apartó la carta a un lado. Y en su lugar, pagó algunas facturas, luego salió a echarlas al buzón. Phoebe estaba sentada en los escalones de
enfrente, sujetando alto el paraguas contra la lluvia. Caroline la miró
un momento, luego fue a la cocina a prepararse otra taza de café. Se
quedó bastante rato en la puerta trasera mirando las hojas chorrear, el
césped mojado y un riachuelo bajando por la acera. Había un vaso de
plástico debajo de un arbusto, y una servilleta que se había vuelto pasta, al lado del garaje. En unas pocas horas, Al se pondría al volante. Por
un momento, vislumbró cómo debería ser la libertad.

De repente, la lluvia cayó más fuerte, golpeando el tejado. Algo se
abrió en su corazón, algún instinto que la hizo girar y caminar por la
sala de estar. Antes de salir al porche supo que lo encontraría vacío, el
plato colocado cuidadosamente sobre el suelo y el balancín, quieto.

Phoebe se había ido.

¿Adónde? Caroline fue a la punta del porche y miró a la calle, hacia arriba y hacia abajo, entre el diluvio. Se oyó un tren en la distancia; la calle de la izquierda subía la cuesta hasta las vías. La de la derecha, acababa en la entrada de la autopista. «Está bien, piensa. ¡Piensa! ¿Dónde iría?»

Al final de la calle, los niños Swan jugaban descalzos en los charcos. Caroline recordó a Phoebe diciendo aquella mañana: «Quiero un gato», y a Avery en la fiesta con aquella bola peluda en los brazos. Se acordó de Phoebe, fascinada por su pequeñez y por los maullidos pequeñitos. Estaba casi segura, y cuando preguntó a los Swan si habían visto a Phoebe, señalaron al otro lado de la calle, al bosquecillo de árboles. El gatito se había escapado. Phoebe y Avery habían ido a buscarlo.

En cuanto pudo, Caroline se lanzó a través del tráfico, al otro lado. La tierra estaba saturada, el agua se encharcaba en las huellas que dejaba. Se abrió camino entre la maleza del bosquecillo y al fin salió a un claro. Allí estaba Avery, arrodillada al lado de la cañería que drenaba el agua de las colinas a una acequia de hormigón. El paraguas amarillo de Phoebe estaba tirado en el suelo.

—¡Avery! —Se agachó junto a ella y le tocó el hombro mojado—. ¿Dónde está Phoebe?

—Ha ido a buscar el gato —dijo Avery señalando la cañería—. Se ha metido por ahí.

Caroline dijo alguna palabrota bajito y se arrodilló al borde de la cañería. Le caía agua fría en rodillas y manos. «¡Phoebe! —gritó, y su voz resonó en la oscuridad—. Soy mamá, cielo, ¿estás ahí?»

Silencio. Caroline avanzó lentamente hacia dentro. El agua estaba muy fría. Ya tenía las manos entumecidas. «¡Phoebe! —gritó, su voz creció—. ¡Phoebe!» Aguzó el oído. Entonces oyó un sonido, apenas perceptible. Caroline gateó un poco más, siguiendo su camino a través del agua fría e invisible que salía. Entonces su mano tocó un tejido, carne fría y Phoebe, temblando, se echó a sus brazos. Caroline la abrazó fuerte, recordando la noche que la había tenido en brazos en el húmedo cuarto de baño púrpura, pidiendo con insistencia que respirara.

—Tenemos que salir de aquí, cariño. Tenemos que salir de aquí.

Pero Phoebe no se movía.

—Mi gato —dijo, con voz elevada y decidida, y Caroline notó la lucha debajo de su camisa y el pequeño maullido—. Es mi gato.

—Olvida el gato —gritó Caroline y tiró de Phoebe con cuidado, hacia la dirección por donde había venido—. Vamos, Phoebe. Ahora.

—Mi gato.

—Vale —dijo Caroline, el agua resbalaba con más fuerza por sus rodillas—. Vale, vale, es tu gato. ¡Vamos!

Phoebe se empezó a mover, avanzando poco a poco hacia el círculo de luz. Finalmente salieron, con el agua fría corriendo a su alrededor en la acequia de hormigón. Phoebe estaba empapada, con el pelo aplastado en la cara, y el gato mojado también. A través de los árboles, Caroline vislumbró su casa, sólida y cálida, como una balsa de salvamento en un mundo lleno de peligros. Se imaginó a Al, viajando por alguna carretera lejana, y el confort familiar de estas habitaciones que eran suyas.

—Está bien. —Caroline le puso el brazo alrededor a Phoebe.

El gato se retorció, arañándole las manos con las finas uñas. Caía la lluvia, goteando de las hojas de color oscuro intenso.

—Ahí está el cartero —dijo Phoebe.

—Sí —dijo Caroline mirando cómo subía al porche y deslizaba en la saca las facturas que ella había echado.

La carta para David Henry estaba inacabada sobre la mesa. Se había quedado en la parte de atrás mirando la lluvia y pensando sólo en el padre de Phoebe, mientras ella corría peligro. De pronto le pareció como si fuera un presagio, y transformó el miedo que había sentido por la desaparición de Phoebe en rabia. No volvería a escribir a David Henry; quería demasiado de ella y lo quería demasiado tarde. El cartero bajó los escalones, con el brillante paraguas reluciendo.

—Sí, cariño —dijo Caroline, acariciando la cabeza huesuda del gatito—. Sí. Ahí está.

I

Caroline estaba en la parada de autobús cerca de la esquina de Forbes con Braddock, mirando el movimiento de los niños en el patio, sus alegres gritos constantes por encima del ruido del tráfico. Más allá, en el campo de béisbol, figuras rojas y azules de las tabernas locales participantes en la competición se movían con gracia silenciosa sobre la nueva hierba. Era primavera. La noche se avecinaba. En unos minutos, los padres sentados en los bancos o los que estaban con las manos en los bolsillos empezarían a llamar a los niños para ir a casa. El partido de los mayores seguiría hasta que fuera casi oscuro, y cuando terminaran, los jugadores se darían palmaditas en la espalda unos a otros y se irían a la taberna a beber algo cómodamente, riendo fuerte y felices. Al y ella los veían allí, cuando tenían la oportunidad de salir. Un espectáculo temprano en el Regent, luego la cena y —si Al no tenía que estar disponible por si llamaban del trabajo— un par de cervezas.

Esa noche, sin embargo, se había ido, alejándose a toda velocidad por la noche que se avecinaba, de Cleveland a Toledo y luego al sur, a Columbus. Caroline tenía las rutas colgadas en el frigorífico. Hacía unos años, durante aquellos días extraños después de la partida de Doro, Caroline se había encargado de que cuidaran de Phoebe mientras ella viajaba con Al, esperando salvar la distancia que había entre ellos. Las horas pasaban; dormía y se despertaba, perdía la noción del tiempo y la carretera se prolongaba bajo ellos interminable, un lazo oscuro dividido por constantes destellos blancos, seductores y fascinantes. Al final, Al, con los ojos cansados, entraba en una parada de camiones y la llevaba a un restaurante que no se diferenciaba mucho del que habían dejado atrás en cualquier otra ciudad en donde hubieran estado el día anterior. La vida en la carretera era como caer en extraños agujeros del universo, como si pudieras caminar por unos servicios en una ciudad de América y luego salir por la misma puerta y encontrarte en cualquier otro sitio; los mismos centros comerciales, gasolineras, lugares de comida rápida y el mismo zumbido de las ruedas contra la carretera. Sólo los nombres eran diferentes, la luz, las caras. Acompañó a Al dos veces y no lo hizo nunca más.

El autobús dobló la esquina y paró. Las puertas se abrieron y Caroline subió y tomó asiento junto a la ventanilla. Los árboles se veían intermitentes al pasar por el puente, y abajo, el vacío. Pasaron el cementerio, dando sacudidas por Squirrel Hill, y luego avanzaron pesadamente por los barrios viejos hasta Oakland, donde Caroline bajaba. Se quedó un momento delante del Carnegie Museum para serenarse, mientras levantaba la vista al gran edificio de piedra con sus escalones en cascada y las columnas jónicas. Una pancarta colgada encima del pórtico se agitaba por el viento: IMÁGENES REFLEJADAS: FOTOGRAFÍAS DE DAVID HENRY.

Esa noche era la inauguración y él hablaría. Las manos le temblaban, Caroline sacó el recorte de periódico del bolsillo. Lo había llevado durante dos semanas. El corazón se le aceleraba cada vez que lo tocaba. Una docena de veces, quizá más, había cambiado de idea. ¿Qué podría haber de bueno?

Y luego, a los dos segundos, ¿y qué de malo?

Si Al hubiera estado allí, ella se habría quedado en casa. Habría dejado pasar la oportunidad, echando un vistazo al reloj hasta la hora del cierre, hasta que David Henry hubiera desaparecido de vuelta a cualquiera que fuera la vida que llevara.

Pero Al había llamado para decir que estaría fuera esa noche, la señora O'Neill se encargaba de Phoebe y el autobús había llegado puntual.

El corazón de Caroline iba muy rápido. Se quedó quieta, respirando profundamente, mientras el mundo se movía a su alrededor; el rechinar de frenos, el olor a carburante quemado y los indicios, apenas perceptibles, de las ligeras hojas nuevas de la primavera. Las voces crecían al acercarse a la gente, después se alejaban; fragmentos de conversaciones en el aire, como trozos de papel llevados por el viento. Un torrente de personas vestidas con trajes de seda, tacones altos y oscuros trajes caros subía por los escalones de piedra del museo. El cielo oscurecía volviéndose índigo, entre azul y violeta, y las farolas se encendieron. El aire estaba cargado de olor a limón y menta por la celebración de la iglesia ortodoxa griega que había una manzana más abajo. Caroline cerró los ojos pensando en aceitunas negras, que no había probado hasta que llegó a la ciudad. Pensando en el mosaico diverso del mercado del barrio de Strip, de los sábados por la mañana, pan tierno, fruta, verdura y flores, un derroche de comida y de color que ocupaba varias manzanas a lo largo del río, algo que nunca habría visto si no llega a ser por David Henry y una tormenta de nieve inesperada. Subió un escalón, luego otro, mezclándose con la multitud.

El museo tenía los techos altos y blancos, y el suelo era de roble lustrado hasta un reluciente dorado oscuro. Le dieron un programa de papel grueso color crema con el nombre de David Henry en la parte superior. Seguía una lista de fotografías. «Dunas al anochecer», leyó. «Un árbol en el corazón.» Entró en la sala de exposiciones y encontró su foto más famosa, la playa ondulante que era más que una playa, la curva de la cadera de una mujer, luego la lisa extensión de su pierna escondida entre las dunas. La imagen temblaba, al punto de ser algo más, y luego de repente era algo más. Caroline se la había mirado al menos durante unos quince minutos la primera vez que la vio, sabiendo que aquella ondulación del cuerpo pertenecía a Norah Henry, recordando la colina blanca de su vientre tensándose por las contracciones y la poderosa fuerza de su agarre. Durante años se había consolado con una opinión despectiva de Norah Henry, un poco majestuosa, acostumbrada a una vida fácil y ordenada, una mujer que podría haber dejado a Phoebe en una institución. Pero esa fotografía había destruido esa idea. Esas imágenes mostraban a una mujer que nunca había sabido la verdad.

La gente se arremolinaba por la sala; los asientos se ocupaban. Caroline se sentó, mirándolo todo atentamente. Bajaron las luces un poco y las volvieron a subir, y después, de repente hubo un aplauso y David Henry entró, alto y familiar, no tan delgado como antes, sonriendo al público. Le sorprendió ver que ya no era un hombre joven. El pelo se le volvía gris e iba un poco encorvado. Se dirigió hacia el podio y miró al público. Caroline se quedó sin respiración, convencida de que la había visto y que la reconocería enseguida, como ella lo reconoció a él. Él se aclaró la garganta e hizo una broma sobre el tiempo. Al acabarse las risas y ver que él miraba sus notas y empezaba a hablar, Caroline entendió que ella tan sólo era otra cara en la multitud.

Habló con melodiosa seguridad, aunque Caroline casi no prestaba atención a lo que decía. En lugar de eso, observaba los familiares gestos de las manos, las nuevas arrugas en los contornos de los ojos. Llevaba el pelo más largo, espeso y abundante a pesar de ser gris, y parecía satisfecho, estabilizado. Pensó en aquella noche, casi veinte años atrás, en que él se despertó, alzó la cabeza de su mesa y se la encontró en la entrada mostrando su amor desnudo; ambos tan vulnerables para el otro en aquel momento como se podía ser. Ella reconoció algo entonces, algo que él guardaba escondido, alguna experiencia, expectativa o sueño, demasiado personal para compartirlo. Y era cierto, todavía podía verlo: David Henry tenía una vida secreta. El error que cometió hacía veinte años fue pensar que su secreto tenía algo que ver con algún amor por ella.

Cuando terminó la charla, hubo un aplauso, creciente y fuerte, bebió un trago largo del vaso de agua, y empezó la ronda de preguntas. Hubo varias; de un hombre con una libreta, una matrona de pelo gris, una joven vestida de negro con el cabello oscuro cayéndole en cascada que preguntó algo bastante enfadada sobre la forma. La tensión crecía en el cuerpo de Caroline y su corazón latía con fuerza hasta el punto que casi no pudo respirar. Acabaron las preguntas y se hizo el silencio. David Henry carraspeó, sonrió, agradeció la asistencia del público y se dio la vuelta. Entonces Caroline se levantó, más allá de su voluntad, el bolso delante de ella como un escudo. Cruzó la habitación y se juntó con el pequeño grupo que se congregó a su alrededor. Él le echó un vistazo y sonrió educadamente, sin reconocerla. Ella esperó a que hicieran más preguntas sintiéndose algo más calmada a medida que pasaba el tiempo. El comisario de la exposición rondaba detrás del grupo, ansioso porque David se mezclara entre los invitados, pero en cuanto hubo una pausa en las preguntas, Caroline se acercó y le tocó el brazo.

—David —dijo—. ¿No me reconoces?

Él la miró.

—¿Tanto he cambiado? —susurró.

Entonces vio que la reconocía. Se alteró, incluso en la forma de su cara, como si de repente hubiera aumentado la gravedad. Fue enrojeciendo poco a poco, desde el cuello, y un músculo le empezó a latir en la mejilla. Caroline sintió algo extraño en el tiempo, como si estuvieran de vuelta al ambulatorio, todo esos años atrás, con la nieve cayendo fuera. Se quedaron mirando fijamente sin hablar, como si la sala y toda la gente que había en ella hubiera desaparecido del todo.

—Caroline —dijo al fin, recuperándose—. Caroline Gill. Una vieja amiga —añadió dirigiéndose a la gente que todavía se agrupaba a su alrededor. Se ajustó la corbata y mostró una sonrisa, aunque no se reflejó en sus ojos—. Gracias —les dijo a los demás—. Gracias por haber venido. Ahora, si nos disculpan.

Entonces cruzaron la sala. David iba a su lado, con la mano ligera pero firmemente en su espalda, como si ella pudiera desaparecer si él no la sujetaba.

—Entra aquí —dijo.

Pasó por detrás de un expositor, donde había una puerta sin marco ni manilla, apenas visible en la pared blanca. La guió adentro con rapidez y cerró la puerta detrás de ellos. Era un trastero pequeño. Una bombilla descubierta colgaba emitiendo luz sobre los estantes llenos de pintura y herramientas. Estaban uno enfrente del otro a unos centímetros de distancia. Su colonia dulzona llenó la habitación, y por debajo, había un olor que ella recordaba, algo medicinal matizado con adrenalina. Hacía calor en la habitación y de repente se sintió mareada.

—Caroline. Dios mío, ¿vives aquí? ¿En Pittsburg? ¿Por qué no me dijiste dónde estabas?

—No era tan difícil encontrarme. Otra gente lo hizo —dijo despacio, recordando a Al subir por el calle, comprendiendo por primera vez lo profundo de su perseverancia.

Sí, era verdad que David Henry no había buscado mucho, pero también que ella quería seguir desaparecida.

Se oyeron pasos que se acercaban detrás de la puerta, y luego se detuvieron. Se oyó el murmullo de voces. Ella observó su cara. Absolutamente todos los días durante aquellos años había pensado en él, y aun así, ahora no sabía qué decir.

—¿No deberías estar fuera? —preguntó echando un vistazo a la puerta.

—Que esperen.

Entonces se miraron, sin hablar. Caroline lo había retenido en su cabeza como una, cien o mil fotografías. En cada una de ellas, David Henry era un hombre joven, enérgico, lleno de inquietudes y decidido. Ahora, al mirar sus ojos oscuros, las mejillas carnosas, el pelo cuidadosamente peinado, se dio cuenta de que si se lo hubiera cruzado por la calle no lo habría reconocido después de todo.

Su tono se suavizó cuando volvió a hablar, aunque el músculo de la cara todavía le palpitaba.

—Fui a tu apartamento, Caroline. Aquel día, después del funeral. Fui allí, pero tú ya te habías ido. Todo este tiempo... —Luego se quedó en silencio.

Hubo un toque suave a la puerta, y una voz inquisitiva.

—Un minuto —gritó David.

—Estaba enamorada de ti —dijo Caroline en un impulso, sorprendida por su confesión, porque era la primera vez que lo expresaba en voz alta, incluso para ella misma; nunca lo había aceptado aunque siempre lo había sabido. Al reconocerlo, se sintió exaltada y temeraria, y continuó—: Sabes, me pasaba los días imaginando una vida contigo. Y fue en aquel momento al lado de la iglesia cuando me di cuenta de que, en realidad, yo para ti no era nadie, nadie importante.

Él había agachado la cabeza mientras ella hablaba, y ahora la levantó.

—Lo sabía. Sabía que estabas enamorada de mí. ¿Cómo te hubiera podido pedir ayuda si no? Lo siento, Caroline. Durante años, lo he sentido tanto.

Ella asintió, con lágrimas en los ojos, aquella versión joven de ella misma todavía viva, todavía detrás en el funeral, no reconocida, invisible. La ponía furiosa, incluso ahora, que él no la hubiera visto entonces. Y aun así, sin conocerla del todo, él no había dudado a la hora de entregarle a su hija.

—¿Eres feliz? —preguntó él—. ¿Has sido feliz, Caroline? ¿Lo es Phoebe?

Su pregunta y la dulzura de la voz la desarmaron. Pensó en Phoebe, esforzándose por aprender la forma de las letras y a atarse los zapatos. Phoebe jugando feliz en el jardín trasero mientras Caroline hacía gestiones luchando por su educación. Phoebe pasándole los brazos alrededor del cuello sin ningún motivo aparente y diciéndole: «Te quiero, mamá». Pensó en Al, siempre de viaje, pero que después de una larga semana cruzaba la puerta con flores, alguna bolsa de panecillos tiernos o un pequeño regalo, siempre algo para ella y algo para Phoebe. Cuando trabajaba en la consulta de David Henry era tan joven, tan encantadora e ingenua que se imaginaba que era algún tipo de vasija destinada a ser llenada con amor. Pero no fue así. El amor había estado en ella todo ese tiempo, y su renovación vino sólo cuando lo regaló sin esperar nada a cambio.

—¿Realmente lo quieres saber? —preguntó al fin, mirándolo directamente a los ojos—. Porque tú nunca me contestaste las cartas, David. Excepto aquella única vez, no preguntaste ni una sola cosa nunca sobre nuestras vidas durante años. —Mientras hablaba, Caroline se dio cuenta de que era por eso por lo que había venido. No había venido por amor, ni por el pasado, ni tan sólo por la culpabilidad. Había venido por la rabia y por un deseo de poner las cosas en su sitio—. Durante años no quisiste saber cómo estaba yo ni cómo estaba Phoebe. No te importaba absolutamente nada, ¿no es cierto? Y luego, aquella última carta, la que yo nunca te contesté. De pronto, querías que ella volviera.

David soltó una risa corta y asustada.

—¿Es así como lo veías? ¿Por eso dejaste de escribir?

—¿Cómo tenía que verlo?

—Caroline, te pedí tu dirección. Una y otra vez; cada vez que te mandaba dinero. Y en aquella última carta, simplemente te pedí que me dejaras volver a tu vida. ¿Qué más podía hacer? Mira, sé que no vas a comprenderlo, pero guardaba cada carta que me mandabas. Y cuando dejaste de escribir, fue como si me cerraras una puerta en las narices.

Caroline pensó en las cartas, todas sus confesiones sinceras que fluyeron en tinta sobre el papel. Ya no recordaba lo que le había escrito, quizá detalles sobre la vida de Phoebe, sus sueños y esperanzas, sus temores.

—¿Dónde están? —preguntó—. ¿Dónde guardas mis cartas?

Él la miró sorprendido.

—En el archivador del cuarto oscuro, en el cajón de abajo. Siempre está cerrado con llave. ¿Por qué?

—Pensaba que no las leías. Me sentía como si escribiera al vacío. Quizá por eso me sentía tan libre. Como si pudiera decir cualquier cosa.

David se frotó la mano en la mejilla, un gesto que ella recordaba que hacía cada vez que estaba cansado o desanimado.

—Las leía. Al principio me costó, lo reconozco. Después quería saber qué pasaba, aunque fuera doloroso. Me dejaste entrever a Phoebe, retazos de vuestras vidas. Las esperaba con ganas.

Ella no contestó, recordando la satisfacción que había sentido aquel día lluvioso cuando mandó a Phoebe arriba con el gatito, *Rain*, para que se cambiara la ropa mojada, mientras ella, en la sala de estar, rompía la carta en cuatro trozos, luego ocho, luego dieciséis, y la tiró como confeti a la basura. Satisfacción y una sensación de placer por haber cerrado el asunto. Ella había sentido todo eso, ajena e incluso indiferente a lo que David pudiera sentir.

—No podía perderla —dijo ella—. Estuve enfadada contigo durante tanto, tanto tiempo, que para entonces tenía miedo de que, si la conocías, te la quisieras llevar. Por eso dejé de escribir.

—No fue nunca mi intención.

—Ni nada de esto tampoco. Pero pasó.

David Henry suspiró, y ella se lo imaginó en su apartamento vacío, yendo de una habitación a otra, dándose cuenta de que ella se había ido para siempre. «Cuéntame tus planes —le había dicho—, Es lo único que te pido.»

—Si yo no me la hubiera llevado —añadió ella despacio—, seguramente actuarías de manera diferente.

—No te detuve —dijo encontrándose con su mirada otra vez. Su voz sonaba áspera—. Pude hacerlo. Llevabas un abrigo rojo, aquel día en el funeral. Te vi. Te miré mientras te ibas con el coche.

De repente Caroline se sintió sin fuerzas, a punto de desmayarse. No sabía qué era lo que esperaba, pero cuando había pensado en la conversación, no se había imaginado esta discusión; el dolor y el enfado de él, y el suyo propio.

—¿Me viste?

—Después fui directo a tu apartamento. Pensaba que estarías allí.

Pero Caroline cerró los ojos. Se echó a la carretera y llegó hasta esta vida. Quizá no se había encontrado con David Henry por minutos, por una hora quizás. Cuánto habría cambiado ese momento. Qué diferente hubiera sido su vida.

—No me has contestado —dijo David aclarándose la garganta—, ¿has sido feliz, Caroline? ¿Y Phoebe? ¿Está bien de salud? ¿Su corazón?

—Su corazón está bien —dijo Caroline, pensando en los primeros años de constante preocupación por la salud de Phoebe, las visitas a los médicos, dentistas, cardiólogos y otorrinolaringólogos. Pero ella había crecido. Estaba bien. Encestaba canastas en el patio de casa y le encantaba bailar—. Los libros que leí cuando todavía ella era pequeña predecían que ahora tendría que estar muerta, pero está bien. Es afortunada, supongo, nunca ha tenido ningún problema de corazón. Le encanta cantar. Tiene un gato que se llama *Rain*. Está aprendiendo a tejer. —Caroline sacudió la cabeza—. Va a la escuela pública con todos los otros chicos. Tuve que luchar muchísimo para que la admitieran. Y ahora que es casi adulta, no sé qué pasará. Tengo un buen trabajo. Estoy a media jornada en el hospital, en el departamento de medicina interna. Mi marido… viaja mucho. Phoebe va todos los días a un centro diurno. Tiene un montón de amigos allí. Está aprendiendo a hacer tareas de oficina. ¿Qué más puedo decir? Te ahorraste muchos dolores de cabeza, seguro. Pero David, te perdiste un montón de alegrías.

—Lo sé. Más de lo que crees.

—¿Y tú? —preguntó ella, impresionada todavía por lo que había envejecido, tratando de asimilar el hecho de que estuviera allí con ella, en esa pequeña habitación, después de todos esos años—. ¿Has sido feliz? ¿Lo ha sido Norah? ¿Y Paul?

—No lo sé —dijo despacio—. Tan feliz como alguien puede ser, supongo. Paul es muy inteligente. Podría hacer cualquier cosa. Quiere ir a Juilliard y tocar la guitarra. Yo creo que se está equivocando, pero Norah no está de acuerdo, y causa bastante tensión.

Caroline pensó en Phoebe, cómo le gustaba limpiar y ordenar, cómo cantaba mientras fregaba los platos o cuando limpiaba el suelo, cómo amaba la música con todo el corazón y nunca había tenido la oportunidad de tocar la guitarra.

—¿Y Norah? —preguntó.

—Tiene una agencia de viajes. También está mucho fuera. Como tu marido.

—¿Una agencia de viajes? ¿Norah?

—Lo sé. También me sorprendió a mí. Pero ahora ya hace años que la tiene. Es muy buena en el trabajo.

El pomo de la puerta giró y la puerta se abrió unos centímetros. El comisario de la exposición metió la cabeza, con los ojos azules curiosos y preocupados. Se pasó una mano por el pelo oscuro, nervioso, al hablar.

—Doctor Henry —dijo—. Sabe que hay mucha gente ahí fuera. Hay bastante expectación para que usted... se reúna con ellos. ¿Va todo bien?

David miró a Caroline. Él dudaba, pero era impaciente también, y Caroline sabía que en cualquier momento él daría la vuelta, se ajustaría la corbata y saldría. Algo que había perdurado durante años se estaba acabando en aquel momento. «No», pensó, pero el comisario carraspeó y soltó una carcajada incómoda.

—Ningún problema —dijo David—. Ya voy... Te quedas, ¿no? —le dijo a Caroline cogiéndola por el codo.

—Tengo que ir a casa. Phoebe me está esperando.

Ella lo miró a los ojos y vio la misma tristeza y compasión que recordaba de hacía tanto tiempo, cuando ellos dos eran mucho más jóvenes.

—Por favor. Hay mucho que decir, y han pasado tantos años. Por favor, di que esperarás. No tardaré mucho.

Ella sintió un dolor en el estómago y un malestar que no sabía de donde provenía, pero asintió ligeramente, y David Henry sonrió.

—Bien. Iremos a cenar, ¿de acuerdo? Toda esta charla agradable... Tengo que hacerlo. Pero estaba equivocado, todos estos años atrás. Quiero algo más que retazos.

Tenía su mano en el brazo y se dirigieron a la multitud. Caroline no parecía que pudiera hablar. La gente esperaba, mirando con toda franqueza hacia ellos, curiosos y susurrando. Ella cogió del bolso el sobre que había preparado con las últimas fotografías de Phoebe y se lo dio a David. Él lo cogió, la miró y asintió con seriedad. Entonces, una mujer delgada con un vestido negro de lino lo cogió del brazo. Volvía a ser la mujer del público, hermosa y algo hostil, haciendo otra pregunta sobre la forma.

Caroline se quedó donde estaba unos minutos más, mirándolo hacer gestos a una foto que parecían las ramas oscuras de un árbol, hablando con la señora del vestido negro. Había sido atractivo y todavía lo era. En dos ocasiones echó un vistazo a donde estaba ella y después, al verla, concentraba su atención totalmente en el momento. «Espera —había dicho—. Por favor, espera.» Y él creía que lo haría. Volvió a sentir el malestar en el estómago. No quería esperar; eso era. Había pasado demasiado tiempo esperando de joven; esperando reconocimiento, aventura, amor. Fue cuando se dio la vuelta con Phoebe en los brazos y dejó la institución de Louisville, empaquetó sus cosas y se fue de casa, cuando su vida empezó realmente. Nunca había sacado nada bueno por esperar.

David estaba con la cabeza inclinada, asintiendo, escuchando a la mujer del pelo oscuro, con el sobre sujeto firmemente en las manos detrás de la espalda. Mientras tanto, levantó la mano y guardó el sobre en el bolsillo, como si contuviera algo sin importancia y un poco desagradable, como una factura o una multa de tráfico.

Al cabo de unos momentos ella estaba fuera, bajando con prisas los escalones de piedra, adentrándose en la noche.

Era primavera, el aire era frío y húmedo, y Caroline estaba demasiado alterada para esperar el autobús. Así que caminó a paso rápido, una manzana tras otra, totalmente ajena al tráfico, a la gente que pasaba por su lado o incluso al ligero peligro que suponía estar a esas horas sola por la calle. Los momentos anteriores le volvieron a la mente, arremolinados y en fragmentos, extraños detalles desconectados. Un trozo de pelo oscuro sobre la oreja derecha de él, y sus uñas cortadas a ras. Recordaba los dedos de forma cuadrada, pero la voz le había cambiado, se había vuelto más ronca. Era desconcertante, las imágenes que ella había conservado en su memoria durante todo ese tiempo se habían alterado en el momento en que lo vio.

¿Y ella? ¿Qué le habría parecido a él? ¿Qué es lo que había visto, lo que veía siempre en Caroline Lorraine Gill, de su corazón secreto? Nada. Nada de nada. Y ella lo sabía, lo había sabido durante años, incluso en aquel momento fuera de la iglesia cuando el círculo de su vida se cerró a su alrededor, cuando dio media vuelta y desapareció. En algún lugar profundo de su corazón, Caroline había conservado viva la estúpida idea romántica que una vez, de alguna manera, David Henry la había conocido como nadie lo había hecho antes. Pero no era verdad. Ni siquiera tenía una vaga idea de cómo era ella.

Caminó cinco manzanas. Había empezado a llover. Tenía la cara mojada y el abrigo y los zapatos empapados. La fresca noche pareció apoderarse de ella como si se le hubiera filtrado bajo la piel. Estaba cerca de una esquina cuando el 61B chirrió en una parada y ella corrió a cogerlo. Se arregló un poco el pelo y se sentó en uno de los asientos de plástico. Las luces de neón y la acuosa y borrosa luz de las farolas pasaban por la ventana. Sentía el aire de principios de primavera fresco y húmedo en la cara. El autobús avanzó pesadamente a través de las calles, cogiendo velocidad al llegar al tramo del parque, a la larga cuesta ligeramente empinada.

Bajó en el centro de Regent Square. El jaleo y los gritos fueron aumentando a medida que se acercaba a la taberna, y a través del cristal vio a algunos de los jugadores que había visto antes, con jarras en la mano y alzando los puños, reunidos alrededor del televisor. Las luces de la máquina de discos proyectaban reflejos de neón azul en el brazo de la camarera al girarse hacia una mesa cerca de la ventana. Caroline se detuvo, la subida descontrolada de adrenalina que le había provocado su encuentro con David Henry desapareció de pronto, se disipó como niebla en la noche primaveral. Sintió fuertemente su propio aislamiento, las figuras del bar reunidas con un propósito común; la gente pasaba a su lado por la acera, siguiendo la línea de sus vidas, dirigiéndose a lugares que Caroline no podía imaginar.

Los ojos se le llenaron de lágrimas. La pantalla del televisor parpadeó y otra ovación creció entre los vasos. Caroline se puso en marcha, empujando a una mujer que llevaba una bolsa de la compra y esquivando un montón de basura de comida rápida que alguien había tirado en la acera. Bajó la cuesta y luego subió la calle hacia su casa, las luces de la ciudad daban paso a aquellos que conocía tan bien y le eran tan familiares: los O'Neill, donde un brillo dorado se vertía sobre el cornejo; los Soulard, con su oscuro trozo de jardín, y el patio de los Margoli. En verano las campanillas crecían sin control en la ladera, hermosas y caóticas. Las casas en fila, como escalones de una escalera que bajara la colina, y finalmente, la suya.

Se detuvo en la calle, mirando su casa alta y estrecha. Había cerrado las persianas, estaba segura de eso, pero ahora estaban abiertas y podía ver claramente el comedor a través de las ventanas. La lámpara de araña resplandecía sobre la mesa, donde Phoebe había esparcido los hilos. Estaba inclinada sobre el telar, tranquila y concentrada. *Rain* estaba acurrucado en su falda como una bola naranja de peluche.

Caroline miró preocupada lo vulnerable que parecía su hija, qué expuesta estaba al mundo que giraba tan misteriosamente en la oscuridad detrás de ella. Frunció el ceño, intentando recordar el momento en que su mano había girado el estrecho palo de plástico para cerrar las persianas. Entonces vislumbró un movimiento al fondo, una sombra que se movía más allá de la cristalera de la sala de estar.

Caroline se quedó sin respiración, sobresaltada, pero no alarmada todavía. Y entonces, la sombra tomó forma y se relajó. No era ningún extraño, sino Al, que había llegado pronto a casa de sus viajes, que estaba haciendo cosillas por casa. Se sintió sorprendida y extrañamente llena de alegría; Al había aceptado más trabajos y a menudo pasaba más de dos semanas fuera. Pero allí estaba; había vuelto a casa. Había abierto las persianas, dándole a ella ese momento para recrearse con la visión de su vida contenida en esas cuatro paredes, enmarcada con el aparador que ella había restaurado, el ficus del que todavía no se había deshecho, las capas de pintura y los cristales que había limpiado tan cariñosamente durante todos esos años. Phoebe levantó la vista de su trabajo y miró fijamente por la ventana a la hierba oscura y mojada, pero sin ver, pasando la mano por el lomo suave del gato. Al entró en la habitación con una taza de café en la mano. Se quedó a su lado, señalando con la taza el tapete que ella estaba tejiendo.

Ahora llovía más fuerte. Tenía el pelo empapado, pero Caroline no se movió. El vacío que había sentido desde fuera de la ventana de la taberna, deprimente pero suficientemente real y aterrador, se había desvanecido por la visión de su familia. La lluvia le golpeaba en las mejillas y bajaba rápida por las ventanas, con su abrigo bueno de lana lleno de gotitas. Se sacó los guantes y revolvió en el bolso buscando las llaves; después se dio cuenta de que la puerta no estaría cerrada. En la oscuridad del patio, mientras los constantes coches circulaban rápido por la autopista con las luces que se reflejaban en los densos arbustos de lilas que había plantado como mampara hacía tantos años, Caroline se quedó allí unos momentos más. Ésa era su vida. No la vida que había soñado una vez, la que ella hubiera imaginado o deseado de joven, sino la que estaba viviendo con todas sus complejidades. Ésa era su vida, construida con cuidado y atención, y estaba bien.

Entonces cerró el bolso. Subió los escalones. Empujó la puerta trasera, que estaba abierta, y entró.

II

Era profesora de historia del arte en la universidad Carnegie Mellon y le estaba preguntando sobre la forma. ¿Qué es belleza?, quería saber, con la mano encima de su brazo, guiándole por el reluciente suelo de roble, entre las blancas paredes de donde colgaban sus fotografías.

—¿La belleza es lo que se encuentra en la forma?, ¿en el fondo? —Ella se giró y se le movió el pelo; se lo apartó con una mano detrás de la oreja.

Él miraba fijamente la parte blanca de su pelo, la piel pálida y fina.

—Intersecciones —dijo con tono gentil, echando un vistazo a donde estaba Caroline entretenida con una foto de Norah en la playa, aliviado de verla todavía allí. Con un esfuerzo, se giró a la profesora—. Convergencia. Eso es lo que hay detrás. No doy un enfoque teórico. Fotografío lo que me emociona.

—¡Nadie vive sin teoría! —exclamó ella.

Pero entonces dejó de preguntar; entrecerró los ojos y se mordió ligeramente el labio. Él no le veía los dientes, pero se los imaginaba blancos y rectos, uniformes. La habitación giraba a su alrededor, las voces subían y bajaban. En un momento de silencio fue consciente de que su corazón latía fuerte y de que todavía sujetaba el sobre que Caroline le había dado. Echó un vistazo al otro lado de la habitación. Sí, bien, todavía estaba allí, y se lo metió en el bolsillo. Las manos le temblaban ligeramente.

Se llamaba Lee, estaba diciendo ahora la mujer del pelo oscuro. Era la crítica residente. David asintió sin prestarle mucha atención. ¿Viviría Caroline en Pittsburg, o habría visto la exposición anunciada y había venido de cualquier otro sitio, Morgantown, Columbus o Filadelfia? Le había mandado cartas desde todos esos lugares y luego había aparecido en medio de aquel público anónimo con el mismo aspecto de siempre, sólo que mayor, más tensa y más fuerte, la debilidad de su juventud había desaparecido de alguna manera. «David, ¿no me reconoces?» Y sí que lo había hecho, incluso antes de darse cuenta.

Volvió a recorrer la sala con la vista, pero no la vio y los primeros síntomas de pánico aparecieron, pequeños y penetrantes, como los filamentos de las setas escondidas en un tronco. Ella había hecho todo aquel camino; había dicho que se quedaría; estaba convencido de que no podía haberse marchado. Alguien pasó con una bandeja de copas de champán y cogió una. El comisario volvía a estar allí, presentándole a los patrocinadores de la exposición. David se esforzó por hablar con suficiente inteligencia, pero todavía estaba pensando en Caroline, esperando vislumbrarla al final de la sala. Él había salido afuera porque ella le había dicho que esperaría, pero ahora, inquieto, recordó aquella mañana de hacía tanto tiempo en el funeral y a Caroline allí al margen, con su abrigo rojo. Recordó el frescor del nuevo aire primaveral, el día soleado y Paul dando patadas bajo las mantas en el canastillo. Recordó que él la había dejado marchar.

—Disculpe —murmuró, interrumpiendo a su interlocutora.

Caminó con decisión por el suelo de madera dura al vestíbulo de la entrada principal, donde se detuvo y dio media vuelta para inspeccionar la sala de la exposición, buscando en la multitud. No podía ser que después de encontrarla al cabo de tanto tiempo, la volviera a perder.

Pero se había ido. Más allá de las ventanas, las luces de la ciudad relucían de manera seductora esparcidas como lentejuelas sobre las onduladas y espectaculares colinas. En alguna parte, allí o cerca de allí, Caroline Gill lavaba los platos, limpiaba el suelo, se paraba a mirar por una ventana a la oscuridad. La pérdida y el dolor se apoderaron de él como una oleada tan poderosa que se apoyó contra la pared e inclinó la cabeza luchando contra una profunda náusea. Lo que sentía era excesivo, desproporcionado. Había vivido sin ver a Caroline durante muchos años, después de todo. Respiró hondo, diciendo la tabla periódica en su cabeza —hidrógeno, litio, sodio, potasio— pero no consiguió tranquilizarse.

David metió la mano en el bolsillo y sacó el sobre que ella le había dado; quizás había dejado alguna dirección o algún número de teléfono. Dentro había dos rígidas Polaroids de colores pobres, apagadas, de un tono grisáceo. La primera era de Caroline, sonriendo, con el brazo por detrás de una chica que vestía un vestido tieso de color azul, de cintura baja, con cinturón. Estaban en el exterior, posando ante la pared de ladrillos de una casa, con el cielo soleado tiñendo la escena de color. Era una chica maciza; el vestido le iba bien pero no le quedaba elegante. El pelo le caía alrededor de la cara en ondas y tenía una sonrisa radiante, con los ojos casi cerrados de felicidad ante la cámara o ante quienquiera que estuviera detrás de ella. Tenía la cara ancha, de apariencia delicada, y el ángulo de la cámara debía de hacer que sus ojos parecieran ligeramente sesgados. «Phoebe el día de su cumpleaños, dulces dieciséis», había escrito Caroline detrás.

Deslizó la primera foto detrás de la segunda, una más reciente. Salía otra vez Phoebe, jugando al baloncesto. Estaba preparada para tirar a canasta, con los tacones despegándose del asfalto. Baloncesto, el deporte que Paul descartaba. David miró detrás y volvió a comprobar el sobre pero no había ninguna dirección. Vació su copa de champán y la dejó sobre una mesa con la superficie de mármol. La galería estaba todavía concurrida de gente, murmurando conversaciones. David se paró en la entrada y miró por un momento con distancia curiosa, como si aquella escena fuera algo con lo que se hubiera tropezado por accidente, como si no tuviera nada que ver con él. Entonces se giró y salió al aire fresco y humedecido por la débil lluvia. Guardó el sobre de Caroline en el bolsillo superior de la chaqueta y sin saber adónde iba, echó a andar.

Oakland, el barrio de su antigua universidad, había cambiado y aun así no lo había hecho. El estadio Forbes Field, donde había pasado tantas tardes encorvado en la tribuna descubierta empapándose de sol, animando con entusiasmo cuando los bateadores golpeaban con fuerza y las pelotas se elevaban sobre los brillantes campos verdes, había desaparecido. Un nuevo edificio de la universidad, cuadrado pero de esquinas redondeadas, se elevaba en el aire donde miles de personas se habían dejado la voz ovacionando. Se detuvo y giró a la Cathedral of Learning, el edificio central de la Universidad de Pittsburg, aquel monolito delgado y gris, una sombra contra el cielo nocturno, para recobrar el sentido de la orientación.

Siguió caminando por las oscuras calles de la ciudad, cruzándose con gente que salía de restaurantes y teatros. Realmente no pensaba adónde iba, aunque lo sabía. Vio que había estado atrapado, congelado durante todos esos años desde el momento en que entregó a su hija a Caroline. Su vida había girado alrededor de ese simple hecho: una niña recién nacida en sus brazos y luego la entrega. Era como si todos esos años hubiera estado tomando fotos para intentar dar fundamento parecido a otro momento del mismo peso. Lo había intentado; apaciguar el mundo que giraba rápidamente, el fluir de los acontecimientos pero, por supuesto, había sido imposible.

Continuó andando, nervioso, refunfuñando consigo mismo de vez en cuando. Lo que había mantenido sujeto y tranquilo en su corazón durante todo ese tiempo se había puesto en marcha otra vez por el encuentro con Caroline. Pensó en Norah, que se había vuelto una mujer independiente y fuerte que trataba de ganarse las cuentas de la empresa con seguridad y convicción, y que llegaba de cenas oliendo a vino y lluvia, con indicios de risas, triunfo y el éxito todavía en la cara. Había tenido más de una historia con hombres durante todos esos años, lo sabía, y sus secretos, como los suyos propios, habían crecido formando un muro entre ellos dos. A veces, por la noche, vislumbraba durante un breve instante a la mujer con quien se había casado; Norah, con Paul de bebé en sus brazos; Norah, con los labios manchados de bayas, con un delantal; Norah como una agente de viajes novata, quedándose levantada hasta tarde para cuadrar las cuentas. Pero ella se había desprendido de todo eso como si mudara de piel, y ahora vivían juntos como desconocidos en su amplia casa.

Paul sufría también, lo sabía. David se había esforzado por darle de todo. Había intentado ser buen padre. Habían ido juntos a buscar fósiles, y luego los clasificaban, etiquetaban y exponían en el salón. Se había llevado a Paul a pescar cada vez que había tenido la oportunidad. Pero por muy duro que trabajara para hacer la vida de Paul fácil y sin tropiezos, había construido aquella vida sobre una mentira. Había intentado proteger a su hijo de las cosas que lo habían hecho sufrir a él cuando era un niño: la pobreza, la preocupación y el dolor. Aun así, cada uno de sus esfuerzos había creado pérdidas que David nunca había previsto. La mentira había crecido entre ellos como una roca, obligándolos a crecer de manera extraña, como árboles retorciéndose alrededor de un peñasco.

Las calles convergían, reuniéndose juntas en extraños ángulos donde la ciudad se estrechaba, en el punto donde el Monongahela y el Allegheny se encontraban, cuya confluencia formaba el río Ohio, que viajaba por Kentucky y más allá hasta acabar en el Mississippi y desaparecer. Anduvo hasta la punta del lugar. Cuando era un joven estudiante, David Henry venía aquí a menudo y se quedaba en el borde de tierra mirando cómo los dos ríos convergían. En repetidas ocasiones se había quedado allí con las puntas de los pies suspendidas sobre la oscuridad del río preguntándose de manera indiferente si estaría fría el agua, si él sería lo suficiente fuerte para nadar hasta la orilla o si caería en el intento. Ahora, como entonces, el viento cortante le atravesaba la tela del traje, y miró abajo, viendo el río moverse entre las puntas de los pies. Se había arrimado dos centímetros más, cambiando la composición. Un atisbo de arrepentimiento pasó fugazmente a través de su cansancio: ésta sería una buena foto, pero había dejado la cámara en la caja fuerte del hotel.

A lo lejos, el agua se arremolinaba formando espuma blanca contra el cemento amontonado, que aumentaba vertiginosamente. David sentía en el arco de su pie la presión del borde de hormigón. Si se cayera o saltara y al final no pudiera nadar a lugar seguro, encontrarían un reloj con el nombre de su padre grabado detrás, su cartera con doscientos dólares en metálico, su permiso de conducir, una piedrecita del arroyo cerca de la casa de su infancia que había llevado con él durante treinta años. Y las fotos en el sobre metido en el bolsillo, cerca de su corazón.

Su funeral estaría abarrotado de gente. El cortejo fúnebre se extendería a lo largo de varios bloques de edificios.

Pero la noticia no saldría de allí. Caroline no lo sabría nunca. Ni una palabra llegaría al lugar donde él había nacido.

Incluso si era así, nadie reconocería su nombre.

La carta lo había estado esperando metida detrás del bote de café vacío de la tienda de la esquina, un día después de clase. Nadie había dicho nada, pero todos lo observaban sabiendo que era el logotipo de la Universidad de Pittsburg. Se había llevado el sobre escaleras arriba y lo había dejado sobre la mesa al lado de la cama, demasiado nervioso para abrirlo. Recordaba el cielo gris de aquella tarde, claro y despejado más allá de la ventana, roto por las ramas peladas de un olmo.

Durante dos horas no se atrevió a mirar. Y cuando lo hizo, las noticias eran buenas: lo habían admitido con una beca completa. Se sentó al borde de la cama, demasiado asombrado, demasiado prudente con las buenas noticias —como sería siempre, durante toda su vida— para permitirse disfrutar realmente. «Es un placer informarle...»

Pero entonces se dio cuenta del error, la cruda verdad encajándose por donde él se lo había esperado, en aquel hueco debajo de las costillas: el nombre que estaba escrito no era el suyo. La dirección era la correcta y todos los otros detalles, desde la fecha de nacimiento hasta el número de la seguridad social; todo eso estaba correcto. Y sus dos primeros nombres, David por su padre y Henry por su abuelo, también estaban bien, escritos a máquina con precisión por alguna secretaria a quien habría interrumpido una llamada de teléfono o una visita. O quizá el precioso aire primaveral la hiciera levantar la vista de su trabajo y soñar con la noche, con su prometido, con un ramo de flores, y sentir su propio corazón temblar como una hoja. Luego una puerta se cerró de golpe. Se oyeron pasos, su jefe. Se sobresaltó y volvió al presente. Parpadeando le dio a la tecla de retorno y volvió al trabajo.

David Henry lo había escrito correctamente.

Pero su apellido, McCallister, se había perdido.

Nunca se lo dijo a nadie. Fue a la universidad, se matriculó y nadie más lo supo. Después de todo era su verdadero nombre. Aun así, David Henry no era la misma persona que David Henry McCallister, pero se presentó allí como David Henry, una persona sin historia, sin la carga del pasado. Un hombre con la oportunidad de hacerse nuevo.

El nombre se lo había permitido. Hasta cierto punto, el nombre lo había exigido; fuerte y un poco ilustre. Después de todo, había existido Patrick Henry, un hombre de estado y un orador. Durante los primeros días, durante aquellas conversaciones en las que se sentía perdido, rodeado de gente más adinerada y mejor relacionada de lo que él nunca estaría, gente totalmente a gusto en un mundo en el que él estaba tratando de formar parte desesperadamente, a veces hacía alguna alusión, aunque nunca directamente, a un lejano pero importante linaje, invocando antepasados falsos que estuvieran detrás de él y le dieran apoyo.

Eso era lo que había intentado dar a Paul: un lugar en el mundo que nadie pudiera cuestionar.

El agua entre sus pies era marrón, bordeada con una espuma asquerosa y blanca. Se levantó más viento y su piel se hizo tan porosa como su traje. Sentía el viento en la sangre, y el agua que se arremolinaba corría, acercándose, y entonces notó un sabor agrio en la garganta y se puso de rodillas con las manos en el suelo y vomitando en el descontrolado río gris, haciendo arcadas hasta que ya no le quedó nada más por sacar. Se quedó allí bastante rato tumbado en la oscuridad. Finalmente, se levantó poco a poco, se pasó el dorso de la mano por la boca y caminó de vuelta a la ciudad.

Se quedó sentado en la terminal de autobuses de Greyhound toda la noche, quedándose dormido y despertándose sobresaltado. Por la mañana cogió el primer autobús a la casa de su infancia en Virginia Occidental, viajando a lo profundo por colinas que lo rodeaban como un abrazo. Después de siete horas, el autobús paró donde siempre lo hacía, en la esquina de Main con Vine, y luego se alejó dejando a David Henry delante de la tienda de comestibles. La calle estaba tranquila. Había un periódico pegado a un poste telefónico y crecían hierbas por las grietas de la acera. Él había trabajado en esa tienda para pagarse la habitación. Se había instalado arriba. El chico inteligente había bajado de las colinas para estudiar, asombrado por los sonidos de la ciudad, las amas de casa comprando, los niños en grupo en busca de refrescos, los hombres reunidos por las noches, masticando tabaco y jugando a cartas y pasando el tiempo contando historias. Pero todo eso había desaparecido. Graffiti rojos y negros cubrían las ventanas contrachapadas y el color se corría por las vetas de la madera, ilegibles.

La sed era como un fuego en la garganta de David. Al otro lado de la calle, dos hombres mayores, uno calvo y el otro con el pelo fino y gris sobre los hombros, estaban sentados jugando a las damas en el porche. Lo miraban curiosos y desconfiados, y por un momento, David se vio como ellos lo hacían, con los pantalones manchados y arrugados, la camisa que llevaba desde el día anterior, sin la corbata, el pelo chafado por el sueño irregular en el autobús. Él no pertenecía al lugar, nunca lo había hecho. En la habitación estrecha de encima de la tienda, con los libros esparcidos sobre la cama, se sentía tan añorado que no se podía concentrar, y sin embargo, cuando volvía a las montañas, su ansiedad no disminuía. En la pequeña casa de madera de sus padres, situada con firmeza en la colina, las horas se estiraban y crecían, medidas por los golpecitos de la pipa de su padre contra la silla, los suspiros de su madre y los movimientos de su hermana. Existía la vida debajo del arroyo y la vida encima de él, y la soledad en todas partes, abriéndose como una flor oscura.

Saludó a los hombres con la cabeza, se giró y echó a andar, sintiendo sus miradas.

Una lluvia débil, delicada como neblina, empezó a caer. Caminó aunque le dolían las piernas. Pensó en su resplandeciente consulta, una vida pasada o un sueño distante. Era el ocaso. Norah todavía estaría trabajando y Paul arriba en su habitación, vertiendo su soledad y su rabia en la música. Lo esperaban en casa esa noche, pero no estaría allí. Tendría que llamar, pero más tarde, en cuanto supiera lo que iba a hacer. Podía subir a otro autobús y volver con ellos ahora mismo. Lo sabía, pero parecía imposible que aquella vida existiera en el mismo mundo que ésta.

La acera, desigual, se deshizo en hierba a las afueras de la ciudad, un patrón de corta y sigue parecido a un código Morse, abandonado a intervalos, y luego desapareció totalmente. Había cunetas poco profundas al borde de la carretera estrecha; las recordaba llenas de lirios de día de color naranja en masa, como despidiendo llamas. Se puso las manos bajo los brazos para calentarlas. Estaban en la estación anterior. No había lilas de Pittsburg ni cálida lluvia por ninguna parte. Capas de nieve se rompían bajo sus pies. Dio una patada a los bordes oscurecidos de las cunetas, donde había más nieve atravesada por hierbas y escombros.

Llegó a la carretera local. Los coches circulaban a gran velocidad y lo obligaron a meterse en el arcén cubierto de hierba, rociándolo con una fina neblina de nieve fangosa. Una vez ésta había sido una carretera tranquila, los coches se oían a kilómetros antes de ser vistos y normalmente había una cara conocida detrás del parabrisas; el coche reducía la marcha, paraba, y se abría una puerta para dejarlo subir. Lo conocían, conocían a su familia, y después de la pequeña charla de rigor —«¿Cómo está tu madre?, ¿y tu padre?, ¿cómo va el huerto este año?»— se hacía un silencio, y el conductor y los otros pasajeros pensaban detenidamente qué decirle a aquel chico tan inteligente que tenía una beca, a aquel chico con una hermana demasiado enferma para poder ir a la escuela. Había en las montañas, y quizás en el mundo en general, una teoría de la compensación que sostenía que, por una cosa dada, otra se perdía inmediatamente. «Bueno, tú recibiste el cerebro y tu primo obtuvo la belleza.» Halagos seductores como flores, peliagudos con sus opuestos: «Sí, puedes ser inteligente, pero seguro que eres feo; puedes tener buen aspecto, pero seguro que no tendrás cerebro». Compensación. Equilibrio del universo. David oía acusaciones en cada comentario sobre sus estudios —lo había oído tantas veces, tantas—, y en los coches y camiones el silencio fue aumentando hasta que pareció imposible que una voz humana pudiera romperlo alguna vez.

La carretera se curvaba una y otra vez. La carretera danzante de June. Laderas empinadas, riachuelos que bajaban en cascadas, y las casas que aparecían eran cada vez menos y más pobres. Había caravanas instaladas en las colinas como una tienda de baratijas faltas de brillo; turquesa, plata y amarillo perdían intensidad y se volvían color crema. Allí estaba el plátano, la roca en forma de corazón, la curva donde habían colocado en el suelo tres cruces blancas decoradas con flores desteñidas y lazos. Giró y subió por el siguiente arroyo, su arroyo. El sendero estaba abandonado, lleno de maleza; casi, pero no del todo, desaparecido.

Tardó una hora en llegar a la vieja casa, curtida de un tenue gris. El tejado se hundía por el centro y faltaban algunas tejas. David se detuvo, recibiendo con tanta fuerza el pasado que esperó verlos a todos ellos de nuevo: su madre bajando los escalones con una tina de hojalata para recoger agua con que lavar la ropa, su hermana sentada en el porche y el sonido del hacha golpeando troncos desde donde su padre cortaba leña, fuera de la vista. Él se había ido a la escuela y June había muerto. Sus padres siguieron allí todo el tiempo que pudieron, reacios a dejar la tierra. Pero no estaban mejor, y su padre murió demasiado joven, y al final su madre se fue al norte, donde estaba su hermana, con la promesa de trabajar en la fábrica de coches. Una vez en Pittsburg, David casi nunca iba a casa, y desde que su madre murió, no lo hizo nunca más. El lugar era tan familiar como respirar, pero tan lejano de su vida actual como la luna.

Se levantó viento. Subió los escalones. La puerta tenía las bisagras torcidas y no debía de cerrar. El ambiente dentro era frío y olía a moho. Era una sola habitación, los dormitorios de la buhardilla en peligro por la madera inclinada del tejado. En las paredes había manchas de humedad. A través de las grietas vio el cielo pálido. Había ayudado a su padre a poner el tejado, con sudor en la frente, levantando los martillos al sol, con el fuerte aroma de cedro recién cortado.

Por lo que David sabía, nadie había vivido allí durante años. Sin embargo, había una sartén sobre la vieja cocina, fría, la grasa solidificada, pero cuando se inclinó a olerla, no estaba rancia. En el rincón había una cama vieja de hierro cubierta por una colcha desgastada como las que hacían su abuela y su madre. La tela estaba fría, un poco húmeda. No había colchón, sólo una gruesa capa de mantas sobre unas tablas colocadas en la estructura. Las tablas de madera del suelo estaban limpias y había azafrán en un tarro en la ventana.

Alguien vivía allí. Una brisa cruzó la habitación moviendo unas tiras de papel recortadas que colgaban por todas partes, desde el techo a las ventanas, sobre la cama. David se acercó, examinándolas con creciente asombro. Eran un poco como los copos de nieve que él había recortado en el colegio, pero infinitamente más complicadas y minuciosas, y mostraban escenas enteras hasta el último detalle: un mercado estatal, una bonita sala de estar, un picnic con fuegos artificiales. Delicadas y minuciosas, le daban a la vieja casa un aire de misterio. Tocó el borde festoneado de una escena con un carro de heno, las chicas saludaban con los sombreros adornados con lazos y los chicos con los pantalones arremangados hasta las rodillas. Una noria, un carrusel giratorio, coches viajando por carreteras. Colgaban sobre la cama moviéndose débilmente con la corriente de aire, tan frágiles como alas.

¿Quién había hecho aquello con tanta habilidad y paciencia? Pensó en sus propias fotografías. Él intentaba atrapar cada momento, inmovilizarlo, hacerlo durar, pero cuando las imágenes aparecían en el cuarto oscuro ya habían cambiado. Horas, días habían pasado por entonces; él se había vuelto una persona ligeramente diferente. Aun así, quería tanto atrapar el velo ondeando, capturar el mundo incluso si desaparecía, una y otra vez, y otra.

Se sentó en la dura cama. Todavía sentía la cabeza a punto de estallar. Se tumbó y se echó la colcha húmeda por encima. Había una débil luz gris en todas las ventanas. La mesa y la cocina, todo olía ligeramente a moho. Las paredes estaban cubiertas con periódicos que habían empezado a despegarse. Su familia había sido tan pobre; todas las personas que conocían eran pobres. No era un crimen, pero él sentía que lo fuera. Por eso recogían todas aquellas cosas: motores viejos, latas y botellas de leche esparcidas por los campos y colinas…, por si algún día las pudieran necesitar. Cuando David era pequeño, un niño llamado Daniel Brinkerhoff se metió dentro de una vieja nevera y murió asfixiado. David recordaba los murmullos de la gente y también el cuerpo de un niño de su misma edad tendido en una cabaña como aquella, con velas encendidas. La madre lloraba, lo que no tenía sentido para él; era demasiado joven para entender el dolor, la magnitud de la muerte. Pero recordaba lo que el padre angustiado por haber perdido a su hijo había dicho fuera sin que su madre lo oyera: «¿Por qué mi hijo? Estaba sano, era fuerte. ¿Por qué no esa niña enfermiza? Si tenía que ser alguien, ¿por qué no ella?».

Cerró los ojos. Había tanta tranquilidad. Pensó en todos los sonidos que llenaban su vida en Lexington; los pasos y las voces en los pasillos, el teléfono sonando estridente en su oído, el busca pitando entre los sonidos de la radio mientras conducía, y en casa, siempre, Paul a la guitarra y Norah con el cable del teléfono enrollado en una muñeca mientras hablaba con clientes. Y en mitad de la noche más llamadas; lo necesitaban en el hospital, debía ir. Y se levantaba en la oscuridad, en el frío, y se iba.

Aquí no. Aquí sólo había el sonido del viento agitando las hojas y en la distancia, el suave murmullo del agua en el riachuelo debajo del hielo. Una rama daba toquecitos en la pared exterior. Hacía frío, se incorporó un poco curvando la espalda y las piernas para poderse tapar completamente con la colcha. Las fotos del bolsillo se le clavaron en el pecho al moverse para acercarse más la colcha. Todavía tiritó unos minutos más, debido al frío y al viaje, y cuando cerró los ojos pensó en los dos ríos encontrándose, convergiendo, y las aguas oscuras que se arremolinaban. No caer sino saltar, eso era lo que le había hecho estar pendiente de un hilo.

Cerró los ojos sólo un momento para descansar. Había un aroma dulce, meloso, bajo el olor a humedad y a moho. Una vez, su madre había comprado azúcar en la ciudad, y él casi podía saborear el pastel de cumpleaños, amarillo y denso, tan dulce que parecía explotarle en la boca. Los vecinos de más abajo subieron la hondonada hablando durante todo el camino. Las mujeres con vestidos coloridos y alegres que rozaban la alta hierba. Los hombres con pantalones oscuros y botas. Los niños dispersos y descontrolados, chillando. Y luego todos se reunieron e hicieron helado. Lo empaquetaron con hielo bajo los escalones del porche, congelándolo, hasta que levantaron la tapa de metal cubierta de hielo y les pusieron la crema dulce helada hasta arriba del todo de sus tazones. Quizá fuera después de nacer June, quizá después de su bautizo.

June era como los otros bebés, moviendo las manitas al aire, rozándole la cara cuando él se agachaba a besarla. En el calor de aquel día de verano, el helado enfriándose en el porche; estaban de celebración. Llegó el otoño, el invierno, y June no se incorporaba y luego fue su primer cumpleaños, y estaba demasiado débil para andar lejos. Volvió a llegar el otoño. Una prima los visitó con su hijo, casi de la misma edad. No sólo andaba, sino que corría por las habitaciones y ya empezaba a hablar, y June todavía estaba sentada, observando el mundo tan tranquilamente. Entonces supieron que algo iba mal. Recordaba a su madre mirando al primito con lágrimas que le resbalaron silenciosamente por la cara durante mucho rato, hasta que inspiró hondo, se giró y volvió a la habitación. Ese era el dolor que había llevado con él, tan pesado como una piedra en el corazón. Ese era el dolor que había intentado ahorrarle a Norah y a Paul, solamente para crear tantos otros.

—David —había dicho su madre aquel día, secándose los ojos con brío, no queriendo que él la viera llorar—, coge aquellos papeles de la mesa y ve fuera a por madera y agua. Hazlo ahora mismo. A ver si ayudas un poco.

Y lo hizo. Y todos siguieron adelante, aquel y todos los días. Se habían cerrado en ellos mismos y sólo veían a alguien en raras ocasiones, en bautizos y funerales, hasta el día en que Daniel Brinkerhoff se había encerrado en la nevera. Regresaron a casa de aquel velatorio en la oscuridad, haciendo el camino de vuelta por inercia, de memoria, siguiendo el sendero del arroyo. June en brazos de su padre, y su madre nunca más volvió a dejar la montaña hasta que se mudó a Detroit...

—No creo que seas útil de todos modos —decía la voz, y David, todavía medio dormido, sin estar seguro de que fuera un sueño o de estar oyendo voces al viento, cedió al tirón de sus muñecas y a la voz que refunfuñaba.

Se pasó la lengua seca por el paladar. Sus vidas eran difíciles, los días largos y llenos de trabajo, y no había tiempo ni paciencia para el dolor. Había que seguir adelante, es lo único que se podía hacer, y ya que hablar de June no la traería de vuelta, no la volvieron a mencionar nunca más. David se dio la vuelta y le dolieron las muñecas. Asustado, se despertó, abrió los ojos y miró la habitación.

Había una mujer en la cocina, sólo a un par de metros, con ropa de faena color aceituna ceñida alrededor de su delgada cadera y ensanchándose más regordeta alrededor de sus muslos. Llevaba un jersey de color óxido trenzado con luminosas hebras naranja, y encima, una camisa de franela de cuadros verdes y negros. Llevaba las puntas de los dedos de los guantes cortadas, y se movía por la cocina con eficiencia y habilidad, agitando los huevos para que no se le pegaran en la sartén. Fuera había oscurecido —había dormido mucho rato— y había velas desparramadas por la habitación. La luz amarilla lo suavizaba todo. Las delicadas escenas de papel se movían débilmente.

La grasa salpicó y la chica apartó la mano. Él continuó tumbado unos minutos más, observándola, captando cada intenso detalle: el tirador negro de la cocina que su madre había fregado, las uñas mordidas de la chica y el parpadeo de las velas en la ventana. Ella cogió sal y pimienta del estante de encima de la cocina. Se quedó admirado por la forma en que la luz atravesaba su piel, su pelo, al moverse dentro y fuera de la sombra, por la fluida naturaleza de todo lo que hacía.

Había dejado la cámara en el hotel.

Entonces intentó sentarse, pero se detuvo otra vez por sus muñecas. Desconcertado, giró la cabeza. Un vaporoso pañuelo rojo de chiffon lo ataba de una mano a un pilar de la cama; con las tiras de una fregona la otra. Ella notó que se movía y se dio la vuelta, dando ligeros golpecitos en la palma de la mano con una cuchara de madera.

—Mi novio llegará en cualquier momento.

David dejó caer con fuerza la cabeza hacia atrás sobre la almohada. Era delgada, no mayor e incluso más joven que Paul, allí, en una casa abandonada. «Viven juntos», pensó, preguntándose por el novio, dándose cuenta por primera vez de que quizá debería estar asustado.

—¿Cómo te llamas? —le preguntó.

—Rosemary —dijo y entonces pareció preocupada—. Puedes creértelo o no.

—Rosemary —dijo él pensando en el arbusto de fragancia a pino que Norah había plantado en un sitio soleado, con los bastones de púas aromáticas—, me pregunto si me harías el favor de desatarme.

—No —su voz fue rápida y clara—. De ninguna manera.

—Tengo sed.

Ella lo miró un momento. Tenía los ojos cálidos, marrones matizados de jerez, y precavidos. Entonces se fue afuera, dejando entrar aire frío en la habitación, provocando que todas las tiras de papel se agitaran. Volvió con una taza de metal con agua del arroyo.

—Gracias —dijo—, pero no puedo beber así tumbado.

Ella se ocupó de la cocina un minuto, de los huevos que chisporroteaban, luego hurgó por un cajón y se acercó con una pajita de plástico sucia en una punta, que metió en la taza.

—Supongo que la usarás si estás lo suficientemente sediento.

Giró la cabeza y bebió, demasiado sediento para hacer ningún comentario sobre el sabor a tierra del agua. Ella echó los huevos en un plato azul de metal moteado de blanco y se sentó a la mesa de madera. Comió rápidamente, apretando los huevos con el tenedor de plástico con el dedo índice de la mano izquierda, delicadamente, sin pensar, como si él ni siquiera estuviera en la habitación. En aquel momento, él entendió de alguna manera que el novio era ficción. Vivía sola.

Bebió hasta que la pajita hizo un ruido seco. Notó el agua como un río sucio en la garganta.

—Esta casa pertenecía a mis padres —dijo cuando acabó—. De hecho, todavía me pertenece a mí. Tengo la escritura en una caja fuerte. Técnicamente estás aquí sin autorización.

Ella sonrió al oírlo y dejó cuidadosamente el tenedor en medio plato.

—¿Entonces has venido a reclamarla? ¿Técnicamente?

Su pelo, sus mejillas, atrapaban la titilante luz. Era tan joven, aun así había algo violento y fuerte en ella también, algo solitario pero decidido.

—No.

Pensó en el extraño viaje, que había empezado en una mañana normal en Lexington —Paul tardando una eternidad en el cuarto de baño y Norah frunciendo el ceño mientras cuadraba el talonario de cheques sobre la encimera, con el café humeando—, hasta la exposición, el río y aquello.

—Entonces, ¿a qué has venido? —dijo ella empujando el plato al centro de la mesa. Tenía las manos rugosas y las uñas rotas. Se sorprendía de que aquellas manos hubieran hecho el delicado y complejo arte de papel que llenaba la habitación.

—Me llamo David Henry McCallister. —Su verdadero nombre, tanto tiempo sin decirlo.

—No conozco ningún McCallister, pero no soy de por aquí.

—¿Cuántos años tienes? ¿Quince?

—Dieciséis —lo corrigió. Y luego, remilgadamente—: Dieciséis, veinte o cuarenta, escoge lo que quieras.

—Dieciséis —repitió él—. Tengo un hijo mayor que tú. Paul.

«Un hijo», pensó, y una hija.

—¿Ah, sí? —dijo ella indiferente.

Volvió a coger el tenedor y él la observó comer los huevos. Tomaba delicados mordiscos y los masticaba cuidadosamente. De repente revivió otro momento en aquella casa observando a su hermana June comiendo huevos de igual forma. Fue el año en que murió. Le costaba ponerse derecha en la mesa, pero lo hacía. Había cenado con ellos todas las noches, con la luz de la lámpara en su pelo rubio, moviendo las manos poco a poco, con elegancia intencionada.

—¿Por qué no me desatas? —sugirió él bajito, con la voz ronca por la emoción—. Soy médico. Inofensivo.

—Bien. —Ella se levantó y llevó el plato al fregadero.

Estaba embarazada, se dio cuenta con sorpresa, captando su contorno cuando se giró a coger el jabón del estante. No muy avanzada, de unos cuatro o cinco meses, supuso.

—Oye, de verdad, soy médico. Tengo una tarjeta en la cartera. Mírala.

Ella no contestó, fregó el plato y el tenedor, y se secó las manos cuidadosamente en un trapo. David pensó en lo extraño que era que él estuviera allí, tumbado de nuevo en aquel lugar donde había sido concebido, donde había nacido, y en general, había crecido. Qué extraño que su familia hubiera desaparecido por completo y que aquella chica, tan joven y dura, y tan claramente perdida, lo hubiera atado a la cama.

Ella cruzó la habitación y le sacó la cartera del bolsillo. Fue poniendo sus cosas una a una sobre la mesa. Dinero, tarjetas de crédito, las variadas notas y trozos de papel.

—Aquí dice fotógrafo —dijo leyendo la tarjeta a la luz temblorosa.

—Sí, es verdad. También soy fotógrafo. Sigue buscando.

—Vale —dijo un momento después sujetando su identificación—, así que eres médico, ¿y qué? ¿Qué diferencia hay?

Llevaba el pelo para atrás recogido en una cola. Le caían algunos mechones sueltos por la cara y se los apartó detrás de la oreja.

—Significa que no voy a hacerte daño, Rosemary. Primero de todo, no hacer daño.

Ella le echó un vistazo rápido, evaluándolo.

—También dirías lo mismo si quisieras hacérmelo.

Él la observó, el pelo descuidado, los ojos oscuros.

—Hay algunas fotografías —dijo—, por aquí... —Se movió y notó la punta del sobre a través de la tela del bolsillo de su camisa—. Por favor. Míralas. Son fotografías de mi hija. Es más o menos de tu edad.

Cuando le metió la mano en el bolsillo, sintió su calor otra vez y olió su aroma, natural pero limpio. ¿Qué es lo que olía a dulce?, se preguntó, recordando su sueño y la bandeja de pastelitos de nata que pasaron en la inauguración de la exposición.

—¿Cómo se llama? —preguntó Rosemary observando primero una foto y luego la otra.

—Phoebe.

—Phoebe. Es bonito. Ella es bonita. ¿Se llama como su madre?

—No —dijo David recordando la noche del parto en que Norah pensó los nombres que quería. Caroline estaba escuchando—. Se llama como una tía abuela. Por parte de su madre. Alguien que yo no conocí.

—A mí me pusieron el nombre de mis dos abuelas —dijo Rosemary. El pelo oscuro le volvió a caer por las blancas mejillas y lo apartó. David se la imaginó sentada con su familia alrededor de otra mesa iluminada. Quería ponerle el brazo por la espalda y llevarla a casa, protegerla—. Rose por parte de padre, Mary por la de mi madre.

—¿Sabe tu familia dónde estás?

Ella negó con la cabeza.

—No puedo volver —dijo a la vez con angustia y enfado en la voz—. No podré volver nunca más. No lo haré.

Parecía tan joven, sentada a la mesa, las manos cerradas en pequeños puños y con una expresión oscura y preocupada.

—¿Por qué no? —preguntó él.

Ella movió la cabeza y dio golpecitos a la foto de Phoebe.

—¿Dices que tiene mi edad?

—Casi, supongo. Nació el seis de marzo del 64.

—Yo nací en febrero del 66. —Le temblaban las manos al dejar las fotos—. Mi madre estaba organizando una fiesta para mí: los dulces dieciséis. Le encanta toda esa cursilería.

David la miró tragar, apartarse el pelo detrás de la oreja otra vez y mirar por la ventana. La quería consolar de alguna manera, como tantas veces había querido hacerlo con los otros —June, su madre, Norah—, pero ahora, como entonces, no podía. Quietud y movimiento. Había algo que necesitaba saber pero sus pensamientos seguían dispersos. Se sintió preso, atrapado en el tiempo, como cualquiera de sus fotografías, y el momento que lo sujetaba era intenso y doloroso. Sólo había llorado una vez por June, de pie en la ladera con su madre en el crudo viento de la noche, sujetando la biblia en una mano mientras recitaba el padrenuestro sobre la tierra recién removida. Lloró con su madre, que odió el viento a partir de aquel día, y luego él escondió su dolor y siguió adelante. Así habían ido las cosas y él no lo había cuestionado.

—Phoebe es mi hija —dijo asombrado de oírse a sí mismo, aun así, sintiendo la necesidad más allá de la razón de contar su historia, un secreto que había guardado durante tantos años—. Pero no la veo desde el día en que nació —dudó, y entonces se obligó a continuar—: La entregué. Tiene síndrome de Down, es deficiente. Así que la di. Nunca se lo he dicho a nadie.

Rosemary le lanzó una mirada horrorizada.

—Yo veo eso como hacer daño —dijo.

—Sí, yo también.

Se hizo un silencio bastante largo. Todo lo que David miraba le recordaba a su familia: la calidez de la respiración de June contra su mejilla, su madre cantando mientras doblaba la ropa en la mesa, las historias de su padre resonando en las paredes. Habían desaparecido, todos ellos habían desaparecido, y su hermana también. Luchó contra el dolor como solía hacer pero las lágrimas le cayeron por las mejillas. No las pudo parar. Lloró por June y por el momento en el ambulatorio en que le entregó Phoebe a Caroline Gill y la vio marchar. Rosemary estaba sentada a la mesa con una actitud grave y quieta. Hubo un momento, extrañamente íntimo, en que se aguantaron la mirada. Se acordó de Caroline mirándolo desde la entrada mientras dormía, con la cara suavizada por el amor que sentía. Tenía que haber salido del museo con ella y vuelto a entrar en su vida, pero había dejado escapar ese momento.

—Lo siento —dijo, intentando serenarse—. Hacía mucho tiempo que no estaba aquí.

Ella no contestó y se preguntó si parecía un loco. Respiró hondo.

—¿Para cuándo esperas el niño?

Ella abrió los ojos con sorpresa.

—Dentro de unos cinco meses, supongo.

—Lo has dejado, ¿verdad? —dijo David con suavidad—. A tu novio. Quizá no quería al bebé.

Ella volvió la cara, pero él vio sus ojos humedecidos.

—Lo siento —dijo enseguida—. No quería entrometerme.

—Está bien. No es nada del otro mundo.

—¿Dónde está él? ¿De dónde eres?

—De Pensilvania —dijo después de una larga pausa. Respiró hondo y David entendió que su historia y su dolor habían permitido que ella revelara la suya propia—. Cerca de Harrisburg. Tenía una tía aquí en la ciudad. La hermana de mi madre, Sue Wallis. Ahora está muerta. Pero cuando era pequeña veníamos aquí, a este lugar. Paseábamos por todas estas colinas. Esta casa siempre estaba vacía. Veníamos aquí y jugábamos cuando éramos niños. Aquellos fueron los mejores tiempos. Este fue el mejor lugar en el que pude pensar.

Él asintió, recordando el susurro del bosque. Sue Wallis. Se la imaginó, una mujer subiendo la colina, llevando un pastel de melocotón cubierto con un trapo.

—Desátame —dijo, todavía con suavidad.

Ella rió con amargura, secándose los ojos.

—¿Por qué? ¿Por qué lo haría, estando solos aquí arriba sin nadie alrededor? No soy idiota.

Se levantó y cogió las tijeras y un pequeño montón de papel del estante de encima de la cocina. Fragmentos blancos que volaban mientras cortaba. El viento hacía parpadear la llama de las velas con la corriente. Tenía una expresión decidida y resuelta, concentrada como la de Paul cuando tocaba, poniéndose en contra del mundo de su padre y buscando otro lugar. Movía las tijeras rápidamente y un nervio le palpitaba en la mandíbula. No se le había ocurrido pensar que ella pudiera hacerle daño.

—Esas cosas de papel que haces son bonitas.

—Mi abuela Rose me enseñó. Se llaman *Scherenschnitte*.* Creció en Suiza, y allí supongo que lo hacían todo el tiempo.

—Debe de estar preocupada por ti.

—Está muerta. Murió el año pasado. —Se paró, concentrándose en lo que estaba cortando—. Me gusta hacerlo. Me ayuda a recordarla.

David asintió.

—¿Comienzas con una idea?

—Está en el papel. No las invento, sino que las encuentro.

—Las encuentras. Sí. Lo entiendo. Cuando hago fotografías, es lo mismo. Ya están allí, yo sólo las descubro.

—Eso —dijo Rosemary girando el papel—. Es exactamente eso.

—¿Qué vas a hacer conmigo?

Ella no dijo nada y continuó cortando.

—Necesito mear.

Quería provocarla, que reaccionara con el lenguaje, pero también era penosamente cierto. Ella lo estudió por un momento. Luego dejó las tijeras, el papel, y desapareció sin decir nada. La oyó por fuera, en la oscuridad. Volvió con un bote vacío de crema de cacahuete.

—Mira —le dijo él—, Rosemary. Por favor. Desátame.

Ella dejó el bote y volvió a coger las tijeras.

—¿Cómo pudiste entregarla?

La luz destelló en las hojas de las tijeras. David recordó el resplandor del bisturí al hacer la episiotomía, cómo se había elevado para ver la escena desde arriba, cómo los acontecimientos de aquella noche habían puesto su vida en marcha, una cosa llevaba a la otra, puertas abriéndose donde antes no estaban y otras cerrándose, hasta llegar a aquel momento, una desconocida buscando el complicado diseño escondido en el papel y esperando a que él respondiera, y no había nada que él pudiera hacer y ningún sitio adonde pudiera ir.

---

* Palabra alemana que significa arte de recortar siluetas en el papel. (N. de la T.)

—¿Es eso lo que te preocupa? ¿Tener que dar al bebé?

—No lo haré —dijo, implacable y decidida. Así que alguien la había tirado a la basura de una forma u otra, como se tiran los desechos al agua, hasta hundirse o flotar, embarazada a los dieciséis años, sola, sentada a esa mesa.

—Me di cuenta de que estaba mal —dijo David—, pero por entonces, ya era demasiado tarde.

—Nunca es demasiado tarde.

—Tienes dieciséis años. Créeme, a veces es demasiado tarde.

Se le tensó la cara un momento y no contestó, sólo siguió cortando, y en el silencio, David empezó a hablar de nuevo, intentando explicar primero lo de la nieve, el shock y el bisturí brillando en la fuerte luz. Cómo había salido de sí mismo para observarse moviéndose por el mundo. Cómo se había despertado todas las mañanas de su vida durante dieciocho años, pensando que quizás aquel fuera el día que pondría las cosas en su sitio. Pero Phoebe se había ido y él no sabía dónde estaba, así que ¿cómo podía decírselo a Norah? El secreto había seguido su curso durante su matrimonio como una enredadera insidiosa, que se retorcía. Ella bebía demasiado y después empezó a tener historias con hombres, ese miserable agente inmobiliario de la playa y luego otros. Él había tratado de no darse cuenta, de perdonarla, porque sabía que de alguna manera era culpa suya. Foto tras foto, como si pudiera detener el tiempo o capturar una imagen lo suficientemente poderosa para ocultar el momento en que se dio la vuelta y le entregó su hija a Caroline Gill.

La voz le aumentaba y disminuía. Una vez hubo empezado ya no pudo parar, como no paraba la lluvia ni el agua bajando en torrente por la ladera de la montaña, o los peces, persistentes y escurridizos como la memoria, emitiendo reflejos bajo el hielo del arroyo. «Cuerpos en movimiento», pensó, aquel pequeño recuerdo de física del instituto. Había dado a su hija a Caroline Gill y aquel hecho lo había traído aquí, años más tarde, a esta chica en movimiento por sí sola. A esta chica que había dicho «sí», a una breve vía de escape en la parte trasera de un coche o en la habitación de una casa silenciosa. A esta chica que luego se había levantado, ajustándose la ropa, sin darse cuenta de cómo aquel momento ya había determinado su vida para siempre.

Ella cortaba y escuchaba. Su silencio lo hizo libre. Habló como un río, como una tormenta, una ráfaga de palabras invadieron la vieja casa con una fuerza y una vida que él no podía parar. En algún punto, empezó a llorar otra vez y tampoco pudo parar. Rosemary no hizo ningún comentario en absoluto. Él habló hasta que las palabras salieron más despacio, disminuyeron, y finalmente se detuvieron.

Se hizo el silencio.

Ella no dijo nada. Las tijeras resplandecían. El papel medio cortado resbaló de la mesa al suelo cuando ella se levantó. Él cerró los ojos, asustado, porque había visto ira en su mirada, porque todo lo que pasaba era culpa suya.

Oyó los pasos, y luego, el metal frío como el hielo se deslizó contra su piel.

La tirantez de las muñecas cedió. Abrió los ojos y la vio, dando un paso atrás, con los ojos brillantes y precavidos, fijos en los suyos, con las tijeras en la mano.

—Está bien —dijo—. Eres libre.

III

—Paul —gritó.

Sus tacones sonaban entrecortados en las lustradas escaleras, y allí estaba de pie en la entrada, esbelta y elegante, con un traje azul marino de falda estrecha y gruesas hombreras. Aunque apenas abrió los ojos, Paul vio lo que ella miraba: la ropa esparcida por el suelo, un montón de álbumes y partituras, la vieja guitarra apoyada en un rincón. Ella movió la cabeza con desaprobación y suspiró.

—Levántate, Paul. Ya es hora.

—Estoy enfermo —farfulló, echándose las sábanas sobre la cabeza, simulando una voz ronca.

A través del tejido abierto de la manta de verano la vio con las manos en las caderas. La temprana luz se reflejaba en su pelo, en las mechas rojas y doradas que se había hecho el día anterior. La había oído al teléfono con Bree describiendo los mechones envueltos en papel de aluminio y recalentados.

Estaba sofriendo carne picada, y hablaba con voz calmada y los ojos rojos de haber llorado. Su padre había desaparecido y durante tres días nadie supo si estaba vivo o muerto. Pero la noche anterior había vuelto a casa, atravesando la puerta como si nunca se hubiera ido, y sus tensas voces llegaron hasta su habitación durante horas.

—Mira —decía echando un vistazo al reloj—, sé que no estás más enfermo de lo que lo estoy yo. A mí también me gustaría pasarme el día durmiendo. Dios sabe que me gustaría. Pero no puedo y tú tampoco. Así que sal de la cama y vístete. Te dejo en la escuela.

—Me arde la garganta —insistió, haciendo la voz más ronca que podía.

Ella dudó, cerró los ojos y volvió a suspirar; él supo que había ganado.

—Si te quedas en casa, te quedas en casa —advirtió ella—. No vas a andar por ahí con ese cuarteto tuyo. Y, escúchame bien, tienes que arreglar esta pocilga. En serio, Paul. He aguantado todo lo que puedo aguantar.

—Vale —dijo con voz ronca—. Sí. Ya lo haré.

Ella se quedó un momento más sin decir nada.

—Sé que es duro —dijo al fin—. Para mí también es duro. Me quedaría contigo, Paul, pero le prometí a Bree acompañarla al médico.

Entonces él se apoyó en los codos, alertado por su sombrío tono de voz.

—¿Está bien?

Su madre asintió con la cabeza, pero miraba por la ventana y no le miró a los ojos.

—Creo que sí. Pero tiene que hacerse algunas pruebas y está un poco preocupada. Lo que es natural. La semana pasada le prometí que iría. Antes de todo esto de tu padre.

—No pasa nada —dijo Paul recordando hacer la voz ronca—. Ve con ella. Estaré bien —dijo con seguridad, aunque por otra parte quería que no le hiciera caso, que se quedara en casa.

—No durará mucho. En cuanto acabe vendré directamente a casa.

—¿Dónde está papá?

—No tengo ni idea. Aquí no. Pero ¿qué hay de raro en eso?

Paul no contestó, se volvió a tumbar y cerró los ojos. «No mucho —pensó—. No hay nada de raro.»

Su madre le puso la mano en la mejilla suavemente, pero él no se movió y entonces ella se fue, dejándole un frescor en la cara. Abajo se oyó un portazo y la voz de Bree subió desde el vestíbulo. Durante aquellos últimos años, Bree y su madre habían estado muy unidas, tan unidas que incluso habían empezado a parecerse. Bree también llevaba el pelo con mechas, y un maletín en la mano. Seguía siendo una persona moderna y progre, todavía era la única que se arriesgaba, la única que le decía que siguiera sus impulsos y que hiciera la solicitud a Juilliard. A todo el mundo le gustaba Bree; su sentido de la aventura, su entusiasmo. Atraía a muchos clientes. Ella y su madre eran fuerzas que se complementaban. Se lo había oído decir. Y Paul lo veía. Bree y su madre iban por la vida como punto y contrapunto, una imposible sin la otra, una tirando siempre de la otra. Sus voces se confundían abajo, de un lado a otro, y luego oyó la risa infeliz de su madre y la puerta se cerró. Él se sentó y se estiró. Libre.

La casa estaba tranquila, se oía el ruido del calentador. Paul fue abajo y se quedó de pie delante de la fría luz del frigorífico, comiendo macarrones con queso de un plato con los dedos, mirando los estantes. No había mucho. En el congelador encontró seis cajas de galletas de menta de las exploradoras. Comió un puñado, enjuagando las frías roscas de chocolate con la leche, que se echó a la boca directamente de la botella de plástico. Luego otro puñado, y balanceando la botella de leche en la mano fue al salón. Las mantas de su padre estaban cuidadosamente apiladas sobre el sofá. Luego se dirigió al estudio.

La chica todavía estaba allí durmiendo. Se metió otra galleta en la boca dejando que la menta y el chocolate se deshicieran poco a poco mientras la observaba. La noche anterior, las familiares voces enfadadas de sus padres habían llegado hasta su habitación, y aunque discutían, el nudo que se le había hecho en la garganta al pensar que quizá su padre estuviera muerto en alguna parte, que se hubiera ido para siempre, desapareció de inmediato. Paul salió de la cama y empezó a bajar las escaleras, pero se detuvo en el rellano, poniéndose en situación. Su padre había llegado con la camisa sucia, los pantalones manchados de barro por todas partes, cojeando, desaliñado, con barba de tres días y despeinado. Su madre llevaba la bata de raso de color melocotón y las zapatillas, y tenía los brazos cruzados y fruncía el ceño. Y esa chica, aquella desconocida, estaba de pie en la entrada con un abrigo negro que le iba demasiado grande, agarrando las mangas con las puntas de los dedos. Las voces de sus padres se fundían y se elevaban. La chica levantó la vista cuando hubo pasado la tormenta y sus ojos se encontraron. Él la había estado mirando fijamente, observando su palidez, su mirar incierto y sus orejas tan delicadamente esculpidas. Tenía los ojos de un marrón claro, tan cansados. Quería bajar las escaleras y sostenerle la cara entre las manos.

—Tres días —decía su madre— y luego llegas como... Dios, David, mírate, así, y con esta chica. ¿Embarazada, dices? ¿Y se supone que debo alojarla sin preguntar?

Entonces la chica se estremeció, apartó la vista y los ojos de Paul bajaron a su estómago, plano bajo su abrigo, con una mano encima a modo de protección, y le vio la ligera turgencia bajo el jersey. Él se quedó muy quieto. La discusión siguió; parecía durar mucho. Finalmente, su madre, en silencio, sin decir palabra, sacó sábanas, mantas y almohadas del armario y se las tiró escaleras abajo a su padre, que cogió a la chica muy formalmente por el codo y la acompañó al estudio.

Así que dormía en el sofá cama, con la cabeza girada a un lado y una mano cerca de la cara. Observó que movía los párpados, el suave subir y bajar del pecho. Estaba tumbada boca arriba. La barriga le subía como una pequeña ola. El pulso se le aceleró a Paul y se asustó. Él había tenido relaciones sexuales con Lauren Lobeglio seis veces desde marzo. Durante semanas, se había pasado por los ensayos del cuarteto, observándolo, sin hablar; era una chavala bonita, delgada y rodeada de misterio. Una tarde, una vez se fueron todos, se quedaron ellos dos en el garaje silencioso. La luz se movía entre las hojas fuera y hacía dibujos de sombras parpadeantes en el suelo de cemento. Era extraña, pero sexy, con el pelo largo y abundante y los ojos negros. Él estaba sentado en la vieja silla plegable, apretando las cuerdas de su guitarra, preguntándose si debía acercarse adonde estaba y besarla.

Pero fue Lauren quien cruzó la habitación. Se quedó enfrente de él un segundo, se sentó en su regazo y se subió la falda dejando ver unas piernas blancas y esbeltas. Según se decía, Lauren Lobeglio lo hacía con quien quería. Nunca había creído que fuera cierto, pero se atrevió a meterle las manos por debajo de la camiseta. Tenía la piel muy cálida y los pechos suaves.

No estaba bien. Lo sabía, pero era como caer: una vez empiezas no puedes parar hasta que algo te para. Ella siguió yendo a los ensayos como antes, con la diferencia de que el ambiente estaba más cargado, y cuando se quedaban solos, era él quien cruzaba la habitación y la besaba, mientras deslizaba las manos por la suave piel de seda de su espalda.

La chica de la cama suspiró. «Es una menor», le habían advertido sus amigos acerca de Lauren. Sobre todo Duke Madison, quien el año anterior había dejado los estudios para casarse con su novia. Ya casi no tocaba el piano y cuando lo hacía, tenía un aspecto demacrado y envejecido. «Déjala preñada, y estarás más que jodido.»

Paul observaba a la chica, su palidez, el pelo largo y oscuro y las pecas dispersas. ¿Quién era? Su padre, metódico, predecible como un reloj, simplemente había desaparecido. El segundo día su madre llamó a la policía, que seguían evasivos y burlescos, hasta que encontraron el maletín de su padre en el guardarropa del museo en Pittsburg, y la maleta y la cámara en el hotel. Entonces se lo tomaron en serio. Lo habían visto en la recepción, discutiendo con una mujer de pelo negro. Resultó ser una crítica de arte; su reseña de la exposición salió en los periódicos de Pittsburg. No fue muy agradable.

Nada personal, había dicho a la policía.

La noche anterior, una llave giró en la puerta, y su padre entró en casa con la chica embarazada, alegando que la acababa de conocer. Una chica cuya presencia no iba a explicar. Ella necesitaba ayuda, dijo lacónicamente.

«Hay un montón de formas de ayudar —había señalado su madre, hablando como si la chica no estuviera en el vestíbulo, con el abrigo holgado—. Le das dinero. La llevas a un lugar para madres solteras. No desapareces durante días sin decir nada y luego te presentas con una desconocida embarazada. Dios, David, ¿no te haces a la idea? ¡Llamamos a la policía! Pensábamos que habrías muerto.»

«Quizá lo estaba», dijo. La rareza de la respuesta sofocó las protestas de su madre y dejó clavado a Paul en su sitio, en las escaleras.

Y ahora ella dormía, totalmente ajena. En su interior, el bebé crecía en un mar oscuro. Paul se acercó a ella, le tocó suavemente el pelo y luego apartó la mano. Sintió un repentino deseo de meterse en la cama con ella, de abrazarla. De alguna manera no era como con Lauren, no era por sexo, sólo quería sentirla cerca, su piel y su calor. Quería levantarse a su lado, pasarle la mano por la curva de su vientre, tocarle la cara y cogerle la mano.

Descubrir lo que sabía de su padre.

Ella pestañeó y abrió los ojos, y por un momento se lo quedó mirando, sin ver. Entonces se sentó rápida, pasándose las manos por el pelo. Llevaba puesta una de sus viejas camisetas descoloridas, azul, con el logotipo de los Kentucky Wildcats delante, que él se ponía hacía un par de años en la pista de atletismo. Tenía los brazos largos y delgados, y alcanzó a ver un poco de su axila, suave y sin depilar, y la suave curva de su pecho.

—¿Qué estás mirando?

Él movió la cabeza incapaz de hablar.

—Eres Paul —dijo—. Tu padre me ha hablado de ti.

—¿Sí? —preguntó detestando la premura de su voz—. ¿Qué te ha dicho?

Ella se encogió de hombros, se apartó el pelo detrás de la oreja y se levantó.

—Vamos a ver. Eres testarudo. Lo odias. Y eres un genio de la guitarra.

Paul sintió que le subía el calor a la cara. Normalmente pensaba que su padre ni lo veía, o que le veía sólo los defectos.

—No lo odio. Todo lo contrario.

Ella se inclinó para recoger las mantas, luego se sentó con ellas en los brazos, mirando a su alrededor.

—Es bonita —dijo—. Algún día tendré una casa como ésta.

Paul emitió una risa asustada.

—Estás embarazada —dijo. Era su propio miedo lo que había en la habitación, el miedo que sentía cada vez que, temblando, cruzaba el garaje hasta Lauren Lobeglia, movido por el poder irresistible del deseo.

—Sí, ¿y qué? Estoy embarazada, no muerta.

Ella habló desafiante, pero pareció asustada, tan asustada como a veces se sentía Paul, despertándose en mitad de la noche, soñando con Lauren, toda calidez y seda, y su voz baja en su oído, consciente de que nunca podría parar aunque sabía que esa relación no iba a ninguna parte.

—Como si lo estuvieras.

Ella apartó la vista bruscamente, con lágrimas en los ojos como si él le hubiera dado una bofetada.

—Perdona, no era mi intención.

Ella siguió llorando.

—De todos modos, ¿qué estás haciendo aquí? —preguntó enfadado por sus lágrimas, por su mera presencia—. ¿Quién te crees que eres para agarrarte a mi padre y dejarte caer por aquí?

—No me creo nadie —dijo, pero su tono la había asustado y se secó las lágrimas y se hizo más dura y más distante—. Y yo no pedí venir. Fue idea de tu padre.

—Eso no tiene sentido. ¿Por qué tendría que hacerlo?

—¿Y yo que sé? Yo estaba viviendo en la vieja casa donde creció, y dijo que no podía quedarme más allí. Y es su casa ¿no?, ¿qué podía decir?

Por la mañana fuimos a la ciudad, compró unos billetes de autobús, y aquí estamos. El viaje en autobús fue un palo. Tardamos una eternidad con tanto transbordo.

Se echó el pelo hacia atrás y se lo recogió en una cola. Paul la observó, pensando en lo bonitas que eran sus orejas, preguntándose si su padre también pensaba que era guapa.

—¿Qué vieja casa? —preguntó Paul sintiendo algo agudo y caliente en el pecho.

—Lo que he dicho. La casa donde se crió. Yo vivía allí. No tenía ningún sitio adonde ir —añadió bajando la vista al suelo.

Entonces Paul sintió que algo lo llenaba, un sentimiento que no podía nombrar. Envidia, quizás, de que esa chica, esa delgada y pálida desconocida con las orejas bonitas, hubiera estado en un lugar que era importante para su padre, un lugar que él nunca había visto. «Te llevaré allí algún día», le había prometido su padre, pero habían pasado los años y nunca lo había vuelto a mencionar. Aun así, Paul no olvidaba, la manera en que su padre se había sentado en medio del desastre del cuarto oscuro, recogiendo las fotos una a una, con tanto cuidado. «Mi madre, Paul, tu abuela. Tuvo una vida difícil. Yo tenía una hermana, ¿lo sabías? Se llamaba June. Se le daba bien cantar, la música, como a ti.» De aquel día recordaba el olor de su padre a limpio, vestido para ir al hospital pero sentado en el suelo, hablando como si tuviera todo el tiempo del mundo. Contando una historia que Paul nunca había oído antes.

—Mi padre es médico. Le gusta ayudar a la gente.

Ella asintió y luego lo miró directamente, con la expresión llena de algo…, pena por él. Eso fue lo que leyó y la fina llamarada ardiente le viajó hasta la punta de los dedos.

—¿Qué? —preguntó.

—Nada. Tienes razón. Necesitaba ayuda. Eso es todo.

Un mechón de pelo le cayó de la cola a la cara, oscuro y con reflejos rojizos. Recordó lo suave que era al tacto mientras ella dormía, suave y cálido, y tuvo que aguantarse las ganas de acercarse y apartárselo detrás de la oreja.

—Mi padre tenía una hermana —dijo Paul recordando la historia y la estable y dulce voz de su padre, apretando para ver si era verdad que ella había estado allí.

—Lo sé. June. Está enterrada en la ladera que hay más arriba de la casa. También fuimos allí.

La fina llamarada aumentó, haciendo su respiración débil y superficial. ¿Por qué le importaba que ella lo supiera? ¿Qué diferencia había? Y aun así, no dejaba de imaginársela allí, subiendo alguna ladera, siguiendo a su padre hasta aquel sitio donde él nunca había estado.

—¿Y qué? ¿Y qué que hayas estado allí?, ¿y qué?

Pareció que ella fuera a decir algo, pero entonces dio media vuelta y se dirigió a la cocina. La larga cola le picaba en la espalda. Tenía los hombros delgados y delicados, y caminaba despacio, con cuidadosa elegancia, como una bailarina.

—Espera —dijo Paul, pero cuando ella se paró no supo qué decir.

—Necesitaba un sitio donde quedarme —dijo en voz baja—. Eso es todo lo que hay que saber de mí, Paul.

Él la miró ir a la cocina, oyó el refrigerador abrirse y cerrarse. Luego él fue arriba y cogió la carpeta que había escondido en el cajón de abajo, lleno de fotos que había salvado del día que había hablado con su padre.

Cogió las fotos y la guitarra y salió al porche, sin camiseta y descalzo. Se sentó en el balancín y tocó, echándole un ojo a la chica, que se movía dentro de la casa, por la cocina, el salón y el comedor. Pero hizo muy poco, solamente se comió un yogur y luego se quedó un rato de pie enfrente de la librería de su madre, cogió una novela y se sentó en el sofá.

Él siguió tocando. La música lo tranquilizaba como nada más lo hacía. Entró en otro nivel donde sus manos parecían moverse automáticamente. La siguiente nota aparecía, y luego otras la seguían. Llegó al final y paró, con los ojos cerrados, dejando que las notas se fueran apagando en el aire.

Nunca más. Ni esta música, ni este momento, nunca más.

—¡Guau!

Abrió los ojos y la vio apoyada en el marco de la puerta. Abrió la puerta mosquitera, salió al porche con un vaso de agua en la mano y se sentó.

—¡Guau! Tu padre tenía razón. Ha sido increíble.

—Gracias —dijo agachando la cabeza para esconder su placer y rasgando un acorde. La música lo había liberado. Ya no estaba enfadado—. Y tú, ¿tocas?

—No. Iba a clases de piano.

—Tenemos un piano —dijo señalando la puerta con la cabeza—. Vamos.

Ella sonrió, aunque todavía tenía los ojos serios.

—Está bien. Gracias. No estoy de humor. Además, tú eres realmente bueno. Pareces un profesional. Me daría vergüenza destrozar «Para Elisa» o algo.

Él también sonrió.

—«Para Elisa». La conozco. Podríamos hacer un dúo.

—Un dúo —repitió, asintiendo y frunciendo un poco el ceño. Entonces levantó la vista—. ¿Eres hijo único? —preguntó.

Él se sobresaltó.

—Sí y no. Quiero decir, que tuve una hermana. Gemela. Murió.

Rosemary asintió.

—¿Piensas en ella alguna vez?

—Claro —se sintió incómodo y apartó la vista—. No en ella exactamente. O sea, nunca la conocí. Más bien en cómo habría sido.

Entonces enrojeció, asombrado de haberle revelado tanto a aquella desconocida que había desbaratado sus vidas, una chica a quien ni siquiera le gustaba.

—Bueno —dijo—, pues ahora es tu turno. Cuéntame algo personal. Algo que mi padre no sepa.

Ella le echó una mirada inquisitiva.

—No me gustan los plátanos —dijo al fin, y él rió y luego ella también—. No, en serio, no me gustan. ¿Qué más? Cuando tenía cinco años me caí de la bici y me rompí el brazo.

—Yo también me rompí el brazo, cuando tenía seis. Caí de un árbol.

Entonces recordó cómo lo había levantado su padre, la forma en que el cielo resplandecía por la luz del sol y las hojas mientras lo llevaba al coche. Recordó las manos de su padre tan concentradas y cuidadosas cuando le puso los huesos en su sitio. Luego volvieron a casa a la luz dorada de la tarde.

—Oye —dijo—, quiero enseñarte algo.

Dejó la guitarra en el balancín y recogió las fotos en blanco y negro.

—¿Fue aquí —preguntó pasándole una— donde conociste a mi padre?

Ella cogió la foto y la miró. Luego asintió.

—Sí. Ahora está diferente. Por lo que veo fue una bonita casa una vez, con las cortinas en las ventanas y las flores. Pero ahora no vive nadie allí. Está vacía. El viento entra porque las ventanas están rotas. Cuando era pequeña jugábamos allí. Corríamos como locos por aquellas colinas y jugaba a las casitas con mis primos. Decían que estaba encantada, pero a mí siempre me gustó. No sé exactamente por qué. Era mi escondite. A veces, solamente me sentaba dentro a imaginar lo que iba a ser de mayor.

Él asintió, volviendo a coger la foto y mirando las figuras como había hecho tantas otras veces, como si pudieran responderle todas las preguntas que tenía sobre su padre.

—No te lo imaginaste así.

—No, nunca.

Ninguno de los dos habló durante unos minutos. La luz del sol se inclinaba entre los árboles y proyectaba sombras en el suelo pintado del porche.

—Vale. Vuelve a ser tu turno —dijo ella.

—¿Mi turno?

—Dime algo que tu padre no sepa.

—Voy a ir a Juilliard —dijo de golpe. Todavía no se lo había dicho a nadie, sólo a su madre—. Era el primero en la lista de espera y la semana pasada me aceptaron. Cuando él no estaba.

—¡Guau! —Sonrió un poco triste—. Estaba pensando en cosas como tu verdura preferida. Pero eso es genial, Paul. Siempre he pensado que ir a la universidad sería estupendo.

—Ibas a ir —dijo dándose cuenta de repente de lo que había perdido.

—Sí, e iré. Definitivamente, iré.

—Probablemente me lo tendré que pagar yo —dijo Paul, viendo su intensa determinación, la manera en que cubría el miedo—. Mi padre está empeñado en que tenga un plan profesional seguro. Odia la idea de que me dedique a la música.

—Eso no lo sabes —dijo bruscamente—. En realidad no sabes nada de la historia de tu padre.

Paul no supo qué responder, y se quedaron en silencio unos minutos. Estaban ocultos a la calle por un enrejado. Una enredadera de clemátide subía cubriéndolo, con flores blancas y púrpuras abiertas, así que cuando dos coches llegaron a la entrada, uno detrás de otro,

Paul sólo vislumbró reflejos de color, cromo brillante. Era tan extraño que su madre y su padre llegaran a casa tan pronto, durante el día. Rosemary y él se miraron. Las puertas de los coches se cerraron de un golpe, resonando en casa de los vecinos. Luego se oyeron pasos y las débiles y decididas voces de sus padres, que iban y venían, en el límite del porche. Rosemary abrió la boca para llamarlos, pero Paul levantó la mano y le hizo un gesto negativo con la cabeza, y se quedaron sentados en silencio, escuchando.

—El día de hoy —decía su madre—, esta semana. Si supieras cuánto dolor nos has causado, David.

—Lo siento. Tienes razón. Tenía que haber llamado. Quería hacerlo.

—¿Se supone que eso es suficiente? Quizá me vaya yo —dijo—. Eso es. Quizá me largue y vuelva con un joven guapo y apuesto sin dar ninguna explicación. ¿Qué te parecería?

Hubo un silencio, y Paul recordó la pila de ropa esparcida en la playa. Pensó en el tiempo que hacía que su madre no volvía a casa antes de medianoche. Negocios, suspiraba siempre, y dejaba los zapatos en el vestíbulo y se iba directa a la cama. Observó que Rosemary se miraba las manos. Se quedó muy quieto, mirándola, escuchando, esperando a ver qué era lo que pasaba luego.

—Es sólo una niña —dijo su padre al fin—. Tiene dieciséis años y está embarazada. Estaba viviendo en una casa abandonada, sola. No podía dejarla allí.

Su madre suspiró. Paul imaginó que se pasaba la mano por el pelo.

—¿Es la crisis de los cuarenta? —preguntó tranquila—. ¿Es eso?

—¿La crisis de los cuarenta? —La voz de su padre era incluso pensativa, como si estuviera considerando la afirmación con cuidado—. Supongo que podría ser. Pero me deshice de un muro. En Pittsburg. Había sido tan ambicioso de joven. No tuve el lujo de ser nada más. Volví para intentarlo y entender algunas cosas. Y allí estaba Rosemary, en mi vieja casa. No parece una coincidencia. No sé, no lo sé explicar sin parecer un loco. Pero por favor, confía en mí. No estoy enamorado de ella. No es eso. No pasará nunca.

Paul miró a Rosemary. Tenía la cabeza inclinada, así que no le pudo ver la cara, pero sí las mejillas sonrosadas. Se tocaba una uña y no lo miró a los ojos.

—No sé qué creer —dijo su madre bajo—. Esta semana, David, ha sido horrible, y todas las semanas. ¿Sabes de dónde vengo? He ido con Bree al oncólogo. Le hicieron una biopsia la semana pasada del pecho izquierdo. Es un bulto muy pequeño; su pronóstico es bueno, pero es maligno.

—No lo sabía, Norah. Lo siento.

—No, no me toques, David.

—¿Quién es su cirujano?

—Ed Jones.

—Ed es bueno.

—Más vale que lo sea. David, tu crisis de los cuarenta es lo último que necesito.

Paul escuchaba, sintiendo que el mundo aminoraba la marcha. Pensaba en Bree, con su risa, que se sentaba a escucharle tocar durante una hora entera; la música se movía entre ellos y no necesitaban hablar. Ella cerraba los ojos y se estiraba en el balancín a escuchar. No podía imaginarse el mundo sin ella.

—¿Qué es lo que quieres? —preguntaba su padre—. ¿Qué quieres de mí, Norah? Me quedaré, si tú quieres, o me iré. Pero no puedo echar a Rosemary. No tiene adónde ir.

Hubo un silencio. Él esperó. Apenas se atrevía a respirar, esperando a ver lo que iba a decir su madre y al mismo tiempo que nunca contestara.

—¿Y yo? —preguntó Paul, sorprendido de sí mismo—. ¿Qué hay de lo que yo quiero?

—Paul —era la voz de su madre.

—Aquí —dijo cogiendo la guitarra—, en el porche. Estoy con Rosemary.

—¡Por Dios! —dijo su padre.

Segundos después estaba en los escalones. Desde la pasada noche, se había duchado y afeitado y se había puesto un traje limpio. Estaba delgado y parecía cansado. Su madre también, a su lado.

Paul se levantó y lo miró.

—Voy a ir a Juilliard, papá. Llamaron la semana pasada. Me han aceptado. Y voy a ir.

Entonces esperó a que su padre empezara a decir como siempre que una carrera musical no era solvente, ni tan sólo la de clásica. Que Paul tenía muchas puertas abiertas. Que siempre podría tocar y disfrutar tocando incluso si se ganaba la vida con otra cosa. Esperó a que su padre fuera estricto, razonable y que se opusiera, así Paul podría dar rienda suelta a su rabia. Estaba tenso, preparado, pero para su sorpresa, su padre tan sólo asintió.

—Muy bien —dijo su padre, y entonces su cara se suavizó por un momento con placer, la preocupación iba disminuyendo. Cuando habló, su voz era tranquila y segura—: Paul, si es lo que quieres, ve, trabaja duro y sé feliz.

Paul se quedó inquieto en el porche. Todos esos años, cada vez que él y su padre hablaban, tenía la sensación de que chocaba contra un muro. Y ahora, la pared había desaparecido misteriosamente, pero él seguía corriendo, aturdido e inseguro, en el espacio abierto.

—Paul —dijo su padre—, estoy orgulloso de ti, hijo.

Todo el mundo lo miraba. Él tenía lágrimas en los ojos. No sabía qué decir, así que echó a andar. Al principio sólo para desaparecer de la vista, así no se avergonzaría, y luego echó a correr con la guitarra en la mano.

—¡Paul! —lo llamó su madre.

Cuando él se giró y ya volvía unos pasos hacia atrás, vio lo blanca que estaba, los brazos cruzados en el pecho con nerviosismo, con las mechas recién hechas en el pelo movido por la brisa. Pensó en Bree, en lo que había dicho su madre, en cómo se habían llegado a parecer, y se asustó. Recordó a su padre en el vestíbulo, con la ropa sucia, la oscura barba de tres días y despeinado. Aquella mañana era clara y calmada, pero todavía cambiante. Su padre —impecable, preciso, seguro de todo— se había vuelto otra persona. Detrás de la cerca de clemátide, Rosemary escuchaba con los brazos cruzados; se había soltado el pelo y le caía sobre los hombros y él se la imaginó en la casa de la colina hablando con su padre, viajando en autobús durante tantas horas, y de nuevo se asustó de lo que les estaba pasando a todos.

Así que corrió.

Era un día soleado, caluroso. El señor Ferry y la señora Pool lo saludaron con la mano desde sus porches. Paul levantó la guitarra en forma de saludo y siguió corriendo. Estaba a tres manzanas de casa, cinco, diez. Al otro lado de la calle, enfrente de un bungalow bajo, había un coche vacío en marcha. Seguramente el propietario había olvidado algo y había corrido adentro a buscar un maletín o una chaqueta. Paul se detuvo. Era un AMC modelo Gremlin, el coche más feo del mundo, de color ocre y con los acabados oxidados. Cruzó la calle, abrió la puerta del conductor y se metió dentro. Nadie gritó, nadie llegó corriendo desde la casa. Cerró la puerta y se ajustó el asiento, haciendo más sitio para las piernas. Dejó la guitarra en el asiento de al lado. Era un coche automático. Había papeles de caramelos y paquetes vacíos de tabaco por todas partes. El dueño era un auténtico perdedor, pensó, quizás una de aquellas señoras que llevaban demasiado maquillaje y trabajaban como secretarias en algún lugar de incompetentes totales, como la tintorería o el banco. Puso el coche en punto muerto y luego la marcha atrás.

Todavía nada. Ni gritos ni sirenas. Puso la palanca en DRIVE y arrancó.

No había conducido mucho, pero debía de ser como el sexo: aunque no supieras lo que seguía, muy pronto lo sabrías y era todo automático. Al lado del instituto, Ned Stone y Randy Delaney pasaban el rato en una esquina, lanzando colillas a la hierba antes de entrar. Buscó a Lauren Lobeglio, que a veces estaba allí con ellos, cuyo aliento a menudo olía a tabaco cuando la besaba.

La guitarra resbaló. Paró en el arcén y la sujetó con el cinturón de seguridad. Un Gremlin, mierda. A través de la ciudad, se paraba con cuidado en todos los semáforos. Era un día radiante y azul. Pensó en los ojos de Rosemary, llenos de lágrimas. No quería hacerle daño, pero se lo había hecho. Y alguna cosa había pasado, había cambiado. Ella era parte de ello y él no, aunque la cara de su padre se llenó por un instante de felicidad con su noticia.

Paul condujo. No quería estar en aquella casa por lo que pudiera pasar. Llegó a la interestatal, donde la carretera se dividía, y fue hacia el oeste, a Louisville. California brillaba en su mente. Allí había música. Y una playa interminable. Lauren Lobeglio se iría con otro nuevo. Porque no lo quería y él tampoco a ella. Era como una adicción y lo que estaban haciendo le pesaba. California. Pronto estaría en la playa, tocando con un grupo, y viviendo barato y fácil durante todo el verano. En otoño, encontraría la manera de ir a Juilliard. Haciendo autostop por todo el país, quizás. Bajó la ventanilla con la manivela y dejó entrar el aire primaveral. El Gremlin no llegaba a los noventa incluso apretando el pedal hasta el fondo. Aun así, se sentía como si estuviera volando.

Ya había hecho aquel camino antes, durante las metódicas salidas al zoológico de Louisville, y antes, en aquellos viajes que su madre hacía cuando él era pequeño, en el asiento trasero mirando las hojas y las ramas y los postes de teléfono reflejados en la ventanilla. Ella cantaba fuerte, con la radio puesta, con la voz a sacudidas, prometiéndole que pararían a comprar un helado, como algo especial, si era bueno y estaba tranquilo. Y había sido bueno, pero no había ninguna diferencia. Había descubierto la música y despedía su corazón en el silencio de aquella casa, en el vacío que la muerte de su hermana había hecho en sus vidas. Eso tampoco había importado. Había hecho lo posible por que sus padres levantaran la vista de sus vidas y oyeran la belleza, la alegría que él había descubierto. Había tocado tanto. Había conseguido hacerlo bien. Y aun así, ellos no habían levantado la vista ni una sola vez, hasta que Rosemary había cruzado la puerta y lo había alterado todo. O quizá no había cambiado nada en realidad. Quizá su presencia había proyectado una nueva y reveladora luz en sus vidas, cambiando de composición. Después de todo, una fotografía podía ser mil cosas diferentes.

Puso la mano sobre la guitarra, notando la calidez reconfortante de la madera. Apretó el pedal hasta el fondo, subiendo la colina entre las paredes de piedra caliza por donde habían construido la carretera, y luego descendió hacia la curva del río Kentucky, volando. El puente cantaba bajo las ruedas. Paul condujo y condujo, tratando de hacer cualquier cosa excepto pensar.

IV

La oficina zumbaba más allá de la puerta de paneles de cristal de Norah. Neil Simms, el jefe de personal de IBM, atravesaba las puertas exteriores, con su traje oscuro y los zapatos lustrados. Bree, que se había parado en recepción para recoger los faxes, se giró para darle la bienvenida. Ella llevaba un traje amarillo de lino y unos zapatos amarillo oscuro; una fina pulsera de oro le resbaló hasta la muñeca cuando le dio la mano. Había adelgazado y se le marcaban los huesos bajo su elegancia. Todavía su risa era ligera, viajando a través del cristal hasta donde Norah estaba sentada con el teléfono en la mano, la carpeta satinada que había estado preparando durante semanas sobre la mesa, IBM en negrita en la parte de delante.

—Mira, Sam —decía Norah—. Te dije que no me llamaras y hablaba en serio.

Se hizo un frío silencio en su oído. Se imaginó que Sam estaría en casa, trabajando al lado de las ventanas, mirando el lago. Era un analista de inversiones y Norah lo había conocido en el aparcamiento, hacía seis meses, cerca del ascensor. A ella se le habían caído las llaves y él las había cogido al vuelo, rápido y fluido, como un pez. «¿Son suyas?», había preguntado con una sonrisa; una broma, ya que allí no había nadie más. Norah había asentido con una sensación familiar, parecida a una deliciosa caída en picado. Le rozó la piel con los dedos y sintió las llaves frías en la palma de la mano.

Aquella noche él le dejó un mensaje en el contestador. El corazón de Norah se había acelerado, movido por su voz. Aun así, cuando la cinta paró, se obligó a sentarse y contar las historias que había tenido, las cortas y las que duraron más, las apasionadas y las indiferentes, las amargas y las cordiales, a lo largo de todos esos años.

Cuatro. Anotó el número. Grafito oscuro redondeado, en el borde del periódico de la mañana. Arriba, el agua goteaba en la bañera. Paul estaba en la sala de estar tocando el mismo acorde una y otra vez con la guitarra. David estaba afuera, trabajando en el cuarto oscuro; tanto espacio entre ellos, siempre. Norah se había metido en cada una de sus infidelidades con un sentimiento de esperanza de nuevos comienzos, arrastrada a una ráfaga de encuentros secretos, de novedad y sorpresa. Después de Howard, había tenido dos relaciones más, pasajeras y dulces, seguidas de otra más larga. Todas habían empezado en momentos en que ella creía que el silencio de su casa la volvería loca, cuando el mundo misterioso de otra presencia, cualquier presencia, le parecía un consuelo.

—*Norah, por favor, escúchame* —decía Sam.

Era un hombre de carácter, un poco intimidatorio en las negociaciones, una persona que a ella ni tan sólo le gustaba especialmente. En recepción, Bree se giró y le echó una mirada inquisitiva e impaciente. Sí, le hizo señas a través del cristal, se daría prisa. Habían tratado de ganarse esta cuenta de IBM durante casi un año; de verdad que se daría prisa.

—*Sólo quiero preguntar por Paul* —insistía Sam—. *Si has tenido alguna noticia, porque estoy aquí por ti, ¿de acuerdo? ¿Oyes lo que te digo, Norah? Estoy total y completamente aquí por ti.*

—Te oigo —dijo enfadada consigo misma. No quería que Sam hablara de su hijo.

Paul llevaba veinticuatro horas fuera. También había desaparecido un coche tres manzanas más abajo. Lo había visto irse después de la tensa escena del porche, mientras intentaba recordar qué había dicho ella, que había oído él, dolida por la confusión de su cara. David había hecho lo correcto dándole a Paul su consentimiento, pero de alguna manera eso también, lo más extraño de todo, había empeorado la situación. Vio como Paul salía corriendo con la guitarra y ella no había ido tras él. Pero le dolía la cabeza, y pensó que quizá Paul necesitara algo de tiempo para entenderlo él mismo. Además de que, ciertamente, no iría muy lejos; ¿adónde iba a ir después de todo?

—*Norah* —dijo Sam— *Norah, ¿estás bien?*

Ella cerró los ojos un momento. La luz natural le calentaba la cara. Las ventanas de la habitación de Sam estaban llenas de prismas, y en esa mañana espléndida la luz y el color se moverían con vida propia sobre la superficie. «Es como hacer el amor en una discoteca», le había dicho ella una vez, medio quejándose, medio encantada. Largos rayos de color se movían por sus brazos, sobre su blanca piel. Aquel día, como todos los días desde que se habían conocido, Norah había intentado acabar con aquello. Entonces Sam recorrió el rayo de luz multicolor de su muslo con el dedo, y poco a poco, ella se ablandó, desdibujada, sus emociones corrieron una tras otra en una secuencia misteriosa, desde el oscuro color índigo al dorado, transformando su reticencia misteriosamente en deseo.

Aun así, el placer nunca duraba más que hasta que llegaba a casa.

—Ahora mismo estoy pensando en Paul —dijo ella, y entonces, bruscamente, añadió—. Mira, Sam, realmente ya he tenido suficiente. El otro día hablaba en serio. No me vuelvas a llamar.

—*Estás alterada.*

—Sí, pero lo digo en serio. No me llames. Nunca más.

Y colgó. Le temblaba la mano; presionó la palma en la mesa. Sintió la desaparición de Paul como un castigo: por la ira de David durante tanto tiempo y por la suya propia. La noche anterior encontraron el coche que había robado, abandonado en una calle lateral de Louisville, pero no había ni rastro de Paul. Y así, ella y David esperaban, sin poder hacer nada, en el silencio de su casa. La chica de Virginia Occidental todavía dormía en el sofá cama del estudio. David nunca la tocó, incluso apenas hablaba con ella excepto para preguntarle si necesitaba alguna cosa. Y aun así, Norah notaba algo entre los dos, una conexión emocional, viva y positivamente cargada, que la atravesaba tanto, quizá más, que si hubiera sido alguna cosa física.

Bree llamó al cristal, luego abrió la puerta unos centímetros.

—¿Va todo bien? Porque Neil, de IBM, está aquí.

—Estoy bien —dijo Norah—. ¿Y tú cómo estás? ¿te encuentras bien?

—Me va bien —dijo Bree brevemente, con firmeza—. Sobre todo cuando todo lo demás anda bien.

Norah asintió. Ella había llamado a los amigos de Paul y David a la policía. Durante toda la noche y aquella mañana, había rondado por la casa en bata, bebiendo café e imaginándose cualquier posible desastre.

La posibilidad de ir a trabajar, de pensar en otra cosa por lo menos un rato, era como un refugio para ella.

—Ahora voy —dijo.

El teléfono empezó a sonar otra vez cuando ya se levantaba, y Norah, cansada y enfada, se fue hacia la puerta. No permitiría que Sam la pusiera nerviosa, no iba a permitir que le estropeara la reunión, no lo haría. Las anteriores historias habían terminado de maneras distintas, rápidamente o más despacio, de manera amigable o no, pero ninguna con tal sentimiento de malestar. «Nunca más —se dijo a sí misma—. Deja acabar ésta, y nunca más.»

Se apresuró al vestíbulo, pero Sally la detuvo en recepción, levantando el teléfono.

—Mejor que cojas esta llamada, cielo.

Norah lo supo enseguida. Cogió el auricular temblando.

—*Lo han encontrado* —dijo David con voz calmada—. *La policía acaba de llamar. Lo han encontrado en Louisville, robando. Han atrapado a nuestro hijo robando queso.*

—Entonces, está bien —dijo, dejando salir el aire de tal manera que no creía que lo hubiera estado guardando todo ese tiempo. La sangre le volvió a los dedos. ¡Había estado medio muerta y ni siquiera se había dado cuenta!

—Sí, está bien. Hambriento, por lo que parece. Voy camino para allá. ¿Quieres venir?

—Quizá debiera ir. No lo sé, David. Podrías decir algo inadecuado. —«Quédate ahí con tu amiguita», estuvo a punto de añadir.

Él suspiró.

—Me pregunto qué podría decir, Norah, realmente me gustaría saberlo. Estoy orgulloso de él y se lo dije. Huyó y robó un coche. Así que me gustaría saber qué podría decir.

«Demasiado poco, demasiado tarde», quería decir ella. «¿Y qué pasa con tu amiguita?» Pero no dijo nada.

—Norah, tiene dieciocho años. Ha robado un coche. Tiene que responsabilizarse.

—Y tú también —le dijo bruscamente—. Y tienes cincuenta y uno.

Entonces hubo un silencio. Se lo imaginó en su consulta, tan tranquilizador con la bata blanca y su pelo gris. Nadie que lo viera se lo imaginaría tal como había vuelto a casa, sin afeitar, con la ropa rasgada y sucia, al lado de una chica con un abrigo negro gastado y embarazada.

—Mira, dame la dirección —dijo ella—. Nos encontraremos allí.

—Está en la comisaría, Norah. En el departamento central. ¿Dónde crees, en el zoológico? Pero claro, espera. Te doy la dirección.

Mientras Norah la apuntaba, levantó la vista y vio a Bree cerrando la puerta principal detrás de Neil Simms.

—¿Paul está bien? —preguntó Bree.

Norah asintió con la cabeza, demasiado conmovida, demasiado aliviada para hablar. Oír su nombre había hecho que la noticia se hiciera verídica. Paul estaba bien, quizás esposado, pero bien. Vivo. El personal de la oficina que rondaba por recepción empezó a aplaudir y Bree cruzó la habitación para abrazarla. Tan delgada, pensó Norah, con lágrimas en los ojos; los huesos de los hombros de su hermana se marcaban delicados, como alas.

—Conduzco yo —dijo Bree, cogiéndola del brazo—. Vamos. Explícame cómo ir.

Norah se dejó llevar hasta el ascensor y luego hasta el garaje. Bree condujo a través de las concurridas calles del centro, mientras Norah hablaba, con el alivio que la atravesaba como el viento.

—No me lo puedo creer —decía—. Estuve despierta toda la noche. Sé que Paul es una persona adulta, que de aquí a unos meses se irá a la universidad y no tendré ni idea de dónde estará entonces. Pero no podía evitar preocuparme.

—Todavía es tu niño.

—Siempre. Es duro dejarlo marchar. Más duro de lo que pensaba.

Pasaban por delante los bajos y apagados edificios de IBM, y Bree los saludó.

—Eh, Neil —dijo—. Nos vemos pronto.

—Todo este trabajo —suspiró Norah.

—Ah, no te preocupes. No perderemos el fondo —dijo Bree—. Estuve muy pero que muy encantadora. Y Neil es un padre de familia. También es, creo, el tipo de hombre a quien le gustan las señoritas en apuros.

—Estás volviendo a la causa de la liberación de la mujer —contestó Norah recordando a Bree en la luz filtrada del comedor tiempo atrás, con panfletos de lactancia en la mano.

Bree rió.

—No del todo. Pero he aprendido a trabajar con lo que tengo. Conseguiremos el fondo, no te preocupes.

Norah no contestó. Vallas blancas se desdibujaban contra la hierba exuberante. Los caballos estaban en calma en los campos; graneros de tabaco, gris desgastado, situados en una ladera, luego otra. Primavera temprana. Pronto se celebraría el Derby, el día de las carreras de caballos. Los ciclamores ya florecían. Cruzaron el río Kentucky, revuelto y brillante. En el campo, una vez pasado el puente, un narciso se agitaba al viento, un resplandor de belleza, desaparecido. ¿Cuántas veces había pasado por esa carretera, sintiendo el viento en el pelo, el río Ohio atrayéndola con promesas, su rápida y ondulante belleza? Había dejado la ginebra, las salidas azotadas por el viento. Había comprado la agencia de viajes y la había hecho crecer. Había cambiado su vida. Pero ahora comprendía claramente, como una fuerte luz nueva, que nunca había dejado de correr. A San Juan y a Bangkok, Londres y Alaska. Hacia los brazos de Howard y los otros, todo el camino hacia Sam y hasta aquel preciso momento.

—No puedo perderte, Bree —dijo—. No sé como puedes estar tan tranquila con todo, porque siento como si estuviera chocando contra una pared. —Se acordó de David diciendo lo mismo ayer, en la entrada, tratando de explicar por qué había llevado a la joven Rosemary a casa. ¿Qué le había pasado en Pittsburg que lo dejó tan cambiado?

—Estoy tranquila porque tú no vas a perderme.

—Bien. Estoy contenta de que estés tan segura. Porque no podría soportarlo.

Condujeron en silencio unos kilómetros más.

—¿Te acuerdas de aquel viejo sofá azul raído que tenía? —preguntó Bree al fin.

—Vagamente —dijo Norah secándose los ojos—. ¿Qué pasa?

Un granero, otro y un largo trecho de verde.

—Siempre había pensado que era tan bonito, aquel sofá. Entonces, un día, en una época bastante depresiva de mi vida, la luz entró en la habitación de manera diferente, por la nieve de fuera o algo, y me di cuenta de que el sofá estaba totalmente destartalado, sólo se aguantaba por el polvo. Supe que tenía que hacer algunos cambios. —Echó un vistazo al otro lado del coche, sonriendo—. Así que me vine a trabajar contigo.

—¿Una época depresiva? —repitió Norah—. Siempre imaginé que tu vida era muy glamorosa. Al menos, comparada con la mía. No sabía que hubieras pasado por una depresión, Bree. ¿Qué pasó?

—No importa. Es una antigua historia. Pero anoche yo también estuve despierta. Tuve la misma sensación de algo cambiando. Es divertido cómo las cosas parecen diferentes, de pronto. Esta mañana me encontré mirando fijamente la luz que entraba por la ventana de la cocina. Hacía un largo rectángulo en el suelo y las sombras de las hojas nuevas se movían en él, formando toda clase de dibujos. Una cosa tan sencilla y tan hermosa.

Norah observó el perfil de Bree, recordándola cómo había sido, despreocupada, atrevida y segura de su fuerza, de pie en los escalones del edificio de la administración. ¿Dónde estaba aquella chica? ¿Cómo se había convertido en aquella mujer, tan delgada y decidida, con tanto carácter y tan solitaria?

—Ay, Bree —pudo decir Norah al fin.

—No es una condena a muerte, Norah —dijo Bree resueltamente, centrada y decidida, como si estuviera dando una perspectiva general de cuentas por cobrar—. Es más como una llamada de aviso. He leído un poco y mis posibilidades son realmente buenas. Y esta mañana estaba pensando que, si no hay un grupo de apoyo para mujeres como yo, voy a empezar uno.

Norah sonrió.

—Eso te hace justicia. Es la cosa más tranquilizadora que has dicho. —Siguieron en silencio unos minutos más, y luego Norah añadió—: Pero no me lo dijiste. Todos estos años atrás, que hubieras sido infeliz. Nunca me lo dijiste.

—Bueno, te lo estoy diciendo ahora.

Norah puso la mano sobre la rodilla de Bree, notando el calor de su hermana, su delgadez.

—¿Qué puedo hacer?

—Sólo seguir adelante, día a día. Estoy en la lista de plegarias de la iglesia, y eso ayuda.

Norah miró a su hermana, el pelo corto y elegante, su perfil marcado, queriendo saber qué responder. Hacía casi un año que Bree había empezado a asistir a una pequeña iglesia episcopaliana cercana a su casa. Norah fue una vez con ella, pero el oficio religioso, con sus complejos rituales de arrodillarse y levantarse, oración y silencio, la hicieron sentirse torpe, una persona de fuera. Se había sentado echando miradas furtivas a los otros de los bancos preguntándose qué debían de sentir, qué les habría hecho levantarse de las camas y acudir a la iglesia aquella preciosa mañana de domingo. Fue duro no ver ningún misterio, nada excepto la luz nítida y a un grupo de personas cansadas, esperanzadas y conscientes de sus deberes. No volvió más, pero de repente, se sentía completamente agradecida por cualquier consuelo que su hermana tuviera y que había encontrado en esa tranquila iglesia que Norah no había visto.

El mundo pasaba veloz por su lado: hierba, árboles, cielo. Y después, cada vez más, edificios. Ahora entraban en Louisville, y Bree se mezcló con el tráfico de la I-71, en medio de carriles llenos de coches que iban a toda prisa. El aparcamiento de la comisaría estaba casi lleno, brillante al sol del mediodía. Bajaron del coche, cerraron las puertas, que resonaron, y caminaron por una acera bordeada de pequeños arbustos. Pasaron las puertas giratorias y entraron a la luz tenue y distorsionada de la comisaria, como si estuvieran bajo el agua.

Paul estaba en un banco, al otro lado de la sala, encorvado, con los codos sobre las rodillas y las manos colgando sueltas entre ellas. El corazón de Norah dio un vuelco. Caminó por delante de la mesa y de los agentes adentrándose en el ambiente cargado y falto de aire, como si de un mar se tratara, hasta su hijo. Hacía calor en la sala. Un ventilador giraba casi imperceptible en las placas acústicas del techo. Se sentó en el banco al lado de Paul.

No se había duchado, tenía el pelo espeso y grasiento, y bajo el olor a sudor y a ropa sucia, olía a cigarrillos. Agrios y fuertes olores, los de un hombre. Tenía durezas en los dedos por las cuerdas de la guitarra. Paul tenía su propia vida, su vida secreta. De pronto se sintió humilde al verse como una persona propia. Provenía de ella, sí, eso siempre, pero ya no era parte de ella.

—Me alegro de verte —dijo ella tranquilamente—. Estaba preocupada, Paul. Todos lo estábamos.

Él la miró. Tenía los ojos misteriosamente enfadados y desconfiados y de golpe, se dio la vuelta conteniendo las lágrimas.

—Apesto.

—Sí —dijo Norah—, sí que apestas.

Él recorrió el vestíbulo con la mirada y la detuvo en Bree, que estaba de pie en el mostrador, y luego en el resplandor de las puertas giratorias.

—Bueno. Supongo que soy afortunado de que no se haya molestado en venir.

Se refería a David. Tanto dolor en su voz. Tanta ira.

—Sí que viene —dijo Norah manteniendo la voz uniforme—. Llegará en cualquier momento. A mí me ha traído Bree. Volando, realmente.

Ella había querido hacerlo sonreír, pero él sólo asintió.

—¿Está bien?

—Sí —dijo Norah pensando en la conversación que habían tenido en el coche—. Bree está bien.

—Bien. Eso es bueno. Apuesto a que papá está cabreado.

—Cuenta con ello.

—¿Voy a ir a la cárcel? —la voz de Paul era muy baja.

Ella respiró hondo.

—No lo sé. Espero que no. Pero no lo sé.

Se quedaron en silencio. Bree hablaba con un agente, asintiendo con la cabeza y haciendo gestos. Más allá, la puerta giratoria giraba y giraba emitiendo destellos de luz, pasando desconocidos de un lado a otro, uno a uno. Y entonces entró David, cruzando a grandes pasos el suelo de terrazo, con los zapatos negros crujiendo, con una expresión seria e imperturbable en la cara, imposible de leer. Norah se puso tensa y sintió que Paul hacía lo mismo a su lado. Para su sorpresa, David fue directo a Paul y lo agarró en un fuerte y mudo abrazo.

—Estás bien —dijo—, gracias a Dios.

Ella sacó aire profundamente, agradecida por ese momento. Un agente con el pelo blanco rapado al uno y unos ojos sorprendentemente azules cruzó la sala. Llevaba una tablilla con sujetapapeles debajo del brazo. Les dio la mano a Norah y a David. Luego se giró a Paul.

—Lo que nos gustaría es meterte en chirona —dijo tratando de entablar conversación—. Un listillo como tú. No sabes a cuántos he visto durante años. Chicos que se creen muy duros, que consiguen salirse con la suya una y otra vez hasta que al final se topan con un verdadero problema. Entonces van a la cárcel por una temporada larga y se dan cuenta de que no eran tan duros como pensaban. Es una pena. Pero tus vecinos, pensando hacerte un favor, no van a presentar cargos por el coche. Así que como no puedo encerrarte, te dejo a la custodia de tus padres.

Paul asintió con la cabeza. Le temblaban las manos. Se las metió en los bolsillos. Todos miraron cómo el agente arrancaba una hoja de papel de su tablilla y se la daba a David. Luego volvió despacio al mostrador.

—Llamé a los Bolands —explicó David, doblando el papeleo y guardándoselo en el bolsillo superior de la chaqueta—. Fueron razonables. Podía haber sido mucho peor, Paul. Pero no creas que no vas a devolver cada céntimo de lo que costará reparar el coche. Y no creas que tu vida va a ser muy feliz durante mucho tiempo. Ni amigos, ni vida social.

Paul asintió, tragando saliva.

—Tengo que ensayar —dijo—. No puedo dejar el cuarteto.

—No —dijo David—, lo que no puedes es robar un coche a nuestros vecinos y esperar que la vida siga como siempre.

Norah sintió a Paul muy tenso y enfadado a su lado. «Déjalo —pensó viendo cómo el músculo de la mandíbula de David se movía—. Dejarlo, los dos. Ya es suficiente.»

—Bien —dijo Paul—, entonces no voy a volver a casa. Prefiero ir a la cárcel.

—Bueno, seguro que puedo arreglar eso —contestó David con un tono peligrosamente frío.

—Adelante. Arréglalo. Porque soy músico. Y soy bueno. Y prefiero dormir en la calle antes que dejarlo. Demonios, preferiría estar muerto.

Fue sólo un momento, un latido. Como David no respondió, Paul frunció el ceño.

—Mi hermana no sabe cuánta suerte ha tenido —dijo.

Norah, que se había mantenido muy quieta, sintió las palabras como fragmentos de hielo; un dolor fuerte y desgarrador. Antes de saber lo que había hecho, le estampó una bofetada en toda la cara. Notó la barba de tres días que le había salido dura contra su mano. Ya era un hombre, nunca más volvería a ser un chico, y ella le había pegado fuerte. Él giró la cara, consternado, con una marca roja que ya le aparecía en la mejilla.

—Paul —dijo David—, no hagas las cosas más difíciles de lo que son. No digas cosas de las que te arrepentirás el resto de tu vida.

A Norah todavía le dolía la mano. La sangre le corría.

—Vamos a casa —dijo ella—. Lo arreglaremos en casa.

—No lo sé. Una noche en la cárcel le podría ir bien.

—Perdí a un hijo —dijo Norah girándose hacia él—. Y no voy a perder a otro.

Ahora David la miraba asombrado, como si ella lo hubiera abofeteado también a él. El ventilador del techo hacía un ruido seco y la puerta giratoria rotaba con movimiento rítmico.

—Está bien. Quizá sea lo mejor. Puede que tengáis razón en no hacerme caso. Dios sabe que siento haber hecho las cosas de manera que os equivocarais los dos.

—David —dijo Norah mientras él daba media vuelta y se iba, pero no contestó.

Lo vio cruzar la sala y meterse en la puerta giratoria. Afuera, fue visible durante un momento, un hombre de mediana edad con una chaqueta oscura, parte del gentío, luego desapareció. El ventilador del techo seguía haciendo ruido entre los olores a carne agria, patatas fritas y productos de limpieza.

—No quería... —empezó Paul.

Norah levantó la mano.

—No. Por favor. No digas ni una palabra más.

Fue Bree, calmada y eficiente, quien los llevó al coche. Abrieron las ventanas por el mal olor de Paul, y Bree condujo, con los delgados dedos sujetando el volante. Norah, pensativa, prestaba poca atención, y hasta media hora después no se dio cuenta de que ya no estaban en la interestatal sino que iban más despacio, por carreteras más pequeñas, a través del vívido campo primaveral. Prados, apenas verdes, pasaban rápidos a través de las ventanas y las ramas con brotes que empezaban a salir.

—¿Adónde vamos? —preguntó Norah.

—A una pequeña aventura —dijo Bree—. Ya veréis.

Norah no quería mirarle las manos a Bree, tan esqueléticas, con las venas azules visibles. Miró a Paul por el retrovisor. Estaba sentado, blanco e insociable, con los brazos cruzados y los hombros caídos, claramente furioso, claramente dolido. Ella se había equivocado haciendo lo que había hecho, atacando a David de aquella manera y dándole una bofetada a Paul. Lo único que había hecho era empeorar las cosas. Sus ojos enfadados se cruzaron con los de ella en el espejo retrovisor, y ella recordó la suave mano regordeta de cuando era niño apretada en su mejilla y su risa vibrando por las habitaciones, un niño totalmente diferente a aquél. ¿Adónde había ido?

—¿Qué clase de aventura? —preguntó Paul.

—Bueno, en realidad estoy buscando la abadía de Gethsemani.

—¿Para qué? —preguntó Norah— ¿Está cerca?

Bree asintió.

—Se supone que sí. Siempre he querido verla y en el camino de ida me he dado cuenta de que estábamos muy cerca. Y he pensado, ¿por qué no? Hace un día tan bonito.

Era bonito. El cielo despejado y azul, blanco en el horizonte, los árboles de un color vívido e intenso, agitados por la brisa. Pasaron por carreteras estrechas durante otros diez minutos. Luego Bree paró a un lado de la carretera y empezó a rebuscar por debajo del asiento.

—Supongo que no tenemos ningún mapa —dijo incorporándose.

—Tú nunca llevas mapa —contestó Norah, dándose cuenta de que había sido así toda la vida.

Aun así, no parecía importante. David y ella habían empezado su relación con toda clase de mapas, y mira dónde estaban ellos ahora.

Bree había parado cerca de dos granjas, modestas y blancas. Las puertas estaban completamente cerradas y no había nadie a la vista. Los graneros de tabaco, plateados y erosionados, abiertos sobre las lejanas colinas. Era la temporada de plantación. A lo lejos, los tractores avanzaban lentamente por los campos arados recientemente, y algunas personas iban detrás metiendo las plantas verdes de tabaco dentro de la tierra oscura. Carretera abajo, al final del campo, había una pequeña iglesia blanca, protegida por viejos plátanos, bordeada por una hilera de pensamientos violeta. Al lado de la iglesia había un cementerio. Viejas lápidas inclinadas detrás de una cerca de hierro forjado. Era tan parecido al sitio donde habían enterrado a su hija que a Norah se le cortó la respiración, recordando aquel lejano día de marzo, la hierba húmeda bajo los pies, las nubes bajas juntándose y David, silencioso y distante, a su lado. «Pues polvo eres, y al polvo volverás», y el mundo que conocía se había movido bajo sus pies.

—Vamos a la iglesia —dijo—. Alguien allí lo sabrá.

Condujeron hasta la iglesia. Bree y ella bajaron del coche, sintiéndose urbanitas y fuera de lugar con la ropa del trabajo. El día estaba muy tranquilo, casi era caluroso, la luz del sol parpadeaba entre las hojas. La exuberante hierba contra los zapatos amarillos de Bree era de un verde oscuro. Norah le puso la mano en el delgado brazo, el lino amarillo tan suave.

—Se te van a estropear los zapatos —dijo.

Bree bajó la vista, asintió y se los sacó.

—Preguntaré en la casa del pastor —dijo—. La puerta de la entrada está abierta.

—Ve. Esperaremos aquí.

Bree se detuvo a recoger los zapatos y luego pasó por la abundante hierba verde, algo infantil y vulnerable con sus piernas pálidas y descalza con las medias. Los zapatos amarillos se balanceaban en su mano. Norah la recordó, de pronto, corriendo por el campo de detrás de la casa cuando eran pequeñas, con la risa flotando en el aire soleado. «Que estés bien —pensó mirándola—. Oh, hermana, que estés bien.»

—Voy a dar un paseo —le dijo a Paul, que todavía estaba inclinado en el asiento trasero.

Lo dejó allí y siguió el camino de grava hasta el cementerio. La puerta de hierro se abrió fácilmente y Norah deambuló entre las lápidas, grises y desgastadas. No había estado en la tumba de la granja de Bentley durante años. Miró a Paul detrás. Salía del coche, estirándose, con los ojos ocultos tras las gafas de sol.

La puerta de la iglesia era roja. Se abrió silenciosamente al contacto de Norah. El santuario estaba poco iluminado. Era frío y las vidrieras de colores parecían estar en llamas, como piedras preciosas, imágenes de santos y de escenas bíblicas, palomas y fuego. Norah pensó en la habitación de Sam, en su profusión de colores, y lo tranquilo que parecía esto en contraste, los colores equilibrados, fijos, descendiendo por el aire. Había un libro de visitas abierto. Lo firmó, con su fluida escritura, recordando a la ex monja que le había enseñado a escribir en cursiva. Norah se quedó un rato allí. Quizá sólo fuera el silencio lo que le hizo dar unos cuantos pasos por el pasillo central; silencio y esa sensación de paz y vacío, la forma en que la luz entraba por las vidrieras, el aire polvoriento. Norah caminó a través de esa luz roja, azulada, dorada.

Los bancos olían a cera. Se deslizó sobre uno. Había cojines de terciopelo azul para arrodillarse, algo cubiertos de polvo. Pensó en el viejo sofá de Bree, y luego tuvo un repentino recuerdo de las mujeres del grupo nocturno de la iglesia de hacía tanto tiempo, las mujeres que habían ido a su casa con regalos para Paul. Se acordó de una vez que las ayudó a limpiar la iglesia. De cómo habían sacado brillo a los bancos sentándose sobre los trapos y deslizándose por las largas tablas de madera lisa debajo de sus traseros. «Más peso en el otro lado para que no se levante», habían bromeado, las carcajadas llenando el santuario. En su dolor, Norah se había apartado de ellas y nunca había vuelto, pero ahora pensaba que ellas también habían sufrido, habían perdido a personas queridas, pasado por enfermedades, muriendo ellas mismas o perdiendo a los demás. Norah no quiso ser una de ellas o aceptar su consuelo, y se alejó. Recordándolo, sus ojos se llenaron de lágrimas. Era una tontería, su pérdida había pasado hacía casi dos décadas. Aquel dolor no debería manar como lo hacía, tan fresco como el agua de primavera.

Era una locura. Estaba llorando tanto. Había ido tan rápido y tan lejos por evitar ese momento, y aun así, todavía sucedía: una desconocida dormía en el sofá cama, soñando. Había una nueva vida, misteriosa, como un secreto, en su interior, y David se encogía de hombros y se daba la vuelta. Sabía que iría a casa y él no estaría. Quizás habría una maleta preparada, pero no se llevaría nada más. Lloró por eso y por Paul, por la furia y el sentimiento de pérdida en sus ojos. Por la hermana que nunca conoció. Por las delgadas manos de Bree. Por la multitud de veces que el amor de todos ellos había fracasado a pesar de su capacidad de amar. El dolor parecía un lugar físico. Norah lloró sin pensar en nada excepto en una clase de liberación que recordaba de su infancia. Sollozó hasta que le dolió. La respiración entrecortada, exhausta.

Había pájaros, gorriones, haciendo nidos en las vigas abiertas. Cuando volvió en sí, Norah se fue dando cuenta, poco a poco, de sus suaves sonidos, del aleteo. Estaba arrodillada con los brazos recostados en el banco de enfrente. Los rayos de luz todavía entraban por las ventanas, juntándose en el suelo. Avergonzada, se incorporó y se secó las lágrimas de la cara. Unas cuantas plumas grises descansaban sobre los peldaños que subían al altar. Norah miró hacia arriba y pudo ver un gorrión en lo alto, moviendo las alas ligeramente, una sombra en medio de sombras más grandes. A lo largo de los años, tantos otros se habían sentado aquí, con sus secretos y sus sueños, oscuros y luminosos. Se preguntó si esa gente también habría aliviado su dolor, descontrolado como el de ella. No entendía cómo aquel lugar le había traído tanta paz, pero lo había hecho.

Cuando salió afuera, entrecerrando los ojos por la luz del sol, vio a Paul sentado sobre una piedra delante de la puerta de hierro forjado. A lo lejos, Bree caminaba por la hierba con los zapatos en la mano. Él señaló con la cabeza las lápidas dispersas por el cementerio.

—Siento lo que dije. No era mi intención. Quería hacer enfadar a papá y así quedarme tranquilo.

—No vuelvas a decir nunca más que tu vida no merece la pena. Nunca me vuelvas a hacer oír eso otra vez, nunca. Ni lo pienses, tampoco.

—No lo haré. De verdad que lo siento.

—Sé que estás enfadado —dijo Norah—. Tienes el derecho a llevar la vida que quieras. Pero tu padre también tiene razón. Habrá algunas condiciones. Rómpelas y te quedas solo.

Dijo todo esto sin mirarlo, y cuando volvió la cabeza, se sorprendió de ver su cara contraída y con lágrimas por las mejillas. El chico que había sido no se había ido muy lejos, después de todo. Lo abrazó como pudo. Era tan alto, su cabeza sólo le llegaba al pecho.

—Escucha, te quiero —le dijo sobre la maloliente camisa—. Estoy tan contenta de que estés de vuelta. Y oye, de verdad que apestas —añadió riendo, y él rió también.

Ella se protegió los ojos del sol con la mano para ver dónde estaba Bree. Ahora se acercaba.

—No está lejos —gritó Bree—. Sólo un poco más abajo por esta carretera. Dice que no hay pérdida.

Volvieron al coche y fueron otra vez por la estrecha carretera, entre las colinas. Al cabo de unos kilómetros, alcanzaron a ver algo blanco entre los cipreses. Y luego, de repente, la abadía de Gethsemani apareció, magnífica, austera y simple, contra el ondulado paisaje verde. Bree entró en una zona de aparcamiento bajo una hilera de árboles susurrantes. Cuando bajaron del coche, las campanas empezaron a tocar llamando a los monjes a la oración. Se quedaron escuchando el claro sonido que se perdía en el aire. Las vacas pastaban en la distancia cercana y las nubes flotaban perezosamente en lo alto.

—Es preciosa —dijo Bree—. Thomas Merton vivió aquí, ¿lo sabíais? Se fue al Tíbet a conocer al Dalai Lama. Me encanta imaginarme aquel momento. Todos los monjes dentro, haciendo las mismas cosas un día tras otro.

Paul se había quitado las gafas de sol. Sus ojos oscuros se veían claros. Se metió la mano en el bolsillo y esparció algunas piedras pequeñas sobre el capó del coche.

—¿Te acuerdas de éstas? —preguntó él mientras Norah cogía una, pasando el dedo por encima de la superficie blanca y lisa de la que tenía un agujero en el medio—. Crinoideos. De lirios de mar. Papá me enseñó sobre ellas aquel día que me rompí el brazo. He dado un paseo mientras tú estabas en la iglesia. Había por todas partes.

—Lo había olvidado —dijo Norah en voz baja, pero le volvió rápidamente a la memoria: el collar que Paul había hecho, y lo preocupada que ella había estado de que se enganchara con él y se ahogara.

El sonido de las campanas se perdía en el aire claro. La piedra, ligera y cálida en la palma de la mano, del tamaño de un botón de camisa. Recordó a David levantando a Paul y llevándoselo de la fiesta y luego encajándole el brazo. David había trabajado duro por que las cosas les fueran bien a todos ellos, por hacer lo correcto, y aun así, de alguna manera había sido siempre tan difícil para todos como si hubieran estado por el desaparecido mar que una vez cubrió toda esa tierra.

JULIO DE 1988

I

David Henry estaba en casa, en el piso de arriba, sentado en su despacho. A través de la ventana, filmada por el paso del tiempo y apenas alterada, la vista de la calle vacilaba, ondulante y ligeramente distorsionada. Observaba una ardilla recuperar una nuez y trepar rápidamente por el plátano cuyas hojas se apretaban contra la ventana. Rosemary estaba arrodillada al lado del porche, con el pelo largo balanceándose mientras plantaba bulbos y plantas anuales en los parterres que había dispuesto. Había transformado el jardín, llevando lirios de día de otros jardines, plantando lino al lado del garaje, donde florecía en abundancia, de color azul pálido como la neblina. Jack estaba sentado cerca de ella, jugando con un camión de caja giratoria. Tenía cinco años y era un niño fuerte, alegre y bondadoso, con los ojos marrón oscuro, el pelo rubio y con destellos rojos. Tenía algo de testarudo. Por las noches, cuando David lo vigilaba mientras Rosemary iba a trabajar, Jack insistía en hacer las cosas solo. «Soy un niño grande», anunciaba varias veces al día, orgulloso e importante.

David le dejaba hacer lo que quería hasta el límite de la seguridad y de la razón. La verdad era que le gustaba mirar al niño. Le encantaba leerle cuentos, sentir el peso y la calidez de la cabeza cayendo sobre su hombro cuando estaba a punto de dormirse. Le encantaba cogerle la manita confiada cuando caminaban por la acera calle abajo hasta la tienda. Le dolía que los recuerdos que tenía de Paul a esa edad fueran tan escasos, tan fugaces. Él ejercía su carrera por entonces, por supuesto, ocupado con la consulta —y la fotografía también—, pero realmente era su culpabilidad lo que lo hacía distanciarse. Las pautas de su vida eran penosamente claras. Había entregado a su hija a Caroline Gill y el secreto había echado raíces; había crecido y florecido en el centro de su familia. Durante años, al volver a casa veía a Norah preparando las bebidas, o con el delantal ceñido, y él pensaba en lo preciosa que era y en lo poco que la conocía.

Nunca había sido capaz de decirle la verdad, porque sabía que la perdería por completo —y quizá también a Paul— si lo hacía. Así que se dedicó totalmente a su trabajo y, en las áreas de su vida que pudo controlar, había sido un hombre de éxito. Pero, tristemente, de aquellos años de la infancia de Paul sólo recordaba unos pocos momentos, breves y aislados, con la claridad de las fotografías: Paul dormido en el sofá, con una mano dejada caer al aire y el pelo oscuro alborotado. Paul en las olas, gritando por el miedo y la alegría que le provocaban cuando le llegaban de golpe a las rodillas. Paul sentado a la pequeña mesa en el cuarto de los juguetes, coloreando todo serio, tan absorto en su tarea que no se daba cuenta de que David estaba en la puerta, observándolo. Paul lanzando el sedal a las aguas tranquilas, sin moverse, casi sin respirar, mientras esperaban al atardecer a que picaran.

Recuerdos breves, difíciles de soportar de lo hermosos que eran. Y luego, los años de adolescencia, cuando Paul creó una distancia más grande incluso que la de Norah, agitando la casa con su música y su enfado.

David dio unos golpecitos en la ventana y saludó a Jack y a Rosemary. Había comprado aquella casa, un dúplex, en cuanto la vio, aprovechando que Norah estuviera en el trabajo para hacer la mudanza. Era una vieja casa de dos pisos dividida en dos con finos tabiques que separaban lo que habían sido amplias habitaciones. Incluso la escalera, una vez amplia y elegante, la habían partido por la mitad. David se había quedado con el apartamento más grande y le había dado las llaves del otro a Rosemary. Durante los últimos seis años, habían vivido uno al lado del otro, separados por finas paredes, pero viéndose todos los días. Rosemary había intentado pagarle el alquiler de vez en cuando, pero David lo había rechazado, diciéndole que volviera a estudiar y sacara una carrera; ya se lo pagaría más adelante. Él sabía que sus motivos no eran del todo altruistas, y aun así, no podía explicarse ni siquiera a sí mismo por qué ella era tan importante para él. «Estoy llenando el espacio que dejó la hija que entregaste», le había dicho ella. Él había asentido, pensándolo por encima, pero tampoco era eso exactamente.

Era más bien, sospechaba, el hecho de que Rosemary conociera su secreto. Le había revelado la historia en un impulso, la primera y última vez que la contó, y ella había escuchado sin juzgarlo. Sintió libertad; David podía ser él mismo con Rosemary, quien había escuchado lo que había hecho sin rechazarlo y sin decírselo a nadie. De manera extraña, con el paso de los años, Rosemary y Paul habían establecido una amistad. A regañadientes al principio, después, más adelante, fue una discusión seria y continua sobre temas que les importaban a ambos —política, música y justicia social—, que empezaban durante la cena de aquellas visitas ocasionales y se alargaban hasta tarde.

A veces, David sospechaba que aquella actitud de Paul era la manera de mantener la distancia, de estar por la casa sin necesidad de hablar de cosas profundas. De vez en cuando, David hacía tentativas de acercamiento, pero Paul siempre escogía aquel momento para irse, tirando la silla hacia atrás y bostezando, cansado de repente.

En aquel momento Rosemary miró hacia arriba, quitándose un mechón de pelo de la mejilla con la muñeca, y le devolvió el saludo. David guardó sus archivos y salió al estrecho pasillo. Por el camino pasó por la puerta que daba a la habitación de Jack. Se suponía que la habían precintado al remodelar la casa, pero una noche, David tuvo un impulso de abrirla y cedió. Ahora, silenciosamente, la abrió. Rosemary había pintado las paredes de la habitación de azul claro y la cama y la cómoda, recogidas de la calle, totalmente blancas. Una serie entera de *Scherenschnitte*, complicados recortes de papel de madres con niños, de niños jugando a la sombra de los árboles, delicados y llenos de movimiento, montados sobre negro azulado y enmarcados, colgaban en la pared. Rosemary había expuesto las piezas hacía un año, y para su sorpresa, le habían empezado a llegar pedidos, uno detrás de otro. Por las noches, a menudo se sentaba a la mesa de la cocina, recortando una escena tras otra, cada una diferente de cualquier otra. No podía prometer a la gente lo que iba a hacer. No quería comprometerse a ninguna serie de imágenes. Porque ya estaban allí, explicaba, escondidas en el papel y en el movimiento de sus manos, y nunca podía salir la misma imagen dos veces.

David se quedó de pie, escuchando los sonidos de la casa: el apenas perceptible goteo del agua y el zumbido del viejo frigorífico. El olor a perfume y a polvos de bebé era fuerte. Una combinación colgaba de la silla del rincón. Respiró el olor a ella y a Jack, y luego cerró la puerta con firmeza y siguió por el pasillo. Nunca le había dicho a Rosemary que la puerta no estaba cerrada, pero él tampoco andaba por allí nunca. Era una cuestión de honor consigo mismo, a pesar del escándalo, él nunca se había aprovechado de ella, nunca se había metido en su vida privada.

Aun así, le gustaba saber que la puerta se abría.

Tenía que hacer más papeleo, pero David se fue abajo. Las zapatillas de deporte estaban en el porche de atrás. Se las puso, atándose los cordones con fuerza, y fue a la parte de delante. Jack estaba al lado del enrejado, tirando de las flores del rosal. David se puso en cuclillas y lo apretó fuerte contra él, sintiendo su ligero peso, su respiración constante. Jack había nacido en septiembre, al anochecer. David había llevado a Rosemary al hospital y se sentó con ella durante las seis primeras horas de parto, jugando al ajedrez y llevándole vasos con hielo picado. A diferencia de Norah, Rosemary no estaba interesada en el parto natural; en cuanto se pudo, le pusieron la epidural, y cuando el parto se ralentizó, le dieron Pitocín para acelerarlo. David le sujetó la mano cuando las contracciones se hicieron más fuertes, pero cuando se la llevaron a la sala de partos él se quedó fuera. Era demasiado personal, no era su sitio. Aun así, fue el primero, después de Rosemary, en coger a Jack. Había llegado a querer al niño como si fuera suyo.

—Hueles raro —dijo Jack empujando a David.

—Es mi vieja camisa pestilente —dijo David.

—¿Vas a correr? —preguntó Rosemary.

Se recostó sobre los talones, sacudiéndose la tierra de las manos. Estaba delgada esos días, casi huesuda, y a él lo preocupaba el ritmo que llevaba, lo mucho que se exigía en los estudios y en el trabajo. Se secó un poco el sudor que tenía en la frente con la muñeca, dejando un rastro de tierra.

—Sí. No puedo mirar ni un minuto más esos archivos del seguro.

—Creía que ibas a contratar a alguien.

—Lo he hecho. Creo que será buena, pero no puede empezar hasta la semana que viene.

Rosemary asintió, pensativa. Sus pálidas pestañas atrapaban la luz. Era joven, sólo tenía veintidós años, pero era dura y centrada, y llevaba con ella la convicción de una mujer unos años mayor que ella.

—¿Tienes clase esta noche? —preguntó.

Ella asintió.

—La última. Doce de julio.

—Es verdad. Lo había olvidado.

—Has estado ocupado.

Él asintió, sintiéndose vagamente culpable, preocupado por la fecha. Doce de julio; era difícil creer que el tiempo pasara tan rápido. Rosemary había vuelto a estudiar después de que Jack naciera, el mismo enero oscuro en que él dejó su antigua consulta cuando echaron a un paciente suyo de hacía veinte años que no tenía seguro. Empezó su propia consulta y atendió a todo el mundo que se presentara, asegurado o no. Ya no lo hacía por dinero. Paul estaba en la universidad y había pagado sus deudas hacía tiempo; podía permitírselo si quería. A veces le pagaban con productos de la tierra, como antiguamente, con trabajos en el jardín o con cualquier cosa que le pudieran ofrecer. Imaginaba que seguiría por ese camino algunos años más, atendiendo a pacientes todos los días, pero menguando poco a poco, hasta que el parámetro de su vida física no fuera más grande que la casa y el jardín, las visitas que haría a la tienda de comestibles y al barbero. Norah podría estar todavía volando alrededor del mundo como una libélula, pero ese tipo de vida no era para él. Él estaba echando raíces; y estaban llegando lejos.

—Hoy tengo el final de química —dijo Rosemary sacándose los guantes—, y luego, ¡hurra!, lo habré conseguido. —Las abejas zumbaban en la madreselva—. Hay algo más que tengo que decirte —dijo estirándose los shorts y sentándose a su lado en los escalones de cemento.

—Parece serio.

—Lo es. Ayer me ofrecieron un trabajo. Un buen trabajo.

—¿Aquí?

Ella sacudió la cabeza, sonriendo y saludando a Jack con la mano mientras éste intentaba hacer una voltereta y caía de forma poco elegante en el césped.

—Ése es el tema. Es en Harrisburg.

—Cerca de tu madre —dijo él, cayéndosele el alma a los pies.

Sabía que ella buscaba trabajo, y él esperaba que se quedaría cerca. Pero el traslado a otra ciudad siempre había sido una posibilidad.

Hacía dos años, después de que su padre muriera de manera repentina, Rosemary se había reconciliado con su madre y su hermana mayor, y estaban ansiosas por que ella volviera y criara a Jack allí.

—Está bien. Es el trabajo perfecto para mí: diez horas al día cuatro días a la semana. También me pagarán para que siga en la universidad. Podré trabajar para sacarme el título de fisioterapeuta. Pero lo más importante es que tendría más tiempo para estar con Jack.

—Y ayuda —dijo él—. Tu madre te ayudará. Y tu hermana.

—Sí. Estaría muy bien. Y por mucho que me guste Kentucky, nunca me he sentido como en mi casa del todo.

Él asintió, contento por ella, pero sin poder hablar. A veces había imaginado, teóricamente, la posibilidad de tener la casa para él solo: tiraría paredes, abriría espacio, reconvertiría el dúplex en la elegante casa unifamiliar que una vez había sido. Pero todas esas conjeturas habían sido sólo un tema de espacio, fácilmente dejadas a un lado al oír los pasos y los suaves movimientos en la puerta de al lado, cuando se levantaba por la noche por el lejano llanto de Jack.

Tenía lágrimas en los ojos. Rió.

—Bueno —dijo sacándose las gafas—, supongo que esto tenía que pasar. Felicidades, por supuesto.

—Te visitaremos. Nos visitarás.

—Sí, estoy seguro de que nos veremos mucho.

—Sí, ya verás —dijo ella. Le puso la mano en la rodilla—. Escucha, sé que nunca hablamos de ello. En realidad no sé ni cómo sacar el tema. Pero lo que significó para mí... que tú me ayudaras... Te estoy muy agradecida. Lo estaré siempre.

—Me acusan de preocuparme demasiado por ayudar a los demás —dijo él.

Ella sacudió la cabeza.

—Me salvaste la vida en muchos sentidos.

—Bueno, si eso es verdad, me alegro. Dios sabe que ya he hecho suficiente daño en otros sitios. Nunca pareció que le hiciera mucho bien a Norah.

Hubo un silencio entre los dos, el sonido distante de un cortacésped.

—Tienes que decírselo —dijo Rosemary suavemente—. A Paul también. De verdad, tienes que hacerlo —Jack estaba agachado en el camino del jardín, haciendo pequeños montoncitos de arena, dejando caer piedrecitas de entre los dedos—. No soy nadie para decir nada, lo sé, pero Norah tiene que saber lo de Phoebe. No está bien que no lo sepa. Tampoco está bien lo que ha tenido que pensar sobre nosotros todo este tiempo.

—Le dije la verdad. Que somos amigos.

—Sí, lo somos. Pero ¿cómo se lo va a creer?

—Es la verdad.

—No toda la verdad. David, de alguna manera estamos conectados, tú y yo, por Phoebe. Porque conozco el secreto. Lo que pasa es que a mí me gustaba eso, sentirme especial para alguien porque sabía algo que nadie más sabía. Es como una especie de poder, ¿no? Saber un secreto. Pero más adelante ya no me gustó tanto. No soy realmente yo quien tiene que saberlo, ¿no crees?

—No —dijo David cogiendo un pedazo de tierra y desmenuzándolo entre los dedos. Pensó en las cartas de Caroline, que quemó cuidadosamente cuando se trasladó—. Supongo que no.

—Así, qué, ¿lo harás? Decírselo, me refiero.

—No lo sé, Rosemary. No puedo prometértelo.

Se quedaron sentados callados al sol durante unos minutos, mirando a Jack, dando volteretas en la hierba. Era rubio, ágil, atlético por naturaleza, un niño al que le gustaba correr y trepar. David había vuelto de Virginia Occidental sintiéndose liberado del dolor y la pérdida que había encerrado durante todos aquellos años. Cuando June murió, no había encontrado la manera de expresar la pérdida ni sabía cómo seguir adelante. Incluso era impropio hablar de la muerte en aquella época, así que no lo hacían. Dejaron todo aquel dolor inacabado. De alguna manera, volver allí le había permitido resolverlo. Había vuelto a Lexington exhausto, sí, pero también tranquilo y seguro. Después de todos esos años, finalmente tenía el coraje de darle a Norah la libertad de que rehiciera su vida.

Cuando Jack nació, David le abrió una cuenta a nombre de Rosemary, y otra a Phoebe a nombre de Caroline. Fue bastante fácil; tenía el número de la seguridad social de Caroline y su dirección. No le costó ni una semana encontrar a Caroline y a Phoebe, a través de un investigador privado. Vivían en Pittsburg, en una casa alta y estrecha cercana a la autopista. David condujo hasta allí y aparcó en la calle con la intención de subir los escalones y llamar a la puerta. Quería contarle a Norah lo que había pasado, pero no podía hacerlo sin decirle dónde estaba Phoebe. Norah querría ver a su hija, estaba convencido, así que no sería sólo su vida la que podría cambiar, sino también la de Norah y la de Paul. Había venido a decirle a Caroline lo que pensaba hacer.

¿Qué era lo correcto? No lo sabía. Estaba sentado en el coche. Anochecía, y las luces se reflejaban en las hojas de los plátanos. Phoebe había crecido allí. En aquella calle tan familiar para ella que ya estaba habituada a ello, aquella acera empujada hacia arriba por las raíces de un árbol, la señal de peligro agitándose ligeramente por el viento, el movimiento de coches... Todo aquello sería para su hija un símbolo del lugar. Una pareja que empujaba un cochecito con un bebé pasó por su lado y entonces una luz se encendió en el salón de la casa de Caroline. David bajó del coche y se quedó de pie en la parada de autobús, intentando no llamar la atención mientras miraba a la ventana del jardín, que se iba oscureciendo. Adentro, moviéndose en el cuadrado de luz, Caroline ordenaba la sala de estar, recogía los periódicos y doblaba una manta. Llevaba puesto un delantal. Sus movimientos eran diestros y centrados. Se estiró y habló.

Y entonces David la vio: Phoebe, su hija. Estaba en el comedor, poniendo la mesa. Tenía el pelo oscuro y el perfil de Paul, y por un momento, hasta que se dio la vuelta para coger el salero, David se sintió como si estuviera viendo a su hijo. Él dio un paso adelante, y Phoebe salió de su campo de visión. Luego volvió con tres platos. Era bajita y fornida, y tenía el pelo fino, recogido con unos pasadores. Llevaba gafas. Incluso así, el parecido todavía era visible: tenía la sonrisa de Paul, su nariz, su expresión de concentración al ponerse las manos en las caderas e inspeccionar la mesa. Caroline fue a su lado. Le dio un abrazo cariñoso y las dos rieron.

Por entonces ya era totalmente oscuro. David se quedó paralizado, agradecido de que no hubiera muchos peatones. Las hojas rozadas por el viento a lo largo de toda la acera, y él se apretó más la chaqueta al cuerpo. Recordó lo que sintió la noche del nacimiento, como si él estuviera fuera de su propia vida y se viera moviéndose por ella. Ahora entendía que no controlaba la situación, había sido excluido completamente, como si no existiera. Phoebe había sido invisible para él durante todos esos años, una abstracción, no una niña. Aun así, allí estaba, llenando los vasos de agua de la mesa. Ella levantó la vista y un hombre con el pelo oscuro muy rizado y tupido entró y le dijo alguna cosa que la hizo sonreír. Entonces se sentaron a la mesa los tres y empezaron a comer.

David volvió al coche. Se imaginó a Norah de pie a su lado, en la oscuridad, viendo a su hija moviéndose por su vida sin saber que existieran. Le había causado dolor a Norah. Su decepción la había hecho sufrir de forma que él nunca había imaginado ni pensado. Pero se lo podría ahorrar. Conduciría y dejaría el pasado tal y como estaba. Y eso fue lo que hizo finalmente, viajar toda la noche por la extensión llana de Ohio.

—No lo entiendo —le decía Rosemary mirándole—. ¿Por qué no puedes prometerlo? Es lo mejor que puedes hacer.

—Haría demasiado daño.

—No sabes lo que pasará hasta que no lo hagas.

—Puedo hacer una buena predicción.

—Pero David..., prométeme que pensarás en ello.

—Pienso en ello absolutamente todos los días.

Ella sacudió la cabeza, preocupada, luego sonrió un poco, una triste sonrisa.

—Está bien, pues. Hay una cosa más.

—¿Sí?

—Stuart y yo nos vamos a casar.

—Eres demasiado joven para casarte —dijo él de golpe, y los dos se echaron a reír.

—Soy más vieja que Matusalén. Así es como me siento la mitad del tiempo.

—Bueno, felicidades de nuevo. No me sorprende, pero de todas formas es una buena noticia —dijo. Pensó en Stuart Wells, alto y atlético. «Fornido» era la palabra que le venía a la mente. Era terapeuta de las vías respiratorias. Hacía años que estaba enamorado de Rosemary, pero ella lo había hecho esperar hasta que acabara la universidad—.

Me alegro por ti, Rosemary. Es un buen muchacho, Stuart. Y quiere a Jack. ¿Tiene trabajo en Harrisburg?

—Todavía no. Está buscando. Este mes se le acaba el contrato aquí.

—¿Cómo está el mercado laboral en Harrisburg?

—Regular. Pero no estoy preocupada. Stuart es muy bueno.

—Estoy seguro de que lo es.

—Estás enfadado.

—No. Por supuesto que no. Pero tus noticias me hacen sentir triste. Triste y viejo.

Ella rió.

—¿Viejo como Matusalén?

Ahora también reía él.

—Bueno, mucho más viejo.

Se quedaron un momento callados.

—Acaba de pasar —decía Rosemary—. Todo ha venido de golpe esta última semana. No quería mencionar lo del trabajo hasta estar segura. Y entonces, cuando lo conseguí, Stuart y yo decidimos casarnos. Sé que debe de parecer precipitado.

—Me gusta Stuart —dijo David—. Espero felicitarlo a él también.

Ella sonrió.

—En realidad, me preguntaba si querrías ser quien me llevara al altar.

Entonces él la miró, su piel blanca, la felicidad que no podía contener, resplandecía con su sonrisa.

—Será un honor —dijo él seriamente.

—Será aquí. Algo muy sencillo e íntimo. Dentro de dos semanas.

—No pierdes el tiempo.

—No necesito pensármelo. Todo va bien —Le echó un vistazo al reloj y suspiró—. Tendría que irme. —Se levantó, sacudiéndose las manos—. Vamos, Jack.

—Si quieres, lo vigilo mientras te vistes.

—Sería mi salvación. Gracias.

—Rosemary.

—¿Sí?

—¿Me mandarás fotos de vez en cuando? ¿De Jack, mientras vaya creciendo? ¿De los dos, en la nueva casa?

—Claro, por supuesto.

—Gracias —dijo simplemente, preocupado otra vez por la manera en que había dejado pasar su propia vida, absorto como había estado con sus lentes y su dolor.

La gente creía que había dejado la fotografía por la crítica poco favorecedora de aquella mujer de pelo oscuro de Pittsburg. Que por eso se había desanimado, había perdido las ganas. Nadie creería que simplemente lo había dejado porque ya no le importaba, pero era verdad. No había cogido una cámara desde que había ido a la confluencia de los dos ríos. Había dejado el arte y oficio, la complicada y agotadora tarea de intentar transformar el mundo en otra cosa, convertir el cuerpo en mundo y el mundo en cuerpo. A veces encontraba por casualidad fotografías suyas en libros de texto o colgadas en las paredes de despachos particulares o casas, y se asustaba de su fría belleza, su precisión técnica; a veces incluso, de la ansiosa búsqueda que el vacío de esas fotografías insinuaba.

—No puedes detener el tiempo —decía después—. No puedes capturar la luz. Lo único que puedes hacer es levantar la vista al cielo y dejar que caiga la lluvia. Es igual, Rosemary, me gustaría tener algunas fotos. De Jack y de ti. Me darían una visión por lo menos. Me encantaría.

—Te mandaré un montón —prometió ella tocándole el hombro—. Te inundaré de fotografías.

Se sentó en los escalones perezoso, al sol, mientras ella se vestía. Jack jugaba con su camión. «Tienes que decírselo.» Hizo que no con la cabeza. Después de haberse sentado a observar la casa de Caroline como un voyeur, había llamado a un abogado de Pittsburg y había abierto las cuentas. Cuando muriera, no tendrían que pasar por los trámites legales del testamento. Jack y Phoebe estarían respaldados económicamente, y Norah no tendría por qué saberlo nunca.

Rosemary volvió oliendo a jabón Ivory, vestida con falda y zapatos planos. Cogió a Jack de la mano y se echó una mochila turquesa al hombro. Parecía tan joven, fuerte y delgada, con el pelo húmedo, el ceño fruncido. Dejaría a Jack en casa de la canguro de camino.

—¡Ah! —dijo—, con todo esto casi se me olvida. Ha llamado Paul.

El corazón de David se aceleró.

—¿Sí?

—Sí, al mediodía. Allí era de noche; acababa de llegar de un concierto. Está en Sevilla. Lleva tres semanas allí, estudiando flamenco con alguien... No recuerdo quién, pero era algún famoso.

—¿Está disfrutando?

—Sí. Parecía que sí. No ha dejado ningún número. Ha dicho que volvería a llamar.

David asintió, contento de que Paul estuviera bien. Contento de que hubiera llamado.

—Buena suerte en el examen —dijo levantándose.

—Gracias. Mientras apruebe, eso es lo único que importa.

Ella sonrió, dijo adiós con la mano y caminó con Jack por el estrecho camino de piedra hasta la acera. David miró cómo se iba, intentando fijar ese momento en su mente: la mochila de color vivo, el pelo balanceándose en la espalda, la mano libre de Jack intentando coger hojas y ramitas. Era inútil, por supuesto; olvidaba las cosas a cada paso que daba. A veces sus fotografías lo asombraban, fotos que encontraba guardadas en cajas o carpetas, momentos que no podía recordar ni tan sólo al verlos: él riendo con gente cuyos nombres había olvidado, Paul con una cara que David no había visto en su vida. ¿Y qué sería de aquel momento dentro de un año? ¿de cinco? El sol en el pelo de Rosemary, la tierra bajo las uñas y el ligero y limpio perfume del jabón.

Y de alguna manera, eso ya era suficiente.

Se levantó, se estiró y se dirigió con paso ligero al parque. Habría recorrido un kilómetro y medio cuando recordó lo que le había preocupado toda la mañana, la importancia de ese día además del examen de Rosemary. Doce de julio, el cumpleaños de Norah. Cumplía cuarenta y seis años.

Era difícil de creer. Corrió sin forzarse, recordando a Norah el día que se casaron. Habían salido afuera, al frío sol de finales de invierno, y se habían quedado en la acera dando la mano a los invitados. El viento le movía el velo a ella y lo agitaba contra la mejilla de él, las últimas nieves sobre el cornejo cayendo como una nube de pétalos.

Corrió, cambiando de dirección, y en lugar de ir al parque, se dirigió a su antiguo vecindario. Rosemary tenía razón. Norah lo tenía que saber. Se lo diría. Iría a su antigua casa, donde ella todavía vivía, y se quedaría esperándola a que volviera. Se lo diría, aunque no podía imaginarse cómo iba a reaccionar.

«Por supuesto que no puedes —le había dicho Rosemary—. Así es la vida, David. ¿Acaso habrías imaginado, hace unos años, que vivirías en este pequeño dúplex? ¿Me hubieras imaginado, en un millón de años, a mí?»

Bueno, tenía razón; la vida que estaba viviendo no era la que había imaginado. Había llegado a la ciudad como un forastero, pero ahora las calles que pisaba eran tan familiares; ni un solo peldaño o imagen quedaba inconexa en su memoria. Había visto plantar esos árboles, los había visto crecer. Pasó casas que conocía, casas donde había estado en cenas o tomando unas copas, adonde había ido en llamadas de emergencia levantándose a altas horas de la noche, a entradas y vestíbulos, escribiendo recetas, llamando a una ambulancia. Capas y capas de días e imágenes, densas y complejas, especiales. Al andar por allí, Norah y Paul verían las cosas diferentes, pero eran reales para ellos.

David tomó su antigua calle. No había estado por allí durante meses, y se sorprendió de ver las columnas del porche de su casa derribadas y el tejado sostenido por puntales de madera. Parecía que el suelo del porche se estuviera pudriendo, pero no había ningún obrero a la vista. La entrada estaba vacía; Norah no estaba en casa. Caminó por el jardín unos minutos para recobrar la respiración, y luego fue a buscar la llave bajo el ladrillo al lado del rododendro. Entró y se sirvió un vaso de agua. La casa olía a rancio. Abrió una ventana. El viento movió las finas cortinas blancas. Eran nuevas, como las baldosas del suelo de la cocina y el frigorífico. Se puso otro vaso de agua. Luego caminó por la casa, curioso de ver qué más había cambiado. Pequeñas cosas, por todas partes. Un nuevo espejo en el comedor, los muebles del salón retapizados y cambiados de sitio.

Arriba, los dormitorios estaban igual, la habitación de Paul un santuario para la angustia adolescente, con pósters de oscuros cuartetos colgados en la pared, entradas de conciertos enganchadas en el corcho, las paredes pintadas de un azul oscuro horroroso, como una cueva. Se había ido a Juilliard, y aunque David le había dado su consentimiento y se había hecho cargo de la mitad de los gastos, recordaba de él el pasado lejano, cuando David no creía que su talento fuera suficiente para ganarse la vida. Siempre estaba mandando programas, folletos y reseñas, postales del lugar donde tocaba, como diciendo: «Aquí, ves, tengo éxito». Como si ni él mismo pudiera creérselo. A veces David viajaba unos ciento cincuenta kilómetros o más, a Cincinnati o a Pittsburg, a Atlanta o a Memphis, se deslizaba entre el oscuro auditorio y lo oía tocar. La cabeza inclinada sobre la guitarra, los hábiles dedos, la música, un lenguaje tan misterioso como hermoso, conmovía a David hasta las lágrimas. A veces se tenía que controlar para no salir corriendo con grandes zancadas pasillo abajo y coger a Paul entre sus brazos. Pero por supuesto, nunca lo hacía. A veces, desaparecía sin ser visto.

El dormitorio principal estaba totalmente ordenado, sin utilizar. Norah se había trasladado a la pequeña habitación de enfrente; la colcha estaba arrugada. David se acercó a estirarla, pero retiró la mano en el último momento, como si fuera demasiada intromisión. Luego bajó las escaleras.

No lo entendía; ya era tarde y Norah debería estar en casa. Si no venía pronto, sencillamente tendría que irse.

Había un bloc amarillo sobre la mesa al lado del teléfono, lleno de crípticas notas: «Llamar a Jane antes de las 8:00 cambiar hora reunión; Tim no está seguro; la entrega, antes de las 10:00. No olvidar: Dunfree y billetes». Arrancó la hoja con cuidado y la colocó minuciosamente en medio de la mesa. Luego se llevó el bloc al rincón del desayuno, se sentó y empezó a escribir.

«Nuestra niña pequeña no murió. Caroline Gill se la llevó y la crió en otra ciudad.»

La tachó.

«Entregué a nuestra hija.»

Suspiró y dejó el bolígrafo. No podía hacerlo. Apenas se podía imaginar cómo sería su vida sin el peso de aquel conocimiento escondido. Había llegado a pensar que era una especie de penitencia. Era autodestructivo, lo sabía, pero era así como estaban las cosas. La gente fumaba, saltaba de los aviones, bebía demasiado y luego cogía los coches y conducía sin el cinturón de seguridad. Él tenía ese secreto. Las cortinas nuevas le rozaron el brazo. En la distancia, el grifo del cuarto de baño de abajo goteaba, algo que le había vuelto loco durante años, algo que siempre había querido arreglar. Arrancó la hoja del bloc, la rompió en pedacitos y se los metió en el bolsillo para tirarlo más tarde. Luego salió al garaje y rebuscó entre las herramientas que había dejado, hasta que encontró una llave inglesa y un juego de arandelas de recambio. Seguramente las había comprado un sábado para hacerlo.

Tardó más de una hora en arreglar el grifo del cuarto de baño. Desmontó las piezas y lavó el sedimento del colador, cambió las arandelas, ajustó las piezas. El latón se había puesto negro. Le sacó brillo usando un viejo cepillo de dientes que encontró enganchado en un bote de café bajo el lavabo. Eran las seis de la tarde cuando terminó, una tarde de pleno verano, la luz del sol todavía entraba por las ventanas, más débil que antes, inclinándose sobre el suelo. David se quedó en el cuarto de baño un momento, sintiéndose profundamente satisfecho por la forma en que brillaba el latón en el silencio. Sonó el teléfono en la cocina y salió una voz desconocida, hablando con urgencia sobre unos billetes de Montreal, interrumpiéndose para decir: «¡Vaya!, es verdad, había olvidado que te habías ido a Europa con Frederic». Y él también se acordó. Se lo dijo, pero se le había ido de la cabeza; no, había borrado de su cabeza que se iba de vacaciones a París. Que había conocido a alguien, un canadiense de Quebec, alguien que trabajaba en los edificios en forma de caja de IBM y que hablaba francés. Le cambiaba la voz cuando hablaba de él, se le suavizaba de una manera que él no le había oído antes. Se imaginó a Norah sujetando el teléfono con el hombro mientras introducía información en el ordenador, levantando la vista y pensando que pasaba de la hora de la cena. Norah, caminando con paso enérgico por los pasillos, guiando a sus grupos a los autobuses, restaurantes, hoteles, aventuras, todo lo que ella había organizado con tanta seguridad y confianza.

Bueno, por lo menos estaría contenta porque le había arreglado el grifo. Y él también lo estaba; había realizado un trabajo meticuloso y bien hecho. Se quedó en la cocina, estirando los brazos a lo ancho, preparándose para volver a correr y acabar su carrera, y cogió el bloc amarillo otra vez.

«He arreglado el lavabo —escribió—. Feliz cumpleaños.»

Entonces se fue, cerrando la puerta detrás de sí, y corrió.

II

Norah estaba sentada en un banco de piedra en los jardines próximos al Louvre, con un libro abierto en la falda, observando las hojas plateadas de los álamos agitarse contra el cielo. Las palomas andaban como patos por la hierba cerca de sus pies, picoteando, removiendo las alas con reflejos de diversos colores.

—Llega tarde —le dijo a Bree, que estaba sentada a su lado, con las largas piernas cruzadas a la altura del tobillo, hojeando una revista.

Bree, a los cuarenta y cuatro años, estaba muy guapa, alta y esbelta, con pendientes turquesa rozándole la piel color aceituna, y el pelo blanco. Durante la radioterapia se lo había cortado muy corto, diciendo que no quería gastar ni un instante más de su vida tratando de ir a la moda. Había sido afortunada y lo sabía. Le cogieron el tumor a tiempo y hacía cinco años que ya no tenía cáncer. Aun así, la experiencia la había cambiado en diferentes aspectos, importantes y no tan importantes. Reía más y pasaba menos tiempo en el trabajo. Había empezado de voluntaria los fines de semana en la asociación benéfica Habitat, construyendo y restaurando casas para los más necesitados. Mientras construían una de esas casas en la parte oriental de Kentucky, conoció a un hombre cariñoso, de cara roja y amante de las diversiones, un ministro que se había quedado viudo recientemente. Se llamaba Ben. Se volvieron a ver durante un proyecto en Florida y otra vez más en México. En aquel último viaje, discretamente, se casaron.

—Paul vendrá —decía Bree ahora—. Al fin y al cabo fue idea suya.

—Es verdad —dijo Norah—. Pero está enamorado. Espero que se acuerde.

El aire era caliente y seco. Norah cerró los ojos, pensando en aquel día de finales de abril cuando Paul le dio una sorpresa al pasar por la oficina sin avisar, teniendo unas horas libres en Lexington entre concierto y concierto. Alto y todavía desgarbado, se sentó en el borde de su mesa pasándose el pisapapeles de una mano a otra mientras contaba los planes de una gira europea para el verano, con seis semanas enteras en España para poder estudiar con guitarristas oriundos. Ella y Frederic habían planeado un viaje a Francia, y cuando Paul se enteró que estarían en París el mismo día, cogió un bolígrafo de la mesa e hizo un garabato, «LOUVRE», en el calendario de pared del despacho de Norah, el veintiuno de julio a las cinco de la tarde. «Quedamos en el jardín, y luego te llevo a cenar.»

Se había ido a Europa hacía unas semanas, y llamaba de vez en cuando desde rústicas pensiones o pequeños hoteles de al lado del mar. Estaba enamorado de una flautista, el tiempo era fantástico y la cerveza en Alemania espectacular. Norah escuchaba. Intentaba no preocuparse ni hacer demasiadas preguntas. Paul era una persona adulta, después de todo, metro ochenta de altura y el tono oscuro de piel de David. Se lo imaginó descalzo por la playa, inclinándose para susurrarle algo a su novia, su respiración como una caricia al oído de ella.

Era tan discreta que ni siquiera le había preguntado por el itinerario de la gira, así que cuando Bree llamó desde el hospital de Lexington, no supo cómo ponerse en contacto con él para darle la terrible noticia. David había sufrido un fuerte ataque al corazón mientras corría y había muerto.

Abrió los ojos. El mundo era vívido y borroso a la vez en el calor de aquella tarde de verano. Las hojas resplandecían con el cielo azul de fondo. Había volado sola a casa, despertando en el avión por una pesadilla en que buscaba a Paul. Bree la ayudó con el funeral y no quiso que volviera sola a París.

—No te preocupes —dijo Bree—. Vendrá.

—Se perdió el funeral —dijo Norah—. Siempre me sentiré mal por eso. Nunca solucionaron las cosas entre ellos. Creo que Paul nunca superó que David se fuera.

—¿Y tú lo hiciste?

Norah miró a Bree, su corto pelo de punta, el cutis perfecto, los ojos verdes, tranquilos y penetrantes. Luego miró a lo lejos.

—Parece que lo preguntara Ben. Puede que estés pasando demasiado tiempo con ministros.

Bree se rió, pero no lo dejó.

—No ha sido Ben quien te lo ha preguntado, sino yo.

—No lo sé —dijo Norah suavemente, pensando en la última vez que había visto a David, sentado en el porche con un vaso de té helado después de correr. Hacía seis años que se habían divorciado y habían estado casados durante dieciocho. Lo conocía desde hacía veinticinco, un cuarto de siglo, más de la mitad de su vida. Cuando Bree llamó para darle la noticia de su muerte, sencillamente no podía creérselo. Le era imposible imaginar el mundo sin David. No fue hasta más tarde, después del funeral, cuando el dolor la atrapó por completo—. Hay tantas cosas que me hubiera gustado decirle. Pero por lo menos nos hablábamos. A veces pasaba por casa solamente para arreglar algo o decir hola. Se sentía solo, creo.

—¿Sabía lo de Frederic?

—No. Intenté decírselo una vez, pero pareció que no lo digería.

—Así era David —observó Bree—. Él y Frederic son tan diferentes.

—Sí. Sí que lo son.

Una imagen de Frederic en Lexington, fuera, en el oscuro anochecer, echando abono en la tierra de alrededor de los rododendros, la invadió de golpe. Hacía sólo un año que se conocían, durante otro día asolado por la sequía, en otro parque. La cuenta de IBM, conseguida con tanto esfuerzo, todavía era una de las más productivas de Norah, así que había ido al picnic anual a pesar de que le dolía la cabeza y del malestar de fondo. Frederic estaba sentado solo. Parecía vagamente serio, severo y poco comunicativo. Norah se sirvió un plato y se sentó a su lado. Si él no quería hablar, a ella también le iba bien. Pero él sonrió y la recibió afectuosamente, saliendo de sus pensamientos, hablando inglés con un acento francés casi imperceptible. Era de Quebec. Se pasaron horas hablando mientras se formaba la tormenta y los demás recogían sus cosas y se iban. Cuando empezó a llover, él la invitó a ir a cenar.

—Por cierto, ¿dónde está Frederic? —preguntó Bree—. ¿No decías que iba a venir?

—Quería, pero tuvo que ir a Orléans por trabajo. Tiene algunos parientes allí, así que aprovechará para visitarlos de camino. Un primo segundo lejano que vive en un lugar llamado Châteauneuf. ¿No te gustaría vivir en un sitio llamado así?

—Seguramente tienen atascos y malos días allí también.

—Espero que no. Espero que vayan todas las mañanas al mercado andando y lleguen a casa con pan tierno y tiestos llenos de flores. Bueno, le dije a Frederic que fuera. Él y Paul son buenos amigos, pero es mejor que le dé esta noticia yo sola.

—Sí. Yo estoy pensando en escabullirme también, cuando llegue él.

—Gracias —dijo Norah cogiéndole la mano—. Gracias por todo. Por ayudarme tanto con el funeral. No podría haber pasado esta última semana sin ti.

—Me debes el cielo —dijo Bree sonriendo. Entonces se puso más pensativa—. Fue un funeral hermoso, si se puede decir algo así. Había tanta gente. Me sorprendió ver en cuántas vidas había influido David.

Norah asintió. A ella también le había sorprendido, la pequeña iglesia de Bree estaba tan llena de gente que cuando empezó el oficio religioso había tres filas de pie al fondo. Los días anteriores todo se había vuelto borroso. Ben la aconsejó amablemente a la hora de escoger la música, las lecturas, el ataúd y las flores, ayudándola a escribir la necrológica. Aun así, había sido un alivio tener que hacer esas cosas concretas, y Norah se movió por las tareas como en una nube protectora de eficiencia adormecida hasta que el funeral empezó. La gente debió de encontrar extraño lo mucho que lloró entonces, las hermosas viejas palabras recobraban importancia, pero no lloraba sólo por la muerte de David. Habían estado juntos en el funeral en memoria de su hija años atrás, y su pérdida, incluso entonces, crecía entre ellos.

—Fue la consulta —dijo Norah— que dirigió durante todos esos años. La mayoría de la gente habían sido pacientes suyos.

—Lo sé. Fue increíble. La gente parecía pensar que fuera un santo.

—No estaban casados con él —dijo Norah.

Las hojas se agitaban con el intenso cielo azul de fondo. Recorrió el parque con la vista otra vez buscando a Paul, pero no se veía por ninguna parte.

—Vaya —dijo Norah—, no puedo creer de verdad que David haya muerto. —Incluso ahora, días después de su muerte, las palabras la impactaron—. De alguna manera me siento tan vieja...

Bree le cogió la mano y se quedaron en silencio unos minutos.

La mano de Bree era suave y cálida contra la suya. Norah sintió que ese momento se prolongaba cada vez más, como si contuviera el mundo entero. Recordó un sentimiento similar, años atrás, cuando Paul era un bebé y ella se sentaba en las oscuras noches a darle el pecho. Ahora ya era adulto, estaba en un andén de una estación o en la acera bajo las hojas que se movían o iba por la calle con paso decidido. Se detenía delante de escaparates, se metía la mano en el bolsillo buscando una entrada para un concierto o se protegía los ojos del sol. Había nacido de su cuerpo y ahora, asombrosamente, iba por el mundo sin ella. También pensó en Frederic, sentado en una sala de reuniones, asintiendo mientras hojeaba papeles, colocando las palmas de las manos sobre la mesa preparándose para hablar. Tenía pelo oscuro en el brazo y las uñas cortadas rectas y largas. Se afeitaba dos veces al día, y si se olvidaba, la nueva barba le rascaba el cuello a ella cuando por las noches la abrazaba acercándola a él, besándola detrás de la oreja para despertarla. No comía pan ni cosas dulces; si el periódico de la mañana llegaba tarde, excepcionalmente se enfadaba. Todos esos pequeños hábitos, unas veces atractivos y otras molestos, pertenecían a Frederic. Aquella noche se encontraría con él en la pensión de al lado del río. Beberían vino, y ella se despertaría por la noche, con la luz de la luna entrando en la habitación y oyendo la suave respiración constante. Él quería casarse, y esa también era una decisión que debía tomar.

El libro de Norah le resbaló de la mano y se agachó para recogerlo. La «Noche estrellada» de Van Gogh daba la vuelta por todo el folleto que utilizaba como punto de libro. Cuando se volvió a sentar, Paul cruzaba el parque.

—Ah —dijo con la repentina subida de placer que experimentaba cada vez que lo veía; era su hijo, allí en el mundo. Se levantó—. Ahí está, Bree. Paul ha llegado.

—Es tan guapo —observó Bree, levantándose también—. Lo debe de haber sacado de mí.

—Seguramente —dijo Norah—. Aunque nadie sabe de dónde ha sacado el talento, cuando ninguno de nosotros tenemos la más mínima habilidad musical.

El talento de Paul, sí. Lo observó cruzar el parque. Era un misterio y un don.

Paul levantó una mano para saludar, con una amplia sonrisa, y Norah empezó a caminar hacia él, dejando el libro sobre el banco. El corazón le latía de entusiasmo y alegría, de dolor e inquietud. Estaba temblando. ¡Cómo cambiaba las cosas que él estuviera allí! Al fin llegó hasta Paul y lo abrazó fuerte. Llevaba una camisa blanca con las mangas arremangadas y pantalones cortos de color caqui. Olía a limpio, como si se acabara de duchar. Le notó los músculos a través de la tela, los huesos fuertes, su calor, y entonces entendió, sólo por un momento, el deseo de David de fijar el mundo. No se lo podía culpar, no, no se lo podía culpar por querer profundizar más cada momento fugaz, estudiar su misterio, de gritar contra la pérdida, el cambio y el movimiento.

—Eh, mamá —dijo Paul retirándose para verla. Tenía los dientes blancos, rectos, perfectos. Le había crecido una barba oscura—. ¡Qué casualidad encontrarnos aquí! —dijo riendo.

—Sí, vaya casualidad.

Entonces Bree llegó a su lado. Se acercó y también abrazó a Paul.

—Me tengo que ir —dijo—. Sólo he pasado a decirte hola. Haces buena cara, Paul. La vida errante te sienta bien.

Él sonrió.

—¿No puedes quedarte?

Bree echó un vistazo a Norah.

—No —dijo—. Pero te veré pronto, ¿de acuerdo?

—De acuerdo —dijo Paul, inclinándose para darle un beso en la mejilla—, espero.

Norah se pasó el dorso de la mano por el ojo mientras Bree se daba la vuelta y se iba.

—¿Qué tienes? —preguntó Paul. Entonces, de golpe se puso serio—. ¿Qué es lo que pasa?

—Ven, siéntate —dijo cogiéndolo del brazo.

Juntos, volvieron a cruzar el parque hasta el banco de antes, provocando que un grupo de palomas, las plumas con reflejos de diversos colores, echaran a volar. Cogió el libro, toqueteando el marcador.

—Paul, tengo malas noticias. Tu padre murió hace nueve días. De un infarto.

Se le ensancharon los ojos del shock y del dolor, y miró, sin decir nada, el camino que había cogido para llegar a ella, para llegar a aquel momento.

—¿Cuándo fue el funeral? —preguntó al fin.

—La semana pasada. Lo siento mucho, Paul. No había tiempo de encontrarte. Pensé en ponerme en contacto con la embajada para que me ayudaran a localizarte, pero no sabía por dónde empezar. Así que he venido aquí hoy con la esperanza de que aparecieras.

—Casi pierdo el tren —dijo pensativo—. Casi no vengo.

—Pero lo has hecho. Estás aquí.

Él asintió y se echó para adelante con los codos en las rodillas y las manos juntas entre ellas. Ella se acordó de él sentándose de la misma manera cuando era un niño e intentaba esconder su tristeza. Él apretó los puños, luego los aflojó. Norah cogió la mano de su hijo. Tenía los dedos endurecidos por años de tocar. Se quedaron sentados un largo rato, mientras escuchaban el viento que hacía susurrar las hojas.

—Es normal estar dolido —dijo ella al fin—. Era tu padre.

Paul asintió, pero su expresión era cerrada como un puño. Cuando finalmente habló, la voz estaba a punto de romperse.

—Nunca pensé que algún día moriría. Ni pensé que me importara. No es que tuviéramos una buena relación, nunca hablábamos realmente.

—Lo sé —dijo ella, y era cierto. Después de la llamada de Bree, Norah había salido a la calle bajo el toldo formado por las ramas de los árboles, llorando sin reprimirse, enfadada con David por haberse ido antes de que ella hubiera tenido la oportunidad de arreglar las cosas con él de una vez por todas—. Pero antes, por lo menos hablar era una opción.

—Sí. Yo seguía esperando a que él diera el primer paso.

—Creo que él esperaba lo mismo.

—Él era mi padre —dijo Paul—. Se supone que tenía que saber qué hacer.

—Te quería. Nunca pienses que no lo hacía.

Paul soltó una carcajada corta y amarga.

—No. Eso suena muy bonito, pero no es la verdad. Había ido a su casa y lo intentaba; me pasaba por allí y hablaba con papá de esto y de aquello, pero nunca llegamos más lejos. Nunca habría conseguido nada de él. Él habría sido mucho más feliz con otro hijo —su voz todavía era calmada, pero las lágrimas se le amontonaron en el rabillo del ojo y le empezaron a caer por las mejillas.

—Cariño, te quería. De verdad que lo hacía. Pensaba que eras el hijo más increíble.

Paul se enjugó bruscamente las lágrimas de las mejillas. Norah sintió su propio dolor y tristeza acumulándose en la garganta, hasta que pudo hablar.

—A tu padre —dijo por fin— le era muy difícil abrirse a los demás. No sé por qué. Creció siendo pobre y siempre se sintió avergonzado por eso. Ojalá hubiera visto a toda la gente que vino al funeral, Paul. Cientos. La consulta entera. Tengo el libro de pésame; lo puedes ver tú mismo. Lo quería mucha gente.

—¿Vino Rosemary? —preguntó volviéndose de cara a ella.

—¿Rosemary? Sí. —Norah hizo una pausa, dejando que la cálida brisa le rozara ligeramente la cara. Había alcanzado a ver a Rosemary cuando terminó el oficio, sentada en el último banco con un sencillo vestido gris. Todavía llevaba el pelo largo, pero parecía mayor, más asentada. David siempre insistió en que nunca había habido nada entre ellos. En su corazón, Norah sabía que era cierto—. Tu padre y Rosemary no estaban enamorados —dijo Norah—. No era lo que crees.

—Lo sé. —Se sentó más derecho—. Lo sé. Rosemary me lo dijo. Y la creí.

—¿Te lo dijo? ¿Cuándo?

—Cuando papá la trajo a casa. El primer día. —Parecía incómodo, pero continuó—. A menudo iba a verla a su casa cuando iba a visitar a papá. A veces cenábamos todos juntos. Si papá no estaba en casa, me quedaba un rato por allí con Rosemary y Jack. Se podría decir que no había nada entre ellos. A veces su novio estaba allí. No sé. Era un poco raro, supongo. Pero me acostumbré. Estaba bien, Rosemary. Nunca fue el motivo de que no pudiera hablar realmente con papá.

Norah asintió.

—Pero Paul, tú le importabas. Mira, sé lo que quieres decir, porque yo también lo sentí. Aquella distancia. Aquella reserva. Aquel sentimiento de tener un muro demasiado alto para poderlo pasar por encima. Después de un tiempo dejé de intentarlo y al cabo de bastante más renuncié a esperar a que apareciera una puerta en el muro. Pero detrás de esa pared, nos quería a los dos. No sé por qué, pero lo sé.

Paul no dijo nada. De vez en cuando se apartaba las lágrimas de los ojos.

El aire era más fresco y la gente había empezado a pasear por los jardines. Enamorados cogidos de la mano, parejas con niños, personas solitarias. Se acercaba una pareja de ancianos. Él era alto, con el pelo blanco, y caminaba poco a poco, encorvándose ligeramente, con un bastón. Ella lo llevaba cogido del codo y se inclinaba a hablar con él, y el asentía, pensativo, con el ceño fruncido, mirando al otro lado de los jardines, más allá de las puertas, a lo que le señalaran. Norah sintió una punzada al ver esa intimidad. Una vez se había imaginado que ella y David acabarían así, envejeciendo juntos, sus historias entrelazándose como enredaderas, un zarcillo alrededor del brote, hojas que encajan unas con las otras. Ay, había sido tan anticuada; incluso su arrepentimiento lo era. Se había imaginado que casada sería alguna clase de precioso brote envuelto en el duro y fuerte cáliz de una flor. Envuelta y protegida, con las capas de su vida dentro de las de otra persona.

Pero en lugar de eso, había encontrado su propio camino, levantando un negocio, criando a Paul, viajando por el mundo. Ella era pétalo, cáliz, tallo y hoja. Era la larga raíz blanca que se agarraba hondo en la tierra. Y se alegraba.

Cuando pasaron, la pareja hablaba en inglés, discutiendo sobre dónde podían ir a cenar. Tenían acento del sur, de Texas, creía Norah, y el hombre quería encontrar un lugar donde hubiera bistec, comida que conocieran.

—Estoy tan cansado de los estadounidenses —dijo Paul, una vez hubieron pasado y ya no lo podían oír—. Siempre tan agradecidos de encontrar a un compatriota. Como si no fuéramos doscientos cincuenta millones. Parece como si no tuvieran ninguna intención de relacionarse con franceses estando en Francia.

—Has estado hablando con Frederic.

—Claro. ¿Por qué no? Frederic tiene muchísima razón en cuanto se refiere a la arrogancia de los estadounidenses. Por cierto, ¿dónde está?

—Fuera, por negocios. Vendrá esta noche.

Se apoderó de ella otra vez la imagen de Frederic cruzando la puerta de la habitación del hotel, dejando las llaves en el tocador y dándose palmaditas en el bolsillo para asegurarse de que estuviera el reloj. Vestía camisas blancas que atrapaban la última luz, con cuellos con puntas que se abotonaban una vez planchadas. Todas las noches llegaba y tiraba la corbata sobre la silla. Su voz suave daba forma a su nombre. Quizá fue la voz lo primero que la enamoró. Tenían tanto en común —hijos mayores, divorcios, un trabajo exigente—, pero como la vida de Frederic había transcurrido en otro país, con otra lengua, a Norah le parecía exótico, familiar y desconocido a la vez. Un país viejo y uno nuevo.

—¿Qué tal la estancia? —preguntó Paul—. ¿Te gusta Francia?

—Soy feliz aquí —dijo Norah, y era verdad. Frederic creía que el tráfico había destrozado París, pero para Norah el encanto era infinito, las *boulangeries* y las *pâtisseries*, los *crêpes* de las paraditas de la calle, las agujas de los edificios antiguos, las campanas. Los sonidos del idioma fluyendo como un arroyo, una palabra por aquí y otra por allá emergiendo como piedrecitas—. Y tú, ¿qué tal? ¿Cómo va la gira? ¿Todavía estás enamorado?

—Ah, sí —dijo, relajándose un poco. La miró directamente—. ¿Te vas a casar con Frederic?

Ella pasó el dedo por la afilada punta del folleto. Esa era la cuestión, por supuesto, que la asaltaba en todo momento. ¿Debía cambiar de vida? Quería a Frederic y nunca había sido más feliz, aunque podía ver a través de esa felicidad que, dentro de un tiempo, los atractivos hábitos de él la sacarían de quicio, y los suyos, a él. A él le gustaban las cosas tal como estaban. Era meticuloso en todo, desde los trabajos de carpintería hasta los formularios de la declaración de renta. En ese aspecto, y no en otros, le recordaba a David. Ella era suficientemente mayor y experimentada para saber que nada era perfecto. Nada permanecía igual, ni ella misma. Pero también era verdad que cuando Frederic entraba en una habitación, el aire parecía desplazarse, más cargado, y latir directamente a través de ella. Quería saber qué pasaría luego.

—No lo sé —dijo bajito—. Bree desea comprar el negocio. Frederic tiene contrato durante dos años más, así que de momento no tenemos que tomar ninguna decisión. Pero puedo imaginarme una vida con él. Supongo que ése es el primer paso.

Paul asintió.

—¿Es así como fue la última vez con papá?

Norah lo miró, preguntándose cómo responderle.

—Sí y no. Ahora soy mucho más práctica. Entonces sólo quería que cuidaran de mí. No me conocía muy bien a mí misma.

—A papá le gustaba cuidar de las cosas.

317

—Sí, sí le gustaba.

—Paul soltó una repentina y corta carcajada.

—No puedo creer que esté muerto.

—Lo sé, yo tampoco.

Se quedaron un rato sentados en silencio, el viento se movía ligeramente a su alrededor. Norah le dio la vuelta al folleto, recordando la calma del museo, el eco de los pasos. Se había pasado casi una hora delante de esa pintura, observando las espirales de color, las pinceladas seguras y de color intenso. ¿Qué era lo que Van Gogh provocaba en la gente? Algo resplandeciente, fugaz. David se movía por el mundo dirigiendo su cámara a los detalles más pequeños, obsesionado por los juegos de luz y sombra, tratando de fijar las cosas en su sitio. Ahora, él se había ido y la forma que tenía él de ver el mundo, también.

Paul se levantó y saludó al otro lado del parque. La tristeza en la cara dio paso a una sonrisa de dicha, intensa, claramente centrada y selectiva. Norah siguió su mirada a lo largo de la hierba seca hasta una joven de cara alargada y delicada y la piel del color de las bellotas maduras. Tenía el pelo oscuro con rastas hasta la cintura. Era esbelta. Llevaba un ligero vestido estampado y se movía con la gracia de una bailarina. Se veía reservada.

—Es Michelle. Vuelvo enseguida.

Norah lo vio ir hacia ella como arrastrado por la gravedad. Michelle levantó la cara al verle. Él se la cogió suavemente entre las manos mientras se besaban. Ella levantó la mano y sus palmas se tocaron brevemente, ligeramente, un gesto tan íntimo que Norah apartó la vista. Entonces cruzaron el parque, con las cabezas inclinadas, hablando. En un punto, se pararon, y Michelle le puso la mano en el brazo. Seguramente se lo había dicho.

—Señora Henry —dijo dándole la mano cuando llegaron al banco. Tenía los dedos largos y fríos—. Siento muchísimo lo del padre de Paul.

Su acento también era algo exótico; había pasado muchos años en Londres. Hablaron durante unos minutos de pie en el jardín. Paul propuso ir a cenar y Norah estuvo tentada a decir que sí. Quería sentarse con Paul y hablar hasta entrada la noche, pero dudó, consciente de que entre Paul y Michelle había una calidez, un resplandor, un deseo de estar solos. Pensó otra vez en Frederic, quizás ya habría llegado a la pensión, la corbata colgada en el respaldo de la silla.

—¿Qué tal mañana? —dijo—. ¿Qué tal si nos encontramos para desayunar? Quiero que me cuentes tu viaje. Quiero saberlo todo sobre los guitarristas de flamenco de Sevilla.

Ya en la calle, caminando hacia el metro, Michelle le cogió el brazo a Norah. Paul iba delante de ellas, ancho de espaldas, desgarbado.

—Ha criado a un hijo maravilloso —dijo—. Me sabe mal no poder conocer a su padre.

—Hubiera sido difícil de todas formas... llegar a conocerle. Pero sí, yo también lo siento. —Caminaron unos pasos más—. ¿Estás disfrutando de la gira?

—Oh, sí, es maravilloso la libertad que se tiene al viajar.

Era una tarde suave, las brillantes luces de la estación de metro los impactó al bajar. Se oía un tren a lo lejos, resonando en el túnel. Había una mezcla de olores, de perfume y por debajo, el penetrante olor a metal, a aceite.

—Venid sobre las nueve —le dijo Norah a Paul, levantando la voz por encima del ruido. Y luego, al acercarse el tren, se inclinó hacia delante, se acercó a su oído y gritó—: ¡Te quería! ¡Era tu padre y te quería!

Pudo ver claramente el dolor y la pérdida en la cara de Paul. Él asintió. No había tiempo para nada más. El tren se precipitaba hacia ellos, y en el viento que llegó de golpe, ella sintió que su corazón se hinchaba. Su hijo, allí en el mundo. Y David, desaparecido inexplicablemente. El tren paró chirriando y las puertas hidráulicas se abrieron de golpe haciendo ruido. Norah entró y se sentó al lado de la ventana, mirando una visión rápida de Paul, caminando con las manos en los bolsillos y cabizbajo. Después, desaparecieron.

Cuando llegó a su parada, el aire se había llenado con la luz uniforme del atardecer. Caminó por los adoquines hasta la pensión, pintada de amarillo pálido y ligeramente luminoso, con las jardineras desbordadas de flores. La habitación estaba en calma, sus cosas desparramadas tal como las había dejado. Frederic no había llegado. Norah fue a la ventana que daba al río y se quedó allí un momento, pensando en David con Paul a hombros en su primera casa, pensando en el día en que se había declarado gritándole por encima del ruido de la corriente de agua, y el anillo frío deslizándose en su dedo. Pensando en la mano de Paul y Michelle, una contra la otra.

Fue al pequeño escritorio y escribió una nota: «Frederic, estoy en la terraza».

La terraza, con una hilera de palmeras plantadas, estaba encarada al Sena. Había lucecitas en los árboles y en la verja de hierro. Norah se sentó desde donde podía ver el río y pidió una copa de vino. Se había dejado el libro en alguna parte, probablemente en el jardín del Louvre. Eso la hizo sentirse un poco triste. No era la clase de libro que se comprara dos veces sino una lectura ligera, algo para pasar el rato. Trataba de dos hermanas. Ahora nunca sabría cómo acababa la historia.

Dos hermanas. Quizás algún día, Bree y ella escribirían un libro. Este pensamiento la hizo sonreír, y el hombre que estaba sentado en la mesa contigua, con traje blanco y una copa al lado de su mano, le devolvió la sonrisa. Así empezaban las cosas. Hubo un tiempo en que habría cruzado las piernas o se habría echado el pelo para atrás, pequeños gestos de invitación, hasta que él se levantara y fuera a preguntarle si se podía sentar con ella. Le había encantado el poder de esta danza y la sensación de descubrimiento. Pero esa noche, apartó la vista. El hombre se encendió un cigarrillo y cuando lo terminó, pagó y se fue.

Norah estaba sentada observando el flujo de la gente con el brillo oscuro del río de fondo. No vio llegar a Frederic. Pero entonces notó su mano en el hombro, se giró y él la besó en una mejilla, en la otra y luego en los labios.

—Hola —dijo, sentándose enfrente de ella.

No era un hombre alto, pero estaba muy bien, ancho de espaldas de años de nadar. Era analista de sistemas. A Norah le gustaba su seguridad, su habilidad de captar y analizar el conjunto y no dar vueltas a las minucias del momento. Aunque también era lo único que a veces la irritaba, su idea del mundo como algo constante y previsible.

—¿Hace mucho que esperas? —preguntó—. ¿Has comido?

—No —señaló la copa casi llena—. No hace mucho. Y estoy hambrienta.

—Bien. Siento llegar tarde. El tren se ha retrasado.

—No pasa nada. ¿Cómo ha ido el día por Orléans?

—Monótono. Pero he tenido un almuerzo agradable con mi primo.

Empezó a hablar, y Norah se puso cómoda, dejando que las palabras resbalaran por ella.

Las manos de Frederic eran fuertes y habilidosas. Se acordó de un día que él le había montado una estantería para libros, trabajando en el garaje todo el fin de semana, volutas de madera nueva cayendo de la lijadora. No le daba miedo pararla en la cocina mientras ella cocinaba, pasándole las manos por la cintura y besándole el cuello hasta que ella se daba la vuelta y lo besaba. Fumaba en pipa, lo que a ella no le gustaba. Y trabajaba demasiado. Y conducía demasiado rápido por la autopista.

—¿Se lo has dicho a Paul? —preguntó Frederic—. ¿Está bien?

—No lo sé. Espero que sí. Hemos quedado mañana para desayunar. Se queja de la arrogancia de los estadounidenses.

Frederic rió.

—Bien. Me gusta tu hijo.

—Está enamorado. Michelle, esa jovencita, es encantadora, y la adora. También va a venir mañana.

—Bien —dijo Frederic de nuevo, pasando los dedos por los de ella. Estar enamorado es bueno.

Pidieron la cena, brochetas de ternera con arroz, y más vino. El río se movía por abajo, oscuro y silencioso, y mientras hablaban, Norah pensó que era maravilloso estar sentados tranquilamente, anclados en un lugar. Estar sentada bebiendo vino en París, viendo los pájaros emprender el vuelo desde las siluetas de los árboles, el río moviéndose con calma un poco más abajo. Recordó sus descontroladas salidas en coche al río Ohio cuando era joven, los extraños colores de la superficie del agua, las escarpadas orillas de piedra caliza, el viento levantándole el pelo.

Pero ahora estaba sentada tranquila y los pájaros volaban en lo alto en un cielo de color índigo. Olía a agua, a los gases del tráfico, a carne asada y al frío y húmedo lodo del río. Frederic volvió a encender la pipa y sirvió más vino. La gente paseaba por la acera, adentrándose en el atardecer que daba paso a la noche. Los edificios cercanos se fundían lentamente en la oscuridad. Una a una, las luces empezaron a encenderse en las ventanas. Norah dobló la servilleta y se levantó. El mundo le dio vueltas. Se sintió mareada por el vino, la altura, el olor a comida después de su largo día de dolor y alegría.

—¿Estás bien? —preguntó Frederic a lo lejos.

Norah tocó la mesa con una mano, contuvo la respiración. Asintió con la cabeza, incapaz de hablar por encima del sonido del río, el olor de las oscuras orillas, las estrellas brillando por todas partes, arremolinándose, vivas.

Se llamaba Robert y era apuesto, con una mata de pelo oscuro que le caía por la frente. Iba de un lado a otro del pasillo del autobús, presentándose a todo el mundo y haciendo comentarios sobre el recorrido, el conductor, el día. Llegó al final de la fila, dio media vuelta y repitió de nuevo la misma historia.

—Me lo estoy pasando bien aquí —dijo dándole la mano a Caroline al encontrársela en su camino.

Ella sonrió, paciente. El apretón de manos había sido firme y seguro. Los otros no lo miraban a los ojos. Observaban sus libros, los periódicos, las escenas que pasaban fuera de la ventanilla. Aun así, Robert seguía, impertérrito, sin esperar ninguna respuesta de la gente del autobús, como si no fueran más que árboles, rocas o nubes. Observándolo desde el asiento del final, decidiendo a cada segundo no intervenir, Caroline pensaba que en su perseverancia había el profundo deseo de encontrar a una persona que realmente lo mirara.

Esa persona, aparentemente, era Phoebe, quien parecía iluminarse, rebosante de alguna luz interna, cuando Robert estaba alrededor y lo observaba ir y venir por el pasillo como si fuera alguna nueva criatura maravillosa, un pavo real quizás, hermoso, llamativo y orgulloso. Cuando finalmente se acomodó en el asiento de al lado de ella, todavía hablando, Phoebe simplemente le sonrió. Fue una sonrisa radiante que no ocultaba nada. Sin reservas ni prudencia y sin esperar a estar segura de que él sintiera surgir el mismo amor. Caroline cerró los ojos a la manifiesta expresión de emotividad de su hija; esa inocencia descontrolada, ¡qué riesgo! Pero cuando volvió a abrirlos, Robert le devolvía la sonrisa, tan complacido por Phoebe, tan maravillado, como si un árbol hubiera gritado su nombre.

Bueno, sí, pensó Caroline, y ¿por qué no? ¿No era el amor lo bastante poco común en el mundo? Echó un vistazo a Al, que estaba sentado a su lado, dando cabezadas; el pelo canoso se le movía cuando el autobús pasaba sobre algún bache o en las curvas. Había llegado tarde la noche anterior y se iba al día siguiente por la mañana, haciendo horas extras para poder pagar el tejado nuevo y las canaletas. Estos últimos meses, los días que habían estado juntos, los habían pasado mayoritariamente hablando de negocios. A veces, un recuerdo de los primeros tiempos de casados —los labios contra los suyos, el tacto de la mano en su cintura— se apoderaba de Caroline con una nostalgia agridulce. ¿Cómo habían llegado a estar tan ocupados y agobiados por las preocupaciones? ¿Cómo habían pasado tantos días, uno tras otro, hasta llegar a aquel momento?

El autobús cruzó el barranco a toda velocidad y subió la pendiente a Squirrel Hill. Las farolas ya estaban encendidos en el atardecer de principios de invierno. Phoebe y Robert estaban sentados tranquilos, de cara al pasillo, vestidos para el baile anual de la Upside Down. Los zapatos de Robert estaban sumamente lustrados, y llevaba su mejor traje. Bajo el abrigo de invierno, Phoebe llevaba un vestido floreado blanco y rojo, y una delicada cruz blanca del día de su confirmación, que colgaba de una fina cadena alrededor del cuello. El pelo se le había oscurecido y le crecía más fino. Llevaba un corte a lo casco, con pinzas rojas aquí y allá. Estaba blanca, con pecas en los brazos y en la cara. Miraba fijamente por la ventana, sonriendo ligeramente, perdida en sus pensamientos. Robert observaba la publicidad que había sobre la cabeza de Caroline, anuncios de clínicas y dentistas, y los mapas del trayecto. Era un buen hombre, preparado en todo momento para deleitarse con el mundo, a pesar de que olvidaba las conversaciones tan pronto como terminaban. Le pedía el número de teléfono a Caroline siempre que se veían.

Aun así, siempre se acordaba de Phoebe. Se acordaba del amor.

—Casi hemos llegado —dijo Phoebe tirando del brazo de Robert al acercarse al final de la cuesta. El centro diurno estaba a media manzana de distancia. Sus luces se extendían ligeramente por la hierba marrón y las capas de nieve—. He contado siete paradas.

—Al —dijo Caroline sacudiéndole el hombro—. Al, cariño, es nuestra parada.

Bajaron del autobús al frío húmedo de la noche de noviembre, y caminaron en parejas por la luz oscura. Caroline pasó la mano por el brazo de Al.

—Estás cansado —dijo ella, intentando romper el silencio que cada vez más se estaba convirtiendo en un hábito—. Has tenido un par de semanas muy largas.

—Estoy bien.

—Ojalá no tuvieras que pasar tanto tiempo fuera.

Se arrepintió de las palabras tan pronto como las acabó de decir. El tema ya estaba gastado, era un punto delicado en su matrimonio. Incluso a sus oídos, su voz sonó estridente, chillona, como si estuviera buscando pelea deliberadamente.

Los zapatos hacían crujir la nieve. Al suspiró profundamente, su vaho era una tenue nube en el frío.

—Mira, estoy haciendo todo lo que puedo, Caroline. Ahora vamos bien de dinero y tengo acumulado lo de la antigüedad. Ya rondo los sesenta. Tengo que seguir trabajando mientras pueda.

Caroline asintió. Notó el brazo bajo su mano, firme y seguro. Estaba tan contenta de tenerlo aquí, tan cansada del extraño ritmo de su vida, que lo mantenían alejado durante tantos días... Lo que ella quería, más que otra cosa, era desayunar todas las mañanas y cenar con él todas las noches. Despertarse al lado de él en la cama, no en alguna desconocida habitación de hotel a ciento cincuenta o a ochocientos kilómetros de distancia.

—Es que te echo de menos —dijo Caroline dulcemente—. Eso es lo que quiero decir. Es lo único que digo.

Phoebe y Robert iban delante de ellos, cogidos de la mano. Caroline miraba a su hija, que llevaba guantes oscuros y una bufanda que Robert le había regalado, enrollada holgadamente al cuello. Phoebe se quería casar con Robert, tener una vida con él. Últimamente no hablaba de otra cosa. Linda, la directora del centro diurno, la había informado: «Phoebe está enamorada. Tiene veinticuatro años, es un poco tarde, pero está empezando a descubrir su propia sexualidad. Tenemos que hablar de esto, Caroline». Pero Caroline no quería admitir que las cosas hubieran cambiado y aplazó el tema.

Phoebe caminaba con la cabeza ligeramente inclinada, tratando de escuchar. De vez en cuando, les llegaba su risa repentina en el atardecer. Caroline aspiró el aire cortante y frío, sintiendo una invasión de placer por la felicidad de su hija, y se encontró de vuelta, en aquel mismo momento, en la sala de espera del ambulatorio con los helechos mustios y la ruidosa puerta, con Norah Henry de pie al lado del mostrador, quitándose los guantes y enseñándole la alianza de boda a la recepcionista, riendo a la vez.

Hacía toda una vida de eso. Caroline había olvidado aquellos días por completo. Entonces, la semana pasada, mientras Al todavía estaba fuera, llegó una carta de un bufete de abogados del centro. Caroline, desconcertada, rompió el sobre para abrirla y la leyó en el porche, en el frío aire de noviembre.

Por favor, póngase en contacto con este bufete en referencia a una cuenta a su nombre.

Llamó inmediatamente y se quedó en la ventana, mirando pasar el tráfico, mientras el abogado le daba la noticia. David Henry había muerto. En realidad, hacía tres meses. Se ponían en contacto con ella para decirle que había dejado una cuenta bancaria abierta a su nombre. Caroline apretó el teléfono al oído. Sintió que algo se hundía profundamente dentro de ella, en la oscuridad, por la noticia, mientras observaba las escasas hojas que todavía quedaban en los plátanos, que se agitaban a la luz de la fría mañana. El abogado, a kilómetros de distancia, seguía hablando. Era una cuenta beneficiaria. David la había dispuesto conjuntamente a nombre de ambos, y por consiguiente, no tenían por qué pasar por los trámites legales del testamento. No iban a decirle cuánto había por teléfono. Caroline tendría que ir al despacho.

Después de colgar, volvió al porche, donde se quedó sentada en el balancín durante mucho tiempo, intentando asimilar la noticia. La sorprendió que David se hubiera acordado de ella en ese sentido. Realmente la sorprendía más incluso que la noticia de su muerte. ¿Qué creía? ¿Que David y ella llevarían vidas separadas, aunque siempre conectadas desde el momento en que se levantó y le puso a Phoebe en brazos? ¿Que algún día, cuando a ella le fuera bien, lo buscaría y le dejaría conocer a su hija? Los coches bajaban la colina ininterrumpidamente. No sabía qué hacer, y al final, simplemente volvió adentro y se preparó para ir a trabajar, deslizando la carta en el cajón superior del escritorio junto con las gomas elásticas y los clips, esperando a que Al llegara a casa y la ayudara a ver las cosas con perspectiva. Todavía no se lo había comentado, él estaba tan cansado, pero la noticia, sin haberla dicho, colgaba en el aire entre ellos, junto con la preocupación de Linda por Phoebe.

La luz se extendía desde el centro a la acera, a la hierba marrón. Empujaron la puerta de dos hojas de cristal y entraron al vestíbulo. Habían montado una pista de baile al final de la sala y una bola de discoteca giraba dispersando fragmentos de brillante luz por el techo, las paredes y las caras de los asistentes. Había música, pero nadie bailaba. Phoebe y Robert se quedaron detrás del grupo de gente, observando la luz que se movía por la pista vacía.

Al colgó los abrigos y luego, para sorpresa de Caroline, le cogió la mano.

—¿Te acuerdas de aquel día en el jardín, el día que decidimos atarnos? Vamos a enseñarles cómo se baila el rock & roll, ¿qué dices?

Caroline notó que se le llenaban los ojos de lágrimas, pensando en las hojas agitándose aquel día tan lejano, cómo brillaba el sol y el zumbido de abejas a lo lejos. Bailaron por el jardín, y ella le había cogido la mano en el hospital, horas más tarde, y había dicho: «Sí, me casaré contigo, sí».

Al le pasó la mano por la cintura y se dirigieron a la pista. Caroline había olvidado —había pasado mucho tiempo— con qué facilidad y fluidez se movían juntos sus cuerpos, y lo libre que la hacía bailar. Le apoyó la cabeza sobre el hombro, inhaló su loción aromática para después del afeitado y el nítido olor a aceite de máquina que persistía por debajo. La mano de Al, firme contra su espalda, con las mejillas pegadas. Giraban, y poco a poco, otra gente se les unió en la pista, sonriendo hacia ellos. Caroline conocía a casi todo el mundo que había en la sala. El personal del centro diurno, los otros padres de la Upside Down, los residentes del complejo de al lado. Phoebe estaba en la lista de espera para ocupar una habitación allí, un lugar donde vivir con otros adultos y bajo la vigilancia de un responsable. En algunos aspectos parecía ideal, suponía más independencia y autonomía, por lo menos, una respuesta parcial al futuro de Phoebe, pero la verdad es que Caroline no podía imaginarse viviendo separada de ella. La lista de espera parecía muy larga cuando en el momento de la solicitud, pero en el último año se había reducido. Caroline tendría que tomar una decisión. Alcanzó a ver a Phoebe, sonriendo feliz, con el fino pelo recogido con las brillantes pinzas rojas, dirigiéndose tímidamente a la pista de baile con Robert.

Bailó tres canciones más con Al, con los ojos cerrados, dejándose llevar, siguiendo sus pasos. Era un buen bailarín, suave y seguro, y la música la envolvía por dentro. La voz de Phoebe le provocaba lo mismo. Los sonidos refinados que flotaban por las habitaciones cuando cantaba hacían que Caroline dejara lo que estuviera haciendo y se quedara quieta, con el mundo emanando a través de ella como luz. «Me gusta», susurró Al, acercándola más a él, apretando la mejilla contra la suya. Cuando la música cambió a un rápido rock, él siguió con el brazo alrededor de ella mientras dejaban la pista.

Caroline, un poco mareada, recorrió con la mirada la sala buscando a Phoebe por una vieja costumbre, y sintió los primeros síntomas de preocupación cuando no la vio.

—La he mandado abajo a por más ponche —le gritó Linda desde detrás de la mesa. Hizo gestos a los refrigerios de la mesa, que estaban disminuyendo—. ¿Te lo puedes creer? También nos estamos quedando sin galletas.

—Ya te traigo yo —se ofreció Caroline, agradecida por tener una excusa para ir a buscar a Phoebe.

—Estará bien —dijo Al, cogiéndole la mano y señalando la silla que había detrás.

—Sólo voy a comprobarlo —dijo Caroline—. No será ni un minuto.

Caminó por los pasillos vacíos y tranquilos, el tacto de Al todavía presente en su piel. Bajó las escaleras y fue a la cocina, empujó las puertas de vaivén de metal con una mano y con la otra buscó el interruptor. La repentina luz fluorescente los atrapó como una fotografía: Phobe, con su vestido de flores de espaldas a la encimera y Robert muy cerca, con los brazos alrededor de ella y subiéndole una mano por la pierna. En el instante anterior a que se giraran, Caroline vio que Robert iba a besarla, y que Phoebe se disponía a devolverle el beso. Robert, su primer amor verdadero. Tenía los ojos cerrados, la cara rebosante de placer.

—Phoebe —dijo Caroline bruscamente—. Phoebe y Robert, ya es suficiente.

Se soltaron, sobresaltados, pero no arrepentidos.

—No pasa nada —dijo Robert—. Phoebe es mi novia.

—Nos vamos a casar —añadió Phoebe.

Caroline, temblando, trató de mantener la calma. Phoebe era, al fin y al cabo, una mujer adulta.

—Robert —dijo—, tengo que hablar con Phoebe un momento. A solas, por favor.

Robert dudó, luego pasó al lado de Caroline, toda su sociabilidad y entusiasmo desvanecidos.

—No es nada malo —dijo deteniéndose en la puerta—. Phoebe y yo... nos queremos.

—Lo sé —dijo Caroline.

Y las puertas se cerraron detrás de él.

Phoebe estaba bajo la fuerte luz, retorciéndose el collar.

—Se puede besar a alguien que quieres, mamá. Tu besas a Al.

Caroline asintió, recordando la mano de Al en su cintura.

—Es cierto. Pero cariño, eso parecía algo más que besar.

—¡Mamá! —Phoebe estaba exasperada—. Robert y yo nos vamos a casar.

Caroline contestó sin pensar:

—Tú no puedes casarte, cielo.

Phoebe levantó la vista. Tenía una expresión testaruda que Caroline conocía bien. La luz del fluorescente pasaba a través de un colador y le hacía dibujos en la cara.

—¿Por qué no?

—Cariño, el matrimonio... —Caroline hizo una pausa pensando en Al, su cansancio reciente, la distancia que se creaba entre ellos cada vez que viajaba—. Mira, es complicado, cariño. Puedes querer a Robert sin que tengas que casarte.

—No. Robert y yo nos vamos a casar.

Caroline suspiró.

—Está bien. Pongamos que te casas. ¿Dónde vais a vivir?

—Compraremos una casa —dijo Phoebe con una expresión ahora decidida, seria—. Viviremos allí, mamá. Tendremos hijos.

—Los niños dan un trabajo horroroso —dijo Caroline—. Me pregunto si tú y Robert sabéis cuánto trabajo dan. Y son caros de mantener. ¿Cómo vais a pagar la casa? ¿La comida?

—Robert tiene un trabajo. Yo también. Tenemos mucho dinero.

—Pero tú no podrás trabajar si tienes que ocuparte de los niños.

Phoebe pensó en aquello con el ceño fruncido, y el corazón de Caroline se hinchó. Unos sueños tan profundos y sencillos, y no podían hacerse realidad. ¿Dónde estaba la justicia en eso?

—Quiero a Robert —insistió Phoebe—. Robert me quiere a mí. Además, Avery tiene un bebé.

—Oh, cielo —dijo Caroline. Recordó a Avery Swan, empujando el cochecito calle abajo, parándose para que Phoebe pudiera inclinarse y tocar la mejilla del recién nacido—. Ay, cariño. —Cruzó el espacio que las separaba y puso las manos sobre los hombros de Phoebe—. ¿Te acuerdas de cuando Avery y tú salvasteis a *Rain*? Queremos a *Rain*, pero da mucho trabajo. Hay que vaciar la caja higiénica, cepillarle, arreglar lo que destroza, dejarlo entrar y salir, y te preocupas cuando no vuelve a casa. Tener un bebé es incluso más, Phoebe. Tener un bebé es como tener veinte *Rains*.

Phoebe bajó la cara, con lágrimas que le caían por las mejillas.

—No es justo —suspiró.

—No es justo —estuvo de acuerdo Caroline.

Se quedaron un momento quietas en la cruda luz.

—Oye, Phoebe, ¿puedes ayudarme? Linda también necesita galletas.

Phoebe asintió, secándose los ojos. Subieron las escaleras y fueron al vestíbulo, llevando cajas y botellas, sin hablar.

Más tarde, aquella noche, Caroline le contó a Al lo ocurrido. Él estaba sentado a su lado en el sofá, con los brazos cruzados, a punto de dormirse. Tenía el cuello sensible todavía, enrojecido por el afeitado, y oscuras sombras alrededor de los ojos. Por la mañana, se levantaría al amanecer y se dedicaría a conducir.

—Desea tanto tener su propia vida, Al. Y sería tan sencillo.

—Mmm —dijo él, vehemente—. Bueno, quizás ya sea sencillo, Caroline. Hay más gente viviendo en el complejo y parecen arreglárselas bien. Estaríamos al lado.

Caroline negó con la cabeza.

—Es que no puedo imaginármela ahí fuera, en el mundo. Y en serio, no puede casarse, Al. ¿Qué pasa si se queda embarazada? No estoy preparada para criar a otro niño, y eso es lo que pasaría.

—Yo tampoco quiero criar a otro niño —dijo Al.

—Quizá deberíamos alejarla un tiempo de Robert.

Al volvió la cabeza y la miró, sorprendido.

—¿Crees que sería buena idea?

—No lo sé —Caroline suspiró—. Sencillamente no lo sé.

—Mira —dijo Al con dulzura—, desde el momento en que te conocí, Caroline, has estado pidiendo que no se le cerrara ninguna puerta a Phoebe. «No la subestimes», ¿cuántas veces te lo he oído decir? Así que ¿por qué no la dejas que se vaya? ¿Por qué no dejas que lo intente? Puede que le guste el sitio. Y que a ti te guste la libertad.

Ella miraba fijamente la moldura del techo, pensando si le hacía falta una capa de pintura, mientras una verdad difícil luchaba por salir a la superficie.

—No puedo imaginarme la vida sin ella —dijo débilmente.

—Nadie te está pidiendo que hagas eso. Pero es una persona adulta, Caroline. Ése es el tema. ¿Por qué has trabajado toda la vida sino para darle a Phoebe algo de independencia?

—Supongo que te gustaría ser libre —dijo Caroline—. Te gustaría irte. Viajar.

—¿Y a ti no?

—Por supuesto que sí —gritó, sorprendida por la intensidad de su respuesta—. Pero Al, aunque Phoebe se vaya, nunca será independiente del todo. Y tengo miedo de que tú tampoco seas feliz. Tengo miedo de que nos vayas a dejar. Cariño, estos últimos días has estado cada vez más distante.

Al no dijo nada durante un buen rato.

—¿Por qué estás tan enfadada? —preguntó al fin—. ¿Qué te hace pensar que me voy a largar?

—No estoy enfadada —dijo rápidamente, al notar que lo había herido—. Al, espera un momento. —Cruzó la habitación y cogió la carta del cajón—. Si estoy alterada es por esto. No sé qué debo hacer.

Él cogió la carta y la observó durante un buen rato, dándole la vuelta, como si la respuesta al misterio estuviera escrita en la parte de atrás. Luego la leyó una vez más.

—¿Cuánto hay en la cuenta? —preguntó levantando la vista.

Ella sacudió la cabeza.

—Aun no lo sé. Tengo que ir en persona para que me lo digan.

Al asintió, observando la carta otra vez.

—Es extraña la manera de hacerlo. Una cuenta secreta.

—Lo sé. Quizá tuviera miedo de que yo se lo dijera a Norah. Quizá querría asegurarse de que ella tuviera tiempo de acostumbrarse a su muerte. Es lo único que me puedo imaginar. —Pensó en Norah, yendo por el mundo, sin sospechar que su hija estuviera viva. Y Paul... ¿Qué había sido de él? Era difícil imaginar quién podría ser ahora, aquel niño de pelo oscuro que había visto una vez.

—¿Qué deberíamos hacer? —preguntó ella.

—Bueno, conocer los detalles, primero. Cuando vuelva iremos juntos al centro a ver a ese abogado. Puedo contar con uno o dos días libres. Después, no lo sé, Caroline. Tenemos que pensarlo, supongo. No tenemos que hacer nada inmediatamente.

—Está bien —dijo ella. Toda su consternación de esa última semana se desvaneció. Al hacía que pareciera tan fácil—. Estoy tan contenta de que estés aquí.

—En serio, Caroline. —Le cogió la mano—. No voy a ir a ninguna parte. Excepto a Toledo, mañana a las seis de la mañana. Así que voy a subir a echarme al catre.

Le dio un beso en los labios, y la apretó hacia sí. Caroline presionó su mejilla contra la de él, asimilando su fragancia y calidez, pensando en el día en que se conocieron en el aparcamiento de las afueras de Louisville. Aquel día que determinó su vida.

Al se levantó sin soltarle la mano.

—¿Vienes arriba?

Ella asintió y se alzó sin soltar la suya.

Por la mañana ella se levantó temprano e hizo el desayuno. Huevos con beicon, patatas y cebolla frita doradita, decorado con hojas de perejil.

—Eso sí que huele bien —dijo Al, cuando entró, dándole un beso en la mejilla y lanzando el periódico y el correo del día anterior sobre la mesa.

Al cogerlas, las cartas estaban frías, un poco húmedas. Había dos facturas y una postal reluciente del mar Egeo con una nota de Doro en la parte de atrás.

Caroline pasó los dedos sobre la fotografía y leyó el breve mensaje:

—«Trace se hizo un esguince en el tobillo en París».

—Qué mala suerte. —Al abrió el periódico y sacudió la cabeza con las noticias políticas—. Oye, Caroline —dijo después de un momento, bajando el periódico—. Ayer por la noche estuve pensando. ¿Por qué no vienes conmigo? Apuesto a que Linda puede llevarse a Phoebe el fin de semana. Podríamos hacer una escapada, tú y yo. Tendrías la oportunidad de ver qué tal se las arregla Phoebe ella sola. ¿Qué dices?

—¿Ahora? ¿Irnos así, sin más?

—Sí. Aprovechar la ocasión. ¿Por qué no?

—Vaya —dijo ella, nerviosa, contenta, aunque no le gustaba pasar mucho tiempo en la carretera—, no sé. Tengo muchas cosas que hacer esta semana. Quizá la próxima vez —añadió rápidamente, no queriendo desanimarlo.

—La próxima vez podríamos coger algunas rutas secundarias —trató de convencerla—. Hacerlo más interesante para ti.

—Es una buenísima idea —dijo ella, pensando con sorpresa que así era.

Él sonrió, decepcionado, y se inclinó para besarla, sus labios fríos brevemente sobre los suyos.

Cuando Al se fue, Caroline colgó la postal de Doro en el frigorífico. Era un noviembre crudo. El cielo húmedo y gris amenazaba nieve, y le gustó mirar aquel mar brillante y seductor al borde de la cálida arena. Durante toda aquella semana, mientras ayudaba a los pacientes, hacía la cena o doblaba la ropa, recordó la invitación de Al. Pensó en el beso apasionado que había interrumpido entre Robert y su hija, y en la residencia donde Phoebe quería vivir. Al tenía razón. Algún día, ninguno de los dos estaría allí, y Phoebe tenía derecho a vivir por su cuenta.

Aun así, el mundo no era menos cruel. El martes, en el comedor, mientras comían puré de carne con patatas y judías verdes, Phoebe se metió la mano en el bolsillo y sacó un rompecabezas pequeño de plástico, con números impresos en cuadrados movibles. El juego consistía en poner los números por orden, y ella los empujaba entre bocado y bocado.

—Es bonito —dijo Caroline despreocupadamente, bebiendo leche—. ¿De dónde lo has sacado, cariño?

—De Mike.

—¿Trabaja contigo? ¿Es nuevo?

—No. Lo conocí en el autobús.

—¿En el autobús?

—Ajá. Ayer. Era amable.

—Ya veo. —Caroline sintió que el tiempo se ralentizaba, todos sus sentidos se pusieron alerta. Tuvo que hacer un esfuerzo para hablar con calma y naturalidad—. ¿Mike te dio el rompecabezas?

—Ajá. Era amable. Tiene un pájaro nuevo. Me lo quiere enseñar.

—¿Te lo quiere enseñar? —dijo Caroline sintiendo que la atravesaba un escalofrío—. Phoebe, cariño, no puedes ni pensar en salir con desconocidos. Ya hemos hablado de eso.

—Lo sé. Se lo dije. —Apartó el puzzle y echó un chorro de ketchup en el puré de carne—. Me dijo: «Ven a casa conmigo, Phoebe». Y yo dije: «De acuerdo, pero primero tengo que decírselo a mi mamá».

—Qué buena idea —se las arregló para decir Caroline.

—Así que, ¿puedo? ¿Puedo ir a casa de Mike mañana?

—¿Dónde vive?

Phoebe se encogió de hombros.

—No lo sé. Lo veo en el autobús.

—¿Todos los días?

—Ajá. ¿Puedo ir? Quiero ver su pájaro.

—Bueno, ¿qué tal si voy contigo? —dijo Caroline cuidadosamente—. ¿Qué tal si mañana cogemos juntas el autobús? De esa manera podré conocer a Mike e iré contigo a ver el pájaro. ¿Qué te parece?

—Muy bien —dijo Phoebe, contenta, y se terminó la leche.

Durante los dos días siguientes, Caroline cogió el autobús con Phoebe, a la ida y a la vuelta del trabajo, pero Mike no apareció.

—Cariño, me temo que estaba mintiendo —le dijo a Phoebe el jueves por la noche mientras lavaban los platos.

Phoebe llevaba un jersey amarillo, y en las manos una docena de cortes por papel que se había hecho en el trabajo. Caroline la miraba coger cada plato y secarlo cuidadosamente, agradecida por que estuviera bien, aterrorizada por que algún día no lo estuviera. ¿Quién era ese desconocido, ese Mike, y qué le habría hecho a Phoebe si se hubiera ido con él? Caroline presentó un informe en la policía, pero tenía pocas esperanzas de que lo encontraran. Después de todo no había pasado nada en realidad, y Phoebe no podía describir a aquel hombre, excepto en que llevaba un anillo de oro y zapatillas de deporte azules.

—Mike es amable —insistía Phoebe—. Él no mentiría.

—Cariño, no todo el mundo es bueno o quiere lo mejor para ti. No volvió al autobús como prometió. Quería engañarte, Phoebe. Tienes que ir con cuidado.

—Siempre dices eso —respondió Phoebe, tirando el trapo sobre la encimera—. También dices eso de Robert.

—Eso es diferente. Robert no quiere hacerte daño.

—Quiero a Robert.

—Lo sé. —Caroline cerró los ojos y respiró hondo—. Escucha, Phoebe, te quiero. No quiero que te hagan daño. A veces el mundo es peligroso. Creo que ese hombre es peligroso.

—Pero no me fui con él —dijo Phoebe captando la dureza y el miedo de Caroline. Puso el último plato en la encimera y de pronto, casi llorando—: No fui.

—Fuiste lista —dijo Caroline—. Hiciste lo correcto. No hay que ir con nadie nunca.

—A no ser que sepan la contraseña.

—Correcto. Y la contraseña es un secreto, no se la digas a nadie.

—¡Starfire!* —dijo fuerte, sonriendo—. Es un secreto.

—Sí —suspiró Caroline—. Sí, es un secreto.

El viernes por la mañana, Caroline llevó a Phoebe al trabajo en coche. Por la tarde, esperó en el asiento del coche, viendo a Phoebe a través de la ventana de la tienda mientras se movía detrás del mostrador empaquetando papeles o haciendo bromas con Max, su compañera de trabajo, una joven con el pelo recogido en una cola que iba a almorzar con Phoebe todos los viernes, y a quien no le importaba llamarle la atención si confundía un pedido. Phoebe llevaba trabajando allí tres años. Le encantaba su trabajo y era buena en ello. Al ver a su hija moverse detrás del cristal, Caroline hizo memoria de las muchas horas que

* Superheroína de cómics estadounidense. (N. de la T.)

había dedicado a alegaciones, pleitos y trámites burocráticos que habían hecho posible aquel momento. Aun así, todavía quedaba mucho por resolver. El incidente del autobús era sólo un asunto. Phoebe no ganaba lo suficiente para vivir por sí sola, ni siquiera podría pasar un fin de semana. Si se declarara un incendio, o la electricidad fallara, se asustaría y no sabría qué hacer.

Y Robert. Durante el camino a casa, Phoebe habló del trabajo, de Max y de Robert, Robert, Robert. Se pasaría al día siguiente por casa para hacer un pastel con Phoebe. Caroline escuchaba, contenta de que ya casi fuera sábado y Al estuviera de vuelta. Había una cosa positiva sobre el tema del desconocido del autobús: le había dado una excusa para llevar y recoger a Phoebe al trabajo, y por consiguiente, limitar el tiempo que pasaba con Robert.

Cuando entraron por la puerta, el teléfono sonaba. Caroline suspiró. Sería algún vendedor, algún vecino que recogía fondos para las cardiopatías o alguien que se equivocaba de número. *Rain* maulló dando la bienvenida, poniéndose entre las piernas.

—Fuera de aquí —dijo, descolgando.

Era la policía, un agente que se aclaró la voz y preguntó por ella. Caroline se sorprendió al principio, luego se alegró. Habrían encontrado al hombre del autobús, después de todo.

—Sí —dijo, mirando a Phoebe coger a *Rain* y achucharlo—. Soy Caroline Simpson.

Él carraspeó otra vez y empezó.

Más tarde, Caroline recordaría ese momento como si hubiera sido muy largo, el tiempo expandiéndose hasta que llenó la habitación entera y la obligó a sentarse en una silla, aunque la noticia era bien sencilla y no tardó mucho en oírla. El camión de Al había salido de la carretera en una curva, atravesando la barrera de seguridad y yendo a parar a una pequeña colina. Estaba en el hospital con una pierna rota, en la misma unidad de traumatología donde hacía tantos años se habían puesto de acuerdo para casarse.

Phoebe le estaba tarareando a *Rain*, pero pareció que percibía que algo iba mal y levantó la vista, interrogándola inmediatamente después de colgar el teléfono. Caroline le explicó lo que había pasado mientras conducía. En los pasillos embaldosados del hospital se encontró con los recuerdos de aquel día tan lejano; los labios de Phoebe hinchándose, ahogándose, y la intervención de Al cuando ella estaba tan enfadada con la enfermera. Ahora Phoebe era una mujer adulta, caminaba a su lado con el chaleco del trabajo. Al y ella llevaban dieciocho años casados.

Dieciocho años.

Él estaba despierto. El pelo oscuro y canoso destacaba sobre la blancura de la almohada. Trató de incorporarse cuando entraron, pero hizo una mueca de dolor y se recostó despacio.

—Oh, Al.

Ella cruzó la habitación y le cogió la mano.

—Estoy bien —dijo, cerró los ojos un momento y respiró profundamente.

Ella sintió que su cuerpo se paralizaba porque nunca antes había visto a Al de aquella manera. Al temblaba débilmente, y un músculo le palpitaba en la mandíbula hacia arriba, cerca de la oreja.

—Oye, estás empezando a asustarme —dijo ella intentando mantener un tono ligero.

Entonces él abrió los ojos, y por un instante, se miraron directamente y todo lo demás desapareció. Él levantó la mano y le acarició la mejilla. Ella la apretó con la suya propia y notó que los ojos se le llenaban de lágrimas.

—¿Qué pasó?

Él suspiró.

—No lo sé. Era una tarde soleada. Brillante. El cielo estaba despejado. Iba circulando bien, cantando con la radio. Pensando en lo genial que sería que estuvieras allí, tal como habíamos hablado. La última cosa que recuerdo es el choque contra la barrera de protección. Y después de eso ya no recuerdo nada hasta que me he despertado aquí. El camión ha quedado totalmente destrozado. La poli dice que otros diez metros más y hubiera sido historia.

Caroline se inclinó hacia delante y le puso los brazos alrededor, oliendo sus familiares aromas. El corazón de él se movía a ritmo constante bajo el pecho. Hacía sólo unos días, se habían movido juntos por la pista de baile, preocupados por el tejado y las canaletas. Le pasó los dedos por el pelo, que llevaba demasiado largo por detrás.

—Oh, Al.

—Lo sé —dijo—. Lo sé, Caroline.

Junto a ellos, Phoebe, con cara inocente, empezó a llorar tratando de ocultar los sollozos tapándose la boca con la mano. Caroline se enderezó y le pasó un brazo alrededor. Le acarició el pelo y notó la sólida calidez de su cuerpo.

—Phoebe —dijo Al—. Mírala aquí librándose del trabajo. ¿Has tenido un buen día, cielo? No llegué a Cleveland, así que no pude conseguirte esos panecillos que te gustan tanto, me sabe mal decirlo. La próxima vez, ¿vale?

Phoebe asintió, pasándose las manos por las mejillas.

—¿Dónde está tu camión? —preguntó, y Caroline recordó las veces que Al las había llevado a las dos a dar una vuelta, Phoebe sentada en lo alto en la cabina del conductor, subiendo y bajando el puño, haciendo una señal a los camiones que adelantaban para hacerles tocar el claxon.

—Cielo, está roto —dijo Al—. Lo siento, pero realmente está destrozado.

Al estuvo en el hospital dos días, y luego volvió a casa. El tiempo de Caroline pasaba sin darse cuenta, llevando a Phoebe al trabajo, yendo ella a trabajar, ocupándose de Al, preparando las comidas, intentando avanzar un poco en la montaña de ropa sucia que se le acumulaba. Caía rendida en la cama todas las noches, se levantaba por la mañana y todo volvía a comenzar. Tampoco ayudaba que Al fuera un paciente pésimo, de mal humor por tener que estar tan recluido, con poca paciencia y que exigía mucha atención. A ella le recordaba, por desgracia, esos primeros días con Leo en aquella misma casa, como si el tiempo no pasara de manera lineal, sino que en lugar de eso, diera vueltas.

Pasó una semana. El sábado, exhausta, puso una carga en la lavadora y fue a la cocina a preparar alguna cosa para cenar. Sacó zanahorias del frigorífico para hacer una ensalada y hurgó en el congelador, esperando a que le llegara la inspiración. Nada. Bueno, a Al no le gustaría, pero encargaría una pizza. Ya eran las cinco de la tarde, y al cabo de unos minutos tendría que ir a buscar a Phoebe al trabajo. Paró de pelar las zanahorias, viendo su propio reflejo débil en la ventana, en la luz roja intermitente del anuncio luminoso del supermercado Foodland a través de las ramas peladas de los árboles, y pensó en David Henry. Y pensó en Norah, objeto de sus fotografías: su cuerpo se alzaba como compuesto en colinas y su pelo llenaba la fotografía de una luz inesperada. La carta del abogado todavía estaba en el cajón del escritorio. Acudió a la cita que había hecho antes del accidente de Al. Visitó la oficina sustanciosa de paneles de roble y conoció los detalles del legado de David Henry. Durante toda la semana, tuvo la conversación en la cabeza, aunque no había tenido tiempo de pensar en ello o de hablarlo con Al.

Se oyó un ruido fuera. Caroline se giró, sobresaltada. A través del cristal de la puerta de atrás alcanzó a ver a Phoebe en el porche. Había venido a casa por su cuenta, de alguna manera. No llevaba el abrigo puesto. Caroline dejó caer el rallador y fue hacia la puerta secándose las manos en el delantal. Allí vio lo que no veía desde dentro. Eran Robert y Phoebe, él le pasaba el brazo sobre los hombros.

—¿Qué haces aquí? —le preguntó bruscamente, saliendo afuera.

—Me he cogido el día libre —dijo Phoebe.

—¿En serio? ¿Y tu trabajo?

—Max está allí. El lunes le devolveré las horas.

Caroline asintió lentamente.

—Pero ¿cómo has llegado a casa? Estaba a punto de ir a buscarte.

—Cogimos el autobús —dijo Robert.

—Sí —rió Caroline, pero cuando hablaba, su voz mostró una repentina preocupación—. Bien. Claro. Cogisteis el autobús. Oye, Phoebe, te dije que no lo hicieras. No es seguro.

—Robert y yo estamos bien —dijo Phoebe. El labio de abajo le sobresalía ligeramente, como cuando estaba enfadada—. Robert y yo nos vamos a casar.

—¡Por Dios! —dijo Caroline, que había llegado al límite de su paciencia—. ¿Cómo te vas a casar? No sabes absolutamente nada sobre el matrimonio, ninguno de los dos.

—Sí que sabemos —dijo Robert—. Sabemos sobre el matrimonio.

Caroline suspiró.

—Mira, Robert, tienes que irte a casa —dijo—. Has cogido el autobús hasta aquí, así que puedes cogerlo para volver a tu casa. No tengo tiempo de acompañarte en coche a ningún sitio. Es demasiado. Tienes que irte a casa.

Para su sorpresa, Robert sonrió. Miró a Phoebe y entonces se fue hacia la parte oscura del porche. Se inclinó bajo el balancín y volvió con un ramo de rosas rojas y blancas que parecían brillar débilmente en el creciente atardecer. Se lo alargó a Caroline, los suaves pétalos le rozaron la piel.

—Robert… —dijo desconcertada, un leve perfume se desprendía por el aire frío—. ¿Qué es esto?

—Las he comprado en la tienda. Rebajadas.

—No lo entiendo —dijo Caroline.

—Es sábado —le recordó Phoebe.

Sábado…, el día que Al volvía a casa de sus viajes con un regalo para Phoebe y un ramo de flores para su mujer. Caroline se los imaginó a los dos, Robert y Phoebe, cogiendo el autobús hasta la tienda de comestibles donde Robert trabajaba como mozo de almacén, estudiando los precios de las flores y contando las monedas exactas para pagar. Por una parte quería gritar, meter a Robert en el autobús de vuelta a su casa y fuera de sus vidas, pero por otra decía: «Es demasiado para mí. Ya no me importa».

Dentro, la campanilla de llamada de Al sonó con insistencia. Caroline suspiró y dio media vuelta, señalando la cocina, la luz y la calidez.

—Está bien —dijo—. Pasad adentro los dos, antes de que os congeléis.

Subió las escaleras corriendo, tratando de calmarse. ¿Qué más podía hacer una mujer?

—Se supone que tienes que ser paciente —dijo ella, entrando en la habitación donde se sentaba Al con la pierna apoyada sobre un diván y con un libro en las manos—. «Paciente». ¿De dónde crees que proviene esa palabra, Al? Sé que es exasperante, pero la recuperación requiere tiempo, ¡por favor!

—Tú eras la que más ganas tenía de tenerme en casa —replicó Al. Ten cuidado con lo que deseas.

Caroline sacudió la cabeza y se sentó al borde de la cama.

—No deseaba esto.

Él miró por la ventana durante unos segundos.

—Tienes razón —dijo al fin—. Lo siento.

—¿Estás bien? ¿Cómo va el dolor?

—No tan mal.

Más allá del cristal, el viento agitaba las últimas hojas del plátano con el cielo violeta al fondo. Había bolsas de bulbos de tulipán bajo el árbol esperando a ser plantados. El mes pasado, Phoebe y ella habían plantado crisantemos, una explosión de brillantes colores naranja, crema y púrpura oscuro. Se acomodó sobre los talones para admirarlos, sacudiéndose la tierra de las manos, recordando la época en que había trabajado en el jardín, así, con su madre, comunicándose con lo que hacían y no por las palabras. Casi nunca hablaban de nada personal. Había tantas cosas que desearía haberle dicho...

—No voy a hacerlo más —dijo él, soltando las palabras sin mirarla—. A lo de conducir un camión, me refiero.

—Está bien —dijo ella tratando de imaginar lo que significaría eso para sus vidas. Se alegraba —algo en ella se apagaba cada vez que se imaginaba que él volvía a conducir— pero de pronto, se sintió también algo inquieta. Desde que se habían casado, no habían estado ni una sola vez más de una semana juntos.

—Voy a estar enganchado a ti todo el tiempo —dijo Al como si le hubiera leído el pensamiento.

—¿En serio? —lo miró fijamente, captando su palidez, sus ojos serios—. Entonces, ¿estás pensando en jubilarte?

Él negó con la cabeza.

—No, todavía soy demasiado joven. Estaba pensando que podría hacer alguna otra cosa. Trabajar en la oficina, quizás. Conozco el funcionamiento al dedillo. O conducir un autobús urbano. En realidad no lo sé todavía. Pero no puedo salir más a la carretera.

Caroline asintió. Había ido al lugar del accidente. Vio la parte arrancada de la valla de protección y las marcas de tierra adonde había ido a parar el camión.

—Siempre tuve la sensación —dijo Al echándose un vistazo a las manos. Se estaba dejando barba—. Como si esto fuera a pasar tarde o temprano. Y ahora ha pasado.

—No lo sabía. Nunca has dicho que tuvieras miedo.

—Miedo no. Sólo era una corazonada. Es diferente.

—Aun así. Nunca me dijiste nada.

Él se encogió de hombros.

—No habría cambiado nada. Era sólo una sensación, Caroline.

Ella asintió. Unos metros más y Al estaría muerto, le habían repetido los agentes. Durante toda la semana había intentado no pensar en lo que habría podido pasar. Pero la verdad era que ahora podría ser una viuda, afrontando el resto de su vida sola.

—Quizá deberías jubilarte —dijo despacio—. Fui a ver al abogado,

Al. Ya había pedido hora y no la cancelé. David Henry le ha dejado a Phoebe un montón de dinero.

—Bueno, no es mío. Aunque sea un millón de dólares, no es mío.

Ella se acordó entonces de cómo había reaccionado él cuando Doro les había dado la casa. Con la misma reticencia a aceptar nada que no hubiera ganado con sus propias manos.

—Eso es verdad. El dinero es de Phoebe. Pero tú y yo la hemos criado. Si ella fuera independiente económicamente, tendríamos menos preocupaciones. Tendríamos más libertad. Al, hemos trabajado duro. Quizá sea el momento de que nos jubilemos.

—¿Qué quieres decir? ¿Quieres que Phoebe se vaya?

—No, en absoluto. Pero Phoebe sí. Robert y ella están abajo. —Sonrió un poco, recordando el manojo de rosas que había dejado sobre la encimera al lado de las zanahorias a medio pelar—. Han ido juntos a la tienda de comestibles. Con el autobús. Me han comprado flores porque es sábado. Así que, no sé, Al. ¿Quién soy yo para decir nada? Quizás estén bien, más o menos, juntos.

Él asintió pensativo. A ella le sorprendió ver lo cansado que parecía. Qué frágiles eran sus vidas, al fin y al cabo. Durante todos esos años había intentado pensar en cualquier posibilidad para que todos estuvieran bien, y allí estaba Al, un poco envejecido, con una pierna rota, algo en lo que nunca habría pensado.

—Mañana haré un estofado —dijo, sabiendo que era el plato favorito de él—. ¿Te parece bien pizza para esta noche?

—Pizza está bien. Pero pídela en aquel sitio de la calle Braddock.

Ella le tocó el hombro y bajó las escaleras para hacer la llamada. Se detuvo en el rellano, escuchando a Robert y a Phoebe en la cocina, sus voces bajas salpicadas por un arrebato de carcajadas. El mundo era un lugar inmenso, imprevisible, y a veces aterrador. Pero he aquí que su hija estaba en la cocina, riendo con su novio, y su marido se quedaba dormido con un libro en las rodillas, y ella no tenía que preparar nada para cenar. Respiró hondo. El aire traía el lejano aroma de las rosas, un aroma limpio, fresco como la nieve.

1 DE JULIO DE 1989

El estudio de encima del garaje con el cuarto oscuro no se había abierto desde que David se había ido de casa hacía siete años, pero como iban a venderla, Norah no tuvo otro remedio que afrontarlo. El trabajo de David los favorecía otra vez, valía bastante dinero. Los marchantes irían a ver la colección al día siguiente. Así que Norah estaba allá en el suelo desde la mañana temprano, abriendo cajas con un cuchillo X-Acto, sacando carpetas llenas de fotografías, negativos y notas, decidida a seguir indiferente, a ser inflexible, en el proceso de selección. No tardaría mucho. David era tan meticuloso que todo estaba cuidadosamente etiquetado. Un solo día, creía, no le ocuparía más.

No había tenido en cuenta la memoria, la lenta atracción del pasado. Ya era mediodía, cada vez hacía más calor, y sólo se había ocupado de una caja. Un ventilador zumbaba en la ventana. El leve sudor se le acumulaba en la piel y las fotos satinadas se le pegaban a los dedos. De pronto, todos aquellos años de su juventud le parecían tan cercanos e imposibles. Allí estaba, con un pañuelo atado alegremente al pelo cuidadosamente peinado, a su lado Bree con grandes pendientes y una falda larga de patchwork. Y allí había una rara foto de David, tan serio, con el pelo cortado al uno, con Paul, siendo bebé, en brazos. Los recuerdos la invadieron llenando la habitación. Recordó el aroma a lilas, a aire puro y el olor a niño de Paul. El tacto de David, él aclarándose la voz. La luz del sol de una tarde perdida formando dibujos en el suelo de madera. ¿Qué querría decir?, se preguntó Norah, ¿que habían vivido esos momentos de una determinada manera? ¿Qué significaba que las fotos no se correspondieran en absoluto con la mujer que ella recordaba haber sido? Si miraba de cerca, percibía la distancia y la nostalgia en su mirada, la manera en que parecía estar mirando más allá del recuadro de la fotografía. Pero un desconocido no lo vería, tampoco Paul. A través de aquellas imágenes no se desvelaban los intrincados misterios de su corazón.

Una avispa deambulaba y flotaba cerca del techo. Todos los años volvían y construían un avispero en el tejado. Como Paul ya era mayor, Norah había dejado de preocuparse por ellas. Se levantó, se estiró y cogió una Coca-Cola de la nevera, donde David guardaba las sustancias químicas y algunos paquetes de película. Bebió, mirando por la ventana los abandonados lirios y la descontrolada madreselva del patio de atrás. Norah siempre había querido hacer algo allí, más que colgar comederos para pájaros, pero en todos esos años no lo había hecho y ahora ya no lo haría. Dentro de dos meses se casaría con Frederic y dejaría aquel lugar para siempre.

Lo habían trasladado a Francia. El traslado se había cancelado dos veces y habían hablado de mudarse a Lexington, vendiendo ambos sus casas y empezando de cero; algo totalmente nuevo, un lugar donde no hubieran vivido. Sus charlas no eran más que palabras, lánguidas conversaciones que salían a la hora de la cena o cuando se tumbaban al anochecer con copas de vino en las mesitas de noche, la luna llena blanca sobre los árboles. Lexington, Francia, Taiwan... No tenía importancia, Norah sentía que ya había descubierto un nuevo país con Frederic. A veces, por la noche, cerraba los ojos y se quedaba despierta escuchando su respiración constante, llena de profunda satisfacción. Le dolía ver qué alejados habían estado David y ella del amor. Por culpa de él, desde luego, pero también de ella. Ella se había encerrado en sí misma, había tenido miedo de todo después de la muerte de Phoebe. Pero aquellos años habían pasado ya, habían desaparecido dejando sólo el recuerdo.

Así que Francia estaba bien. Cuando les dijeron que el destino era París, se alegró. Ya habían alquilado una casita a orillas del río en Châteauneuf. Frederic estaría allí plantando orquídeas en un invernadero. Llenaba la imaginación de Norah: las lisas baldosas rojas del patio, la leve brisa en el abedul de al lado de la entrada y la manera en que la luz del sol caía sobre los hombros de Frederic, sus brazos mientras trabajaba enmarcando las paredes de cristal. Podía ir andando hasta la estación de tren y estar en París en dos horas, andar hasta el pueblo y comprar queso fresco, o pan y oscuras y relucientes botellas de vino. Sus bolsas de tela cada vez más pesadas con cada compra. Podía estar salteando cebollas y detenerse a mirar el río moviéndose lentamente más allá de la cerca. En el patio, las noches que había pasado el rato allí, las campanillas se abrían con su olor a limón y Frederic y ella se sentaban bebiendo vino y hablando. Simplemente, esas cosas sencillas. Esa felicidad. Norah echó un vistazo a las cajas de fotografías, deseando coger por el brazo a aquella joven que había sido y sacudirla ligeramente. «Sigue así —le quería decir—, no te rindas. Al final estarás bien.»

Se acabó la Coca-Cola y volvió al trabajo, pasando de la caja que la había entretenido tanto y cogiendo otra. Dentro de ésta había cinco carpetas cuidadosamente colocadas, ordenadas por años. Las primeras fotos que cogió eran de bebés desconocidos durmiendo en los cochecitos, sentados en jardines o en porches, aguantados en los brazos cálidos de sus madres. Todas las fotos eran de 20x25, con papel satinado y en blanco y negro. Incluso Norah percibía que debían de ser los primeros experimentos de David con la luz. Los marchantes estarían contentos. Algunas eran tan oscuras que las figuras apenas se veían. Otras eran casi blancas. David debía de haber estado probando el alcance de la cámara con el mismo tema, cambiando el enfoque, la abertura y la luz disponible.

La segunda carpeta era bastante similar. Y la tercera. Y la cuarta. Fotografías de niñas de dos, tres y cuatro años. Niñas con sus vestidos de Pascua en la iglesia, niñas corriendo por el parque, comiendo helados o agrupadas en el patio de la escuela a la hora del descanso. Niñas bailando, lanzando pelotas, riendo, llorando. Norah frunció el ceño, pasando más rápido las imágenes. No había ni una sola niña que reconociera. Las fotos estaban cuidadosamente ordenadas por edad. Cuando saltó al final, no encontró niñas sino jovencitas caminando, comprando, hablando entre ellas. La última era una joven en la biblioteca con la barbilla sobre la mano, mirando hacia fuera por la ventana con una expresión distante en los ojos que a Norah le era familiar.

Dejó caer la carpeta sobre su falda y se le cayeron las fotos. ¿Qué era aquello? Todas esas chicas jovencitas. Podía haber sido una obsesión sexual, aunque Norah sabía instintivamente que no lo era. Lo que todas esas fotos tenían en común no era nada oscuro, sino inocencia. Niñas jugando en el parque al otro lado de la calle, el viento les movía el cabello y la ropa. Incluso las mayores tenían esa cualidad, tenían un mirar enajenado del mundo, ingenuas y de alguna manera inquisitivas. La pérdida persistía en el juego de luces y sombras. Eran fotos llenas de anhelo. De nostalgia, pero no de deseo.

Le dio la vuelta a la caja para leer la etiqueta. ESTUDIO, ponía.

Rápidamente, sin preocuparse del desorden que hacía, fue cogiendo todas las otras cajas y las arrastró una a una al centro de la habitación. Había otra que ponía ESTUDIO en negro. La abrió y sacó las carpetas.

No había niñas de rostro desconocido sino Paul. Carpeta tras carpeta, Paul a diferentes edades, sus cambios y transformaciones al ir creciendo, su rechazo. Su concentrado y sensacional don por la música, los dedos volando sobre la guitarra.

Norah se quedó sentada muy quieta durante largo rato, inquieta, a punto de entenderlo. Y entonces, de pronto, lo vio, de manera punzante e irrevocablemente. Todos aquellos años de silencio, sin hablar jamás de la pérdida de su hija, David había conservado un archivo de su ausencia. Paul y las otras mil niñas creciendo.

Paul, pero no Phoebe.

Norah tuvo ganas de llorar. De repente deseó hablar con David. Él también la había echado de menos. Las fotografías, el silencio, la nostalgia secreta. Volvió a mirar las fotos una vez más, estudiando a Paul cuando era un niño, cogiendo una pelota de béisbol, tocando el piano, haciendo una pose tonta bajo el árbol del patio de atrás. Había coleccionado todos esos recuerdos, unos momentos que Norah nunca había visto. Las volvió a mirar otra vez y luego, otra, tratando de imaginarse a ella misma en el mundo que David había vivido, a través de sus ojos.

Pasaron dos horas. Empezó a sentir hambre, pero no podía dejar ese lugar, ni siquiera levantarse del suelo. Todas aquellas imágenes eran un reflejo del paso del tiempo. Durante todos aquellos años, ella había notado la presencia de su hija como una sombra más allá de cada foto que se hacía. Phoebe, perdida en el nacimiento, persistía fuera de la vista como si se hubiera levantado un momento antes y hubiera dejado la habitación. Como si su fragancia, el movimiento del aire al pasar siguiera estando en el hueco que había dejado. Norah se había guardado ese sentimiento para ella temiendo que alguien pensara que era una sentimental o estaba loca. Ahora la asombraba. Se le llenaron los ojos de lágrimas, al darse cuenta de que David también había sentido profundamente la ausencia de su hija. Parecía que la hubiera buscado en cada niña, en cada joven, sin haberla encontrado.

Finalmente, en el silencio que se expandía y la rodeaba, oyó saltar grava levemente. Había un coche en la entrada. Alguien llegaba. A lo lejos oyó cerrarse una puerta, pasos y el timbre de la casa. Sacudió la cabeza y tragó, pero no se levantó. Fuera quien fuere, se iría y volvería más tarde, o no. Se estaba secando las lágrimas de los ojos. Quien fuera, podía esperar. Pero no. El tasador de muebles le había prometido pasarse antes de la tarde. Así que Norah se apretó las manos en las mejillas y entró en casa por la parte de atrás, parándose a mojarse la cara y a peinarse un poco.

—Ya voy —gritó por encima del ruido del agua cuando el timbre volvió a sonar.

Pasó por las habitaciones. Los muebles estaban recogidos en el centro y cubiertos con lonas. Los pintores irían al día siguiente. Ella calculó los días que faltaban, preguntándose si podría dejarlo todo hecho. Recordando, por un momento, aquellas noches en Châteauneuf, donde parecía posible que su vida fuera siempre serena, expandiéndose en la calma como una flor echando brotes en el aire.

Abrió la puerta, todavía secándose las manos.

La mujer del porche le era vagamente familiar. Iba vestida informal, con pantalones azul oscuro muy planchados. Llevaba un jersey blanco de algodón de manga corta, y el pelo abundante y gris, muy corto. Incluso a simple vista daba la impresión de ser organizada, eficiente, el tipo de persona que no estaría allí por cualquier tontería, que se haría cargo del mundo y conseguiría que las cosas se hicieran. Sin embargo, no dijo nada. Pareció asombrada al verla, observándola tan atentamente que Norah cruzó los brazos a la defensiva, consciente de repente de sus pantalones cortos llenos de polvo y su camiseta húmeda por el sudor. Echó un vistazo a la calle y luego volvió a mirar a la mujer del porche. La miró directamente a los ojos, tan azules, y entonces la reconoció.

Se quedó sin respiración.

—Caroline. Caroline Gill...

La mujer asintió y cerró los ojos por un momento, como si alguna cosa se hubiera restablecido entre ellas. Pero Norah no sabía qué. La presencia de una mujer de un pasado tan remoto la agitaba por dentro, muy hondo, llevándola de vuelta a aquella noche irreal en que David y ella habían ido al ambulatorio por las calles silenciosas y llenas de nieve. Caroline Gill le había administrado la anestesia y le sujetaba la mano durante las contracciones diciéndole: «Míreme, señora Henry, estoy aquí con usted, y lo está haciendo muy bien». Aquellos ojos azules y su mano protectora, tan profundamente imbricados en su recuerdo como de aquellos momentos la metódica conducción de David o el primer llanto de Paul.

—¿Qué está haciendo aquí? —preguntó Norah—. David murió hace un año.

—Lo sé —dijo Caroline asintiendo—. Lo sé, lo siento mucho. Escuche, Norah, señora Henry, tengo que hablar con usted de una cuestión bastante complicada. Me preguntaba si podía dedicarme unos minutos. Cuando le vaya bien. Puedo volver en otro momento si ahora no le va bien.

Había urgencia y firmeza en su voz, y sabiendo que era un error, Norah dio un paso atrás y dejó entrar a Caroline Gill al vestíbulo. Cajas, rellenadas cuidadosamente y precintadas, estaban apiladas contra las paredes.

—Perdone el desorden —dijo. Señaló el salón donde todos los muebles estaban amontonados en el centro de la habitación—. Estoy esperando a que vengan los pintores a hacer un presupuesto. Y un tasador de muebles. Me vuelvo a casar —añadió—. Me mudo.

—Estoy contenta de haberla encontrado, entonces —dijo Caroline—. Me alegro de no haber esperado.

Encontrado, ¿para qué?, se preguntaba Norah, pero, por costumbre, invitó a Caroline a pasar a la cocina, el único lugar donde se podían sentar cómodamente. Mientras pasaban por el comedor, sin hablar, Norah recordó la repentina desaparición de Caroline, el escándalo. Un par de veces miró para atrás, incapaz de deshacerse de la extraña sensación que la presencia de Caroline le había despertado. Caroline llevaba unas gafas de sol colgadas de una cadena alrededor del cuello. Con el paso de los años, sus facciones se habían vuelto más marcadas, y la nariz y la barbilla más pronunciadas. Sería formidable, pensó Norah, en caso de negociación. No era una persona para tomársela a la ligera. Aun así, Norah se dio cuenta de que su inquietud provenía de otra cosa. Caroline había conocido a otra persona, una mujer joven e insegura, atrapada en una vida y un pasado que no estaba precisamente orgullosa de recordar.

Caroline tomó asiento en el rincón del desayuno mientras Norah llenaba dos vasos de agua con hielo. La última nota de David: «He arreglado el lavabo. Feliz cumpleaños», estaba clavada en el corcho, detrás de Caroline. Norah pensó con impaciencia en las fotos que esperaban en el garaje y en todo lo que tenía que hacer que no podía esperar.

—Tiene azulejos —observó Caroline señalando con la cabeza los pájaros del descontrolado y caótico jardín.

—Sí, tardé años en atraerlos. Espero que los próximos ocupantes les den de comer.

—Debe de ser extraño mudarse.

—Ya es hora —dijo Norah sacando dos posavasos y poniendo los vasos de agua sobre la mesa. Se sentó—. Pero usted no ha venido a hablarme de eso.

—No.

Caroline bebió, luego puso las manos sobre la mesa para que, según Norah, no le temblaran. Pero cuando habló, pareció calmada, decidida.

—Norah…, ¿puedo llamarla Norah? Así es como he pensado en usted todos estos años.

Norah asintió, todavía perpleja, cada vez más nerviosa. No hacía mucho había pensado en ella porque formaba parte de la noche que nació Paul.

—Norah —dijo Caroline como si le hubiera leído el pensamiento—, ¿qué es lo que recuerdas de la noche que nació tu hijo?

—¿Por qué lo preguntas? —preguntó Norah con la voz firme, pero ya estaba echándose atrás, dejándose llevar por la intensidad de los ojos de Caroline, por algún trasfondo giratorio, por su propio miedo de lo que podía pasar—. ¿A qué has venido? ¿Por qué me lo preguntas?

Caroline Gill no contestó enseguida. Las voces cantarinas de los azulejos pasaron por la habitación como motas de luz.

—Mira, lo siento —dijo Caroline—. No sé cómo decírtelo. No hay ninguna manera sencilla, así que supongo que tendré que hacerlo sin más. Norah, la noche en que nacieron los gemelos, Phoebe y Paul, hubo un problema.

348

—Sí —dijo Norah bruscamente, pensando en lo deprimida que se había sentido después del nacimiento. Alegría y tristeza entretejidas juntas, y el largo y duro camino por el que tuvo que pasar para poder llegar a aquel momento de calma—. Mi hija murió —dijo—. Ése fue el problema.

—Phoebe no murió —dijo Caroline sin alterarse, mirándola directamente, y Norah se vio atrapada en el momento en que ella había estado todos esos años atrás, aguantándole la mirada mientras el mundo que ella conocía cambiaba a su alrededor—. Phoebe nació con síndrome de Down. David creyó que el pronóstico no era bueno. Me pidió que la llevara a una institución de Louisville adonde se manda a esos niños de manera rutinaria. No era inusual hacer algo así entonces. La mayoría de los médicos aconsejaban lo mismo. Pero no pude dejarla. La llevé conmigo a Pittsburg. La he criado todos estos años. Norah —añadió con dulzura—, Phoebe está viva. Está muy bien.

Norah seguía sentada, muy quieta. Los pájaros del jardín batían las alas, cantando. Estaba recordando, por alguna razón, la vez en que cayó dentro de una alcantarilla en España. Estaba andado por una calle soleada, despreocupada. Entonces surgió el pánico al encontrarse en una zanja metida hasta la cintura, con un esguince en el tobillo y la sangre saliendo por los arañazos. «Estoy bien, estoy bien», seguía proclamando a la gente que la llevaba hasta el médico. Diciendo que no era nada, despreocupada, sangrando por los cortes: «Estoy bien». Fue más tarde cuando, sola en su habitación, cerró los ojos y sintió aquel pánico otra vez, aquella pérdida de control, y lloró. Ahora se sentía así. Impresionada, se cogió al borde de la mesa.

—¿Qué? ¿Qué es lo que has dicho?

Caroline lo repitió. Phoebe no había muerto, sino que se la habían llevado. Todos esos años. Phoebe, creciendo en otra ciudad. Estaba bien, seguía diciendo Caroline. Estaba a salvo, bien cuidada, era querida. Phoebe, su hija, la hermana gemela de Paul. Nacida con síndrome de Down, alejada.

David la había alejado.

—No estás bien de la cabeza —dijo Norah, aunque a medida que hablaba, algunas piezas descolocadas de su vida se ponían en su sitio y ella supo que lo que Caroline decía tenía que ser verdad.

Caroline metió la mano en el bolso, sacó dos Polaroids y se las pasó por encima de la lustrosa mesa de madera de arce. Norah no las podía coger, temblaba demasiado, pero se inclinó más cerca para observarlas. Una niña pequeña con un vestido blanco, regordeta, con una sonrisa que le iluminaba la cara, los ojos almendrados entrecerrados de felicidad. Y luego otra, esa misma niña años más tarde, a punto de tirar a canasta, en el instante de saltar. Se parecía a Paul en una y a Norah en la otra, pero sobre todo era ella misma: Phoebe. No era ninguna de las imágenes tan cuidadosamente archivadas en las carpetas de David, sino sencillamente ella misma. Viva, en alguna parte del mundo.

—Pero ¿por qué? —la angustia de su voz era apreciable—. ¿Por qué lo haría? ¿Por qué tú?

Caroline sacudió la cabeza y volvió a mirar al jardín.

—Durante años creí en mi inocencia —dijo—. Creía haber hecho lo correcto. Aquella institución era un sitio espantoso. David no la había visto, no sabía lo horrorosa que era. Así que me llevé a Phoebe y la crié, y luché por proporcionarle una educación y el acceso a la asistencia médica. Para asegurarme de que tendría una buena vida. Era fácil verme a mí misma como a una heroína. Pero creo que, en el fondo, mis motivos no eran del todo sinceros. No tenía hijos y quería uno. También estaba enamorada de David, o creía que lo estaba. En la distancia, quiero decir —añadió rápidamente—, todo estaba en mi cabeza. David nunca se fijó en mí. Pero cuando vi el anuncio del funeral en el periódico, supe que me la tenía que llevar. Que de todas formas me tenía que ir y no podía dejarla a ella atrás.

Norah, atrapada en una descontrolada confusión, volvió a aquellos días borrosos de dolor y alegría, con Paul en los brazos, y Bree pasándole el teléfono, diciéndole: «Tienes que acabar con esto». Ella había organizado el funeral sin decirle nada a David, cada arreglo que hacía la ayudaba a volver al mundo, y cuando David llegó a casa aquella noche, discutieron por resistencia de él.

¿Cómo debió de ser para él aquella noche y aquel funeral?

Y aun así, él había dejado que todo eso pasara.

—Pero ¿por qué no me lo dijo? —dijo en voz baja—. Todos estos años, y nunca me lo dijo.

—No puedo hablar por David. Siempre fue un misterio para mí. Sé que te quería, y estoy convencida de que, por muy monstruoso que parezca, su intención era buena. Una vez me habló de su hermana. No tenía bien el corazón y murió de niña. Su madre nunca se recuperó. Por si sirve de algo, creo que intentaba protegerte de ese dolor.

—Ella es mi hija —dijo Norah, las palabras salieron de algún lugar profundo de su cuerpo, algún antiguo dolor enterrado durante mucho tiempo—. Ella nació de mi cuerpo. ¿Protegerme? ¿Diciéndome que había muerto?

Caroline no contestó, y se quedaron sentadas durante bastante rato en silencio. Norah pensó en David, en aquellas fotografías y en todos los momentos de sus vidas juntos, cargando ese secreto consigo. Ella no sabía nada, ni se lo había imaginado. Pero ahora que se lo habían dicho, todo cobraba sentido.

Al fin, Caroline abrió el bolso y sacó un trozo de papel con su dirección y número de teléfono.

—Aquí es donde vivimos —dijo— mi marido Al, Phoebe y yo. Es donde creció Phoebe. Ha tenido una vida feliz, Norah. Sé que no es mucho que ofrecer, pero es la verdad. Es una joven adorable. El mes que viene va a mudarse a una casa colectiva. Es lo que quiere. Tiene un buen trabajo en una tienda de fotocopias. Le encanta estar allí, y ellos la adoran a ella.

—¿Una tienda de fotocopias?

—Sí. Lo hace muy bien, Norah.

—¿Ella lo sabe? ¿Le has hablado de mí?, ¿de Paul?

Caroline bajó la vista a la mesa, pasando el dedo por el borde de la foto.

—No. No quería decírselo hasta que no hubiera hablado contigo. No sabía lo que querrías hacer, si querrías conocerla. Espero que sí. Pero por supuesto, no te culparé si no es así. Todos estos años… Lo siento muchísimo. Pero si quieres venir, estaremos allí. Sólo tienes que llamar, tanto si es la semana que viene como el año que viene.

—No lo sé —dijo Norah despacio—. Creo que estoy en estado de shock.

—Por supuesto que lo estás —Caroline se levantó.

—¿Puedo quedarme las fotos?

—Son tuyas. Siempre han sido tuyas.

En el porche, Caroline se detuvo y la miró directamente.

—Te quería mucho —dijo—. David siempre te quiso, Norah.

Norah asintió con la cabeza, recordando que ella le había dicho lo mismo a Paul en París. Se quedó mirando cómo Caroline iba hacia el coche, preguntándose sobre la vida a la que volvía Caroline, qué complejidades y misterios contendría.

Norah se quedó en el porche bastante tiempo. Phoebe estaba viva, en el mundo. Ese conocimiento era un abismo abriéndose, sin fin, en su corazón. Querida, había dicho Caroline. Bien cuidada. Pero no por Norah, que había luchado tanto para dejarla ir. Los sueños que había tenido, toda aquella búsqueda por la quebradiza hierba congelada, volvieron a ella, la atravesaron.

Volvió a la casa, llorando ahora, pasando al lado de los muebles cubiertos. El tasador vendría. Paul iba a venir también, hoy o mañana, había dicho que llamaría primero, pero a veces simplemente aparecía. Lavó los vasos y los secó. Luego se quedó en la cocina silenciosa, pensando en David, todas aquellas noches en que él se levantaba en la oscuridad y se iba al hospital para curar a alguien que se hubiera roto algo. Una buena persona, David. Llevaba un consultorio, se ocupaba de los necesitados.

Y había dado a su hija. Y a ella le había dicho que había muerto.

Norah dio un golpe con el puño en la encimera, haciendo saltar los vasos. Se preparó un gin tonic y subió las escaleras sin prisa. Se tumbó. Se levantó. Llamó a Frederic y colgó cuando saltó el contestador. Después de un rato salió y volvió al estudio de David. Todo estaba igual, el aire cálido, tan tranquilo, las fotografías y las cajas esparcidas por el suelo, tal como lo había dejado. Por lo menos cincuenta mil dólares habían calculado los marchantes. Más, si había notas manuscritas de David sobre el proceso.

Todo estaba igual, y al mismo tiempo totalmente diferente.

Cogió la primera caja y la arrastró al otro lado de la habitación. Con esfuerzo subió la caja a la repisa y la mantuvo en equilibrio en el alféizar de la ventana que daba al patio de atrás. Se detuvo, contuvo la respiración antes de abrir la mosquitera y tiró la caja con firmeza, usando las dos manos, oyendo un satisfactorio ruido seco al caer al suelo. Volvió a por la siguiente. Y la siguiente. Estaba tal como había querido estar antes, decidida y enérgica. Sí, inflexible. En menos de una hora el estudio estuvo limpio. Volvió a la casa, pasando por al lado de las cajas rotas y las fotografías esparcidas por todas partes, por el césped, en la luz de la tarde.

Dentro, se dio una ducha, quedándose bajo el agua a presión hasta que salió fría. Se puso un vestido holgado, se preparó otra copa y se sentó en el sofá. Le dolían los músculos de los brazos por el peso de las cajas. Se preparó otra copa y volvió. Cuando ya había oscurecido, horas después, ella todavía estaba allí. El teléfono sonó, y se oyó a sí misma, grabada, y luego a Frederic llamando desde Francia. Su voz era tan calmada y uniforme como una costa lejana. Ansió estar allí, en aquel lugar donde su vida tenía sentido, pero no descolgó el teléfono ni lo volvió a llamar. Se oyó un tren, a lo lejos. Estiró la manta de punto y se deslizó por la oscuridad de la noche.

Se quedaba dormida, de manera irregular, pero no durmió. De vez en cuando se levantaba para preparase otra copa, caminando por las habitaciones vacías, a oscuras, sólo con la luz de la luna, llenando el vaso a ojo. No le importó, después de un rato, que fuera con tónica, con lima, o con hielo. Una vez soñó que Phoebe estaba en la habitación, surgiendo de alguna manera de la pared donde había estado todos esos años, Norah pasando por delante día tras día, sin verla. Entonces se despertó, llorando. Tiró lo que le quedaba de la ginebra por el fregadero y bebió un vaso de agua.

Finalmente se quedó dormida al amanecer. Al mediodía, cuando se despertó, la puerta de la entrada estaba totalmente abierta, y en el patio de atrás había fotografías por todas partes. Atrapadas en los rododendros, empapelando la pared de la casa, enganchadas en el oxidado viejo columpio de Paul. Destellos de brazos y ojos, de piel que parecían playas, una visión de pelo, células de la sangre esparcidas como aceite sobre el agua. Visiones de sus vidas tal como las había visto David, tal como él les había querido dar forma. Negativos, celulosa oscura, esparcidos por la hierba. Norah imaginó las voces escandalizadas e indignadas de los marchantes, de los amigos, de su hijo, incluso de una parte de ella. Se los imaginaba gritando: «¡Pero si estás destruyendo la historia!».

«No —contestaría—, estoy reivindicándola.»

Se bebió dos vasos más de agua y se tomó una aspirina. Luego empezó a llevarse las cajas al otro lado del patio abandonado y lleno de maleza. Una de las cajas, la que estaba llena de fotos de Paul a lo largo de los años, la empujó dentro del garaje otra vez, para mantenerla a salvo. Hacía calor y le dolía la cabeza. Se sintió mareada. Todo le dio vueltas, al levantarse demasiado deprisa. Recordó aquel día tan lejano en la playa, los destellos del agua, los vertiginosos insectos de luz, y Howard caminando hacia su campo de visión.

Había piedras apiladas detrás del garaje. Las arrastró afuera, una a una, y las colocó en un círculo amplio. Volcó la primera caja, las fotografías en papel satinado en blanco y negro muy brillantes a la luz del sol, todas las caras desconocidas de mujeres jóvenes la miraban a ella desde la hierba. En cuclillas en el sol riguroso del mediodía, sostuvo un encendedor en el borde de una brillante 20x25. Cuando la llama prendió y creció, tiró la ardiente foto al montoncito del círculo de piedras. Al principio parecía que el fuego no prendía. Pero pronto una llama temblorosa se elevó. Una voluta de humo.

Norah entró a por otro vaso de agua. Se sentó en el escalón, bebiendo, mirando las llamas. Una ordenanza municipal reciente prohibía cualquier clase de fuego, y se preocupó por que los vecinos llamaran a la policía. Pero el aire permanecía quieto; incluso las llamas eran silenciosas, estirándose en el aire caliente, mandando hacia arriba un fino hilo de humo, azulado, del color de la niebla. Trocitos de papel ennegrecido flotaban por el patio, llevados por las relucientes ondulaciones del calor, como mariposas. Cuando el fuego del círculo de piedras se extendió y empezó a rugir, Norah echó más fotos para alimentarlo. Quemó la luz, quemó la sombra, quemó los recuerdos de David tan cuidadosamente capturados y conservados. «Desgraciado», dijo en voz baja, mirando las fotografías arder hasta que ennegrecían, se curvaban y desaparecían.

Luz a la luz, pensó, apartándose del fuego, del rugido, con los restos como polvo esparciéndose por el aire.

Pues polvo eres.

Y al polvo volverás, por fin.

—Mira, es fácil decirlo ahora, Paul. —Michelle estaba al lado de la ventana con los brazos cruzados, y cuando se dio la vuelta tenía los ojos oscuros de la emoción, cubiertos también por el enfado—. Puedes decir lo que quieras en teoría, pero el hecho es que un hijo lo cambiaría todo, y sobre todo para mí.

Paul estaba sentado en el sofá rojo oscuro, caliente e incómodo en aquella mañana de verano. Michelle y él lo habían encontrado en la calle cuando empezaron a vivir juntos en Cincinnati, durante aquellos alocados días en que subirlo tres tramos de escaleras no significaba nada. O significaba agotamiento y vino y risas y hacer el amor sin prisas más tarde en su rasposa superficie de terciopelo. Ella volvió a darse la vuelta para mirar por la ventana balanceando el pelo oscuro. Paul sintió que un vacío etéreo, repentino, le llenaba el corazón. Últimamente el mundo le parecía frágil, como un huevo vacío, como si pudiera hacerse añicos al mínimo toque. La conversación había empezado cordialmente, una simple discusión sobre quién se ocuparía del gato cuando los dos estuvieran fuera de la ciudad, ella en Indianápolis para un concierto y él en Lexington para ayudar a su madre. Y ahora, de repente, estaban en aquel inhóspito territorio del corazón, el lugar al que últimamente parecía que los dos fueran a parar constantemente.

Paul se dio cuenta de que debía cambiar de tema.

—Casarse no significa necesariamente tener hijos —dijo en su lugar, testarudo.

—Vamos, Paul. Sé honesto. Tener un crío es tu mayor deseo. No es a mí a quien quieres, es ese hijo imaginario.

—Nuestro hijo imaginario —dijo—. Algún día, Michelle. No enseguida. Mira, yo sólo quería sacar el tema de casarnos. No es nada del otro mundo.

Ella emitió un sonido exasperado. El loft tenía el suelo de madera de pino, paredes blancas y salpicaduras de colores primarios en las botellas, las almohadas, los cojines. Michelle también iba de blanco. Su piel y su pelo eran tan cálidos como el suelo. A Paul le dolía saber, cuando la miraba, que ella ya había tomado una decisión. Lo dejaría pronto, llevándose su belleza desenfrenada y su música con ella.

—Es interesante —dijo ella—. Lo encuentro muy interesante. Que todo esto llegue ahora que mi carrera está a punto de despegar. Antes no, sino ahora. De alguna extraña manera, creo que estás intentando que cortemos.

—Eso es ridículo. No tiene nada que ver que sea ahora.

—¿No?

—¡No!

Durante unos minutos no dijeron nada y el silencio creció en la blanca habitación, llenando el espacio y presionando contra las paredes. Paul tenía miedo de hablar y todavía más de no hacerlo, así que al final no pudo contenerse más.

—Llevamos dos años juntos. Todas las cosas crecen y cambian o mueren. Yo quiero que nosotros sigamos creciendo.

Michelle suspiró.

—De todas formas todo cambia, con o sin papeles. Eso es lo que tú no tienes en cuenta. Y no importa lo que digas, se trata de algo importante. El matrimonio lo cambia todo, y siempre es la mujer quien tiene que sacrificarse, no importa lo que diga nadie.

—Eso es la teoría. No es la vida real.

—¡Dios! Me sacas de quicio, Paul; tan condenadamente seguro de todo.

El sol estaba en lo alto, tocando el río y llenando la habitación con una luz plateada, proyectando temblorosos dibujos en el techo. Michelle fue al cuarto de baño y cerró la puerta. La oyó rebuscar en los cajones, y cómo corría el agua. Paul cruzó la habitación hasta donde había estado ella observando la vista, como si aquello lo ayudara a entender a Michelle. Después, llamó a la puerta con suavidad.

—Me voy —dijo.

Silencio. Luego ella contestó.

—¿Vuelves mañana por la noche?

—Tu concierto es a las seis, ¿no?

—Sí.

Ella abrió la puerta del cuarto de baño y se quedó de pie, envuelta en una toalla blanca de felpa, poniéndose crema en la cara.

—De acuerdo, entonces —dijo él, y la besó, asimilando su perfume, la suavidad de su piel—. Te quiero.

Ella lo miró un momento.

—Lo sé —dijo—. Nos vemos mañana.

«Lo sé.» No paró de dar vueltas a esas palabras durante todo el camino a Lexington. El viaje duró dos horas; al otro lado del río Ohio, a través del tráfico denso cercano al aeropuerto y finalmente, por las hermosas colinas onduladas. Después recorrió las calles tranquilas del centro, pasando edificios vacíos, recordando cómo había sido Main Street cuando todavía era el centro de la vida, el lugar adonde la gente iba a comprar, comer y a mezclarse. Recordó cuando iba a los drugstores, sentado detrás de la máquina de helado. Bolas de chocolate en una copa de metal bañada con hielo, el zumbido de la licuadora; aromas mezclados de carne a la brasa y desinfectante. Sus padres se habían conocido en el centro. Su madre subía por unas escaleras mecánicas y se elevó sobre la multitud como el sol, y su padre la siguió.

Pasó con el coche el nuevo edificio bancario y el antiguo juzgado, el lugar vacío donde una vez había estado el teatro. Una mujer delgada caminaba por la acera con la cabeza inclinada, los brazos cruzados y el pelo oscuro moviéndose al viento. Por primera vez desde hacía años, Paul pensó en Lauren Lobeglio, el modo silencioso y decidido en que cruzaba el garaje vacío hasta él, semana tras semana. Él trataba de llegar a ella una y otra vez; se había despertado en mitad de tantas noches oscuras temiendo hacer con Lauren todo lo que ahora deseaba con Michelle: matrimonio, hijos, unas vidas entrelazadas.

Condujo, tarareando su nuevo tema, «Un árbol en el corazón»; quizá la tocara esa noche en el Lynagh's pub. Michelle se escandalizaría, pero a Paul no le importaba. Últimamente, desde que su padre había muerto, tocaba en recitales informales y en salas de conciertos. Cogía su guitarra y tocaba en bares y restaurantes, piezas clásicas, pero también cosas más conocidas que en el pasado, siempre había rechazado. No podía explicar este cambio de idea, pero tenía algo que ver con la intimidad de esos lugares, la conexión que sentía con el público, tan cerca que podrían alargar la mano y tocarlo. A Michelle no le parecía bien. Decía que era una consecuencia del dolor y quería que lo superara. Pero Paul no podía dejarlo. Durante toda su adolescencia había tocado por rabia y porque añoraba una relación con su familia, como si a través de la música pudiera poner orden, alguna belleza invisible, dentro de su familia. Ahora su padre ya no estaba y no había nadie en contra de quien tocar. Así que tenía esa nueva libertad.

Condujo hasta el viejo vecindario, pasó las casas señoriales y los grandes jardines de enfrente, las aceras y la tranquilidad constante. La puerta principal de casa de su madre estaba cerrada. Apagó el motor y se quedó un momento sentado, escuchando los pájaros y el sonido distante de las cortadoras de césped.

«Un árbol en el corazón.» Su padre hacía un año que había muerto y su madre se iba a casar con Frederic y a mudarse a Francia por una temporada. Y él estaba allí, no como un hijo ni como un visitante sino por conservar el pasado. Tenía que decidir qué conservar, qué tirar. Había intentado hablar de eso con Michelle, con un profundo sentido de responsabilidad, porque lo que hubieran preservado se convertiría, a su vez, en lo que transmitirían algún día a sus hijos; todos ellos sabrían, de una manera tangible, qué vida había llevado. Pensaba en su padre, cuyo pasado todavía era un misterio, pero Michelle no lo entendía. Se ponía tensa cada vez que salía de pasada el tema de los hijos. «No es eso lo que quiero decir», protestaba él, enfadado. Ella también se enfadaba: «Quieras o no, eso es lo que estás diciendo».

Se echó para atrás para buscar la llave de casa en el bolsillo. Una vez que su madre había entendido que el trabajo de su padre era valioso, había empezado a cerrar las puertas, aunque las cajas seguían en el estudio sin abrir.

Bueno, él tampoco tenía ganas de mirar todo aquello.

Cuando finalmente salió del coche, se quedó un momento en el bordillo, mirando el vecindario. Hacía calor. Una ligera brisa movía las copas de los árboles. Las siluetas de las hojas del roble a la luz creaban un juego de sombras en el suelo. De manera extraña, el cielo parecía también lleno de nieve, una sustancia grisácea y blanquecina muy ligera que se dispersaba por el cielo azul. Paul extendió la mano en el aire caluroso y húmedo sintiendo como si estuviera en una de las fotografías de su padre, donde los árboles florecían muy rápido, donde de repente el mundo no era lo que parecía. Cogió un copo en la palma de la mano. Cuando la cerró en un puño y la volvió a abrir, se había manchado de negro la piel. Flotaban cenizas por el aire como nieve en el duro calor de julio.

Dejó huellas en la entrada al dirigirse a los escalones. La puerta estaba abierta pero la casa estaba vacía. «Hola», llamó Paul. Caminó por las habitaciones. Los muebles estaban apilados en el centro cubiertos con lona, y las paredes desnudas, preparadas para pintar. Hacía años que no vivía allí, pero se encontró parado en el salón, despojado de todo lo que antes le daba sentido. ¿Cuántas veces su madre había decorado aquella habitación? Y a pesar de todo, al final seguía siendo sólo una habitación. «Mamá», llamó, pero no obtuvo respuesta. Arriba, se quedó de pie en la puerta de su habitación. También había cajas apiladas allí, llenas de cosas que tenía que clasificar. Ella no había tirado nada. Incluso los pósters estaban cuidadosamente enrollados y asegurados con gomas elásticas. Habían quedado unos rectángulos ligeramente visibles en las paredes donde habían estado colgados.

—¡Mamá! —volvió a llamar.

Bajó las escaleras y fue hacia el porche de atrás.

Estaba allí, sentada en los escalones, con unos viejos pantalones cortos azules y una camiseta dada de sí. Se quedó parado, sin palabras, asimilando la extraña escena. Un fuego ardía todavía en un círculo de piedras. Las cenizas y volutas de papel quemado que le habían caído alrededor en el patio delantero también estaban allí, atrapadas en los arbustos y en el pelo de su madre. Había papeles desparramados por todo el césped, presionados contra las bases de los árboles, contra las oxidadas patas de metal del antiguo columpio. Paul se quedó sorprendido cuando se dio cuenta de que su madre había estado quemando las fotografías de su padre. Ella levantó la vista, tenía la cara manchada de ceniza y llena de lágrimas.

—No te preocupes —dijo sin alterarse—. He parado de quemarlas. Estaba tan enfadada con tu padre, Paul, pero luego pensé que es tu herencia también. Sólo he quemado una caja. Era la caja de niñas, así que supongo que no era muy valiosa.

—¿De qué hablas? —preguntó sentándose a su lado.

Ella le pasó una foto en la que salía él, que él nunca había visto.

Debía de tener unos catorce años, estaba sentado en el balancín del porche, inclinado sobre la guitarra, tocando atentamente, totalmente ajeno a lo que lo rodeaba, atrapado por la música. Le sorprendió que su padre hubiera capturado aquel momento. Era un instante privado, con un aire natural, uno de los momentos de su vida en que Paul se había sentido más vivo.

—Vale. Pero no lo entiendo. ¿Por qué estás tan enfadada?

Su madre se apretó las manos en la cara brevemente y suspiró.

—¿Te acuerdas de la historia de la noche en que naciste, Paul? La tormenta de nieve, cómo llegamos al ambulatorio corriendo.

—Claro. —Esperó a que ella siguiera, sin saber qué decir, y sabiendo de forma instintiva que aquello tenía que ver con su hermana gemela que había muerto.

—¿Te acuerdas de la enfermera, Caroline Gill? ¿Te hablamos de ella?

—Sí. Decías que tenía los ojos azules.

—Sí. Muy azules. Vino aquí ayer, Paul. Caroline Gill. No la veía desde aquella noche. Traía noticias. Noticias espeluznantes. Te lo voy a decir sin más, ya que no sé qué más hacer.

Ella le cogió la mano. Él no la soltó. Su hermana, le dijo con calma, no había muerto al nacer, después de todo. Había nacido con síndrome de Down y su padre le había pedido a Caroline Gill que la llevara a una institución de Louisville.

—Para ahorrárnoslo —dijo su madre quedándose sin voz—. Eso es lo que dijo. Pero Caroline Gill no pudo hacerlo. Se llevó a tu hermana, Paul. Se llevó a Phoebe. Todos estos años tu hermana ha estado viva y bien, creciendo en Pittsburg.

—¿Mi hermana? —dijo—. ¿En Pittsburg? Estuve en Pittsburg la semana pasada.

No era una respuesta apropiada, pero no sabía qué más decir. Sentía un vacío extraño, algo así como un distanciamiento sin sentido. Tenía una hermana, eso ya era noticia suficiente. Era deficiente, no era perfecta, y por eso su padre la había entregado. Extrañamente no sintió ira sino miedo, un antiguo temor nacido de la presión que le provocaba su padre por el hecho de ser hijo único. Nacido también de la necesidad de seguir su propio camino, incluso si su padre lo desaprobaba y él se tenía que ir. Un miedo que Paul había transformado todos estos años, como un alquimista de talento, en ira y rebelión.

—Caroline se fue a Pittsburg y empezó una nueva vida —dijo su madre—. Crió a tu hermana. Supongo que fue bastante difícil, especialmente en aquella época. Intento estarle agradecida por haber sido tan buena con Phoebe, pero por otra parte estoy furiosa.

Paul cerró los ojos un momento, intentando agrupar todas esas ideas. El mundo le parecía plano, extraño y desconocido. Todos esos años había tratado de imaginarse cómo sería su hermana, pero ahora, no podía hacerse ni la más mínima idea de ella.

—¿Cómo pudo? —preguntó al fin—. ¿Cómo pudo guardar ese secreto?

—No lo sé. Llevo horas preguntándome lo mismo. ¿Cómo pudo? ¿Y cómo se atrevió a mentirnos y a dejarnos descubrir todo esto solos?

Se quedaron sentados en silencio. Paul recordó una tarde que estaba revelando fotos con su padre después de haber destrozado el cuarto oscuro, los dos cargados de culpabilidad, y el aire cargado con lo que decían y lo que quedaba sin decir. «Cámara», le dijo su padre, provenía de la palabra francesa «chambre», habitación. Estar «en la cámara» significaba actuar en secreto. Su padre creía que cada persona era un universo aislado. Árboles oscuros en el corazón, un puñado de huesos. Ése era el mundo de su padre y nunca le había hecho sentir tanta amargura como en ese momento.

—Me sorprende que no me hubiera dado a mí —dijo pensando en lo mucho que había luchado contra el concepto que tenía su padre del mundo. Él se había ido y había tocado la guitarra. La música surgía hacia fuera a través de él, saliendo al mundo, y la gente volvía la cabeza, dejaban las bebidas y escuchaban, y en una habitación llena de desconocidos, conectaban unos con otros—. Estoy seguro de que quiso hacerlo.

—¡Paul! No. En todo caso, se preocupaba más por ti debido a ello. Esperaba incluso más. Se exigía a sí mismo ser perfecto. Esa es una de las cosas que me ha quedado clara. Eso es lo espantoso, en realidad. Ahora que sé lo de Phoebe, hay un montón de misterios sobre tu padre que empiezan a cobrar sentido. Ese muro que siempre sentí entre nosotros... era real.

Se levantó, se fue adentro y volvió con dos polaroids.

—Aquí está —dijo—. Ésta es tu hermana. Phoebe.

Paul las cogió y las miró fijamente, primero una y luego otra: una fotografía de una niña posando, sonriendo, y otra al natural lanzando a una canasta. Él todavía intentaba asimilar lo que su madre le había dicho, que aquella desconocida de ojos almendrados y piernas robustas era su hermana gemela.

—Tenéis el mismo pelo —dijo Norah suavemente, volviéndose a sentar a su lado—. Le gusta cantar, Paul. ¿No es increíble? —rió—. Y ¿sabes qué? Le encanta el baloncesto.

La risa de Paul fue brusca y llena de dolor.

—Bueno —dijo—, supongo que papá se quedó con el niño equivocado.

Su madre cogió las fotos con las manos sucias de ceniza.

—No estés resentido, Paul. Phoebe tiene síndrome de Down. No sé mucho sobre el tema, pero Caroline Gill, sí. Tanto, que creo que apenas podría yo asimilarlo realmente.

Paul había estado pasando el pulgar por el borde del escalón de cemento, y paró al ver brotar la sangre lentamente de un corte que se había hecho.

—¿Qué no esté resentido? Visitamos su tumba —dijo recordando a su madre al pasar por la puerta de hierro con los brazos llenos de flores, diciéndole que la esperara en el coche. Recordando cómo ella se arrodillaba en la tierra y plantaba semillas de campanillas—. ¿No es cierto?

—Era propiedad del doctor Bentley, así que supongo que él también lo debía de saber. Tu padre nunca quería llevarme allí. Tuve que discutir mucho. En aquella época creía que él tenía miedo de que yo tuviera una crisis nerviosa. Me daba tanta rabia que él siempre supiera lo que era mejor...

La intensidad de la voz de su madre le hizo pensar a Paul en la conversación que había tenido aquella mañana con Michelle. Se llevó el pulgar a la boca y chupó las gotitas de sangre, agradecido por el fuerte sabor a cobre. Se quedaron un rato sentados sin decir nada, mirando el patio con las volutas de ceniza, las fotos esparcidas y las cajas húmedas.

—¿Qué significa que sea deficiente? —dijo él al fin—. Día a día, me refiero.

Su madre miró otra vez las fotografías.

—No lo sé. Caroline dijo que era de «alto funcionamiento», sea lo que fuere lo que significa. Tiene un trabajo. Un novio. Fue al instituto. Pero se ve que no puede vivir ella sola.

—Esa enfermera, Caroline Gill, ¿por qué ha venido ahora después de todos estos años? ¿Qué es lo que quiere?

—Lo único que quería era decírmelo. Eso es todo. No pidió nada. Está abriendo una puerta, Paul. Realmente es lo que creo. Es una invitación. Pero pase lo que pase a partir de ahora, depende de nosotros.

—¿Y qué? ¿Qué es lo que va a pasar ahora?

—Voy a ir a Pittsburg. Tengo que verla. Pero después de eso, no lo sé. ¿Tendría que traerla de vuelta aquí? Seríamos desconocidos para ella. Y tengo que hablar con Frederic; lo tiene que saber. —Se tapó la cara con las manos un momento—. Oh, Paul, ¿cómo puedo irme a Francia dos años dejándola a ella atrás? No sé qué hacer. Es demasiado para mí, así de golpe.

La brisa agitó las fotografías esparcidas por el césped. Paul estaba sentado, callado, luchando contra tantas emociones confusas; rabia contra su padre, sorpresa y tristeza por lo que había perdido. Inquietud también; era espantoso estar preocupado por eso, pero ¿y si tenía que hacerse cargo de una hermana que no podía vivir por su cuenta? ¿Cómo podría hacerlo? Nunca había conocido a una persona deficiente y creía que las imágenes que tenía eran todas negativas. Ninguna de ellas encajaba con aquella niña de dulce sonrisa de la fotografía, y eso también era desconcertante.

—Yo tampoco lo sé —dijo Paul—. Quizá lo primero sería limpiar este desorden.

—Tu herencia —dijo su madre.

—No sólo mía —dijo él pensativo, evaluando las palabras—. También es de mi hermana.

Trabajaron todo el día y el siguiente, clasificando las fotos y volviendo a llenar las cajas, arrastrándolas a las frías profundidades del garaje. Mientras su madre estaba con los marchantes, Paul llamó a Michelle para explicarle lo que había pasado y para decirle que después de todo no iría a su concierto. Pensaba que ella se enfadaría, pero lo escuchó sin hacer ningún comentario y colgó. Cuando trató de volverla a llamar, saltó el contestador; y así fue durante todo el día. Más de una vez pensó en coger el coche y conducir como un loco hasta Cincinnati, pero no estaría bien. Y no quería seguir por ese camino, siempre queriendo a Michelle más de lo que ella podría quererlo a él. Así que se obligó a quedarse. Volvió al trabajo físico de empaquetar, y por la tarde caminó hasta el centro y fue a la biblioteca a coger libros sobre el síndrome de Down.

El martes por la mañana estaba calmado, trastornado y lleno de miedo. Su madre y él cogieron el coche y condujeron siguiendo el río, por la exuberante llanura de Ohio de mediados de verano. Hacía mucho calor, las mazorcas de maíz relucían con el vasto cielo azul de fondo. Llegaron a Pittsburg en medio del tráfico de los que volvían del 4 de julio, día de la Independencia, pasando por el túnel que daba al puente con una impresionante vista de la confluencia de los dos ríos. Avanzaron lentamente en la fila del centro y siguieron el Monongahela, atravesando otro túnel. Por fin pararon en la casa de ladrillo de Caroline Gill, en una concurrida calle bordeada de árboles.

Les había dicho que aparcaran en la calle y así lo hicieron. Bajaron del coche y se estiraron. Más allá de una franja de hierba, unos peldaños llevaban a un estrecho aparcamiento y a la casa donde su hermana había crecido. Paul observó la casa, más parecida a las de Cincinnati, tan diferente de la casa en calma de su infancia, de la tranquilidad y comodidad de las afueras. El tráfico pasaba a toda prisa por la calle, por delante de los minúsculos jardines, hacia la ciudad que se extendía a su alrededor, de temperatura elevada y compacta.

Los jardines a lo largo de la calle eran espesos, con flores, malvarrosas y lirios de todos los colores, blanco intenso y púrpura en contraste con el verde de la hierba. En aquel jardín había una mujer trabajando ocupándose de una hilera de exuberantes tomateras. Un seto de arbustos de lilas crecía detrás de ella, las hojas mostraban su parte inferior de color verde pálido por la brisa que empujaba el aire caliente sin refrigerarlo. La mujer llevaba unos pantalones cortos azul oscuro, una camiseta blanca y unos guantes de algodón floreados. Se incorporó de donde estaba arrodillada y se pasó el reverso de la mano por la frente. El tráfico no paraba y ella no los oyó llegar. Rompió una hoja de la tomatera y se la apretó contra la nariz.

—¿Es ella? —preguntó Paul—. ¿Es la enfermera?

Su madre asintió. Había cruzado los brazos de forma protectora delante del pecho. Las gafas de sol le tapaban los ojos, pero incluso así, él podía ver lo nerviosa, lo pálida y tensa.que estaba.

—Sí. Ésa es Caroline Gill. Paul, ahora que ha llegado el momento, no estoy segura de hacerlo. Quizá debiéramos irnos.

—Hemos hecho todo este viaje. Y nos están esperando.

Ella sonrió, una pequeña sonrisa cansada. Llevaba días sin dormir. Incluso tenía los labios pálidos.

—Posiblemente no nos estén esperando —dijo.

Paul asintió. La puerta de atrás se abrió, pero la figura del porche estaba escondida en la sombra. Caroline se puso en pie y se limpió las manos en los pantalones.

—Phoebe. Aquí estás.

Paul notó cómo su madre se ponía tensa a su lado, pero no la miró. En lugar de eso, observaba el porche. El momento se alargó, se extendió. El sol apretaba sobre ellos. Al final, la figura apareció llevando dos vasos de agua.

Él la miró fijamente. Era bajita, mucho más que él, y tenía el pelo oscuro, más fino y más suelto, un simple corte redondo alrededor de la cara. Era blanca como su madre, y a esa distancia, las facciones parecían delicadas en aquella cara amplia, algo aplanada, como si hubiera estado demasiado rato presionada contra una pared. Tenía los ojos ligeramente inclinados hacia arriba, las extremidades cortas. Ya no era una niña como en las fotografías, sino mayor, de su misma edad, con algún toque gris en el pelo. A él también se le veía algún pelo gris en la barba cuando se la dejaba crecer. Llevaba unos pantalones cortos floreados y era de complexión baja y fornida, un poco rellenita. Las rodillas le rozaban una con otra al andar.

—¡Oh! —dijo su madre.

Se había puesto una mano en el corazón. Tenía los ojos escondidos detrás de las gafas de sol y él lo agradeció. Aquel momento era íntimo.

—Está bien —dijo él—. Vamos a quedarnos aquí un ratito.

El sol era demasiado caluroso y el tráfico pasaba a toda velocidad. Caroline y Phoebe se sentaron una al lado de la otra en los escalones del porche, bebiendo agua.

—Estoy preparada —dijo su madre al fin.

Fueron por el estrecho camino de hierba entre el verde y las flores.

Caroline Gill fue la primera en verlos; se protegió los ojos del sol con la mano, entrecerrándolos un poco, y se puso de pie. Phoebe también se levantó, y durante unos segundos se miraron directamente desde el otro lado del jardín. Entonces Caroline cogió la mano de Phoebe. Se encontraron al lado de las tomateras, el fruto pesado ya había empezado a madurar, llenando el aire con un aroma limpio y agrio. Nadie dijo nada. Phoebe miraba a Paul, y después de un largo rato, alargó la mano por el espacio que los separaba y le tocó la mejilla suavemente, delicadamente, para ver si era real. Paul la saludó con la cabeza sin hablar, mirándola con seriedad. El gesto de ella le pareció correcto, de alguna manera. Phoebe quería conocerlo, eso era todo. Él también quería conocerla a ella, pero no tenía ni idea de qué decirle a su inesperada hermana, conectada tan íntimamente a él, aunque fuera una desconocida. También estaba terriblemente avergonzado, con miedo de hacer algo incorrecto. ¿Cómo se hablaba a una persona deficiente? Los libros que había leído el fin de semana, todas aquellas explicaciones clínicas... Ninguna de ellas lo habían preparado para el ser humano real que le había rozado tan delicadamente la cara.

Fue Phoebe quien se repuso primero.

—Hola —dijo, extendiéndole la mano de manera formal. Paul le dio la mano, notando lo pequeños que eran sus dedos, todavía incapaz de decir ni una sola palabra—. Soy Phoebe. Encantada de conocerte.

Su habla no era clara, difícil de comprender. Entonces se giró hacia su madre e hizo lo mismo.

—Hola —dijo su madre dándole la mano, apretándola con fuerza entre las suyas. Su voz estaba cargada de emoción—. Hola, Phoebe. Yo también estoy muy contenta de conocerte.

—Hace tanto calor —dijo Caroline—. ¿Por qué no pasamos dentro? Tengo los ventiladores puestos. Y Phoebe ha hecho té helado esta mañana. Estaba muy nerviosa por vuestra visita, ¿verdad, cariño?

Phoebe sonrió y asintió con la cabeza, de repente vergonzosa. La siguieron hacia el frescor de la casa. Las habitaciones eran pequeñas pero estaban impecables, con hermosos acabados de madera y unas puertas de cristal abiertas entre la sala de estar y el comedor. La sala de estar estaba llena de luz natural y de gastados muebles de color granate. Había un telar macizo en un rincón.

—Estoy haciendo una bufanda —dijo Phoebe.

—Es preciosa —dijo su madre, cruzando la habitación para tocar los hilos, rosa oscuro, crema, amarillo y verde pálido. Se había quitado las gafas y miraba con los ojos llorosos. La voz todavía cargada de emoción—. ¿Escogiste tú sola estos colores, Phoebe?

—Mis colores favoritos —dijo.

—Los míos también. Cuando yo tenía tu edad, ésos también eran mis colores favoritos. Mis damas de honor iban vestidas de rosa oscuro y crema, y llevaban rosas amarillas.

Paul se sorprendió al saberlo. Las fotografías que había visto eran en blanco y negro.

—Puedes quedarte esta bufanda —dijo Phoebe, sentándose en el telar—. La haré para ti.

—Vaya —dijo su madre, y cerró los ojos brevemente—. Phoebe, eso es precioso.

Caroline llevó el té helado y los cuatro se sentaron nerviosos en la sala de estar, hablando incómodamente sobre el tiempo y sobre el renacimiento artístico de Pittsburg después de la quiebra de la industria siderúrgica. Phoebe estaba sentada tranquilamente en el telar, moviendo la lanzadera de un lado a otro, levantando la vista de vez en cuando cada vez que oía su nombre. Paul seguía echándole miradas de reojo. Las manos de Phoebe eran pequeñas y regordetas. Concentrada en la lanzadera, se mordía el labio inferior. Al final su madre se terminó el té y habló.

—Bueno —dijo—, aquí estamos. Y no sé qué va a pasar ahora.

—Phoebe —dijo Caroline—, ¿por qué no vienes con nosotros?

Discretamente, Phoebe se acercó y se sentó al lado de Caroline en el sofá.

Su madre empezó hablando demasiado deprisa, apretándose las manos, nerviosa.

—No sé qué es lo mejor. No contamos con un mapa, ¿verdad? Pero quiero ofrecerle mi casa a Phoebe. Puede venir a vivir con nosotros, si quiere. He pensado mucho en ello estos últimos días. Necesitaríamos toda una vida para ponernos al día. —Entonces se detuvo para coger aire y volvió la cabeza hacia Phoebe, que la miraba sorprendida y con ojos precavidos—. Eres mi hija, Phoebe, ¿lo entiendes? Éste es Paul, tu hermano.

Phoebe cogió la mano de Caroline.

—Ésta es mi madre —dijo.

—Sí. —Norah echó una mirada a Caroline y lo volvió a intentar—. Ella es tu madre. Pero yo también lo soy. Creciste dentro de mi cuerpo, Phoebe. —Se dio palmaditas en el estómago—. Creciste justo aquí. Pero después naciste y tu madre Caroline te crió.

—Me voy a casar con Robert —dijo Phoebe—. No quiero vivir contigo.

Paul, que había visto a su madre con una lucha interna todo el fin de semana, sintió las palabras de Phoebe como si le hubiera dado una patada. Vio que su madre sentía lo mismo.

—Está bien, Phoebe —dijo Caroline—. Nadie hará que te vayas.

—No era mi intención… Sólo quería ofrecer… —Su madre se detuvo y volvió a respirar hondo. Sus ojos de un verde profundo se veían preocupados. Lo volvió a intentar—: Phoebe, a Paul y a mí nos gustaría llegar a conocerte. Eso es todo. Por favor, no nos tengas miedo, ¿de acuerdo? Lo que quiero decir…, lo que digo… es que mi casa está abierta para ti. Siempre. Aunque esté de viaje, esté donde esté, puedes ir allí también. Y espero que lo hagas. Espero que vayas algún día a visitarme, eso es todo. ¿Te gustaría?

—Quizás —concedió Phoebe.

—Phoebe —dijo Caroline—, ¿por qué no le enseñas la casa a Paul un ratito? Déjanos a la señora Henry y a mí hablar un poquito. Y no te preocupes, mi vida —añadió, poniéndole la mano suavemente sobre el brazo—, nadie irá a ninguna parte. Todo va bien.

Phoebe asintió con la cabeza y se levantó.

—¿Quieres ver mi habitación? —le preguntó a Paul—. Tengo un nuevo tocadiscos.

Paul echó un vistazo a su madre y ella asintió, mirando cómo los dos cruzaban juntos la habitación. Paul siguió a Phoebe al piso de arriba.

—¿Quién es Robert?

—Es mi novio. Nos vamos a casar. ¿Tú estás casado?

A Paul le atravesó el recuerdo de Michelle, y movió la cabeza.

—No.

—¿Tienes novia?

—No. Tenía una novia, pero se fue.

Phoebe se detuvo en el último escalón y se giró. Estaban cara a cara, tan cerca que Paul se sintió incómodo, su espacio vital invadido. Desvió la mirada y luego la volvió a mirar. Ella todavía lo miraba directamente.

—No es de buena educación quedarse mirando a la gente —dijo.

—Bueno, pareces triste.

—Estoy triste. En realidad estoy muy triste.

Ella asintió y, por un momento, pareció haberse unido a él en su tristeza, su expresión se nubló, y luego, un instante más tarde, había desaparecido.

—Vamos —dijo llevándolo por el pasillo—. También tengo algunos discos nuevos.

Se sentaron en el suelo de la habitación. Las paredes eran rosa con cortinas de cuadros rosa y blanco en las ventanas. Era la habitación de una niña pequeña, llena de animalitos de peluche y brillantes pósters en las paredes. Paul pensó en Robert y se preguntó si sería verdad que se iban a casar. Entonces se sintió mal por haber pensado aquello. ¿Por qué no podría casarse, o hacer cualquier cosa? Pensó en la habitación de sobra en casa de sus padres donde alguna vez se había quedado su abuela cuando él era un niño. Ésa habría sido la habitación de Phoebe. La habría llenado con su música y sus cosas. Phoebe puso el disco a todo volumen, retumbando «Love Me Do», acompañando la música con los ojos medio cerrados. Tenía una voz bonita, pensó Paul mientras bajaba un poco el volumen, hojeando sus otros discos. Tenía mucha música pop, pero también sinfonías.

—Me gustan los trombones —dijo haciendo como si arrastrara una vara, y cuando Paul rió, ella también lo hizo—. De verdad, me encantan los trombones.

—Yo toco la guitarra. ¿Lo sabías?

Ella asintió.

—Mi mamá lo dijo. Como John Lennon.

Él sonrió.

—Un poco —dijo, sorprendido de encontrarse en medio de una conversación. Se había acostumbrado al habla de Phoebe y cuanto más hablaba con ella, simplemente era más ella misma, imposible de calificar—. ¿Conoces a Andrés Segovia?

—Ajá.

—Es realmente bueno. Es mi favorito. Algún día te tocaré su música, ¿vale?

—Me gustas, Paul. Eres simpático.

Él sonrió, encantado y halagado.

—Gracias —dijo—. Tú también me gustas.

—Pero no quiero vivir contigo.

—Está bien. Yo tampoco vivo con mi madre —dijo—. Vivo en Cincinnati.

La cara de Phoebe se iluminó.

—¿Tú solo?

—Sí —dijo sabiendo que volvería y que Michelle se habría ido—. Yo solo.

—Afortunado.

—Supongo que sí —dijo serio, dándose cuenta de que lo era. Las cosas que él daba por sentado en la vida eran los sueños de Phoebe—. Soy afortunado, sí. Es verdad.

—Yo también lo soy —dijo ella sorprendiéndolo—. Robert tiene un buen trabajo, y yo también.

—¿De qué trabajas?

—Hago copias —dijo bastante orgullosa—. Montones y montones de copias.

—¿Y te gusta?

Ella sonrió.

—Max trabaja allí. Es mi amiga. Tenemos veintitrés colores distintos de papel.

Ella tarareó un poco, contenta, mientras guardaba el primer disco y escogía otro. Sus gestos no eran rápidos, pero sí eficientes y concentrados. Paul se la imaginó en la copistería, haciendo su trabajo, haciendo bromas con su amiga, parando de vez en cuando para admirar el arco iris de papel o algún trabajo acabado. Abajo, oía el murmullo de las voces de su madre y de Caroline Gill decidiendo lo que iban a hacer. Se dio cuenta, con profunda vergüenza, de que la lástima que había sentido por Phoebe, como la suposición de su madre de la dependencia de su hija, habían sido tonterías, algo innecesario. Phoebe se gustaba a ella misma y le gustaba su vida; era feliz. Todo el esfuerzo que él había hecho, todas las competiciones y premios, la larga e inútil lucha por complacer e impresionar a su padre… al lado de la vida de Phoebe, parecía un poco estúpido también.

—¿Dónde está tu padre? —preguntó él.

—Trabajando. Conduce un autobús. ¿Te gusta el «Yellow Submarine»?

—Sí. Sí que me gusta.

Phoebe mostró una amplia sonrisa y puso el disco.

Las notas salían de la iglesia y se perdían en el día soleado. Para Paul, que estaba justo fuera de las relucientes puertas rojas, la música parecía visible, moviéndose entre las hojas de los álamos y esparciéndose por el jardín como motas de luz. La organista, Alejandra, era una amiga suya, una mujer de Perú que llevaba el pelo color burdeos recogido atrás en una larga cola y que en los días grises, después de la marcha de Michelle, había pasado por su apartamento con sopa, té helado y regañinas. «Levántate —le decía con brío, abriendo cortinas y ventanas, llevando los platos sucios al fregadero—. Levántate, no hay nada por lo que lamentarse, y menos por una flautista. Son muy inconstantes, ¿no lo sabías? Me sorprende que se quedara aquí tanto tiempo como lo hizo. Dos años. En serio, debe de ser un récord.»

Ahora las notas de Alejandra caían en cascada como agua plateada, seguidas de un brillante crescendo que subió y se quedó suspendido un instante en la luz del día. Su madre apareció en la entrada, riendo, con una mano ligeramente apoyada en el brazo de Frederic. Caminaron juntos a la luz del sol, bajo una resplandeciente lluvia de arroz y de pétalos.

—Precioso —observó Phoebe a su lado.

Phoebe llevaba un vestido de un verde blanquecino y sujetaba sin apretar, en la mano derecha, los narcisos que había llevado en la boda. Sonreía. Tenía los ojos entrecerrados de felicidad y profundos hoyuelos en ambas mejillas regordetas. Los pétalos y el arroz pasaron trazando un arco en el cielo claro, y Phoebe rió de alegría cuando se agacharon. Paul la miró atentamente, esa desconocida, su hermana. Habían recorrido juntos el pasillo de la pequeña iglesia hasta el altar, donde su

372

madre esperaba con Frederic. Habían ido despacio. Phoebe, atenta y seria a su lado, decidida a hacerlo todo bien, le pasaba la mano alrededor del brazo. Había golondrinas volando por las vigas durante el intercambio de votos, pero su madre estuvo convencida de aquella iglesia desde el principio, como también había insistido, durante todas las extrañas, inesperadas y emotivas deliberaciones sobre Phoebe y su futuro, en que sus dos hijos estuvieran con ella en la boda.

Hubo otra explosión, esta vez de confeti, y una oleada de carcajadas. Su madre y Frederic inclinaron las cabezas, y Bree les quitó los trocitos de papel brillante de los hombros y del pelo. El confeti resplandecía por todas partes y hacía que el césped pareciera un suelo de terrazo.

—Tienes razón —le dijo a Phoebe—. Es precioso.

Ella asintió, pensativa, y se alisó la falda con las dos manos.

—Tu madre se va a Francia.

—Sí —dijo él, aunque se tensó al oír: «Tu madre». Una frase que se usa con desconocidos. Y por supuesto, todos ellos lo eran. Eso, al final, era lo que más le dolía a su madre, los años perdidos que quedaban entre ellos, sus palabras tan tentativas y formales donde debería de haber facilidad y amor. Y tú y yo también, dentro de un par de meses —dijo recordándole los planes con los que finalmente se habían puesto de acuerdo—. Iremos a Francia a verlos.

Una expresión de preocupación, efímera como una nube, pasó por la cara de Phoebe.

—Volveremos —añadió Paul dulcemente, recordando lo asustada que estuvo cuando su madre le sugirió irse a vivir con ella a Francia.

Ella asintió, pero todavía parecía preocupada.

—¿Qué pasa? ¿Qué es lo que te preocupa?

—Comer caracoles.

Paul la miró sorprendido. Bree, su madre y él habían hecho broma en el vestíbulo antes de la boda sobre el festín que habían tenido en Châteauneuf. Phoebe estaba tan tranquila, al margen de la conversación. Él pensaba que no estaba escuchando. Eso también era un misterio, la presencia de Phoebe en el mundo, lo que veía, sentía y entendía. Todo lo que él sabía realmente de ella podía ponerse en una ficha: le encantaban los gatos, tejer, escuchar la radio y cantar en la iglesia. Sonreía mucho, era propensa a los abrazos, y como él, tenía alergia a las picaduras de abeja.

—Los caracoles no están tan mal —dijo—. Hay que masticarlos un poco. Es más o menos como estar comiendo un chicle de ajo.

Phoebe hizo ascos y luego se rió.

—¡Qué asco! Es asqueroso, Paul —dijo.

La brisa le movía ligeramente el pelo y su mirada estaba todavía fija en la escena que tenían delante: el movimiento de los invitados, la luz del sol, las hojas, todo entrelazado con la música. Tenía pecas esparcidas por las mejillas, como él. Al otro lado del jardín, su madre y Frederic levantaron un cuchillo de plata para el pastel.

—Robert y yo —dijo Phoebe— también nos vamos a casar.

Paul sonrió. Conoció a Robert en aquella primera visita a Pittsburg. Fueron a la tienda a verlo, alto y atento, vestido con un uniforme marrón y una placa identificativa con su nombre. Cuando Phoebe los presentó tímidamente, Robert le dio la mano de inmediato y palmaditas en el hombro como si no se hubieran visto desde hacía mucho tiempo. «Encantado de verte, Paul. Phoebe y yo nos vamos a casar, así que pronto tú y yo seremos hermanos. ¿Qué te parece?» Y luego, contento y sin esperar una respuesta, confiado en que el mundo era un buen lugar y de que Paul compartía su alegría, se giró hacia Phoebe, le pasó el brazo alrededor y los dos se quedaron allí, sonriendo.

—Es una pena que Robert no haya podido venir.

Phoebe asintió.

—A Robert le gustan las fiestas —dijo.

—No me sorprende —dijo Paul.

Paul miraba a su madre cómo le ponía a Frederic un trozo de pastel en la boca, tocándole el borde del labio con el dedo. Ella llevaba un vestido color crema y el pelo corto, rubio tirando a blanco, haciendo que sus ojos verdes parecieran más grandes. Pensó en su padre, preguntándose cómo habría sido la boda de ellos. Había visto las fotos, por supuesto, pero eso era sólo lo superficial. Quería saber cómo había sido la luz, como habían sonado las risas, si su padre se había inclinado, como Frederic lo estaba haciendo ahora, para besar a su madre después de que ella se hubiera lamido un poco las migas de pastel que tenía en el labio.

—Me gustan las flores rosas —dijo Phoebe—. Quiero un montón de flores rosas en mi boda. —Entonces se puso seria, frunció el ceño y se encogió de hombros, se le marcaba la clavícula a través del vestido verde. Movió la cabeza—. Pero Robert y yo tenemos que ahorrar el dinero primero.

Se levantó la brisa y Paul pensó en Caroline Gill, alta y firme en el hall del hotel del centro de Lexington con su marido Al y Phoebe. Se habían encontrado todos el día anterior en campo neutral. La casa de su madre estaba vacía y con un cartel de SE VENDE en el patio. Esa noche, Frederic y ella se irían a Francia. Caroline y Al habían conducido desde Pittsburg, y después de un desayuno tardío de cortesía y un poco incómodo para todos, dejaron a Phoebe en la boda y se fueron de vacaciones a Nashville. Sus primeras vacaciones solos, dijeron, y parecían contentos. Aun así, Caroline había abrazado a Phoebe dos veces, y después se detuvo en la acera mirando atrás por la ventanilla y diciéndole adiós con la mano.

—¿Te gusta Pittsburg? —le preguntó Paul. Le habían ofrecido un trabajo allí. Era un buen trabajo en una orquesta. También tenía otra oferta de otra orquesta en Santa Fe.

—Me gusta Pittsburg —dijo Phoebe—. Mi madre dice que hay un montón de escaleras, pero a mí me gusta.

—Podría irme a vivir allí. ¿Qué te parece?

—Estaría bien —dijo Phoebe—. Podrías venir a mi boda. —Luego suspiró—. Una boda cuesta un montón de dinero. No es justo.

Paul asintió. No era justo, no. Nada de eso era justo. Ni los retos a los que Phoebe tenía que enfrentarse en un mundo que no le había dado la bienvenida, ni la relativa facilidad de su propia vida, ni lo que su padre había hecho. Nada de eso. De pronto, con urgencia, quiso darle a Phoebe la boda que ella quisiera. O al menos un pastel. Sería un gesto tan pequeño comparado con todo lo demás...

—Podríais fugaros —sugirió él.

Phoebe lo consideró mientras daba vueltas a la pulsera verde de plástico que llevaba en la muñeca.

—No —dijo—. No tendríamos pastel.

—Bueno, no sé. ¿No? O sea, ¿por qué no?

Phoebe frunció el ceño y lo miró para ver si se estaba riendo de ella.

—No —dijo firmemente—. No es así como se hace una boda, Paul.

Él sonrió, emocionado por la seguridad que tenía sobre el funcionamiento del mundo.

—¿Sabes qué, Phoebe? Tienes razón.

Llegaron risas y aplausos desde el otro lado del soleado jardín cuando Frederic y su madre terminaron el pastel. Bree, sonriendo, levantó la cámara para hacer la foto final. Paul señaló con la cabeza la mesa donde se estaban llenando los platos de postre y se pasaban de mano en mano.

—El pastel de boda tiene seis pisos. Frambuesas y nata montada en el medio. Qué, Phoebe, ¿quieres un poco?

Phoebe sonrió mucho más y asintió con la cabeza como respuesta.

—Mi pastel tendrá ocho pisos —dijo mientras cruzaban el césped en medio de voces, risas y música.

Paul rió.

—¿Sólo ocho? ¿Por qué no diez?

—Tonto. Eres un tonto, Paul —dijo Phoebe.

Llegaron a la mesa. Su madre llevaba confetis brillantes sobre los hombros. Sonreía, delicada en sus movimientos, y le tocó el pelo a Phoebe, alisándoselo para atrás, como si todavía fuera una niña pequeña. Phoebe se soltó y a Paul le dio un vuelco el corazón. Para esta historia no había finales sencillos. Habría visitas transatlánticas y llamadas telefónicas, pero nunca la facilidad habitual de la cotidianidad.

—Lo has hecho muy bien —dijo su madre—. Estoy tan contenta de que estéis en la boda, Paul y tú. Significa mucho para mí; no puedo decirte cuánto.

—Me gustan las bodas —dijo Phoebe estirándose a por un trozo de pastel.

Su madre sonrió, un poco triste. Paul miró a Phoebe, preguntándose cómo entendía ella lo que estaba pasando. Parecía no preocuparse mucho por las cosas, sino más bien aceptar el mundo como un lugar fascinante e inusual donde cualquier cosa podía pasar. Donde un día, una madre y un hermano que nunca había sabido que tenía podían aparecer por la puerta e invitarla a una boda.

—Estoy contenta de que vengas a visitarnos a Francia, Phoebe —seguía su madre—. Frederic y yo estamos muy contentos.

Phoebe levantó la vista, otra vez incómoda.

—Son los caracoles —explicó Paul—. No le gustan los caracoles.

Su madre rió.

—No te preocupes. A mí tampoco me gustan.

—Y volveré a casa —añadió Phoebe.

—Claro —dijo su madre dulcemente—. Sí. Es lo que acordamos.

Paul observaba, sintiéndose indefenso al dolor que se le había metido en el cuerpo como una piedra. A la cruda luz del día, se quedó impresionado por la edad de su madre, la transparencia de su piel, el cabello rubio volviéndose gris. Y por su belleza también. Parecía preciosa y vulnerable, y se preguntó como tantas otras veces durante estas últimas semanas cómo había podido traicionarla su padre, como había podido traicionarlos a todos.

—¿Cómo? —preguntó en voz baja—. ¿Cómo no nos lo dijo nunca?

Ella lo miró seria.

—No lo sé. Nunca lo entenderé. Pero piensa cómo debió de ser su vida, Paul. Cargando con ese secreto durante tantos años.

Él miró al otro lado de la mesa. Phoebe estaba al lado de un álamo cuyas hojas empezaban a cambiar de color, quitando la nata montada de su pastel con el tenedor.

—Nuestras vidas podrían haber sido tan distintas...

—Sí. Es verdad. Pero no fueron distintas, Paul. Fueron así.

—Lo estás defendiendo —dijo despacio.

—No. Lo estoy perdonando. Bueno, lo estoy intentando. Es diferente.

—Él no merece perdón —dijo Paul, sorprendido todavía por su amargura.

—Puede que no —dijo su madre—. Pero Phoebe, tú y yo podemos elegir. O continuamos amargados y enfadados, o lo intentamos y seguimos adelante. Para mí es la cosa más difícil, dejar marchar toda esa rabia justificada. Todavía estoy mal. Pero es lo que quiero hacer.

Él lo consideró.

—Me han ofrecido un trabajo en Pittsburg —dijo.

—¿En serio? —Los ojos de su madre estaban ahora totalmente concentrados—. ¿Vas a aceptarlo?

—Creo que sí —dijo dándose cuenta de que ya había tomado una decisión. Es una oferta muy buena.

—No puedes arreglarlo —dijo dulcemente—. No puedes arreglar el pasado, Paul.

—Lo sé.

Y era verdad. Había ido a Pittsburg aquella primera vez creyendo que estaba en sus manos tomarlo o no. Había estado preocupándose de la responsabilidad que tendría que asumir, cómo cambiaría su vida con la carga de una hermana discapacitada, pero se había sorprendido, asombrado mejor dicho, de encontrarla diciendo: «No, me gusta mi vida tal como es, gracias».

—Tu vida es tu vida —seguía con más urgencia ahora—. No eres responsable de lo que ha pasado. Phoebe está bien, económicamente.

—Lo sé. No me siento responsable de ella. De verdad que no. Pero… pensé que me gustaría llegar a conocerla. En el día a día. Quiero decir, ella es mi hermana. Es un buen trabajo y de verdad necesito un cambio. Pittsburg es una ciudad preciosa. Así que, supongo… ¿por qué no?

—Oh, Paul —suspiró su madre, pasándose la mano por el pelo corto—. ¿De verdad que es un buen trabajo?

—Sí. Sí que lo es.

—Estaría bien —admitió ella despacio— teneros a los dos en el mismo sitio. Pero tienes que pensar en todo. Eres tan joven, y estás empezando ahora a encontrar tu camino. Hazlo si es lo que quieres.

Antes de que él pudiera decir nada, Frederic estaba allí, dando golpecitos en el reloj, diciendo que tenían que irse pronto para coger el avión. Después de una charla corta, Frederic fue a buscar el coche y su madre se giró hacia Paul, le puso la mano en el brazo y le dio un beso en la mejilla.

—Estamos a punto de irnos, creo. ¿Llevarás a Phoebe a casa?

—Sí. Caroline y Al dijeron que podía quedarme allí.

Ella asintió.

—Gracias —dijo dulcemente— por estar aquí. No ha tenido que ser fácil para ti, por distintas razones. Pero ha significado mucho para mí.

—Me gusta Frederic —dijo—. Espero que seas feliz.

Ella sonrió y le tocó el brazo.

—Estoy tan orgullosa de ti, Paul. ¿Tienes idea de lo orgullosa que estoy de ti? ¿De cuánto te quiero? —Se giró para mirar al otro lado de la mesa a Phoebe; se había colocado el ramillete de narcisos bajo el brazo y la brisa le movía la falda resplandeciente—. Estoy orgullosa de los dos.

—Frederic está haciendo señas —dijo Paul, hablando rápido para disimular su emoción—. Creo que es la hora. Creo que ya está a punto. Ve y sé feliz, mamá.

Ella lo miró otra vez seriamente y largo tiempo, con lágrimas en los ojos, luego lo besó en la mejilla.

Frederic cruzó el jardín y le dio la mano a Paul. Paul miró a su madre abrazar a su hermana y darle el ramo. Miró el abrazo de indecisión que le dio Phoebe a su vez. Su madre y Frederic subieron al coche, sonriendo y diciendo adiós con la mano en medio de otra lluvia de confetis. El coche desapareció al doblar la esquina, y Paul regresó a la mesa, deteniéndose a saludar a un invitado tras otro, manteniendo a Phoebe a la vista. Cuando se le acercó, la oyó hablar con otro invitado sobre Robert y su propia boda. Hablaba alto, con voz poco clara, difícil de entender, y un entusiasmo imposible de contener. Vio la reacción del invitado, una sonrisa forzada, insegura y paciente, y Paul se estremeció. Porque Phoebe sólo quería hablar. Porque él mismo había reaccionado a tales conversaciones de la misma manera hacía sólo unas semanas.

—¿Qué tal, Phoebe? —dijo él interrumpiendo—. ¿Nos vamos?

—Vale —dijo, y dejó el plato.

Condujeron a través del campo exuberante. Era un día cálido. Paul apagó el aire acondicionado y bajó las ventanillas, recordando la forma en que su madre había conducido como una loca a través de los mismos paisajes para escapar de su soledad y dolor, el viento batiéndole el cabello. Debía de haber hecho miles de kilómetros con ella estirado en el asiento de atrás, tratando de adivinar dónde estaban por la visión de las hojas, los postes de teléfono, el cielo. Recordó haber visto un barco de vapor moviéndose por las turbias aguas del Mississippi con las resplandecientes ruedas destellando luz y agua. Él nunca había entendido la tristeza de su madre, aunque más adelante la llevó con él a dondequiera que iba.

Ahora toda aquella tristeza había desaparecido. Aquella vida se había terminado, se había ido, también.

Conducía rápido. Indicios del otoño ya por todas partes. Los cornejos cambiaban de color. Nubes de un rojo intenso contrastaban con las colinas. A Paul le picaba el polen en los ojos y estornudó varias veces pero siguió con las ventanillas abiertas. Su madre habría llevado el aire acondicionado puesto, el coche tan frío como la nevera de una floristería. Su padre habría abierto su maletín y habría sacado el antihistamínico. Phoebe, sentada recta en el asiento de al lado, su piel tan blanca, casi traslúcida, cogió un Kleenex de un paquete pequeño que llevaba en el gran bolso sintético negro y se lo ofreció. Se le veían venas de azul pálido bajo la superficie de la piel. Le podía ver el pulso latiendo en el cuello, con calma, constante.

Su hermana. Su hermana gemela. ¿Qué habría pasado si ella no hubiera nacido con síndrome de Down? ¿Y si hubiera nacido tal como era, simplemente ella misma, y su padre no hubiera levantado los ojos hacia Caroline Gill, la nieve cayendo fuera y su compañero de trabajo en una cuneta? Se imaginó a sus padres, tan jóvenes y tan felices, metiéndolos en el coche, conduciendo despacio por las calles mojadas de Lexington en el deshielo de marzo que siguió a su nacimiento. El cuarto de los juguetes contiguo habría sido el de Phoebe. Ella lo habría perseguido escaleras abajo, por la cocina y por el jardín descuidado. Siempre con él. Su risa habría sido un eco de la de ella. ¿Cómo habría sido él, entonces?

Pero su madre tenía razón, nunca podría saber lo que hubiera pasado. Todo lo que tenía era la realidad. Su padre había atendido el parto de sus hijos en medio de una tormenta inesperada, siguiendo los pasos que había aprendido de memoria, concentrándose en las pulsaciones y el ritmo cardíaco de la mujer que había en la mesa, la piel tirante, la cabeza que asomaba. La respiración, la tonalidad de la piel, los dedos de las manos, los dedos de los pies. Un niño. Aparentemente perfecto, y un pequeño canto empezó en la cabeza de su padre. Un momento después, el segundo bebé. Y entonces el canto de su padre paró para siempre.

Ahora ya estaban cerca de la ciudad. Paul esperó a ver un hueco en el tráfico y se metió hacia el cementerio de Lexington, pasando la entrada de piedra. Aparcó bajo un olmo que había sobrevivido cien años de sequía y enfermedad, y salió del coche. Fue al otro lado y le abrió la puerta a Phoebe, ofreciéndole la mano. Ella lo miró sorprendida, luego se levantó y salió del coche, todavía sujetando los narcisos, que ahora tenían los tallos aplastados y pastosos. Siguieron el camino un rato, pasaron los monumentos funerarios y el estanque con patos, hasta que él la guió por la hierba a la lápida de la tumba de su padre.

Phoebe pasó los dedos por encima del nombre y las fechas grabadas en el oscuro granito. Él se preguntó de nuevo qué estaría pensando ella. Al Simpson era el hombre a quien llamaba papá. Hacía puzzles con ella por las noches y le traía sus discos favoritos de sus viajes; solía subirla a hombros para que tocara las hojas altas de los plátanos. Aquella losa de granito, aquel nombre, no significaba nada para ella.

David Henry McCallister. Phoebe leyó las palabras en voz alta, despacio. Llenaron su boca y luego cayeron con fuerza al mundo.

—Nuestro padre —dijo él.

—Padre nuestro —dijo ella— que estás en los cielos, santificado sea tu nombre.

—No —dijo sorprendido—, «Nuestro» padre. Mi padre. El tuyo.

—Nuestro padre —repitió.

Y él sintió frustración de golpe porque las palabras de ella eran monótonas y mecánicas, sin ningún significado en su vida.

—Estás triste —observó entonces—. Si mi padre muriera, yo también estaría triste.

Paul se sorprendió. Sí, eso era..., estaba triste. Su ira se había disipado, y de repente veía a su padre de manera diferente. Su mera presencia le debió de recordar a su padre en cada mirada, en cada respiración, la decisión que había tomado y que no podía revocar. Aquellas polaroids de Phoebe que Caroline había ido mandando durante años, que habían encontrado escondidas detrás del cajón del cuarto oscuro después de que los marchantes se hubieran ido; la única fotografía de la familia de su padre, en el porche de su casa, la que todavía tenía Paul. Y las otras, miles de ellas, una detrás de otra, su padre depositando imagen sobre imagen, tratando de ocultar el momento que nunca podría cambiar, y aun así, el pasado se alzaba de todos modos, persistente como la memoria y poderoso como los sueños.

Phoebe, su hermana, un secreto guardado durante un cuarto de siglo.

Paul retrocedió unos pasos hacia el camino de grava. Se detuvo con las manos en los bolsillos. Las hojas giraban en los remolinos de viento. Un trozo de papel de periódico volaba sobre las hileras de lápidas blancas. Las nubes se movían tapando el sol, haciendo dibujos en la tierra y que la luz del sol se proyectara intermitente sobre las lápidas, la hierba y los árboles. Las hojas se movían ligeramente por la brisa y la hierba alta susurraba.

Al principio, las notas eran débiles, casi como un trasfondo de la brisa, tan sutiles que tuvo que esforzarse por oírlas. Se giró. Phoebe, todavía al lado de la lápida, con la mano apoyada en el oscuro granito, había empezado a cantar. La hierba se movía sobre las tumbas y las hojas se agitaban ligeramente. Era un himno vagamente familiar. Sus palabras eran poco claras pero su voz era pura y dulce. Otros visitantes del cementerio miraron en su dirección a Phoebe con el pelo un poco grisáceo y el vestido de dama de honor, su postura un poco incómoda, sus palabras indistintas, su voz despreocupada y semejante a una flauta. Paul tragó y se miró fijamente los zapatos. Durante el resto de su vida, se daba cuenta, tendría aquel sentimiento de conflicto interno, consciente de la dificultad de Phoebe, los problemas con que se topaba por el simple hecho de ser diferente, y aun así, capaz de estar más allá de todo eso por su amor directo y sincero.

Por su amor, sí. Y se dio cuenta, inundado por las notas, de un sentimiento nuevo, extraño y sin complicaciones, de su propio amor por ella.

Su voz, alta y clara, se movió entre las hojas como la luz del sol. Salpicaba sobre la grava y la hierba. Se imaginó las notas cayendo en el aire, como piedras en el agua, rizando la superficie invisible del mundo. Ondas de sonido, ondas de luz. Su padre había intentado inmovilizar todas las cosas, pero el mundo era fluido y no se podía contener.

Las hojas se levantaban. La luz del sol flotaba. Volvió a oír la letra de la canción y cogió la armonía. No pareció que Phoebe se diera cuenta. Ella siguió cantando como aceptaría el sonido del viento. Sus voces se fusionaron. La música estaba en él, un murmullo en su cuerpo, y también afuera, en la voz de ella, gemela a la suya propia. Cuando la canción terminó, se quedaron donde estaban, a la pálida luz de la tarde. El viento cambió, presionándole el pelo a Phoebe contra el cuello, esparciendo hojas viejas por toda la base de la desgastada cerca de piedra.

Todo fue disminuyendo el ritmo, hasta que el mundo se contuvo en un único momento suspendido en el aire. Paul se quedó muy quieto, esperando a ver qué pasaba.

Durante unos segundos, nada.

Después, Phoebe se giró, poco a poco, y se arregló la falda arrugada. Un gesto sencillo, aun así, puso el mundo otra vez en movimiento.

Paul observó lo pequeñas que eran sus uñas, qué delicada era su muñeca en contraste con la lápida de granito. Las manos de su hermana eran pequeñas, como las de su madre. Caminó a través de la hierba y la cogió por el hombro para llevarla a casa.

AGRADECIMIENTOS

Me gustaría expresar mi profundo agradecimiento a los pastores de la iglesia presbiteriana Hunter, por años de sabiduría en lo visible e invisible; gracias especialmente a Claire Vonk Brooks, que tenía las semillas de esta historia y me las confió a mí.

Jean y Richard Covert compartieron generosamente su perspicacia y leyeron un primer borrador de este manuscrito. Les estoy agradecida, de la misma manera que lo estoy a Meg Steinman, Caroline Baesler, Kallie Baesler, Nancy Covert, Becky Lesch y Malkanthi McCormick, por la franqueza y orientación. Bruce Burris me invitó a dar clases en un taller en el centro de arte Minds Wide Open; gracias a él y a los que asistieron aquel día, que escribieron directamente desde el corazón.

Estoy muy agradecida a la Fundación Mrs. Giles Whiting por el apoyo excepcional y el ánimo. Al consejo de las artes y la fundación de la mujer de Kentucky, que también proporcionaron considerables subvenciones en apoyo a este libro, y se lo agradezco.

Como siempre, un agradecimiento enorme a mi agente, Geri Thoma, por su sensatez, afecto, generosidad y firmeza. También estoy muy agradecida a toda la gente de Viking, especialmente a mi editora, Pamela Dorman, que aportó inteligencia y compromiso para editar este libro, y cuya perspicacia me ayudó a adentrarme más profundamente en la historia. El toque inteligente y hábil de Beena Kamlani también fue inapreciable, y Lucia Watson, que con muchos ánimos y precisión, se ocupó de mil cosas a la vez.

A los escritores Jane McCafferty, Mary Ann Taylor-Hall y Leatha Kendrik, que leyeron este manuscrito con ojos estrictos y afectuosos, mis más sinceras gracias. Un especial agradecimiento también a mis padres, John y Shirley Edwards. A James Alan McPherson, cuyas enseñanzas todavía me instruyen, le estaré siempre agradecida. A Katherine Soulard Turner y a su padre, William G. Turner, por la generosa amistad, por las charlas sobre libros y por la pericia en Pittsburg, muchísimas gracias también.

Amor y gracias a toda mi familia, cercana y lejana, especialmente a Tom.